b

Klassische Science-Fiction-Geschichten

Eine Diogenes Anthologie

Nachweis der einzelnen Erzählungen
am Schluß des Bandes

Alle Rechte vorbehalten
Copyright © 1979 by
Diogenes Verlag AG Zürich
150/79/11/1
ISBN 3 257 00975 5
Printed in Austria

INHALT

An Vorwortes Statt:
Washington Irving — *Die Unterwerfung durch den Mond* 7
Lukian — *Eine wahre Geschichte* 17
Voltaire — *Mikromegas* 33
E.T.A. Hoffmann — *Der Sandmann* 55
Nathaniel Hawthorne — *Das Muttermal* 93
Edgar Allan Poe — *Die tausendundzweite Erzählung der Schehrezad* 115
Jules Verne — *Im XXIX. Jahrhundert – Ein Tag aus dem Leben eines amerikanischen Journalisten* 137
Ambrose Bierce — *Moxons Meister* 157
Kurd Laßwitz — *Auf der Seifenblase* 171
J. H. Rosny Aîné — *Die Xipehuz* 185
Arthur Conan Doyle — *Die Erde schreit* 217
Paul Scheerbart — *Steuermann Malwu* 251
H. G. Wells — *Der neue Beschleuniger* 261
Maurice Renard — *Der Mann mit dem flüchtigen Körper* 275
Egon Friedell — *Ist die Erde bewohnt?* 301
E. M. Forster — *Die Maschine stoppt* 305
Hermann Harry Schmitz — *Umzug* 349
André Maurois — *Zwei Fragmente einer Universalgeschichte 1992* 359
Francis Scott Fitzgerald — *Der seltsame Fall des Benjamin Button* 409

An Vorwortes Statt:

Washington Irving

Die Unterwerfung durch den Mond

Welches Recht eigentlich hatten die ersten Entdecker Amerikas, so mir nichts dir nichts zu landen und Besitz vom Land zu ergreifen, ohne die Einwilligung der Ureinwohner zu erheischen respective ihnen mindest einen suitablen Ausgleich an ihren Landrechten zuzugestehen? – eine Frage, welche so manch einer harten Attacke gegengestanden und einer respectierlichen Zahl freundlich gesonnener Leute manch einen Kopfschmerz präsentiert hat. Und tatsächlich verhält es sich ja auch so, daß – allsolang diese Frage noch nicht vollkomm überwunden und endtlichst zu Grabe getragen wird sein – die honorablen Menschen in America an dem Grund &ndt Boden, welchen sie bewohnen, sammt klarem Recht und Titel, versteht sich, und natürlich unbeflecktem Bewußtsein, überhaupt keine Delectierung haben dürften.

Der erste Quell für ein zu deducierendes Recht, mittels welchem in einem Land Eigenthum erworben werden möcht, ist DIE ENTDECKUNG. Zumaln jeglichter Mensch das gleiche Recht an irgendeiner Sache hat, solang als wie dieses noch an kein Individuum gebunden ward, also läßt sich ergo supposiern, daß jeglichte Nation, welchselbe irgend ein unbewohnt Stück Land entdecket und darvon Besitz nimmt, volle Eigenthumsrechte und absolute wie unanfechtbare Herrschafftsgewalt innerst ebendieser Grenzen genießt.

Wenn man mithin dieses Axiom beiläßt, so folgt heraus consequenterweis, daß die Europäer, welche als die Ersten America besucht, die eigentlichen Entdecker desselben gewesen; nichts weiter wäre zur Unterfestigung dieser Tatsachenbehauptung nötig denn einfach die Beweisführung, daß es zum

Zeitpunkte seiner Entdeckung völligst von Menschen unbewohnt gewesen. Dies erwiese sich nächstens einmal als recht complicierte Affair, zumaln daß es ist allenthalben kundt &ndt wissen, daß es in diesen Quartiern der Welt von gewiszen Tieren nur so krabbelte, von ergo Animaln, welche aufrecht auf zweien Beinen wandelten, über etwas wie menschlichtes Antlitz verfügten, bestimmte unverständliche Laute ausstießen, Laute, welche irgend einer Sprache ähnelten, kurzum die also menschlichen Creaturn auf miracle Weisen ähnelten.

Die emsigen und erleuchteten Väter, welche die Entdecker accompagniert hatten, bewiesen jedoch auf impressable Art und Weis (als nehmlicht die andere Seiten über keine indianischen Schriftgelehrten verfügte, machte man sich diese Supposition flugs als zulässig und rechtsverbündtlich zu eigen), daß es sich bei der obgenannten zweibeinigen Tierraß um bloße Cannibalen handelte, verabscheuungswürdige Monstern, viele von ihnen auch noch Riesen – so jedenfalls die Descriptionen gewisser Nomaden, wie man sie ja seit den Tagen der Gog, Magog und Goliath von dorther als Geächtete ansah und ihnen also erfolglich auch keinerlei Platz in Historia, Ritterthum oder Tradition in Gesang zugewiesen.

Indem daß wir ergo die Justicia zur Eroberung als gegeben nehmen, kommen wir zum nächsten, dem nehmlichen Rechte, welches aus der URBARMACHUNG deduciert werden möcht. Es ist allerwegen bekannt, daß die Wilden nichts von der Landwirtschaft verstanden, als sie zum ersten Male von den Europäern entdeckt sind worden, vielmehr daß sie vörderhin das Leben von unordentlichen, rechtlosen Vagabonden führeten, welche ohne Destination von Ort zu Ort zogen und zügellos im ungeordneten Luxus der Natura schwelgeten, ohne deren Freigiebigkeit in Anspruch zu nehmen, auf daß selbige ihnen noch mehr hätte geben mögen; wogegen absolut unzweifelhaft der Weg gewiesen ward, nach welchem der Himmel vorsah, daß die Erde gepflüget und gesäet und gedünget und in größere &ndt kleinere Städten, in Höfe, Landsitz, vergnüglichte Plätz und öffentlichte Parkanlagen aufgeteilt zu werden hätte – allesamt Sachen, von denen die Indianer kein Quant

Kenntniß gehabt. *Darum* haben sie nicht gewuchert mit den Talenten, welche die Vorsehung ihnen geschenkt. *Darum* waren sie gleichgültige Verwalter. *Darum* hatten sie kein Recht an dem Boden. *Darum* verdienten sie also, ausgerottet zu werden.

Zwar könnten die Wilden wohl anführn, daß sie all die Vortheil aus dem Lande zogen, dero sie in ihrer Einfalt bedurften – sie fanden vieles Wild, welches gejaget werden konnte und ihnen samment den Radices und wilden Früchten in der Erden eine auskömmlichte Vielfalt für ihre genügsamen Mahlzeiten bescherte; und daß, sintemal der Himmel die Erden bloß als des Menschen Wohnstatt gestaltet und sie beauftraget hatte, seine Bedürfniß zu befriedigen, solang als sie diesen Ansprüchen entsprach, sie dem Willen des Himmels damit auch entsprach. Das aber beweist am End nur, wie wenig sie sich den Segnungen um sie her als würdig erwiesen – je mehr daß sie Wilde waren, desto weniger Wünsche nämlicht verspüreten sie; denn das Wissen ist in bestimmten Maßen ein Zunehmen der Wünsche; und ebendiese Superiorität in Quantitas und Qualitas seiner Wünsche ist es, welche den Menschen vom Tiere scheidet.

Doch ein weit unwiderstehlicheres Recht als eines der schon erwähneten und dazu noch eines, welches der geneigte Leser mit größerer Bereitschafft als ein solches akzeptieren wird, vorausgehalten, er ist gesegnet mit Güte &ndt Philanthropie, ist das nämlichte Recht, welches mittelst DER CIVILISATION erworben wird. Alle Welt weiß um den beweinenswerten Stand, in welchem diese armen Wilden sind aufgefunden gewesen. Nicht nur mangelhaft mit den Behaglichkeiten des Lebens ausgestattet, sondern – welches um Entsetzliches schlimmer ist – im höchsten Maße bemitleidenswert und auf unglückselige Weise blind für die Not ihrer Situation. Die gütigen Einwohner Europas erlösten sie erst aus dieser ihrer traurigen Lage, als sie ohne Zögern zur Arbeit gingen und sie vermittelst selbiger verbesserten. Sie machten sie bekannt mit dem Rum, dem Gin, dem Branntweine und allen den anderen Annehmlichkeiten des Lebens – und es ist erstaunlich zu studiern, wie schnell die armen Wilden diese Segnungen zu schätzen lernten; und ebenso machten sie sie bekannt mit tausenderlei Arzenein, mit deren Hilfe die hartnäckigsten Malaisen gelindert und geheilet werden konnten; und damit sie auch die Wohltaten als solche erkennen und die Angenemlichkeiten selbiger Arzenein genießen konnten, brachten sie ihnen zuvörderst noch ebendie Krankheiten, welche zu curieren sie geeignet waren.

Der respectierlichste Zweig der Civilisation jedoch – und der dazu, welcher am eifrigsten von den strebigen und frommen Vätern der Römischen Ecclesia gepriesen ward – ist die Einführung des christlichen Glaubens. Es war schon wahrhaftiglich eine Ansicht, welche einen wollte schaudern machen, diese Wilden zu schauen, wie daß sie bar aller Destination durch die dunkelen Gebirge des Paganismus strauchelten, erfüllet von der Schuld entsetzlichster religiöser Ignorancia. Es ist wohl wahrhaft, daß sie weder raubten noch betrogen, sie waren dem Trunk abhold, genügsam, enthaltsam und brachen nicht ihr Wort; doch gleich sie auch gantz accustomiert handelten, war doch alles eitel, allsolang sie nicht auf höheres Geheiß agiereten. Und darum probierten die Neuankömmlinge jegliche Methode aus, sie daran zu dringen, sich die veritable Religio zu eigen zu machen und sie zu practicieren – außer ihnen allerdings gleich noch ein Exemplum darzusein.

Dies also sind drei perfecte und unbestreitbare Quellen etablierter Justicia, von welchen eine jegliche mehr als hinlänglich gewesen, für die neu entdeckten Regionen Americas Besitzansprüche zu deducieren. Und nunmehr, wie es in bestimmten Theilen von diesen reizvollen Regionen auf der Erden eingetroffen, als das Recht auf Entdeckung ist so eifrig verfochten worden – indem daß der Einfluß der Cultivation so emsig extendieret und der Progreß von dem Heil und von der Civilisation so zielfest verfolgt ist worden, theils vermittelst ihrer begleitenden Kriege, Verfolgungen, Suppressierungen, Seuchen und theils halt vermittelst anderer Unbill, welche so oft großen Beneficien nachzufolgen pflegen –, daß die wilden Eingeborenen auf diese oder jene Weise endgültig ausgerottet worden sind, bringt mich dieses gleichher zu einem vierten Rechte, welches die drei zuvorgegangenen ohne Noth aufwiegt: das RECHT AUS DER AUSROTTUNG oder anders gesetzet, das RECHT AUS DEM SCHIESSPULVER. Sintemaln nun aber kein Argument von uns egotistischen Sterblichen besser verstanden ist, als wenn es uns selbern angelegen ist, und sintemaln ich sondert besorgt darob mich finde, daß diese Frage für immer unter Grabe gebracht werden könnt, will ich hiemit einen Parallelcasus annehmen und gleich um die ehrliche Aufmerksamkeit meiner Leser heischen.

Laßt uns ergo supposiern, daß die Bewohner des Mondes, vermittels erstaunlichster Progressen in der Wissenschaft und profunder Einsicht in jene lunare Philosophia, deren bloßes Flackern seit einigen Jahren die fragile Optic blendet und den noch zart entwickelten Verstand der guthen Menschen auf unserm Globo unfruchtbar machte – laßt uns ergo wie gesagt annehmen, daß die Mondbewohner mit diesen Gaben an solch einer Beherrschung ihrer *Energien,* an solch einem enviablen Zustande der *Vervollkommnungsfähigkeit* angelangt sind, daß sie die Elementen controllirn und die grenzenlosen Weiten des Alls durchfahren können. Stellen wir uns ergo solch eine umherschweifende Zugschaft von Philosophen vor, welche auf ihrer luftigen Entdeckungsfahrt durch die Sternenwelt zufällig auf diesem fremdartigen Planeten landet.

Und an dieser Stelle bitte ich meine Leser, so mild im Sinn zu sein und nicht in Hilaritas zu eruptiern, wie es allzu häufig der Fall bei sprunghaften Lesern ist, so sie die schwierigen Speculationes von Philosophen studirn. Ich bin weit davon distancieret, mich hier und itzt in scherzhaft angelegten Ausschweifungen zu delectirn; und meine Supposition ist keineswegs so weit vom Wege fortgesetzt, wie manch einer meinen möcht. Langezeit war dies für mich eine sonderlichst seriose und penetrirende Frage, und so manche Nacht habe ich mit meinen Sorgen und Plänen für die Wohlfahrt und die Protection dieses meines Heimatplaneten durchwacht und hin und her bewegt, ob es wahrscheinlicher wäre, daß zuerst wir den Mond entdecken und civilisieren sollten oder daß zuerst der Mond unsern Erdball entdecken und civilisieren möchte. Und das Miracel, durch den Aether zu navigieren und zwischen den Sternen kreutzen zu können, konnte für uns kein Deutlein erstaunlicher oder unverständlicher sein als es das europäische Mysterium der über die Wasserwelten hingleitenden Castellen vor die einfachen Aborigines gewesen. Schon haben wir die Kunst aufgedecket, über unserm Planeten die Küsten der Luft abzufahrn, mit Hilfe der Ballonen, als wie die Wilden entdeckt haben, daß es sich mit Canus hinaus auf die Küstenstrich der Oceanes wagen läßt; und die Ungleichheit zwischen den Erstern und den Luftfahrzeugen der Philosophen vom Monde her möchte vielleicht kaum significanter sein denn nemlichter zwischen den Borkecanus der Wilden und den mächtigen Schiffen ihrer Entdecker.

Um zu meiner Supposition zurückzukommen – nehmen wir mithin an, daß die luftigen Besucher, welche ich erwähnt, über weit größeres Wissen verfügten als wir; möchte heißen über größers Wissen in der Kunst der Ausrottung – auf Flügelrossen reitend und protectiert von unpenetrierbarer Rüstung –, armieret mit concentrierten Sonnenstrahlen und ausgerüst mit gigantischen Maschinen, um riesige Mondfelsen zu schleudern: kurzum, nehmen ergo wir an – insoferne unsere *vanitas* solcher Supposition stattläßt –, daß wir uns in Sophia und damit auch in der Macht so überlegen vorkämen, wie die Europäer gegenüber den Indianern es thaten, als sie dieselben entdeckten. Alles das ist freilich möglich; es ist nur unsere Selbstüberhebung, die uns different denken läßt; und ich vermag Euch zu securiern, daß die armen Wilden, bevor daß sie mit all den Schrecknissen glitzernden Stahls und fürchterlichen Schießpulvers, genauso überzeugt davon waren, selber die weisesten, die tugendhaftesten und perfectesten aller Creaturen zu sein, wie es in unsern Zeiten die honorablen Einwohner Engellands, die wankelmütige Populatio Galliens oder gar die selbstzufriednen Bürger dieser unserer höchst erlauchtesten Res Publica sind.

Laßt uns im Weitern supposiern, daß die Luftreisenden, indem daß dieser Planet sich ihnen als nichts mehr denn eine schreckliche Wildnis decouvriert, welche bewohnt ist von uns, von Wilden und von Animalen, officiell von uns Besitz ergreifen wollten namens ihrer barmherzigen und philosophischen Excellentia, des Mannes Im Monde. Als sie aber heraußfinden, daß sie von Zahl nicht hinreichen, ihn in vollständiger Unterwerfung einhalten zu können – aufgrund der schrecklichen Barbarei der Aborigines –, nehmen sie also unsern geschätzten Präsidenten, den König von England, den Kaiser von Haiti, den mächtigen Bonaparte und den großen König von Bantam in Gewahr, fliegen mit ihnen auf ihren Heimatplaneten zurück und stellen sie dort vor Gericht – ebenso als daß es den Indianerhäuptlingen geschehn, wenn man sie vor europäischen Gerichten zur Schau stellte.

Alsodann erweisen sie dem mächtigen Mann Im Monde nach höfischem Ceremoniell ihre Ehrerbietung, indem daß sie sich mit, als ich vermuthe, folglichten Worten an ihn addressiern:

»Im Höchsten durchlauchter und mächtiger Herrscher, dessen Herrschaftsgebiete soweit als wie das Auge sich strekken, der Er reitet auf dem Ursus Majorn, der die Sonne verwendt als Ocular und unangefecht' die Macht hat über Tiden, Thoren und Tiefseekrabben. Wir, Seine Lehnsmannen, sind soeben heimgekehret aus einer Entdeckungsfahrt, in deren Verlaufe wir auf nemlichtem obscuren kleinen schmutzigen Planeten sind gelandet, welchen Er in weitem Abstande erschauet. Wir haben ihn in Occupation genommen und fünf ungeschlachte Monstren vor Seine Hohe Präsencia gestellet. Sie sind dereinst äußerst wichtige Häuptlinge über ihre wilden Gebrüder gewesen, welche einer Rasse von Creaturen zugehörig sind, welcher es mangelt schon an den gemeinen Attributen der Humanitas; und die sich in Allem differencieret von den Bewohnern des Mondes, insoferne daß sie ihre Köpf auf den Schultern tragen statt unter ihren Armen; zween Augen statt eines, absolut keine Schwänz, dafür aber eine Vielzahl von unansichtlichen Gesichtern haben, insonderst von entsetzlich weißer statt von erbsengrüner Farbe.

Darüber hinaus haben wir entdecket, daß diese elenden Wilden in einen Stand äußerster Ignorancia und Verderbtheit gesunken sind, indem daß ein jeglichter Mann mit sein eigen Weib lebt und seine eigen Kinder aufzieht, statt sich gütlichst zu thun an jener Societät von Weibern, welche vom Gesetze der Natura determiniert ist, als wie es niedergelegt ward von den Philosophen des Mondes. In einem Worte – kaum einer unter ihnen hat einen Anflug der wahren Philosophie, sondern sind sie allerwegen Ketzer durch und durch, Ignorantes und Barbaren. Alle dieweil aber wir Erbarmen walthen gelassen mit dem bedauernswerten Stadion dieses sublunaren Gewürms, haben wir uns zeitens unserer Bleibe auf ihrem Planeten darum in die Sorgfalt gelegt, sie mit dem Lichte der Ratio vertraut zu machen – und mit den Annehmlichkeiten des Mondes. Wir haben sie bewirtet mit Häppchen von Mondschein und Schlucken von Stickstoffoxyd, welche sie mit unglaubbarer Gefräßigkeit verschlungen, insonderheit denen Weibern; und haben wir uns ebenso in Fürsorg verleget, sie in die Regeln der lunaren Philosophia zu orientiren. Wir haben insistiert, auf daß sie sich lossagen sollten von den gemeinen Fesseln der Religion und des *Common Sense* und der profunden, omnipotenten und allenthalben und alleweil perfecten Energie und der ecstatischen, permanenten, unmobilen Vollkommenheit zu huldigen hätten. Doch war die unvergleichliche Hartnäckigkeit dieser niedern Wilden also exponiert, daß sie ihren Weibern weiter anhingen und nicht abkamen von ihrer Religio und die sublimen Doctrinen des Mondes absolut ausschlugen – ja, unter andern entsetzlichenten Ketzereien leisteten sie sich gar soviel, blasphemisch zu decretieren, daß unser unaussprechlicher Planet aus nichts anderm bestünde als aus grünem Käs!«

Bei diesen Worten mochte der erhabne Mann Im Mond (zumal daß er ist ein sehr gelahrter Philosoph) in eine schreckliche Passion fallen, und als er ebensolche Autoritas über Dinge hat, welche ihm nicht eignen, wie sie dereinst Seine Heiligkeit der Papst hatte, sogleich eine furchterschreckliche Bulle zu edieren, in welcher festgeschrieben steht, »Daß, alldieweiln eine gewisse Zugschaft von Lunatikern unlängst einen neue entdeckten Planeten namens *Erde* selbst entdecket und in Besitzung genommen hat – und dazumal er von nichts eingewohnt ist denn einer Rasse zweibeiniger Animaln, welche ihre Köpf auf den Schultern anstatt unter ihren Armen tragen; die lunare Sprache nicht beherrschen; zween Augen statt einem, keine Schwänz, davor aber eine schrecklich weiße Hautfarbe statt erbsgrüner haben – sie also aus ebendiesen und einer Großzahl von andern excellenten Gründen für ungeeignet taxieret sind, irgendwelche Eigenthumsrechte an diesem von ihnen heimgesuchten Planeten zu beanspruchen und hiemit das Recht und der Anspruch auf den Nemlichten für ihre ursprünglichen Entdecker bestätigt ist. Und darüber fort sind noch die Colonisten, welche von itzt an zu vorgenanntem Planeten aufzubrechen in Absicht nehmen, in den Rechtsstand gesetzet und aufgefordert, von jeglichem Maß Gebrauch zu tun, ebendiese ungläubigen Wilden aus der Düsterniß des Christenthums herauszuführen und sie zu reinrassigen und vollkommenen Lunatikern zu machen.«

In Folgschafft dieser so wohlwollend abgehandelten Bull gehen alsdann unsere philosophischen Wohltäter mit echtem Eifer ans Werk. Sie bemächtigen sich unserer fruchtbaren Territories, geißeln uns von unserer gerecht erworbenen Habe hinfort, nehmen uns unsere Weiber, und so wir alsdann noch immer so unvernünftig sind, uns zu beklagen, werden sie über uns kommen und sprechen: »Ihr jämmerlichen Barbaren! Ihr undankbaren Würmer! Sind wir nicht Tausende von Meilen weit hergeeilt, um euern eitlen Planeten zu verbessern; haben wir euch nicht mit Mondschein gespeist; haben wir euch nicht mit Stickstoffoxyd in Rausch versetzt; gibt unser Mond euch nicht Nacht auf Nacht Licht? Und ihr habt die Niedrigkeit zu murren, bar weil wir eine jämmerliche Handzins für all diese Beneficien verlangen?«

Aber indem daß sie herausfinden würden, daß wir nicht nur hartnäckig an unserer Verachtung ihrer Reden und dem Abschwur ihrer Philosophia festhalten, sondern eherst noch so weit gehen, couragiert unser Eigenthum zu verteidigen, wäre ihre Patience endlichst ausgeschöpft und sie wollten in ihren superiorn Kräften der Beweisführung Zuflucht greifen; uns mit geflügelten Streitrossen jagen; uns mit gebündelt Sonnenstrahlen lochen; unsere Städte mit Mondfelsen zerstücken; bis daß sie uns mit ganzer Krafft zum wahren Glauben bekehret haben wollten, würden sie uns in hohen Gnaden das Recht zusagen, in den brennend heißen Wüsten Arabias oder in den eisigen Regionen Lapplands das Leben damit zu passiern, als daß wir uns an den Zaubern ihrer Mondphilosophia delectieren sollten, und zwar in sehr comparabler Art & Weis, in welcher die reformiereten und erleuchteten Wilden unserer Lande freundlicherweise in den hospitablen Wäldern des Nordens oder den impenetrablen Wildernißen Südamerikas geduldet sind.

So, steht es mir also zu hoffen an, habe ich klarend bewiesen und deutlich illustriert, daß die früheren Colonisten sehr wohl ein Eigenthumsrecht hatten auf dies Land. Womit diese gewaltigte Frage wohl zu Ende ganz und gar überwunden sein wollt.

Lukian
Eine wahre Geschichte

Ich schiffte mich also einstmals bei den Säulen des Herakles ein und steuerte bei gutem Winde in den westlichen Ozean. Die Veranlassung und der Zweck meiner Reise war (aufrichtig zu reden), daß ich nichts Gescheiteres zu denken noch zu tun hatte und gerne was Neues hätte sehen und dahinterkommen mögen, wo der abendländische Ozean aufhöre, und was wohl für Menschen jenseits desselben wohnten. In dieser Absicht hatte ich dann die zu einer so großen Seefahrt erforderlichen großen Vorräte an Lebensmitteln und süßem Wasser an Bord genommen, hatte mir fünfzig Kameraden, die gleicher Gesinnung mit mir waren, beigesellt, mich überdies mit einer großen Menge Waffen versehen und einen der geschicktesten Piloten mit einem ansehnlichen Gehalt in meine Dienste genommen. Mein Schiff war eine Art von Jacht, aber doch so groß und stark gebaut, als zu einer langen und gefahrvollen Seereise nötig war.

Wir segelten einen Tag und eine Nacht mit günstigem Winde und wurden, solange wir noch Land im Gesichte hatten, nicht sehr heftig fortgetrieben: am folgenden Tage aber, mit Sonnenaufgang, wurde der Wind stärker, die See ging hoch, die Luft verfinsterte sich, und es war uns nicht einmal möglich, das Segel einzuziehen. Wir mußten uns also dem Winde überlassen und wurden neunundsiebzig Tage lang vom Sturm herumgetrieben; am achtzigsten aber erblickten wir, mit Anbruch des Morgens, nicht ferne von uns eine hohe und waldige Insel, an welcher, da der Sturm sich meistens schon gelegt hatte, die Brandung nicht sonderlich heftig war. Wir landeten also, stiegen aus und legten uns, als Leute, die nach soviel ausgestandenem Ungemach froh waren, wieder festen Boden unter sich zu fühlen, der Länge nach auf der Erde herum. Endlich, nachdem wir eine ziemliche Zeit ausgerastet hatten, standen wir auf und wählten dreißig aus unserer Mitte, die beim Schiffe bleiben mußten; die anderen zwanzig aber sollten mich tiefer ins Land hineinbegleiten, um die Beschaffenheit der Insel zu erkunden.

Wie wir nun ungefähr zweitausend Schritt vom Ufer durch den Wald fortgegangen waren, wurden wir eine eherne Säule gewahr, auf welcher in halberloschenen und vom Rost aufgefressenen griechischen Buchstaben die Aufschrift zu lesen war: Bis hierher sind Herakles und Dionysos gekommen. Auch entdeckten wir nicht weit davon zwei Fußstapfen in dem Felsen, wovon mir die eine einen ganzen Morgen Landes groß, die andere aber etwas kleiner zu sein schien. Ich vermutete, daß die kleinere vom Dionysos und die andere vom Herakles sei. Wir beugten unsre Knie und gingen weiter, waren aber noch nicht lange gegangen, als wir an einen Fluß kamen, der statt Wasser einen Wein führte, den wir an Farbe und Geschmack unserm Chierwein sehr ähnlich fanden. Der Fluß war so breit und tief, daß er an manchen Orten sogar schiffbar war. Ein so augenscheinliches Zeichen, daß Dionysos einst hier gewesen, diente nicht wenig, unsern Glauben an die vorbesagte Aufschrift zu befestigen. Weil ich aber begierig war, zu wissen, wo dieser Fluß entspringe, gingen wir an ihm hinauf, fanden aber keine Quelle, sondern bloß eine Menge großer Weinstöcke, die voller Trauben hingen, und unten an jedem Stocke rann der Wein in hellen durchsichtigen Tropfen herab, aus deren Zusammenfluß der Strom entstand. Wir sahen auch eine Menge Fische in demselben, deren Fleisch die Farbe und den Geschmack des Weins, worin sie lebten, hatte. Wir fingen einige und schlangen sie so gierig hinunter, daß wir uns einen derben Rausch daran aßen; auch fand sich, wie wir sie aufschnitten, daß sie voller Hefe waren. Doch kamen wir in der Folge auf den Einfall, diese Weinfische mit Wasserfischen zu vermischen; wodurch sie dann denn allzustarken Weingeschmack verloren und ein ganz gutes Gericht abgaben.

Nachdem wir hierauf den Fluß an einer Stelle, wo er sehr seicht war, durchwatet hatten, stießen wir auf eine wunderbare Art von Reben; von unten auf nämlich war jeder Stock grünes und knotiges Rebholz; von oben hingegen waren es Mädchen, die bis zum Gürtel herab alles, was sich gebührt, in der größten Vollkommenheit hatten; ungefähr so, wie man bei uns die Daphne malt, wenn sie in Apollos Umarmung zum Baume wird. Ihre Finger liefen in Schößlinge aus, die voller Trauben hingen; auch waren ihre Köpfe statt der Haare mit Ranken, Blättern und Trauben bewachsen. Diese Mädchen kamen auf uns zu, gaben uns freundlich die Hände und grüßten uns, einige in lydischer, andere in indischer, die meisten aber in griechischer Sprache; sie küßten uns auch auf den Mund; aber wer geküßt wurde, war auf der Stelle berauscht und taumelte. Nur ihre Früchte zu lesen wollten sie uns nicht gestatten und schrien vor Schmerz laut auf, wenn wir ihnen etwa eine Traube abbrachen. Einige von ihnen kam sogar die Lust an, sich mit uns zu begatten; aber ein paar von meinen Gefährten, die ihnen zu Willen waren, mußten ihre Lüsternheit teuer bezahlen. Denn sie konnten ihre Genitalien nicht wieder freibekommen, sondern wuchsen dergestalt mit ihnen zusammen, daß sie zu einem einzigen Stocke mit gemeinschaftlichen Wurzeln wurden; ihre Finger verwandelten sich in Rebschosse, voll durcheinander geschlungener Ranken, und fingen bereits an, Augen zu gewinnen und Früchte zu versprechen.

Wir überließen sie also ihrem Schicksal und eilten, was wir konnten, unserem Schiffe zu, wo wir unseren zurückgelassenen Kameraden alles erzählten, was wir gesehen hatten, besonders auch das Abenteuer der beiden, denen die Umarmung und Begattung der Rebweiber so übel bekommen war. Hierauf füllten wir unsre leeren Fässer teils mit süßem Wasser, teils aus dem Weinflusse; und nachdem wir die Nacht nicht weit von dem letzteren zugebracht, stachen wir am folgenden Morgen mit einem mäßig frischen Landwinde wieder in See. Aber um die Mittagszeit, als wir die Insel schon aus den Augen verloren hatten, faßte ein plötzlicher Wirbelwind unser Schiff, drehte es etlichemal mit entsetzlicher Geschwindigkeit im Kreise herum und führte es wohl dreitausend Stadien hoch in die Lüfte, setzte es aber nicht wieder auf dem Meere ab, sondern es blieb in der Höhe schweben und segelte mit vollem Winde über den Wolken dahin.

Wir waren bereits sieben Tage und ebensoviel Nächte in dieser Luftfahrt begriffen gewesen, als wir am achten Tage eine Art von Erde in der Luft erblickten, gleich einer großen, glänzenden, kugelförmigen Insel, die ein sehr helles Licht um sich her verbreitete. Wir fuhren auf sie zu, legten unser Schiff an und stiegen ans Land; und als wir uns darin umsahen, fanden wir, daß es bewohnt und angebaut sei. Zwar bei Tage konnten wir von dort aus nichts weiter erkennen: aber sobald die Nacht einbrach, zeigten sich uns noch andere Inseln in der Nähe, einige größer, andere kleiner, und alle feuerfarben; auch wurden wir tief unter uns eine andere Erde gewahr, mit Städten und Flüssen und Meeren und Wäldern und Bergen; woraus wir schlossen, daß es vermutlich die unsrige sei.

Als wir nun weiter fortgehen wollten, stießen wir auf eine Anzahl Pferdegeier, oder Hippogypen, wie sie hierzulande heißen, die sich sogleich unserer bemächtigten. Diese Hippogypen sind Männer, die auf großen Geiern reiten und sie so gut, wie wir die Pferde, zu regieren wissen: die Geier aber sind meist dreiköpfig, und wie groß sie sein müssen, kann man daraus abnehmen, daß jede ihrer Schwungfedern länger und dicker ist als der Mast eines großen Kornschiffes. Die Hippogypen haben den Auftrag, überall auf der ganzen Insel herumzureiten und, wofern sie einen Fremden antreffen, ihn vor den König zu führen; welches dann auch wir uns gefallen lassen mußten. Sobald uns der König erblickte, schloß er, vermutlich aus unserer Kleidung, was für Landsleute wir wären; denn das erste Wort, das er uns sagte, war: Die Herren sind also Griechen? Da wir dies nicht in Abrede stellten, fuhr er fort: Wie habt ihr es denn gemacht, die große Strecke Luft zurückzulegen, die zwischen eurer und dieser Erde liegt? Wir erzählten ihm, wie es damit zugegangen war, und dies setzte ihn in die Laune, uns auch von seiner Geschichte etwas mitzuteilen. Er sagte uns, er sei ebenfalls ein Mensch und der nämliche Endymion, der einst im Schlafe aus unserer Erde entführt und auf diese hier versetzt worden, wo er nun König sei und welche eben die sei, die uns da unten als Mond erscheine. Übrigens hieß er uns gutes Mutes sein und keine Gefahr besorgen; wir sollten mit allem, was wir nötig hätten, versehen werden: und wenn ich, setzte er hinzu, den Krieg, womit ich die Einwohner der Sonne zu überziehen im Begriff bin, glücklich beendigt haben werde, sollt ihr das glücklichste Leben, das sich nur immer denken läßt, bei mir haben. Auf unsere Frage, wer denn eigentlich seine Feinde wären und was die Ursache ihrer Mißhelligkeit sei, erwiderte er: Es ist schon eine geraume Zeit, daß Phaethon, der König der Sonnenbewohner (denn die Sonne ist nicht weniger bewohnt als der Mond) Krieg mit uns führt, und die Veranlassung dazu war diese: Ich hatte den Entschluß gefaßt, die ärmsten Leute in meinem Reiche als eine Kolonie auf den Morgenstern zu schicken, der damals noch öde und unbewohnt war. Dieses wollte nun Phaethon aus Mißgunst nicht zugeben und stellte sich meinen Kolonisten mit einem Haufen Pferdameisen in den Weg. Da wir uns dieses Angriffs nicht versehen hatten und also auf Gegenwehr nicht vorbereitet waren, so zogen wir damals den kürzeren. Nun aber bin ich entschlossen, noch einen Gang mit ihnen zu tun und die Kolonie an Ort und Stelle zu bringen, es koste, was es wolle. Wofern ihr also Lust habt, an dieser Unternehmung teilzunehmen, so will ich euch mit Geiern aus meinen Marställen und mit den nötigen Waffen versehen lassen; und morgen treten wir den Marsch an. Ich bin dabei, versetzte ich, weil du es für gut befindest.

Der König behielt uns diesen Abend zur Tafel; am folgenden Morgen aber machten wir uns in aller Frühe auf und zogen in Schlachtordnung aus, weil unsre Vorposten berichtet hatten, daß der Feind schon nahe sei. Unser Kriegsheer bestand (ohne das leichte Fußvolk, die fremden Hilfstruppen, die Artilleristen und den Troß) aus hunderttausend Mann: nämlich achtzigtausend Pferdegeiern und zwanzigtausend, die auf Kohlvögeln ritten. Dies ist eine überaus große Gattung von Vögeln, die statt der Federn dicht mit Kohl bewachsen sind und eine Art von großen Salatblättern statt der Flügel haben. Unsere Flanken waren mit Hirsenschießern und Knoblauchwerfern besetzt. Überdies waren aus dem Großen Bären dreißigtausend Flohschützen und fünfzigtausend Windläufer zu uns gestoßen. Die ersteren sind Bogenschützen, die auf einer Art von Flöhen reiten, die zwölfmal so groß sind als ein Elefant; die Windläufer hingegen fechten zwar zu Fuß, laufen aber ohne Flügel in der Luft. Dies bewerkstelligen sie folgendermaßen. Sie tragen weite Röcke, die bis auf die Knöchel reichen; diese schürzen sie so auf, daß sie den Wind gleich einem Segel auffassen, und so fahren sie wie Schiffe in der Luft daher. Im Treffen werden sie meistens wie unsere Peltasten gebraucht. Die Rede ging auch, es würden aus den Sternen über Kappadokien siebzigtausend Sperlingseicheln und fünftausend Pferdekraniche kommen: ich muß aber gestehen, daß ich sie nicht gesehen habe, und zwar aus der ganz simpeln Ursache, weil sie nicht kamen. Ich habe mich also auch nicht erkühnen wollen, sie zu beschreiben; denn man sagte ganz abenteuerliche und unglaubliche Dinge von ihnen.

So war die Kriegsmacht Endymions beschaffen. Rüstung und Waffen waren übrigens bei allen gleich. Statt der Helme trugen sie ausgehöhlte Bohnen, die bei ihnen außerordentlich groß und dickhäutig sind; ihre Harnische waren aus Hülsen von Lupinen schuppenförmig zusammengenäht; denn in diesem Lande ist die Haut der Lupine so hart und undurchdringlich wie Horn. Ihre Schilde und Schwerter waren wie die griechischen.

Als es nun Zeit war, wurden sie folgendermaßen in Schlachtordnung gestellt. Die Pferdegeier machten den rechten Flügel aus und wurden von dem Könige selbst angeführt, der von einer Anzahl der auserlesensten umgeben war, unter welchen auch wir uns befanden; auf dem linken Flügel standen die Kohlvögel und im Zentrum die Hilfstruppen, jede Gattung besonders. Das Fußvolk betrug gegen sechzig Millionen. – Es gibt eine Gattung Spinnen auf dem Monde, von denen die kleinste größer ist als eine der kykladischen Inseln. Diese bekamen den Befehl, den ganzen Luftraum zwischen dem Mond und dem Morgensterne mit einem Gewebe auszufüllen. Das Werk war in wenigen Augenblicken fertig und diente zum Boden, worauf sich die Fußvölker in Schlachtordnung stellten, die von Nachtvogel, Schönwetters Sohn, und noch zwei anderen Feldherren kommandiert wurden.

Auf dem linken Flügel der Feinde standen die Pferdameisen,

von Phaethon angeführt. Diese Tiere sind eine Art geflügelter Ameisen, die sich von den unsrigen bloß durch die Größe unterscheiden; denn die größten unter ihnen nahmen nicht weniger als zwei Morgen Landes ein. Auch haben sie das Besondere, daß sie ihren Reitern fechten helfen, hauptsächlich mit ihren Hörnern. Ihre Anzahl wurde auf ungefähr fünfzigtausend angegeben. Auf den rechten Flügel wurden im ersten Treffen ungefähr fünfzigtausend Mückenritter gestellt, lauter Bogenschützen, die auf ungeheuren Mücken reiten. Hinter ihnen standen die Rettichschleuderer, eine Art leichter Fußsoldaten, die aber dem Feinde großen Schaden zufügten. Denn sie waren mit Schleudern bewaffnet, aus welchen sie von weitem Rettiche von entsetzlicher Größe warfen; wer davon getroffen wurde, starb auf der Stelle, und die Wunde gab sogleich einen unleidlichen Gestank von sich; denn man sagte, sie tauchten die Rettiche in Malvengift. Hinter diesen waren die Stengelschwämme gestellt, schwerbewaffnete Infanteristen, zehntausend an der Zahl, die ihren Namen daher haben, daß sie sich einer Art von Pilzen statt der Schilde und großer Spargeln statt der Spieße bedienen. Nicht weit von ihnen standen die Hundeichler, die dem Phaethon von den Bewohnern des Sirius zu Hilfe geschickt worden waren, an der Zahl fünftausend; es waren Menschen mit Hundeköpfen, die auf geflügelten Eicheln (wie auf Wagen) stritten. Übrigens ging die Rede, es fehlten noch verschiedene Hilfsvölker, auf welche Phaethon gerechnet hätte, besonders die Schleuderer, die aus der Milchstraße erwartet wurden, und die Wolkenkentauren. Die letzteren langten gleichwohl noch an, da das Treffen schon entschieden war, und hätten unsertwegen wohl wegbleiben mögen; die Schleuderer aber kamen gar nicht, worüber Phaethon so aufgebracht worden sein soll, daß er in der Folge ihr Land mit Feuer verwüstete. Dies war also die Macht, womit er gegen uns anrückte.

Das Zeichen zum Angriff wurde nun, auf beiden Seiten, durch Esel gegeben, deren man sich hierzulande statt der Trompeter bedient, und das Treffen hatte kaum angefangen, als der linke Flügel der Helioten, ohne das Einhauen der Pferdegeier zu erwarten, die Flucht ergriff: wir setzten ihnen also nach und richteten ein großes Blutbad unter ihnen an. Hingegen gewann ihr rechter Flügel anfangs den Vorteil über unsern linken, und die Mückenreiter warfen unsere Kohlvögel mit solcher Gewalt übern Haufen und verfolgten sie so hitzig, daß sie bis zu unserem Fußvolk vordrangen, dieses aber leistete eine so tapfere Gegenwehr, daß die Feinde hinwieder in Unordnung und zum Weichen gebracht wurden, zumal wie sie merkten, daß ihr linker Flügel geschlagen sei. Ihre Niederlage war nun entschieden; wir machten eine große Menge Gefangener, und der Erschlagenen waren so viele, daß die Wolken von ihrem Blute so rot gefärbt wurden, wie sie uns bei Sonnenuntergang zu erscheinen pflegen, ja es träufelte sogar häufig auf die Erde herab, so daß ich auf die Vermutung kam, eine ehemals in den oberen Gegenden vorgefallene ähnliche Begebenheit möchte wohl den Blutregen veranlaßt haben, den Homer seinen Zeus wegen Sarpedons Tod auf die Erde regnen läßt.

Als wir endlich vom Nachsetzen der Feinde abließen, richteten wir zwei Trophäen auf, eine für die Infanterie auf der Spinnenwebe, die andere auf den Wolken für diejenigen, die in der Luft gestritten hatten: aber während wir damit beschäftigt waren, benachrichtigten uns unsere Vorposten, die Wolkenkentauren seien im Anzuge, die schon vor der Schlacht zum Phaethon hätten stoßen sollen. Ich muß gestehen, der Aufmarsch einer Armee von Reitern, die halb Mensch und halb geflügelte Pferde waren, und wovon die menschliche Hälfte so groß als der obere Teil des Koloß von Rhodos, die Pferdehälfte aber wie ein großes Lastschiff war, bot ein ganz außerordentliches Schauspiel. Ihre Anzahl habe ich lieber nicht beisetzen wollen, denn sie war so ungeheuer groß, daß man mir nicht glauben würde. Sie wurden vom Schützen im Tierkreise angeführt. Wie sie nun sahen, daß ihre Freunde geschlagen waren, schickten sie sogleich einen Eilboten an den Phaethon ab, um ihn ins Treffen zurückzurufen; sie selbst aber drangen in guter Ordnung auf die erschreckten Seleniten ein (die, über Verfolgung der Feinde und Teilung der Beute, in größte Unordnung gekommen waren), jagten sie alle in die Flucht, verfolgten den König selbst bis vor die Mauern seiner Hauptstadt, machten den größten Teil seiner Vögel nieder, rissen die Trophäen um, bemächtigten sich des ganzen Schlachtfeldes der Spinnenweben und machten (unter anderen) auch mich und zwei meiner Gefährten zu Kriegsgefangenen. Jetzt erschien auch Phaethon wieder, und nachdem er andere Trophäen hatte errichten lassen, wurden wir noch an ebendemselben Tage, die Hände mit Stricken von der Spinnenwebe auf den Rücken gebunden, nach der Sonne abgeführt.

Da die Feinde nicht für gut befanden, die Hauptstadt Endymions zu belagern, so begnügten sie sich, eine doppelte Mauer von Wolken zwischen dem Mond und der Sonne aufzuführen, wodurch alle Kommunikation zwischen beiden abgeschnitten und der Mond alles Sonnenlichts beraubt wurde. Der arme Mond erlitt also von diesem Augenblick an eine totale Finsternis und war gänzlich in eine ununterbrochene Nacht eingehüllt. In dieser Not wußte sich Endymion nicht anders zu retten, als daß er Deputierte nach der Sonne abschickte, welche fußfällig bitten mußten, daß man die Mauer wieder einreißen und sie nicht so unbarmherzig in der Finsternis zu leben nötigen möchte; er machte sich dagegen anheischig, der Sonne Tribut zu entrichten, ihr, wenn sie Krieg hätte, mit Hilfstruppen zuzuziehen, nichts Feindliches mehr gegen sie zu unternehmen und zur Sicherheit dieser Versprechungen Geiseln zu geben. Phaethon hielt infolge dieses Antrages zwei Ratsversammlungen: in der ersten war die Erbitterung noch zu groß, um Vorschlägen zur Güte Gehör zu geben; in der zweiten aber kamen sie auf andere Gedanken, und der Friede kam unter folgenden Bedingungen zustande:

Zwischen den Helioten und ihren Bundesgenossen einerseits und den Seleniten und ihren Verbündeten andererseits ist folgender Vergleich geschlossen worden: Die Helioten machen sich anheischig, die aufgeführte Mauer niederzureißen, nicht wieder feindlich in den Mond einzufallen und die Gefangenen gegen ein zwischen beiden Teilen ausgemachtes Lösegeld freizugeben. Die Seleniten hingegen versprechen, die übrigen Sterne bei ihrer Unabhängigkeit zu belassen, die Helioten nie wieder mit Krieg zu überziehen, sondern einander, wofern sie von jemand angegriffen würden, wechselseitige Hilfe zu leisten; nicht weniger macht sich der König der Seleniten verbindlich, dem Könige der Helioten als Tribut jährlich zehntausend Eimer Tau zu entrichten und zur Sicherheit desselben zehntausend Geiseln zu geben. Die Kolonie auf dem Morgenstern aber betreffend, soll solche von beiden Teilen gemeinschaftlich bewerkstelligt werden und auch aus anderen Völkerschaften, wer dazu Lust haben mag, teil daran nehmen dürfen. Dieses Bündnis soll auf eine Denksäule von Bernstein gegraben und auf der Grenze beider Reiche in freier Luft aufgestellt werden, und haben dasselbe beschworen

von seiten der Helioten:	von seiten der Seleniten:
Feuermann.	Nachtlieb.
Sommerglut.	Monder.
Flammstädt.	Wechselschein.

Sobald dieser Friedensschluß unterzeichnet war, wurde die Mauer eingerissen und wir Gefangenen ausgeliefert. Bei unserer Zurückkunft auf den Mond kamen uns unsere Kameraden und Endymion selbst entgegen und umarmten uns mit tränenden Augen. Dieser Fürst hätte uns überaus gerne bei sich behalten; er schlug uns vor, an der neuen Kolonie teilzunehmen, und erbot sich, mir seinen Sohn zur Ehe zu geben (denn es gibt bei ihnen keine Weiber), aber ich ließ mich auf keine Weise überreden, sondern bestand darauf, daß er uns wieder ins Meer herabschicken sollte. Wie er nun sah, daß es unmöglich war, uns auf andere Gedanken zu bringen, so willigte er in unsere Entlassung ein, nachdem er uns eine ganze Woche durch aufs herrlichste bewirtet hatte.

Aber ehe ich den Mond wieder verlasse, muß ich euch doch auch erzählen, was ich während meines dortigen Aufenthaltes Neues und Außerordentliches bemerkt habe. Das erste ist, daß die Seleniten nicht von Weibern, sondern von Männern geboren werden; denn hier heiraten die Männer einander, und das weibliche Geschlecht ist ihnen etwas so Unbekanntes, daß sie nicht einmal einen Namen in ihrer Sprache dafür haben. Ihre

Einrichtung ist diese: Jeder Selenit wird geheiratet, bis er fünfundzwanzig Jahre alt ist, von dieser Zeit an aber heiratet er selbst. Ihre Leibesfrucht tragen sie nicht wie die Weiber bei uns in der Bauchhöhle, sondern in der Wade. Sobald ein junger Selenit empfangen hat, fängt ihm die Wade an dicker zu werden; einige Zeit darauf wird die Geschwulst aufgeschnitten und man zieht die Kinder tot heraus; sobald sie aber mit offenem Munde dem Winde ausgesetzt werden, fangen sie an zu leben. Ich vermute, daß das griechische Wort *gastroknemia* (Beinbauch) sich von diesem Volke herschreibt, das seine Kinder, anstatt im Leibe, in der Wade trägt.

Was aber noch viel sonderbarer ist, es gibt eine Art Menschen bei ihnen, Dendriten (Baummenschen) genannt, die auf folgende Weise entstehen. Man schneidet einem Manne den rechten Hoden aus und pflanzt ihn in die Erde; nach und nach wächst hieraus ein sehr großer fleischerner Baum, der die Gestalt eines Phallus, aber dabei Zweige und Blätter hat und eine ellenlange eichelförmige Frucht trägt. Diese Früchte werden, wenn sie zeitig sind, abgebrochen und die Menschen herausgeknackt. Diese Dendriten aber sind von Natur ohne Geschlechtsteile und also genötigt, sich künstliche anzusetzen, die ihnen eben die Dienste tun, als ob sie natürlich wären. Die Reicheren lassen sich solche von Elfenbein machen, die Armen begnügen sich mit hölzernen.

Wenn ein Selenit alt geworden ist, so stirbt er nicht wie wir, sondern zerfließt wie Rauch in der Luft.

Die ganze Nation hat nur einerlei Art, sich zu nähren: sie braten nämlich Frösche (die bei ihnen haufenweise in der Luft herumfliegen) auf Kohlen, setzen sich um den Herd, wenn sie gebraten werden, wie um einen Tisch her, schlürfen den aufsteigenden Dampf ein, und darin besteht ihre ganze Mahlzeit. Wenn sie trinken wollen, so drücken sie Luft in einen Becher aus, der auf diese Weise mit einer dem Tau ähnlichen Feuchtigkeit angefüllt wird.

Bei einer so feinen Nahrung wissen sie nichts von den Exkretionen, denen die Erdbewohner unterworfen sind, sie sind auch nicht an eben dem Orte gebohrt wie wir, und ihre

Knaben gewähren den Beischlaf nicht an der bewußten Stelle, sondern in der Kniehöhle über der Wade.

Wer bei ihnen für schön gelten will, muß kahl und ohne Haare sein; lockige und starkbehaarte Köpfe sind ihnen ein Greuel. Auf den Kometen hingegen ist's just umgekehrt; denn da gelten nur die lockigen für schön, wie uns einige Reisende, die auf diesen Sternen zu Hause waren, erzählten. Jedoch haben sie über den Knien etwas Bart. An den Füßen haben sie weder Nägel noch Zehen, sondern der ganze Fuß ist aus einem Stücke; aber über dem Hintern ist jedem ein großer Kohlkopf statt eines Schwanzes gewachsen, der immer grün bleibt und nie abbricht, wenn man auch darauf fällt.

Sie schneuzen eine sehr saure Art von Honig aus, und wenn sie sich, es sei durch Arbeit oder gymnastische Übungen, eine starke Bewegung machen, schwitzen sie am ganzen Leibe Milch, so daß sie, um Käse daraus zu machen, nur ein wenig von dem besagten Honig hineinzuträufeln brauchen.

Sie wissen aus Zwiebeln ein Öl zu machen, das sehr weiß und von so angenehmem Geruch ist, daß sie es zum Parfümieren brauchen. Überdies bringt ihr Land eine große Menge Reben hervor, die statt Wein- Wassertrauben tragen, deren Beeren Kerne von der Art unserer Schloßen haben. Ich weiß mir daher den Hagel bei uns nicht besser zu erklären, als daß es auf der Erde hagelt, sooft ein Sturmwind diese Reben so stark schüttelt, daß die Wassertrauben davon zerplatzen.

Die Seleniten tragen keine Taschen, sondern stecken alles, was sie bei sich tragen wollen, in ihren Bauch, den sie nach Gefallen auf- und zuschließen können. Denn von Natur ist er ganz leer, ohne Leber und sonstige Eingeweide, und bloß innen ringsum mit langen und dichten Zotteln bewachsen, so daß auch ihre neugeborenen Kinder, wenn sie frieren, ihnen in den Bauch hineinkriechen.

Was ihre Kleidung betrifft, so tragen die Reichen weiche Kleider aus Glas, der Armen ihre hingegen sind aus Erz gewebt; denn diese Gegenden sind sehr erzhaltig, und sie verarbeiten es, indem sie etwas Wasser dazugießen, wie wir die Wolle.

Aber was sie für Augen haben, getraue ich mir kaum zu sagen, es ist so unglaublich, daß ich besorgen muß, man werde denken, ich gebe die Unwahrheit vor. Doch, da ich schon so viel Wunderbares erzählt habe, mag das immer auch noch mitgehen. Sie haben nämlich Augen, die sich herausnehmen lassen; wer also die seinigen schonen will, nimmt sie heraus und hebt sie auf; kommt ihm dann etwas vor, was er sehen will, so setzt er sein Auge wieder ein und sieht. Viele, die die ihrigen verloren haben, sehen mit geborgten; denn was reiche Leute sind, haben deren immer viele vorrätig.

Ihre Ohren sind aus Platanenblättern gemacht, und nur die Dendriten allein haben hölzerne.

Auch sah ich im Palaste des Königs noch ein anderes Wunder, und das ist ein Spiegel von ungeheurer Größe, der auf einem nicht allzutiefen Brunnen liegt. Wer in diesen Brunnen hinabsteigt, hört alles, was auf unserer Erde gesprochen wird; und wer in den Spiegel schaut, sieht darin alle Städte und Völker der Erde so genau, als ob sie vor ihm stünden. Ich sah bei dieser Gelegenheit meine Familie und mein ganzes Vaterland: ob sie aber auch mich gesehen haben, kann ich nicht für gewiß sagen. Wer mir nicht glauben sollte, was ich von der Tugend dieses Spiegels gemeldet habe, wird sich, wenn er einmal selbst hierher kommen wird, mit eigenen Augen überzeugen können, daß ich die Wahrheit sage.

Wir beurlaubten uns nunmehr von dem Könige und seinem Hofe, begaben uns wieder an Bord unseres Schiffes und stießen ab. Endymion beschenkte mich beim Abschied mit zwei gläsernen und fünf ehernen Kleidungen nebst einer ganzen Rüstung aus Lupinen: ich mußte aber alles im Walfisch zurücklassen. Er gab uns auch tausend Hippogypen mit, die uns fünfhundert Stadien weit begleiten mußten.

Nachdem wir an verschiedenen anderen Ländern vorbeigefahren, landeten wir am Morgenstern, der seit kurzem angebaut worden war, an, um frisches Wasser einzunehmen. Von da fuhren wir in den Tierkreis ein, indem wir linker Hand hart an der Sonne vorbeisegelten; aber wir stiegen nicht aus, wiewohl meine Gefährten es sehr gewünscht hätten, weil uns der Wind entgegen war. Doch kamen wir ihr nahe genug, um zu sehen, daß die Landschaft mit dem schönsten Grün bedeckt, wohl bewässert und mit allen Arten von Naturgütern reichlich gesegnet war. Wie uns die Wolkenkentauren, die in Phaethons Solde stehen, gewahr wurden, flogen sie auf unsere Barke zu, zogen sich aber wieder zurück, sobald sie vernahmen, daß wir in den Friedenstraktat mit eingeschlossen wären.

Nunmehr hatten auch die Hippogypen Abschied von uns genommen, und wir hatten die nächste Nacht und den folgenden Tag unseren Lauf fortgesetzt und immer niederwärts gesteuert, als wir gegen Abend bei der sogenannten Lampenstadt anlangten. Diese Stadt liegt zwischen den Plejaden und Hyaden, aber etwas niedriger als der Zodiakus. Hier stiegen wir ans Land, erblickten aber keinen Menschen; hingegen sahen wir eine große Menge Lampen, die auf den Straßen hin und wider liefen und auf dem Markt und am Hafen beschäftigt waren; die meisten waren klein und hatten ein ärmliches Aussehen; einigen wenigen hingegen sah man's gleich an ihrem Glanz und lebhaften Lichte an, daß sie hier die Großen und Vielvermögenden vorstellten. Jede hatte ihren eigenen Lampenstock, der ihr zur Wohnung diente, und ihren eigenen Namen wie die Menschen. Wir hörten auch, daß sie eine Art von Sprache hatten. Ungeachtet sie uns nichts zuleide taten und uns vielmehr nach ihrer Weise gastfreundlich zu empfangen schienen, so war uns doch nicht wohl bei ihnen zumute, und keiner von uns getraute sich weder zu essen noch zu schlafen. Mitten in der Stadt haben sie eine Art von Rathaus, wo ihr Stadtschultheiß die ganze Nacht durch sitzt und einen nach dem andern bei seinem Namen zu sich ruft; wer nicht gehorcht, wird als Deserteur behandelt und mit der Todesstrafe belegt, das heißt, er wird ausgelöscht. Wir hörten auch, während wir herumstanden und sahen, was passierte, verschiedene von ihnen, die allerlei Ursachen, warum sie so spät gekommen, zur Entschuldigung anführten. Bei dieser Gelegenheit erkannte ich unsere eigene Hauslampe; ich erkundigte mich bei ihr, wie es zu Hause stünde, und sie sagte mir alles, was sie wußte.

Da wir nicht länger als diese einzige Nacht zu Lychnopolis

bleiben wollten, lichteten wir des folgenden Tages den Anker und fuhren neben den Wolken vorbei, wo wir unter anderen mit großer Verwunderung auch die berühmte Stadt Nephelokokkygia (Wolkenkuckucksheim) sahen, aber wegen widrigen Windes nicht in ihren Hafen einlaufen konnten. Doch erfuhren wir, daß Koronos, Kottyphions Sohn, gegenwärtig daselbst regiere; und ich meinesteils bestärke mich in der Meinung, die ich immer von der Weisheit und Wahrhaftigkeit des Dichters Aristophanes gehegt hatte, dessen Nachrichten von dieser Stadt man mit Unrecht den gebührenden Glauben versagt. Drei Tage darauf bekamen wir den Ozean wieder zu Gesicht; aber die Erde zeigte sich nirgends, die in der Luft schwebenden Inseln ausgenommen, die uns überaus feurig und funkelnd vorkamen. Am vierten gegen Mittag setzte uns ein sanft nachgebender Wind allmählich wieder auf dem Meere ab.

Es ist unmöglich, das Entzücken zu beschreiben, das uns ergriff, als wir uns wieder auf dem Wasser fühlten. Wir gaben der ganzen Schiffsmannschaft einen Schmaus, so gut, als es unser Vorrat erlauben wollte, und sprangen dann ins Wasser und badeten uns nach Herzenslust; denn es herrschte eben eine große Windstille, und das Meer war so glatt wie ein Spiegel.

Voltaire

Mikromegas

Eine naturphilosophische Erzählung

Erstes Kapitel

Ein Bewohner der Sternenwelt Sirius reist nach dem Planeten Saturn

Auf einem der Planeten, die um den Fixstern Sirius kreisen, lebte ein geistig hochbegabter junger Mann. Ich hatte die Ehre, ihn auf seiner letzten Reise nach unserem kleinen Ameisenhaufen kennenzulernen. Er hieß Mikromegas – ein Name, der allen Großen wohl ansteht. Der junge Mann war acht Meilen hoch, ich meine: vierundzwanzigtausend Schritt von je fünf Fuß.

Verschiedene Algebraiker, die dem Publikum stets nützlich sein wollen, werden sofort zur Feder greifen und feststellen, daß Herr Mikromegas, Bewohner des Siriuslandes, vom Kopf bis zum Fuß vierundzwanzigtausend Schritt, also hundertzwanzigtausend Fuß maß, wogegen wir Erdenbürger kaum fünf Fuß lang sind und unsere Erdkugel einen Umfang von neuntausend Meilen hat. Sie werden, glaube ich, herausfinden, daß die Weltkugel, die Herrn Mikromegas hervorgebracht hat, einen genau einundzwanzig Millionen sechshunderttausendmal größeren Umkreis haben muß als unsere kleine Erde, und das ist auch etwas völlig Einfaches und Übliches in der Natur. Die Staaten einiger deutscher und italienischer Fürsten, die man bequem in einer halben Stunde durchreisen kann, sind im Vergleich zu dem türkischen, moskowitischen oder chinesischen Reich nur ein äußerst schwaches Abbild der wunderbaren Gegensätze, die die Natur in allen ihren Schöpfungen offenbart.

Da die Gestalt Seiner Exzellenz die von mir angegebene Höhe hatte, werden alle Maler und Bildhauer mühelos feststellen, daß er einen Leibesumfang von fünfzigtausend Fuß haben mochte – was eine recht hübsche Proportion ergibt.

Seinen geistigen Fähigkeiten nach gehört er zu den gebildetsten Menschen, die wir haben. Er weiß viel und hat sogar manches selbst erfunden. Als er kaum zweihundertfünfzig Jahre zählte und, dem Brauch gemäß, am Jesuitenkollegium seines Planeten studierte, löste er bereits mehr als fünfzig Euklidische Aufgaben – also achtzehn mehr als Blaise Pascal, der, wie seine Schwester berichtete, nachdem er zweiunddreißig spielend gelöst hatte, ein recht mittelmäßiger Mathematiker und sehr schwacher Metaphysiker wurde. Um das vierhundertfünfzigste Jahr – also als er die Kinderschuhe auszog – sezierte er viele jener winzigen Insekten, die unter normalen Mikroskopen nicht sichtbar sind, weil sie unter hundert Fuß im Durchmesser haben. Er schrieb ein sehr interessantes Buch darüber, das ihm jedoch allerhand Unannehmlichkeiten eintrug. Der Mufti seines Landes, ein äußerst unwissender, unleidlicher Kleinigkeitskrämer, entdeckte in seinem Buch verdächtige, anstößige, vermessene, freigeistige und nach Ketzerei riechende Stellen und verfolgte ihn heftig. Es handelte sich dabei um die Frage, ob die Urform der Flöhe auf dem Sirius mit der der Wegschnecken verwandt sei. Mikromegas verteidigte sich sehr geschickt und hatte die Frauen auf seiner Seite. Der Prozeß dauerte zweihundertzwanzig Jahre. Schließlich ließ der Mufti mit Hilfe von Rechtsgelehrten das Buch, das sie nie gelesen hatten, konfiszieren, und dem Autor wurde untersagt, für die Dauer von achthundert Jahren bei Hofe zu erscheinen.

Von einem Hofe verbannt zu sein, an dem nur Klatsch und Kleinigkeitskrämerei herrschte, bereitete ihm wenig Kummer. Er verfaßte ein sehr amüsantes Spottlied gegen den Mufti, der sich das aber nicht weiter zu Herzen nahm. Dann reiste Mikromegas von einem Planeten zum anderen, um, wie man sagt, *Herz und Geist* gründlich zu bilden. Wer nur gewohnt ist, in der Postkutsche oder der Berline zu reisen, würde über die Beförderungsmittel dort oben sicher sehr erstaunt sein, denn wir auf unserem kleinen Schmutzklümpchen begreifen nur das, was bei uns gebräuchlich ist. Mikromegas kannte die Gravitationsgesetze und alle anziehenden und abstoßenden Kräfte ganz ausgezeichnet. Er wußte sich ihrer so gut zu bedienen, daß er einmal einen Sonnenstrahl, ein andermal einen Kometen als Fahrgelegenheit benutzte, um mit seinen Begleitern von Himmelskörper zu Himmelskörper zu gelangen, so wie ein Vogel von Ast zu Ast fliegt. In kurzer Zeit durchquerte er die Milchstraße, aber ich muß gestehen, daß er zwischen ihren Sternen nichts von dem schönen Himmelsgefilde entdeckte, das der hochgeschätzte Vikar Derham, wie er sich rühmte, durch sein Fernrohr gesehen hatte. Ich will nicht etwa behaupten, Herr Derham habe schlecht gesehen – Gott bewahre! Aber Mikromegas war an Ort und Stelle und gilt als guter Beobachter – doch ich will niemandem widersprechen!

Nach einer wohlberechneten Wendung gelangte Mikromegas auf die Saturnkugel. Sosehr er auch gewohnt war, neue Dinge zu sehen, konnte er sich doch beim Anblick der Winzigkeit dieses Himmelskörpers und seiner Bewohner eines überlegenen Lächelns, das zuweilen auch den Weisesten überkommt, nicht erwehren. Der Saturn ist ja auch kaum neunhundertmal größer als die Erde, und die Saturnbürger sind Zwerge von nur ungefähr tausend Klaftern Höhe. Anfangs machte er sich mit seinen Begleitern etwas lustig darüber, so wie etwa ein italienischer Musiker, wenn er nach Frankreich kommt, über Lullys Musik lachen muß. Da jedoch der Siriusmann einen scharfen Verstand hatte, war er sich sofort darüber klar, daß ein denkendes Wesen durchaus nicht lächerlich zu sein braucht, weil es nur sechstausend Fuß hoch ist. Erst setzte er die Saturnier in Staunen, dann aber freundete er sich mit ihnen an. Eine besonders enge Freundschaft verband ihn mit dem Sekretär der Saturn-Akademie, einem sehr geistvollen Mann, der selber freilich nichts erfunden hatte, aber über die Erfindungen trefflich zu berichten wußte und leidliche Versehen und gewaltige Berechnungen abzufassen verstand. Um den Lesern Genüge zu tun, möchte ich hier eine seltsame Unterhaltung wiedergeben, die Mikromegas eines Tages mit dem Herrn Sekretär hatte.

Zweites Kapitel

Ein Siriusbewohner unterhält sich mit einem Saturnier

Nachdem Seine Exzellenz sich niedergelegt hatte, damit der Sekretär seinem Gesicht nahekommen konnte, sagte Mikromegas: »Man muß doch zugeben, daß die Natur recht mannigfaltig ist.«

»Ja«, bestätigte der Saturnier, »die Natur ist wie ein Beet, dessen Blumen...«

»Ach«, unterbrach der andere, »verschonen Sie mich mit Ihrem Beet.«

»Sie ist«, fuhr der Sekretär fort, »wie eine Versammlung von Blonden und Braunen, deren Haartrachten...«

»Pah, was habe ich denn mit ihren Braunen zu schaffen?« fragte der Siriusmann.

»Sie ist dann also wie eine Gemäldegalerie, deren einzelne Werke...«

»Nein – nein doch«, rief unser Reisender, »die Natur ist immer nur wie die Natur. Warum Vergleiche für sie suchen?«

»Um Ihnen zu gefallen«, antwortete der Sekretär.

»Ich will gar nicht, daß man mir gefällt«, gab Mikromegas zurück, »ich möchte, daß man mich belehrt. Sagen Sie mir zunächst, wieviel Sinne die Menschen auf Ihrer Weltkugel haben.«

»Zweiundsiebzig«, sagte der Akademiker, »und wir klagen tagtäglich, daß wir so wenig haben. Wir bilden uns mehr Bedürfnisse ein, als wir haben, und fühlen uns mit unseren zweiundsiebzig Sinnen, unserem Saturnring und unseren fünf Monden allzu beschränkt, denn trotz unserer Wißbegier und der zahlreichen Leidenschaften, die ihren Ursprung in unseren zweiundsiebzig Sinnen haben, bleibt uns vollauf Zeit, um uns zu langweilen.«

»Das glaube ich schon«, meinte Mikromegas, »denn wir auf unserer Welt haben fast tausend Sinne, und dennoch erfüllt uns ein unbestimmtes Sehnsuchtsgefühl, eine ewige Unruhe, die uns daran mahnt, daß wir recht unbedeutend sind, und daß es viel vollkommenere Wesen gibt. Ich bin etwas umhergereist und habe Sterbliche gesehen, die weit unter uns standen, und andere, die uns sehr überlegen waren, aber nirgends habe ich welche getroffen, die nicht mehr Wünsche als tatsächliche Bedürfnisse und mehr Bedürfnisse als Befriedigung hatten. Vielleicht komme ich eines Tages in ein Land, wo es an nichts fehlt, aber bis jetzt hat mir niemand über ein solches Land etwas berichtet.«

Der Saturnier und der Siriusmann ergingen sich darauf in allerlei Vermutungen, doch nach vielen geistvollen und ungewissen Betrachtungen kamen sie auf die Tatsachen zurück.

»Wie lange lebt man bei euch?« wollte der Siriusbewohner wissen.

»Ach, sehr kurze Zeit«, erwiderte der kleine Saturnmann.

»Genau wie bei uns«, rief der Siriusmann, »auch wir beklagen uns ständig über die Kürze des Daseins. Das muß ein allgemeines Naturgesetz sein.«

»Leider leben wir nur fünfhundert große Sonnenwenden«, sagte der Saturnier (nach unserer Zeitrechnung wären das beinahe fünfzehntausend Jahre). »Sie sehen wohl, daß das fast in dem Augenblick, da man geboren wird, sterben heißt. Unser Dasein ist ein Punkt, unsere Lebensdauer ein Augenblick, unsere Weltkugel ein Atom. Kaum hat man angefangen, etwas zu lernen, kommt schon der Tod, ehe man noch Erfahrungen gesammelt hat. Ich für mein Teil wage nie, Pläne zu schmieden, ich fühle mich wie ein Wassertropfen in einem unermeßlichen Ozean. Vor allem Ihnen gegenüber schäme ich mich der lächerlichen Figur, die ich in dieser Welt darstelle.«

Darauf antwortete Mikromegas: »Wenn Sie kein Philosoph wären, würde ich fürchten, Sie durch die Mitteilung zu betrüben, daß unser Leben siebenhundertmal länger währt als das eurige. Doch Sie wissen ja, wenn man seinen Körper in Elemente zerfallen lassen und die Natur in einer anderen Gestalt neu beleben muß, was nämlich sterben heißt, wenn dieser Augenblick der Metamorphose eingetreten ist, ist es einerlei, ob man eine Ewigkeit oder einen Tag lang gelebt hat. Ich bin in Ländern gewesen, in denen man tausendmal länger lebt als bei uns, und trotzdem beklagte man sich dort auch. Doch überall gibt es vernünftige Menschen, die ihr Schicksal auf sich nehmen und dem Schöpfer der Natur danken. Er hat über dieses Weltall eine Überfülle von Mannigfaltigkeiten in einer wunderbaren Einheitlichkeit ausgeschüttet. So sind zum Beispiel alle denkenden Wesen verschieden, und doch sind sie im Grunde einander gleich durch ihr Denken und Wünschen. Überall sehen wir Materie, aber auf jeder Weltkugel hat sie verschiedene Eigenschaften. Wie viele solcher verschiedenen Eigenschaften stellen Sie an Ihrer Materie fest?«

»Wenn Sie die Eigenschaften meinen, ohne die wir den Fortbestand unserer Weltkugel, so wie sie ist, für unmöglich halten«, sagte der Saturnbewohner, »so zählen wir deren dreihundert, und zwar: Ausdehnung, Undurchdringlichkeit, Beweglichkeit, Anziehung, Teilbarkeit usw.«

»Anscheinend genügt diese geringe Zahl für die Absichten, die der Schöpfer für Ihre kleine Wohnstätte hegte«, sagte unser Reisender. »Ich bewundere seine Weisheit allerorten; überall sehe ich Verschiedenheit, aber zugleich Ausgeglichenheit. Eure Weltkugel ist klein, und klein sind auch die Bewohner. Ihr habt wenig Empfindungen, eure Materie hat wenig Eigenschaften – all das ist das Werk der Vorsehung. Welche Farbe hat, genau betrachtet, eure Sonne?«

»Stark gelblichweiß«, sagte der Saturnier, »und wenn wir einen ihrer Strahlen zerlegen, finden wir, daß er sieben Farben enthält.«

»Unsere Sonne ist eher rötlich«, sagte der Siriusmann, »und wir haben neununddreißig Grundfarben. Keine einzige von all den Sonnen, denen ich nahegekommen bin, gleicht der anderen, ebensowenig wie bei euch ein Gesicht dem anderen ähnlich sieht.«

Nach mehreren Fragen dieser Art erkundigte er sich, wie viele verschiedene Substanzen man auf dem Saturn zähle, und er erfuhr, daß man etwa dreißig annahm: Gott, den Raum, die Materie, die ausgedehnten empfindenden Wesen, die ausgedehnten Wesen, die empfinden und denken, die unausgedehnten denkenden Wesen, die einander durchdringenden Wesen, solche, die sich nicht durchdringen, und so fort. Der Siriusmann, in dessen Heimat man dreihundert Substanzen kannte und der auf seinen Reisen noch dreitausend andere entdeckt hatte, setzte den Saturnphilosophen in maßloses Erstaunen. Nachdem sie einander ein wenig von dem mitgeteilt hatten, was sie wußten, und viel von dem, was sie nicht wußten, und so eine Sonnenwende miteinander verschwatzt hatten, beschlossen sie, gemeinsam eine kleine naturphilosophische Reise zu unternehmen.

Drittes Kapitel

Der Sirius- und der Saturnbewohner gehen auf Reisen

Unsere beiden Philosophen wollten gerade mit einer recht guten Ausrüstung an mathematischen Instrumenten in die Atmosphäre des Saturn hinausfahren, als die Geliebte des Saturniers, die Wind von der Abreise bekommen hatte, weinend hereinstürzte und ihm Vorhaltungen machte. Sie war eine hübsche, kleine Brünette, nur sechshundertsechzig Klafter hoch, aber über ihren Reizen vergaß man ihre kleine Figur.

»Du grausamer Mensch du!« schrie sie, »erst habe ich dir fünfzehnhundert Jahre widerstanden, und nun willst du mich, nachdem ich mich dir endlich hingegeben und kaum hundert Jahre in deinen Armen verbracht habe, verlassen, um mit einem Riesen aus einer anderen Welt auf Reisen zu gehen! Geh, du bist nur neugierig, von Liebe hast du nie etwas gespürt. Wenn du ein echter Saturnier wärest, würdest du treu sein. Wohin willst du? Was fehlt dir? Unsere fünf Monde irren weniger umher als du, und unser Saturnring wechselt nicht so oft wie du. Jetzt habe ich genug, nie mehr werde ich einen Mann lieben.«

Der Philosoph umarmte sie, weinte mit ihr zusammen – Philosophen sind nun einmal so –, und nachdem die Dame in Ohnmacht gefallen war, ging sie davon und tröstete sich mit einem einheimischen Stutzer.

Inzwischen reisten unsere beiden Wißbegierigen ab. Zunächst sprangen sie auf den Saturnring, den sie ziemlich flach fanden, wie das ein berühmter Bewohner unserer kleinen Weltkugel richtig erraten hat. Dann wanderten sie von einem Mond zum anderen, und als an dem letzten ganz dicht ein Komet vorbeiflog, schwangen sie sich mit ihren Dienern und ihren Instrumenten darauf. Als sie ungefähr hundertfünfzig Millionen Meilen zurückgelegt hatten, stießen sie auf die Trabanten des Jupiter. Sie stiegen auf den Jupiter selbst hinüber und verbrachten dort ein Jahr, in dessen Verlauf sie recht interessante Geheimnisse erfuhren, die in unserer Zeit veröffentlicht worden wären, wenn es keine Herren Inquisitoren gäbe, denn diese fanden einige Behauptungen allzu schroff. Ich habe aber das Manuskript in der Bibliothek des hochwürdigen Erzbischofs von . . . gelesen, der mir mit wirklich anerkennenswerter Großmut und Güte seine Bücher zur Verfügung gestellt hatte.

Doch zurück zu unseren Reisenden. Nachdem sie den Jupiter verlassen hatten, durchquerten sie einen Raum von etwa hundert Millionen Meilen und kamen an dem Planeten Mars vorbei, der bekanntlich fünfmal kleiner ist als unsere kleine Erde. Sie gewahrten zwei Monde dieses Planeten, die bisher noch den Blicken unserer Astronomen entgangen sind. Ich weiß wohl, daß der Pater Castel gegen die Existenz dieser beiden Monde sogar recht ergötzlich schreiben wird, aber ich berufe mich auf diejenigen, die die Analogieschlüsse ziehen können. Diese wackeren Philosophen wissen wohl, wie schwer es dem von der Sonne so weit entfernten Mars fallen würde, ohne diese beiden Monde auszukommen. Wie dem auch sei, unsere beiden Reisenden fanden den Mars so winzig, daß sie fürchteten, keinen Platz zum Schlafen zu finden, und so setzten sie ihren Weg fort wie zwei Reisende, die ein schlechtes Dorfwirtshaus verschmähen und lieber bis zur nächsten Stadt weiterwandern. Aber unser Siriusmann und sein Gefährte hatten es gar bald zu bereuen. Sie fuhren längere Zeit weiter und fanden nichts. Endlich erspähten sie einen schwachen Schimmer . . . die Erde; es war wahrlich zum Erbarmen für

Leute, die vom Jupiter kamen. Da sie jedoch fürchteten, ein zweites Mal Grund zur Reue zu haben, beschlossen sie, zu landen. Sie begaben sich auf den Schwanz des Kometen, sprangen auf ein Nordlicht, das gerade aufgegangen war, und landeten auf der Erde am nördlichen Ufer der Ostsee am fünften Juli 1737 unserer Zeitrechnung.

Viertes Kapitel

Was ihnen auf der Erdkugel widerfuhr

Nachdem sie sich eine Weile ausgeruht hatten, verspeisten sie zum Frühstück zwei Berge, die ihnen ihre Leute ziemlich appetitlich zubereitet hatten. Dann wollten sie das kleine Land, in dem sie sich befanden, näher in Augenschein nehmen und gingen zunächst von Norden nach Süden. Die gewöhnlichen Schritte des Siriusmannes und seiner Leute waren ungefähr dreißigtausend Pariser Fuß lang. Der Saturnzwerg lief keuchend hinterher, denn er mußte etwa zwölf Schritte machen, während der andere nur einmal zutrat. Man stelle sich (wenn derartige Vergleiche überhaupt erlaubt sind) ein kleines Schoßhündchen vor, das einen Hauptmann der königlich-preußischen Garde einholen will.

Da unsere beiden Ausländer ziemlich schnell vorwärtskamen, hatten sie die ganze Erdkugel in sechsunddreißig Stunden umkreist. Die Sonne, oder vielmehr die Erde, macht diese Reise allerdings innerhalb eines Tages, aber man muß bedenken, daß man weit bequemer reist, wenn man sich um seine eigene Achse dreht, als wenn man zu Fuß geht. Schließlich gelangten sie wieder an den Ausgangspunkt zurück, nachdem sie die für sie kaum wahrnehmbare Pfütze, die sich »Mittelländisches Meer« nennt, durchquert hatten und auch den anderen kleinen Teich, der als »Großer Ozean« den Maulwurfshügel umspült. Dem Zwerg war das Wasser bis an die Waden gestiegen, während der Siriusmann sich kaum die Fersen naß gemacht hatte. Sie gaben sich alle erdenkliche Mühe, um herauszubekommen, ob diese Kugel bewohnt war oder nicht. Sie bückten sich, legten sich nieder und tasteten überall herum, aber ihre Augen und ihre Hände standen in keinem Verhältnis zu den kleinen Wesen, die da herumkrochen, und so machten sie nicht die leiseste Wahrnehmung, die sie vermuten lassen konnte, daß wir und unsere Mitbrüder, die anderen Erdbewohner, die Ehre haben, zu existieren.

Der Zwerg, der manchmal zu voreilig urteilte, entschied zunächst, daß es auf der Erde kein einziges Lebewesen gebe, weil er niemanden gesehen hatte. Mikromegas gab ihm höflich zu verstehen, daß sein Urteil schlecht begründet sei.

»Denn«, sagte er, »mit Ihren kleinen Augen sehen Sie gewisse Sterne fünfzigster Größe nicht, die ich ganz deutlich wahrnehme. Wollen Sie daraus schließen, daß diese Sterne nicht existieren?«

»Aber ich habe doch gut abgetastet«, behauptete der Zwerg.

»Jedoch schlecht gefühlt«, antwortete der andere.

»Aber«, rief der Zwerg, »diese Weltkugel ist so schlecht gebaut, alles ist so unregelmäßig und so lächerlich geformt! Hier scheint alles ein Chaos zu sein. Sehen Sie sich diese kleinen Bäche an, von denen keiner einen geraden Lauf hat, und die Teiche, die weder rund noch viereckig, noch länglichrund oder irgendwie regelmäßig geformt sind. Und dann all die spitzen Körner, mit denen diese Kugel bespickt ist und die mir die Füße zerschunden haben! (Er meinte die Berge.) Beachten Sie auch die ganze Form der Kugel. Wie platt ist sie an den Polen, wie linkisch dreht sie sich um die Sonne, so daß die Polargegenden unbedingt unfruchtbar bleiben müssen. Was mich tatsächlich darin bestärkt, daß hier niemand wohnt, ist der Eindruck, daß vernünftige Leute hier niemals bleiben würden.«

»Nun gut«, meinte Mikromegas, »vielleicht sind es auch keine vernünftigen Leute, die hier wohnen. Jedenfalls hat es den Anschein, als sei dies alles nicht umsonst geschaffen. Sie sagen, Ihnen erscheint hier alles unregelmäßig, weil auf dem Saturn und dem Jupiter alles schnurgerade ist. Vielleicht herrscht gerade aus diesem Grunde hier ein gewisser Wirrwarr. Habe ich Ihnen nicht gesagt, daß ich auf meinen Reisen immer große Mannigfaltigkeit festgestellt habe?«

Der Saturnier hatte auf alle diese Begründungen etwas zu entgegnen, und ihr Streit hätte nie ein Ende genommen, wenn Mikromegas zum Glück nicht in der Hitze des Wortgefechtes die Schnur seiner diamantenen Halskette zerrissen hätte. Die Diamanten fielen zu Boden: es waren hübsche, ziemlich ungleiche Steinchen, von denen die größten vierhundert und die kleinsten fünfzig Pfund wogen. Der Zwerg hob einige auf, und als er sie vor seine Augen hielt, bemerkte er, daß sie durch ihren Schliff ausgezeichnete Vergrößerungsgläser waren. Er suchte sich ein kleines Vergrößerungsglas von hundertsechzig Fuß im Durchmesser heraus und hielt es vor sein Auge. Auch Mikromegas nahm sich eins von zweitausendfünfhundert Fuß im Durchmesser. Sie waren tadellos, aber zunächst sah man durch sie noch nichts; sie mußten erst richtig eingestellt werden. Endlich erblickte der Saturnbewohner etwas kaum Wahrnehmbares, das sich zwischen zwei Wogen der Ostsee bewegte: es war ein Walfisch. Er ergriff ihn sehr geschickt mit dem kleinen Finger, legte ihn auf den Nagel seines Daumens und zeigte ihn dem Siriusmann, der wiederum über die Winzigkeit der Bewohner unserer Weltkugel lachen mußte. Nun war der Saturnier fest davon überzeugt, daß unsere Weltkugel bewohnt sei, und er kam zu dem Schluß, daß sie lediglich von Walfischen bewohnt werde. Und da er ein großer Denker vor dem Herrn war, wollte er auch gleich wissen, woher ein so kleines Atom seine Bewegung nähme, ob es Vorstellungen, einen Willen und Freiheit besäße. Mikromegas war dadurch sehr in Verlegenheit gebracht: er untersuchte das Tier mit viel Geduld, und als Ergebnis dieser Forschung stellte er fest, daß unmöglich eine Seele darin wohnen könne. Die beiden Reisenden kamen also zu der Annahme, daß unserer Bevölkerung jeglicher Geist fehle, als sie plötzlich durch ihre Mikroskope etwas entdeckten, das größer war als ein Wal und auf der Ostsee schwamm. Bekanntlich kehrte gerade zu jener Zeit eine Gruppe von Naturforschern vom Polarkreise zurück, wo sie Beobachtungen angestellt hatten, auf die bisher noch niemand verfallen war. Die Zeitungen berichteten, ihr Schiff sei im Bottnischen Meerbusen gestrandet, und sie hätten sich nur mit knapper

Mühe und Not retten können. Aber in dieser Welt kennt man ja niemals die Kehrseite der Dinge. Ich will ganz genau erzählen, wie sich die Sache zutrug, ohne meinerseits etwas hinzuzufügen – was für einen Geschichtsschreiber wahrlich keine leichte Sache ist.

FÜNFTES KAPITEL

Erfahrungen und Betrachtungen der beiden Reisenden

Mikromegas langte mit der Hand behutsam nach der Stelle, wo der Gegenstand zu sehen war. Er streckte zwei Finger aus, zog sie aber sofort zurück aus Angst, fehlzugreifen; dann streckte er sie wieder aus, zog sie zusammen, erfaßte geschickt das Schiff, auf dem sich die Herren befanden, und legte es auf seinen Nagel, in beständiger Furcht, es zu zerdrücken.

»Das ist ein ganz anderes Tier als das erste«, rief der Zwerg vom Saturn.

Der Siriusbewohner legte das angebliche Tier auf seine flache Hand. Die Passagiere und die Mannschaft, die sich von einem Wirbelwind in die Höhe gehoben glaubten und dachten, sie säßen auf einem Felsen fest, liefen alle hin und her. Die Matrosen nahmen Weinfässer, warfen sie Mikromegas auf die Hand und sprangen ihnen nach. Die Geometer ergriffen ihre Quadranten und Sextanten und kletterten mit ihren lappländischen Mädchen dem Siriusmann auf die Finger hinab. Sie machten so viel Bewegung, daß er schließlich etwas Fingerkitzelndes fühlte: man hatte ihm nämlich einen eisenbeschlagenen Stock einen Fuß tief in seinen Zeigefinger getrieben. Durch das Stechen merkte er, daß aus dem kleinen Tier etwas auf seine Hand gekrochen sein mußte, aber zuerst konnte er daraus nicht klug werden. Das Vergrößerungsglas, das gerade einen Wal und ein Schiff erkennen ließ, versagte bei einem so unwahrnehmbaren Geschöpf, wie der Mensch es ist. Ich möchte die Eitelkeit von niemandem verletzen, aber ich sehe mich genötigt, die Wichtigtuer zu bitten, mit mir eine kleine Betrachtung anzustellen: wenn man die Größe der Menschen auf ungefähr fünf Fuß ansetzt, so ist unsere Gestalt auf der Erde nicht größer als auf einer Kugel von zehn Fuß Umfang die eines Tieres, die allerhöchstens ein sechshunderttausendstel Zoll betragen würde. Man stelle sich ein Wesen vor, daß unsere Erde in seiner Hand halten könnte und Organe im Verhältnis zu den unseren hätte – es könnte doch sein, daß viele solcher Wesen existieren –, und nun bedenke man, was sie von den Schlachten halten würden, die uns zwei Dörfer eingebracht haben, die aber wieder zurückgegeben werden mußten.

Wenn einmal ein Hauptmann der langen Grenadiere dieses Buch lesen würde, so zweifle ich nicht daran, daß er die Helme seiner Soldaten um wenigstens zwei Fuß höher machen lassen würde. Ich sage ihm aber im voraus: was er auch anstellen mag, er und seine Leute werden immer unendlich klein bleiben.

Welcher bewundernswerten Feinheit bedurfte also unser Siriusphilosoph, um die Stäubchen, von denen ich spreche, wahrzunehmen: Als Leuwenhoek und Hartsoeker als erste die Samen sahen – oder zu sehen glaubten –, aus denen wir entstehen, machten sie nicht im entferntesten eine so erstaunliche Entdeckung. Welche Freude empfand Mikromegas, als er diese kleinen Organismen umherwimmeln sah und alle ihre Wendungen und Handlungen untersuchte und verfolgte! Wie schrie er auf und mit welcher Freude drückte er seinem Reisegefährten eins seiner Vergrößerungsgläser in die Hand!

»Ich sehe sie!« riefen beide zu gleicher Zeit.

»Sehen Sie nicht, wie sie Lasten tragen, sich bücken und sich wieder aufrichten?«

Während sie so sprachen, zitterten ihnen die Hände vor Freude, solche neuen Dinge zu sehen, und vor Furcht, sie wieder zu verlieren. Der Saturnier, der vom tiefsten Zweifel in die übertriebenste Gläubigkeit fiel, war der Meinung, daß sie an ihrer Fortpflanzung arbeiteten.

»Ha«, rief er, »ich habe die Natur auf frischer Tat ertappt!« Aber er ließ sich durch den Schein täuschen, was nur allzu oft geschieht, gleichviel ob man sich eines Vergrößerungsglases bedient oder nicht.

Sechstes Kapitel
Was ihnen bei den Menschen begegnete

Mikromegas, der ein besserer Beobachter war als sein Zwerg, sah deutlich, daß die Stäubchen miteinander sprachen, und machte seinen Gefährten darauf aufmerksam. Aber da dieser über seinen Irrtum in Sachen der Zeugung beschämt war, wollte er nicht glauben, daß solche Geschöpfe einander Gedanken zum Ausdruck bringen konnten. Er beherrschte Sprachen ebenso wie der Siriusmann, aber er hörte nichts von den Stäubchen, und so folgerte er, daß sie nicht sprechen könnten. Wie sollten denn auch die Sprechorgane dieser unwahrnehmbaren Geschöpfe gestaltet sein, und was hätten sie zu sagen? Um sprechen zu können, muß man denken, jedenfalls beinah denken. Dachten die Stäubchen aber, so mußten sie so etwas wie eine Seele haben; und so etwas wie eine Seele dieser Gattung zuzuschreiben erschien ihm reichlich albern.

»Aber Sie bildeten sich doch zuerst ein, Sie sähen sie beim Liebesakt«, rief der Siriusmann, »glauben Sie denn, man könne sich der Liebe hingeben, ohne zu denken, ohne Worte auszusprechen oder wenigstens ohne sich zu verständigen? Denken Sie denn, es sei schwieriger, einen Beweis in die Welt zu setzen als ein Kind? Für mich ist das eine wie das andere ein großes Rätsel.«

»Ich wage nicht mehr, etwas zu glauben, noch etwas zu leugnen«, sagte der Zwerg, »ich habe keine Meinung mehr. Wir müssen diese Käfer erst einmal untersuchen; diskutieren können wir später darüber.«

»Sehr richtig«, erwiderte Mikromegas.

Er zog sofort eine Schere hervor, schnitt sich damit die Nägel, rollte aus der abgeschnittenen Nagelspitze seines Daumens etwas wie ein großes Sprachrohr und steckte sich die Spitze wie einen Schalltrichter ins Ohr. Der obere Rand des Trichters umschloß das Schiff und die ganze Besatzung. Die leiseste Stimme drang in die kreisförmig gelagerten Fasern des Nagels ein, so daß unser Philosoph dank seines Erfindergeistes bei sich oben deutlich das Summen der Käfer unten hören konnte. Nach wenigen Stunden konnte er die einzelnen Worte unterscheiden, und schließlich verstand er Französisch. Der Zwerg brachte es ebenfalls fertig, aber mit viel mehr Mühe. Die Verwunderung der beiden Reisenden nahm immer mehr zu. Sie hörten, wie die Milben ziemlich vernünftig sprachen; dieses Naturspiel erschien ihnen unbegreiflich. Man kann sich wohl denken, daß der Siriusmann und sein Zwerg vor Ungeduld brannten, mit den winzigen Wesen ein Gespräch anzuknüpfen, der Zwerg fürchtete aber, daß seine Donnerstimme und besonders die des Mikromegas die Milben so betäuben würde, daß sie nichts verstehen könnten. Die Stimmen mußten also gedämpft werden. Unsere Reisenden steckten sich eine Art Zahnstocher in den Mund, deren dünne Enden bis zum Schiff hinunterreichten. Der Siriusmann nahm den Zwerg auf die Knie und das Schiff mit der Besatzung auf einen Fingernagel, dann beugte er den Kopf hinab und flüsterte etwas. Nach all diesen und noch vielen anderen Vorsichtsmaßregeln begann er endlich seine Rede:

»Ihr unsichtbaren kleinen Käfer, euch hat die Hand des Schöpfers im Abgrund des Unendlichkleinen geschaffen. Ich danke ihm für die Gnade, daß er mir Geheimnisse, die ich für unergründlich hielt, offenbart hat. Vielleicht würde man euch an unserem Hofe nicht gern anschauen, aber ich verachte niemanden und biete euch meinen Schutz an.«

Wenn es jemals erstaunte Wesen gegeben hat, so waren es die Menschenkinder, die diese Worte vernahmen. Sie konnten sich nicht erklären, woher sie kamen. Der Schiffskaplan sagte Teufelsbeschwörungsgebete her, die Matrosen fluchten, und die Naturwissenschaftler stellten rasch ein System auf, mit dessen Hilfe sie jedoch nicht erforschen konnten, wer zu ihnen sprach. Der Saturnzwerg, der eine leisere Stimme hatte als Mikromegas, setzte ihnen in kurzen Worten auseinander, mit welchen Wesen sie es zu tun hatten. Er berichtete ihnen von der Reise vom Saturn, machte sie mit Mikromegas bekannt und fragte, nachdem er sie wegen ihrer Kleinheit bedauert hatte, ob sie sich stets in diesem beklagenswerten Zustande des Fastnichtseins befunden hätten, ferner was sie auf einer Weltkugel trieben, die doch Walfischen zu gehören scheine, ob sie glücklich seien, ob sie sich vermehrten, ob sie eine Seele hätten. Noch hunderterlei andere Fragen stellte er ihnen.

Ein Besserwisser aus der Naturforscherschar, der beherzter als die anderen und überdies verletzt war, daß man an seiner Seele zweifelte, beobachtete den Fragesteller durch einen auf einen Quadranten gestellten Diopter. Er wechselte zweimal den Standort und sprach dann vom dritten aus: »Sie bilden sich wohl ein, Herr, weil sie tausend Klafter vom Kopf bis zu den Füßen messen, seien Sie . . .«

»Tausend Klafter!« rief der Zwerg, »gerechter Gott, woher kann er meine Größe wissen? Tausend Klafter! Er irrt sich nicht um einen Zoll. Was, dieses Stäubchen hat mich gemessen? Er ist Geometer, weiß meine Größe, und ich sehe ihn erst durch das Mikroskop und kenne seine Größe nicht!«

»Jawohl, ich habe sie gemessen«, sagte der Physiker, »und ich könnte gern auch noch Ihren großen Begleiter messen.«

Der Vorschlag wurde angenommen. Seine Exzellenz streckte sich der Länge nach aus, denn wäre er aufrecht stehen geblieben, so hätte sein Kopf zu sehr in die Wolken geragt. Unsere Naturforscher steckten ihm einen großen Baum an einen Ort, den der Doktor Swift zwar ungeniert bezeichnen würde, den ich aber aus tiefer Achtung vor den Damen nicht nennen möchte. Dann kamen die Wissenschaftler mit Hilfe einer Reihe zusammengesetzter Dreiecke zu dem Schluß, daß sie einen jungen Mann von hundertzwanzigtausend Fuß Höhe vor sich hätten.

Daraufhin äußerte sich Mikromegas: »Ich sehe mehr denn je ein, daß man niemals etwas nach seiner scheinbaren Größe beurteilen darf. O Gott, der Du Wesen, die so verächtlich erscheinen, mit Vernunft begabt hast, Dir macht das unendlich Kleine ebensowenig wie das unendlich Große aus. Und sollte es noch kleinere Wesen geben als diese hier, so könnten sie sogar einen höheren Verstand haben als jene wunderbaren Tiere, die ich im Himmel gesehen habe und deren einer Fuß allein diese Weltkugel bedecken würde, zu der ich hinuntergestiegen bin.«

Einer der Wissenschaftler gab ihm zur Antwort, er könne mit Bestimmtheit annehmen, daß es in der Tat noch viel kleinere vernunftbegabte Wesen gäbe als den Menschen. Er trug ihm zwar nicht alles vor, was Vergil an Sagenhaftem von den Bienen erzählt hatte, aber was Swammerdam entdeckt und was Réaumur seziert hatte. Schließlich erklärte er ihm, daß es Tiere gäbe, die für die Bienen das seien, was die Bienen für die Menschen sind, und das, was der Siriusbewohner selbst für jene unendlich großen Tiere sei, von denen er gesprochen, und was wiederum diese großen Tiere für andere Wesen bedeuten, denen sie wie Stäubchen erscheinen. Allmählich wurde die Unterhaltung interessant, und Mikromegas sagte folgendes:

Siebentes Kapitel

Gespräch mit den Menschen

»Oh, ihr klugen Stäubchen, an denen es dem ewigen Wesen gefallen hat, seine Kunst und seine Macht kundzutun, ihr könnt sicher reine Freuden auf eurer Weltkugel genießen, denn da ihr so wenig Materie an euch habt und ganz aus Geist zu bestehen scheint, müßt ihr doch euer Leben damit verbringen zu lieben und zu denken, denn das ist das wahre Leben der Geistigen. Nirgendwo habe ich wahre Glückseligkeit angetroffen, doch hier muß sie herrschen!«

Auf diese Worte hin schüttelten alle Wissenschaftler den Kopf, und einer von ihnen, der freimütiger war als die anderen, gestand treuherzig, daß, mit Ausnahme einiger wenig angesehener Erdbewohner, die übrigen eine Schar von Narren, Bösewichtern und armen Teufeln seien.

»Wir tragen mehr Stoff mit uns herum«, sagte er, »als uns nötig ist, um viel Böses zu tun – falls das Böse vom Stoff herkommt, und wir haben zuviel Geist, falls das Böse dem Geist entspringt. Ist Ihnen zum Beispiel bekannt, daß gerade jetzt, da ich mit Ihnen spreche, hunderttausend Narren unserer Art mit Hüten auf den Köpfen hunderttausend andere Geschöpfe, die Turbane tragen, töten oder von ihnen niedergemetzelt werden, und daß sich etwas Derartiges seit undenklichen Zeiten fast auf der ganzen Erde abspielt?«

Der Siriusmann fragte schaudernd, aus welchem Grund diese gebrechlichen Wesen solche entsetzlichen Kämpfe gegeneinander führten.

»Es handelt sich«, erklärte ihm der Naturforscher, »um ein paar Schmutzhaufen, die so groß sind wie Ihre Absätze. Nicht etwa, daß ein einziger von diesen Millionen Menschen, die sich umbringen lassen, auch nur einen Strohhalm von diesem Erdhaufen beanspruchte. Es gilt nur, festzustellen, ob er einem gewissen Mann, der *Sultan* genannt wird, gehört oder einem anderen, den man, ich weiß nicht warum, nach *Cäsar* nennt. Weder der eine noch der andere hat jemals dieses Fleckchen Erde gesehen und wird es auch nie sehen, und wohl keines der Geschöpfe, die sich gegenseitig erschlagen, hat je das Wesen erblickt, für das sie sich töten lassen.«

»O diese Unglücklichen!« rief der Siriusbewohner empört, »kann man denn ein solches Übermaß an sinnloser Raserei fassen! Mich kommt wahrlich die Lust an, drei Schritte zu machen und mit drei Fußtritten diesen ganzen Ameisenhaufen lächerlicher Mordgesellen zu zerstampfen.«

»Geben Sie sich nicht die Mühe«, war die Antwort, »sie arbeiten selbst genug an ihrem Untergang. Bedenken Sie, daß nach dem Verlauf von je zehn Jahren immer nur der hundertste Teil dieser Schurken übrigbleibt. Und hätten sie auch das Schwert nicht gezogen, so würden sie Unbilden, Hunger und Erschöpfung dahinraffen. Überdies verdienen nicht sie es, bestraft zu werden, sondern jene barbarischen Stubenhocker, die von ihrem Kabinett aus um die Zeit ihrer Verdauung das Gemetzel von einer Million Menschen anordnen und danach Gott dafür feierlich danken lassen.«

Der Reisende fühlte sich von Mitleid für die kleine Menschenrasse ergriffen, bei der er so erstaunliche Widersprüche entdeckte. »Da ihr zu der kleinen Zahl von Weisen gehört«, sagte er zu den Herren, »und offenbar niemanden für Geld tötet, so sagt mir bitte, womit ihr euch beschäftigt.«

»Wir sezieren Fliegen«, antwortete der Naturforscher, »wir messen Linien, wir stellen Zahlen zusammen, wir sind uns in zwei oder drei Punkten, die wir begriffen haben, einig, und über zwei- oder dreitausend Punkte, die wir nicht erfaßt haben, streiten wir uns.«

Da kam dem Siriusmann und dem Saturnier der Einfall, den denkenden Stäubchen allerlei Fragen zu stellen, um zu erfahren, in welchen Dingen sie miteinander einig seien.

»Wie groß schätzen Sie die Entfernung vom Hundsstern bis zum großen Stern der Zwillinge?« wurde gefragt.

»Zweiunddreißig und einen halben Grad«, antworteten alle gleichzeitig.

»Wie weit rechnet ihr von hier aus bis zum Mond?«

»Rund sechzig Halbmesser.«

»Wieviel wiegt eure Luft?«

Er glaubte, sie gefangen zu haben, aber alle antworteten, die Luft wöge ungefähr neunhundertmal weniger als ein gleiches Volumen leichtesten Wassers und neunzehntausendmal weniger als Dukatengold. Der Kleine war über ihre Antworten dermaßen erstaunt, daß er sich versucht fühlte, dieselben Menschen, denen er vor einer Viertelstunde den Besitz einer Seele abgesprochen hatte, jetzt für Hexenmeister zu halten.

Schließlich sagte Mikromegas zu ihnen: »Da ihr so gut Bescheid über das wißt, was um euch ist, so kennt ihr wahrscheinlich das, was in euch ist, noch besser. Sagt mir, wie eure Seele ist und auf welche Weise ihr eure Gedanken bildet.«

Die Gelehrten redeten wie vorher alle auf einmal, aber alle waren verschiedener Meinung. Der Älteste zitierte Aristoteles, ein anderer sprach den Namen Descartes aus, wieder ein anderer sprach von Malebranche, ein vierter von Leibniz, ein fünfter von Locke. Ein alter Peripatetiker rief ganz laut und selbstherrlich: »Die Seele ist eine Entelechie und eine Vernunft, demgemäß sie die Macht hat, das zu sein, was sie ist. Dies erklärt ausdrücklich Aristoteles auf Seite 633 der Louvre-Ausgabe: Ἐντελέχεια ἐστὶν usw.«

»Griechisch verstehe ich nicht besonders gut«, sagte der Riese.

»Ich auch nicht«, bemerkte die Gelehrten-Milbe.

»Warum zitieren Sie dann einen gewissen Aristoteles auf griechisch?« fragte der Siriusbewohner.

»Darum, weil man das, was man nicht begreift, in der Sprache zitieren muß, die man am wenigsten versteht«, erwiderte der Gelehrte.

Nun ergriff der Kartesianer das Wort und sagte: »Die Seele ist eine reine Geistigkeit, die schon im Schoße ihrer Mutter alle metaphysischen Ideen empfangen hat und die, wenn sie ihn verlassen hat, in die Schule gehen und alles neu lernen muß, was sie so gut wußte und niemals wieder wissen wird.«

»Dann verlohnte es sich also nicht«, meinte das Achtmeilengeschöpf, »daß deine Seele im Schoße deiner Mutter schon so wissend war, wenn du mit dem Bart am Kinn so unwissend bleiben mußt. Doch was verstehst du unter Geist?«

»Was fragen Sie mich da?« rief der Denker, »ich habe keine Ahnung. Man sagt, er sei nicht Materie.«

»Weißt du denn wenigstens, was Materie ist?«

»Gewiß!« erwiderte der Mensch. »Dieser Stein zum Beispiel ist grau, hat eine bestimmte Form und seine drei Dimensionen, hat Schwere und ist teilbar.«

»Nun«, rief der Siriusbewohner, »dieser Gegenstand, der dir teilbar, schwer und grau erscheint – kannst du mir sagen, was es ist? Du siehst nur einige Eigenschaften, aber erkennst du das Wesen dieses Dinges?«

»Nein«, erwiderte der andere.

»Also weißt du nicht, was Materie ist!«

Herr Mikromegas richtete nun das Wort an einen anderen Gelehrten, den er auf seinem Daumen hielt. Er fragte ihn, was seine Seele sei und was sie täte.

»Gar nichts«, antwortete der Malebranche-Philosoph, »Gott tut alles für mich, in ihm sehe ich alles, ich tue alles in ihm: er bewirkt alles ohne mein Dazutun.«

»Nicht existieren käme auf dasselbe heraus«, entgegnete der Weise vom Sirius. »Und du, mein Freund«, wandte er sich an einen Leibnizianer, der gerade da war, »was ist deine Seele?«

»Sie ist«, erwiderte der Leibnizianer, »ein Zeiger, der die

Stunden angibt, während mein Körper die Glocken läuten läßt, oder, wenn Sie wollen, läßt auch meine Seele die Glocken läuten, während mein Körper die Stunden anzeigt. Oder aber: meine Seele ist ein Spiegel des Weltalls, und mein Körper ist der Rahmen des Spiegels – das ist doch völlig klar!«

Ein kleiner Anhänger von Locke stand daneben, und als schließlich auch das Wort an ihn gerichtet wurde, sagte er: »Ich weiß nicht, auf welche Weise ich denke, aber ich weiß, daß ich niemals anders gedacht habe als auf Anregung meiner Sinne. Ich zweifle nicht daran, daß es unkörperliche und vernunftbegabte Wesen gibt; daß es aber Gott unmöglich sein sollte, der Materie Geist zu verleihen, bezweifle ich stark. Ich verehre die ewige Macht, und es steht mir nicht zu, ihr Grenzen zu ziehen. Ich bejahe nichts, ich begnüge mich zu glauben, daß mehr Dinge möglich sind, als man annimmt.«

Das Sirius-Wesen lächelte: er fand diesen Mann durchaus nicht unweise. Der Saturnzwerg hätte den Locke-Anhänger am liebsten in seine Arme geschlossen, wenn das Mißverhältnis ihrer Größe nicht so ungeheuer gewesen wäre. Zum Unglück aber war noch ein anderes winziges Tierchen mit viereckiger Mütze da, das allen anderen philosophischen Tierchen das Wort abschnitt. Es sagte, ihm sei das ganze Geheimnis bekannt, denn es stände im *Summarium* des Thomas von Aquino. Es sah die beiden Himmelsbewohner vom Kopf bis zu den Füßen an und erklärte ihnen, daß sie selber und ihre Monde, ihre Sonnen und ihre Sterne einzig und allein für den Menschen gemacht seien. Bei dieser Bemerkung fielen unsere beiden Reisenden einer auf den anderen. Sie erstickten beinah vor nicht zu unterdrückendem Lachen, das nach Homer das Erbteil der Götter ist. Ihre Schultern und ihre Bäuche wackelten, und bei diesen Lachkrämpfen fiel das Schiff vom Nagel des Siriusmannes in eine Hosentasche des Saturniers. Die beiden gutmütigen Riesen suchten lange danach. Endlich fanden sie die Besatzung wieder und stellten sie fein säuberlich auf die Beine. Der Mann vom Sirius nahm die kleinen Milben wieder auf die Hand und sprach ihnen noch mit viel Güte zu, obwohl er im Grunde seines Herzens etwas erbost darüber war, daß die unendlich kleinen Wesen einen fast unendlich großen Dünkel hatten. Er versprach ihnen, ein schönes wissenschaftliches Buch für sie zu schreiben, und zwar ein winzig kleines, das für ihren Gebrauch geeignet sei. Aus diesem Buch sollten sie den Endzweck aller Dinge erfahren. Und vor seiner Abreise überreichte er ihnen tatsächlich dieses Buch, das nach Paris in die Akademie der Wissenschaften gebracht wurde. Als aber der Sekretär es aufschlug, fand er nur leere Blätter.

»Ha«, rief er, »das hatte ich geahnt!«

E. T. A. Hoffmann
Der Sandmann

Nathanael an Lothar

Gewiß seid Ihr alle voll Unruhe, daß ich so lange – lange nicht geschrieben. Mutter zürnt wohl, und Clara mag glauben, ich lebe hier in Saus und Braus und vergesse mein holdes Engelsbild, so tief mir in Herz und Sinn eingeprägt, ganz und gar. – Dem ist aber nicht so; täglich und stündlich gedenke ich Eurer aller und in süßen Träumen geht meines holden Clärchens freundliche Gestalt vorüber und lächelt mich mit ihren hellen Augen so anmutig an, wie sie wohl pflegte, wenn ich zu Euch hineintrat. – Ach wie vermochte ich denn Euch zu schreiben, in der zerrissenen Stimmung des Geistes, die mir bisher alle Gedanken verstörte! – Etwas Entsetzliches ist in mein Leben getreten! – Dunkle Ahnungen eines gräßlichen mir drohenden Geschicks breiten sich wie schwarze Wolkenschatten über mich aus, undurchdringlich jedem freundlichen Sonnenstrahl. – Nun soll ich Dir sagen, was mir widerfuhr. Ich muß es, das sehe ich ein, aber nur es denkend, lacht es wie toll aus mir heraus. – Ach mein herzlieber Lothar! wie fange ich es denn an, Dich nur einigermaßen empfinden zu lassen, daß das, was mir vor einigen Tagen geschah, denn wirklich mein Leben so feindlich zerstören konnte! Wärst Du nur hier, so könntest Du selbst schauen; aber jetzt hältst Du mich gewiß für einen aberwitzigen Geisterseher. – Kurz und gut, das Entsetzliche, was mir geschah, dessen tödlichen Eindruck zu vermeiden ich mich vergebens bemühe, besteht in nichts anderm, als daß vor einigen Tagen, nämlich am 30. Oktober mittags um 12 Uhr, ein Wetterglashändler in meine Stube trat und mir seine Ware anbot. Ich kaufte nichts und drohte, ihn die Treppe herabzuwerfen, worauf er aber von selbst fortging.

Du ahnest, daß nur ganz eigne, tief in mein Leben eingreifende Beziehungen diesem Vorfall Bedeutung geben können, ja, daß wohl die Person jenes unglückseligen Krämers gar feindlich auf mich wirken muß. So ist es in der Tat. Mit aller Kraft fasse ich mich zusammen, um ruhig und geduldig Dir aus meiner frühern Jugendzeit so viel zu erzählen, daß Deinem regen Sinn alles klar und deutlich in leuchtenden Bildern aufgehen wird. Indem ich anfangen will, höre ich Dich lachen und Clara sagen: »Das sind ja rechte Kindereien!« – Lacht, ich bitte Euch, lacht mich recht herzlich aus! – ich bitt Euch sehr! – Aber Gott im Himmel! die Haare sträuben sich mir und es ist, als flehe ich Euch an, mich auszulachen, in wahnsinniger Verzweiflung, wie Franz Moor den Daniel. – Nun fort zur Sache!

Außer dem Mittagessen sahen wir, ich und mein Geschwister, tagüber den Vater wenig. Er mochte mit seinem Dienst viel beschäftigt sein. Nach dem Abendessen, das alter Sitte gemäß schon um sieben Uhr aufgetragen wurde, gingen wir alle, die Mutter mit uns, in des Vaters Arbeitszimmer und setzten uns um einen runden Tisch. Der Vater rauchte Tabak und trank ein großes Glas Bier dazu. Oft erzählte er uns viele wunderbare Geschichten und geriet darüber so in Eifer, daß ihm die Pfeife immer ausging, die ich, ihm brennend Papier hinhaltend, wieder anzünden mußte, welches mir denn ein Hauptspaß war. Oft gab er uns aber Bilderbücher in die Hände, saß stumm und starr in seinem Lehnstuhl und blies starke Dampfwolken von sich, daß wir alle wie im Nebel schwammen. An solchen Abenden war die Mutter sehr traurig und kaum schlug die Uhr neun, so sprach sie: »Nun Kinder! – zu Bette! zu Bette! der Sandmann kommt, ich merk es schon.« Wirklich hörte ich dann jedesmal etwas schweren langsamen Tritts die Treppe heraufpoltern; das mußte der Sandmann sein. Einmal war mir jenes dumpfe Treten und Poltern besonders graulich; ich frug die Mutter, indem sie uns fortführte: »Ei Mama! wer ist denn der böse Sandmann, der uns immer von Papa forttreibt? – wie sieht er denn aus?« – »Es gibt keinen Sandmann, mein liebes Kind«, erwiderte die Mutter: »wenn ich sage, der Sandmann kommt, so will das nur heißen, ihr seid schläfrig und könnt die Augen nicht offen behalten, als hätte man euch Sand hineingestreut.« – Der Mutter Antwort befriedigte mich nicht, ja in meinem kindischen Gemüt entfaltete sich deutlich der Gedanke, daß die Mutter den Sandmann nur verleugne, damit wir uns vor ihm nicht fürchten sollten, ich hörte ihn ja immer die Treppe heraufkommen. Voll Neugierde, Näheres von diesem Sandmann und seiner Beziehung auf uns Kinder zu erfahren, frug ich endlich die alte Frau, die meine jüngste Schwester wartete: was denn das für ein Mann sei, der Sandmann? »Ei Thanelchen«, erwiderte diese, »weißt du das noch nicht? Das ist ein böser Mann, der kommt zu den Kindern, wenn sie nicht zu Bett gehen wollen und wirft ihnen Händevoll Sand in die Augen, daß sie blutig zum Kopf herausspringen, die wirft er dann in den Sack und trägt sie in den Halbmond zur Atzung für seine Kinderchen; die sitzen dort im Nest und haben krumme Schnäbel, wie die Eulen, damit picken sie der unartigen Menschenkindlein Augen auf.« – Gräßlich malte sich nun im Innern mir das Bild des grausamen Sandmanns aus; sowie es abends die Treppe heraufpolterte, zitterte ich vor Angst und Entsetzen. Nichts als den unter Tränen hergestotterten Ruf: »Der Sandmann! der Sandmann!« konnte die Mutter aus mir herausbringen. Ich lief darauf in das Schlafzimmer, und wohl die ganze Nacht über quälte mich die fürchterliche Erscheinung des Sandmanns. – Schon alt genug war ich geworden, um einzusehen, daß das mit dem Sandmann und seinem Kindernest im Halbmonde, so wie es mir die Wartefrau erzählt hatte, wohl nicht ganz seine Richtigkeit haben könne; indessen blieb mir der Sandmann ein fürchterliches Gespenst, und Grauen – Entsetzen ergriff mich, wenn ich ihn nicht allein die Treppe heraufkommen, sondern auch meines Vaters Stubentür heftig aufreißen und hineintreten hörte. Manchmal blieb er lange weg, dann kam er öfter hintereinander. Jahrelang dauerte das, und nicht gewöhnen konnte ich mich an den unheimlichen Spuk, nicht bleicher wurde mir das Bild des grausigen Sandmanns. Sein Umgang mit dem Vater fing an meine Fantasie immer mehr und mehr zu beschäftigen: den Vater darum zu befragen hielt mich eine unüberwindliche Scheu zurück, aber selbst –

selbst das Geheimnis zu erforschen, den fabelhaften Sandmann zu sehen, dazu keimte mit den Jahren immer mehr die Lust in mir empor. Der Sandmann hatte mich auf die Bahn des Wunderbaren, Abenteuerlichen gebracht, das so schon leicht im kindlichen Gemüt sich einnistet. Nichts war mir lieber, als schauerliche Geschichten von Kobolten, Hexen, Däumlingen u.s.w. zu hören oder zu lesen; aber obenan stand immer der Sandmann, den ich in den seltsamsten, abscheulichsten Gestalten überall auf Tische, Schränke und Wände mit Kreide, Kohle, hinzeichnete. Als ich zehn Jahre alt geworden, wies mich die Mutter aus der Kinderstube in ein Kämmerchen, das auf dem Korridor unfern von meines Vaters Zimmer lag. Noch immer mußten wir uns, wenn auf den Schlag neun Uhr sich jener Unbekannte im Hause hören ließ, schnell entfernen. In meinem Kämmerchen vernahm ich, wie er bei dem Vater hineintrat und bald darauf war es mir dann, als verbreite sich im Hause ein feiner seltsam riechender Dampf. Immer höher mit der Neugierde wuchs der Mut, auf irgend eine Weise des Sandmanns Bekanntschaft zu machen. Oft schlich ich schnell aus dem Kämmerchen auf den Korridor, wenn die Mutter vorübergegangen, aber nichts konnte ich erlauschen, denn immer war der Sandmann schon zur Türe hinein, wenn ich den Platz erreicht hatte, wo er mir sichtbar werden mußte. Endlich von unwiderstehlichem Drange getrieben, beschloß ich, im Zimmer des Vaters selbst mich zu verbergen und den Sandmann zu erwarten.

An des Vaters Schweigen, an der Mutter Traurigkeit merkte ich eines Abends, daß der Sandmann kommen werde; ich schützte daher große Müdigkeit vor, verließ schon vor neun Uhr das Zimmer und verbarg mich dicht neben der Türe in einen Schlupfwinkel. Die Haustür knarrte, durch den Flur ging es, langsamen, schweren, dröhnenden Schrittes nach der Treppe. Die Mutter eilte mit dem Geschwister mir vorüber. Leise – leise öffnete ich des Vaters Stubentür. Er saß, wie gewöhnlich, stumm und starr den Rücken der Türe zugekehrt, er bemerkte mich nicht, schnell war ich hinein und hinter der Gardine, die einem gleich neben der Türe stehenden offnen

Schrank, worin meines Vaters Kleider hingen, vorgezogen war. – Näher – immer näher dröhnten die Tritte – es hustete und scharrte und brummte seltsam draußen. Das Herz bebte mir vor Angst und Erwartung. – Dicht, dicht vor der Türe ein scharfer Tritt – ein heftiger Schlag auf die Klinke, die Tür springt rasselnd auf! – Mit Gewalt mich ermannend gucke ich behutsam hervor. Der Sandmann steht mitten in der Stube vor meinem Vater, der helle Schein der Lichter brennt ihm ins Gesicht! – Der Sandmann, der fürchterliche Sandmann ist der alte Advokat Coppelius, der manchmal bei uns zu Mittage ißt!

Aber die gräßlichste Gestalt hätte mir nicht tieferes Entsetzen erregen können als eben dieser Coppelius. – Denke Dir einen großen breitschultrigen Mann mit einem unförmlich dicken Kopf, erdgelbem Gesicht, buschigten grauen Augenbrauen, unter denen ein Paar grünliche Katzenaugen stechend hervorfunkeln, großer, starker über die Oberlippe gezogener Nase. Das schiefe Maul verzieht sich oft zum hämischen Lachen; dann werden auf den Backen ein paar dunkelrote Flecke sichtbar und ein seltsam zischender Ton fährt durch die zusammengekniffenen Zähne. Coppelius erschien immer in einem altmodisch zugeschnittenen aschgrauen Rocke, ebensolcher Weste und gleichen Beinkleidern, aber dazu schwarze Strümpfe und Schuhe mit kleinen Steinschnallen. Die kleine Perücke reichte kaum bis über den Kopfwirbel heraus, die Kleblocken standen hoch über den großen roten Ohren und ein breiter verschlossener Haarbeutel starrte von dem Nacken weg, so daß man die silberne Schnalle sah, die die gefältelte Halsbinde schloß. Die ganze Figur war überhaupt widrig und abscheulich; aber vor allem waren uns Kindern seine großen knotigten, haarigten Fäuste zuwider, so daß wir, was er damit berührte, nicht mehr mochten. Das hatte er bemerkt und nun war es seine Freude, irgend ein Stückchen Kuchen, oder eine süße Frucht, die uns die gute Mutter heimlich auf den Teller gelegt, unter diesem, oder jenem Vorwande zu berühren, daß wir, helle Tränen in den Augen, die Näscherei, der wir uns erfreuen sollten, nicht mehr genießen mochten vor Ekel und Abscheu. Ebenso machte er es, wenn uns an Feiertagen der Vater ein kleines Gläschen süßen Weins eingeschenkt hatte. Dann fuhr er schnell mit der Faust herüber, oder brachte wohl gar das Glas an die blauen Lippen und lachte recht teuflisch, wenn wir unsern Ärger nur leise schluchzend äußern durften. Er pflegte uns nur immer die kleinen Bestien zu nennen; wir durften, war er zugegen, keinen Laut von uns geben und verwünschten den häßlichen, feindlichen Mann, der uns recht mit Bedacht und Absicht auch die kleinste Freude verdarb. Die Mutter schien ebenso, wie wir, den widerwärtigen Coppelius zu hassen; denn sowie er sich zeigte, war ihr Frohsinn, ihr heiteres unbefangenes Wesen umgewandelt in traurigen, düstern Ernst. Der Vater betrug sich gegen ihn, als sei er ein höheres Wesen, dessen Unarten man dulden und das man auf jede Weise bei guter Laune erhalten müsse. Er durfte nur leise andeuten und Lieblingsgerichte wurden gekocht und seltene Weine kredenzt.

Als ich nun diesen Coppelius sah, ging es grausig und entsetzlich in meiner Seele auf, daß ja niemand anders, als er, der Sandmann sein könnte, aber der Sandmann war mir nicht mehr jener Popanz aus dem Ammenmärchen, der dem Eulennest im Halbmonde Kinderaugen zur Atzung holt – nein! – ein häßlicher gespenstischer Unhold, der überall, wo er einschreitet, Jammer – Not – zeitliches, ewiges Verderben bringt.

Ich war festgezaubert. Auf die Gefahr entdeckt, und, wie ich deutlich dachte, hart gestraft zu werden, blieb ich stehen, den Kopf lauschend durch die Gardine hervorgestreckt. Mein Vater empfing den Coppelius feierlich. »Auf! – zum Werk«, rief dieser mit heiserer, schnarrender Stimme und warf den Rock ab. Der Vater zog still und finster seinen Schlafrock aus und beide kleideten sich in lange schwarze Kittel. Wo sie *die* hernahmen, hatte ich übersehen. Der Vater öffnete die Flügeltür eines Wandschranks; aber ich sah, daß das, was ich so lange dafür gehalten, kein Wandschrank, sondern vielmehr eine schwarze Höhlung war, in der ein kleiner Herd stand. Coppelius trat hinzu und eine blaue Flamme knisterte auf dem Herde empor. Allerlei seltsames Geräte stand umher. Ach Gott! – wie sich nun mein alter Vater zum Feuer herabbückte, da sah er ganz anders aus. Ein gräßlicher krampfhafter Schmerz schien seine sanften ehrlichen Züge zum häßlichen widerwärtigen Teufelsbilde verzogen zu haben. Er sah dem Coppelius ähnlich. Dieser schwang die glutrote Zange und holte damit hellblinkende Massen aus dem dicken Qualm, die er dann emsig hämmerte. Mir war es als würden Menschengesichter ringsumher sichtbar, aber ohne Augen – scheußliche, tiefe schwarze Höhlen statt ihrer. »Augen her, Augen her!« rief Coppelius mit dumpfer dröhnender Stimme. Ich kreischte auf von wildem Entsetzen gewaltig erfaßt und stürzte aus meinem Versteck heraus auf den Boden. Da ergriff mich Coppelius, »kleine Bestie! – kleine Bestie!« meckerte er zähnefletschend! – riß mich auf und warf mich auf den Herd, daß die Flamme mein Haar zu sengen begann: »Nun haben wir Augen – Augen – ein schön Paar Kinderaugen.« So flüsterte Coppelius, und griff mit den Fäusten glutrote Körner aus der Flamme, die er mir in die Augen streuen wollte. Da hob mein Vater flehend die Hände empor und rief: »Meister! Meister! laß meinem Nathanael die Augen – laß sie ihm!« Coppelius lachte gellend auf und rief: »Mag denn der Junge die Augen behalten und sein Pensum flennen in der Welt; aber nun wollen wir doch den Mechanismus der Hände und der Füße recht observieren.« Und damit faßte er mich gewaltig, daß die Gelenke knackten, und schrob mir die Hände ab und die Füße und setzte sie bald hier, bald dort wieder ein. »'s steht doch überall nicht recht! 's gut so wie es war! – Der Alte hat's verstanden!« So zischte und lispelte Coppelius; aber alles um mich her wurde schwarz und finster, ein jäher Krampf durchzuckte Nerv und Gebein – ich fühlte nichts mehr. Ein sanfter warmer Hauch glitt über mein Gesicht, ich erwachte wie aus dem Todesschlaf, die Mutter hatte sich über mich hingebeugt. »Ist der Sandmann noch da?« stammelte ich. »Nein, mein liebes Kind, der ist lange, lange fort, der tut dir keinen Schaden!« – So sprach die Mutter und küßte und herzte den wiedergewonnenen Liebling.

Was soll ich Dich ermüden, mein herzlieber Lothar! was soll ich so weitläufig einzelnes hererzählen, da noch so vieles zu sagen übrig bleibt? Genug! – ich war bei der Lauscherei entdeckt, und von Coppelius gemißhandelt worden. Angst und

Schrecken hatten mir ein hitziges Fieber zugezogen, an dem ich mehrere Wochen krank lag. »Ist der Sandmann noch da?« – Das war mein erstes gesundes Wort und das Zeichen meiner Genesung, meiner Rettung. – Nur noch den schrecklichsten Moment meiner Jugendjahre darf ich Dir erzählen; dann wirst Du überzeugt sein, daß es nicht meiner Augen Blödigkeit ist, wenn mir nun alles farblos erscheint, sondern, daß ein dunkles Verhängnis wirklich einen trüben Wolkenschleier über mein Leben gehängt hat, den ich vielleicht nur sterbend zerreiße.

Coppelius ließ sich nicht mehr sehen, es hieß, er habe die Stadt verlassen.

Ein Jahr mochte vergangen sein, als wir der alten unveränderten Sitte gemäß abends an dem runden Tische saßen. Der Vater war sehr heiter und erzählte viel Ergötzliches von den Reisen, die er in seiner Jugend gemacht. Da hörten wir, als es neune schlug, plötzlich die Haustür in den Angeln knarren und langsame eisenschwere Schritte dröhnten durch den Hausflur die Treppe herauf. »Das ist Coppelius«, sagte meine Mutter erblassend. »Ja! – es ist Coppelius«, wiederholte der Vater mit matter gebrochener Stimme. Die Tränen stürzten der Mutter aus den Augen. »Aber Vater, Vater!« rief sie, »muß es denn so sein?« – »Zum letzten Male!« erwiderte dieser, »zum letzten Male kommt er zu mir, ich verspreche es dir. Geh nur, geh mit den Kindern! – Geht – geht zu Bette! Gute Nacht!«

Mir war es, als sei ich in schweren kalten Stein eingepreßt – mein Atem stockte! – Die Mutter ergriff mich beim Arm als ich unbeweglich stehen blieb: »Komm Nathanael, komme nur!« – Ich ließ mich fortführen, ich trat in meine Kammer. »Sei ruhig, sei ruhig, lege dich ins Bette! – schlafe – schlafe«, rief mir die Mutter nach; aber von unbeschreiblicher innerer Angst und Unruhe gequält, konnte ich kein Auge zutun. Der verhaßte abscheuliche Coppelius stand vor mir mit funkelnden Augen und lachte mich hämisch an, vergebens trachtete ich sein Bild los zu werden. Es mochte wohl schon Mitternacht sein, als ein entsetzlicher Schlag geschah, wie wenn ein Geschütz losgefeuert würde. Das ganze Haus erdröhnte, es rasselte und rauschte bei meiner Türe vorüber, die Haustüre wurde klirrend zugeworfen. »Das ist Coppelius!« rief ich entsetzt und sprang aus dem Bette. Da kreischte es auf in schneidendem trostlosen Jammer, fort stürzte ich nach des Vaters Zimmer, die Türe stand offen, erstickender Dampf quoll mir entgegen, das Dienstmädchen schrie: »Ach, der Herr! – der Herr!« – Vor dem dampfenden Herde auf dem Boden lag mein Vater tot mit schwarz verbranntem gräßlich verzerrtem Gesicht, um ihn herum heulten und winselten die Schwestern – die Mutter ohnmächtig daneben! – »Coppelius, verruchter Satan, du hast den Vater erschlagen!« – So schrie ich auf; mir vergingen die Sinne. Als man zwei Tage darauf meinen Vater in den Sarg legte, waren seine Gesichtszüge wieder mild und sanft geworden, wie sie im Leben waren. Tröstend ging es in meiner Seele auf, daß sein Bund mit dem teuflischen Coppelius ihn nicht ins ewige Verderben gestürzt haben könne.

Die Explosion hatte die Nachbarn geweckt, der Vorfall wurde ruchtbar und kam vor die Obrigkeit, welche den Coppelius zur Verantwortung vorfordern wollte. Der war aber spurlos vom Orte verschwunden.

Wenn ich Dir nun sage, mein herzlieber Freund! daß jener Wetterglashändler eben der verruchte Coppelius war, so wirst Du es mir nicht verargen, daß ich die feindliche Erscheinung als schweres Unheil bringend deute. Er war anders gekleidet, aber Coppelius' Figur und Gesichtszüge sind zu tief in mein Innerstes eingeprägt, als daß hier ein Irrtum möglich sein sollte. Zudem hat Coppelius nicht einmal seinen Namen geändert. Er gibt sich hier, wie ich höre, für einen piemontesischen Mechanikus aus, und nennt sich Giuseppe Coppola.

Ich bin entschlossen es mit ihm aufzunehmen und des Vaters Tod zu rächen, mag es denn nun gehen wie es will.

Der Mutter erzähle nichts von dem Erscheinen des gräßlichen Unholds – Grüße meine liebe holde Clara, ich schreibe ihr in ruhigerer Gemütsstimmung. Lebe wohl etc. etc.

Clara an Nathanael

Wahr ist es, daß Du recht lange mir nicht geschrieben hast, aber dennoch glaube ich, daß Du mich in Sinn und Gedanken trägst. Denn meiner gedachtest Du wohl recht lebhaft, als Du Deinen letzten Brief an Bruder Lothar absenden wolltest und die Aufschrift, statt an ihn an mich richtetest. Freudig erbrach ich den Brief und wurde den Irrtum erst bei den Worten inne: »Ach mein herzlieber Lothar!« – Nun hätte ich nicht weiter lesen, sondern den Brief dem Bruder geben sollen. Aber, hast Du mir auch sonst manchmal in kindischer Neckerei vorgeworfen, ich hätte solch ruhiges, weiblich besonnenes Gemüt, daß ich wie jene Frau, drohe das Haus den Einsturz, noch vor schneller Flucht ganz geschwinde einen falschen Kniff in der Fenstergardine glattstreichen würde, so darf ich doch wohl kaum versichern, daß Deines Briefes Anfang mich tief erschütterte. Ich konnte kaum atmen, es flimmerte mir vor den Augen. – Ach, mein herzgeliebter Nathanael! Was konnte so Entsetzliches in Dein Leben getreten sein! Trennung von Dir, Dich niemals wiedersehen, der Gedanke durchfuhr meine Brust wie ein glühender Dolchstich. – Ich las und las! – Deine Schilderung des widerwärtigen Coppelius ist gräßlich. Erst jetzt vernahm ich, wie Dein guter alter Vater solch entsetzlichen, gewaltsamen Todes starb. Bruder Lothar, dem ich sein Eigentum zustellte, suchte mich zu beruhigen, aber es gelang ihm schlecht. Der fatale Wetterglashändler Giuseppe Coppola verfolgte mich auf Schritt und Tritt und beinahe schäme ich mich, es zu gestehen, daß er selbst meinen gesunden, sonst so ruhigen Schlaf in allerlei wunderlichen Traumgebilden zerstören konnte. Doch bald, schon den andern Tag, hatte sich alles anders in mir gestaltet. Sei mir nur nicht böse, mein Inniggeliebter, wenn Lothar Dir etwa sagen möchte, daß ich trotz Deiner seltsamen Ahnung, Coppelius werde Dir etwas Böses antun, ganz heitern unbefangenen Sinnes bin, wie immer.

Geradeheraus will ich es Dir nur gestehen, daß, wie ich meine, alles Entsetzliche und Schreckliche, wovon Du sprichst, nur in Deinem Innern vorging, die wahre wirkliche Außenwelt aber daran wohl wenig teilhatte. Widerwärtig genug mag der alte Coppelius gewesen sein, aber daß er Kinder haßte, das brachte in Euch Kindern wahren Abscheu gegen ihn hervor.

Natürlich verknüpfte sich nun in Deinem kindischen Gemüt der schreckliche Sandmann aus dem Ammenmärchen mit dem alten Coppelius, der Dir, glaubtest Du auch nicht an den Sandmann, ein gespenstischer, Kindern vorzüglich gefährlicher, Unhold blieb. Das unheimliche Treiben mit Deinem Vater zur Nachtzeit war wohl nichts anders, als daß beide insgeheim alchimistische Versuche machten, womit die Mutter nicht zufrieden sein konnte, da gewiß viel Geld unnütz verschleudert und obendrein, wie es immer mit solchen Laboranten der Fall sein soll, des Vaters Gemüt ganz von dem trügerischen Drange nach hoher Weisheit erfüllt, der Familie abwendig gemacht wurde. Der Vater hat wohl gewiß durch eigne Unvorsichtigkeit seinen Tod herbeigeführt, und Coppelius ist nicht schuld daran: Glaubst Du, daß ich den erfahrnen Nachbar Apotheker gestern frug, ob wohl bei chemischen Versuchen eine solche augenblicklich tötende Explosion möglich sei? Der sagte: »Ei allerdings« und beschrieb mir nach seiner Art gar weitläufig und umständlich, wie das zugehen könne, und nannte dabei so viel sonderbar klingende Namen, die ich gar nicht zu behalten vermochte. – Nun wirst Du wohl unwillig werden über Deine Clara, Du wirst sagen: »In dies kalte Gemüt dringt kein Strahl des Geheimnisvollen, das den Menschen oft mit unsichtbaren Armen umfaßt; sie erschaut nur die bunte Oberfläche der Welt und freut sich, wie das kindische Kind über die goldgleißende Frucht, in deren Innerm tödliches Gift verborgen.«

Ach mein herzgeliebter Nathanael! glaubst Du denn nicht, daß auch in heitern – unbefangenen – sorglosen Gemütern die Ahnung wohnen könne von einer dunklen Macht, die feindlich uns in unserm eignen Selbst zu verderben strebt? – Aber verzeih es mir, wenn ich einfältig Mädchen mich unterfange, auf irgend eine Weise anzudeuten, was ich eigentlich von solchem Kampfe im Innern glaube. – Ich finde wohl gar am Ende nicht die rechten Worte und Du lachst mich aus, nicht, weil ich was Dummes meine, sondern weil ich mich so ungeschickt anstelle, es zu sagen.

Gibt es eine dunkle Macht, die so recht feindlich und verräterisch einen Faden in unser Inneres legt, woran sie uns dann festpackt und fortzieht auf einem gefahrvollen verderblichen Wege, den wir sonst nicht betreten haben würden – gibt es eine solche Macht, so muß sie in uns sich, wie wir selbst gestalten, ja unser Selbst werden; denn nur *so* glauben wir an sie und räumen ihr den Platz ein, dessen sie bedarf, um jenes geheime Werk zu vollbringen. Haben wir festen, durch das heitre Leben gestärkten, Sinn genug, um fremdes feindliches Einwirken als solches zu erkennen und den Weg, in den uns Neigung und Beruf geschoben, ruhigen Schrittes zu verfolgen, so geht wohl jene unheimliche Macht unter in dem vergeblichen Ringen nach der Gestaltung, die unser eignes Spiegelbild sein sollte. Es ist auch gewiß, fügt Lothar hinzu, daß die dunkle physische Macht, haben wir uns durch uns selbst ihr hingegeben, oft fremde Gestalten, die die Außenwelt uns in den Weg wirft, in unser Inneres hineinzieht, so, daß wir selbst nur den Geist entzünden, der, wie wir in wunderlicher Täuschung glauben, aus jener Gestalt spricht. Es ist das Phantom unseres eigenen Ichs, dessen innige Verwandtschaft und dessen tiefe Einwirkung auf unser Gemüt uns in die Hölle wirft, oder in den Himmel verzückt. – Du merkst, mein herzlieber Nathanael! daß wir, ich und Bruder Lothar uns recht über die Materie von dunklen Mächten und Gewalten ausgesprochen haben, die mir nun, nachdem ich nicht ohne Mühe das Hauptsächlichste aufgeschrieben, ordentlich tiefsinnig vorkommt. Lothars letzte Worte verstehe ich nicht ganz, ich ahne nur, was er meint, und doch ist es mir, als sei alles sehr wahr. Ich bitte Dich, schlage Dir den häßlichen Advokaten Coppelius und den Wetterglasmann Giuseppe Coppola ganz aus dem Sinn. Sei überzeugt, daß diese fremden Gestalten nichts über Dich vermögen; nur der Glaube an ihre feindliche Gewalt kann sie Dir in der Tat feindlich machen. Spräche nicht aus jeder Zeile Deines Briefes die tiefste Aufregung Deines Gemüts, schmerzte mich nicht Dein Zustand recht in innerster Seele, wahrhaftig, ich könnte

über den Advokaten Sandmann und den Wetterglashändler Coppelius scherzen. Sei heiter – heiter! – Ich habe mir vorgenommen, bei Dir zu erscheinen, wie Dein Schutzgeist, und den häßlichen Coppola, sollte er es sich etwa beikommen lassen, Dir im Traum beschwerlich zu fallen, mit lautem Lachen fortzubannen. Ganz und gar nicht fürchte ich mich vor ihm und vor seinen garstigen Fäusten, er soll mir weder als Advokat eine Näscherei, noch als Sandmann die Augen verderben.
Ewig, mein herzinnigstgeliebter Nathanael etc. etc. etc.

Nathanael an Lothar

Sehr unlieb ist es mir, daß Clara neulich den Brief an Dich aus, freilich durch meine Zerstreutheit veranlaßtem, Irrtum erbrach und las. Sie hat mir einen sehr tiefsinnigen philosophischen Brief geschrieben, worin sie ausführlich beweiset, daß Coppelius und Coppola nur in meinem Innern existieren und Phantome meines Ichs sind, die augenblicklich zerstäuben, wenn ich sie als solche erkenne. In der Tat, man sollte gar nicht glauben, daß der Geist, der aus solch hellen holdlächelnden Kindesaugen, oft wie ein lieblicher süßer Traum, hervorleuchtet, so gar verständig, so magistermäßig distinguieren könne. Sie beruft sich auf Dich. Ihr habt über mich gesprochen. Du liesest ihr wohl logische Kollegia, damit sie alles fein sichten und sondern lerne. – Laß das bleiben! – Übrigens ist es wohl gewiß, daß der Wetterglashändler Giuseppe Coppola keinesweges der alte Advokat Coppelius ist. Ich höre bei dem erst neuerdings angekommenen Professor der Physik, der, wie jener berühmte Naturforscher, Spalanzani heißt und italienischer Abkunft ist, Kollegia. Der kennt den Coppola schon seit vielen Jahren und überdem hört man es auch seiner Aussprache an, daß er wirklich Piemonteser ist. Coppelius war Deutscher, aber wie mich dünkt, kein ehrlicher. Ganz beruhigt bin ich nicht. Haltet Ihr, Du und Clara, mich immerhin für einen düstern Träumer, aber nicht los kann ich den Eindruck werden, den Coppelius' verfluchtes Gesicht auf mich macht. Ich bin froh,

daß er fort ist aus der Stadt, wie mir Spalanzani sagt. Dieser Professor ist ein wunderlicher Kauz. Ein kleiner rundlicher Mann, das Gesicht mit starken Backenknochen, feiner Nase, aufgeworfenen Lippen, kleinen stechenden Augen. Doch besser, als in jeder Beschreibung, siehst Du ihn, wenn Du den Cagliostro, wie er von Chodowiecki in irgend einem berlinischen Taschenkalender steht, anschauest. – So sieht Spalanzani aus. – Neulich steige ich die Treppe herauf und nehme wahr, daß die sonst einer Glastüre dicht vorgezogene Gardine zur Seite einen kleinen Spalt läßt. Selbst weiß ich nicht, wie ich dazu kam, neugierig durchzublicken. Ein hohes, sehr schlank im reinsten Ebenmaß gewachsenes, herrlich gekleidetes Frauenzimmer saß im Zimmer vor einem kleinen Tisch, auf den sie beide Arme, die Hände zusammengefaltet, gelegt hatte. Sie saß der Türe gegenüber, so, daß ich ihr engelschönes Gesicht ganz erblickte. Sie schien mich nicht zu bemerken, und überhaupt hatten ihre Augen etwas Starres, beinahe möcht ich sagen, keine Sehkraft, es war mir so, als schliefe sie mit offnen Augen. Mir wurde ganz unheimlich und deshalb schlich ich leise fort ins Auditorium, das daneben gelegen. Nachher erfuhr ich, daß die Gestalt, die ich gesehen, Spalanzanis Tochter, Olimpia war, die er sonderbarer und schlechter Weise einsperrt, so, daß durchaus kein Mensch in ihre Nähe kommen darf. – Am Ende hat es eine Bewandtnis mit ihr, sie ist vielleicht blödsinnig oder sonst. – Weshalb schreibe ich Dir aber das alles? Besser und ausführlicher hätte ich Dir das mündlich erzählen können. Wisse nämlich, daß ich über vierzehn Tage bei Euch bin. Ich muß mein süßes liebes Engelsbild, meine Clara, wiedersehen. Weggehaucht wird dann die Verstimmung sein, die sich (ich muß das gestehen) nach dem fatalen verständigen Brief meiner bemeistern wollte. Deshalb schreibe ich auch heute nicht an sie.
 Tausend Grüße etc. etc. etc.

Seltsamer und wunderlicher kann nichts erfunden werden, als dasjenige ist, was sich mit meinem armen Freunde, dem jungen Studenten Nathanael, zugetragen, und was ich dir, günstiger Leser! zu erzählen unternommen. Hast du, Geneigtester! wohl jemals etwas erlebt, das deine Brust, Sinn und Gedanken ganz und gar erfüllte, alles andere daraus verdrängend? Es gärte und kochte in dir, zur siedenden Glut entzündet sprang das Blut durch die Adern und färbte höher deine Wangen. Dein Blick war so seltsam als wolle er Gestalten, keinem andern Auge sichtbar, im leeren Raum erfassen und die Rede zerfloß in dunkle Seufzer. Da frugen dich die Freunde: »Wie ist Ihnen, Verehrter? – Was haben Sie, Teurer?« Und nun wolltest du das innere Gebilde mit allen glühenden Farben und Schatten und Lichtern aussprechen und mühtest dich ab, Worte zu finden, um nur anzufangen. Aber es war dir, als müßtest du nun gleich im ersten Wort alles Wunderbare, Herrliche, Entsetzliche, Lustige, Grauenhafte, das sich zugetragen, recht zusammengreifen, so daß es, wie ein elektrischer Schlag, alle treffe. Doch jedes Wort, alles was Rede vermag, schien dir farblos und frostig und tot. Du suchst und suchst, und stotterst und stammelst, und die nüchternen Fragen der Freunde schlagen, wie eisige Windeshauche, hinein in deine innere Glut, bis sie verlöschen will. Hattest du aber, wie ein kecker Maler, erst mit einigen verwegenen Strichen, den Umriß deines innern Bildes hingeworfen, so trugst du mit leichter Mühe immer glühender und glühender die Farben auf und das lebendige Gewühl mannigfacher Gestalten riß die Freunde fort und sie sahen, wie du, sich selbst mitten im Bilde, das aus deinem Gemüt hervorgegangen! – Mich hat, wie ich es dir, geneigter Leser! gestehen muß, eigentlich niemand nach der Geschichte des jungen Nathanael gefragt; du weißt ja aber wohl, daß ich zu dem wunderlichen Geschlechte der Autoren gehöre, denen, tragen sie etwas so in sich, wie ich es vorhin beschrieben, so zu Mute wird, als frage jeder, der in ihre Nähe kommt und nebenher auch wohl noch die ganze Welt: »Was ist es denn? Erzählen Sie Liebster?« – So trieb es mich denn gar gewaltig, von Nathanaels verhängnisvollem Leben zu dir zu sprechen. Das Wunderbare, Seltsame davon erfüllte meine ganze Seele, aber eben deshalb und weil ich dich, o mein Leser! gleich geneigt machen mußte, Wunderliches zu ertragen, welches nichts Geringes ist, quälte ich mich ab, Nathanaels Geschichte, bedeutend – originell, ergreifend, anzufangen: „Es war einmal" – der schönste Anfang jeder Erzählung, zu nüchtern! – »In der kleinen Provinzialstadt S. lebte« – etwas besser, wenigstens ausholend zum Klimax. – Oder gleich medias in res: » ›Scher er sich zum Teufel‹, rief, Wut und Entsetzen im wilden Blick, der Student Nathanael, als der Wetterglashändler Giuseppe Coppola« – Das hatte ich in der Tat schon aufgeschrieben, als ich in dem wilden Blick des Studenten Nathanael etwas Possierliches zu verspüren glaubte; die Geschichte ist aber gar nicht spaßhaft. Mir kam keine Rede in den Sinn, die nur im mindesten etwas von dem Farbenglanz des innern Bildes abzuspiegeln schien. Ich beschloß gar nicht anzufangen. Nimm, geneigter Leser! die drei Briefe, welche Freund Lothar mir gütigst mitteilte, für den Umriß des Gebildes, in das ich nun erzählend immer mehr und mehr Farbe hineinzutragen mich bemühen werde. Vielleicht gelingt es mir, manche Gestalt, wie ein guter Porträtmaler, so aufzufassen, daß du es ähnlich findest, ohne das Original zu kennen, ja daß es dir ist, als hättest du die Person recht oft schon mit leibhaftigen Augen gesehen. Vielleicht wirst du, o mein Leser! dann glauben, daß nichts wunderlicher und toller sei, als das wirkliche Leben und daß dieses der Dichter doch nur, wie in eines matt geschliffnen Spiegels dunklem Widerschein, auffassen könne.

Damit klarer werde, was gleich anfangs zu wissen nötig, ist jenen Briefen noch hinzuzufügen, daß bald darauf, als Nathanaels Vater gestorben, Clara und Lothar, Kinder eines weitläuftigen Verwandten, der ebenfalls gestorben und sie verwaist nachgelassen, von Nathanaels Mutter ins Haus genommen wurden. Clara und Nathanael faßten eine heftige Zuneigung zueinander, wogegen kein Mensch auf Erden etwas einzuwenden hatte; sie waren daher Verlobte, als Nathanael den Ort verließ um seine Studien in G. – fortzusetzen. Da ist er nun in seinem letzten Briefe und hört Kollegia bei dem berühmten Professor Physices, Spalanzani.

Nun könnte ich getrost in der Erzählung fortfahren; aber in dem Augenblick steht Claras Bild so lebendig mir vor Augen, daß ich nicht wegschauen kann, so wie es immer geschah, wenn sie mich holdlächelnd anblickte. – Für schön konnte Clara keineswegs gelten; das meinten alle, die sich von Amtswegen auf Schönheit verstehen. Doch lobten die Architekten die reinen Verhältnisse ihres Wuchses, die Maler fanden Nacken, Schultern und Brust beinahe zu keusch geformt, verliebten sich dagegen sämtlich in das wunderbare Magdalenenhaar und faselten überhaupt viel von Battonischem Kolorit. Einer von ihnen, ein wirklicher Fantast, verglich aber höchstseltsamer Weise Claras Augen mit einem See von Ruisdael, in dem sich des wolkenlosen Himmels reines Azur, Wald- und Blumenflur, der reichen Landschaft ganzes buntes, heitres Leben spiegelt. Dichter und Meister gingen aber weiter und sprachen: »Was See – was Spiegel! – Können wir denn das Mädchen anschauen, ohne daß uns aus ihrem Blick wunderbare himmlische Gesänge und Klänge entgegenstrahlen, die in unser Innerstes dringen, daß da alles wach und rege wird? Singen wir selbst dann nichts wahrhaft Gescheutes, so ist überhaupt nicht viel an uns und das lesen wir denn auch deutlich in dem um Claras Lippen schwebenden feinen Lächeln, wenn wir uns unterfangen, ihr etwas vorzuquinkelieren, das so tun will als sei es Gesang, unerachtet nur einzelne Töne verworren durcheinander springen.« Es war dem so. Clara hatte die lebenskräftige Fantasie des heitern unbefangenen, kindischen Kindes, ein tiefes weiblich zartes Gemüt, einen gar hellen scharf sichtenden Verstand. Die Nebler und Schwebler hatten bei ihr böses Spiel; denn ohne zu viel zu reden, was überhaupt in Claras schweigsamer Natur nicht lag, sagte ihnen der helle Blick, und jenes feine ironische Lächeln: Liebe Freunde! wie möget ihr mir denn zumuten, daß ich eure verfließende Schattengebilde für wahre Gestalten ansehen soll, mit Leben und Regung? – Clara wurde deshalb von vielen kalt, gefühllos, prosaisch gescholten; aber andere, die das Leben in klarer Tiefe aufgefaßt, liebten ungemein das gemütvolle, verständige, kindliche Mädchen, doch keiner so sehr, als Nathanael, der sich in Wissenschaft und Kunst kräftig und heiter bewegte. Clara hing an dem Geliebten mit ganzer Seele; die ersten Wolkenschatten zogen durch ihr Leben, als er sich von ihr trennte. Mit welchem Entzücken flog sie in seine Arme, als er nun, wie er im letzten Briefe an Lothar es verheißen, wirklich in seiner Vaterstadt ins Zimmer der Mutter eintrat. Es geschah so wie Nathanael es geglaubt; denn in dem Augenblick als er Clara wiedersah, dachte er weder an den Advokaten Coppelius, noch an Claras verständigen Brief, jede Verstimmung war verschwunden.

Recht hatte aber Nathanael doch, als er seinem Freunde Lothar schrieb, daß des widerwärtigen Wetterglashändlers Coppola Gestalt recht feindlich in sein Leben getreten sei. Alle fühlten das, da Nathanael gleich in den ersten Tagen in seinem ganzen Wesen durchaus verändert sich zeigte. Er versank in düstre Träumereien, und trieb es bald so seltsam, wie man es niemals von ihm gewohnt gewesen. Alles, das ganze Leben war ihm Traum und Ahnung geworden; immer sprach er davon, wie jeder Mensch, sich frei wähnend, nur dunklen Mächten zum grausamen Spiel diene, vergeblich lehne man sich dagegen auf, demütig müsse man sich dem fügen, was das Schicksal verhängt habe. Er ging so weit, zu behaupten, daß es töricht sei, wenn man glaube, in Kunst und Wissenschaft nach selbsttätiger Willkür zu schaffen; denn die Begeisterung, in der man nur zu schaffen fähig sei, komme nicht aus dem eignen Innern, sondern sei das Einwirken irgend eines außer uns selbst liegenden höheren Prinzips.

Der verständigen Clara war diese mystische Schwärmerei im höchsten Grade zuwider, doch schien es vergebens, sich auf Widerlegung einzulassen. Nur dann, wenn Nathanael bewies, daß Coppelius das böse Prinzip sei, was ihn in dem Augenblick erfaßt habe, als er hinter dem Vorhange lauschte, und daß dieser widerwärtige *Dämon* auf entsetzliche Weise ihr Liebesglück stören werde, da wurde Clara sehr ernst und sprach: »Ja Nathanael! du hast recht, Coppelius ist ein böses feindliches Prinzip, er kann Entsetzliches wirken, wie eine teuflische Macht, die sichtbarlich in das Leben trat, aber nur dann, wenn du ihn nicht aus Sinn und Gedanken verbannst. Solange du an ihn glaubst, *ist* er auch und wirkt, nur dein Glaube ist seine Macht.« – Nathanael, ganz erzürnt, daß Clara die Existenz des *Dämons* nur in seinem eignen Innern statuiere, wollte dann hervorrücken mit der ganzen mystischen Lehre von Teufeln und grausen Mächten, Clara brach aber verdrüßlich ab, indem sie irgend etwas Gleichgültiges dazwischen schob, zu Nathanaels nicht geringem Ärger. *Der* dachte kalten, unempfänglichen Gemütern erschließen sich [nicht] solche tiefe Geheimnisse, ohne sich deutlich bewußt zu sein, daß er Clara eben zu solchen untergeordneten Naturen zähle, weshalb er nicht abließ mit Versuchen, sie in jene Geheimnisse einzuweihen. Am frühen Morgen, wenn Clara das Frühstück bereiten half, stand er bei ihr und las ihr aus allerlei mystischen Büchern vor, daß Clara bat: »Aber lieber Nathanael, wenn ich *dich* nun das böse Prinzip schelten wollte, das feindlich auf meinen Kaffee wirkt? – Denn, wenn ich, wie du es willst, alles stehen und liegen lassen und dir, indem du liesest, in die Augen schauen soll, so läuft mir der Kaffee ins Feuer und ihr bekommt alle kein Frühstück!« – Nathanael klappte das Buch heftig zu und rannte voll Unmut fort in sein Zimmer. Sonst hatte er eine besondere Stärke in anmutigen, lebendigen Erzählungen, die er aufschrieb, und die Clara mit dem innigsten Vergnügen anhörte, jetzt waren seine Dichtungen düster, unverständlich, gestaltlos, so daß, wenn Clara schonend es auch nicht sagte, er doch wohl fühlte, wie wenig sie davon angesprochen wurde. Nichts war für Clara tötender, als das Langweilige; in Blick und Rede sprach sich dann ihre nicht zu besiegende geistige Schläfrigkeit aus. Nathanaels Dichtungen waren in der Tat sehr langweilig. Sein Verdruß über Claras kaltes prosaisches Gemüt stieg höher, Clara konnte ihren Unmut über Nathanaels dunkle, düstere, langweilige Mystik nicht überwinden, und so entfernten beide im Innern sich immer mehr voneinander, ohne es selbst zu bemerken. Die Gestalt des häßlichen Coppelius war, wie Nathanael selbst sich gestehen mußte, in seiner Fantasie erbleicht und es kostete ihm oft Mühe, ihn in seinen Dichtungen, wo er als grauser Schicksalspopanz auftrat, recht lebendig zu kolorieren. Es kam ihm endlich ein, jene düstre Ahnung, daß Coppelius sein Liebesglück stören werde, zum Gegenstande eines Gedichts zu machen. Er stellte sich und Clara dar, in treuer Liebe verbunden, aber dann und wann war es, als griffe eine schwarze Faust in ihr Leben und risse irgend eine Freude heraus, die ihnen aufgegangen. Endlich, als sie schon am Traualtar stehen, erscheint der entsetzliche Coppelius und berührt Claras holde Augen; *die* springen in Nathanaels Brust wie blutige Funken sengend und brennend, Coppelius faßt ihn und wirft ihn in einen flammenden Feuerkreis, der sich dreht mit der Schnelligkeit des Sturmes und ihn sausend und brausend fortreißt. Es ist ein Tosen, als wenn der Orkan grimmig hineinpeitscht in die schäumenden Meereswellen, die sich wie schwarze, weißhauptige Riesen emporbäumen in wütendem Kampfe. Aber durch dies wilde Tosen hört er Claras Stimme: »Kannst du mich denn nicht erschauen? Coppelius hat dich getäuscht, das waren ja nicht meine Augen, die so in deiner Brust brannten, das waren ja glühende Tropfen deines eignen Herzbluts – ich habe ja meine Augen, sieh mich doch nur an!« – Nathanael denkt: Das ist Clara, und ich bin ihr eigen ewiglich. – Da ist es, als faßt der Gedanke gewaltig in den Feuerkreis hinein, daß er stehen bleibt, und im schwarzen Abgrund verrauscht dumpf das Getöse. Nathanael blickt in Claras Augen; aber es ist der Tod, der mit Claras Augen ihn freundlich anschaut.

Während Nathanael dies dichtete, war er sehr ruhig und besonnen, er feilte und besserte an jeder Zeile und da er sich dem metrischen Zwange unterworfen, ruhte er nicht, bis alles rein und wohlklingend sich fügte. Als er jedoch nun endlich fertig worden, und das Gedicht laut für sich las, da faßte ihn Grausen und wildes Entsetzen und er schrie auf: »Wessen grauenvolle Stimme ist das?« – Bald schien ihm jedoch das Ganze wieder nur eine sehr gelungene Dichtung, und es war ihm, als müsse Claras kaltes Gemüt dadurch entzündet werden, wiewohl er nicht deutlich dachte, wozu denn Clara entzündet, und wozu es denn nun eigentlich führen solle, sie mit den grauenvollen Bildern zu ängstigen, die ein entsetzliches, ihre Liebe zerstörendes Geschick weissagten. Sie, Nathanael und Clara, saßen in der Mutter kleinem Garten, Clara war sehr heiter, weil Nathanael sie seit drei Tagen, in denen er an jener Dichtung schrieb, nicht mit seinen Träumen und Ahnungen geplagt hatte. Auch Nathanael sprach lebhaft und froh von lustigen Dingen wie sonst, so, daß Clara sagte: »Nun erst habe ich dich ganz wieder, siehst du es wohl, wie wir den häßlichen Coppelius vertrieben haben?« Da fiel dem Nathanael erst ein, daß er ja die Dichtung in der Tasche trage, die er habe vorlesen wollen. Er zog auch sogleich die Blätter hervor und fing an zu lesen: Clara, etwas Langweiliges wie gewöhnlich vermutend und sich darein ergebend, fing an, ruhig zu stricken. Aber so wie immer schwärzer und schwärzer das düstre Gewölk aufstieg, ließ sie den Strickstrumpf sinken und blickte starr dem Nathanael ins Auge. *Den* riß seine Dichtung unaufhaltsam fort, hochrot färbte seine Wangen die innere Glut, Tränen quollen ihm aus den Augen. – Endlich hatte er geschlossen, er stöhnte in tiefer Ermattung – er faßte Claras Hand und seufzte wie aufgelöst in trostlosem Jammer: »Ach! – Clara – Clara!« – Clara drückte ihn sanft an ihren Busen und sagte leise, aber sehr langsam und ernst: »Nathanael – mein herzlieber Nathanael! – wirf das tolle – unsinnige – wahnsinnige Märchen ins Feuer.« Da sprang Nathanael entrüstet auf und rief, Clara von sich stoßend: »Du lebloses, verdammtes Automat!« Er rannte fort, bittre Tränen vergoß die tief verletzte Clara: »Ach er hat mich niemals geliebt, denn er versteht mich nicht«, schluchzte sie laut. – Lothar trat in die Laube; Clara mußte ihm erzählen was vorgefallen; er liebte seine Schwester mit ganzer Seele, jedes Wort ihrer Anklage fiel wie ein Funke in sein Inneres, so, daß der Unmut, den er wider den träumerischen Nathanael lange im Herzen getragen, sich entzündete zum wilden Zorn. Er lief zu Nathanael, er warf ihm das unsinnige Betragen gegen die geliebte Schwester in harten Worten vor, die der aufbrausende Nathanael ebenso erwiderte. Ein fantastischer, wahnsinniger Geck wurde mit einem miserablen, gemeinen Alltagsmenschen erwidert. Der Zweikampf war unvermeidlich. Sie beschlossen, sich am folgenden Morgen hinter dem Garten nach dortiger akademischer Sitte mit scharfgeschliffenen Stoßrapieren zu schlagen. Stumm und finster schlichen sie umher, Clara hatte den heftigen Streit gehört und gesehen, daß der Fechtmeister in der Dämmerung die Rapiere brachte. Sie ahnte was geschehen sollte. Auf dem Kampfplatz angekommen hatten Lothar und Nathanael soeben düsterschweigend die Röcke abgeworfen, blutdürstige Kampflust im brennenden Auge wollten sie gegeneinander ausfallen, als Clara durch die Gartentür herbeistürzte. Schluchzend rief sie laut: »Ihr wilden entsetzlichen Menschen! – stoßt mich nur gleich nieder, eh ihr euch anfallt; denn wie soll ich länger leben auf der Welt, wenn der Geliebte den Bruder, oder wenn der Bruder den Geliebten ermordet hat!« – Lothar ließ die Waffe sinken und sah schweigend zur Erde nieder, aber in Nathanaels Innern ging in herzzerreissender Wehmut alle Liebe wieder auf, wie er sie jemals in der herrlichen Jugendzeit schönsten Tagen für die holde Clara empfunden. Das Mordgewehr entfiel seiner Hand, er stürzte zu Claras Füßen. »Kannst du mir denn jemals verzeihen, du meine einzige, meine herzgeliebte Clara! – Kannst du mir verzeihen, mein herzlieber Bruder Lothar!« – Lothar wurde gerührt von des Freundes tiefem Schmerz; unter tausend Tränen umarmten sich die drei versöhnten Menschen und schwuren, nicht voneinander zu lassen in steter Liebe und Treue.

Dem Nathanael war es zu Mute, als sei eine schwere Last, die ihn zu Boden gedrückt, von ihm abgewälzt, ja als habe er, Widerstand leistend der finstern Macht, die ihn befangen, sein ganzes Sein, dem Vernichtung drohte, gerettet. Noch drei selige Tage verlebte er bei den Lieben, dann kehrte er zurück nach G., wo er noch ein Jahr zu bleiben, dann aber auf immer nach seiner Vaterstadt zurückzukehren gedachte.

Der Mutter war alles, was sich auf Coppelius bezog, verschwiegen worden; denn man wußte, daß sie nicht ohne Entsetzen an ihn denken konnte, weil sie, wie Nathanael, ihm den Tod ihres Mannes schuld gab.

Wie erstaunte Nathanael, als er in seine Wohnung wollte und sah, daß das ganze Haus niedergebrannt war, so daß aus dem Schutthaufen nur die nackten Feuermauern hervorragten. Unerachtet das Feuer in dem Laboratorium des Apothekers, der im untern Stockwerk wohnte, ausgebrochen war, das Haus daher von unten herauf gebrannt hatte, so war es doch den kühnen, rüstigen Freunden gelungen, noch zu rechter Zeit in Nathanaels im obern Stock gelegenes Zimmer zu dringen, und Bücher, Manuskripte, Instrumente zu retten. Alles hatten sie unversehrt in ein anderes Haus getragen, und dort ein Zimmer in Beschlag genommen, welches Nathanael nun sogleich bezog. Nicht sonderlich achtete er darauf, daß er dem Professor Spalanzani gegenüber wohnte, und ebensowenig schien es ihm etwas Besonderes, als er bemerkte, daß er aus seinem Fenster gerade hinein in das Zimmer blickte, wo oft Olimpia einsam saß, so, daß er ihre Figur deutlich erkennen konnte, wiewohl die Züge des Gesichts undeutlich und verworren blieben. Wohl fiel es ihm endlich auf, daß Olimpia oft stundenlang in derselben Stellung, wie er sie einst durch die Glastüre entdeckte, ohne irgend eine Beschäftigung an einem kleinen Tische saß und daß sie offenbar unverwandten Blickes nach ihm herüberschaute; er mußte sich auch selbst gestehen, daß er nie einen schöneren Wuchs gesehen; indessen, Clara im Herzen, blieb ihm die steife, starre Olimpia höchst gleichgültig und nur zuweilen sah er flüchtig über sein Kompendium herüber nach der schönen Bildsäule, das war alles. – Eben schrieb er an Clara, als es leise an der Tür klopfte; sie öffnete sich auf seinen Zuruf und Coppolas widerwärtiges Gesicht sah hinein. Nathanael fühlte sich im Innersten erbeben; eingedenk dessen, was ihm Spalanzani über den Landsmann Coppola gesagt und was er auch rücksichts des Sandmanns Coppelius der Geliebten so heilig versprochen, schämte er sich aber selbst seiner kindischen Gespensterfurcht, nahm sich mit aller Gewalt zusammen und sprach so sanft und gelassen, als möglich: »Ich kaufe kein Wetterglas, mein lieber Freund! gehen Sie nur!« Da trat aber Coppola vollends in die Stube und sprach mit heiserem Ton, indem sich das weite Maul zu einem häßlichen Lachen verzog und die kleinen Augen unter den grauen langen Wimpern stechend hervorfunkelten: »Ei, nix Wetterglas, nix Wetterglas! – hab auch sköne Oke – sköne Oke!« – Entsetzt rief Nathanael: »Toller Mensch, wie kannst du Augen haben? – Augen – Augen? –« Aber in dem Augenblick hatte Coppola seine Wettergläser beiseite gesetzt, griff in die weiten Rocktaschen und holte Lorgnetten und Brillen heraus, die er auf den Tisch legte. – »Nu – Nu – Brill – Brill auf der Nas su setze, das sein mein Oke – sköne Oke!« – Und damit holte er immer mehr und mehr Brillen heraus, so, daß es auf dem ganzen Tisch seltsam zu flimmern und zu funkeln begann. Tausend Augen blickten und zuckten krampfhaft und starrten auf zum Nathanael; aber er konnte nicht wegschauen von dem Tisch, und immer mehr Brillen legte Coppola hin, und immer wilder und wilder sprangen flammende Blicke durcheinander und schossen ihre blutrote Strahlen in Nathanaels Brust. Übermannt von tollem Entsetzen schrie er auf: »Halt ein! halt ein, fürchterlicher Mensch!« – Er hatte Coppola, der eben in die Tasche griff, um noch mehr Brillen herauszubringen, unerachtet schon der ganze Tisch überdeckt war, beim Arm festgepackt. Coppola machte sich mit heiserem widrigen Lachen sanft los und mit den Worten: »Ah! – nix für Sie – aber hier sköne Glas« – hatte er alle Brillen zusammengerafft, eingesteckt und aus der Seitentasche des Rocks eine Menge großer und kleiner Perspektive hervorgeholt. Sowie die Brillen nun fort waren, wurde Nathanael ganz ruhig und an Clara denkend sah er wohl ein, daß der entsetzliche Spuk nur aus seinem Innern hervorgegangen, sowie daß Coppola ein höchst ehrlicher Mechanikus und Optikus, keineswegs aber Coppelii verfluchter Doppelgänger und Revenant sein könne. Zudem hatten alle Gläser, die Coppola nun auf den Tisch gelegt, gar nichts Besonderes, am wenigsten so etwas Gespenstisches wie die Brillen und, um alles wieder gutzumachen, beschloß Nathanael dem Coppola jetzt wirklich etwas abzukaufen. Er ergriff ein kleines sehr sauber gearbeitetes Taschenperspektiv und sah, um es zu prüfen, durch das Fenster. Noch im Leben war ihm kein Glas vorgekommen, das die Gegenstände so rein, scharf und deutlich dicht vor die Augen rückte. Unwillkürlich sah er hinein in Spalanzanis Zimmer; Olimpia saß, wie gewöhnlich, vor dem kleinen Tisch, die Ärme darauf gelegt, die Hände gefaltet. – Nun erschaute Nathanael erst Olimpias wunderschön geformtes Gesicht. Nur die Augen schienen ihm gar seltsam starr und tot. Doch wie er immer schärfer und schärfer durch das Glas hinschaute, war es, als gingen in Olimpias Augen feuchte Mondesstrahlen auf. Es schien, als wenn nun erst die Sehkraft entzündet würde; immer lebendiger und lebendiger flammten die Blicke. Nathanael lag wie festgezaubert im Fenster, immer fort und fort die himmlisch-schöne Olimpia betrachtend. Ein Räuspern und Scharren weckte ihn, wie aus tiefem Traum. Coppola stand hinter ihm: »Tre Zechini – drei Dukat« – Nathanael hatte den Optikus rein vergessen, rasch zahlte er das Verlangte. »Nick so? – sköne Glas – sköne Glas!« frug Coppola mit seiner widerwärtigen heisern Stimme und dem hämischen Lächeln. »Ja ja, ja!« erwiderte Nathanael verdrießlich. »Adieu, lieber Freund!« – Coppola verließ nicht ohne viele seltsame Seitenblicke auf Nathanael, das Zimmer. Er hörte ihn auf der Treppe laut lachen. »Nun ja«, meinte Nathanael, »er lacht mich aus, weil ich ihm das kleine Perspektiv gewiß viel zu teuer bezahlt habe – zu teuer bezahlt!« – Indem er diese Worte leise sprach, war es, als halle ein tiefer Todesseufzer grauenvoll durch das Zimmer, Nathanaels Atem stockte vor innerer Angst. – Er hatte ja aber selbst so aufgeseufzt, das merkte er wohl. »Clara«, sprach er zu sich selber, »hat wohl recht, daß sie mich für einen abgeschmackten Geisterseher hält; aber närrisch ist es doch – ach wohl mehr, als närrisch, daß mich der dumme Gedanke, ich hätte das Glas dem Coppola zu teuer bezahlt, noch jetzt so sonderbar ängstigt; den Grund davon sehe ich gar nicht ein.« – Jetzt setzte er sich hin, um den Brief an Clara zu enden, aber ein Blick durchs Fenster überzeugte ihn, daß Olimpia noch dasäße und im Augenblick, wie von unwiderstehlicher Gewalt getrieben, sprang er auf, ergriff Coppolas Perspektiv und konnte nicht los von Olimpias verführerischem Anblick, bis ihn Freund und Bruder Siegmund abrief ins Kollegium bei dem Professor Spalanzani. Die Gardine vor dem verhängnisvollen Zimmer war dicht zugezogen, er konnte Olimpia ebensowenig hier, als die beiden folgenden Tage hindurch in ihrem Zimmer, entdecken, unerachtet er kaum das Fenster verließ und fortwährend durch Coppolas Perspektiv hinüberschaute. Am dritten Tage wurden sogar die Fenster verhängt. Ganz verzweifelt und getrieben von Sehnsucht und glühendem Verlangen lief er hinaus vors Tor.

Olimpias Gestalt schwebte vor ihm her in den Lüften und trat aus dem Gebüsch, und guckte ihn an mit großen strahlenden Augen, aus dem hellen Bach. Claras Bild war ganz aus seinem Innern gewichen, er dachte nichts, als Olimpia und klagte ganz laut und weinerlich:»Ach du mein hoher herrlicher Liebesstern, bist du mir denn nur aufgegangen, um gleich wieder zu verschwinden, und mich zu lassen in finstrer hoffnungsloser Nacht?«

Als er zurückkehren wollte in seine Wohnung, wurde er in Spalanzanis Hause ein geräuschvolles Treiben gewahr. Die Türen standen offen, man trug allerlei Geräte hinein, die Fenster des ersten Stocks waren ausgehoben, geschäftige Mägde kehrten und stäubten mit großen Haarbesen hin und her fahrend, inwendig klopften und hämmerten Tischler und Tapezierer. Nathanael blieb in vollem Erstaunen auf der Straße stehen; da trat Siegmund lachend zu ihm und sprach:»Nun, was sagst du zu unserem alten Spalanzani?« Nathanael versicherte, daß er gar nichts sagen könne, da er durchaus nichts vom Professor wisse, vielmehr mit großer Verwunderung wahrnehme, wie in dem stillen düstern Hause ein tolles Treiben und Wirtschaften losgegangen; da erfuhr er denn von Siegmund, daß Spalanzani morgen ein großes Fest geben wolle, Konzert und Ball, und daß die halbe Universität eingeladen sei. Allgemein verbreite man, daß Spalanzani seine Tochter Olimpia, die er so lange jedem menschlichen Auge recht ängstlich entzogen, zum erstenmal erscheinen lassen werde.

Nathanael fand eine Einladungskarte und ging mit hochklopfendem Herzen zur bestimmten Stunde, als schon die Wagen rollten und die Lichter in den geschmückten Sälen schimmerten, zum Professor. Die Gesellschaft war zahlreich und glänzend. Olimpia erschien sehr reich und geschmackvoll gekleidet. Man mußte ihr schöngeformtes Gesicht, ihren Wuchs bewundern. Der etwas seltsam eingebogene Rücken, die wespenartige Dünne des Leibes schien von zu starkem Einschnüren bewirkt zu sein. In Schritt und Stellung hatte sie etwas Abgemessenes und Steifes, das manchem unangenehm auffiel; man schrieb es dem Zwange zu, den ihr die Gesellschaft auflegte. Das Konzert begann. Olimpia spielte den Flügel mit großer Fertigkeit und trug ebenso eine Bravour-Arie mit heller, beinahe schneidender Glasglockenstimme vor. Nathanael war ganz entzückt; er stand in der hintersten Reihe und konnte im blendenden Kerzenlicht Olimpias Züge nicht ganz erkennen. Ganz unvermerkt nahm er deshalb Coppolas Glas hervor und schaute hin nach der schönen Olimpia. Ach! - da wurde er gewahr, wie sie voll Sehnsucht nach ihm herübersah, wie jeder Ton erst deutlich aufging in dem Liebesblick, der zündend sein Inneres durchdrang. Die künstlichen Rouladen schienen dem Nathanael das Himmelsjauchzen des in Liebe verklärten Gemüts, und als nun endlich nach der Kadenz der lange Trillo recht schmetternd durch den Saal gellte, konnte er wie von glühenden Ärmen plötzlich erfaßt sich nicht mehr halten, er mußte vor Schmerz und Entzücken laut aufschreien: »Olimpia!« - Alle sahen sich um nach ihm, manche lachten. Der Domorganist schnitt aber noch ein finstreres Gesicht, als vorher und sagte bloß: »Nun nun!« -

Das Konzert war zu Ende, der Ball fing an. »Mit ihr zu tanzen! - mit ihr!« das war nun dem Nathanael das Ziel aller Wünsche, alles Strebens; aber wie sich erheben zu dem Mut, sie, die Königin des Festes, aufzufordern? Doch! - er selbst wußte nicht wie es geschah, daß er, als schon der Tanz angefangen, dicht neben Olimpia stand, die noch nicht aufgefordert worden, und daß er, kaum vermögend einige Worte zu stammeln, ihre Hand ergriff. Eiskalt war Olimpias Hand, er fühlte sich durchbebt von grausigem Todesfrost, er starrte Olimpia ins Auge, das strahlte ihm voll Liebe und Sehnsucht entgegen und in dem Augenblick war es auch, als fingen an in der kalten Hand Pulse zu schlagen und des Lebensblutes Ströme zu glühen. Und auch in Nathanaels Innerm glühte höher auf die Liebeslust, er umschlang die schöne Olimpia und durchflog mit ihr die Reihen. - Er glaubte sonst recht taktmäßig getanzt zu haben, aber an der ganz eignen rhythmischen Festigkeit, womit Olimpia tanzte und die ihn oft ordentlich aus der Haltung brachte, merkte er bald, wie sehr ihm der Takt gemangelt. Er wollte jedoch mit keinem andern Frauenzimmer mehr tanzen und hätte jeden, der sich Olimpia näherte, um sie aufzufordern, nur gleich ermorden mögen. Doch nur zweimal geschah dies, zu seinem Erstaunen blieb darauf Olimpia bei jedem Tanze sitzen und er ermangelte nicht, immer wieder sie aufzuziehen. Hätte Nathanael außer der schönen Olimpia noch etwas anders zu sehen vermocht, so wäre allerlei fataler Zank und Streit unvermeidlich gewesen; denn offenbar ging das halbleise, mühsam unterdrückte Gelächter, was sich in diesem und jenem Winkel unter den jungen Leuten erhob, auf die schöne Olimpia, die sie mit ganz kuriosen Blicken verfolgten, man konnte gar nicht wissen, warum? Durch den Tanz und durch den reichlich genossenen Wein erhitzt, hatte Nathanael alle ihm sonst eigne Scheu abgelegt. Er saß neben Olimpia, ihre Hand in der seinigen und sprach hochentflammt und begeistert von seiner Liebe in Worten, die keiner verstand, weder er, noch Olimpia. Doch diese vielleicht; denn sie sah ihm unverrückt ins Auge und seufzte einmal übers andere: »Ach – Ach – Ach!« – worauf denn Nathanael also sprach: »O du herrliche, himmlische Frau! – du Strahl aus dem verheißenen Jenseits der Liebe – du tiefes Gemüt, in dem sich mein ganzes Sein spiegelt« und noch mehr dergleichen, aber Olimpia seufzte bloß immer wieder: »Ach, Ach!« – Der Professor Spalanzani ging einigemal bei den Glücklichen vorüber und lächelte sie ganz seltsam zufrieden an. Dem Nathanael schien es, unerachtet er sich in einer ganz andern Welt befand, mit einemmal, als würd es hienieden beim Professor Spalanzani merklich finster; er schaute um sich und wurde zu seinem nicht geringen Schreck gewahr, daß eben die zwei letzten Lichter in dem leeren Saal herniederbrennen und ausgehen wollten. Längst hatten Musik und Tanz aufgehört. »Trennung, Trennung«, schrie er ganz wild und verzweifelt, er küßte Olimpias Hand, er neigte sich zu ihrem Munde, eiskalte Lippen begegneten seinen glühenden! – So wie, als er Olimpias kalte Hand berührte, fühlte er sich von innerem Grausen erfaßt, die Legende von der toten Braut ging ihm plötzlich durch den Sinn; aber fest hatte ihn Olimpia an sich gedrückt, und in dem Kuß schienen die Lippen zum Leben zu erwarmen. – Der Professor Spalanzani schritt langsam durch den leeren Saal, seine Schritte klangen hohl wieder und seine Figur, von flackernden Schlagschatten umspielt, hatte ein grauliches gespenstisches Ansehen. »Liebst du mich – liebst du mich Olimpia? – Nur dies Wort! – Liebst du mich?« So flüsterte Nathanael, aber Olimpia seufzte, indem sie aufstand, nur: »Ach – Ach!« – »Ja du mein holder, herrlicher Liebesstern«, sprach Nathanael, »bist mir aufgegangen und wirst leuchten, wirst verklären mein Inneres immerdar!« – »Ach, ach!« replizierte Olimpia fortschreitend. Nathanael folgte ihr, sie standen vor dem Professor. »Sie haben sich außerordentlich lebhaft mit meiner Tochter unterhalten«, sprach dieser lächelnd: »Nun, nun, lieber Herr Nathanael, finden Sie Geschmack daran, mit dem blöden Mädchen zu konversieren, so sollen mir Ihre Besuche willkommen sein.« – Einen ganzen hellen strahlenden Himmel in der Brust schied Nathanael von dannen. Spalanzanis Fest war der Gegenstand des Gesprächs in den folgenden Tagen. Unerachtet der Professor alles getan hatte, recht splendid zu erscheinen, so wußten doch die lustigen Köpfe von allerlei Unschicklichem und Sonderbarem zu erzählen, das sich begeben, und vorzüglich fiel man über die todstarre, stumme Olimpia her, der man, ihres schönen Äußern unerachtet, totalen Stumpfsinn andichten und darin die Ursache finden wollte, warum Spalanzani sie so lange verborgen gehalten. Nathanael vernahm das nicht ohne innern Grimm, indessen schwieg er; denn, dachte er, würde es wohl verlohnen, diesen Burschen zu beweisen, daß eben ihr eigner Stumpfsinn es ist, der sie Olimpias tiefes herrliches Gemüt zu erkennen hindert? »Tu mir den Gefallen, Bruder«, sprach eines Tages Siegmund, »tu mir den Gefallen und sage, wie es dir gescheuten Kerl möglich war, dich in das Wachsgesicht, in die Holzpuppe da drüben zu vergaffen?« Nathanael wollte zornig auffahren, doch schnell besann er sich und erwiderte: »Sage *du* mir Siegmund, wie deinem, sonst alles Schöne klar auffassenden Blick, deinem regen Sinn, Olimpias himmlischer Liebreiz entgehen konnte? Doch eben deshalb habe ich, Dank sei es dem Geschick, dich nicht zum Nebenbuhler; denn sonst müßte einer von uns blutend fallen.« Siegmund merkte wohl, wie es mit dem Freunde stand, lenkte geschickt ein, und fügte, nachdem er geäußert, daß in der Liebe niemals über den Gegenstand zu richten sei, hinzu: »Wunderlich ist es doch, daß viele von uns über Olimpia ziemlich gleich urteilen. Sie ist uns – nimm es nicht übel, Bruder! – auf seltsame Weise starr und seelenlos erschienen. Ihr Wuchs ist regelmäßig, so wie ihr Gesicht, das ist wahr! – Sie könnte für schön gelten, wenn ihr Blick nicht so ganz ohne Lebensstrahl, ich möchte sagen, ohne Sehkraft wäre. Ihr Schritt ist sonderbar abgemessen, jede Bewegung scheint durch den Gang eines aufgezogenen Räderwerks bedingt. Ihr Spiel, ihr Singen hat den unangenehm richtigen geistlosen Takt der singenden Maschine und ebenso ist ihr Tanz. Uns ist diese Olimpia ganz unheimlich geworden, wir mochten nichts mit ihr zu schaffen haben, es war uns als tue sie nur so wie ein lebendiges Wesen und doch habe es mit ihr eine eigne Bewandtnis.« – Nathanael gab sich dem bittern Gefühl, das ihn bei diesen Worten Siegmunds ergreifen wollte, durchaus nicht hin, er wurde Herr seines Unmuts und sagte bloß sehr ernst: »Wohl mag euch, ihr kalten prosaischen Menschen, Olimpia unheimlich sein. Nur dem poetischen Gemüt entfaltet sich das gleich organisierte! – Nur *mir* ging ihr Liebesblick auf und durchstrahlte Sinn und Gedanken, nur in Olimpias Liebe finde ich mein Selbst wieder. Euch mag es nicht recht sein, daß sie nicht in platter Konversation faselt, wie die andern flachen Gemüter. Sie spricht wenig Worte, das ist wahr; aber diese wenigen Worte erscheinen als echte Hieroglyphe der innern Welt voll Liebe und hoher Erkenntnis des geistigen Lebens in der Anschauung des ewigen Jenseits. Doch für alles das habt ihr keinen Sinn und alles sind verlorne Worte.« – »Behüte dich Gott, Herr Bruder«, sagte Siegmund sehr sanft, beinahe wehmütig, »aber mir scheint es, du seist auf bösem Wege. Auf mich kannst du rechnen, wenn alles – Nein, ich mag nichts weiter sagen! –« Dem Nathanael war es plötzlich, als meine der kalte prosaische Siegmund es sehr treu mit ihm, er schüttelte daher die ihm dargebotene Hand recht herzlich.

Nathanael hatte rein vergessen, daß es eine Clara in der Welt gebe, die er sonst geliebt; – die Mutter – Lothar – alle waren aus seinem Gedächtnis entschwunden, er lebte nur für Olimpia, bei der er täglich stundenlang saß und von seiner Liebe, von zum Leben erglühter Sympathie, von psychischer Wahlverwandtschaft fantasierte, welches alles Olimpia mit großer Andacht anhörte. Aus dem tiefsten Grunde des Schreibpults holte Nathanael alles hervor, was er jemals geschrieben. Gedichte, Fantasien, Visionen, Romane, Erzählungen, das wurde täglich vermehrt mit allerlei ins Blaue fliegenden Sonetten, Stanzen, Kanzonen, und das alles las er der Olimpia stundenlang hintereinander vor, ohne zu ermüden. Aber auch noch nie hatte er eine solche herrliche Zuhörerin gehabt. Sie stickte und strickte nicht, sie sah nicht durchs Fenster, sie fütterte keinen Vogel, sie spielte mit keinem Schoßhündchen, mit keiner Lieblingskatze, sie drehte keine Papierschnitzchen, oder sonst etwas in der Hand, sie durfte kein Gähnen durch einen leisen erzwungenen Husten bezwingen – kurz! – stundenlang sah sie mit starrem Blick unverwandt dem Geliebten ins Auge, ohne sich zu rücken und zu bewegen und immer glühender, immer lebendiger wurde dieser Blick. Nur wenn Nathanael endlich aufstand und ihr die Hand, auch wohl den Mund küßte, sagte sie: »Ach, Ach!« – dann aber: »Gute Nacht, mein Lieber!« – »O du herrliches, du tiefes Gemüt«, rief Nathanael auf seiner Stube: »nur von dir, von dir allein werd ich ganz verstanden.« Er erbebte vor innerm Entzücken, wenn er bedachte, welch wunderbarer Zusammenklang sich in seinem und Olimpias Gemüt täglich mehr offenbare; denn es schien ihm, als habe Olimpia über seine Werke, über seine Dichtergabe überhaupt recht tief aus seinem Innern gesprochen, ja als habe die Stimme aus seinem Innern selbst herausgetönt. Das mußte denn wohl auch sein; denn mehr Worte als vorhin erwähnt, sprach Olimpia niemals. Erinnerte sich aber auch Nathanael in hellen nüchternen Augenblicken, z. B. morgens gleich nach dem Erwachen, wirklich an Olimpias gänzliche Passivität und Wortkargheit, so sprach er doch: »Was sind Worte – Worte! – Der Blick ihres himmlischen Auges sagt mehr als jede Sprache hienieden. Vermag denn überhaupt ein Kind des Himmels sich einzuschichten in den engen Kreis, den ein klägliches irdisches

Bedürfnis gezogen?« – Professor Spalanzani schien hocherfreut über das Verhältnis seiner Tochter mit Nathanael; er gab diesem allerlei unzweideutige Zeichen seines Wohlwollens und als es Nathanael endlich wagte von ferne auf eine Verbindung mit Olimpia anzuspielen, lächelte dieser mit dem ganzen Gesicht und meinte: er werde seiner Tochter völlig freie Wahl lassen. – Ermutigt durch diese Worte, brennendes Verlangen im Herzen, beschloß Nathanael, gleich am folgenden Tage Olimpia anzuflehen, daß sie das unumwunden in deutlichen Worten ausspreche, was längst ihr holder Liebesblick ihm gesagt, daß sie sein eigen immerdar sein wolle. Er suchte nach dem Ringe, den ihm beim Abschiede die Mutter geschenkt, um ihn Olimpia als Symbol seiner Hingebung, seines mit ihr aufkeimenden, blühenden Lebens darzureichen. Claras, Lothars Briefe fielen ihm dabei in die Hände; gleichgültig warf er sie beiseite, fand den Ring, steckte ihn ein und rannte herüber zu Olimpia. Schon auf der Treppe, auf dem Flur, vernahm er ein wunderliches Getöse; es schien aus Spalanzanis Studierzimmer herauszuschallen. – Ein Stampfen – ein Klirren – ein Stoßen – Schlagen gegen die Tür, dazwischen Flüche und Verwünschungen. Laß los – laß los – Infamer – Verruchter! – Darum Leib und Leben daran gesetzt? – ha ha ha ha! – so haben wir nicht gewettet – ich, ich hab die Augen gemacht – ich das Räderwerk – dummer Teufel mit deinem Räderwerk – verfluchter Hund von einfältigem Uhrmacher – fort mit dir – Satan – halt – Peipendreher – teuflische Bestie! – halt – fort – laß los! – Es waren Spalanzanis und des gräßlichen Coppelius Stimmen, die so durcheinander schwirrten und tobten. Hinein stürzte Nathanael von namenloser Angst ergriffen. Der Professor hatte eine weibliche Figur bei den Schultern gepackt, der Italiener Coppola bei den Füßen, die zerrten und zogen sie hin und her, streitend in voller Wut um den Besitz. Voll tiefen Entsetzens prallte Nathanael zurück, als er die Figur für Olimpia erkannte; aufflammend in wildem Zorn wollte er den Wütenden die Geliebte entreißen, aber in dem Augenblick wand Coppola sich mit Riesenkraft drehend die Figur dem Professor aus den Händen und versetzte ihm mit der Figur selbst einen fürchterlichen Schlag, daß er rücklings über den Tisch, auf dem Phiolen, Retorten, Flaschen, gläserne Zylinder standen, taumelte und hinstürzte; alles Gerät klirrte in tausend Scherben zusammen. Nun warf Coppola die Figur über die Schulter und rannte mit fürchterlich gellendem Gelächter rasch fort die Treppe herab, so daß die häßlich herunterhängenden Füße der Figur auf den Stufen hölzern klapperten und dröhnten. – Erstarrt stand Nathanael – nur zu deutlich hatte er gesehen, Olimpias toderbleichtes Wachsgesicht hatte keine Augen, statt ihrer schwarze Höhlen; sie war eine leblose Puppe. Spalanzani wälzte sich auf der Erde, Glasscherben hatten ihm Kopf, Brust und Arm zerschnitten, wie aus Springquellen strömte das Blut empor. Aber er raffte seine Kräfte zusammen. – »Ihm nach – ihm nach, was zauderst du? – Coppelius – Coppelius, mein bestes Automat hat er mir geraubt – Zwanzig Jahre daran gearbeitet – Leib und Leben daran gesetzt – das Räderwerk – Sprache – Gang – mein – die Augen – die Augen dir gestohlen. – Verdammter – Verfluchter – ihm nach – hol mir Olimpia – da hast du die Augen! –« Nun sah Nathanael, wie ein Paar blutige Augen auf dem Boden liegend ihn anstarrten, die ergriff Spalanzani mit der unverletzten Hand und warf sie nach ihm, daß sie seine Brust trafen. – Da packte ihn der Wahnsinn mit glühenden Krallen und fuhr in sein Inneres hinein Sinn und Gedanken zerreißend. »Hui – hui – hui! – *Feuerkreis* – *Feuerkreis!* dreh dich *Feuerkreis* – lustig – lustig! – Holzpüppchen hui schön Holzpüppchen dreh dich –« damit warf er sich auf den Professor und drückte ihm die Kehle zu. Er hätte ihn erwürgt, aber das Getöse hatte viele Menschen herbeigelockt, die drangen ein, rissen den wütenden Nathanael auf und retteten so den Professor, der gleich verbunden wurde. Siegmund, so stark er war, vermochte nicht den Rasenden zu bändigen; der schrie mit fürchterlicher Stimme immerfort: »Holzpüppchen dreh dich!« und schlug um sich mit geballten Fäusten. Endlich gelang es der vereinten Kraft mehrerer, ihn zu überwältigen, indem sie ihn zu Boden warfen und banden. Seine Worte gingen unter in entsetzlichem tierischen Gebrüll. So in gräßlicher Raserei tobend wurde er nach dem Tollhause gebracht.

Ehe ich, günstiger Leser! dir zu erzählen fortfahre, was sich weiter mit dem unglücklichen Nathanael zugetragen, kann ich dir, solltest du einigen Anteil an dem geschickten Mechanikus und Automat-Fabrikanten Spalanzani nehmen, versichern, daß er von seinen Wunden völlig geheilt wurde. Er mußte indes die Universität verlassen, weil Nathanaels Geschichte Aufsehen erregt hatte und es allgemein für gänzlich unerlaubten Betrug gehalten wurde, vernünftigen Teezirkeln (Olimpia hatte sie mit Glück besucht) statt der lebendigen Person eine Holzpuppe einzuschwärzen. Juristen nannten es sogar einen feinen und um so härter zu bestrafenden Betrug, als er gegen das Publikum gerichtet und so schlau angelegt worden, daß kein Mensch (ganz kluge Studenten ausgenommen) es gemerkt habe, unerachtet jetzt alle weise tun und sich auf allerlei Tatsachen berufen wollten, die ihnen verdächtig vorgekommen. Diese letzteren brachten aber eigentlich nichts Gescheutes zutage. Denn konnte z. B. wohl irgend jemanden verdächtig vorgekommen sein, daß nach der Aussage eines eleganten Teeisten Olimpia gegen alle Sitte öfter genießet, als gegähnt hatte? Ersteres, meinte der Elegant, sei das Selbstaufziehen des verborgenen Triebwerks gewesen, merklich habe es dabei geknarrt u.s.w. Der Professor der Poesie und Beredsamkeit nahm eine Prise, klappte die Dose zu, räusperte sich und sprach feierlich: »Hochzuverehrende Herren und Damen! merken Sie denn nicht, wo der Hase im Pfeffer liegt? Das Ganze ist eine Allegorie – eine fortgeführte Metapher! – Sie verstehen mich! – Sapienti sat!« Aber viele hochzuverehrende Herren beruhigten sich nicht dabei; die Geschichte mit dem Automat hatte tief in ihrer Seele Wurzel gefaßt und es schlich sich in der Tat abscheuliches Mißtrauen gegen menschliche Figuren ein. Um nun ganz überzeugt zu werden, daß man keine Holzpuppe liebe, wurde von mehreren Liebhabern verlangt, daß die Geliebte etwas taktlos singe und tanze, daß sie beim Vorlesen sticke, stricke, mit dem Möpschen spiel u.s.w. vor allen Dingen aber, daß sie nicht bloß höre, sondern auch manchmal in *der* Art spreche, daß dies Sprechen wirklich ein Denken und Empfinden voraussetze. Das Liebesbündnis vieler wurde fester und dabei anmutiger, andere dagegen gingen leise auseinander. »Man kann wahrhaftig nicht dafür stehen«, sagte dieser und jener. In den Tees wurde unglaublich gegähnt und niemals genießet, um jedem Verdacht zu begegnen. – Spalanzani mußte, wie gesagt, fort, um der Kriminaluntersuchung wegen [des] der menschlichen Gesellschaft betrüglicherweise eingeschobenen Automats zu entgehen. Coppola war auch verschwunden.

Nathanael erwachte wie aus schwerem, fürchterlichem Traum, er schlug die Augen auf und fühlte wie ein unbeschreibliches Wonnegefühl mit sanfter himmlischer Wärme ihn durchströmte. Er lag in seinem Zimmer in des Vaters Hause auf dem Bette, Clara hatte sich über ihn hingebeugt und unfern standen die Mutter und Lothar. »Endlich, endlich, o mein herzlieber Nathanael – nun bist du genesen von schwerer Krankheit – nun bist du wieder mein!« – So sprach Clara recht aus tiefer Seele und faßte den Nathanael in ihre Arme. Aber dem quollen vor lauter Wehmut und Entzücken die hellen glühenden Tränen aus den Augen und er stöhnte tief auf: »Meine – meine Clara!« – Siegmund, der getreulich ausgeharrt bei dem Freunde in großer Not, trat herein. Nathanael reichte ihm die Hand: »Du treuer Bruder hast mich doch nicht verlassen.« – Jede Spur des Wahnsinns war verschwunden, bald erkräftigte sich Nathanael in der sorglichen Pflege der Mutter, der Geliebten, der Freunde. Das Glück war unterdessen in das Haus eingekehrt; denn ein alter karger Oheim, von dem niemand etwas gehofft, war gestorben und hatte der Mutter nebst einem nicht unbedeutenden Vermögen ein Gütchen in einer angenehmen Gegend unfern der Stadt hinterlassen. Dort wollten sie hinziehen, die Mutter, Nathanael mit seiner Clara, die er nun zu heiraten gedachte, und Lothar. Nathanael war milder, kindlicher geworden, als er je gewesen und erkannte nun erst recht Claras himmlisch reines, herrliches Gemüt. Niemand erinnerte ihn auch nur durch den leisesten Anklang an die Vergangenheit. Nur, als Siegmund von ihm schied, sprach Nathanael: »Bei Gott Bruder! ich war auf schlimmem Wege, aber zu rechter Zeit leitete mich ein Engel auf den lichten Pfad! – Ach es war ja Clara! –« Siegmund ließ ihn nicht weiter reden, aus Besorgnis, tief verletzende Erinnerungen möchten ihm zu hell und flammend aufgehen. – Es war an der Zeit, daß die vier glücklichen Menschen nach dem Gütchen ziehen wollten. Zur Mittagsstunde gingen sie durch die Straßen der Stadt. Sie hatten manches eingekauft, der hohe Ratsturm warf seinen Riesenschatten über den Markt: »Ei!« sagte Clara: »steigen wir doch noch einmal herauf und schauen in das ferne Gebirge hinein!« Gesagt, getan! Beide, Nathanael und Clara, stiegen herauf, die Mutter ging mit der Dienstmagd nach Hause, und Lothar, nicht geneigt, die vielen Stufen zu erklettern, wollte unten warten. Da standen die beiden Liebenden Arm in Arm auf der höchsten Galerie des Turmes und schauten hinein in die duftigen Waldungen, hinter denen das blaue Gebirge, wie eine Riesenstadt, sich erhob.

»Sieh doch den sonderbaren kleinen grauen Busch, der ordentlich auf uns los zu schreiten scheint«, frug Clara. – Nathanael faßte mechanisch nach der Seitentasche; er fand Coppolas Perspektiv, er schaute seitwärts – Clara stand vor dem Glase! – Da zuckte es krampfhaft in seinen Pulsen und Adern – totenbleich starrte er Clara an, aber bald glühten und sprühten Feuerströme durch die rollenden Augen, gräßlich brüllte er auf, wie ein gehetztes Tier; dann sprang er hoch in die Lüfte und grausig dazwischen lachend schrie er in schneidendem Ton: »Holzpüppchen dreh dich – Holzpüppchen dreh dich« – und mit gewaltiger Kraft faßte er Clara und wollte sie herabschleudern, aber Clara krallte sich in verzweifelnder Todesangst fest an das Geländer. Lothar hörte den Rasenden toben, er hörte Claras Angstgeschrei, gräßliche Ahnung durchflog ihn, er rannte herauf, die Tür der zweiten Treppe war verschlossen – stärker hallte Claras Jammergeschrei. Unsinnig vor Wut und Angst stieß er gegen die Tür, die endlich aufsprang – Matter und matter wurden nun Claras Laute: »Hülfe – rettet – rettet –« so erstarb die Stimme in den Lüften. »Sie ist hin – ermordet von dem Rasenden«, so schrie Lothar. Auch die Tür zur Galerie war zugeschlagen. – Die Verzweiflung gab ihm Riesenkraft, er sprengte die Tür aus den Angeln. Gott im Himmel – Clara schwebte von dem rasenden Nathanael erfaßt über der Galerie in den Lüften – nur mit einer Hand hatte sie noch die Eisenstäbe umklammert. Rasch wie der Blitz erfaßte Lothar die Schwester, zog sie hinein, und schlug in demselben Augenblick mit geballter Faust dem Wütenden ins Gesicht, daß er zurückprallte und die Todesbeute fahren ließ.

Lothar rannte herab, die ohnmächtige Schwester in den Armen. – Sie war gerettet. – Nun raste Nathanael herum auf der Galerie und sprang hoch in die Lüfte und schrie »*Feuerkreis* dreh dich – *Feuerkreis* dreh dich« – Die Menschen liefen auf das wilde Geschrei zusammen; unter ihnen ragte riesengroß der Advokat Coppelius hervor, der eben in die Stadt gekommen und gerades Weges nach dem Markt geschritten war. Man wollte herauf, um sich des Rasenden zu bemächtigen, da lachte Coppelius sprechend: »Ha ha – wartet nur, der kommt schon herunter von selbst«, und schaute wie die übrigen hinauf. Nathanael blieb plötzlich wie erstarrt stehen, er bückte sich herab, wurde den Coppelius gewahr und mit dem gellenden Schrei: »Ha! Sköne Oke – Sköne Oke«, sprang er über das Geländer.

Als Nathanael mit zerschmettertem Kopf auf dem Steinpflaster lag, war Coppelius im Gewühl verschwunden.

Nach mehreren Jahren will man in einer entfernten Gegend Clara gesehen haben, wie sie mit einem freundlichen Mann, Hand in Hand vor der Türe eines schönen Landhauses saß und vor ihr zwei muntre Knaben spielten. Es wäre daraus zu schließen, daß Clara das ruhige häusliche Glück noch fand, das ihrem heitern lebenslustigen Sinn zusagte und das ihr der im Innern zerrissene Nathanael niemals hätte gewähren können.

Nathaniel Hawthorne
Das Muttermal

In der zweiten Hälfte des vergangenen Jahrhunderts lebte ein großer Gelehrter, eine Kapazität auf allen Gebieten der Naturphilosophie, der kurz vor dem Zeitpunkt, an dem unsere Geschichte einsetzt, das Erlebnis einer geistigen Anziehung erfahren hatte, die ihm stärker erschienen war als jede chemische. Er hatte sein Laboratorium in der Obhut eines Assistenten gelassen, seine edle Erscheinung vom Ruß des Schmelzofens gereinigt, die Säureflecken von seinen Fingern gewaschen und eine schöne Frau dazu überredet, seine Gemahlin zu werden. In diesen Tagen, als die vergleichsweise junge Entdeckung der Elektrizität sowie anderer verwandter Geheimnisse der Natur Wege in das Gebiet des Wunderbaren zu öffnen schien, war es durchaus nicht ungewöhnlich, daß die Liebe zur Wissenschaft an Tiefe und verzehrender Kraft mit der Liebe zu einer Frau wetteifern konnte. Der höhere Verstand, die Phantasie, der Geist, ja selbst das Herz, alles konnte hier seine Sättigung finden, in Forschungen nämlich, die, wie manche ihrer glühendsten Anhänger glaubten, von einer Stufe erhabenen Wissens zur anderen schreiten würden, bis der Philosoph endlich die Hand an das Geheimnis der Schöpfung zu legen, ja vielleicht selber neue Welten zu erschaffen imstande war. Wir wissen nicht, ob Aylmer diesen Glauben an eine mögliche vollkommene Herrschaft des Menschen über die Natur teilte. Seine Hingabe an das Studium der Natur war allerdings bereits zu tief in ihm verwurzelt, als daß es einer anderen Leidenschaft jemals gelingen konnte, ihn gänzlich davon zu befreien. Vielleicht, daß die Liebe zu seinem jungen Weib sich als das stärkere Gefühl erwies; doch nur, indem sie sich mit seiner Liebe zur Wissenschaft verband und damit die Kraft der letzteren mit der ersteren vereinte.

Tatsächlich fand eine solche Vereinigung statt; woraus sich nicht nur wahrhaft bemerkenswerte Folgen ergaben, sondern auch eine eindrucksvolle Moral. Eines Tages, nicht lange nach ihrer Hochzeit, saß Aylmer seiner Frau gegenüber und starrte sie an, von offensichtlicher Unruhe gequält, die immer stärker wurde, bis er endlich zu sprechen begann.

»Georgiana«, sagte er, »hast du nie daran gedacht, das Mal auf deiner Wange entfernen zu lassen?«

»Aber gewiß nicht«, versetzte sie lächelnd; doch als sie seinen Ernst sah, errötete sie heftig. »Um dir die Wahrheit zu sagen – man hat mir so oft gesagt, daß mir dieses Mal charmant stünde, daß ich einfältig genug war, daran zu glauben.«

»Auf einem anderen Gesicht wäre es vielleicht in der Tat ein zusätzlicher Reiz«, antwortete ihr Mann. »Aber nie auf deinem! Nein, liebste Georgiana! Du kamst beinahe vollkommen aus den Händen der Natur, so daß selbst dieser äußerst geringfügige Mangel – von dem wir gar nicht wissen, ob er überhaupt ein Mangel oder nicht doch ein Reiz ist – mich quält, als das sichtbare Zeichen irdischer Unvollkommenheit.«

»Dich quält, mein Gemahl!« rief Georgiana, zutiefst verletzt, in vorübergehendem Ärger errötend, dann jedoch in Tränen ausbrechend. »Warum holtest du mich dann von der Seite meiner Mutter? Du kannst doch nicht lieben, was dich quält!«

Zum Verständnis dieser Unterhaltung müssen wir erwähnen, daß mitten auf Georgianas linker Wange ein seltsames Mal war, tief eingewachsen in Haut und Fleisch ihres Gesichtes. Auf der gesunden, wenn auch zarten Rosigkeit ihres Gesichts war das Mal von einem kräftigen Purpur, der seine Gestalt sich nur undeutlich von der Rosenwange abheben ließ. Wenn sie errötete, wurde das Mal noch undeutlicher, bis es unter dem heftigen Ansturm des Bluts, das die ganze Wange in seine brennende Glut tauchte, endlich vollends verschwand. Wenn aber der Wechsel des Gefühls sie erbleichen ließ, dann war das Mal wieder da, ein purpurner Fleck mitten im Schnee, mit einer Schärfe, die Aylmer manchmal erschauern ließ. In seiner Gestalt ähnelte das Mal einer menschlichen Hand, wenn auch von zwerghafter Größe. Georgianas Anbeter hatten oft gesagt, daß bei ihrer Geburt eine Fee ihre Hand auf die Wange des Säuglings gelegt und ihren Abdruck hinterlassen habe, zum Zeichen, daß es Georgiana gegeben sein würde, über alle Herzen eine zauberische Macht auszuüben. Gar manch ein verzweifelter Verehrer hätte sein Leben dafür aufs Spiel gesetzt, seine Lippen auf die geheimnisvolle Hand pressen zu dürfen. Allerdings dürfen wir nicht verschweigen, daß dieser feenhafte Handabdruck, je nach Temperament des Betrachters, eine höchst unterschiedliche Wirkung ausüben konnte. Manche überempfindliche Personen – es handelte sich dabei ausschließlich um Georgianas Geschlechtsgenossinnen – behaupteten, daß diese Blutige Hand, wie sie das Mal nannten, Georgianas Schönheit nicht nur zerstöre, sondern sie geradezu häßlich erscheinen lasse. Aber genausogut könnte man auch behaupten, daß einer jener kleinen blauen Flecken, die selbst im reinsten Marmor manchmal vorkommen, die Statue der Eva von Powers in ein Ungeheuer, in ein Monstrum verwandelt. Jene männlichen Betrachter, deren Bewunderung das Mal nicht noch erhöhte, begnügten sich damit, es hinwegzuwünschen, auf daß die Welt wenigstens ein Beispiel des vollkommenen Liebreizes ohne den Anschein eines Mangels besäße. Nach der Hochzeit – vorher hatte er der Sache wenig oder keine Beachtung geschenkt – entdeckte Aylmer, daß er zu dieser letzteren Gruppe gehörte.

Wäre sie weniger schön gewesen, hätte der Neid selber etwas anderes an ihr auszusetzen gefunden, so hätte die Zierlichkeit dieser nachgeahmten Hand, die bald undeutlich gezeichnet erschien, bald sich verlor, bald wieder deutlich hervortrat, die mit jeder Welle des Gefühls, die in ihrem Herzen klopfte, an- und abschwoll – so hätte diese Hand seine Zuneigung vielleicht noch verstärkt. Aber da er sie sonst so vollkommen fand, wurde ihm dieser eine Mangel mit jedem Augenblick ihres gemeinsamen Lebens immer unerträglicher. Das Mal wurde zum Kainszeichen der Menschheit, das die Natur einmal in dieser, dann in jener Gestalt jedem ihrer Produkte unauslöschlich aufdrückt, um damit anzudeuten, daß sie zeitlich begrenzt und vergänglich sind, oder daß ihre Vollkommenheit nur unter

Schweiß und Schmerzen geboren werden kann. Die purpurne Hand war ein Zeichen des eisernen Griffs, in dem die Sterblichkeit auch die Höchsten und Reinsten der Irdischen gefangenhält und sie damit auf eine Stufe mit den Niedrigsten stellt, auf eine Stufe sogar mit dem Tier, dessen sichtbare Gestalt gleich der ihren wieder zu Staub werden muß. Auf diese Art, indem er das Mal als Symbol dafür ansah, daß auch seine Frau der Sünde, der Trauer, dem Verfall und dem Tod ausgeliefert war, versetzte Aylmers düstere Einbildungskraft ihn bald in einen Zustand, in dem das Mal ihm Angst und Entsetzen einjagte, bis ihm schließlich weit mehr davor graute, als Georgianas seelische oder sinnliche Schönheit ihn jemals entzückt hatte. In all den Stunden, die ihre glücklichsten hätten sein müssen, fing er, ohne es zu wollen – nein, geradezu gegen sein ausdrückliches Bemühen –, immer wieder von diesem einen verhängnisvollen Gegenstand zu sprechen an. Was zunächst ohne Bedeutung schien, verband sich bald mit unzähligen Gedankengängen und Gefühlszuständen, daß es schließlich im Mittelpunkt aller Dinge stand. Wenn er in der Morgendämmerung erwachte, fielen Aylmers Augen auf das Gesicht seiner Frau und erkannten dort das Symbol der Unvollkommenheit; und wenn sie am abendlichen Herd beisammensaßen, wanderten seine Augen verstohlen zu ihrer Wange und sahen im flackernden Schein des Holzfeuers die Geisterhand, die von Sterblichkeit kündete, wo er gern anbetend in die Knie gesunken wäre. Es dauerte nicht lang, und Georgiana fing an, unter diesem Blick zu erschauern. Ein Blick, mit dem eigenartigen Ausdruck, den sein Gesicht jetzt oft zeigte, genügte, um die Rosen ihrer Wangen in tödliche Blässe zu verwandeln, auf der die Purpurhand nur um so deutlicher hervortrat, wie ein Relief aus Rubinen auf dem weißesten Marmor.

Spät eines Nachts, als die Lichter schon so spärlich brannten, daß der Fleck auf den Wangen der Armen kaum mehr zu erkennen war, schnitt zum erstenmal sie selber freiwillig den Gegenstand an.

»Weißt du noch, mein lieber Aylmer«, sagte sie mit einem schwachen Versuch zu lächeln, »ob – und was – du letzte Nacht von dieser gräßlichen Hand geträumt hast?«

»Keineswegs«, antwortete Aylmer voll Unruhe; doch dann fügte er hinzu – trocken und kalt, um die Stärke seiner Erregung zu verbergen: »Wenn ich davon geträumt hätte, wäre es kein Wunder; denn bevor ich einschlief, hatte ich an nichts anderes gedacht.«

»Und du hast auch davon geträumt!« fuhr Georgiana fort, hastig, damit nicht ein Tränenstrom ihr das Wort abschneiden konnte. – »Ein furchtbarer Traum! Daß du dich nicht mehr daran erinnerst! Wie ist es möglich, einen solchen Satz zu vergessen: ›Jetzt ist es in ihrem Herzen – wir müssen es herausreißen!‹ Denk nach, mein Gemahl. Um alles in der Welt möchte ich, daß du dich an diesen Traum erinnerst!«

Das Gemüt ist in einem traurigen Zustand, wenn der Schlaf, der alles umfangende, seine Schemen nicht mehr in dem düsteren Bezirk seiner Herrschaft halten kann, sondern ihnen erlaubt, hervorzubrechen, so daß sie das Leben des Tages mit Geheimnissen belasten, die einem tieferen Dasein angehören. Jetzt erinnerte Aylmer sich wieder an seinen Traum. Er hatte sich vorgestellt, wie er zusammen mit seinem Diener Aminidab eine Operation durchführte, um das Mal zu entfernen. Aber je tiefer das Messer eindrang, um so tiefer sank auch die Hand, bis endlich ihr winziger Griff sich um Georgianas Herz zu schließen schien; aber auch da noch war ihr Mann unerbittlich entschlossen, sie herauszureißen oder herauszuschneiden.

Als der Traum in seiner vollen Gestalt in sein Gedächtnis gestiegen war, empfand Aylmer vor seiner Frau ein Gefühl der Schuld. Die Wahrheit bahnt sich oft, vermummt in die Gewänder des Schlafes, einen Weg zum Bewußtsein und spricht dann mit schonungsloser Offenheit von Dingen, über die wir uns in wachem Zustand einer unbewußten Selbsttäuschung hingeben. Bis jetzt war er sich des tyrannischen Einflusses nicht bewußt geworden, den diese eine Vorstellung auf seinen Geist ausübte, noch hatte er erkannt, wie weit zu gehen er bereit war, nur um sich seine Unruhe vom Leibe zu schaffen.

»Aylmer«, begann Georgiana feierlich von neuem, »ich weiß nicht, welches Opfer es uns beide kosten wird, mich von diesem fürchterlichen Mal zu befreien. Vielleicht werde ich nach seiner Entfernung ewig entstellt sein, vielleicht auch geht das Mal so tief wie das Leben selber. Aber wissen wir denn, ob es eine Möglichkeit gibt – zu welchen Bedingungen auch immer –, den eisernen Griff dieser kleinen Hand, die sich auf mich legte, bevor ich noch zur Welt kam, zu lösen?«

»Liebste Georgiana, ich habe an diesen Gegenstand viele Gedanken verwendet«, unterbrach Aylmer sie hastig – »und ich bin überzeugt, daß das Mal ohne weiteres entfernt werden kann.«

»Wenn es auch nur im geringsten möglich erscheint«, fuhr Georgiana fort, »so laß uns den Versuch wagen, was es auch koste! Gefahr bedeutet mir nichts; denn solange dieses gräßliche Zeichen mich zum Gegenstand deines Abscheus und Entsetzens macht, solange ist mir das Leben eine Last, die ich mit Freuden abwerfe. Entferne diese schreckliche Hand, oder nimm mein unglückliches Leben! Du besitzt tiefe wissenschaftliche Erkenntnisse! Die ganze Welt weiß es. Du hast große Wunder vollbracht. Vermagst du nicht, dieses winzige, unscheinbare Mal zu entfernen, das ich mit der Spitze zweier kleiner Finger bedecken kann? Geht das über deine Kraft, wenn du doch damit selber den Frieden zu finden, deine Frau aber vom Wahnsinn zu retten vermöchtest?«

»Edelstes, teuerstes, süßestes Weib!« rief Aylmer hingerissen, »zweifle nicht an meiner Kraft. Ich habe an diese Sache die tiefsten Gedanken verwendet – Gedanken, die mich fast bis zu jenem Punkt führten, an dem ich ein weniger vollkommenes Wesen als dich schon selber erschaffen könnte. Georgiana, du hast mich tiefer als je zuvor zum Herzen der Wissenschaft vordringen lassen. Ich fühle, daß ich imstande bin, diese teure Wange ebenso makellos werden zu lassen wie ihre Schwester; und wie groß wird mein Triumph dann sein, Geliebteste, wenn es mir gelungen ist zu verbessern, was die Natur an ihrem schönsten Werk unvollkommen gelassen hat! Selbst Pygmalion kann kein größeres Entzücken empfunden haben, als sein steinernes Frauenbild zum Leben erwachte, als es dann mir vergönnt sein wird!«

»Dann ist es also beschlossen«, sagte Georgiana mit schwachem Lächeln – »Und Aylmer, schone mich nicht, auch wenn du finden solltest, daß das Mal in meinem Herzen Zuflucht sucht.« Zart küßte ihr Mann ihre Wange – die rechte Wange –, nicht die, die den Aufdruck der purpurnen Hand trug.

Am nächsten Tag teilte Aylmer seiner Frau jenen Plan mit, der ihm Gelegenheit zu ausgiebigem Studium und dauernder Beobachtung geben sollte, deren die beabsichtigte Operation bedurfte; ebenso würde Georgiana dadurch in den Genuß jener völligen Ruhe gelangen, die für das Gelingen der Operation notwendig war. Sie würden sich beide in jene geräumige Wohnung zurückziehen, die Aylmer als sein Laboratorium eingerichtet hatte und wo er im Lauf seiner arbeitsreichen Jugend jene Entdeckungen gemacht hatte, die ihm die Bewunderung aller gelehrten Gesellschaften in Europa eintrugen. Ruhig in seinem Laboratorium sitzend, hatte der bleiche Denker die Geheimnisse der höchsten Wolkenregionen und der tiefsten Abgründe erforscht, hatte herausgefunden, welche Ursachen die Feuer der Vulkane entzündeten und am Leben erhielten, hatte das Geheimnis der Quellen gelüftet und wie es kommt, daß sie aus dem dunklen Busen der Erde springen, die einen so rein und hell, die anderen wieder reich an heilenden Kräften. Hier auch hatte er noch früher die Wunder des menschlichen Leibes studiert und herauszufinden versucht, wie die Natur es machte, alle die kostbaren Einflüsse aus Luft und Erde und der geistigen Welt so zu vermischen, daß daraus der Mensch, ihr Meisterwerk, geschaffen und genährt wird. Dieses letztere Gebiet hatte Aylmer jedoch seit langem hinter sich gelassen, in unwilliger Anerkennung jener Wahrheit, über die alle Forscher früher oder später stolpern, daß nämlich die große Mutter Natur uns zwar damit unterhält, daß sie scheinbar im hellen Licht der Sonne wirkt, in Wirklichkeit jedoch streng darauf bedacht ist, die Geheimnisse nicht zu verraten, so daß sie, ihrer vorgetäuschten Offenheit zum Trotz, uns in Wirklichkeit nichts zeigt als die Ergebnisse. Zwar erlaubt sie uns, ihr ins Handwerk zu pfuschen, wenn auch selten mit gutem Ausgang; aber wie ein eifersüchtiger Patentinhaber gestattet sie uns niemals, selber etwas zu erschaffen. Nunmehr jedoch nahm

Aylmer seine halbvergessenen Studien wieder auf; keineswegs erfüllt von jenen Hoffnungen und Wünschen, die ihn damals geleitet hatten, sondern weil hier manche physiologischen Wahrheiten zu erkennen waren, die in Richtung jener Behandlung lagen, die er für Georgiana geplant hatte. Als er sie über die Schwelle des Laboratoriums führte, fühlte sich Georgiana kalt und zittrig. Aylmer blickte ihr heiter ins Gesicht, um sie zu beruhigen, aber die heftige Glut des Mals auf der Bleichheit ihrer Wangen entsetzte ihn derart, daß er sich eines krampfartigen Schauderns nicht erwehren konnte. Da fiel seine Frau in Ohnmacht.

»Aminidab! Aminidab!« schrie Aylmer und stampfte heftig mit dem Fuß auf den Boden.

Alsbald trat aus einer inneren Kammer ein Mann von kleiner, untersetzter Gestalt, mit zottigem Haar über einem Gesicht, das rußig vom Rauch des Schmelzofens war. Dieser Mensch war Aylmers Gehilfe während seiner ganzen wissenschaftlichen Laufbahn gewesen, zu welchem Amt er in bewundernswerter Weise geeignet war, nicht nur wegen seiner mechanischen Gewandtheit, sondern auch wegen der Geschicklichkeit, mit der er alle praktischen Einzelheiten in den Versuchen seines Herrn ausführen konnte, ohne auch nur das geringste davon zu begreifen. Mit seiner ungeheuren Kraft, dem zottigen Haar, dem verrußten Aussehen und der unbeschreiblichen Erdhaftigkeit, die ihm anhaftete, schien er die physische Natur des Menschen zu verkörpern, während Aylmers schlanke Gestalt, sein bleiches, vom Denken gezeichnetes Gesicht nicht weniger geeignet schien, seinen geistigen Teil darzustellen.

»Mach die Tür des Boudoirs auf, Aminidab«, sagte Aylmer, »und brenne eine Räucherkerze an.«

»Ja, Herr«, antwortete Aminidab und blickte wie gebannt auf Georgianas reglose Gestalt; dann brummte er in sich hinein: »Wäre sie meine Frau, nie würde ich mich von diesem Mal trennen.«

Als Georgiana das Bewußtsein wiedererlangte, bemerkte sie, daß die Luft, die sie einatmete, voll von duftenden Wohlgerüchen war, deren sanfte Eindringlichkeit sie aus der todähnlichen Ohnmacht zurückgerufen hatte. Ihre Umgebung kam ihr wie verzaubert vor. Aylmer hatte die verrußten, schmutzigen, düsteren Räume, in denen er in der Blüte seiner Jahre im Verborgenen geforscht hatte, in eine Flucht von prächtigen Zimmern umgewandelt, dem zurückgezogenen Aufenthalt einer reizenden Dame angemessen. Von den Wänden hingen herrliche Teppiche, Würde und Schönheit miteinander verbindend, wie das sonst kein Schmuck zu erreichen vermag; wie sie so von der Decke zum Boden herabfielen, schien es, als ob ihre reichen, üppigen Falten, alle Ecken und Kanten verhüllend, die Klause hier vom unendlichen Raum abtrennten. Was Georgiana betraf, so hätte dies auch ein Pavillon mitten in den Wolken sein können. Das Licht der Sonne hätte seine chemischen Versuche gestört, deshalb hatte Aylmer es ausgeschlossen und durch wohlriechende Lampen ersetzt, deren Schein verschieden gefärbt war, sich jedoch zu einem weichen, purpurnen Schimmer vereinte. Jetzt kniete er an der Seite seiner Frau und beobachtete sie ernst, aber ohne Besorgnis; er vertraute seiner Kunst, er fühlte, daß er imstande war, einen magischen Kreis um sie zu ziehen, in den kein Übel einzudringen vermochte.

»Wo bin ich? – Ach, ich entsinne mich!« sagte Georgiana matt und legte die Hand auf die Wange, um das gräßliche Mal vor den Augen ihres Mannes zu verbergen.

»Fürchte nichts, Liebste!« rief er, »schrick nicht vor mir zurück! Glaube mir, Georgiana, ich bin dir beinahe dankbar für diesen einzigen Makel, weil es mir ein solches Vergnügen bereitet, ihn zu entfernen!«

»Oh, schone mich!« antwortete seine Frau traurig. »Ich bitte dich, sieh nicht wieder hin. Ich werde dein krampfhaftes Schaudern nie vergessen.«

Um Georgiana zu trösten, um die Last der Wirklichkeit von ihrem Gemüt zu nehmen, setzte Aylmer jetzt ein paar von den leichten, spielerischen Geheimnissen in Szene, die ihn seine Wissenschaft neben ernsteren und tieferen Dingen gelehrt hatte. Luftige Gestalten, völlig körperlose Ideen, Formen von ungreifbarer Schönheit kamen und tanzten vor ihr, flüchtige Fußspuren auf Lichtstrahlen setzend. Wenn sie auch eine ungefähre Vorstellung von der Methode dieser optischen Täuschungen besaß, so war die Illusion doch beinahe vollkommen genug, um sie glauben zu lassen, ihr Mann sei ein Herrscher in der Welt der Geister. Später, als sie den Wunsch verspürte, einen Blick über die Mauern ihrer Klause zu werfen, da glitt sofort, wie als unmittelbare Erfüllung dieses Wunsches, die Prozession des äußeren Lebens auf einem Schirm an ihr vorbei. Szenen und Gestalten des wirklichen Lebens waren mit größter Vollkommenheit dargestellt, mit jener faszinierenden, wenn auch nicht in Worte zu fassenden Andersartigkeit allerdings, die ein Bild, eine Figur, einen Schatten immer um so vieles anziehender sein läßt als das Original. Als sie dessen müde war, führte Aylmer ihr ein Gefäß vor Augen, das mit Erde gefüllt war. Sie sah es sich an, mit geringer Neugierde zunächst, entdeckte aber bald zu ihrer größten Überraschung, wie ein Samenkorn aus der Erde emporsproß. Dann kam der schlanke Stengel – langsam entfalteten sich die Blätter – und mitten unter ihnen erblühte eine vollkommene, liebliche Blume.

»Das ist Zauberei!« rief Georgiana. »Ich wage nicht, sie zu berühren.«

»Doch, doch, wage es nur«, antwortete Aylmer, »pflücke sie und atme ihren Duft ein, solange sie blüht. In wenigen Augenblicken schon wird die Blume verwelken und nichts zurücklassen außer ihren braunen Samenkapseln – doch aus ihnen kann ein Geschlecht sich fortpflanzen, das ebenso vergänglich ist wie sie selber.«

Aber kaum hatte Georgiana die Blume berührt, als die Pflanze wie von einem Pesthauch befallen schien; ihre Blätter wurden kohlrabenschwarz, wie im Feuer verkohlt.

»Der Antrieb muß zu stark gewesen sein«, sagte Aylmer nachdenklich.

Um sie für das mißlungene Experiment zu entschädigen, schlug Aylmer seiner Frau vor, mittels eines wissenschaftlichen Prozesses, den er selbst erfunden hatte, ihr Bildnis aufzunehmen, indem er nämlich Lichtstrahlen auf eine polierte Metallplatte fallen ließ. Georgiana stimmte zu – doch als sie das

Ergebnis sah, war sie erschrocken über die bis zur Unkenntlichkeit verwischten Linien ihrer Züge; wo die Wange hätte sein sollen, war nichts als der winzig kleine Umriß einer Hand. Aylmer riß die Platte an sich und warf sie in einen Krug mit ätzender Säure.

Bald hatte er diese beschämenden Mißerfolge vergessen. In den Pausen zwischen Studium und chemischen Experimenten kam er zu ihr, erschöpft, mit gerötetem Gesicht, jedoch offensichtlich gestärkt von ihrer Gegenwart, und sprach in glühenden Farben von den Möglichkeiten seiner Kunst. Er trug ihr die Geschichte der langen Dynastie der Alchimisten vor, die Jahrhunderte damit zugebracht hatten, nach dem universellen Lösungsmittel zu forschen, durch welches das Goldene Prinzip aus allen rohen und gemeinen Stoffen hervorgelockt werden könnte. Allem Anschein nach glaubte Aylmer, daß es den einfachsten Regeln wissenschaftlicher Logik zufolge durchaus im Bereich des Möglichen läge, dieses langersehnte Mittel zu entdecken; aber, so fügte er hinzu, ein Philosoph, der tief genug in die Dinge eindrang, um diese Macht zu erlangen, würde es dank der erhabenen Weisheit, die damit Hand in Hand ging, unter seiner Würde finden, diese Macht auch auszuüben. Seine Ansichten in bezug auf das Elixier des Lebens waren nicht weniger seltsam. Er ließ sehr deutlich durchblicken, daß es durchaus in seiner Macht stand, eine Flüssigkeit zu brauen, die das Leben auf Jahre, vielleicht auf ewig verlängerte; aber dadurch würde ein Mißton in der Natur entstehen, den die ganze Welt, vor allem aber der, der das Unsterblichkeitsserum getrunken hatte, zu verfluchen Anlaß fände.

»Aylmer, sprichst du im Ernst?« fragte Georgiana und starrte ihn verwirrt und furchtsam an. »Fürchterlich ist es, solche Macht zu besitzen, ja nur davon zu träumen!«

»Oh, zittre nicht, meine Liebe!« sagte ihr Mann, »nie würde ich weder dir noch mir Schaden zufügen wollen, indem ich unser beider Leben derart unharmonischen Einflüssen aussetzte. Aber bedenke doch, ich bitte dich, wie wenig im Vergleich damit dazu gehört, diese kleine Hand zu entfernen.«

Bei der Erwähnung des Mals fuhr Georgiana wie immer

zusammen, als hätte ein rotglühendes Eisen ihre Wange berührt.

Aylmer wandte sich wieder seiner Arbeit zu. Sie hörte seine Stimme aus der entlegenen Ofenkammer, wie er Aminidab Anweisungen gab, dessen Antworten rauh, grob, mißtönend klangen, mehr wie das Grunzen oder Knurren eines Tieres denn wie menschliche Rede. Nach stundenlanger Abwesenheit erschien Aylmer wieder bei ihr und schlug ihr vor, das Kabinett zu besichtigen, in dem er seine chemischen Produkte und natürlichen Schätze der Erde aufbewahrte. Zur ersteren Gruppe gehörte eine kleine Phiole, die, so erklärte er, einen milden, aber überaus starken Duftstoff enthielt, mit dem man die Winde schwängern konnte, die ein ganzes Königreich durchwehten. Der Inhalt dieser kleinen Phiole war von unschätzbarem Wert; noch während er redete, zerstäubte er ein paar Tropfen in der Luft, die den Raum sofort mit himmlischem, belebendem Zauberduft erfüllten.

»Und was ist dies?« fragte Georgiana und deutete auf eine kleine Kristallkugel, die eine goldfarbene Flüssigkeit enthielt. »Es ist so herrlich anzusehen, daß ich mir vorstellen könnte, dies sei das Elixier des Lebens.«

»In gewissem Sinn ist es das auch«, antwortete Aylmer, »oder nennen wir es eher das Elixier der Unsterblichkeit. Dies ist das kostbarste Gift, das jemals auf dieser Welt gebraut wurde. Damit kann ich jedem Sterblichen, auf den du etwa mit dem Finger zeigst, eine ganz bestimmte Lebensspanne zumessen. Die Stärke der Dosis entscheidet, ob er jahrelang dahinsiechen oder beim nächsten Atemzug tot umfallen wird. Kein König auf seinem bewachten Thron wäre seines Lebens sicher, wenn ich, ein einfacher Bürger, mir dächte, daß das Wohl von Millionen mich dazu berechtigt, es ihm zu rauben.«

»Wozu besitzest du ein so fürchterliches Mittel?« fragte Georgiana voll Entsetzen.

»Mißtraue mir nicht, Liebste«, antwortete ihr Mann lächelnd; »seine heilende Kraft ist noch größer als seine todbringende. Doch sieh! Hier ist ein starkes Schönheitsmittel. Ein paar Tropfen davon in ein Gefäß mit Wasser gegeben, und schon lassen sich Sommersprossen so leicht abwaschen, als würdest du dir die Hände reinigen. Eine stärkere Lösung allerdings würde alle Farbe von den Wangen nehmen und aus der rosigsten Schönheit ein bleiches Gespenst machen.«

»Willst du mit dieser Lösung meine Wange baden?« fragte Georgiana ängstlich.

»O nein!« antwortete ihr Mann hastig – »dieses Mittel wirkt nur oberflächlich. In deinem Fall brauchen wir eine Arznei, die tiefer geht.«

In seinen Gesprächen mit Georgiana erkundigte sich Aylmer immer sehr gründlich nach ihren Empfindungen, ob ihr das Eingeschlossensein nicht zu viel würde, ob sie die in den Räumen herrschende Temperatur als angenehm empfände. Diese Fragen kamen ihr so klar gerichtet vor, daß Georgiana allmählich vermutete, bereits jetzt bestimmten physischen Einflüssen ausgesetzt zu sein, die sie entweder mit der wohlriechenden Luft einatmete oder mit den Speisen zu sich nahm. Ebenso schien es ihr – vielleicht war es auch nur reine Einbildung –, als würde ihr Organismus von irgend etwas aufgewühlt; eigenartige, undeutliche Empfindungen krochen durch ihre Adern und prickelten halb schmerz-, halb lustvoll in ihrem Herzen.

Doch sooft sie ihren Mut zusammennahm und in den Spiegel blickte, sah sie ihr Spiegelbild, bleich wie eine weiße Rose, und auf ihrer Wange eingestempelt das Purpurmal. Nicht einmal Aylmer haßte es jetzt so sehr wie sie.

Um die Langeweile jener Stunden zu vertreiben, die ihr Mann seinen Kombinationen und Analysen widmen mußte, beschäftigte sich Georgiana jetzt mit den Büchern in seiner wissenschaftlichen Bibliothek. In vielen alten, geschwärzten Folianten stieß sie auf Kapitel voller Poesie und Romantik. Da gab es die Werke der Philosophen des Mittelalters, wie Albertus Magnus, Cornelius Agrippa, Paracelsus und des berühmten Mönchs, der das prophetische Eherne Haupt geschaffen hatte. Alle diese alten Naturforscher waren ihrem Jahrhundert voraus gewesen, ohne doch gänzlich von seinem Aberglauben frei zu sein, und daher glaubte das Volk – und vielleicht glaubten sie es sogar selber –, daß sie durch ihre Erforschung der Natur Gewalt über die Natur erlangt hatten, übertragen aus dem Reich der Körper in das Reich der Geister. Kaum weniger seltsam und phantastisch waren die ersten Bände der Verhandlungen der Royal Society, in denen die Mitglieder, denen die Grenzen der natürlichen Möglichkeiten kaum bewußt waren, stets aufs neue von Wundern berichteten, oder aber von Methoden, Wunder zu wirken.

Was aber Georgiana den größten Eindruck machte, war ein großer Folio-Band von ihres Gatten eigener Hand, in dem er jedes Experiment seiner Forscherlaufbahn festgehalten hatte: seinen ursprünglichen Zweck, die Methoden, die er für seine Durchführungen ausgewählt hatte, schließlich Erfolg oder Mißerfolg, zusammen mit den Umständen, denen der jeweilige Ausgang zuzuschreiben war. Dieses Buch war in Wahrheit sowohl Geschichte wie auch Symbol seines leidenschaftlichen, ehrgeizigen, phantasievollen, zugleich aber auch diesseitigen arbeitsamen Lebens. Die physikalischen Details behandelte er, als ob es hinter ihnen nichts mehr gäbe; und dennoch gelang es ihm, vermittels seines heftigen Strebens nach dem Unendlichen, nicht nur alles zu vergeistigen, sondern auch sich selber vor dem Materialismus zu retten. Noch der Lehmklumpen gewann unter seinen Händen eine Seele. Georgiana las und las und zollte dabei Aylmer immer größere Verehrung, auch liebte sie ihn jetzt noch mehr als zuvor, aber ihr Glaube an seine Urteilskraft war vielleicht nicht mehr ganz so ungetrübt wie früher. So viel er auch vollbracht hatte, so konnte sie doch unmöglich übersehen, daß seine glänzendsten Erfolge, verglichen mit dem Ideal, das er angestrebt hatte, fast durchweg Fehlschläge waren. Seine strahlendsten Diamanten waren nichts als Kieselsteine und wurden von ihm auch als solche empfunden, wenn man sie mit den Kostbarkeiten verglich, die ihm unerreichbar blieben. Die Aufzeichnungen dieses Bandes voll jener großartigen Leistungen, die seinen Autor berühmt gemacht hatten, waren dennoch von tiefer Melancholie überschattet. Das Buch war nichts als das traurige Eingeständnis, belegt durch eine endlose Reihe von Beispielen, der Unzulänglichkeit des Menschen in seiner Unstimmigkeit – Geist, der, mit Lehm beladen, im Stoffe schaffen muß –, von der Verzweiflung auch, die den höheren Menschen befällt, wenn er alle seine Pläne immer wieder von seinem irdischen Teil vereitelt sieht. Vielleicht erkennt jeder Mensch, den, auf welchem Gebiet auch immer, ein Genius leitet, in Aylmers Berichten das Abbild seiner eigenen Erfahrung.

Georgiana war von diesen Gedanken so tief bewegt, daß sie das Gesicht auf den geöffneten Band legte und in Tränen ausbrach. In dieser Lage fand sie ihr Mann.

»Es ist gefährlich, im Buch eines Zauberers zu lesen«, sagte er, lächelnd zwar, dennoch unruhig und leicht verärgert. »Georgiana, in diesem Band gibt es Seiten, die ich selbst kaum ansehen kann, ohne meinen Verstand zu verlieren. Nimm dich in acht, daß er dir nicht ebenso gefährlich wird!«

»Das Buch hat mich gelehrt, dich mehr denn je zu verehren«, sagte sie.

»Ah! Warte nur auf diesen einen Erfolg«, antwortete er, »und dann verehre mich, wenn du willst. Dann werde ich mich selbst dessen nicht für unwürdig halten. Doch komm! Ich suchte dich auf, um dem himmlischen Glanz deiner Stimme zu lauschen. Singe für mich, Geliebte!«

Und so goß sie die flüssige Musik ihrer Stimme vor ihm aus, um den Durst seines Geistes zu löschen. Darauf nahm er in knabenhaft übermütiger Laune von ihr Abschied, versicherte ihr, daß ihre Abgeschiedenheit nur mehr von kurzer Dauer, das Ergebnis jedoch bereits völlig sicher sei. Kaum war er gegangen, als Georgiana den unwiderstehlichen Drang empfand, ihm zu folgen. Sie hatte vergessen, Aylmer von einem Symptom zu berichten, das seit zwei oder drei Stunden bereits ihre Aufmerksamkeit gefangennahm. Es war eine Empfindung in dem verhängnisvollen Mal, die, ohne schmerzhaft zu sein, ihren ganzen Körper mit Unruhe erfüllte. Hinter ihrem Mann hereilend, drang sie zum erstenmal ins Laboratorium ein. Der erste Gegenstand, der ihr ins Auge fiel, war der Schmelzofen, jener heiße, fieberhafte Werker, in rotem Schein des Feuers erglühend, der, nach den Mengen von Ruß zu schließen, die ihn bedeckten, bereits seit Urzeiten in Gang sein mußte. Ein Destillierapparat war in vollem Betrieb. An den Wänden standen Retorten, Röhren, Zylinder, Schmelztiegel und andere der chemischen Forschung dienende Geräte. Eine elektrische Maschine stand zu sofortigem Gebrauch bereit. Die Luft war drückend schwül, von gasförmigen Gerüchen geschwängert, die durch Prozesse der Wissenschaft aus den Elementen herausgepreßt worden waren. Die strenge, fast häßliche Einfachheit des Raumes mit seinen nackten Wänden und dem Backsteinpflaster nahm sich in Georgianas Augen, die an die phantastische Eleganz ihres Boudoirs gewöhnt waren, recht seltsam aus. Was aber ihre Aufmerksamkeit mehr als alles andere, ja fast ausschließlich fesselte, war Aylmers Aussehen. Bleich wie der Tod, von Angst erfüllt, beugte er sich selbstvergessen über den Schmelzofen, als ob es von seiner höchsten Wachsamkeit abhing, ob die Flüssigkeit, die hier eben destilliert wurde, zu einem Trank unsterblichen Glücks – oder endlosen Elends wurde. Welch ein Unterschied zu dem heiteren, sorglosen Gebaren, das er angenommen hatte, um Georgiana Mut einzuflößen!

»Vorsicht jetzt, Aminidab! Gib acht, du menschliche Maschine! Vorsicht, du Mann aus Lehm!« brummte Aylmer, mehr zu sich selber als zu seinem Gehilfen. »Es braucht nur einen Gedanken zuviel, oder einen Gedanken zuwenig, und alles ist vorbei!«

»Ho! Ho!« murmelte Aminidab – »seht, Herr, seht!« Hastig hob Aylmer die Augen; als er Georgiana erblickte, errötete er zuerst, dann wurde er noch bleicher als zuvor, endlich stürzte er zu ihr und packte sie so heftig am Arm, daß der Abdruck seiner Finger darauf zurückblieb.

»Was hast du hier zu suchen? Mißtraust du deinem Manne?« herrschte er sie an. »Willst du den Pesthauch deines verhängnisvollen Males über meine Arbeit blasen? Das ist nicht wohl getan. Geh, Spionin, geh!«

»Mein Aylmer«, sagte Georgiana mit jener Festigkeit, die sie in so hohem Maß ihr eigen nannte, »nicht du hast das Recht, dich zu beklagen. Du bist es, der seinem Weibe mißtraut! Du hast mir verborgen, mit welch schwerer Sorge du dem Fortschritt dieses Experimentes folgst. Denk nicht so unwürdig von mir, mein Gemahl! Sag mir, was es ist, das uns bedroht; und fürchte nicht, daß ich zurückschrecke, denn mein Einsatz ist bei weitem kleiner als der deine!«

»Nein, nein, Georgiana!« antwortete Aylmer ungeduldig. »Es kann nicht sein.«

»Ich unterwerfe mich«, antwortete sie ruhig. »Und ich werde jeden Trank nehmen, den du mir bringst, Aylmer, wenn auch aus dem gleichen Grund, aus dem ich auch eine Dosis Gift nehmen würde, wenn deine Hand sie mir reichte.«

»Mein edles Weib«, sagte Aylmer, zutiefst bewegt, »erst jetzt erkenne ich die Höhe und Tiefe deines Wesens. Nichts soll dir mehr verborgen sein. Wisse denn, daß diese Purpurhand, so oberflächlich sie erscheint, sich doch in deinem Inneren festgekrallt hat mit einer Kraft, von der ich zuvor nichts ahnte. Schon habe ich Mittel angewandt, die stark genug sind, um alles zu verändern – bis auf deinen gesamten Organismus. Nur eines bleibt uns noch zu tun. Wenn auch das versagt, sind wir verloren.«

»Warum zögertest du, mir dies zu sagen?« fragte sie.

»Deshalb, Georgiana«, sagte Aylmer leise, »weil Gefahr besteht.«

»Gefahr? Es gibt nur eine Gefahr – daß dieses schreckliche Zeichen auf meiner Wange bleibt!« rief Georgiana. »Entferne es! Entferne es! – und achte nicht der Gefahr – oder wir verlieren noch beide den Verstand!«

»Gott weiß es, deine Worte sind nur allzu wahr«, sagte Aylmer bedrückt. »Und jetzt, Liebste, geh wieder in dein Boudoir. Es wird nicht mehr lange dauern, bis alles erprobt ist.«

Er geleitete sie zurück und nahm mit einer feierlichen Zärtlichkeit von ihr Abschied, die viel deutlicher noch als seine Worte sagte, wieviel jetzt auf dem Spiel stand. Als er sie verlassen hatte, verfiel Georgiana in tiefes Nachdenken. Sie betrachtete Aylmers Charakter jetzt mit größerem Verständnis als je zuvor, und ihr Herz frohlockte, wenn auch zitternd, über seine hohe Liebe, die so rein und edel war, daß sie nur das Vollkommene annehmen und sich nicht in erbärmlicher Weise mit einem Wesen zufriedengeben konnte, das mehr der Erde verhaftet war, als Aylmer es sich erträumt hatte. Sie fühlte, um wieviel kostbarer ein solches Gefühl war als jene niedrige Art der Liebe, die sich um ihretwillen mit ihren Mängeln abgefunden und dadurch des Verrats an der heiligen Liebe schuldig gemacht hätte, indem sie das vollkommene Ideal auf die Stufe des Wirklichen herunterzog. Und sie betete mit ihrem ganzen Wesen darum, seine höchste und tiefste Vorstellung einen Augenblick lang zu erfüllen. Länger als einen Augenblick konnte es nicht sein, das wußte sie wohl; denn sein Geist war immer in Bewegung, immer im Steigen, verlangte in jedem neuen Augenblick nach etwas, das über den Umkreis des eben Vergangenen hinausging.

Das Geräusch der Schritte ihres Mannes brachte sie wieder zu sich. Er trug einen kristallenen Becher mit einer Flüssigkeit, die farblos wie Wasser, aber so strahlend war, als sei es der Trank der Unsterblichkeit. Aylmer war bleich; doch schien dies eher die Folge höchster Anspannung seines Geistes zu sein als der Ausdruck von Angst und Zweifel.

»Die Zubereitung des Tranks war vollkommen«, sagte er als Antwort auf Georgianas Blick. »Wenn nicht meine ganze Kunst mich im Stich läßt, kann es nicht mißlingen.«

»Wäre es nicht um deinetwillen, mein liebster Aylmer«, bemerkte seine Frau, »so wünschte ich, ich könnte dieses Muttermal der Sterblichkeit ablegen, indem ich die Sterblichkeit selber gegen eine andere Art des Daseins tauschte. Das Leben ist nur ein trauriger Besitz für jene, die diese Stufe der moralischen Höhe erreicht haben, auf der ich jetzt stehe. Wäre ich schwächer und schwachsichtiger, so wäre ich vielleicht glücklich. Wäre ich stärker, so könnte ich vielleicht in Hoffnung ausharren. Da ich nun aber bin, wie ich bin, so dünkt mich, daß von allen Sterblichen mir das Sterben am leichtesten fiele.«

»Du wärest des Himmels würdig, ohne den Tod schmecken zu müssen«, antwortete ihr Mann. »Aber warum reden wir vom Sterben! Es ist unmöglich, daß der Trank versagt. Schau, wie er auf diese Pflanze wirkt!«

Auf dem Fensterbrett stand eine Geranie, die Blätter von häßlichen gelben Flecken verunstaltet; Aylmer goß ein paar Tropfen der Flüssigkeit auf die Erde, aus der die Pflanze wuchs. In kürzester Zeit, sobald die Wurzeln der Pflanze die Feuchtigkeit aufgenommen hatten, lösten sich die häßlichen Flecken in ein kräftiges, gesundes Grün auf.

»Es brauchte keines Beweises«, sagte Georgiana ruhig. »Gib mir den Becher. In freudiger Zuversicht vertraue ich vollkommen deinem Wort.«

»Trinke denn, du edles Wesen!« rief Aylmer in glühender Bewunderung. »Kein Makel der Unvollkommenheit liegt über deinem Geist! Aber auch dein Leib soll bald ganz vollkommen sein!«

Sie trank die Arznei und reichte ihm den leeren Becher.

»Es kommt mir vor wie Wasser aus einem himmlischen Brunnen; denn es enthält ich weiß nicht welch feinen Duft und Wohlgeschmack. Es löscht den fieberhaften Durst, der seit vielen Tagen meine Kehle ausdörrt. Jetzt, Liebster, laß mich schlafen. Meine irdischen Sinne falten sich über meiner Seele wie die Blätter über dem Herzen der Rose bei Sonnenuntergang.«

Die letzten Worte sagte sie mit leichtem Widerstand, als koste es sie beinahe mehr Kraft, als sie aufbringen konnte, die schwachen, in die Länge gezogenen Silben auszusprechen. Kaum waren sie ihren Lippen entfallen, da war sie auch schon eingeschlummert. Aylmer saß neben ihr und beobachtete sie mit jenen Gefühlen, die einem Manne zustehen, der den Wert seines gesamten Daseins auf dem Prüfstand sieht. Daneben und zugleich jedoch bewegte ihn der Drang nach philosophischer Erkenntnis, wie er den Mann der Wissenschaft auszeichnet. Nicht das kleinste Symptom entging ihm. Ein höheres Rot der Wange – eine leichte Unregelmäßigkeit des Atems – ein Flattern des Augenlids – ein kaum wahrnehmbares Zittern, das durch den ganzen Leib lief –, das waren die Beobachtungen, die er, während die Augenblicke vorüberzogen, in seinen Folioband eintrug. Tiefstes Nachdenken hatte den vorangegangenen Seiten des Bandes seinen Stempel aufgedrückt; aber die Gedanken vieler Jahre hatten sich alle in dieser letzten versammelt. Während dieser Beschäftigung verfehlte er nicht, immer wieder auf die verhängnisvolle Hand zu starren, und nie, ohne zu schaudern. Einmal jedoch drückte er, aus einem seltsamen, ihm unbegreiflichen Impuls heraus, seine Lippen auf das Mal. Mitten im Kuß freilich schrak seine Seele davor zurück, und Georgiana fing aus ihrem tiefen Schlaf heraus an, sich unruhig zu bewegen und zu murmeln, als wollte sie sich dagegen wehren. Wieder nahm Aylmer seine Wache auf. Und er sollte nicht enttäuscht werden. Die Purpurhand, die zu Anfang auf Georgianas marmorbleicher Wange besonders deutlich hervorgetreten war, verlor langsam an Deutlichkeit. Nicht, daß Georgianas Gesicht an Farbe gewonnen hätte; aber das Mal wurde bei jedem Ein- und Ausatmen weniger klar erkennbar. Seine Gegenwart war furchtbar gewesen, sein Scheiden war noch fürchterlicher. Wer einmal zusah, wie die Farben des Regenbogens langsam am Himmel verblassen, kann sich vorstellen, auf welche Weise dieses geheimnisvolle Zeichen Abschied nahm.

»Bei Gott, es ist schon fast weg!« sagte Aylmer zu sich, in einer Ekstase, die er kaum zu bändigen wußte. »Kaum kann ich die Umrisse erkennen! Erfolg! Erfolg! Jetzt ist es nur mehr vom schwächsten Rosa. Wenn nur ein wenig Farbe in ihr Gesicht stiege, so wäre das Mal verschwunden. Aber sie ist so bleich!« Er zog den Vorhang zur Seite und ließ das helle Tageslicht durchs Fenster in den Raum und auf ihre Wange fallen. In diesem Augenblick hörte er ein gurgelndes, heiseres Gelächter, mit dem, wie er seit langem wußte, sein Diener Aminidab Begeisterung auszudrücken pflegte.

»Ah, du Lehmklumpen! Ah, du erdhafte Masse!« rief Aylmer lachend, wie in einem Rausch. »Gut hast du mir gedient! Materie und Geist – Erde und Himmel – beide haben ihr Teil dabei verrichtet! Lache, du Geschöpf der Sinne! Du hast dir dein Anrecht darauf redlich verdient!«

Diese lauten Worte weckten Georgiana. Langsam öffnete sie

die Augen und schaute in den Spiegel, den ihr Mann eigens dafür bereitgehalten hatte. Ein schwaches Lächeln zuckte über ihre Lippen, als sie sah, daß die Purpurhand, die einst mit ihrem verhängnisvollen Glühen ihr gemeinsames Glück verscheucht hatte, kaum noch zu sehen war. Doch dann suchten ihre Augen Aylmers Gesicht – mit einem Ausdruck von Angst und Bestürzung, den Aylmer sich durchaus nicht erklären konnte.
»Mein armer Aylmer!« murmelte sie.
»Arm? Nein, reich! Reicher, glücklicher als alle anderen!« rief er aus. »Meine unvergleichliche Braut, es ist gelungen! Du bist vollkommen!«
»Mein armer Aylmer!« wiederholte sie, mit schier übermenschlicher Zärtlichkeit. »Du hast Hohes gewollt! – Du hast Edles vollbracht! Bereue nicht, daß du mit diesen hohen und reinen Gefühlen das Beste verworfen hast, das die Erde für dich bereithielt. Aylmer, liebster Aylmer – ich sterbe!«
Ach – es war nur zu wahr! Die verhängnisvolle Hand hatte mit dem Geheimnis des Lebens gerungen, sie, die das Band war, das die Seele eines Engels an eine irdische Gestalt geknüpft hatte. Als der letzte Purpurschimmer des Mals – dieses einzigen Zeichens menschlicher Unvollkommenheit – von ihrer Wange wich, da stieg auch der letzte Atemzug der nun vollkommenen Frau in die Atmosphäre, und die Seele zögerte noch einen Augenblick neben ihrem Gatten und flog dann himmelwärts. Dann ertönte wieder das heisere, kichernde Lachen! Immer wieder freut sich auf diese Weise das große irdische Geschick seines sicheren Triumphs über das unsterbliche Wesen, das in dieser Sphäre des Halbausgereiftseins nach der Vollständigkeit eines höheren Zustandes verlangt. Hätte Aylmer tiefere Weisheit erlangt, er hätte jenes Glück, das sein irdisches Leben aus dem gleichen Stoff weben wollte wie das himmlische, nicht von sich geworfen. Doch die besonderen Umstände erwiesen sich als zu stark für ihn; er versäumte es, über den schattigen Bezirk der Zeit zu blicken und ein für allemal in der Ewigkeit zu leben, um so die vollkommene Zukunft in der Gegenwart zu erkennen.

Edgar Allan Poe

Die tausendundzweite Erzählung der Schehrezad

Die Wahrheit ist wunderlicher denn alle Erfindung.

Altes Sprichwort

Als ich jüngst – es geschah im Verfolg etlicher orientalischer Forschungen – Gelegenheit hatte, das ›Sachmirdoch-Istesso‹ zu konsultieren, ein Werk, welches (wie der Sohar des Simeon Jochaides) schlechterdings so gut wie unbekannt ist, selbst in Europa, und meiner Kenntnis nach von keinem Amerikaner noch zitiert wurde, – wenn wir, vielleicht, den Autor der ›Denkwürdigkeiten amerikanischer Literatur‹ ausnehmen; – als ich Gelegenheit hatte, so sagte ich, einige Seiten des obgenannten, sehr bemerkenswürdigen Werkes umzuwenden, war ich nicht wenig erstaunt zu entdecken, daß die literarische Welt bislang auf das befremdlichste im Irrtum hinsichtlich des Geschicks der Schehrezad gewesen ist, der Tochter des Wesirs, wie es in den ›Tausendundein Nächten‹ abgeschildert steht, und daß das dort gegebne *dénouement* – wenn nicht, so weit es geht, geradezu ungenau zu nennen – so doch zu mindest dafür zu schelten ist, daß es nicht noch sehr viel weiter ging.

Um volle Unterrichtung in diesem interessanten Gegenstande muß ich den wissensdürstigen Leser auf das ›Sachmirdoch-Istesso‹ selber verweisen: derweil jedoch werde ich wohl Verzeihung finden, wenn ich eine summarische Übersicht dessen gebe, was ich entdeckte.

Es will daran erinnert sein, daß in der üblichen Version besagter Erzählungen ein gewisser Monarch, da er gute Ursache hat, auf seine Königin eifersüchtig zu sein, dieselbe nicht nur zu

Tode bringen läßt, sondern überdies ein Gelübde tut, bei seinem Barte und dem Propheten, eine jegliche Nacht fortan die schönste Jungfrau in seinen Landen zum Gespons zu nehmen, um sie sodann am nächsten Morgen dem Henker zu überliefern. Nachdem er dies Gelübde viele Jahre lang auf den Buchstaben genau und mit religiöser Pünktlichkeit und Akkuratesse erfüllt, welche ihm den Ruf, ein Mann von Gottesfurcht und trefflich edlem Sinn zu sein, gebührend reichlich eingetragen hatte, ward er eines Nachmittags (er war, wer möchte zweifeln, eben im Gebete) vom Besuch seines Großwesirs unterbrochen, dessen Tochter, so zeigt sich, ein besonderer Einfall gekommen war.

Diese Tochter hieß Schehrezad, und ihr Einfall ging dahin, entweder das Land von der verheerenden Abgabenlast, welche so hart auf seiner Schönheit ruhte, zu erlösen oder aber selbst, nach dem bewährten Muster aller Heroinen, bei diesem Unternehmen zu Grunde zu gehen.

In diesem Sinne – und obschon, wie wir finden, kein Schaltjahr war (wodurch das Opfer noch weit verdienstlicher) – entsendet sie ihren Herrn Vater, den Großwesir, dem Könige ihre Hand zu offerieren. Diese Hand nimmt derselbe denn auch begierig an – (er hatte sie zu nehmen auf alle Fälle vorgehabt und nur die Sache noch von Tag auf Tag verschoben, einzig weil er sich vor dem Wesir besorgte) – doch indem er sie nunmehr empfängt, gibt er allseits auf das entschiedenste zu verstehen, er hege – Großwesir her oder hin – nicht die leiseste Absicht, auch nur ein Jota seines Gelübdes oder seiner Privilegien aufzugeben. Als denn die liebliche Schehrezad darauf bestand, den König zu ehelichen und ihn auch wirklich ehelichte, trotz ihres Herrn Vaters vorzüglichem Ratschlage, von dergleichen Taten doch lieber Abstand zu nehmen, – als, sagte ich, die Dinge nun wohl oder übel also lagen, geschah's doch immerhin nicht, ohne daß sie die entzückenden schwarzen Augen so weit offen hatte, wie's die Natur des Falles grad nur erlauben wollte.

Es scheint allerdings, als hätte dieses staatskluge Fräulein (das ohne Zweifel Macchiavell gelesen) ein recht ingeniöses kleines Komplott im Köpfchen gehabt. In der Hochzeitsnacht brachte sie es – mit welchem erheuchelten Vorwande, vergaß ich leider – zu Wege, ihre Schwester ein Ruhelager einnehmen zu lassen, das dem des königlichen Paares nah genug lag, um unbeschwerte Konversation herüber und hinüber zu gestatten; und ein weniges vor dem ersten Hahnenschrei trug sie Sorge, den wackeren Monarchen, ihren Herrn Gemahl, zu wecken (welcher ihr denn auch nicht im mindesten darob grollte, gedachte er ihr doch am Morgen das Hälschen umdrehn zu lassen), – sie brachte also, sagte ich, es fertig, ihn zu wecken (obschon er, auf Rechnung eines famosen Gewissens und einer leichten Verdauung, überaus wohl schlummerte), und zwar recht schlau verschmitzt mit Hilfe einer interessanten (von einer Ratte und einer schwarzen Katze, denk' ich, handelnden) Geschichte, welche sie (im Flüsterton, versteht sich) ihrer Schwester erzählte. Als der Tag nun anbrach, traf es sich just so, daß diese Geschichte noch nicht gänzlich zu Ende gekommen und somit Schehrezad, bei Lage der Dinge, auch nicht imstande war, sie zu vollenden, ward es doch hohe Zeit für sie, sich zu erheben und erdrosseln zu lassen – eine Sache, sehr wenig vergnüglicher denn das Hängen, nur eine Kleinigkeit vornehmer.

Des Königs Neubegier jedoch siegte, so muß ich leider vermelden, über seine untadlig frommen Grundsätze und veranlaßte ihn dies eine Mal, die Erfüllung seines Gelübdes bis zum nächsten Morgen noch hintanzustellen – mit dem Zweck und in der Hoffnung, während der kommenden Nacht zu vernehmen, welches Ende es mit der schwarzen Katze (und eine schwarze Katze, denk' ich, war es) und der Ratte genommen habe.

Die Nacht war gekommen, doch die Dame Schehrezad versetzte nicht nur der schwarzen Katze und der Ratte (welche blau war) den Gnadenstoß, sondern ehe sie sich's nur selber recht versah, steckte sie bereits tief in den Verwickelungen einer weiteren Erzählung, deren Gegenstand (wenn ich nicht gänzlich falsch berichtet bin) ein nelkenfarbiges Pferd (mit grünen Flügeln) war, welches von einem Uhrwerk zu schier rasendem

Lauf angetrieben und mit einem Indigo-Schlüssel aufgezogen wurde. An dieser Geschichte nahm der König ein womöglich noch gründlicheres Interesse als an der andern, und als der Tag (ohngeachtet allen Bemühens der Königin, noch rechtzeitig bis zur Erdrosselung mit ihr zu Ende zu kommen) noch vor ihrem Beschlusse anbrach, gab es wiederum keinen Ausweg, als den feierlichen Brauch wie vorher um vierundzwanzig Stunden aufzuschieben. In der nun folgenden Nacht ereignete sich ein ähnliches Ungeschick, mit ähnlichem Ergebnis; und insgleichen in der nächsten – und der wieder nächsten; so daß am Ende der wackere Monarch, nachdem er unvermeidlich jeglicher Gelegenheit beraubt, sein Gelöbnis zu halten, und zwar durch einen Zeitraum von nicht weniger denn tausendundein Nächten, es entweder im Verlaufe dieser Zeit schier ganz und gar vergißt oder sich auf regulärem Wege davon entbinden läßt oder (was mich wahrscheinlicher bedünken will) es schlichtweg bricht – und den Hals seines Beichtvaters dazu. Schehrezad jedenfalls, die – da sie in gerader Linie von Eva abstammte – vielleicht gar Erbin jener ganzen sieben Körbevoll Geschwätzigkeit war, welche die genannte Dame, wir wissen's alle, sich im Garten Eden unter den Bäumen auflas, – Schehrezad, so sagte ich, siegte schließlich ob, und der Zolltarif, mit welchem die Schönheit dortzulande belegt war, wurde aufgehoben.

Nun ist dieser Beschluß (den die Geschichte nimmt, so wie sie uns überliefert ist) ganz ohne Zweifel hübsch und recht gefällig – doch, ach!, wie bei so vielem, was gefällt, ist er weitaus gefälliger denn wahr; und allezeit bin ich dem ›Sachmirdoch-Istesso‹ verpflichtet, daß es mir die Mittel an die Hand gab, den Irrtum zu berichtigen. *»Le mieux«*, sagt ein französisches Sprichwort, *»est l'ennemi du bien«*, und als ich erwähnte, daß Schehrezad die sieben Körbevoll Geschwätzigkeit ererbt, hätte ich wohl sollen hinzufügen, daß sie dieselben auf Zins und Zinses Zinsen anzulegen wußte, bis schließlich siebenundsiebzig draus geworden.

»Meine teure Schwester«, so sprach sie in der tausendundzweiten Nacht (und ich zitiere an diesem Punkt den Text des ›Sachmirdoch-Istesso‹ *verbatim*), »meine teure Schwester«, sagte sie, »nun, da die kleine Diffizilität mit dem Erdrosseln sich verflogen hat und die abscheuliche Schönheitssteuer so glücklich aufgehoben ist, fühle ich, daß ich mich einer groben Rücksichtslosigkeit schuldig gemacht habe, indem ich dir und dem Könige (welcher, ich muß es leider sagen, schnarcht – ein Ding, das eines gebildeten Herrn recht unwürdig) den vollen Schluß der Geschichte von Sindbad dem Seefahrer vorenthielt. Dieser Mensch durchlebte noch zahlreiche andere und interessantere Abenteuer, als jene waren, welche ich erzählte; doch die Wahrheit ist, ich wurde etwas schläfrig in jener Nacht ihrer Erzählung und ward somit verführt, sie etwas zu verkürzen – ein erbärmlich Stücklein schlechten Betragens, von welchem ich nur zuversichtlich hoffen kann, daß mir's Allah vergeben möge. Doch ist es ja selbst jetzt noch nicht zu spät, meinem großen Versäumnisse abzuhelfen, und sobald ich nur den König zu ein oder zwei Malen geknippen habe, um ihn so weit zu wecken, daß er davon abläßt, so schauderhaftes Getöse zu veranstalten, will ich sogleich dich (und ihn, wenn es ihm gütigst gefallen möchte) mit der weiteren Fortsetzung dieser sehr merkwürdigen Geschichte unterhalten.«

Hierob äußerte die Schwester Schehrezads, wie ich dem ›Sachmirdoch-Istesso‹ entnehme, nicht eben sonderlich begeisterte Dankbarkeit; doch der König stand schließlich, nachdem er hinreichend geknippen worden, von seinem Schnarchen ab und sagte »Hem!« und sodann »Ho!«, als die Königin auch schon, indem sie diese Worte (welche zweifellos Arabisch sind) dahingehend verstand, sie seien die Versicherung, daß er ganz Ohr sowie nach besten Kräften bemüht sein wolle, nicht fürder mehr zu schnarchen, – als die Königin, so sagte ich, nachdem sie diese Dinge zu ihrer Zufriedenheit geregelt, auch schon ohne weitern Verzug mit ihrer Geschichte von Sindbad dem Seefahrer folgendermaßen anhob:

» ›Im höhern Alter schließlich‹, (dies sind die Worte Sindbads selber, wie sie von Schehrezad nun nacherzählt wurden), – ›im höhern Alter schließlich, und da ich mich so mancher Jahre der Geruhsamkeit zu Hause erfreut, ward ich auf einmal von neuem besessen von dem Wunsche, fremde Länder zu besuchen; und eines Tages packte ich, ohne nur ein Mitglied meiner Familie mit meiner Absicht bekannt zu machen, aus allen solchen Waren, welche höchstlich wertvoll sind, dabei jedoch den wenigsten Raum einnehmen, einige Bündel zusammen, und indem ich mir für sie einen Träger mietete, zog ich mit demselben hinab zur Küste, um der Ankunft irgend eines Fahrzeugs zu harren, das mich aus dem Reiche fort und in irgend eine Region bringen möchte, die ich noch nicht erforscht.

»›Nachdem wir das Gepäck im Ufersande abgelegt hatten, ließen wir uns unter einer Baumgruppe nieder und blickten hinaus auf den Ozean, in der Hoffnung, es möchte sich ein Schiff sichten lassen; allein durch mehrere Stunden hin wollte sich uns keines zeigen. Schließlich däuchte es mir, als vernähme ich fern ein seltsames Summen und Sausen, und der Lastträger erklärte insgleichen, nachdem er ein Weilchen gelauscht, es sei auch seinem Ohre nicht entgangen. In kurzem ward es noch vernehmlicher und darauf immer noch lauter, so daß wir keinen Zweifel hegen konnten, es käme uns der Gegenstand, welcher seine Ursache, dauernd näher. Schließlich entdeckten wir am Rand des Horizonts einen schwarzen Fleck, welcher in rasender Schnelle an Größe zunahm, bis wir ihn für ein riesiges Ungeheuer erkannten, das mit einem großen Teil seines Leibes über der Oberfläche des Meeres schwamm. Es kam auf uns zu mit schier unfaßlicher Geschwindigkeit, warf ungeheure Wogen von Gischt um seine Brust und beleuchtete den ganzen Teil des Meers, den es durchschnitt, mit einer langen Linie Feuers, welche bis weit hin in die Ferne zurückreichte.

»›Als das Ding nun immer näher kam, vermochten wir es deutlich zu erkennen. Seine Länge war gleich der von drei der höchsten Bäume, die nur wachsen, und breit war es schier wie der große Audienzsaal in deinem Palast, o du erhabenster und großmütigster der Kalifen. Sein Leib, welcher dem gewöhnlicher Fische ganz unähnlich, war so fest wie ein Felsen und von pechener Schwärze überall, soweit es über dem Wasser dahin schwamm, – mit Ausnahme nur eines schmalen blutroten Streifens, der es vollständig wie ein Gürtel umgab. Der Bauch, der unter der Wasserfläche lag und den wir nur dann und wann flüchtig zu schauen bekamen, denn das Monstrum hob und senkte sich mit den Wogen, war vollkommen mit metallischen Schuppen bedeckt, von einer Farbe wie der des Mondes bei neblichtem Wetter. Der Rücken war flach und nahezu weiß, und von ihm ragten sechs Flossenstachel empor, so lang beinahe wie der halbe Leib.

» ›Diese erschreckliche Kreatur besaß keinerlei Rachen, den wir hätten feststellen können; doch wie um diesen Mangel wett zu machen, war sie mit wenigstens viermal zwanzig Augen ausgerüstet, welche aus ihren Höhlen hervortraten wie die der grünen Libelle und in zwei Reihen, eine über der andern, rund um den Leib verliefen, parallel zu dem blutroten Streifen, welcher dem Zweck einer Augenbraue zu dienen schien. Zwei oder drei dieser fürchterlichen Augen warn sehr viel größer denn die andern und hatten die Erscheinung pur-gediegnen Goldes.

» ›Obgleich sich diese Bestie uns, wie ich zuvor schon sagte, mit der reißendsten Schnelle näherte, so mußte sie gleichwohl doch von Zauberei getrieben worden sein – denn weder besaß sie Flossen wie ein Fisch, noch Schwimmhautfüße wie eine Ente, noch Schalenklappen wie die Seemuschel, die in der Weise eines Segelschiffs sich treiben läßt; auch wand das Untier sich nicht vorwärts, wie die Aale tun. Sein Kopf und Schwanz war gänzlich gleicher Weise gestaltet, nur daß sich, unweit des letztern, zwei schmale Löcher befanden, welche zu Nüstern dienten und durch die das Monstrum seinen dicken Atem mit gewaltiger Heftigkeit ausstieß und mit einem kreischenden und widrigen Geräusch.

» ›Unser Entsetzen beim Anblick dieses scheußlichen Dinges war überaus groß; doch übertroffen ward es schier noch von Verwunderung, als wir, kaum daß wir einen nähern Blick darauf hatten, auf dem Rücken der Kreatur eine Unzahl Lebewesen in Größe und Gestalt von Menschen bemerkten, denen sie in der Tat ganz ungemein ähnlich sahen, nur daß sie keine Gewandung trugen (wie Menschen tun), sondern (zweifelsohne von der Natur) mit einer häßlichen, unbequemen Hülle ausgestattet waren, welche zu gutem Teil doch ganz wie

Tuch anmutete, jedoch den Leib so hauteng dicht umschloß, daß sie die armen Schelme auf das lächerlichste plump machte und tölpelhaft und sie ersichtlich bittere Pein leiden ließ. Hoch oben auf ihren Köpfen waren quadratische Schachteln angebracht, welche, so dacht' ich auf den ersten Blick, wohl die Bestimmung erfüllen sollten, für Turbane zu dienen; doch bald entdeckte ich, daß sie ganz ungemein schwer und fest waren, und schloß daraus, sie seien eigens künstlich zu dem Plan erfunden, durch ihr großes Gewicht die Köpfe der Lebewesen standhaft und sicher auf den Schultern zu halten. Um die Nacken der Kreaturen waren schwarze Halsbande gelegt (Kennzeichen der Knechtschaft, ohne Zweifel), wie wir sie unsere Hunde tragen lassen, nur noch viel breiter und unendlich steifer, so daß es den armen Opfern schier unmöglich war, den Kopf in irgend nur einer Richtung zu bewegen, ohne den Körper zugleich mitbewegen zu müssen; wodurch sie denn verurteilt waren, in dauernder Beschaulichkeit auf ihre Nasen zu starren – ein Anblick, der in erstaunlichem, wenn nicht schlechterdings bestürzendem Maße möpsisch und abgestumpft wirkte.

» ›Als nun das Monstrum nahezu schon das Gestade erreicht hatte, an welchem wir standen, ließ es plötzlich eines seiner Augen ganz unmäßig lang hervorquellen und entsendete aus ihm einen erschrecklichen Feuerblitz, begleitet von einer dichten Wolke Rauchs und einem Krach, welchen ich mit nichts als nur dem Donner vergleichen kann. Als sich der Qualm verzog, sahen wir eines der wunderlichen Menschenwesen nahe dem Kopf des riesigen Biestes stehen, eine Trompete in der Hand, durch welche es (indem es sie zum Munde führte) sich alsbald in lauter, rauher, mißtönend widerlicher Rede an uns wendete, die wir, vielleicht, noch fälschlich gar für eine Sprache gehalten hätten, wäre sie nicht ganz und gar durch die Nase gekommen.

» ›Auf solche Weise ganz offensichtlich angesprochen, geriet ich in nicht eben geringe Verlegenheit, wie zu antworten wäre, konnt' ich doch um alles nicht verstehen, was gesprochen ward; und in dieser Schwierigkeit wendete ich mich an den Lastträger, dem vor lauter Entsetzen schon fast die Sinne schwanden, und begehrte von ihm die Meinung zu erfahren, welcher Spezies das Ungeheuer wohl zugehöre, was es begehre, und welche Art Geschöpfe jene wären, die dort auf seinem Rücken umherwimmelten. Auf dieses antwortete der Träger, so wohl er es vor Angst und Zittern eben nur vermochte, er habe einmal schon von diesem Seegetüm gehört; ein grausamer Dämon sei es, dessen Eingeweide voll Schwefel wären und dessen Blut aus Feuer, geschaffen von schlimmen Dschinnen, um Trübsal und Elend auf die Menschheit zu bringen; die Wesen auf seinem Rücken aber seien ungeziefriges Geschmeiß, wie es zuweilen Katzen und Hunde plage, nur größer etwas und noch blutgieriger; und dieses Ungeziefer habe, wenn auch übel, seinen Zweck und Nutzen – denn durch die Marterung, welche es mit seinem Nagen und Stechen dem Untiere zufüge, werde dieses zu dem Grade von Grimm aufgestachelt, welcher erforderlich wäre, es aufbrüllen zu lassen und Unheil stiften und somit die rachsüchtigen und arglistigen Pläne der boshaften Dschinnen zu erfüllen.

»›Diese Mitteilungen bestimmten mich, alsbald die Beine in die Hand zu nehmen, und ohne auch nur einmal noch hinter mich zu sehen, rannte ich in voller Schnelle hügelan dahin, indessen der Träger die nämliche Eile entwickelte, freilich in fast entgegengesetzter Richtung, so daß er, just hierdurch, schließlich sein Entkommen fand, und zwar mit meinen Bündeln, denen er, da hab' ich keinen Zweifel, die vorzüglichste Fürsorge angedeihen ließ – ob dies auch schon ein Punkt ist, über welchen ich Bestimmtes nicht zu sagen weiß, denn ich erinnere mich nicht, ihn jemals wieder erblickt zu haben.

»›Was nun mich selbst betrifft, so ward ich dermaßen hitzig von einem Schwarm dieses Menschengeziefers verfolgt (es war unterweil in Booten ans Ufer gekommen), daß ich sehr bald schon eingeholt, an Händen und Füßen gebunden und hinüber auf die Bestie geschafft wurde, die unmittelbar darauf wieder hinaus auf die hohe See schwamm.

»Nun gereute es mich bitterlich meiner Narrheit, ein trautes Heim verlassen zu haben, um mein Leben in Abenteuern wie diesem auf das Spiel zu setzen; doch da alles Klagen nutzlos war, suchte ich das Beste aus meiner Lage zu machen und mühte mich, mir die Gunst des Menschentieres zu erringen, welches die Trompete besaß und offenbar über seine Genossen Gewalt übte. Dieses Bemühen geriet mir denn auch so herrlich, daß mir das Geschöpf bereits nach wenigen Tagen verschiedentliche Zeichen seiner Huld spendete und sich am Ende gar dem Ungemach unterzog, mich die Anfangsgründe dessen zu lehren, was für seine Sprache zu bezeichnen es eitel genug war; so daß ich schließlich in den Stand versetzt ward, mich mit ihm recht flink und flüssig zu unterhalten, und Gelegenheit fand, ihm begreiflich zu machen, wie es mein brennend heißer Wunsch wäre, die Welt zu sehen.

»›Hatschi kwatschi kwiek, Sindbad, ei diddeldikwaddel grummelmummel, hiss fiss wiss‹, sagte er eines Tages nach dem Essen zu mir – doch ich bitte tausendmal um Verzeihung, daß ich vergaß – Ew. Majestät sind mit dem Dialekte der Cockneys ja nicht vertraut (so nämlich wurden diese Menschenmischmaschtiere genannt; vermutlich weil ihre Sprache das Bindeglied zwischen der des Pferds und jener der Hähne bildete). Mit gütiger Erlaubnis will ich's verdolmetschen. ›Hatschi kwatschi‹ und so fort – das heißt: ›Ich sehe mit Vergnügen, mein teurer Sindbad, daß du ein wahrlich ganz famoser Bursche bist; nun haben wir da grad eine Sache vor, welche Erdumsegelung genannt wird; und da du so versessen darauf bist, die Welt zu sehen, will ich ein übriges tun und dir freie Passage auf dem Rücken dieses Ungetüms geben‹.«

Als die Dame Schehrezad bis hierher vorgedrungen, wendete sich der König, so berichtet das ›Sachmirdoch-Istesso‹, von der linken Seite auf die rechte und sprach –

»Es ist in der Tat *sehr* überraschend, meine teure Königin, daß du diese letztern Abenteuer Sindbads bis heute übergingst. Weißt du, daß ich sie für überaus unterhaltend und sonderbar erachte?«

Nachdem der König sich solchermaßen ausgesprochen, nahm die schöne Schehrezad, so werden wir berichtet, den Faden ihrer Historie mit den folgenden Worten wieder auf –

»Sindbad fuhr fort, dem Kalifen also zu berichten – ›Ich

dankte dem Menschentiere für seine Freundlichkeit und fühlte mich recht bald ganz zu Hause auf dem Monstrum, welches mit schier wundersam gewaltiger Schnelligkeit durch den Ozean dahinschwamm; obgleich die Oberfläche des letztern in jenem Weltteil keineswegs flach und eben ist, sondern rund wie ein Granatapfel, so daß es – so zu sagen – fortwährend hügelauf und hügelab mit uns ging.‹ «

»Das war, so däucht mir, doch recht eigentümlich«, unterbrach der König.

»Nichtsdestoweniger ist es die reine Wahrheit«, erwiderte Schehrezad.

»Ich habe da meine Zweifel«, versetzte der König; »doch, bitte, sei so gut und fahre fort mit der Geschichte.«

»Das will ich«, sagte die Königin. »›Das Ungeheuer‹, so berichtete Sindbad weiter dem Kalifen, ›schwamm, wie ich schon erzählte, bergauf und bergab, bis wir schließlich zu einem Eiland kamen, das viele hundert Meilen im Umfange maß, doch gleichwohl mitten im Meere von einer Kolonie kleiner Lebewesen erbaut worden war, so winzig wie die Raupen[1].«

»Hem!« sagte der König.

»›Nachdem wir dieses Eiland verlassen‹, sagte Sindbad –« (und Schehrezad nahm – wohlverstanden – keinerlei Notiz von ihres Gatten unmanierlichem Zwischenruf) – » ›nachdem wir dieses Eiland verlassen, kamen wir zu einem anderen, auf dem die Wälder von festem Steine waren und so hart, daß auch die bestgehärteten Äxte daran zersplitterten, als wir uns damit mühten, sie umzuschlagen[2].‹ «

[1] Die Korallentierchen.
[2] »Eines der allermerkwürdigsten Naturschauspiele in Texas ist – nahe der Quelle des Pasigno-Flusses gelegen – ein versteinerter Wald. Er besteht aus mehreren Hundert Bäumen, welche – aufrecht stehend – allesamt zu Stein geworden. Einige Bäume, die gegenwärtig noch wachsen, sind bereits teilweise versteint. Dies ist ein durchaus bestürzender Tatbestand für die Naturphilosophen und muß sie veranlassen, die bestehende Theorie über die Versteinerung zu modifizieren.« – *Kennedy*, TEXAS I, S. 120.
Dieser Bericht, der zuerst nur wenig Glauben fand, ist unterweil durch die Entdeckung eines vollkommen versteinerten Waldes nahe den Quellgewässern des Chayenne- oder Chienne-Flusses bekräftigt worden, welcher seinen Ursprung in den Black Hills der Felsengebirge hat.
Vielleicht gibt es auf dem gesamten Globus kaum ein Schauspiel – weder vom geologischen noch vom landschaftlich-malerischen Gesichtspunkt aus –, das merkwürdiger wäre als

»Hem!« sagte der König abermals; doch Schehrezad beachtete ihn gar nicht und fuhr in der Erzählung Sindbads fort.

» ›Als wir auch dieses Eiland hinter uns gelassen, erreichten wir ein Land, darin war eine Höhle, die ganze dreißig oder vierzig Meilen lang in den Eingeweiden der Erde verlief und eine grössere Anzahl weit geräumigerer und herrlicherer Paläste barg, denn in Damaskus und Bagdad zusammen gefunden werden. Von den Gewölben dieser Paläste hingen Myriaden von Edelsteinen nieder, Diamanten gleich, doch von mehr denn Mannes Größe; und in den Straßen, mitten zwischen Türmen, Pyramiden und Tempeln, fluteten gewaltige Ströme dahin, so schwarz wie Ebenholz und wimmelnd belebt von Fischen, die keine Augen hatten[1].‹ «

»Hem!« sagte der König.

» ›Wir schwammen sodann in eine Region des Meeres, wo wir einen hohen Berg fanden, an dessen Hängen reißende Ströme schmelzflüssigen Metalls herniederfluteten, einige davon zwölf Meilen breit und sechzig Meilen lang[2]; indessen aus einem Krater auf dem Gipfel eine solche Aschenmasse hervorbrach, daß am Himmel die Sonne davon vollkommen ausge-

jenes, das der versteinte Wald bei Kairo bietet. Der Reisende wendet sich, nachdem er die gleich vor den Toren der Stadt liegenden Kalifengräber hinter sich gelassen, im nahezu rechten Winkel zur nach Suez führenden Wüstenstraße gen Süden, wandert einige zehn Meilen weit in einem unfruchtbaren Tal dahin, das mit Sand bedeckt ist, mit Kies und mit Muscheln, so frisch noch, als sei erst gestern die Flut darüber gegangen, und überquert sodann eine niedere Kette von Sandhügeln, welche bereits eine Strecke weit parallel zu seinem Pfade verlaufen sind. Der Anblick, der sich ihm nun bietet, ist über alle Beschreibung seltsam und öd. Eine Menge von Baumüberresten, die sämtlich zu Stein geworden sind und wie Gußeisen erklirren, trifft sich der Huf des Pferdes, breitet sich, in Gestalt eines abgestorbenen und hingestreckten Waldes, Meilen und Meilen weit vor dem Blicke aus. Das Holz ist von dunkelbrauner Färbung, doch bewahrt es vollkommen seine Form; die Stücke sind dabei zwischen einem und fünfzehn Fuß lang und einen halben bis drei Fuß dick und liegen so dicht gestreut beieinander, wohin das Auge nur reicht, daß sich ein egyptischer Esel kaum seinen Weg zwischen ihnen hindurch bahnen kann, und so natürlich, daß, läge die Stätte in Schottland oder Irland, sie ganz ohne weiteres für ein ungeheures entwässertes Moor hingehen könnte, auf dem die wiederausgegrabenen Bäume verfaulend in der Sonne liegen. Die Wurzeln und Ästereste sind in vielen Fällen vollkommen erhalten, und in einigen gar lassen sich leicht noch die unter der Rinde eingefressenen Wurmlöcher erkennen. Die zartesten Saftgefäße und -adern und überhaupt alle feinern Teile im Innern des Holzes sind vollkommen wohl bewahrt und halten der Prüfung mit dem stärksten Vergrößerungsglase stand. Das Ganze ist so durch und durch verkieselt, daß sich Glas damit ritzen läßt; auch kann man es auf hohen Glanz polieren. – ASIATIC MAGAZINE III, S. 359.
[1] Die Mammut-Höhle von Kentucky.
[2] Auf Island, 1783.

löscht ward und es dunkler wurde denn in der finstersten Mitternacht; so daß es, als wir auch nur erst hundertundfünfzig Meilen dem Berge nahe waren, sich für unmöglich zeigte, auch nur die hellsten Gegenstände zu erkennen, so nah wir sie uns auch ans Auge brachten[1].‹ «

»Hem!« sagte der König.

» ›Nachdem wir dieser Küste den Rücken gekehrt, setzte das Ungeheuer seine Reise fort, bis wir auf ein weiteres Land stießen, in welchem die Natur der Dinge sich schier verkehrt zu haben schien – denn hier erblickten wir einen großen See, auf dessen Grunde, mehr denn einhundert Fuß unter der Wasserfläche, ein hoch und üppig gewachsener Wald in vollem Blätterschmucke grünte[2].‹ «

»Ho!« sagte der König.

» ›Einige hundert Meilen weiter brachten uns zu einem Himmelsstrich, da war die Luft so überaus dicht und dick, daß sie Eisen trug oder Stahl, ganz wie die unsere Federn[3].‹ «

»Papperlapapp«, sagte der König.

» ›Indem wir weiter immer der selben Richtung folgten, gelangten wir bald zu der allerherrlichsten Gegend der Welt. Durch sie hin wand sich, mehrere tausend Meilen lang, ein gar erhabner Fluß. Dieser Fluß war von unaussprechlicher Tiefe und einer Klarheit, reicher denn die des Bernsteins. Seine Breite schwoll von drei zu sechs Meilen; und seine Ufer, welche an beiden Seiten lotrecht zu zwölfhundert Fuß Höhe emporstie-

---

[1] »Beim Ausbruch des Hekla im Jahre 1766 erzeugten Wolken dieser Art einen solchen Grad von Verfinsterung, daß zu Glaumba, das mehr denn fünfzig Meilen von dem Berge entfernt liegt, die Menschen nur durch Tasten ihren Weg finden konnten. Beim Ausbruch des Vesuvs im Jahre 1794 konnte man zu Caserta, vier Seemeilen entfernt, einzig bei Fackellicht ausgehen. Am 1. Mai 1812 bedeckte eine Wolke aus vulkanischer Asche und Sand, die aus einem Krater auf der Insel St. Vincent hervorbrach, das gesamte Barbados, indem sie darüber ein so dichtes Dunkel breitete, daß man, zu Mittag und im Freien, weder Bäume noch andere Gegenstände in der Nähe wahrzunehmen vermochte, selbst nicht ein weißes Taschentuch, hielt man es sich nur sechs Zoll vom Auge ab.« – *Murray*, ENCYCLOPAEDIA OF GEOGRAPHY, Phil. Ed. S. 215.
[2] »Im Jahre 1790 sank in Caraccas während eines Erdbebens der granitene Boden ein und bildete einen See von achthundert Yards Durchmesser und achtzig bis hundert Fuß Tiefe. Ein Teil des Waldes von Aripao versank dabei, und die Bäume blieben noch mehrere Monate lang unter Wasser grün.« – *Murray*, ENCYCLOPAEDIA OF GEOGRAPHY, S. 221.
[3] Der härteste Stahl, der je hergestellt wurde, läßt sich vor dem Lötrohr-Gebläse in unfühlbar feinen Staub verwandeln, der ohne weiteres in der atmosphärischen Luft schwebt.

gen, wurden von immerblühenden Bäumen gekrönt und von unaufhörlich süßduftenden Blumen, welche das ganze Gebiet zu einem einzigen Prachtgarten machten; doch der Name dieses üppigen Landes lautete: das Reich des Schreckens, und es betreten hieß unrettbar dem Tode verfallen[1].‹ «

»Na, na!« sagte der König.

» ›Dieses Reich verließen wir in großer Eile und kamen, nach einigen Tagen, zu einem anderen, darin wir zu unserm Erstaunen Myriaden Monster-Tiere mit sensenähnlichen Hörnern auf den Köpfen erblickten. Diese scheußlichen Bestien graben sich ungeheure Höhlungen von trichterförmiger Gestalt in den Erdgrund und säumen die Seiten dann mit Felsbrocken, welche so aufeinander geschichtet sind, daß sie augenblicklich zusammenstürzen, wenn ein anderes Tier daran rührt, und dieses hinabreißen in die Höhlengrube der Monstren, wo ihm alsbald das Blut ausgesogen und sein Leichnam hernach verächtlich fortgeschleudert wird – bis hin zu unermeßlicher Entfernung von den Höhlen des Todes[2].‹ «

»Puh!« sagte der König.

» ›Bei der Fortsetzung unserer Reise erblickten wir nun ein Gebiet, da wuchsen in überreichlichem Maße Pflanzen, welche nicht auf dem Erdboden gediehen, sondern in der Luft[3]. Andere auch fanden sich dort, die entsprossen den Substanzen anderer Pflanzen[4]; wieder andere sogen ihre Lebenssäfte aus den Leibern lebendiger Tiere[5]; und dann wieder gab es welche, die

---

[1] Das Gebiet des Niger. – Siehe *Simmond's* COLONIAL MAGAZINE.
[2] Der *Myrmeleon* – Ameisenlöwe. Der Ausdruck ›Monstrum‹ läßt sich sehr wohl auf kleine wie auf große Abnormitäten anwenden, indessen Eigenschaftsworte wie ›ungeheuer‹ nur relativ zu nehmen sind. Die Höhle des Myrmeleon ist durchaus ›ungeheuer‹ im Vergleich zum Loch der gemeinen roten Ameise. Entsprechend ist ein Körnchen Kieselerde eben auch ein ›Felsbrocken‹.
[3] Das *Epidendron flos aeris* aus der Orchideenfamilie wächst auf Bäumen oder anderen Objekten, an deren Oberfläche bloß es seine Wurzeln klammert, ohne aus ihnen selber Nahrung zu beziehen; es lebt also durchaus von der Luft.
[4] Die Parasiten oder Schmarotzerpflanzen – wie etwa die wundervolle *Rafflesia Arnoldi*.
[5] *Schouw* spricht für eine Pflanzengattung, die auf lebendigen Tieren wächst, die *Plantae Epizoae*. Zu ihr gehören die *Fuci* und *Algae*. Mr. J. B. Williams aus Salem, Mass., präsentierte dem ›National Institute‹ ein Insekt aus Neuseeland mit der folgenden Beschreibung: »Die *Hotte*, entschieden eine Raupe oder ein Wurm, siedelt am Fuße des Ratabaumes, wie man gefunden hat, und aus ihrem Kopfe wächst eine Pflanze. Dieses höchst wunderliche und außerordentliche Insekt wandert am Rata- wie auch am Puriribaume empor und frißt sich, indem es hoch droben im Wipfel eindringt, seinen Weg

ganz und gar in gleißendem Licht erglühten¹; welche, die ganz nach Behagen von Ort zu Ort wechselten²; und schließlich – was wohl noch wunderbarer ist – entdeckten wir Blumen, die lebten und atmeten und ihre Kelchränder ganz nach Willen bewegen konnten; sie hatten überdies die abscheuliche Leidenschaft der Menschheit, sich andere Geschöpfe zu Sklaven zu machen und sie in schauerliche und einsam-öde Kerkerzellen zu sperren, bis die Gefangenen die ihnen auferlegte Fronarbeit erfüllt hatten³.‹ «

»Bah!« sagte der König.

» ›Auch dieses Land verließen wir, um bald darauf in ein anderes zu gelangen, woselbst die Bienen und die Vögel Mathematiker von solch genialischer Gelahrtheit sind, daß sie alltäglich den Weisen des Reichs in der Wissenschaft der Geometrie Unterricht erteilen. Der dortige König hatte eine Belohnung ausgesetzt für die Lösung zweier ungemein kniffliger Probleme, und auf der Stelle wurden sie gelöst – das eine von den Bienen, das andre von den Vögeln; doch da der König

hernieder durch den ganzen Stamm des Baums, bis es die Wurzel erreicht; dort kommt es dann wieder hervor und stirbt oder verfällt in Schlaf, und die Pflanze wächst und gedeiht aus seinem Kopfe; der Leib bleibt vollkommen und ganz, nur ist er von härterer Substanz als zuvor im Leben. Aus diesen Insekten bereiten sich die Eingeborenen einen Färbestoff zum Tätowieren.«

[1] In Bergwerken und natürlichen Höhlen findet sich eine Sorte kryptogamen *Fungus*, welcher ein hell phosphoreszierendes Leuchten aussendet.
[2] *Orchis, scabius* und *vallisneria*.
[3] »Der Blütenkelch dieser Blume *(Aristolochia Clematitis),* der die Gestalt einer Röhre besitzt, doch nach oben in einem bandförmigen Rande endet, ist auf dem Grunde kugelartig aufgeblasen. Der Röhrenteil ist innen mit steifen Haaren besetzt, die niederwärts gerichtet sind. Der Kugelteil enthält den Stempel, der nur aus Fruchtknoten und Narbe besteht, sowie die ihn umgebenden Staubfäden. Doch da nun diese Staubfäden kürzer sind als selbst der Fruchtknoten, können sie den Blütenstaub nicht unmittelbar auf die Narbe bringen, da die Blüte bis nach der Befruchtung stets aufrecht steht. So muß denn, ohne zusätzliche Hilfe von außen, der Blütenstaub notwendigerweise nieder auf den Boden des Kelches fallen. Die Hülfe, welche die Natur in diesem Fall bereit gestellt hat, besteht nun in der Tätigkeit der *Tipula Pennicornis,* eines kleinen Insekts, welches auf der Suche nach Honig in die Kelchröhre gerät, bis auf den Boden niederdringt und dort herumstöbert, bis es am Ende ganz und gar mit Blütenstaub bedeckt ist; doch nun findet es seinen Weg nicht wieder hinaus, da doch die Haare nach innen niederwärts weisen und wie die Drähte einer Mausefalle zu einem Punkte zusammenlaufen; und indem es ungeduldig wird ob seiner Gefangenschaft, stiebt es rückwärts und vorwärts und versucht es in jedem Winkel, bis es, nachdem es solcher Art wiederholt über die Narbe hingestrichen ist, dieselbe mit zur Befruchtung hinreichendem Blütenstaub bedeckt hat, in Folge dessen die Blüte sich schlaff zu neigen beginnt und die Härchen in der Röhre zur Seite schrumpfen, so daß Raum entsteht, der das Insekt bequem entweichen läßt.« – *Rev. P. Keith,* SYSTEM OF PHYSIOLOGICAL BOTANY.

ihre Lösungen geheim bewahrte, geschah's erst nach den gründlichsten Forschungen und Mühen, und nachdem unendlich viele dicke Bücher darob geschrieben waren, eine ganze Reihe von Jahren lang, daß die menschlichen Mathematiker schließlich bei der nämlichen Lösung anlangten, welche die Bienen und Vögel augenblicklich gefunden hatten[1].‹ «

»Ach du meine Güte!« sagte der König.

» ›Kaum hatten wir dieses Imperium aus dem Gesicht verloren, als wir uns schon vor eines anderen Küste fanden, von der über unsere Köpfe weg ein Schwarm von Fluggetier dahinstrich – wohl eine Meile breit und zweihundertvierzig Meilen in der Länge; so daß es, ob sie schon gleich eine Meile in jeder Minute zurücklegten, nicht weniger als vier Stunden brauchte, bis der ganze Zug über uns hinweg war – und es flogen darin Millionen und Abermillionen Vögel[2].‹ «

»Ach du grüne Neune!« sagte der König.

» ›Wir waren diese Vögel, welche uns beträchtlichen Verdruß verursachten, eben glücklich losgeworden, als wir ob der Erscheinung eines Vogels andrer Art erschraken, eines unendlich größern noch, als jene Ruchs waren, die mir auf meinen frühern Reisen begegneten; denn er war riesiger noch als die riesigste Kuppel deines Serails, o großmütigster der Kalifen!

[1] Die Bienen haben – von allem Anfang her – ihre Zellen stets mit solchen Seiten, in solcher Anzahl und mit solchen Winkeln konstruiert, wie – und das hat man bewiesen, in einem die tiefsten Grundsätze der Mathematik in sich beschließenden Problem – eben genau Seiten, Anzahl und Winkel beschaffen sein müssen, um den Geschöpfen größtmöglichen Raum bei größtmöglicher Festigkeit der Struktur zu bieten.
Im letzten Teil des verflossenen Jahrhunderts ward unter Mathematikern die Frage aufgeworfen, »die beste Form zu bestimmen, welche sich den Flügeln einer Windmühle geben läßt – unter Berücksichtigung ihrer wechselnden Entfernung sowohl von den sich drehenden Gestellen als auch vom Mittelpunkte der Umdrehung.« Dies ist ein äußerst kompliziertes Problem, denn es heißt, in andren Worten, eben soviel als die bestmögliche Stellung bei einer unendlichen Zahl verschiedener Entfernungen und einer unendlichen Menge von Punkten am Hebelarme suchen. Wohl tausend fruchtlose Versuche wurden von Seiten der berühmtesten Mathematiker unternommen, die Frage zu beantworten; und als man endlich eine unwiderlegbare Lösung gefunden, da zeigte sich's, daß sie in den Flügeln des Vogels gelegen hatte – von Anbeginn schon, seit der erste Vogel die Lüfte durchschnitten.
[2] »Er bemerkte einen Flug Tauben, der zwischen Frankfort und dem Indiana-Territorium dahinzog – wenigstens eine Meile breit; vier Stunden dauerte es, bis er vorüber war; das ergibt bei einer Geschwindigkeit von einer Meile auf die Minute, eine Länge von 240 Meilen; und nimmt man drei Tauben auf den Quadrat-Yard an, so hatte der Flug ganze 2 230 272 000 Tauben.« *Leutnant F. Hall*, TRAVELS IN CANADA AND THE UNITED STATES.

Dies schreckliche Geflügel hatte unseres Bemerkens keinerlei Kopf, sondern ganz und gar nur eines Bauches Gestalt, welcher auf das wundersamste fett und prall war und aus einem feinen, weichen, glänzenden und verschiedenfarbig gestreiften Stoffe zu bestehen schien. In seinen Klauen trug das Untier, hinauf zu seinem Horste in den Himmeln, ein ganzes Haus, von welchem es das Dach herabgeschlagen hatte und in dessen Innern wir mit aller Deutlichkeit menschliche Wesen gewahrten, die gewißlich in einem Zustand trostloser Verzweiflung ihrem schauerlichen Schicksal entgegenblickten. Wir schrien laut mit aller Macht, in der Hoffnung, es möchte der Vogel darob erschrecken und seine Beute fahren lassen; allein er gab nur – wie vor Wut – ein Schnauben oder Paffen von sich und ließ auf unsere Köpfe einen schweren Sack niederfallen, der, wie sich zeigte, mit Sand gefüllt war.‹ «

»Dummes Zeug!« sagte der König.

» ›Gleich nach diesem Abenteuer geschah's, daß wir uns einem Erdteil von unermeßlicher Ausdehnung und ungeheuerlicher Massivität näherten; nichtsdestoweniger ruhte er vollkommen auf dem Rücken einer himmelblauen Kuh, die ganze vierhundert Hörner hatte[1].‹ «

»*Das* will ich wohl glauben«, sagte der König, »denn ich habe früher einmal etwas der Art in einem Buche gelesen.«

» ›Wir nahmen unsern Weg unter diesem Erdteile her (indem wir nämlich zwischen den Beinen der Kuh hindurchschwammen) und fanden uns nach einigen Stunden in einem wahrlich wunderbaren Lande, welches, so ward ich von dem Menschentier berichtet, seine eigene Heimat war, bewohnt von Wesen seiner eignen Gattung. Dies ließ das Menschentier beträchtlich in meiner Hochachtung steigen; und in der Tat begann ich mich der geringschätzigen Vertraulichkeit zu schämen, mit der ich es behandelt; fand ich doch, daß diese Menschentiere insgesamt ein Volk höchst mächtiger Magier waren, in deren Hirnen Würmer lebten, unzweifelhaft dem Zwecke dienlich, sie durch

---

[1] »Die Erde wird getragen von einer blaufarbenen Kuh, welche Hörner hat – vierhundert an der Zahl.« *Sale's* Koran.

ihr peinvolles Kribbeln und Krabbeln zu den allerwunderbarsten Taten der Imagination anzuregen[1].‹ «

»Unfug!« sagte der König.

» ›Bei diesen Magiern lebten verschiedene Haustiere von recht eigentümlicher Art; zum Beispiel gab es da ein ungeheures Roß, dessen Gebein aus Eisen und dessen Blut aus kochendem Wasser bestand. An Stelle des Hafers erhielt es schwarze Steine zur gewöhnlichen Nahrung; und doch war es, trotz so unfreundlicher Kost, dermaßen stark und geschwind, daß es eine Ladung, gewichtiger noch als der gewaltigste Tempel in dieser Stadt, in einer Schnelle davontrug, welche gar den Flug der meisten Vögel übertraf[2].‹ «

»Eitel Geschwätz!« sagte der König.

» ›Des weitern sah ich bei diesem Volk eine Henne ohne jegliches Gefieder, doch größer denn ein Kamel; an Stelle von Fleisch und Knochen hatte sie Eisen und Ziegelsteine; ihr Blut bestand, wie das des Rosses (welchem sie in der Tat nahe verwandt war), aus kochendem Wasser; und gleicherweise fraß sie nichts denn Holz oder schwarze Steine. Diese Henne brachte sehr häufig ein Hundert Küken am Tage hervor; und nach der Geburt wohnten diese noch mehrere Wochen lang im Bauche ihrer Mutter[3].‹ «

»Firlefanz!« sagte der König.

» ›Einer aus diesem Volk von mächtigen Zauberern erschuf einen Menschen aus Messing, Holz und Leder und begabte ihn mit solchem Geiste, daß er im Schachspiel schier der ganzen Menschheit hätte obsiegen können – mit Ausnahme natürlich des großen Kalifen Harun al Raschid[4]. Ein anderer Magus konstruierte (aus ähnlichem Material) ein Geschöpf, das gar den Geist seines Erfinders selber noch in den Schatten stellte; denn so gewaltig waren die Kräfte seiner Vernunft, daß es in einer

---

[1] »Die Entozoen oder Eingeweidewürmer sind wiederholt in den Muskeln und in der Hirnsubstanz von Menschen festgestellt worden.« Siehe *Wyatt's* PHYSIOLOGY, S. 143.
[2] Auf der *Great-Western-Railway* zwischen London und Exeter wurde eine Geschwindigkeit von 71 Meilen auf die Stunde erreicht. Ein Zug im Gewicht von 90 Tonnen raste von Paddington nach Didcot (53 Meilen) in 51 Minuten.
[3] Das Eccaleobion.
[4] *Maelzel's* Automatischer Schachspieler.

Sekunde Berechnungen von so wüstem Ausmaß durchführte, wie die vereinigte Arbeit von fünfzigtausend Menschen von Fleisch und Blut sonst nur in vier Jahren hätte bewältigen mögen[1]. Ein gar noch erstaunlicherer Zauberer aber formte sich ein mächtiges Ding, das weder Mensch noch Tier war, jedoch ein Hirn aus Blei besaß, vermischt mit einem schwarzen, dem Peche gleichen Stoff, und Finger, welche es mit solcher Schnelle und Geschicklichkeit beschäftigte, daß es schier keinerlei Beschwer gehabt hätte, in einer Stunde wohl zwanzigtausend Mal den Koran abzuschreiben; und dies mit so erlesener Genauigkeit, daß gleich in keiner dieser Abschriften eine Abweichung von auch nur Haares Breite sollte gefunden werden. Dies Ding besaß so ungeheure Stärke, daß es auf einen Atemzug die mächtigsten Reiche aufrichtete oder stürzte; doch ward seine Macht gleicher Weise zum Übeln wie zum Guten verwendet.‹ «

»Lächerlich!« sagte der König.

» ›Unter diesem Volk der Schwarzkünstler gab es auch Einen, in dessen Adern floß das Blut der Salamander; denn er trug keinerlei Bedenken, sich in einen rotheißen Backofen zu setzen, um daselbst seinen Tschibuk zu rauchen, bis sein Essen auf der Herdsohle vollständig gar geworden war[2]. Ein Anderer besaß die Fähigkeit, die gemeinen Metalle in Gold zu verwandeln, ohne während dieses Vorganges auch nur einen Blick darauf zu tun[3]. Ein wieder Anderer hatte ein so delikates Tastgefühl, daß er einen Draht machte – so fein, daß er gleich unsichtbar war [4]. Ein weiterer verfügte über eine so geschwinde Auffassungsgabe, daß er jede einzelne Bewegung eines elastischen Körpers zu zählen vermochte, indem derselbe mit einer Geschwindigkeit von neunhundert Millionen Malen in der Sekunde rückwärts und vorwärts sprang[5].‹ «

»Absurd!« sagte der König.

[1] *Babbage's* Rechenmaschine.
[2] *Chabert,* und nach ihm hundert Andere.
[3] Galvanostegie.
[4] *Wollaston* stellte für das Fadenkreuz in einem Teleskope einen Draht aus Platin von einem Achtzehntausendstel Zoll Dicke her. Man konnte ihn nur mit der Hilfe eines Mikroskopes wahrnehmen.
[5] *Newton* hat bewiesen, daß die Retina unter dem Einflusse des violetten Spektrum-Strahles 900 000 000 Mal in der Sekunde vibrierte.

» ›Ein andrer dieser Magier vermochte es, mit der Hilfe eines Fluidums, das niemand je noch erblickte, die Leichname seiner Freunde dahin zu bringen, daß sie ihre Arme schwenkten, mit den Füßen ausstießen, boxten und fuchtelten oder gar noch sich erhoben und nach seinem Willen tanzten[1]. Ein anderer hatte seine Stimme zu solchem Maße ausgebildet, daß er sich hätte von einem Ende der Erde zum andern verständlich machen können[2]. Ein andrer besaß einen so langen Arm, daß er sich in Damaskus niedersetzen und zur selben Zeit in Bagdad einen Brief zu Papier bringen konnte – oder wo immer sonst, in welcher Ferne auch, es ihm gefiel[3]. Ein anderer gebot dem Blitz, vom Himmel zu ihm herniederzukommen, und er kam auf seinen Ruf, und diente ihm zum Spielzeug, da er kam. Ein anderer nahm zwei laute Töne und schuf aus ihnen eine Stille. Ein anderer wieder stellte eine tiefe Finsternis aus zwei hellglänzenden Lichtstrahlen her[4]. Ein andrer machte Eis in einem rotglühenden Schmelztiegel[5]. Ein andrer hieß die Sonne sein Bildnis malen, und die Sonne tat's[6]. Ein andrer ließ sich vom Monde und den Planeten erleuchten, und nachdem er sie

---

[1] Die Voltaische Säule.
[2] Der Elektro-Telegraph übermittelt Nachrichten innerhalb eines Augenblicks – und zwar über jede Entfernung wenigstens auf der Erde hin.
[3] Der Druck-Telegraph.
[4] Geläufige Experimente in der Naturphilosophie. Wenn zwei rote Strahlen von zwei Lichtquellen aus in eine Dunkelkammer so entsendet werden, daß sie auf eine weiße Fläche treffen, und sie differieren in ihrer Länge um 0,0 000 258 eines Zolls, so wird ihre Intensität verdoppelt. Gleiches geschieht, wenn der Längenunterschied ein gerades Vielfaches dieses Bruches beträgt. Eine Multiplikation mit 2¼, 3¼ usf. ergibt eine Intensität, welche bloß einem Strahl entspricht; doch eine Vervielfältigung mit 2½, 3½ usf. erbringt das Resultat totaler Dunkelheit. Bei violetten Strahlen treten ähnliche Effekte auf, wenn der Längenunterschied 0,000 157 eines Zolls beträgt; und bei allen andern Strahlen sind die Resultate die selben – wobei die Differenz gleichmäßig wechselt von Violett nach Rot. Analoge Experimente in Bezug auf den Schall erbringen analoge Resultate.
[5] Man stelle einen Platin-Tiegel über einen Spiritusbrenner und erhitze ihn bis zum Rotglühen; gieße sodann etwas Schwefelsäure hinein, und es wird sich zeigen, daß diese – obschon bei gewöhnlicher Temperatur der allerflüchtigste Stoff – in solch einem heißen Tiegel vollkommen erhalten bleibt und nicht ein Tropfen verdunstet; denn da sie von einer eignen Atmosphäre umgeben ist, so berührt sie selber tatsächlich die Wandungen gar nicht. Nun gibt man ein paar Tropfen Wasser zu, und alsbald kommt die Säure in Berührung mit den erhitzten Wänden des Tiegels, entweicht in schweflig-saurem Dampfe, und zwar so geschwind, daß der Wärmestoff des Wassers mit fortgerissen wird und dieses selbst als ein Klumpen Eises zu Boden fällt; ergreift man den Augenblick, ehe es noch wieder schmelzen kann, so mag tatsächlich ein Klumpen Eis aus einem glühheißen Gefäße genommen werden.
[6] Die Daguerreotypie.

zuerst mit peinlicher Genauigkeit gewogen, drang er forschend in ihre innersten Tiefen und ermittelte die Dichtigkeit des Stoffes, aus welchem sie gemacht sind. Doch ist tatsächlich das ganze Volk von so überraschend zauberischen Fähigkeiten, daß weder seine Kinder noch seine gewöhnlichsten Katzen und Hunde irgend nur Schwierigkeit haben, Gegenstände zu sehen, welche überhaupt nicht existieren oder bereits zwanzigtausend Jahre vor der Geburt des Volkes selbst vom Angesicht der Schöpfung waren getilgt worden[1].‹ «

»Abgeschmackt!« sagte der König.

» ›Die Weiber und Töchter dieser unvergleichlich großen und weisen Magier‹ «, fuhr Schehrezad fort, ohne sich auch nur im mindesten von diesen häufigen und höchst ungezogenen Unterbrechungen von Seiten ihres Gatten beirren zu lassen, – » ›die Weiber und Töchter dieser hervorragenden Zauberer sind der Inbegriff der Wohlerzogenheit und Bildung – und würden auch der Inbegriff bestrickender Schönheit sein, wäre nicht ein unseliges Verhängnis, welches über sie gekommen ist und von dem nicht einmal die wunderbaren Kräfte ihrer Ehegatten und Väter sie bislang zu erretten vermochten. Verhängnis naht in mancherlei Gestalt, hier so – dort anders, doch dieses, von dem ich spreche, kam in Gestalt einer Grille.‹ «

»Einer was?« fragte der König.

» ›Einer Grille‹ «, sagte Schehrezad. » ›Einer der bösen Dschinnen, welche fortwährend auf der Lauer liegen, Übles zu stiften, hat dieselbe den besagten wohlerzogenen Damen in die Köpfe gesetzt, indem er ihnen einblies, es bestehe jenes Ding,

---

[1] Obgleich das Licht 200 000 Meilen in der Sekunde zurücklegt, ist doch die Entfernung des nach unserer Vermutung nächsten Fixsternes (Sirius) so unfaßlich groß, daß seine Strahlen *mindestens* drei Jahre brauchen würden, die Erde zu erreichen. Für Sterne jenseits davon wären zwanzig – oder gar tausend – Jahre noch eine müßige Schätzung. Wenn solche Sterne nun also vor 20 oder vor 1000 Jahren zu Nichts geworden wären, so möchten wir sie doch heute noch sehen, und zwar an dem Lichte, welches von ihnen – vor 20 oder vor 1000 Jahren in der Vergangenheit – ausging. Daß viele Gestirne, die wir täglich erblicken, in Wirklichkeit gar nicht mehr existieren, ist nicht unmöglich – ja, nicht einmal unwahrscheinlich. (Anmerkung des ›Broadway Journal‹.)
Der ältere Herschel behauptet, es hätte das Licht der schwächsten Stern-Nebel, welche durch sein großes Teleskop sichtbar wurden, ganze 3 000 000 Jahre brauchen müssen, um die Erde zu erreichen. Einige, die Lord Ross' Instrument sichtbar machte, haben dann zumindest 20 000 000 gebraucht. (Anmerkung Griswold.)

welches wir als persönliche Schönheit beschreiben, insgesamt im höckrigen Hervorragen jener Region, die nicht gar sehr weit unterhalb der Lendengegend liegt. – Der Gipfel der Lieblichkeit, so sagen sie, rage in direktem Verhältnis zum Ausmaß jenes Hümpels. Nachdem sie nun schon lange von dieser Idee besessen und Polsterkissen billig sind im Lande, ist lange bereits die Zeit dahin, da es noch möglich war, ein Weib von einem Dromedar zu unterscheiden –‹ «

»Nun aber genug!« sagte der König, – »das kann und will ich nun nicht länger mehr ertragen. Du hast mir schon einen schlimmen Kopfschmerz bereitet mit deinen Lügen. Auch bricht, so sehe ich, der Tag schon an. Wie lange waren wir verheiratet? – mein Gewissen beginnt, mir wieder beschwerlich zu fallen. Und dann noch diese Sache mit dem Dromedar – hältst du mich denn für einen baren Narren? Alles in allem – du stehst am besten denn doch gleich auf und läßt dich erdrosseln.«

Diese Worte, so erfahre ich aus dem ›Sachmirdoch-Istesso‹, betrübten und verwunderten Schehrezad in eins; doch da sie den König als einen Mann von gewissenhafter Redlichkeit kannte, der schwerlich sich sein Wort würde abdingen lassen, so fand sie sich mit Anstand in ihr Schicksal. Starke Tröstung jedoch empfing sie (derweilen sich die Schlinge um ihren Hals zusammenzog) aus dem Gedanken daran, daß ein beträchtlicher Teil ihrer Geschichte nun doch unerzählt geblieben war und daß ihr Scheusal von einem Ehemanne nur seinen gerechten Lohn geerntet hatte, indem er sich selber der Möglichkeit beraubte, noch viele unbegreiflichere Abenteuer zu erfahren.

Jules Verne

Im XXIX. Jahrhundert
*Ein Tag aus dem Leben eines amerikanischen Journalisten
im Jahre 2889*

Die Menschen des XXIX. Jahrhunderts leben unausgesetzt mitten in einem Märchenland, ohne sich den Anschein zu geben, daß sie sich darüber im klaren sind. Wundern gegenüber sind sie blasiert, besonders angesichts jener, die ihnen der tägliche Fortschritt bringt. Alles scheint ihnen natürlich. Wenn sie ihre Zivilisation mit der Vergangenheit vergleichen würden, wüßten sie die unsrige besser zu schätzen und würden sich klar darüber, welch ein enormer Weg seither zurückgelegt wurde. Um wieviel bewundernswerter würden ihnen unsre modernen Städte vorkommen: unsre Städte mit hundert Meter breiten Fahrstraßen, mit dreihundert Meter hohen Häusern mit ihrer stets gleichbleibenden Temperatur, mit einem von Tausenden von Lufttaxis und Luftbussen durchfurchten Himmel! Neben diesen unsern modernen Städten, deren Bevölkerung oft bis zu zehn Millionen Einwohner zählt, waren jene früheren Städte – die vor tausend Jahren Paris, London, Berlin und New York hießen – bloß Dörfer und Weiler, Dreckstädtchen, die schlecht gelüftet und kotig sein mußten, in denen rumpelnde Kastenwagen, von Pferden – jawohl, von Pferden! – gezogen wurden; es scheint kaum glaublich! Wenn sich unsere Zeitgenossen den mangelhaften Betrieb vorstellen würden, der damals durch Dampfschiffe und Eisenbahnen versehen wurde, mit häufigen Kollisionen und unerträglicher Langsamkeit – wie würden dann unsere Reisenden die modernen Aerotrains und vor allem die pneumatische Untergrundbeförderung hochschätzen, die die transozeanische Verbindung herstellt und die Reisenden mit einer Geschwindigkeit von fünfzehnhundert Kilometern in der Stunde zu befördern vermag! Und würden sie nicht das

Fernsehtelephon bedeutend mehr schätzen, wenn sie daran dächten, wie unsere Vorfahren sich mit dem vorsintflutlichen Apparat, ›Telegraph‹ genannt, zufriedengeben mußten.

Wie sonderbar! Unsere überraschenden Transformationen beruhen auf Prinzipien, die unseren Vorfahren sehr wohl bekannt sein mußten, aus denen sie aber absolut keinen Nutzen zu ziehen verstanden. Tatsächlich sind ja Wärme, Dampf und Elektrizität so alt wie die Menschheit. Bekräftigten denn nicht bereits Ende des neunzehnten Jahrhunderts die Gelehrten, der einzige Unterschied zwischen physikalischen und chemischen Kräften bestehe in ihrer Art der Vibration, die beiden Kräften eigentümlich ist, den ätherischen Teilchen also?

Da sie damals also bereits diesen gewaltigen Schritt getan hatten, die Verwandtschaft aller Kräfte zu erkennen, ist es einfach unvorstellbar, daß es so lange gebraucht hat, bis es gelang, jede dieser Vibrationsarten zu bestimmen. Es ist außerordentlich, daß die Möglichkeit, einerseits direkt von einer Kraft zur andern überzugehen und sie anderseits einzeln zu produzieren, erst ganz kürzlich entdeckt wurde.

Trotzdem haben sich diese Dinge so zugetragen, und erst im Jahre 2790, vor hundert Jahren also, ist der berühmte Oswald Nyer daraufgekommen.

Ein großer Mann, ein wahrer Wohltäter der Menschheit! Seine geniale Entdeckung sollte die Mutter aller folgenden sein! Eine ganze Plejade von Erfindern entsproß ihr und fand ihre Krönung in unserem außerordentlichen James Jackson. Diesem letzteren verdanken wir die neuen Akkumulatoren, von denen die einen die Sonnenenergie, die andern die in unserer Erdkugel enthaltenen elektrischen Kräfte zu speichern vermögen; dann die dritte Gruppe von Akkumulatoren, die die Energie aus irgendeiner anderen Quelle ziehen, aus Wasserfällen, Winden, Flüssen und Strömen und dergleichen. Von ihm stammt auch jener Transformator, der auf einen einfachen Handgriff hin die elektrische Kraft aus den Akkumulatoren herausholt und sie in den Weltraum in Form von Wärme, Licht, Elektrizität und mechanischer Kraft abgibt, nachdem die von ihr erwartete Arbeit geleistet wurde.

Wahrlich, an jenem Tage, da diese zwei Apparate erfunden wurden, begann der eigentliche Erfolg. Sie haben dem Menschen beinahe uneingeschränkte Macht verliehen. Ihre Anwendungsmöglichkeiten sind nicht zu zählen. Sie haben die Landwirtschaft völlig revolutioniert, indem sie die Härten des Winterklimas durch den Einsatz sommerlichen Wärmeüberschusses ausgeglichen haben. Sie liefern den Luftfahrzeugen die fortbewegende Kraft und haben dadurch dem Handel zu einem hervorragenden Aufschwung verholfen. Ihnen verdanken wir die nie abbrechende Produktion von Elektrizität ohne galvanische Säulen oder Maschinen, das Licht ohne Verbrennung oder Weißglühen und endlich die unversiegbare Quelle der Energie, die die industrielle Produktion verhundertfacht hat.

Nun, diese gesamte Wunderwelt werden wir in einem unvergleichlichen Hotel – dem Hotel des *Earth Herald*, das gerade eben in der 16'823. Straße eingeweiht wurde – zu sehen bekommen.

Lebte der Gründer des *New York Herald*, Gordon Benett, plötzlich wieder unter uns, was würde er wohl sagen, wenn er diesen Palast aus Marmor und Gold erblickte, der seinem gefeierten Enkel, Francis Benett, gehört? Dreißig Generationen sind aufeinander gefolgt, doch der *New York Herald* blieb in der Familie der Benetts. Als vor zweihundert Jahren die Regierung der Union von Washington nach Centropolis verlegt wurde, folgte die Zeitung der Regierung – falls es nicht etwa gar umgekehrt war: daß die Regierung der Zeitung folgte – und gab sich den Namen *Earth Herald*.

Und man darf nicht etwa meinen, daß die Zeitung unter Francis Benetts Verwaltung Risiken gelaufen wäre. O nein! Ihr neuer Direktor sollte ihr sogar unvergleichliche Macht und Vitalität verleihen, indem er den telephonischen Journalismus einführte.

Das System, das durch das unerhört große Übermittlungsnetz des Telephons möglich geworden ist, dürfte ja bekannt sein: jeden Morgen wird der *Earth Herald*, anstatt gedruckt zu werden – wie das in den Jahren der Antike üblich war –,

›gesprochen‹. In raschem Gespräch mit einem Reporter, einem Politiker oder einem Wissenschaftler erfährt der Abonnent, was er wissen wollte. Was nun den Straßenverkauf betrifft, so nehmen die Zeitungskäufer vom Inhalt der Tagesausgabe in ungezählten Telephonkabinen Kenntnis, wo ihnen auf phonographischem Wege über alles Mitteilung gemacht wird.

Diese Erfindung von Francis Benett hauchte dem überlieferten Zeitungswesen neues Leben ein. Innerhalb von ein paar Monaten steigerte sich die Zahl der Abonnenten auf fünfundachtzig Millionen, das Vermögen des Verlegers vergrößerte sich entsprechend auf dreißig Milliarden, und heute beträgt es gar ein Vielfaches dieser Summe. Dank diesem Vermögen ist es Francis Benett möglich geworden, das von ihm geplante moderne Hotel zu bauen – ein Monumentalgebäude mit vier Fronten von je drei Kilometern Länge, dessen Dach sich mit der prächtigen Fahne des Bundes – sie weist heute fünfundsiebzig Sterne auf – geschmückt hat.

Zur Stunde wäre der Zeitungskönig Francis Benett auch König beider amerikanischer Kontinente – wenn die Amerikaner jemals einen Souverän dieser Art anerkennen könnten. Sie zweifeln an meinen Worten? So sehen Sie doch nur, wie die Machthaber sämtlicher Nationen, und auch unsere eigenen Minister, sich vor seiner Türe drängeln, seinen Rat einholen, um sein Einverständnis buhlen, um Unterstützung durch sein allmächtiges Organ flehen! Unzählig sind die Wissenschaftler, deren Projekte er finanziert, die Künstler, die er unterstützt, die Erfinder, die er subventioniert! Ermüdend ist ein solches Königtum; es bedeutet tägliche pausenlose Arbeit, die in früheren Zeiten ein Mensch nicht hätte bewältigen können. Glücklicherweise sind die Menschen von heute robuster, dank dem Fortschritt der Hygiene und der körperlichen Ertüchtigung durch das Turnen, die das Durchschnittsalter der Menschen von 37 auf 68 Jahre hinaufgeschraubt haben – und dank der aseptischen Zubereitung der Lebensmittel, was natürlich nur ein Zwischenglied in der Entwicklung bedeutet, bis nämlich entdeckt ist, wie man sich von Luft ernährt ... indem man einfach einatmet.

Und jetzt möchte ich Sie mit der täglichen Arbeit eines Direktors des *Earth Herald* bekanntmachen. Nehmen Sie sich die Mühe und begleiten Sie ihn bei seinen vielseitigen Aufgaben – heute, am 25. Juli des laufenden Jahres 2889.

Francis Benett ist an diesem Morgen recht verdrießlich erwacht. Jetzt weilt seine Frau schon seit acht Tagen in Frankreich, und er fühlt sich ein bißchen einsam. Ist es zu glauben? Zehn Jahre sind sie nun verheiratet, doch ist es das erstemal, daß Frau Edith Benett, eine *professional beauty,* so lange von ihm getrennt bleibt. Gewöhnlich genügen ihr zwei bis drei Tage für ihre häufigen Reisen nach Europa, genauer gesagt nach Paris, wo sie ihre Hüte einkauft.

Seit er erwacht ist, hat darum Francis Benett sein Fernsehtelephon eingeschaltet, dessen Drähte ihn mit dem Hotel, das er in den Champs-Elysées besitzt, verbinden.

Das durch einen Fernsehapparat ergänzte Telephon ist eine weitere Errungenschaft unserer Epoche! Obgleich die Übermittlung der menschlichen Stimme durch den elektrischen Strom schon sehr alt ist, wurde die Bildübertragung doch erst vor relativ kurzer Zeit möglich. Eine köstliche Entdeckung ist es schon, und Francis Benett ist nicht der letzte, der den Erfinder dafür segnet, wie er nun seine Frau sehen kann, die vor ihm in einem Telephotospiegel sichtbar wird, und zwar – trotz der enormen Distanz, die sie trennt – sehr deutlich.

Welch süße Vision! Frau Benett liegt noch im Bett, offenbar ein wenig müde von dem Ball- oder Theaterbesuch des vergangenen Abends. Es muß zwar schon bald Mittag sein, dort drüben, doch sie schläft immer noch und hat ihr reizendes Gesichtchen in die Spitzen des Kopfkissens vergraben.

Doch jetzt bewegt sie sich ... ihre Lippen zittern ... Träumt sie wohl? ... Ja, sie träumt! ... Und jetzt: ein Wort, von ihren Lippen geflüstert: »Francis ... mein lieber Francis! ...«

Und wie sein Name von dieser sanften Stimme *derartig* ausgesprochen wird, hebt sich die Laune unseres Francis Benett sogleich ganz erstaunlich. Weil er die schöne Schläferin nicht zu wecken begehrt, springt er rasch aus seinem Bett und in den mechanischen Ankleideapparat.

Zwei Minuten darauf setzt ihn die Maschine gewaschen, frisiert, vom Kopf bis zu den Füßen völlig angezogen vor der Tür zu seinen Arbeitszimmern ab. Gleich kann er seine Tagesarbeit beginnen.

Zuerst begibt er sich in die Feuilleton-Redaktion. Das ist ein immenser Saal, der von einer riesigen Glaskuppel überdacht wird. In der einen Ecke stehen viele Telephonapparate, über die einhundert Literaten des *Earth Herald* hundert fiebernden Zuhörern hundert Kapitel aus hundert Romanen vorlesen.

Er nähert sich einem der gerade für fünf Minuten pausierenden Feuilletonisten und sagt zu ihm:

»Sehr gut, sehr gut, Ihr letztes Kapitel! Jene Szene, in der die junge Dorfschöne mit ihrem Verehrer gewisse Probleme der transzendenten Philosophie anschneidet, zeugt von differenzierter Beobachtung. Noch selten sind die ländlichen Sitten besser gezeichnet worden! Fahren Sie so fort, mein lieber Archibald, und gutes Gelingen! Dank Ihnen haben wir seit gestern zehntausend neue Abonnenten!«

»Mr. John Last«, wendet er sich dann an einen andern Mitarbeiter, »mit Ihnen bin ich schon weniger zufrieden! Ihr Roman ist nicht erlebt! Sie rennen zu rasch aufs Ziel los! Wo bleiben denn die dokumentarischen Geschehnisse? Zergliedern muß man, zergliedern! Man schreibt heute nicht mehr mit einer Feder. Mit einem Schnitzmesser müssen Sie schreiben! Im wirklichen Leben beruht eine jede Handlung auf flüchtigen, aufeinanderfolgenden Gedanken, die ihrerseits sorgfältig und der Reihe nach aufgezählt sein wollen, wenn wir ein lebendes Wesen schaffen möchten! Was ist denn einfacher, als sich zu diesem Zweck des elektrischen Hypnotismus zu bedienen, der das menschliche Wesen aufspaltet und in seine beiden Persönlichkeiten trennt! Schauen Sie sich zu, wie Sie leben, mein lieber John Last! Machen Sie es Ihrem Kollegen nach, den ich gerade eben so gelobt habe! Lassen Sie sich hypnotisieren... Wie?... Sie tun das bereits?... Dann aber nicht gründlich genug, nicht gründlich genug!«

Nach dieser kleinen Rüge fährt Francis Benett mit seiner Inspektion weiter und begibt sich in den Reportersaal. Seine fünfzehnhundert Reporter sitzen soeben vor derselben Anzahl Telephone und geben den Abonnenten die Nachrichten bekannt, die während der Nacht aus allen Teilen der Welt eingelaufen sind. Die Organisation dieses unvergleichlichen Dienstes ist schon wiederholt beschrieben worden. Außer dem Telephon hat jeder Reporter vor sich eine Anzahl von Übermittlungsgeräten, die ihm gestatten, sich in ganz bestimmte Fernsehkanäle einzuschalten. So können die Abonnenten den Verlauf der Ereignisse nicht nur hören, sie können ihn auch mit den Augen verfolgen. Geht es um die Spalte ›Verschiedenes‹ – wo meistens die Angelegenheit im Moment der Berichterstattung bereits der Vergangenheit angehört –, dann werden die wichtigsten Phasen in einer Aufzeichnung wiedergegeben, die durch Photographie an Ort und Stelle festgehalten wurde.

Francis Benett spricht einen der zehn Reporter an, die das Ressort Astronomie unter sich haben.

»Na und, Cash? Was haben Sie empfangen?«

»Phototelegramm von Merkur, Venus und Mars, Chef.«

»Interessant, dieses letztere?«

»Ja! Eine Revolution im Zentralreich zugunsten der liberalen Reaktionäre und gegen die konservativen Republikaner.«

»Aha! Wie bei uns! – Und von Jupiter? . . .«

»Noch nichts, bis jetzt! Wir verstehen einfach die Signale der Jupiterbewohner noch nicht so recht. Vielleicht erhalten sie unsere Nachrichten nicht?«

»Das ist Ihre Sache, und ich mache Sie dafür verantwortlich, Cash!« gibt Francis Benett verstimmt zurück. Er sucht den Saal der Redaktion für wissenschaftliche Angelegenheiten auf.

Dort sitzen über ihre Rechnungsmaschinen gebeugt dreißig Wissenschaftler und beschäftigen sich mit Gleichungen fünfundneunzigsten Grades. Einige spielen mit Formeln für die Unendlichkeit in der Algebra und mit solchen des Weltraumes mit vierundzwanzig Dimensionen herum, wie ein Primarschüler sich mit den vier Funktionen der Arithmetik beschäftigen würde.

Francis Benett platzt in ihre Mitte wie eine Bombe:
»So, meine Herren, was habt Ihr zu melden? Keine Antwort von Jupiter? ... Ist doch immer die gleiche Geschichte! Also wirklich, Corley, jetzt beackern Sie seit zwanzig Jahren diesen Planeten, scheint mir...«

»Was wollen Sie, Chef«, erwidert der Angeredete, »unsere Optik läßt eben noch viel zu wünschen übrig, und sogar mit unseren Dreikilometerteleskopen...«

»Haben Sie das gehört, Peer!« fährt Francis Benett dazwischen, und dabei dreht er sich dem Nachbarn des ›Corley‹ Genannten zu, »die Optik läßt zu wünschen übrig!... Das ist *Ihre* Sparte, mein Lieber! So zieht euch doch Brillen an, verdammt nochmal! Zieht euch Brillen an!«

Dann, wieder zu Corley: »Nun, wenn's mit Jupiter nichts ist, bekommen wir wenigstens vom Mond eine Antwort?...«

»Auch nicht, Herr Benett!«

»Ha! Diesmal könnt ihr aber nicht der Optik schuld geben! Der Mond liegt uns sechshundertmal näher als der Mars, mit dem wir immerhin eine regelmäßige Korrespondenz unterhalten. An den Teleskopen kann es also nicht liegen...«

»Nein! An den Bewohnern muß es liegen«, bemerkte Corley mit dem feinen Lächeln des mit allen Wassern gewaschenen Wissenschaftlers.

»Sie wagen es, zu behaupten, der Mond sei unbewohnt?«

»Auf der uns zugekehrten Seite wenigstens, Herr Benett. Wer weiß, vielleicht auf der andern...«

»Also gut, Corley, es gibt ein sehr einfaches Mittel, das sicher festzustellen...«

»Welches Mittel?...«

»Wir drehen den Mond um!«

Und noch am selben Tag erarbeiteten die Gelehrten der Benett-Betriebe die mechanischen Mittel, welche die Umdrehung unseres Satelliten ermöglichen werden.

Im übrigen hat Francis Benett Grund zur Zufriedenheit. Einer der Astronomen des *Earth Herald* hat soeben die Daten des neuentdeckten Planeten Gandini zu bestimmen vermocht. Dieser Planet kreist in einem Abstand von zwölf Trillionen, achthunderteinundvierzig Billionen, dreihundertachtundvierzig Millionen, zweihundertvierundachtzigtausendsechshundertunddreiundzwanzig Metern und sieben Dezimetern um die Sonne. Er tut das innert fünfhundertzweiundsiebzig Jahren, einhundertundvierundneunzig Tagen, zwölf Stunden, dreiundvierzig Minuten und neun und vierfünftel Sekunden... Francis Benett ist begeistert von solcher Präzision.

»Gut!« ruft er, »nun aber rasch den Reportersaal benachrichtigen! Ihr wißt doch alle, mit welcher Leidenschaft die Öffentlichkeit all diese astronomischen Probleme verfolgt. Mir liegt daran, daß diese Neuigkeit noch in der heutigen Nummer erscheint!«

Ehe er den Saal der Redaktoren für wissenschaftliche Angelegenheiten verläßt, geht er rasch zur Spezialgruppe der Interviewer hinüber und wendet sich rasch an den, der das Ressort ›Berühmte Persönlichkeiten‹ unter sich hat:

»Haben Sie Präsident Wilcox schon interviewt?«

»Jawohl, Herr Benett, und ich schreibe in der Informationsspalte, er leide ganz entschieden an einer Magenerweiterung und er lasse sich gewissenhaft immer wieder den Verdauungstrakt ausspülen.«

»Ausgezeichnet. Und die Sache mit dem Mörder Chapman?... Haben Sie die Geschworenen, die zu Gericht sitzen werden, bereits interviewt?...«

»Ja. Alle sind von seiner Schuld dermaßen überzeugt, daß sie die Affäre nicht einmal werden besprechen müssen. Der Angeklagte wird hingerichtet sein, ehe sie ihn haben verurteilen können.«

»Ausgezeichnet! Sehr gut!«

Der angrenzende Saal ist der Werbung gewidmet. Er mißt gut und gern einen halben Kilometer. Man kann sich ja denken, welche Rolle die Werbung für eine Zeitung wie den *Earth Herald* spielt, die im Durchschnitt drei Millionen Dollar pro Tag einträgt. Dank einem genialen System geschieht übrigens diese Werbung in absolut neuer Form. Das Patent dazu wurde einem armen Teufel, der kurz darauf Hungers starb, für drei Dollar abgeluchst. Es handelt sich um gigantische Plakate, die auf die Wolken projiziert werden. Deren Ausmaße werden dadurch so ungeheuer, daß die Bevölkerung eines ganzen Landes sie zur gleichen Zeit zu sehen vermag. Auf dieser Galerie sind eintausend Projektionsapparate andauernd damit beschäftigt, die Plakate auf die Wolken zu werfen, von denen sie dann in Farben reflektiert werden.

Doch heute, wie Francis Benett die Galerie betritt, bemerkt er, daß die Mechaniker mit verschränkten Armen vor ihren stillgelegten Projektionsapparaten stehen. Er fragt warum, und sie zeigen anstelle jeder Antwort auf den klarblauen Himmel.

»Ach ja, schönes Wetter«, murmelt er, »keine Himmelswerbung möglich! Was tun? Wenn es nur eine Frage des Regens wäre! Den könnte man herstellen. Aber wir brauchen nicht Regen, wir brauchen Wolken!...«

»Jawohl«, meint der Chefmechaniker, »schöne weiße Wolken müssen es sein!«

»Gut! Herr Samuel Mark, Sie wenden sich sofort an die wissenschaftliche Redaktion, Abteilung Meteorologie! Richten Sie von mir aus, sie soll sich einmal intensiv mit dem Problem der künstlichen Wolkenbildung befassen! Wir können doch nicht ständig von der Gnade des schönen Wetters abhängig sein!«

Nach der Inspektion der verschiedenen Zeitungsressorts schreitet Francis Benett in den Empfangsraum, wo ihn die Botschafter und bevollmächtigten Minister, die bei der amerikanischen Regierung akkreditiert sind, bereits erwarten. Diese Herren sind gekommen, um beim allgewaltigen Direktor Rat zu holen. Benett betritt den Salon, wo schon eifrig diskutiert wird:

»Exzellenz mögen mir verzeihen«, sagt eben der Botschafter Frankreichs zum Botschafter der Russen, »ich sehe nicht ein, was an der Europakarte geändert werden müßte. Der Norden den Slawen, meinetwegen! Doch der Süden den Romanen! Unsre gemeinschaftliche Grenze, der Rhein, scheint mir ausgezeichnet! Im übrigen möchte ich, daß Ihnen folgendes klar ist: Meine Regierung wird sich jedem Unternehmen, das sich gegen Rom, Madrid oder Wien richtet, energisch widersetzen!«

»Brav gesprochen!« meint Francis Benett dazu, wie er nun mitten unter sie tritt und sich in die Debatte einschaltet.

»Wie denn, Herr Botschafter von Rußland, ist es möglich, daß Sie an Ihrem riesigen Reich noch nicht genug haben, das sich vom Rhein bis zu Chinas Grenzen erstreckt und dessen Küsten von dem Eismeer, dem Atlantik, dem Schwarzen Meer, dem Bosporus und dem Indischen Ozean umspült werden? Und was sollen denn die Drohungen? Ist denn überhaupt ein Krieg noch möglich bei diesen modernen Erfindungen, diesen erstickungbringenden Geschossen, die man auf eine Distanz von hundert Kilometern abschießen kann; diesen zwanzig Meilen langen elektrischen Entladungen, die mit einem einzigen Schlag ein ganzes Armeekorps zu vernichten vermögen; diesen Projektilen, die, mit Mikroben angefüllt, Pest, Cholera und Gelbes Fieber verbreiten und die innerhalb weniger Stunden eine ganze Nation zu zerstören vermöchten?«

»Das wissen wir, Herr Benett«, antwortete der russische Botschafter. »Doch kann man immer, wie man möchte? ... An unserer Ostgrenze werden wir selber vom Chinesen bedrängt; also müssen wir, koste es was es wolle, gewisse Anstrengungen gegen Westen unternehmen ...«

»Ist das alles, Herr Botschafter?« Francis Benett schlägt einen gönnerhaften Ton an: »Nun gut! Da also die Fruchtbarkeit der Chinesen für die Welt eine Gefahr bedeutet, wollen wir den Sohn des Himmels ein bißchen drücken! Er wird seinen Untertanen eine maximale Geburtenzahl vorschreiben, die sie unter Androhung der Todesstrafe nicht überschreiten dürfen! Ein Kind zuviel? ... Ein Vater weniger! Das dürfte die Sache kompensieren. – Und Sie, Herr Konsul?« wendet sich der Direktor des *Earth Herald* nun an den britischen Konsul, »was kann ich für Sie tun?«

»Viel, Herr Benett! Es dürfte genügen, wenn Ihre Zeitung zu unsern Gunsten einen Feldzug einleiten würde ...«

»Zu welchem Zwecke? ...«

»Ganz einfach: um gegen die Einverleibung Englands in die Vereinigten Staaten zu protestieren ...«

»Ganz einfach!?« meint Francis Benett darauf achselzukkend. »Eine Annexion, die vor hundertfünfzig Jahren geschah! Aber eben: die Herren Engländer können sich nie in diese

Sache fügen, die durch eine gerechte Vergeltung hienieden ihr Land zu einer amerikanischen Kolonie gemacht hat! Völliger Irrsinn! Wie ist denn Ihre Regierung auf die hirnverbrannte Idee gekommen, ich würde jemals eine derart antipatriotische Kampagne für sie...«

»Herr Benett, nach der Monroe-Doktrin gehört ganz Amerika den Amerikanern, Sie wissen es. Aber eben nur Amerika, und nicht...«

»England, mein Herr, ist heute nichts als eine unserer Kolonien, immerhin eine der schönsten. Rechnen Sie ja nicht damit, daß wir sie jemals wieder abtreten werden!«

»Sie weigern sich also?«

»Ich weigere mich, und wenn Sie auf Ihrer Forderung beharren sollten, werden wir daraus einen *casus belli* konstruieren, und zwar einzig auf das Interview eines unserer Reporter hin!«

»Das ist das Ende!« murmelte der zerknirschte Konsul vor sich hin. »Das Vereinigte Königreich, Kanada und Neu-Britannien gehören den Amerikanern, Indien den Russen, Australien und Neuseeland gehören sich selbst! Was bleibt uns noch von all dem, was einst Großbritannien hieß?... Nichts mehr!«

»Nichts mehr, Herr Konsul! Und was ist mit Gibraltar?« fragt Francis Benett zurück.

Gerade da schlägt es zwölf Uhr mittags. Der Direktor des *Earth Herald* deutet mit einer Handbewegung das Ende der Audienz an und verläßt den Salon. Er setzt sich in einen Rollsessel, und in wenigen Minuten hat er sein Speisezimmer erreicht, das sich einen Kilometer entfernt am anderen Ende des Hotels befindet.

Der Tisch ist gedeckt. Francis Benett nimmt Platz. In Reichweite befinden sich eine ganze Menge von Hahnen. Und direkt vor ihm wölbt sich die Scheibe des Fernsehers, auf der soeben das Eßzimmer seines Hotels in Paris erscheint. Ungeachtet des Zeitunterschieds sind Herr und Frau Benett übereingekommen, zur selben Zeit ihr Mittagsmahl einzunehmen. Es gibt ja nichts Schöneres als sich so gegenüberzusitzen und, der großen trennenden Distanz zum Trotz, durch das Mittel des Fernsprechers miteinander zu plaudern.

Doch jetzt eben ist das Eßzimmer in Paris völlig leer ...

›Edith wird sich wieder mal verspätet haben!‹ denkt Francis Benett. ›Oh, die Pünktlichkeit der Frauen! Alle Dinge verbessern sich ständig, dieses eine aber nicht! ...‹

Und während er diese leider nur allzu berechtigte Feststellung macht, dreht er an einem der Hahnen.

Wie alle wohlhabenden Menschen unserer Epoche verzichtet Francis Benett auf eine häusliche Küche. Er ist einer der vielen Abonnenten einer großen *Traiteur-Gesellschaft*. Sie liefert über ein ganzes Rohrpostnetz Mahlzeiten von tausenderlei Sorten. Das System ist kostspielig, das versteht sich, aber die Speisen schmecken besser, und es hat außerdem den Vorteil, daß es die haarsträubende Rasse der Blauband-Köche beiderlei Geschlechts abgeschafft hat.

Francis Benett speist also allein – zu seinem leisen Bedauern. Wie er seinen Kaffee austrinkt, erscheint nun doch noch Frau Benett auf dem Bildschirm.

»Wo kommst denn du her?« erkundigt sich ihr Gatte.

»Da schau her!« läßt Frau Benetts Stimme sich vernehmen, »bist du schon fast fertig? ... Komme ich zu spät? ... Wo ich herkomme? ... Natürlich vom Hutmacher! ... Du, dieses Jahr gibt es aber phantastische Hüte! Entzückend! Eigentlich sind es gar nicht mehr richtige Hüte ... eher so eine Art Kirchenkuppeln! ... Ich habe mich wohl etwas lange dabei verweilt! ...«

»Etwas schon, meine Liebe, so lange, daß ich jetzt mit meiner Mahlzeit schon am Ende bin ...«

»Na schön, dann geh halt wieder ... geh an deine Arbeit«, gibt Frau Benett zur Antwort. »Ich habe noch eine Besorgung zu machen. Ich möchte meinen Schneider und Modelleur aufsuchen.«

Dieser Schneider aber ist niemand anderes als der berühmte Wormspire, der Mann, der einmal gesagt haben soll: ›Eine Frau ist nichts weiter als ein Formproblem.‹

Francis Benett gibt seiner Frau einen Kuß auf die Wange –

das heißt: auf den Bildschirm – und macht ein paar Schritte bis zum Fenster, wo sein Aerotaxi bereits wartet.

»Wohin möchten Sie, Herr Benett?« erkundigt sich der Pilot.

»Warten Sie mal . . . ja, ich habe Zeit . . . Fliegen Sie mich zu meinen Akkumulatorenfabriken am Niagara!«

Das Aerotaxi, eine erstaunliche Maschine, deren Konstruktion auf dem Prinzip des unterschiedlichen spezifischen Gewichts beruht, fliegt mit einer Geschwindigkeit von sechshundert Kilometern in der Stunde durch die Luft. Unter ihm tauchen Städte auf und bleiben weit zurück – Städte mit rollenden Bürgersteigen, die die Passanten die Straßen entlang befördern; dann wieder Landschaften, die mit ihren unzähligen elektrischen Leitungen einem Spinnennetz gleichen.

In einer knappen halben Stunde setzt das Lufttaxi Francis Benett auf seiner Fabrik am Niagara ab. Den Strom, der dort aus den Wasserfällen gewonnen wird, verkauft oder vermietet Benett an die Verbaucher. Sobald er seinen Besuch beendet hat, fliegt er über Philadelphia, New York und Boston nach Centropolis zurück. Um fünf Uhr etwa ist er wieder ›daheim‹.

Im Vorraum des *Earth Herald* wartet eine große Menge auf die Rückkehr von Francis Benett. Es sind diesmal Vertreter, denen er jeden Tag eine Audienz gewährt. Es befinden sich darunter Erfinder, die sich um Kapital bewerben möchten, Vermittler mit allerlei Vorschlägen, alles hervorragende Geschäfte – wenn man sie darüber reden hört . . . Unter den vielen Projekten muß nun die Wahl getroffen werden; die schlechten müssen abgelehnt, die zweifelhaften untersucht, die guten angenommen werden.

Innert kürzester Zeit hat Francis Benett all die Leute hinausgewiesen, die bloß nutzlose oder undurchführbare Ideen vorbrachten. Da kommt doch tatsächlich der eine und will die Malerei wiederaufleben lassen, die vergessene Kunst, die im Laufe der Zeit derart in Verruf geriet, daß der *Angelus* von Millet schließlich nur noch ganze fünfzehn Franken erzielte. Das konnte natürlich nur geschehen, weil die Farbenphotographie ihren Siegeszug gegen Ende des zwanzigsten Jahrhunderts antrat. Erfunden hat sie der Japaner Aruziswa-Riochi-Nicho-

me-Sanjukamboz-Kio-Baski-Ku, dessen Name dadurch allen Leuten geläufig geworden ist. Ein anderer Besucher will doch tatsächlich den Bioogen-Bazillus gefunden haben, der den Menschen unsterblich machen soll, sobald der sagenhafte Bazillus in den Organismus eingespritzt wird... Wieder ein anderer, ein Chemiker, hat ein neues Element, das Nihilium, entdeckt, von dem das Gramm bloß drei Millionen Dollar kosten soll... Und schließlich der Arzt, der kühn behauptet, er habe ein todsicheres Rezept gegen Schnupfen...
All diese Phantasten werden natürlich prompt vor die Tür gesetzt. Einige wenige aber werden besser empfangen, vorerst ein junger Mann, dessen hohe Stirn überragende Intelligenz verrät.

»Herr Benett«, beginnt er, »früher gab es fünfundsiebzig Elemente, heute ist diese Anzahl auf drei beschränkt. Das wissen Sie doch, nicht wahr?«

»Klar!«

»Gut also, Herr Benett. Und ich bin drauf und dran, diese drei auf ein einziges Element zurückzuführen. Ich brauche nur etwas Geld, und in ein paar Wochen ist der Erfolg da.«

»Und was weiter?«

»Was weiter? Ich werde ganz einfach das Absolute erforscht und gefunden haben.«

»Ja, aber die Folge dieser Entdeckung?«

»Die Folge wird die simple Herstellungsmöglichkeit sämtlicher Stoffe sein: Stein, Holz, Metall, Kunststoff...«

»Wollen Sie damit behaupten, Sie könnten auch ein menschliches Wesen herstellen?...«

»Fix und fertig, sogar... Es wird ihm bloß die Seele fehlen!«

»Bloß!« meint dazu ironisch Francis Benett. Doch er weist dem jungen Mann einen Platz in der wissenschaftlichen Abteilung der Redaktion an.

Ein zweiter Erfinder hat seine Forschertätigkeit auf alte, aus dem 19. Jahrhundert stammende Erfahrungen gestützt, die seither immer wieder auftauchten, nämlich die Idee, eine ganze Stadt durch einen riesigen Wohnblock zu ersetzen. Es handelt sich um die Stadt Saaf, die fünfzehn Meilen vom Meer entfernt liegt und die nun in einen Badeort verwandelt werden soll, indem sie auf Schienen bis zur Küste transportiert wird. Daraus würde sich ein enormer Mehrwert für den schon bebauten und noch zu bebauenden Boden ergeben. Francis Benett ist von diesem Projekt bestrickt. Er ist bereit, sich mit fünfzig Prozent daran zu beteiligen.

»Sie wissen ja, Herr Benett«, meldet sich ein dritter, »daß es uns dank unseren Akkumulatoren und Transformern gelungen ist, die Jahreszeiten auszugleichen. Nun, ich behaupte, daß ich noch mehr erreichen kann: Warum verwandeln wir nicht einen Teil der gewonnenen Energie in Wärme und leiten dann diese Wärme in die Polarregionen, wo sie das Eis schmelzen . . .«

»Lassen Sie mir Ihre Pläne da«, beschließt Francis Benett, »und kommen Sie in acht Tagen wieder!«

Und dann kommt der vierte Wissenschaftler mit der Nachricht, daß eines der größten Probleme, das die Menschheit beschäftige, noch an diesem Abend seine Lösung finden werde:

Wir erinnern uns noch, daß vor etwa einem Jahrhundert Dr. Nathaniel Faithburn die Aufmerksamkeit der ganzen Welt durch ein äußerst kühnes Experiment auf sich zog. Er war ein überzeugter Verfechter des menschlichen Winterschlafs – der Möglichkeit also, die lebenswichtigen Funktionen ›einzufrieren‹ und sie dann nach längerer Zeit wiederzubeleben. Diese Methode wollte er nun an sich selbst ausprobieren. Nachdem er durch ein eigenhändig verfaßtes Testament die Operationen vorgeschrieben hatte, die ihn hundert Jahre später, auf den Tag genau, wieder zum Leben erwecken sollten, hatte er sich bei einer Kälte von 172 Grad einfrieren lassen; er war dann, zur Mumie erstarrt, in eine Gruft eingeschlossen worden – für hundert Jahre . . .

Und nun, heute, am 25. Juli 2889, ist diese Frist abgelaufen! Francis Benett wird gebeten, in einen bestimmten Saal des *Earth Herald* zu kommen, wo die so ungeduldig erwartete Auferstehung des kühnen Arztes vor sich gehen soll. Die Öffentlichkeit werde über den Verlauf der Sensation von Sekunde zu Sekunde auf dem laufenden gehalten werden.

Der Vorschlag wird angenommen, und da die Operation

nicht vor zehn Uhr abends beginnen soll, legt sich Francis Benett im Hörsaal auf ein Ruhebett. Er dreht an einem Knopf – und ist schon mit dem Zentralkonzert verbunden.

Nach einem derart lebhaften Tag findet er köstliche Entspannung beim Anhören unserer besten Dirigenten, die – wir wissen es ja – ihre Werke nach den glänzenden, algebraisch errechneten Harmonien komponiert haben...

Es ist dämmerig geworden, und Francis Benett liegt in einem halb-ekstatischen Dämmerschlaf. Doch da geht plötzlich eine Türe auf:

»Wer ist da?« Er berührt einen in Reichweite angebrachten Schalter, der die Luft im Saal zum Vibrieren und darum zum Leuchten bringt.

»Ach, Sie sind es, Herr Doktor!« Francis Benett richtet sich auf.

»In Person«, sagt Dr. Sam. Er kommt zur täglichen Arztvisite – Jahresabonnement! »Wie geht's?«

»Gut!«

»Um so besser. Mal die Zunge herzeigen!« Und er nimmt sie unter die Lupe. »Gut. Und jetzt den Puls!«

Er tastet ihn mit einem Pulsographen ab, ähnlich dem Instrument, das die Erdbeben registriert. »Ausgezeichnet! Wie steht's mit dem Appetit?«

»Puh!«

»Eben... der Magen!... Er arbeitet nicht mehr gut, der Magen!... Wird alt! Sie müssen unbedingt dieser Tage einen neuen einsetzen lassen!...«

»Ist schon recht«, meint Francis Benett dazu. »Inzwischen, Doktor, speisen Sie erst mal mit mir!«

Während des Essens hat er die Verbindung mit Paris wieder hergestellt. Diesmal sitzt Frau Benett am Tisch. Das Abendessen verläuft harmonisch, es ist gewürzt mit den Witzchen des Arztes. Kaum sind sie mit dem Essen fertig, als Francis Benett seine Frau fragt:

»Wann, meinst du, bist du wieder da, liebe Edith?«

»Ich reise jetzt gleich ab.«

»Mit der Untergrund oder mit dem Aerotrain?«

»Untergrund.«
»Dann bist du wann hier?«
»Elf Uhr neunundfünfzig nachts.«
»Pariser Zeit?«
»Nein doch! Centropolis-Zeit.«
»Auf bald denn, und verpaß mir nicht die Untergrundbahn!«
Diese unter dem Ozean fahrenden Züge, mit denen man heute in zweihundertfünfundneunzig Minuten von Europa her in Centropolis ist, sind eigentlich den Aerotrains unbedingt vorzuziehen, die ja kaum tausend Kilometer in der Stunde schaffen.

Der Arzt hat sich zurückgezogen, nachdem er versprochen hat, bei der Auferstehung seines Kollegen Nathaniel Faithburn zugegen zu sein. Francis Benett aber begibt sich in sein Bureau, wo er die Tageseinnahmen kontrollieren will. Das ist an sich eine gewaltige Rechenoperation, wenn man bedenkt, daß die täglichen Unkosten allein sich auf achthunderttausend Dollar belaufen. Doch glücklicherweise erleichtern die fortschrittlichen modernen Methoden diese Art von Bureauarbeit ganz enorm. Mit Hilfe des elektronischen Rechenapparates hat Francis Benett seine Arbeit im Nu erledigt.
 Es wird Zeit. Kaum hat er die letzte Addition getippt, wird er schon in den Hörsaal gebeten. Er eilt hin, und eine zahlreiche Menge von Wissenschaftlern begrüßt ihn, unter ihnen auch Dr. Sam.
 Auf einem Gestell mitten im Saal steht der Sarg mit dem eingefrorenen Dr. Nathaniel Faithburn. Die Fernsehkamera wird betätigt. Die ganze Welt will den verschiedenen Operationen zur Wiedererweckung beiwohnen.
 Der Sarg wird aufgemacht ... Nathaniel Faithburn wird herausgehoben ... sieht immer noch aus wie eine Mumie, gelb, steinhart, ausgetrocknet ... Beim Beklopfen gibt es einen Ton, als klopfe man auf Holz ... Er wird der Hitze ausgesetzt ... der Elektrizität ... Nichts! ... Er wird hypnotisiert ... suggeriert ... Nichts scheint diesen ultrastarren Zustand verändern zu können ...

»Und, wie steht's, Dr. Sam?« fragt Francis Benett gespannt. Der Arzt beugt sich über den leblosen Körper, untersucht ihn mit lebhafter Aufmerksamkeit ... Er verabreicht ihm mit einer hypodermischen Nadel eine Spritze. Was er spritzt, ist das auch heute noch vielgebrauchte berühmte Elixier Brown-Séquard ... Die Mumie ist und bleibt eine Mumie.
»Nun ja«, gibt Sam endlich bedauernd zur Antwort, »ich fürchte, der Winterschlaf war zu lang ...«
»Aha!«
»... und Nathaniel Faithburn ist tot!«
»Tot?«
»So tot, wie eine Leiche nur sein kann!«
»Seit wann, meinen Sie, ist er ...?«
»Seit wann? ... Aber natürlich seit genau hundert Jahren, das heißt, seit er die dumme Idee hatte, sich im Interesse der Wissenschaft einfrieren zu lassen! ...«
»Na also«, meint Francis Benett dazu, »da hätten wir ja einmal eine Methode, die der Vervollkommnung bedarf!«
»Vervollkommnung dürfte das Wort dafür sein«, grinst Dr. Sam. Und die *Wissenschaftliche Kommission für Menschlichen Winterschlaf* zieht mit ihrem unheimlichen Paket kopfhängend ab.

Francis Benett sucht in Begleitung von Dr. Sam seine Privaträume auf. Da er sehr müde aussieht – kein Wunder, nach einem dermaßen ausgefüllten Tag! –, rät ihm sein Arzt, vor dem Zubettgehen ein Bad zu nehmen.
»Recht haben Sie, Doktor, das wird mich beruhigen ...«
»Ganz bestimmt, Herr Benett, und falls Sie das wünschen, werde ich draußen gleich Bescheid ...«
»Nicht nötig, lieber Doktor. Hier im Hotel steht immer ein Bad bereit. Ich brauche dazu nicht einmal mein Zimmer zu verlassen. Sehen Sie mal her: ich drücke jetzt auf diesen Knopf – die Badewanne hat sich schon in Bewegung gesetzt und wird gleich erscheinen ... das Wasser wird genau siebenunddreißig Grad warm sein!«
Francis Benett hat auf den Knopf gedrückt. Ein dumpfes

Rollen ist zu vernehmen, wird stärker, deutlicher ... dann geht eine der Türen auf – die Badewanne rollt auf Rädern über fast unsichtbare Schienen herein ...

Du lieber Himmel! Dr. Sam hält rasch die Hände vor die Augen. Verschämte kleine Schreie sind aus der Wanne zu hören ...

Frau Benett liegt darin. Sie ist vor einer halben Stunde mit der transozeanischen Untergrund im Hotel eingetroffen ...

Tags darauf – es war der 26. Juli 2889 – begann Direktor Francis Benett vom *Earth Herald* sein neues Tagewerk mit einem Gang durch die zwanzig Kilometer seiner Arbeitsräume. Am Abend ergab sich nach einer Kontrolle der Rechenautomaten eine Tageseinnahme von zweihundertfünfzigtausend Dollar – fünfzigtausend mehr als am Tage vorher.

Ein einträglicher Beruf, der Beruf des Journalisten im neunundzwanzigsten Jahrhundert!

Ambrose Bierce

Moxons Meister

»Meinst du das ernst? Glaubst du wirklich, daß eine Maschine denken kann?«

Ich erhielt nicht sofort eine Antwort; offensichtlich war Moxon im Augenblick sehr aufmerksam mit den Kohlen im Kaminrost beschäftigt, indem er sie hier und da keineswegs zimperlich anstupste, mit der Feuerzange, bis sie sozusagen wie zur Bestätigung seiner Aufmerksamkeit hell aufglühten. Seit einigen Wochen hatte ich nun schon die wachsende Gewohnheit bei ihm bemerkt, sogar auf die trivialsten Alltagsfragen immer erst verzögert zu reagieren. Seine Miene allerdings reflektierte eher die Zerstreutheit des sprichwörtlichen Professors als die Behutsamkeit des Zauderers: Man mochte allenthalben meinen, ihm »ginge irgend etwas durch den Kopf«.

Kurz darauf sagte er: »Was ist eine ›Maschine‹? Dieses Wort ist doch so unterschiedlich definiert worden. Nimm diese Definition aus einem populären Lexikon: ›Jedes Instrument oder jede Organisation, aus dem bzw. der Kraft gezogen und nutzbar gemacht oder mit dessen bzw. deren Hilfe eine gewünschte Leistung erbracht werden kann.‹ Ist dann der Mensch letzten Endes nicht auch nur eine Maschine? Und du mußt schon zugeben, daß er denkt – oder denkt, daß er denkt.«

»Wenn du mir keine Antwort auf meine Frage geben willst«, sagte ich einigermaßen ungehalten, »warum sagst du mir das dann nicht einfach? Alles, was du da sagst, ist doch reines Drumherumgerede. Du weißt sehr gut, daß ich, wenn ich von einer ›Maschine‹ rede, nicht einen Menschen meine, sondern etwas, was vom Menschen hergestellt und von ihm kontrolliert wird.«

»Wenn es *ihn* nicht kontrolliert«, sagte er, erhob sich abrupt und blickte aus dem Fenster, wo in der Schwärze jener

Sturmnacht nichts zu erkennen war. Wenig später wandte er sich mit einem Lächeln um und sagte: »Verzeih mir; ich hatte absolut nicht die Absicht, drumherum zu reden. Ich hielt die Aussage des Lexikon-Schreibers nur für anregend und vielleicht zu irgend etwas in der Diskussion geeignet. Aber ich kann dir auch so noch leicht genug eine deutliche Antwort auf deine Frage geben: Ich glaube, daß eine Maschine über die Arbeit nachdenkt, die sie verrichtet.«

Das war deutlich genug, allerdings. Und mitnichten sonderlich vergnüglich, zumal es mir den bedauernswerten Argwohn zu bestätigen schien, daß Moxons Hingabe an die Studien und Arbeiten in seiner Maschinen-Werkstatt ihm nicht sonderlich gut bekam. Auf jeden Fall wußte ich sehr wohl, daß er unter Schlaflosigkeit litt und daß man dieses Leiden nicht auf die leichte Schulter nehmen sollte. Hatte sie seinen Verstand in Mitleidenschaft gezogen? Zumindest schien mir seine Antwort auf meine Frage Beweis dafür genug; womöglich sollte ich mittlerweile auch anders über diese Sache denken. Damals war ich jünger, und unter den Segnungen, die der Jugend nicht versagt werden, hat eben auch die Unwissenheit ihren Platz. Angestachelt von diesem großen Stimulans zum Streit sagte ich:

»Und womit, bitteschön, denkt sie – wenn sie kein Gehirn hat?«

Seine Antwort, die jetzt mit weniger als der mittlerweile gewohnten Verzögerung kam, kleidete er in seine bevorzugte Form – die der Gegenfrage:

»Womit denkt eine Pflanze – wenn sie kein Gehirn hat?«

»Aha! Pflanzen gehören also auch in die Abteilung Philosophen! Ich wüßte gerne ein paar ihrer Lösungen; die Prämissen kannst du ruhig weglassen.«

»Vielleicht«, erwiderte er, offenkundig ungerührt von meiner törichten Ironie, »könntest du aus ihrer Handlungsweise Rückschlüsse ziehen auf ihre Überzeugungen. Ich will dich verschonen mit den üblichen Beispielen etwa der empfindsamen Mimose, der insektenfressenden Blumen und derjenigen, deren Staubgefäße sich hinunterbeugen und ihre Pollen auf die hereinkommenden Bienen ausschütteln, damit sie so deren Partnerinnen befruchten können, die weit weg sind. Aber nun paß mal auf. An einer offenen Stelle draußen im Garten habe ich Kletterefeu gepflanzt. Als er gerade aus der Erde kam, habe ich einen knappen Meter weiter eine Stange in den Boden gesteckt. Der Efeu richtete sich sofort auf die Stange aus und wollte zu ihr hin, aber als er nach einigen Tagen fast bei ihr war, steckte ich sie wieder ein paar Fuß weiter weg hinein. Der Efeu änderte sofort seine Richtung, beschrieb einen spitzen Winkel und wollte wieder zu der Stange hin. Dieses Manöver habe ich einige Male wiederholt, aber schließlich gab der Efeu, als ob er entmutigt worden wäre, seine Verfolgung auf, ließ von weiteren Versuchen ab und wanderte statt dessen auf ein Bäumchen zu, das er dann auch erfolgreich erkletterte.

Die Wurzeln des Eukalyptus verlängern sich unglaublich auf ihrer Suche nach Feuchtigkeit. Ein bekannter Gartenbauarchitekt berichtet, eine wäre in einen Regenrinnenabfluß geklettert und sei drinnen so lange weitergewandert, bis sie an eine Bruchstelle kam, an der ein Teil der Rinne abgenommen worden war, um einer Steinmauer Platz zu machen, die quer hinüber verlief. Die Wurzel verließ an dieser Stelle die Rinne wieder und wanderte an der Mauer entlang, bis sie eine Öffnung fand, an der ein Stein herausgefallen war. Sie krabbelte hindurch, folgte der Mauer auf der anderen Seite wieder zurück bis zur Rinne, wanderte in den noch unerkundeten Teil und nahm drinnen ihre Reise wieder auf.«

»Ja, na und?«

»Begreifst du denn die Bedeutung nicht? Das zeigt doch, daß Pflanzen Bewußtsein haben. Es beweist, daß sie denken.«

»Na, und *wenn* es so wäre – was dann? Wir haben schließlich nicht von Pflanzen gesprochen, sondern von Maschinen. Bitte, sie mögen zum Teil aus Holz gebaut sein – Holz, das nicht mehr lebt, wohlgemerkt – oder völlig aus Metall. Sag bloß noch, das Denken ist auch noch ein Attribut des Mineralreichs?!«

»Wie willst du sonst Phänomene erklären, sagen wir, wie das der Kristallisation?«

»Ich erkläre sie ja gar nicht.«

»Weil du es nicht kannst, ohne Gefahr laufen zu müssen, etwas zu bestätigen, was du eigentlich bestreiten willst, nämlich eine intelligente Kooperation zwischen den Elementen der Teilkristalle. Wenn Soldaten Formationen bilden oder Gräben ausheben, dann nennst du das Vernunft. Wenn Wildgänse im Flug den Buchstaben V formen, nennst du das Instinkt. Wenn nun die homogenen Atome in einem Mineral sich in einer Lösung frei bewegen und sich von allein in mathematisch perfekte Strukturen ordnen oder Partikel gefrorenen Wassers sich zu symmetrischen und schönen Schneeflockenkristallen zusammensetzen, dann sagst du gar nichts mehr. Du hast ja noch nicht einmal einen Namen dafür, wie du deine heldenhafte Unvernunft am besten vertuschst.«

Moxon sprach mit ungewohnter Lebhaftigkeit und Ernsthaftigkeit. Als er geendet hatte, hörte ich aus einem angrenzenden Raum, der mir als seine »Maschinen-Werkstatt« geläufig war, aber in den außer ihm selbst niemand sonst eintreten durfte, ein einzelnes dumpf schlagendes Geräusch, so, als habe jemand mit der flachen Hand auf eine Tischplatte geschlagen. Moxon hörte das Geräusch im selben Augenblick wie ich, und sichtlich verstört erhob er sich und eilte hinüber in den Raum, in dem es zu hören gewesen war. Ich fand den Gedanken recht seltsam, daß womöglich irgend jemand anderes dort drinnen sein könnte, und mein Engagement für meinen Freund – zweifellos gespickt mit einer gehörigen Portion unverzeihlicher Neugier – verführte mich zum angestrengten Lauschen – wenn auch nicht, dies sage ich denn doch gerne, direkt mit dem Ohr am Schlüsselloch. Da waren konfuse Geräusche, wie von einem Streit oder einem Handgemenge; der Boden bebte. Ich hörte deutlich heftiges Atmen und eine rauhe Stimme, die sagte: »Zum Teufel mit dir!« Dann war es wieder still, und nach kurzer Zeit erschien Moxon wieder und sagte mit einem recht verkniffenen Lächeln:

»Verzeih, daß ich dich so plötzlich allein lassen mußte. Ich hab eine Maschine da drin, die plötzlich übergeschnappt und ganz schön schlimm dran ist.«

Ich richtete meine Augen starr auf seine linke Wange, die jetzt vier parallele, blutrote Abschürfungen aufwies, und sagte: »Was tut sie, wenn sie sich die Nägel schneiden will?«

Ich hätte mir diesen müden Jokus sparen können; er achtete auch nicht weiter darauf, sondern nahm wieder in dem Sessel Platz, den er zuvor verlassen hatte, und nahm seinen unterbrochenen Monolog wieder auf, als wäre überhaupt nichts geschehen:

»Zweifellos stehst du nicht auf der Seite derer (und ich brauche einem belesenen Mann wie dir keine Namen dazu zu nennen), die gelehrt haben, daß jegliche Materie Empfindungen hätte, daß jedes Atom ein lebendes, fühlendes, bewußtes Wesen sei. *Ich* aber tu's. Es gibt so etwas wie tote, träge Materie nicht: Sie lebt ganz und gar, voller triebhafter Kräfte, effektiv und potenziell; ist durch und durch den selben Kräften in ihrer Umwelt ausgesetzt und empfänglich dafür, sich von den höheren und differenzierteren sozusagen infizieren zu lassen, die dann ihrerseits in solch höheren Organismen wohnen, daß man sie immerzu mit ihr in Verbindung bringt – tja, den selben wie der Mensch, wenn er sie als Instrument seines Willens formt. Sie absorbiert einiges von seiner Intelligenz und seiner Absicht – je größer die Komplexität der entstandenen Maschine und die ihrer Arbeit, desto mehr.

Erinnerst du dich noch an Herbert Spencers Definition des Begriffs Leben? Ich las sie vor dreißig Jahren. Möglich, daß er sie später noch revidiert hat, ich weiß es nicht, aber in dieser ganzen Zeit war es mir nicht möglich gewesen, auch nur ein einziges Wort zu denken, das zur Korrektur hätte geändert, hinzugefügt oder weggenommen werden sollen. Sie scheint mir nicht nur die beste Definition zu sein, sondern auch die einzig mögliche.

›Leben‹, sagt er, ›ist eine bestimmte Kombination von heterogenen Veränderungen, sowohl simultanen wie sukzessiven, in Wechselwirkung mit äußeren Koexistenzen und Abfolgen.‹«

»Das definiert zwar das Phänomen«, sagte ich, »gibt aber keinen Aufschluß über seine Ursache.«

»Das ist alles«, sagte er, »was irgeneine Definition je leisten kann. Wie Mill schon darlegt, wissen wir ja von den Ursachen nur, daß sie vorausgehen, und von den Wirkungen, daß sie folgen. Es gibt bestimmte Phänomene, die nur in Begleitung von anderen, von ihnen selbst verschiedenen Phänomenen auftreten: Das zeitlich erste nennen wir ›Ursache‹, das zweite ›Wirkung‹. Jemand, der sehr häufig gesehen hat, wie ein Kaninchen von einem Hund verfolgt wurde, und nie Kaninchen und Hunde in umgekehrter Reihenfolge gesehen hat, muß glauben, das Kaninchen sei die Ursache für die Existenz des Hundes schlechthin.

Aber ich fürchte«, fügte er hinzu und lachte durchaus natürlich, »daß mein Kaninchen mich ziemlich weit vom Pfad zu meinem eigentlichen Ausgangspunkt weglockt: ich widme mich dem Vergnügen der Jagd um der Jagd willen. Ich möchte dich bitten, darauf zu achten, daß in Herbert Spencers Lebens-Definition die Tätigkeit der Maschine bereits enthalten ist – es gibt nämlich nichts in der Definition, was nicht auch auf sie anwendbar wäre. Für diesen genauesten Beobachter und schärfsten Denker gilt, daß, wie der Mensch in jeder x-beliebigen Phase seiner Tätigkeit lebendig ist, auch die Maschine lebendig ist, sobald und solange sie in Betrieb ist. Als Erfinder und Konstrukteur von Maschinen weiß ich, daß er damit recht hatte.«

Moxon schwieg lange Zeit und starrte geistesabwesend ins Feuer. Es war spät geworden, und ich dachte, es wäre auch an der Zeit zu gehen, aber irgendwie mochte ich den Gedanken auch nicht, ihn hier in diesem abgeschiedenen Haus zurückzulassen, so ganz allein, wenn man von der Anwesenheit eines Individuums absah, über dessen Natur meine Mutmaßungen nicht weiter gingen, als daß es unfreundlich, vielleicht sogar bösartig sein mußte. Ich beugte mich zu ihm herüber, blickte ihm ernst in die Augen, während ich mit meiner Hand eine Bewegung in Richtung der Werkstatt-Tür machte und sagte:

»Moxon, wen hast du da drin?«

Ich war recht überrascht, daß er völlig zwanglos auflachte und ohne zu zögern antwortete:

»Niemanden; der Vorfall, den du meinst, ist durch mein Versehen verursacht worden, weil ich eine Maschine in Betrieb gelassen hatte, ohne ihr etwas zu geben, womit sie arbeiten konnte, während ich den nimmerendenden Versuch unternahm, deinem Verständnis etwas auf die Sprünge zu helfen. Übrigens – weißt du auch, daß das Bewußtsein eine Schöpfung des Rhythmus ist?«

»Ach, soll's doch!« antwortete ich, während ich aufstand und nach meinem Mantel griff. »Ich gehe jetzt. Ich wünsch dir eine gute Nacht; und ich gebe dir noch meine Hoffnung mit zu Bett, daß beim nächsten Mal, wenn du glaubst, es sei besser, sie anzuhalten, du deiner Maschine, die du da so ganz aus Versehen angelassen hast, Handschuhe überziehst.«

Ohne die Wirkung meines Treffers abzuwarten, verließ ich das Haus.

Es regnete, und die Dunkelheit war vollkommen. Am Himmel hinter einem Hügel, auf den zu ich auf gefährlichen, mit Bohlen verlegten Bürgersteigen und über schlammige, unbefestigte Straßen tappte, konnte ich den schwachen Schimmer der Stadtlichter erkennen, aber hinter mir war nichts mehr erkennbar außer einem einzigen Fenster von Moxons Haus. Mir schien, als glühte es mit einer geheimnisvollen und schicksalsschweren Bedeutung. Ich wußte, daß es eine Öffnung in der »Maschinen-Werkstatt« meines Freundes war, die keinen Vorhang hatte, und ich zweifelte kaum daran, daß er seine Studien schon wieder aufgenommen hatte, die durch seine Verpflichtungen als mein Lehrer in Sachen mechanischen Bewußtseins und Vaterschaft des Rhythmus unterbrochen worden waren. Seltsam und durchaus auch humorvoll, wie mir zu jener Zeit seine Überzeugungen erschienen, konnte ich mich dennoch nicht vollständig von dem Gefühl befreien, daß sie in irgendeiner tragischen Beziehung zu seinem Leben und seinem Charakter standen – vielleicht sogar zu seinem Schicksal –, obwohl ich nicht mehr länger meine Mutmaßungen hegte, sie könnten die Hirngespinste eines ungeordneten Geistes sein. Denn was immer man auch von seinen Ansichten halten mochte – ihre Darlegung war dafür zu logisch. Immer und immer wieder kamen mir seine letzten Worte in den Sinn: »Das Bewußtsein ist eine Schöpfung des Rhythmus.« Knapp und schmucklos, wie diese Aussage war, fand ich sie jetzt unendlich verlockend. Mit jedem Male, daß sie mir mehr durch den Kopf ging, wuchs ihre Bedeutung und intensivierte sich ihre Suggestivkraft. Menschenskind, hier (dachte ich) haben wir doch etwas, auf dem man eine ganze Philosophie errichten kann. Wenn das Bewußtsein ein Produkt des Rhythmus ist, dann haben doch *alle* Dinge Bewußtsein, denn alle bewegen sich, und alle Bewegung ist rhythmisch – ich fragte mich nur, ob Moxon sich klar war über die Bedeutung und die Dimension seiner Überlegung – den ganzen Wirkungskreis seiner bedeutenden Generalisierung; oder war er über den qualvollen und unsicheren Weg der Beobachtung zu seinem philosophischen Glauben gelangt?

Dieser Glaube war mir etwas Neues, und Moxons sämtliche Erläuterungen hatten es nicht vermocht, mich zum Konvertiten zu machen; jetzt aber schien es mir, als hätte ein gewaltiges Licht mich erleuchtet, wie das, das einst über Saulus von Tarsus kam; und da draußen, mitten in dem Sturm, in Dunkelheit und Einsamkeit, erlebte ich, was Lewes »die endlose Vielfalt und Faszination philosophischen Denkens« nennt. Ich frohlockte in einem neuen Gefühl für Wissen, in einem neuen Stolz auf die Vernunft. Meine Füße schienen den Boden kaum zu berühren; es war, als würde ich aufgehoben und von unsichtbaren Flügeln durch die Lüfte getragen.

Mich ganz dem Impuls ausliefernd, noch weitere Erleuchtungen von *ihm* zu empfangen, den ich nun doch erkannte als meinen Meister und Führer, war ich unbewußt wieder umgekehrt, und kurz bevor mir dies klar wurde, fand ich mich wieder vor Moxons Tür. Ich war vom Regen durchtränkt, fühlte aber keinerlei Unbehagen. In meiner Aufregung unfähig, die Türglocke zu finden, versuchte ich mich instinktiv am Türknauf. Er ließ sich drehen, und kaum daß ich eingetreten war, kletterte ich auch schon die Stufen zu dem Zimmer empor, das ich erst so kurz zuvor verlassen hatte. Alles war dunkel und still; Moxon hielt sich, wie ich mir schon gedacht hatte, im

Nebenzimmer auf – in seiner »Maschinen-Werkstatt«. Ich tastete mich an der Wand entlang, bis ich die Verbindungstür fühlte, dann klopfte ich mehrere Male laut an, ohne eine Antwort zu bekommen, was ich auf den Lärm draußen zurückführte, denn der Wind war zum Sturm geworden und schleuderte den wolkenbruchartigen Regen gegen die nur dünnen Wände. Das Getrommel auf dem Schindeldach, das den gesamten unverschalten Raum traf, war laut und hörte nicht auf.

Ich war noch nie in seine Maschinen-Werkstatt eingeladen worden – im Gegenteil, mir war, wie allen anderen auch, sogar der Zutritt hier verwehrt worden – allen, außer einem, einem geschickten Metallarbeiter, von dem man lediglich wußte, daß er Haley hieß und im allgemeinen zu schweigen pflegte. In meiner geistigen Hochstimmung aber waren Diskretion und Höflichkeit zugleich vergessen, und ich öffnete die Tür. Was ich erblickte, riß mich von einer Sekunde zur anderen aus sämtlichen philosophischen Spekulationen.

Moxon saß mir zugewandt am hinteren Ende des Zimmers an einem Tisch, auf dem eine einzige Kerze stand, die den Raum mit Licht versorgte. Ihm gegenüber saß mit dem Rücken zu mir eine andere Person. Auf dem Tisch zwischen beiden stand ein Schachbrett; die Männer spielten. Ich verstand von Schach nur wenig, aber da nur noch wenige Figuren auf dem Brett standen, war es offensichtlich, daß die Partie ihrem Ende zustrebte. Moxon war überaus interessiert – aber, wie mir schien, weniger am Spiel als an seinem Gegner, den er mit einem dermaßen gespannten Blick fixierte, daß ich, obschon genau in der Richtung seines Blickes, völlig unbemerkt geblieben war. Sein Gesicht war totenblaß, und seine Augen glitzerten wie Diamanten. Von seinem Gegner hatte ich nur die Rückenansicht, aber die genügte mir bereits; ich legte keinen Wert darauf, sein Gesicht zu sehen.

Er war offenbar nicht viel größer als ein Meter sechzig und proportioniert wie ein Gorilla – mit enorm breiten Schultern, einem kurzen, dicken Hals und breitem, gedrungenem Kopf, auf dem wirres schwarzes Haar wucherte, das zum Teil unter einem roten Fez verborgen war. Eine Tunika von derselben Farbe, die eng um seine Taille gegürtet war, ergoß sich über das Möbel – augenscheinlich eine Art Kiste –, auf dem er saß, seine Beine und seine Füße waren darunter nicht zu sehen. Sein linker Unterarm war auf seinem Schoß ruhend erkennbar; seine Figuren bewegte er mit der rechten Hand, die unproportional groß schien.

Ich war zurückgeschreckt und stand jetzt dicht neben der Tür und im Schatten. Auch wenn Moxon jetzt über seinen Gegner hinausgeblickt hätte, hätte er nichts beobachten können – außer daß die Tür offenstand. Irgend etwas verbot mir sowohl einzutreten als auch mich zurückzuziehen, ein Gefühl – ich weiß nicht, woher es kam –, als sei ich Zeuge einer drohenden Tragödie und könnte durch mein Bleiben womöglich behilflich sein. Und mit einer kaum noch bewußten Rebellion gegen die Taktlosigkeit meiner eigenen Handlungsweise blieb ich also.

Das Spiel war schnell. Moxon schaute kaum auf das Brett, bevor er zog, und meinem ungeübten Blick schien er die Figur zu führen, die er gerade bei der Hand hatte, seine Bewegungen waren schnell, nervös und ungenau. Die Reaktionen seines Gegenübers, in der Eröffnungsphase ebenso schnell ausgeführt, kamen langsam, uniform und mechanisch und, wie ich dachte, in einer irgendwie theatralischen Manier der Armbewegung, die meine Geduld hart auf die Probe stellte. Dies alles hier hatte etwas Geisterhaftes an sich, und ich fühlte, daß ich jetzt zitterte. Doch ich war durchnäßt, und mir war kalt.

Zwei oder drei Mal, nachdem er einen Zug gemacht hatte, neigte der Fremde leicht den Kopf, und jedesmal beobachtete ich, daß Moxon seinen König bewegte. Plötzlich kam mir der Gedanke, daß dieser Mann dort stumm sein mußte. Und dann, daß er eine Maschine war – ein schachspielender Automat! Dann erinnerte ich mich, daß Moxon mir einmal davon erzählt hatte, daß er solch einen Mechanismus erfunden hätte, obwohl ich damals nicht begriff, daß er ihn tatsächlich auch konstruiert hatte. Waren also alle seine Reden über das Bewußtsein und die Intelligenz von Maschinen lediglich ein Vorspiel gewesen, an dessen Ende dann das praktische Erproben seines Apparates stehen würde – nichts als ein Trick, um die Wirkung seiner mechanischen Aktionsweise auf mich, der ich sein Geheimnis nicht kannte, ausüben zu können?

Ein schönes Ende für meine geistigen Höhenflüge – meine »endlose Vielfalt und Faszination philosophischen Denkens«. Gerade wollte ich mich voller Abscheu zurückziehen, als etwas geschah, das meine Neugier von neuem weckte. Ich beobachtete ein Zucken der Schultern dieses Dings, als sei es irritiert: und das war nun wiederum so natürlich – so gänzlich menschlich –, daß es mich wegen meiner neuen Sicht der Dinge aufschreckte. Und das war auch noch keineswegs alles, denn nur eine Sekunde später schlug es mit der geballten Faust scharf auf den Tisch. Angesichts dieser Geste allerdings schien nun Moxon noch mehr erschreckt als ich: er stieß seinen Stuhl ein klein wenig zurück, als sei er beunruhigt.

Gleich darauf hob Moxon, der am Zuge war, seine Hand hoch über das Spielbrett, ließ sie wie einen Sperber auf eine seiner Figuren herabschnellen, sprang zu dem Ausruf »Schachmatt!« flink auf und trat sofort hinter seinen Stuhl. Der Automat saß reglos da.

Der Wind hatte sich mittlerweile gelegt, dafür aber hörte ich, in abnehmenden Intervallen und ständig lauter werdend, das Gegrummel und Gerolle des Donners. In den Pausen dazwischen wurde mir jetzt auch ein tiefes Summen oder Brummen bewußt, das genau wie das Gewitter von Sekunde zu Sekunde lauter und immer deutlicher wurde. Es schien aus dem Leib des Automaten zu kommen und wurde ganz ohne Zweifel erzeugt durch das Schwirren sich drehender Räder. Ich gewann immer mehr den Eindruck von einem aus seiner Ordnung geratenen Mechanismus, der gleichsam den hemmenden und regulierenden Eingriffen eines Kontrollteils entkommen zu sein schien – ein Effekt, wie man ihn erwarten kann, wenn ein Sperrhaken immer wieder von den Zähnen eines Nockenrades abprallt statt einzurasten. Doch bevor ich noch dazu kam, meine Vermutungen darüber zu vertiefen, wurde meine Aufmerksamkeit von den seltsamen Bewegungen des Automaten in Anspruch genommen. Ein kaum merkliches, dafür aber kontinuierliches

Zucken schien Besitz von ihm ergriffen zu haben. Körper und Haupt bewegten sich wie ein Mensch mit Schüttelfrost oder Schüttellähmung, und die Bewegungen nahmen ständig zu, so lange, bis die ganze Figur nur noch aus heftigster Bewegung bestand. Plötzlich sprang sie auf ihre Beine, und mit einer Bewegung, der die Augen kaum zu folgen imstande waren, schoß sie vorwärts über Tisch und Stuhl hinweg, beide Arme in voller Länge nach vorn ausgestreckt – in Haltung und Angriff einem Taucher ähnlich. Moxon versuchte, sich außer Reichweite zurückzuwerfen, aber es war bereits zu spät: Ich sah die Hände des schrecklichen Dings sich um seine Kehle schließen, seine eigenen des Wesens Gelenke umfassen. Dann wurde der Tisch umgestoßen, die Kerze auf den Boden geschleudert und ausgelöscht, und alles war pechschwarze Düsternis. Nur die Geräusche des Kampfes waren entsetzlich deutlich, und das schrecklichste von allen waren die heiseren, kreischenden Geräusche, die sich dem strangulierten Mann bei seinen Versuchen entrangen, Luft zu holen. Von dem infernalischen Getöse gesteuert, sprang ich nach vorn, um meinen Freund zu retten, aber kaum hatte ich auch nur den ersten langen Schritt getan, da gleißte der ganze Raum auf in einem blendend weißen Licht, das mir in Hirn und Herz und Erinnerung ein unauslöschlich lebendiges Bild der Kämpfenden auf dem Boden einbrannte; Moxon zuunterst, seine Kehle noch immer gefangen im Zugriff dieser Eisenhände; sein Kopf zurückgezwungen; seine Augen hervorquellend; sein Mund weit offen und seine Zunge herausgestreckt; und – entsetzlicher Kontrast! – auf dem lackierten Gesicht seines Mörders der Ausdruck zufriedenen und profunden Denkens, wie nach der Lösung eines Schachproblems! Dies konnte ich gerade noch wahrnehmen. Dann nur noch Dunkelheit und Stille.

Drei Tage später kam ich in einem Krankenhaus wieder zu mir. Langsam trat die Erinnerung an jene tragische Nacht wieder in mein gemartertes Hirn, und ich erkannte in meinem Betreuer am Bettrand Moxons Vertrauten und Zuarbeiter Haley. Er erwiderte meinen Blick und näherte sich lächelnd.

»Erzählen Sie mir alles«, brachte ich schwach heraus. »Alles.«

»Gewiß«, sagte er, »Sie hatten in einem brennenden Haus – Moxons – das Bewußtsein verloren. Niemand weiß, wie es kam, daß Sie dort waren. Vielleicht werden Sie da noch ein wenig erklären müssen. Die Ursache für den Brand ist auch etwas mysteriös. Mein eigener Eindruck ist der, daß das Haus von einem Blitz getroffen wurde.«
»Und Moxon?«
»Gestern beerdigt – was von ihm übrig war.«
Es schien, als sei dieser so zurückhaltende Mensch durchaus imstande, sich gelegentlich mitzuteilen. Wenn er Kranken schockierende Nachrichten brachte, war er jedenfalls leutselig genug. Nach einigen Augenblicken tiefsten seelischen Leidens wagte ich noch eine Frage:
»Wer hat mich gerettet?«
»Nun, wenn es Sie interessiert – ich war's.«
»Danke Ihnen, Mr. Haley, und möge Sie der Herr dafür segnen. Haben Sie auch dieses charmante Produkt Ihrer Fingerfertigkeit, diesen Schachautomaten, gerettet, der seinen Erfinder getötet hat?«
Der Mann schwieg lange Zeit und sah mich dabei nicht an. Dann wandte er sich um und sagte ernst:
»Das wissen Sie?«
»Jawohl«, antwortete ich, »ich habe es gesehen.«
Das ist nun schon viele Jahre her. Wenn man mich heute fragen würde – ich wäre mir nicht mehr so sicher.

Kurd Laßwitz
Auf der Seifenblase

Onkel Wendel, Onkel Wendel! Sieh nur die große Seifenblase, die wunderschönen Farben! Woher nur die Farben kommen? So rief mein Söhnchen vom Fenster herab in den Garten, wohin es seine bunten Schaumbälle flattern ließ.

Onkel Wendel saß neben mir im Schatten der hohen Bäume, und unsere Zigarren verbesserten die reine, würzige Luft eines schönen Sommernachmittags.

»Hm!« sagte oder vielmehr brummte Onkel Wendel zu mir gewendet, »hm, erklär's ihm doch! Hm! Bin neugierig, wie du's machen willst. Interferenzfarben an dünnen Blättchen, nicht wahr? Kenn' ich schon. Verschiedene Wellenlänge, Streifen decken sich nicht, und so weiter. Wird der Junge verstehen – hm?«

»Ja«, erwiderte ich etwas verlegen, »die physikalische Erklärung kann das Kind freilich nicht verstehen – aber das ist auch gar nicht nötig. Erklärung ist ja etwas Relatives und muß sich nach dem Standpunkte des Fragenden richten; es heißt nur, die neue Tatsache in einen gewohnten Gedankengang einreihen, mit gewohnten Vorstellungen verknüpfen – und da die Formeln der mathematischen Physik noch nicht zum gewohnten Gedankengang meines Sprößlings gehören –«

»Nicht übel, hm!« nickte Onkel Wendel. »Hast es so ziemlich getroffen. Kannst es nicht erklären, nicht mit gewohnten Vorstellungen verbinden – gibt gar keinen Anknüpfungspunkt. Das ist es eben! Erfahrung des Kindes – ganz andere Welt – gibt Dinge, für die alle Verbindung fehlt. Ist überall so! Der Wissende muß schweigen, der Lehrer muß lügen. Oder er kommt ans Kreuz, auf den Scheiterhaufen, in die Witzblätter – je nach der Mode. Mikrogen! Mikrogen!«

Die beiden letzten Worte murmelte der Onkel nur für sich. Ich hätte sie nicht verstanden, wenn ich nicht den Namen »Mikrogen« schon öfter von ihm gehört hätte. Es war seine neueste Erfindung. Onkel Wendel hatte schon viele Erfindungen gemacht. Er machte eigentlich nichts als Erfindungen. Seine Wohnung war ein vollständiges Laboratorium, halb Alchimistenwerkstatt, halb modernes physikalisches Kabinett. Es war eine besondere Gunst, wenn er jemand gestattete einzutreten. Denn er hielt alle seine Entdeckungen geheim. Nur manchmal, wenn wir vertraulich beisammensaßen, lüftete er einen Zipfel des Schleiers, der über seinen Geheimnissen lag. Dann staunte ich über die Fülle seiner Kenntnisse, noch mehr über seine tiefe Einsicht in die wissenschaftlichen Methoden und ihre Tragweite, in die ganze Entwicklung des kulturellen Fortschritts. Aber er war nicht zu bewegen, mit seinen Ansichten hervorzutreten, und darum auch nicht mit seinen Entdeckungen, weil diese, wie er sagte, ohne seine neuen Theorien nicht zu verstehen seien. Ich habe selbst bei ihm gesehen, wie er aus anorganischen Stoffen auf künstlichem Wege das Eiweiß darstellte. Wenn ich in ihn drang, diese epochemachende Entdeckung, welche vielleicht geeignet wäre, unsere sozialen Verhältnisse gänzlich umzugestalten, bekannt zu machen oder wenigstens zu fruktifizieren, so pflegte er zu sagen: »Habe nicht Lust, mich auslachen zu lassen. Können's doch nicht verstehn. Sind noch nicht reif, kein Anknüpfungspunkt, andre Welt, andre Welt! Tausend Jahre warten! Lasse die Leute streiten, einer weiß so wenig wie der andere.«

Jetzt hatte er das »Mikrogen« entdeckt. Ich weiß nicht recht, war es ein Stoff oder ein Apparat; aber so viel habe ich begriffen, daß er dadurch imstande war, eine Verkleinerung sowohl der räumlichen als der zeitlichen Verhältnisse in beliebigem Maßstabe zu erzielen. Eine Verkleinerung nicht etwa bloß für das Auge, wie sie durch optische Instrumente möglich ist, sondern für alle Sinne; die ganze Bewußtseins-Tätigkeit wurde verändert, so, daß zwar qualitativ alle Empfindungsarten dieselben blieben, aber alle quantitativen Beziehungen verengert wurden. Er behauptete, er könne ein beliebiges Individuum und mit ihm dessen Anschauungswelt einschrumpfen lassen auf den millionsten, auf den billionsten Teil seiner Größe. Wie er das mache? Ja, dann lachte er wieder still für sich und brummte:

»Hm, nicht verstehen können – kann's euch nicht erklären – nützt euch doch nichts. Menschen bleiben Menschen, ob groß oder klein, sehen nicht über sich hinaus. Wozu erst streiten?«

»Wie kommst du jetzt auf das Mikrogen?« fragte ich ihn.

»Sehr einfach, lieber Neffe. Das Mikrogen ist für die heutige gelehrte Welt, was die Seifenblase für deinen Jungen ist. Vielleicht ein Spielzeug, jedoch zum Verständnis fehlt jeder Anhaltspunkt. Weil aber die Gelehrten keine Kinder sind und alles zu verstehen beanspruchen, würde es einen unendlichen Streit geben, wenn ich meine Lehre auskramen wollte. Gänzlich zwecklos, weil die Entscheidung über alle heutige Einsicht hinaus liegt. Würden mich auslachen – hm – Irrenhaus –«

»Ganz gleich«, rief ich, »die Wahrheit zu verkünden ist Pflicht, und wenn ich auch das Martyrium der Verkennung auf mich nehmen müßte. Nur auf diesem Wege sind die Fortschritte der Kultur errungen worden. Bringe deine Beweise.«

»Hm«, sagte der Onkel, »wenn aber die Beweise niemand verstehen kann? Wenn wir zwei verschiedene Sprachen reden? Dann endet der Streit damit, daß die Minorität totgeschlagen wird, physisch oder moralisch. Habe keine Lust dazu.«

»Und trotzdem«, erwiderte ich kühn, »würde ich die Wahrheit bekennen, wenn ich die Beweise für mich in der Hand habe.«

»Vor Unmündigen und Blinden – wie? Möchtest du's probieren? Sieh dir mal das Ding an.«

Onkel Wendel zog einen kleinen Apparat aus der Tasche. Ich erkannte einige Glasröhrchen in Metallfassung, mit Schrauben und feiner Skala. Er hielt mir die Röhrchen unter die Nase und begann zu drehen. Ich fühlte, daß ich etwas Ungewohntes einatmete.

»Ah, wie schön die da ist!« rief mein Knabe wieder, auf eine neue Seifenblase deutend, die langsam von der Fensterbrüstung herabschwebte.

»Nun sieh dir mal die Seifenblase an«, sagte Onkel Wendel und drehte weiter.

Mir schien es, als ob sich die Seifenblase sichtlich vergrößerte. Ich kam ihr näher und näher. Das Fenster mit dem Knaben, der Tisch, vor dem wir saßen, die Bäume des Gartens entfernten sich, wurden immer undeutlicher. Nur Onkel Wendel blieb neben mir; sein Röhrchen hatte er in die Tasche gesteckt. Jetzt war unsere bisherige Umgebung verschwunden. Wie eine mattweiße, riesige Glocke dehnte sich der Himmel über uns, bis er sich am Horizont verlor. Wir standen auf der spiegelnden Fläche eines weiten, gefrorenen Sees. Das Eis war glatt und ohne Spalten; dennoch schien es in einer leise wallenden Bewegung zu sein. Undeutliche Gestalten erhoben sich hie und da über die Fläche.

»Was geht hier vor!« rief ich erschrocken. »Wo sind wir? Trägt uns auch das Eis?«

»Auf der Seifenblase sind wir«, sagte Onkel Wendel kaltblütig. »Was du für Eis hältst, ist die Oberfläche des zähen Wasserhäutchens, welches die Blase bildet. Weißt du, wie dick diese Schicht ist, auf der wir stehen? Nach menschlichem Maße gleich dem fünftausendsten Teil eines Zentimeters; fünfhundert solcher Schichten übereinandergelegt würden zusammen erst ein Millimeter betragen.«

Unwillkürlich zog ich einen Fuß in die Höhe, als könnte ich mich dadurch leichter machen.

»Um Himmels willen, Onkel«, rief ich, »treibe kein leichtsinniges Spiel! Sprichst du die Wahrheit?«

»Ganz gewiß. Aber fürchte nichts. Für deine jetzige Größe entspricht dieses Häutchen an Festigkeit einem Stahlpanzer von 200 Meter Dicke. Wir haben uns nämlich mit Hilfe des Mikrogens in allen unseren Verhältnissen im Maßstabe von eins zu hundert Millionen verkleinert. Das macht, daß die Seifenblase, welche nach menschlichen Maßen einen Umfang von vierzig Zentimetern besitzt, jetzt für uns gerade so groß ist, wie der Erdball für den Menschen.«

»Und wie groß sind wir selbst?« fragte ich zweifelnd.

»Unsere Höhe beträgt den sechzigtausendsten Teil eines

Millimeters. Auch mit dem schärfsten Mikroskop würde man uns nicht mehr entdecken.«

»Aber warum sehen wir nicht das Haus, den Garten, die Meinigen – die Erde überhaupt?«

»Sie sind unter unserm Horizont. Aber auch wenn die Erde für uns aufgehen wird, so wirst du doch nichts von ihr erkennen als einen matten Schein, denn alle optischen Verhältnisse sind infolge unserer Kleinheit so verändert, daß wir zwar in unserer jetzigen Umgebung völlig klar sehen, aber von unserer früheren Welt, deren physikalische Grundlagen hundertmillionenmal größer sind, gänzlich geschieden leben. Du mußt dich nun mit dem begnügen, was es auf der Seifenblase zu sehen gibt, und das ist genug.«

»Und ich wundere mich nur«, fiel ich ein, »daß wir hier überhaupt etwas sehen, daß unsere Sinne unter den veränderten Verhältnissen ebenso wirken wie früher. Wir sind ja jetzt kleiner als die Länge einer Lichtwelle; die Moleküle und Atome müssen uns jetzt ganz anders beeinflussen.«

»Hm!« lachte Onkel Wendel in seiner Art. »Was sind denn Ätherwellen und Atome? Ausgeklügelte Maßstäbe sind's, berechnet von Menschen für Menschen. Jetzt machen wir uns klein, und alle Maßstäbe werden mit uns klein. Aber was hat das mit der Empfindung zu tun? Die Empfindung ist das erste, das Gegebene; Licht, Schall und Druck bleiben unverändert für uns, denn sie sind Qualitäten. Nur die Quantitäten ändern sich, und wenn wir physikalische Messungen anstellen wollten, so würden wir die Ätherwellen auch hundertmillionenmal kleiner finden.«

Wir waren inzwischen auf der Seifenblase weitergewandert und an eine Stelle gekommen, wo durchsichtige Strahlen springbrunnähnlich rings um uns in die Höhe schossen, als mich ein Gedanke durchzuckte, der mir vor Entsetzen das Blut in den Adern stocken ließ. Wenn die Seifenblase jetzt platzte! Wenn ich auf eines der entstehenden Wasserstäubchen gerissen wurde und Onkel Wendel mit seinem Mikrogen auf ein anderes! Wer sollte mich jemals wiederfinden? Und was sollte aus mir werden, wenn ich in meiner Kleinheit von einem

Sechzigtausendstel Millimeter mein Leben lang bleiben mußte? Was war ich unter den Menschen? Gulliver in Brobdingnag läßt sich gar nicht damit vergleichen, denn mich konnte überhaupt niemand sehen! Meine Frau, meine armen Kinder! Vielleicht sogen sie mich mit dem nächsten Atemzuge in ihre Lunge, und während sie meinen unerklärlichen Verlust beweinten, vegetierte ich als unsichtbare Bakterie in ihrem Blute!

»Schnell, Onkel, nur schnell!« rief ich. »Gib uns unsere Menschengröße wieder! Die Seifenblase muß ja sofort platzen! Ein Wunder, daß sie noch hält! Wie lange sind wir denn schon hier?«

»Keine Sorge«, sagte Onkel Wendel ungerührt, »die Blase dauert noch länger, als wir hier bleiben. Unser Zeitmaß hat sich zugleich mit uns verkleinert, und was du hier für eine Minute hältst, das ist nach irdischer Zeit erst der hundertmillionste Teil davon. Wenn die Seifenblase nur zehn Erdsekunden lang in der Luft fliegt, so macht dies für unsere jetzige Konstitution ein ganzes Menschenalter aus. Die Bewohner der Seifenblase freilich leben wieder noch hunderttausendmal schneller als gegenwärtig wir.«

»Wie, du willst doch nicht behaupten, daß die Seifenblase auch Bewohner habe?«

»Natürlich hat sie Bewohner, und zwar recht kultivierte. Nur verläuft ihre Zeit ungefähr zehnbillionenmal so schnell wie die menschliche, d. h. sie empfinden, sie leben zehnbillionenmal so rapid. Das bedeutet, drei Erdsekunden sind soviel wie eine Million Jahre auf der Seifenblase, wenn auch deren Bewohner den Begriff des Jahres in unserm Sinne nicht ausgebildet haben, weil ihre Seifenkugel keine regelmäßige und genügend schnelle Rotation besitzt. Wenn du nun bedenkst, daß diese Seifenblase, auf der wir uns befinden, vor mindestens sechs Sekunden entstand, so mußt du zugeben, daß in diesen zwei Millionen Jahren sich schon ein ganz hübsches Leben und eine angemessene Zivilisation hierselbst entwickeln konnte. Wenigstens entspricht dies meinen Erfahrungen auf anderen Seifenblasen, welche alle in ihren Produkten die Familien-Ähnlichkeit mit der Mutter Erde nicht verleugneten.«

»Aber wo sind diese Bewohner? Ich sehe hier wohl Gegenstände, die ich für Pflanzen halten möchte, und diese halbkugelförmigen Kuppeln könnten eine Stadt vorstellen. Doch etwas Menschenähnliches kann ich nicht entdecken.«

»Sehr natürlich. Unsere Empfindungsfähigkeit, wenn sie auch hundertmillionenmal so groß geworden ist, als die der Menschen, ist doch noch hunderttausendmal langsamer als die der Saponier (so wollen wir die Bewohner der Seifenblase nennen). Während wir jetzt eine Sekunde vergangen glauben, verleben sie 28 Stunden. In diesem Verhältnis ist hier alles Leben beschleunigt. Betrachte nur diese Gewächse.«

»Es ist richtig«, sagte ich, »ich sehe deutlich, wie hier die Bäume – denn diese korallenartigen Bildungen sollen ja wohl Bäume sein – vor unseren Augen wachsen, blühen und Früchte zeitigen. Und dort scheint ein Haus gewissermaßen aus dem Boden zu wachsen.«

»Die Saponier bauen daran. In dieser Minute, während welcher wir zuschauen, beobachten wir den Erfolg von mehr als zweimonatiger Arbeit. Die Arbeiter selbst sehen wir nicht, weil ihre Bewegungen viel zu schnell für unsere Wahrnehmungsfähigkeit verlaufen. Doch wir wollen uns bald helfen. Mittelst des Mikrogens will ich unsern Zeitsinn auf das Hunderttausendfache verfeinern. Hier, rieche noch einmal. Unsere Größe bleibt dieselbe, ich habe nur die Zeitskala verstellt.«

Onkel Wendel brachte aufs neue sein Röhrchen hervor. Ich roch, und sofort fand ich mich in einer Stadt, umgeben von zahlreichen, rege beschäftigten Gestalten, die eine entschiedene Menschenähnlichkeit besaßen. Nur schienen sie mir alle etwas durchsichtig, was wohl von ihrem Ursprung aus Glyzerin und Seife herrühren mochte. Auch vernahmen wir ihre Stimmen, ohne daß ich jedoch ihre Sprache verstehen konnte. Die Pflanzen hatten ihre schnelle Veränderlichkeit verloren, wir waren jetzt in gleichen Wahrnehmungsverhältnissen zu ihnen wie die Saponier, oder wie wir Menschen zu den Organismen der Erde. Was uns vorher als Springbrunnenstrahlen erschienen war, erwies sich als die Blütenstengel einer schnell wachsenden hohen Grasart.

Auch die Bewohner der Seifenblase nahmen uns jetzt wahr und umringten uns unter vielen Fragen, welche offenbar Wißbegierde verrieten.

Die Verständigung fiel sehr schwer, weil ihre Gliedmaßen, welche eine gewisse Ähnlichkeit mit den Armen von Polypen besaßen, so seltsame Bewegungen ausführten, daß selbst die Gebärdensprache versagte. Indessen nahmen sie uns durchaus freundlich auf; sie hielten uns, wie wir später erfuhren, für Bewohner eines andern Teils ihres Globus, den sie noch nicht besucht hatten. Die Nahrung, welche sie uns anboten, hatte einen stark alkalischen Beigeschmack und mundete uns nicht besonders; mit der Zeit gewöhnten wir uns jedoch daran, nur empfanden wir es sehr unangenehm, daß es keine eigentlichen Getränke, sondern immer nur breiartige Suppen gab. Es war überhaupt auf diesem Weltkörper alles auf den zähen oder gallertartigen Aggregatzustand eingerichtet, und es war bewundernswert zu sehen, wie auch unter diesen veränderten Verhältnissen die Natur oder vielmehr die weltschöpferische Kraft des Lebens durch Anpassung die zweckvollsten Einrichtungen geschaffen hatte. Die Saponier waren wirklich intelligente Wesen. Speise, Atmung, Bewegung und Ruhe, die unentbehrlichen Bedürfnisse aller lebenden Geschöpfe, gaben uns die ersten Anhaltspunkte, einzelnes aus ihrer Sprache zu verstehen und uns anzueignen.

Da man bereitwillig für unsere Bedürfnisse sorgte, und Onkel Wendel versicherte, daß unsere Abwesenheit von Hause einen für irdische Verhältnisse verschwindenden Zeitraum nicht übersteigen könne, so ergriff ich mit Freuden die Gelegenheit, diese neue Welt näher kennen zu lernen. Ein Wechsel von Tag und Nacht fand zwar nicht statt, aber es folgten regelmäßige Ruhepausen auf die Arbeit, welche ungefähr unserer Tageseinteilung entsprachen. Wir beschäftigten uns eifrig mit der Erlernung der saponischen Sprache und versäumten nicht, die physikalischen Verhältnisse der Seifenblase, sowie die sozialen Einrichtungen der Saponier genau zu studieren. Zu letzterem Zwecke reisten wir nach der Hauptstadt, wo wir dem Oberhaupte des Staates, welches den Titel »Herr der Denkenden«, führt, vorgestellt wurden. Die Saponier nennen sich nämlich selbst die »Denkenden«, und das mit Recht, denn die Pflege der Wissenschaften steht bei ihnen in hohem Ansehen, und an den Streitigkeiten nimmt die ganze Nation den regsten Anteil. Wir sollten darüber eine Erfahrung machen, die uns bald übel bekommen wäre.

Über die Resultate unserer Beobachtung hatte ich sorgfältig ein Buch geführt und reiches Material angehäuft, welches ich nach meiner Rückkehr auf die Erde zu einer Kulturgeschichte der Seifenblase zu bearbeiten gedachte. Leider hatte ich einen Umstand außer acht gelassen. Bei unserer sehr plötzlich notwendig werdenden Wiedervergrößerung trug ich meine Aufzeichnungen nicht bei mir, und so geschah das Unglück, daß sie von den Wirkungen des Mikrogens ausgeschlossen wurden. Natürlich sind meine unersetzlichen Manuskripte nicht mehr zu finden; sie fliegen als unentdeckbares Stäubchen irgendwo umher und mit ihnen die Beweise meines Aufenthaltes auf der Seifenblase.

Wir mochten ungefähr zwei Jahre unter den Saponiern gelebt haben, als die Spannung zwischen den unter ihnen hauptsächlich vertretenen Lehrmeinungen einen besonders hohen Grad erreichte. Die Überlieferung der älteren Schule über die Beschaffenheit der Welt war nämlich durch einen höchst bedeutenden Naturforscher, namens Glagli, energisch angegriffen worden, welchem die jüngere progressistische Richtung lebhaft beifiel. Man hatte daher, wie dies in solchen Fällen üblich ist, Glagli vor den Richterstuhl der »Akademie der Denkenden« gefordert, um zu entscheiden, ob seine Ideen und Entdeckungen im Interesse des Staates und der Ordnung zu dulden seien. Die Gegner Glaglis stützten sich besonders darauf, daß die neuen Lehren den alten und unumstößlichen Grundgesetzen der »Denkenden« widersprächen. Sie verlangten daher, daß Glagli entweder seine Lehre widerrufen oder der auf die Irrlehre gesetzten Strafe verfallen solle. Namentlich befanden sie folgende drei Punkte aus der Lehre Glaglis für irrtümlich und verderblich:

Erstens: Die Welt ist inwendig hohl, mit Luft gefüllt, und

ihre Rinde ist nur dreihundert Ellen dick. Dagegen wendeten sie ein: Wäre der Boden, auf welchem sich die »Denkenden« bewegen, hohl, so würde er schon längst gebrochen sein. Es stehe aber in dem Buche des alten Weltweisen Emso (das ist der saponische Aristoteles): »Die Welt muß voll sein und wird nicht platzen in Ewigkeit.«

Zweitens hatte Glagli behauptet: Die Welt besteht nur aus zwei Grundelementen, Fett und Alkali, welche die einzigen Stoffe überhaupt sind und seit Ewigkeit existieren; aus ihnen habe sich die Welt auf mechanischem Wege entwickelt, auch könne es niemals etwas anderes geben, als was aus Fett und Alkali zusammengesetzt sei; die Luft sei eine Ausschwitzung dieser Elemente. Hiergegen erklärte man, nicht bloß Fett und Alkali, sondern auch Glyzerin und Wasser seien Elemente; dieselben könnten unmöglich von selbst in Kugelgestalt gekommen sein; namentlich aber stehe in der ältesten Urkunde der Denkenden: »Die Welt ist geblasen durch den Mund eines Riesen, welcher heißt Rudipudi.«

Drittens lehrte Glagli: Die Welt sei nicht die einzige Welt, sondern es gäbe noch unendlich viele Welten, welche alle Hohlkugeln aus Fett und Alkali seien und frei in der Luft schwebten. Auf ihnen wohnten ebenfalls denkende Wesen. Diese These wurde nicht bloß als irrtümlich, sondern als staatsgefährlich bezeichnet, indem man sagte: Gäbe es noch andere Welten, welche wir nicht kennen, so würde sie der »Herr der Denkenden« nicht beherrschen. Es steht aber im Staatsgrundgesetze: »Wenn da einer sagt, es gäbe etwas, das dem Herrn der Denkenden nicht gehorcht, den soll man in Glyzerin sieden, bis er weich wird.«

In der Versammlung erhob sich Glagli zur Verteidigung; er machte besonders geltend, daß die Lehre, die Welt sei voll, derjenigen widerspräche, daß sie geblasen sei, und er fragte, wo denn der Riese Rudipudi gestanden haben solle, wenn es keine anderen Welten gäbe. Die Akademiker der alten Schule hatten trotz ihrer Gelehrsamkeit einen harten Stand gegen diese Gründe, und Glagli hätte seine beiden ersten Thesen durchgesetzt, wenn nicht die dritte ihn verdächtig gemacht hätte. Aber die politische Anrüchigkeit derselben war zu offenbar, und selbst Glaglis Freunde wagten nicht, für ihn in dieser Hinsicht einzutreten, weil die Behauptung, daß es noch andere Welten gäbe, als eine reichsfeindliche und antinationale betrachtet wurde. Da nun Glagli durchaus nicht widerrufen wollte, so neigte sich die Majorität der Akademie gegen ihn, und schon schleppten seine eifrigsten Gegner Kessel mit Glyzerin herbei, um ihn zu sieden, bis er weich sei.

Als ich all das grundlose Gerede für und wider anhören mußte und doch sicher war, daß ich mich auf einer Seifenblase befand, die mein Söhnchen vor etwa sechs Sekunden aus dem Gartenfenster meiner Wohnung mittels eines Strohhalmes geblasen hatte, und als ich sah, daß es in diesem Streite doppelt falscher Meinungen einem ehrlich nachdenkenden Wesen ans Leben gehen sollte – denn das Weichsieden ist für einen Saponier immerhin lebensgefährlich – so konnte ich mich nicht länger zurückhalten, sondern sprang auf und bat ums Wort.

»Begehe keinen Unsinn«, flüsterte Onkel Wendel, sich an mich drängend. »Redest dich ins Unglück! Verstehen's ja doch nicht! Wirst ja sehen! Sei still!«

Aber ich ließ mich nicht stören und begann:

»Meine Herren Denkenden! Gestatten Sie mir einige Bemerkungen, da ich tatsächlich in der Lage bin, über Ursprung und Beschaffenheit Ihrer Welt Auskunft zu geben.«

Hier entstand ein allgemeines Murren: »Was? Wie? Ihrer Welt? Haben Sie vielleicht eine andere? Hört! Hört! Der Wilde, der Barbar! Er weiß, wie die Welt entstanden ist.«

»Wie die Welt entstanden ist«, fuhr ich mit erhobener Stimme fort, »kann niemand wissen, weder Sie noch ich. Denn die ›Denkenden‹ sind so gut wie wir beide nur ein winziges Fünkchen des unendlichen Geistes, der sich in unendlichen Gestalten verkörpert. Aber wie das verschwindende Stückchen Welt, auf dem wir stehen, entstanden ist, das kann ich Ihnen sagen. Ihre Welt ist in der Tat hohl und mit Luft gefüllt, und ihre Schale ist nicht dicker, als Herr Glagli angibt. Sie wird allerdings einmal platzen, aber darüber können noch Millionen Ihrer Jahre vergehen. (Lautes Bravo der Glaglianer.) Es ist auch richtig, daß es noch viele bewohnte Welten gibt, nur sind es nicht lauter Hohlkugeln, sondern viel millionenmal größere Steinmassen, bewohnt von Wesen wie ich. Und Fett und Alkali sind weder die einzigen, noch sind sie überhaupt Elemente, sondern es sind komplizierte Stoffe, die nur zufällig für diese Ihre kleine Seifenblasenwelt eine Rolle spielen.«

»Seifenblasenwelt?« Ein Sturm des Unwillens erhob sich von allen Seiten.

»Ja«, rief ich mutig, ohne auf Onkel Wendels Zerren und Zupfen zu achten, »ja, Ihre Welt ist weiter nichts als eine Seifenblase, die der Mund meines kleinen Söhnchens mittels eines Strohhalmes geblasen hat, und die der Finger eines Kindes im nächsten Augenblicke zerdrücken kann. Freilich ist, gegen diese Welt gehalten, mein Kind ein Riese –«

»Unerhört! Blasphemie! Wahnsinn!« schallte es durcheinander, und Tintenfässer flogen um meinen Kopf. »Er ist verrückt! Die Welt soll eine Seifenblase sein? Sein Sohn soll sie geblasen haben! Er gibt sich als Vater des Weltschöpfers aus! Steinigt ihn! Siedet ihn!«

»Der Wahrheit die Ehre!« schrie ich. »Beide Parteien haben unrecht. Die Welt hat mein Sohn nicht geschaffen, er hat nur diese Kugel geblasen, innerhalb der Welt, nach den Gesetzen, die uns allen übergeordnet sind. Er weiß nichts von Euch, und Ihr könnt nichts wissen von unserer Welt. Ich bin ein Mensch, ich bin hundertmillionenmal so groß und zehnbillionenmal so alt als Ihr! Laßt Glagli los! Was streitet Ihr um Dinge, die Ihr nicht entscheiden könnt?«

»Nieder mit Glagli! Nieder mit dem ›Menschen‹! Wir werden ja sehen, ob Du die Welt mit dem kleinen Finger zerdrücken kannst! Ruf' doch Dein Söhnchen!« So raste es um mich her, während man Glagli und mich nach dem Bottich mit siedendem Glyzerin hinzerrte.

Sengende Glut strömte mir entgegen. Vergebens setzte ich mich zur Wehr.

»Hinein mit ihm!« schrie die Menge. »Wir werden ja sehen, wer zuerst platzt!« Heiße Dämpfe umhüllten, ein brennender Schmerz durchzuckte mich und –

Ich saß neben Onkel Wendel am Gartentisch. Die Seifenblase schwebte noch an derselben Stelle.

»Was war das?« fragte ich erstaunt und erschüttert.

»Eine hunderttausendstel Sekunde! Auf der Erde hat sich noch nichts verändert. Hab' noch rechtzeitig meine Skala verschoben, hätten Dich sonst in Glyzerin gesotten. Hm? Soll ich noch die Entdeckung des Mikrogens veröffentlichen? Wie? Meinst jetzt, daß sie Dir's glauben werden? Erklär's ihnen doch!«

Onkel Wendel lachte, und die Seifenblase zerplatzte. Mein Söhnchen blies eine neue.

J.-H. Rosny Aîné
Die Xipehuz

*Léon Hennique gewidmet
Sein Freund und Bewunderer
J.-H. Rosny Aîné*

ERSTES BUCH

I
Die Figuren

Es war tausend Jahre bevor sich die Völkergruppen zusammenfanden, aus denen später die Zivilisationen Ninive, Babylon und Ekbatana hervorgingen. Der Nomadenstamm der Pjehu durchzog mit seinen Eseln, seinen Pferden und seinem Vieh unter den Schleiern schräg einfallender Lichtstrahlen den wilden Wald von Kzur, es dämmerte bereits. Die Gesänge des sich neigenden Tages schwollen an, sie schwebten in der Luft, stiegen aus wohlklingenden Nestern herab.

Alle waren sehr müde und schwiegen, sie suchten eine geeignete Lichtung, wo der Stamm das heilige Feuer entzünden, die Abendmahlzeit bereiten und hinter dem doppelten Wall der roten Glut geschützt vor wilden Tieren schlafen konnte.

Die Wolken wurden langsam opalfarben, trügerisch schaukelte die Landschaft vor den vier Horizonten, die Götter der Nacht flüsterten das Wiegenlied – der Stamm wanderte immer noch. Da erschien im Galopp ein Kundschafter, um eine Lichtung und Wasser, eine reine Quelle, anzukündigen.

Der Stamm stieß dreimal einen langen Schrei aus; alle beschleunigten den Schritt, jugendliches Lachen breitete sich aus. Die Pferde und auch die Esel, die nach alter Gewohnheit an der Rückkehr der Läufer und den Freudenschreien der Nomaden das Nahen des Rastplatzes erkannten, richteten stolz die Hälse auf.

Die Lichtung tauchte auf, eine liebliche Quelle bahnte sich ihren Weg durch Moos und Strauchwerk. Den Nomaden bot sich ein phantastischer Anblick.

Da standen bläuliche Kegel in einem großen Kreis, durchscheinend, mit der Spitze nach oben, jeder nahezu halb so groß wie ein Mensch. Helle Streifen und dunkle Schlieren zogen sich über die Oberfläche; nahe der Unterseite trugen alle einen leuchtenden Stern.

In einiger Entfernung richteten sich ebenso seltsame senkrechte Platten auf, die ein wenig aussahen wie Birkenrinde und mit farbigen Ellipsen gemasert waren. Dazwischen standen hie und da verschiedene fast zylindrische Figuren, die einen hoch und schmal, die anderen niedrig und breit, alle bronzefarben und grün gesprenkelt, und alle, auch die Platten, hatten den charakteristischen Lichtpunkt.

Die Nomaden betrachteten sie mit Staunen. Abergläubische Furcht ließ selbst die tapfersten unter ihnen erstarren; sie wuchs, als die Figuren in den grauen Schatten der Lichtung leicht zu schwanken begannen. Und plötzlich – die Sterne zitterten und flackerten – wurden die Kegel länger, die Zylinder und die Platten zischten wie über eine Flamme gegossenes Wasser, und alle Figuren kamen mit stetig wachsender Geschwindigkeit auf die Nomaden zu.

Der Stamm, gebannt von diesem Schauspiel, stand reglos und fuhr fort zu schauen. Die Figuren kamen immer näher. Der Zusammenprall war furchtbar. Krieger, Frauen und Kinder stürzten, niedergemäht wie Garben, im Wald zu Boden, geheimnisvoll erschlagen wie von einem gewaltigen Blitz. Den Überlebenden gab das finstere Grauen ihre Kraft zurück, die Flügel zur bewegten Flucht. Die Figuren, erst zusammengedrängt und in Reihen geordnet, verteilten sich nun rings um den Stamm. Sie hefteten sich unbarmherzig an die Sohlen der Fliehenden. Jedoch war der schreckliche Angriff nicht völlig vernichtend: Die einen wurden getötet, die anderen nur betäubt, niemand verwundet. Einige rote Tropfen kamen aus den Nasenlöchern, den Augen oder den Ohren der Sterbenden, die anderen aber, die unverletzt geblieben waren, erhoben sich bald wieder und nahmen in der bleichen Dämmerung die groteske Flucht wieder auf.

Welcher Natur die Figuren auch immer waren, sie handelten wie Lebewesen, nicht wie Elemente; wie bei Lebewesen war ihr Verhalten unbeständig und mannigfaltig; sie wählten ihre Opfer ganz offensichtlich aus, sie verwechselten die Nomaden nicht mit Pflanzen oder Tieren.

Bald merkten die Schnellsten, daß sie nicht mehr verfolgt wurden. Erschöpft und zerschunden, wagten sie es endlich, sich nach dem Wunder umzudrehen. In der Ferne, zwischen den in Schatten getauchten Baumstämmen, nahm die glitzernde Verfolgung ihren Fortgang. Die Figuren jagten und töteten vornehmlich die Krieger; die Schwachen, Frau und Kind verachteten sie oft.

Die Nacht war vollends hereingebrochen, die Szene wirkte daher auf die Gehirne der ungebildeten Menschen aus der Entfernung noch übernatürlicher und bedrückender. Die Krieger nahmen die Flucht wieder auf. Eine ungeheuer wichtige Beobachtung brachte sie aber zum Stehen: *Die Figuren gaben ab einer bestimmten Grenze die Verfolgung auf,* wer auch immer die Fliehenden waren. So müde oder handlungsunfähig das Opfer war, selbst wenn es ohnmächtig war: Sobald die unsichtbare Grenze überschritten war, endete sofort jede Gefahr.

Dies wurde bald durch fünfzig weitere Fälle bestätigt und beruhigte die fiebernden Nerven der Fliehenden. Sie konnten es wagen, auf ihre Kameraden, ihre Frauen und ihre armen Kleinen zu warten, die dem Morden entkommen waren. Einer, ihr Heros, erst gelähmt und außer sich angesichts des Übermenschlichen des Ereignisses, fand auch den Atem seiner großen Seele wieder. Er entzündete ein Feuer und setzte das Büffelhorn an die Lippen, um den Flüchtenden den Weg zu weisen.

Da kamen die Elenden einer nach dem anderen herbei. Viele

waren zu Krüppeln geworden und schleppten sich auf den Händen fort. Mutterwerdende Frauen hatten mit unzähmbarer mütterlicher Kraft die Frucht ihres Leibes durch den wilden Kampf gerettet, hatten sie festgehalten und mit sich getragen. Viele Esel, Pferde und Rinder, weniger verstört als die Menschen, erschienen wieder.

Eine grausige Nacht verfloß in schlaflosem Schweigen; die Krieger fühlten unablässig Schauer über den Rücken jagen. Aber dann graute der Morgen, er drang bleich durch das dichte Blattwerk, und schmetterndes Morgenrot, Farben und Vogelgezwitscher mahnten zu leben, die Schrecken der Finsternis abzuwerfen.

Der Heros, ihr stillschweigend anerkannter Anführer, versammelte die Menge zu Gruppen und begann mit der Zählung des Stammes. Die Hälfte der Krieger, zweihundert, fehlte beim Aufruf. Viel weniger Verluste gab es bei den Frauen und fast keine bei den Kindern.

Als die Zählung beendet und die Lasttiere versammelt waren (wenige fehlten, bei der plötzlichen Auflösung war der Instinkt der Vernunft überlegen gewesen), teilte der Heros den Stamm nach gewohnter Ordnung ein, dann befahl er allen, auf ihn zu warten, und wandte sich allein zur Lichtung, bleichen Angesichts. Keiner wagte es, ihm zu folgen, auch nicht von weitem.

Er wandte sich dorthin, wo die Bäume weit auseinander standen, überschritt ein wenig die am Tag zuvor beobachtete Grenze und sah sich um.

Vor ihm floß in der frischen Durchsichtigkeit des Morgens die liebliche Quelle; an ihren Ufern stand die phantastische Figurengruppe und leuchtete. Die Farben hatten sich verändert. Die Kegel waren dichter, ihre türkise Färbung war grüner geworden, die Zylinder schattierten ins Violette, und die Platten glichen gediegenem Kupfer. Alle aber strahlten mit ihren Sternen, die selbst im Tageslicht blendeten.

Auch die Umrisse der geisterhaften Wesen hatten sich verändert: Die Kegel waren nahe daran, sich in größere Zylinder zu verwandeln, die Zylinder waren breiter geworden, während die Platten sich teilweise bogen.

Wie tags zuvor schwankten die Figuren jedoch plötzlich, ihre Sterne begannen zu zucken; langsam wich der Heros über die Grenze des Heils zurück.

II
Eine priesterliche Erkundungsfahrt

Der Stamm der Pjehu hielt vor dem Eingang des großen Heiligen Zeltes der Nomaden. Nur die Anführer betraten es. In dem mit Sternen übersäten Hintergrund, unter dem männlichen Bild der Sonne, standen die drei Hohenpriester. Etwas tiefer als sie, auf den vergoldeten Stufen, standen die zwölf niedrigeren Opferpriester.

Der Heros schritt vor und sprach lange und ausführlich über die schreckliche Durchquerung des Waldes von Kzur. Die Priester hörten ihn mit großem Ernst und Verwunderung an; sie fühlten ihre Macht sich vor diesem unfaßbaren Ereignis mindern.

Der Oberste Hohepriester forderte, der Stamm solle der Sonne zwölf Stiere, sieben Wildesel und drei Hengste opfern. Er sprach den Figuren göttliche Eigenschaften zu, und nach dem Opfer beschloß er eine Erkundungsfahrt der Priester.

Alle Priester, alle Anführer des Volkes Zahelal sollten teilnehmen.

Und Boten liefen über Berge und Ebenen, hundert Meilen im Umkreis des Ortes, an dem sich später das Ekbatana der Weisen erhob. Die finstere Geschichte ließ überall den Menschen das Haar zu Berge stehen, überall folgten die Anführer eiligst dem priesterlichen Ruf.

An einem Herbstmorgen durchdrang der Große Gott die Wolken, überflutete das Heilige Zelt und berührte den Altar, auf dem ein blutendes Stierherz rauchte. Die Hohenpriester und die Opfernden, fünfzig Stammeshäuptlinge, stießen den Schrei des Triumphes aus. Hunderttausend Nomaden, die draußen im frischen Morgentau wandelten, antworteten dem Schrei. Sie wandten ihre sonnenverbrannten Gesichter mit leisem Erschauern zum wunderbaren Wald von Kzur. Das Omen stand günstig.

Darauf schritt, die Priester voran, ein ganzes Volk durch die Wälder. Am Nachmittag gegen die dritte Stunde brachte der Heros der Pjehu die Menge zum Stehen. Majestätisch breitete sich die große Lichtung aus, vom Herbst gerötet; eine Flut von welken Blättern verbarg das Moos; an den Ufern der Quelle sahen die Priester das, was sie gekommen waren anzubeten und zu besänftigen – die Figuren. Im Schatten der Bäume erschienen sie dem Auge gefällig mit ihren zitternden Farbabstufungen, dem reinen Feuer ihrer Sterne und in ihrem ruhevollen Wandel am Ufer der Quelle.

»Hier muß das Opfer dargebracht werden«, sagte der Oberste Hohepriester, »auf daß sie wissen, daß wir uns ihrer Macht unterwerfen!«

Die Alten verneigten sich. Da erhob sich jedoch eine Stimme. Es war Yushik, vom Stamm der Nim, ein junger Sternenzähler, ein blasser, prophetischer Wächter, dessen Ruf sich bereits zu verbreiten begann; kühn verlangte er, sich den Figuren nähern zu dürfen.

Aber die Alten siegten, ergraut in der Kunst weiser Worte: Der Altar wurde gebaut, das Opfer herangeführt – ein schimmernder Hengst, kostbarer Diener des Menschen. Dann fand in der Stille, während ein Volk sich demütig neigte, das erzene Messer das edle Herz des Tieres. Große Klage erhob sich. Und der Hohepriester rief laut:

»Seid ihr besänftigt, o Götter?«

Unten, zwischen den schweigenden Stämmen, kreisten unaufhörlich die Figuren; sie suchten sich Stellen, wo die Sonne in dichteren Wellen floß und sie erglänzen ließ

»Ja, ja«, schrie der Begeisterte, »sie sind besänftigt!«

Und Yushik ergriff das warme Herz des Hengstes, ohne daß der Priester, der neugierig war, ein Wort gesprochen hätte, und stürzte sich in die Lichtung. Fanatiker folgten ihm mit Geheul. Langsam schwankten die Figuren, drängten sich zusammen und glitten über den Boden; dann stürzten sie sich mit einemmal über die verwegenen Männer, und ein jammervolles

Morden verbreitete Entsetzen unter den fünfzig Stämmen. Sechs oder sieben flohen und konnten unter größter Mühe und wütend verfolgt die Grenze erreichen. Die übrigen hatten gelebt und Yushik mit ihnen.

»Es sind unerbittliche Götter!« sagte feierlich der Oberste Hohepriester.

Dann versammelte sich ein Rat, der hochehrwürdige Rat der Priester, der Ältesten und der Häuptlinge.

Sie beschlossen, um die Grenze des Heils eine Einfriedung aus Pfählen zu bauen und, um ihre Lage zu bestimmen, Sklaven zu zwingen, sich nacheinander dem Angriff der Figuren auf dem ganzen Umkreis auszusetzen.

Und so geschah es auch. Unter Todesandrohung traten Sklaven in die Einfriedung. Es starben jedoch nur wenige, man hatte sehr gründliche Vorsichtsmaßnahmen getroffen. Die Grenze war nun genau festgelegt, allen sichtbar durch den Kreis der Pfähle.

So endete glücklich die priesterliche Erkundungsfahrt, und die Zahelal glaubten sich vor dem gefährlichen Feind in Sicherheit.

III

Die Finsternis

Die Schutzvorrichtung, die der Rat empfohlen hatte, erwies sich aber bald als nutzlos. Im folgenden Frühjahr kamen die Stämme Hertoth und Nazzum an der Pfahleinfriedung vorbei, nichts Böses ahnend und ein wenig in Auflösung. Sie wurden von den Figuren grausam überfallen und dezimiert.

Die Anführer, die dem Massaker entkamen, berichteten dem Großen Rat der Zahelal, daß die Figuren viel zahlreicher geworden seien seit dem vergangenen Herbst. Ihre Verfolgung sei zwar begrenzt wie früher, aber die Grenzen hätten sich erweitert.

Diese Nachricht versetzte das Volk in Bestürzung: Es gab große Trauer, viele Opfer wurden abgehalten. Dann beschloß der Rat, den Wald von Kzur durch Feuer zu zerstören.

Trotz aller Anstrengungen konnte aber nur der Saum des Waldes in Brand gesteckt werden.

Darauf erklärten die Priester in ihrer Verzweiflung den Wald für heilig und verboten, daß ihn irgendwer betrete. Und mehrere Sommer verflossen.

Eines Nachts im Oktober wurde das Lager des Stammes der Zulf, zehn Bogenlängen von dem verhängnisvollen Wald entfernt, im Schlaf von den Figuren überfallen. Dreihundert Krieger verloren wieder das Leben.

Von diesem Tag an ging eine unheimliche, die Geister verwirrende, mysteriöse Kunde von Stamm zu Stamm, man flüsterte sie sich ins Ohr, des Abends und in den weiten Sternennächten Mesopotamiens. *Der Mensch wird untergehen.* Der *andere* wird sich ausbreiten, im Wald, über die Ebenen, unzerstörbar, und Tag für Tag die dem Untergang geweihte Gattung verschlingen. Die geheimnisvolle Erzählung geisterte schwarz und furchtbeladen durch die armen Gehirne, sie nahm allen, die sie hörten, die Kraft zu kämpfen, sie nahm ihnen den strahlenden Optimismus junger Völker. Der verstörte Mensch wagte es nicht mehr, wenn er an diese Dinge dachte, die saftigen heimatlichen Weiden zu lieben; mit bedrücktem Blick suchte er am Himmel den Stillstand der Gestirne. Es war das Jahrtausend der frühen Völker, es war das Totengeläut vor dem Weltende, vielleicht auch war es die Resignation der roten Rasse in den indischen Savannen.

In ihrer Angst erfanden die Grübelnden einen bitteren Kult, einen Totenkult, den die bleichen Propheten predigten, den Kult der Finsternis, die mächtiger war als die Gestirne, der Finsternis, die das heilige Licht und das leuchtende Feuer verschlingen und vernichten würde.

Überall, wo es einsam war, konnte man die unbeweglichen, ausgezehrten Silhouetten von Erleuchteten, konnte man in Schweigen gehüllte Menschen auftauchen sehen; manchmal verteilten sie sich unter die Stämme und erzählten ihre schrecklichen Träume von der Dämmerung vor der großen nahenden Nacht, von der in Todeskrämpfen liegenden Sonne.

IV
Bakhun

Es lebte nun zu dieser Zeit ein außergewöhnlicher Mann, genannt Bakhun, hervorgegangen aus dem Stamm der Ptuh und Bruder des Obersten Hohenpriesters der Zahelal. Er hatte früh das Nomadenleben aufgegeben und sich zwischen vier Hügeln in einem schmalen und fruchtbaren Tal, durch das sich die bezaubernde Klarheit einer Quelle schlängelte, eine genußvolle Einsamkeit gesucht. Felsbrocken bildeten ihm ein sicheres Zelt, eine Zyklopenbehausung. Geduld und die wohlgenutzte Hilfe von Rindern und Pferden bescherten ihm Überfluß und regelmäßige Ernten. Seine vier Frauen und seine dreißig Kinder lebten wie im Paradies.

Bakhun verkündete seltsame Gedanken, für die er ohne die Achtung der Zahelal vor seinem älteren Bruder, dem Obersten Hohenpriester, gesteinigt worden wäre.

Erstens lehrte er, das seßhafte Leben sei dem Nomadenleben vorzuziehen, da es die Kräfte des Menschen zugunsten des Geistes schone.

Zweitens meinte er, die Sonne, der Mond und die Sterne seien keine Götter, sondern leuchtende Klumpen.

Drittens sagte er, der Mensch solle nur an die Dinge wirklich glauben, die durch Messung zu beweisen sind.

Die Zahelal schrieben ihm magische Fähigkeiten zu. Die Kühnsten wagten es bisweilen, ihn um Rat zu fragen. Sie bereuten es nie. Er hatte auch oft einem Stamm im Unglück geholfen und dort Nahrung verteilt.

Jetzt, zu dieser schwarzen Stunde und vor der traurigen Alternative, die fruchtbaren Gegenden zu verlassen oder von den unerbittlichen Gottheiten vernichtet zu werden, erinnerten sich die Stämme an Bakhun, und die Priester sandten ihm nach einigem Ringen mit ihrem Stolz drei der angesehensten ihres Standes.

Bakhun schenkte ihren Berichten die sorgenvollste Aufmerksamkeit, er ließ sie sie wiederholen, stellte zahlreiche und eingehende Fragen. Darauf erbat er sich zwei Tage Bedenkzeit.

Als diese Zeit verflossen war, gab er nur bekannt, er wolle sich dem Studium der Figuren widmen.

Die Stämme waren ein wenig enttäuscht, sie hatten gehofft, Bakhun könne das Land durch Zauberei befreien. Nichtsdestoweniger zeigten sich die Anführer froh über seine Entscheidung und erwarteten große Dinge.

Bakhun begab sich also zum Wald von Kzur. Zum Ausruhen zog er sich zurück, tagsüber widmete er sich seinen Beobachtungen und ritt dabei auf dem schnellsten Hengst von Chaldäa. Bald war er von der Überlegenheit des wunderbaren Tieres auch über die schnellsten der Figuren überzeugt und konnte seine kühnen und sorgfältigen Studien über die Feinde der Menschheit beginnen; diesen Studien verdanken wir ein großes Buch auf sechzig Tafeln in früher Keilschrift, das schönste Buch in Stein, das die Nomadenzeitalter den modernen Völkern hinterlassen haben.

In diesem ob der darin sichtbaren geduldigen Beobachtung und nüchternen Klarheit bewunderungswürdigen Buch wird ein Lebenssystem dargestellt, das von unserem tierischen und pflanzlichen Dasein völlig verschieden ist, ein System, von dem Bakhun bescheiden zugibt, er habe es nur in seinen oberflächlichsten Erscheinungsformen analysieren können. Jeder Mensch muß erschaudern, wenn er liest, wie der alte Bakhun die Wesen beschreibt, die er Xipehuz nennt, wenn er die unparteiisch und nie übertrieben wunderbar dargestellten Einzelheiten über ihre Handlungsweisen erfährt, über ihre Art, sich fortzubewegen, zu kämpfen, sich zu vermehren – und wenn ihm dann offenbar wird, daß die menschliche Gattung am Rande des Nichts stand, daß die Erde beinahe Erbteil einer *Macht* geworden wäre, die bis auf unsere Vorstellung davon untergegangen ist.

Es empfiehlt sich, die wundervolle Übersetzung von M. Dessault zu lesen und seine unerwarteten Entdeckungen in der prä-assyrischen Sprache, Entdeckungen, die leider im Ausland – in England und Deutschland – mehr bewundert werden als in seinem eigenen Vaterland. Der große Gelehrte war so freundlich, uns die hervorragendsten Stellen des kostbaren Werkes zur Verfügung zu stellen. Die Auszüge, die wir hier

dem Publikum vorlegen, werden vielleicht einige anregen, die
großartigen Übersetzungen des Meisters zu lesen.*

V

Aus Bakhuns Buch

Die Xipehuz sind ganz offensichtlich lebende Wesen. Alle ihre
Verhaltensweisen verraten Absichten, Stimmungen, Assoziationen und teilweise auch die Unabhängigkeit, die das tierische
Lebewesen von der Pflanze oder dem leblosen Ding unterschei-
det. Obwohl ihre Art der Fortbewegung nicht durch Vergleich
dargestellt werden kann – es ist ein einfaches Gleiten auf der
Erde –, ist leicht zu erkennen, daß sie sie nach Belieben lenken
können. Man sieht sie plötzlich stehenbleiben, sich umdrehen,
losspringen, um sich gegenseitig zu verfolgen, zu zweit oder zu
dritt spazierengehen; sie zeigen Vorlieben, die sie veranlassen,
einen Kameraden aufzugeben, um sich ganz woanders einem
anderen anzuschließen. Es ist ihnen nicht möglich, auf Bäume
zu steigen, aber sie können Vögel töten, indem sie sie auf
unerfindliche Weise *an sich ziehen*. Oft sieht man sie die Tiere
des Waldes umzingeln oder hinter einem Busch auf sie lauern;
es gelingt ihnen immer, sie zu töten und anschließend zu
verbrennen. Es kann als Regel gelten, daß sie *unterschiedslos
alle Lebewesen* töten, die sie erreichen können, und das ohne
sichtbaren Grund, denn sie verzehren sie nicht, sie reduzieren
sie nur zu Asche.

Zur Verbrennung brauchen sie keine Feuerstelle: Der weiß-
glühende Punkt an ihrem unteren Ende genügt für diesen
Vorgang. Sie versammeln sich zu zehn oder zwanzig im Kreis
um ein großes getötetes Tier und lassen ihre Strahlen auf dem
Kadaver zusammenlaufen. Bei den kleinen Tieren – bei Vögeln
zum Beispiel – genügen zur Einäscherung die Strahlen eines
einzigen Xipehuz. Dazu muß angemerkt werden, daß die starke

* *Die Vorgeschichte von Ninive*, B. Dessault, 8. Aufl., bei Calmann-Lévy. Im Interesse
des Lesers habe ich den hier folgenden Auszug aus dem Buch von Bakhun in die moderne
Wissenschaftssprache übertragen.

Hitze, die sie erzeugen können, keineswegs plötzlich eintritt. Ich habe oft den Strahl eines Xipehuz auf die Hand bekommen, aber die Haut hat sich erst nach einer gewissen Zeit erwärmt.

Ich weiß nicht, ob man sagen kann, die Xipehuz hätten unterschiedliche Formen; denn alle können sich nacheinander in Kegel, Zylinder oder Platten verwandeln, und das an einem einzigen Tag. Ihre Farbe ändert sich ständig, was sicher im großen und ganzen den Lichtveränderungen zwischen Morgen und Abend und zwischen Abend und Morgen zuzuschreiben ist. Indessen scheinen einige Farbtonveränderungen der Stimmung einzelner Individuen zu entsprechen und vor allem ihren *Leidenschaften,* wenn ich so sagen darf, sie stellen also wahrhaft physiognomische Ausdrucksformen dar, von denen ich aber trotz eifrigen Studiums nicht einmal die einfachsten anders als hypothetisch bestimmen konnte. So ist es mir nie gelungen, einen zornigen *Farbton* von einem sanftmütigen *Farbton* zu unterscheiden, was ganz sicher die erste Entdeckung in dieser Richtung gewesen wäre.

Ich sagte: ihre *Leidenschaften.* Vorher habe ich bereits ihre Vorlieben erwähnt, die ich als *Freundschaften* bezeichnen werde. Sie kennen auch *Haß.* Ein bestimmter Xipehuz etwa hält sich ständig von einem anderen fern und umgekehrt. Ihr Zorn scheint heftig zu sein. Sie gehen mit denselben Bewegungen aufeinander los, mit denen man sie große Tiere und Menschen angreifen sieht. Es sind auch diese Kämpfe, die mich gelehrt haben, daß sie keineswegs unsterblich sind, wie ich zuerst geneigt war zu glauben; zwei- oder dreimal habe ich Xipehuz gesehen, die in diesen Kämpfen fielen, d. h. *niederfielen, schrumpften, versteinerten.* Ich habe einige dieser bizarren Kadaver* sorgfältig aufgehoben, vielleicht können sie später dazu dienen, die Natur der Xipehuz zu erforschen. Es sind gelbliche unregelmäßige Kristalle, durchzogen mit blauen Streifen.

---

* Das Kensington Museum in London und auch M. Dessault besitzen einige Mineralreste, die im großen und ganzen denen ähnlich sind, wie sie Bakhun beschreibt. Mit der chemischen Analyse gelang es *nicht,* sie *aufzulösen* oder mit anderen Substanzen zu *verbinden;* sie können also auf keine Weise zu den bekannten Körpern gerechnet werden.

Aus der Tatsache, daß die Xipehuz nicht unsterblich waren, mußte ich schließen, daß es möglich sein würde, sie zu bekämpfen und zu besiegen. Ich begann also mit den Kampfexperimenten, von denen später die Rede sein wird.

Da die Xipehuz immer genug leuchten, um im Dickicht und sogar hinter großen Baumstämmen bemerkt zu werden – ein großer Strahlenkranz geht in alle Richtungen von ihnen aus und kündigt ihr Nahen an –, habe ich mich oft in den Wald gewagt, wobei ich mich auf die Schnelligkeit meines Hengstes verließ.

Ich versuchte herauszufinden, ob sie sich einen Unterschlupf bauen, jedoch vergeblich, wie ich zugeben muß. Sie machen sich weder mit Steinen noch mit Pflanzen zu schaffen, und jede Art *faßbarer* oder *sichtbarer* Aktivität die der menschlichen Beobachtung zugänglich wäre, scheint ihnen fremd. Sie haben daher keinerlei Waffen in dem Sinne, den wir diesem Wort beimessen. Sicher ist, daß sie nicht aus der Entfernung töten können: Jedes Tier, das fliehen konnte, ohne *unmittelbar* mit einem Xipehuz in Berührung zu kommen, ist ihnen unfehlbar entronnen, wie ich des öfteren beobachten konnte.

Wie schon der unglückliche Stamm der Pjehu festgestellt hat, können sie bestimmte, unsichtbare Grenzen nicht überschreiten; ihr Handlungsbereich ist also eingeschränkt. Diese Grenzen aber haben sich Jahr für Jahr, Monat für Monat erweitert. Ich mußte den Grund dafür finden.

Nun, dieser Grund ist offenbar kein anderer als ein Phänomen *kollektiven Wachstums* – was wie die meisten Dinge bei den Xipehuz dem menschlichen Denken unverständlich ist. Das Gesetz ist kurz folgendes: Die Grenzen des Handlungsbereichs der Xipehuz erweitern sich proportional zur Anzahl der Individuen; sobald also neue Wesen hervorgebracht werden, dehnen sich die Grenzen aus. Solange ihre Anzahl jedoch unverändert bleibt, sind die einzelnen Wesen völlig unfähig, die Heimat zu verlassen, die der Gesamtheit der Gattung – gezwungenermaßen (?) – zusteht. Diese Regel läßt eine engere Beziehung zwischen Gemeinschaft und Individuum mutmaßen, als es in derselben Korrelation bei Menschen und

Tieren der Fall ist. Später konnte dann die Umkehrung dieses Gesetzes beobachtet werden: Als sich die Xipehuz verringerten, wurden ihre Grenzen proportional enger.

Über das Phänomen der Zeugung habe ich wenig zu sagen; dieses wenige aber ist bezeichnend. Zum ersten wird die Zeugung viermal im Jahr vorgenommen, kurz vor den Tag- und Nachtgleichen und den Sonnenwenden, und nur in sehr klaren Nächten. Die Xipehuz versammeln sich in Dreiergruppen; diese Gruppen bilden ganz allmählich zuletzt eine einzige, dicht verschmolzen und zu einer sehr langen Ellipse geformt. So bleiben sie die ganze Nacht über bis morgens, wenn die Sonne ihren Höchststand erreicht hat. Wenn sie sich trennen, kann man vage, dunstige und *riesige* Gebilde aufsteigen sehen.

Diese Gebilde verdichten sich langsam, werden kleiner und verwandeln sich nach zehn Tagen in bernsteinfarbene, noch merklich größere Kegel als die erwachsenen Xipehuz. Zwei Monate und einige Tage sind nötig, damit sie ihr Maximum an Entwicklung – also an Verkleinerung – erreichen. Wenn diese Zeit zu Ende ist, gleichen sie den anderen Wesen ihres Machtbereichs und sind in Farbe und Form je nach Zeit, Wetter und individueller Stimmung verschieden. Einige Tage nach ihrer Entwicklung bzw. nach ihrer vollendeten Verkleinerung erweitern sich die Grenzen des Handlungsbereichs. Kurze Zeit bevor dieser gefährliche Augenblick eintrat, trieb ich natürlich meinen guten Kuath an, um mein Lager in größerer Entfernung aufzuschlagen.

Ob die Xipehuz Sinne haben, ist unmöglich festzustellen. Gewiß besitzen sie entsprechende Vorrichtungen.

Die Leichtigkeit, mit der sie auf große Entfernungen die Gegenwart von Tieren, vor allem aber die des Menschen wahrnehmen können, macht offenkundig, daß ihre Erforschungsorgane unseren Augen zumindest ebenbürtig sind. Ich habe nie gesehen, daß sie eine Pflanze und ein Tier verwechselt hätten, auch nicht unter Umständen, in denen mir dieser Irrtum – getäuscht durch das Licht unter den Zweigen, durch die Farbe oder die Lage des Gegenstandes – sehr wohl hätte unterlaufen können. Der Umstand, daß sie sich zu zwanzig an die

Verbrennung eines großen Tieres machen, während sich nur einer damit beschäftigt, einen Vogel zu verglühen, beweist einen richtigen Sinn für Proportionen; dieser Sinn erscheint umso vollkommener, wenn man sieht, daß sie sich auch zu zehn, zwölf oder fünfzehn zusammenstellen, immer im Verhältnis zur Größe des Kadavers. Ein noch besserer Beweis für die Existenz von Organen, die unseren Sinnen analog sind, oder für ihre Intelligenz, ist die Art, wie sie unsere Stämme angreifen: Sie machen sich wenig oder gar nicht an Frauen und Kinder, während sie die Krieger unbarmherzig jagen.

Und nun die wichtigste Frage: Haben sie eine Sprache? Ohne im geringsten zu zögern, kann ich antworten: Ja, sie haben eine Sprache. Sie setzt sich aus Zeichen zusammen, von denen ich sogar einige entziffern konnte.

Nehmen wir einmal an, ein Xipehuz will mit einem anderen sprechen. Dann braucht er nur die Strahlen seines Sterns auf den Kameraden zu richten – was immer sofort wahrgenommen wird. Der Angesprochene, wenn er sich gerade bewegt, bleibt stehen und wartet. Der Sprecher zeichnet nun schnell auf die Oberfläche seines Gesprächspartners, ganz gleich von welcher Seite, mit einem Strahlenspiel, das immer vom unteren Ende ausgeht, eine Reihe von aufleuchtenden Buchstaben. Diese bleiben einen Augenblick stehen, dann verlöschen sie.

Der Gesprächspartner antwortet nach einer kurzen Pause.

Vor jeder Kampfhandlung oder bevor ein Hinterhalt gelegt wurde, habe ich die Xipehuz immer die folgenden Buchstaben verwenden gesehen:

Wenn es sich um mich handelte – und das war oft der Fall, denn sie haben alles versucht, um uns, meinen tapferen Kuath und mich, zu vernichten –, wurden unverändert die Zeichen

ausgetauscht; unter anderen, wie etwa das Wort oder der Satz wie hier oben wiedergegeben. Das gewöhnliche Zeichen des Herbeirufens war

Es veranlaßte das Wesen, das es erhielt, herbeizulaufen. Wenn die Xipehuz zu einer allgemeinen Versammlung gebeten wurden, konnte ich unfehlbar ein Zeichen dieser Form beobachten:

Es stellt die dreifache Erscheinungsform dieser Wesen dar.
Die Xipehuz haben außerdem noch kompliziertere Zeichen, die sich nicht mehr auf Handlungen beziehen, die den unseren gleichen, sondern auf eine ganz außergewöhnliche Ordnung der Dinge, und von denen ich keine zu entziffern vermochte. Es kann nicht der geringste Zweifel über ihre Fähigkeit bestehen, abstrakte *Ideen* auszutauschen, die den menschlichen Ideen wahrscheinlich gleichwertig sind, denn sie können lange Zeit unbeweglich stehen und nichts anderes tun als sich unterhalten, was auf eine wahre Anhäufung von Gedanken hinweist.
Durch meinen langen Aufenthalt bei ihnen kannte ich einige Xipehuz ziemlich gut – trotz ihrer Verwandlungen, deren Gesetzmäßigkeit im Einzelfall unterschiedlich war, nur schwach zweifellos, aber für einen ausdauernden Beobachter doch charakteristisch genug –, und ich entdeckte individuelle Unterschiede – oder soll ich sagen Charaktere? Ich kannte schweigsame, die fast nie ein Wort zeichneten, mitteilsame, die ganze Reden schrieben, aufmerksame und Schwätzer, die miteinander redeten und sich gegenseitig unterbrachen. Es gab einige, die sich gern zurückzogen und allein lebten, andere, die offensichtlich die Gesellschaft suchten, grausame, die ständig wilde Tiere und Vögel jagten, und mitleidige, die oft die Tiere verschonten und sie in Frieden leben ließen. Erweckt dies alles

nicht die Vorstellung einer gewaltigen Entwicklung? Läßt es nicht an vielfältige Fähigkeiten, an Intelligenz und an Kräfte denken, die denen der menschlichen Gattung vergleichbar sind?

Sie üben auch erzieherische Tätigkeit aus. Wie oft habe ich einen alten Xipehuz beobachtet, der in der Mitte von vielen jungen stand und ihnen Zeichen zustrahlte, die sie ihm dann einer nach dem anderen wiederholten und die er sie noch einmal von vorn machen ließ, wenn die Wiederholung nicht ganz richtig war!

Diese Lektionen kamen mir recht wundersam vor. Nichts von allem, was die Xipehuz betrifft, hat so oft meine Aufmerksamkeit gefesselt, nichts hat mich in schlaflosen Nächten mehr beschäftigt. Mir schien, daß sich hier, in der Morgendämmerung dieser Wesen, der Schleier des Geheimnisses lüften könnte, daß mir hier vielleicht irgendeine einfache, erste Idee entgegenspringen und einen Winkel der tiefen Finsternis erleuchten könnte. Nichts schreckte mich ab. Jahrelang sah ich dieser Erziehung zu, ich versuchte zahllose Interpretationen. Wie oft habe ich geglaubt, etwas wie einen flüchtigen, unmerklichen Schimmer der eigentlichen Natur der Xipehuz festhalten zu können; eine reine Abstraktion – aber ach! meine geringen, dem Fleischlichen verhafteten Fähigkeiten konnten ihm nie folgen!

Weiter oben habe ich gesagt, daß ich die Xipehuz zunächst für unsterblich hielt. Nachdem dieser Glaube beim Anblick einiger gewaltsamer Tode bei Kämpfen zwischen den Xipehuz zerstört worden war, war das natürlich ein Anlaß, ihren wunden Punkt zu suchen, und ich beschäftigte mich von da an Tag für Tag damit, Vernichtungsmöglichkeiten zu erfinden. Die Xipehuz waren bereits derart zahlreich geworden, daß sie, nachdem sie im Süden, Norden und Westen über die Grenzen des Waldes von Kzur hinausgewachsen waren, in die Ebenen gegen den Sonnenaufgang eindrangen. Ach, nach wenigen Sonnenkreisen würden sie den Menschen seiner irdischen Heimat berauben!

Ich bewaffnete mich also mit einer Schleuder. Sobald ein

Xipehuz aus dem Wald und in Reichweite kam, zielte ich auf ihn und schleuderte meinen Stein. Ich erreichte gar nichts damit, obwohl ich jeden einzelnen getroffen und auf alle Stellen gezielt hatte, auch auf den leuchtenden Punkt. Sie waren gegen meine Schläge anscheinend völlig unempfindlich; keiner von ihnen drehte sich jemals um, um einem meiner Geschosse auszuweichen. Einen Monat lang versuchte ich es, dann mußte ich mir wohl oder übel eingestehen, daß die Schleuder nichts gegen sie vermochte, und ich gab diese Waffe auf.

Ich nahm den Bogen. Nach meinen ersten Pfeilen entdeckte ich bei den Xipehuz lebhafte Furcht; sie drehten sich um, hielten sich außer Schußweite auf und wichen mir aus, so gut sie konnten. Acht Tage lang versuchte ich vergebens, einen zu treffen. Am achten Tag kam ein Teil der Xipehuz ziemlich nahe an mir vorbei, als sie gerade, wahrscheinlich von Jagdleidenschaft gepackt, eine schöne Gazelle verfolgten. Ich schoß überstürzt einige Pfeile ab – *ohne sichtbare Wirkung.* Die Gruppe zersprengte sich, ich jagte hinterher und vertat meine Munition. Kaum hatte ich den letzten Pfeil verschossen, als alle eiligst aus verschiedenen Richtungen wiederkamen, um mich zu drei Vierteln zu umzingeln; ohne die außerordentliche Schnelligkeit des tapferen Kuath hätte ich mein Leben verloren.

Dieses Abenteuer ließ mich voll Unsicherheit und voll Hoffnung zurück. Ich verbrachte die ganze Woche untätig, verloren in unbestimmte und tiefe Überlegungen, in ein höchst aufregendes und kompliziertes Problem, das dazu angetan war, den Schlaf zu verscheuchen, und mich gleichzeitig mit Qual und mit Freude erfüllte. Warum fürchteten die Xipehuz meine Pfeile? Warum hatte andererseits von den vielen Geschossen, mit denen ich sie auf der Jagd getroffen hatte, keines eine Wirkung gezeigt? Soweit ich die Intelligenz meiner Feinde beurteilen konnte, war grundloser Schrecken auszuschließen. Alles zwang mich im Gegenteil zu der Annahme, daß der *Pfeil,* wenn er unter bestimmten Bedingungen abgeschossen wurde, eine gefährliche Waffe für sie sein mußte. Was aber waren diese Bedingungen? Wo waren die Xipehuz verwundbar? Da kam mir plötzlich der Gedanke, daß es der *Stern* war, der getroffen werden mußte. Eine Minute lang war ich dessen sicher, von leidenschaftlicher, blinder Sicherheit. Dann packte mich wieder der Zweifel.

Hatte ich nicht so und so oft mit der Schleuder darauf gezielt und ihn getroffen? Warum sollte der Pfeil erfolgreicher sein als der Stein . . .?

Es war Nacht geworden. Die unermeßliche Tiefe und ihre wunderbaren Lichter breiteten sich über der Erde aus; und ich dachte nach. Meinen Kopf hatte ich in die Hände gestützt, mein Herz war finsterer als die Nacht.

Ein Löwe brüllte, Schakale schlichen über die Ebene, und von neuem erleuchtete mich ein kleiner Funke Hoffnung. Mir war eingefallen, daß der Stein der Schleuder verhältnismäßig groß und der Stern der Xipehuz so winzig war! Vielleicht mußte man tief eindringen, sie mit einer scharfen Spitze durchbohren, und so erklärte sich ihre Angst vor dem Pfeil!

Währenddessen wanderte die Wega langsam ihrer Bahn entlang, die Morgendämmerung nahte, und die Müdigkeit senkte für einige Stunden Schlaf über die Welt des Geistes in meinem Haupt.

Die Tage darauf war ich ununterbrochen mit meinem Bogen auf der Verfolgung der Xipehuz; ich drang so weit in ihr abgestecktes Gebiet vor, als es die Klugheit erlaubte. Aber alle vermieden meinen Angriff; sie hielten sich fern, außer Schußweite. An einen Hinterhalt war nicht zu denken, sie konnten meine Gegenwart auch durch Hindernisse hindurch wahrnehmen.

Gegen Ende des fünften Tages ereignete sich etwas, das an sich schon beweisen würde, daß die Xipehuz ebenso fehlbar und gleichzeitig vervollkommnungsfähig sind wie Menschen. An diesem Abend kam in der Dämmerung ein Xipehuz entschlossen auf mich zu, mit wachsender Geschwindigkeit wie bei einem Angriff. Überrascht und mit klopfendem Herzen spannte ich meinen Bogen. Eine Türkissäule im hereinbrechenden Abend, kam er immer näher, fast auf Schußweite. Als ich mich dann bereitmachte, meinen Pfeil abzuschießen, sah ich bestürzt, daß er sich umdrehte und seinen Stern verbarg; dabei bewegte er sich aber unaufhaltsam auf mich zu. Ich konnte nur noch Kuath in Galopp setzen und mich dem Zugriff dieses gefährlichen Gegners entziehen.

Nun ließ dieses simple Manöver – an das bis dahin noch kein Xipehuz gedacht zu haben schien – außer daß es einmal mehr die dem Feind eigene Erfindungsgabe und seine Individualität bewies, zwei Gedanken aufkommen: Erstens, daß ich zum Glück recht gehabt hatte, als ich dachte, daß der Stern die verwundbare Stelle der Xipehuz sei, und zweitens – was weniger ermutigend war –, daß diese Taktik, wenn sie alle Xipehuz übernahmen, meine Aufgabe außerordentlich schwierig, wenn nicht gar unmöglich machte.

Indessen fühlte ich, nachdem ja bereits so viel erreicht war, daß ich die Wahrheit kannte, meinen Mut vor dem Hindernis wachsen, und ich wagte zu hoffen, daß mein Verstand die nötige Schärfe besaß, es zu überwinden.*

VI

Zweiter Abschnitt aus dem Buch von Bakhun

Ich zog mich wieder zurück in meine Einsamkeit. Anakher, der dritte Sohn meiner Frau Tepai, war ein großer Waffenbauer. Ich trug ihm auf, einen Bogen von außergewöhnlicher Spannweite zu schnitzen. Er nahm einen Zweig vom Baum Waham, hart wie Eisen, und der Bogen, den er daraus machte, war dreimal stärker als der des Hirten Zankann, des stärksten Bogenschützen der tausend Stämme. Kein lebender Mensch hätte ihn spannen können. Aber ich hatte mir eine Vorrichtung einfallen lassen, und Anakher fertigte ihn nach meinem Entwurf so, daß sogar eine Frau den riesigen Bogen hätte spannen und abschießen können.

---

* In den folgenden Kapiteln, die im großen und ganzen als Erzählung gehalten sind, folge ich weitgehend der wörtlichen Übersetzung von M. Dessault, ohne mich allerdings an die ermüdende Einteilung in Verse und an unnötige Wiederholungen zu halten.

Nun war ich schon immer besonders begabt darin gewesen, den Wurfspieß und den Pfeil zu handhaben, und lernte in wenigen Tagen mit der Waffe, die mein Sohn Anakher gebaut hatte, so gut umzugehen, daß ich kein Ziel verfehlte, war es auch winzig wie eine Fliege oder schnell wie der Falke.

All dies getan, kehrte ich auf Kuath mit den feurigen Augen nach Kzur zurück und begann von neuem, die Feinde des Menschen zu belauern.

Um ihnen Vertrauen einzuflößen, schoß ich jedesmal, wenn sich eine von ihren Abteilungen der Grenze näherte, viele Pfeile mit meinem alten Bogen ab; meine Pfeile fielen zahlreich auf ihrer Seite. So lernten sie die genaue Schußweite der Waffe kennen und fühlten sich bald in einer bestimmten Entfernung ganz außer Gefahr. Es blieb trotzdem ein Rest Mißtrauen, das sie unbeständig und launenhaft machte, solange sie sich nicht im Schutz des Waldes aufhielten, und sie veranlaßte, ihren Stern meinem Blick zu entziehen.

Mit viel Geduld schläferte ich ihre Besorgtheit ein, und am sechsten Morgen stellte sich unter einem großen Kastanienbaum, drei gewöhnliche Bogenschußweiten entfernt, eine Gruppe vor mir auf.

Sofort sandte ich eine Wolke unnützer Pfeile. Darauf verschwand langsam ihre Wachsamkeit, und sie bewegten sich so frei wie zu Beginn meines Aufenthalts.

Das war der entscheidende Zeitpunkt. In meiner Brust dröhnte es, so daß ich mich vorderhand ganz ohne Kraft fühlte. Ich wartete: Von diesem einen Pfeil hing furchtbar die Zukunft ab. Wenn er sein Ziel verfehlte, würden sich die Xipehuz meinen Experimenten vielleicht nie wieder stellen, und wie sollte ich dann wissen, ob sie dem Angriff des Menschen zugänglich waren?

Indessen triumphierte nach und nach mein Wille, er brachte meine Brust zum Schweigen, machte meine Glieder geschmeidig und stark und meinen Blick ruhig und sicher. Langsam hob ich den Bogen Anakhers. Dort unten stand abseits ein großer Smaragdkegel unbeweglich im Schatten des Baumes. Sein strahlender Stern war mir zugewandt. Der riesige Bogen spannte sich, der Pfeil schoß pfeifend in den Raum ... und der Xipehuz war getroffen, er *fiel, schrumpfte, versteinerte.*

Mächtig sprang der Schrei des Triumphes aus meiner Brust. In meiner Verzückung breitete ich die Arme aus und dankte dem Einzigen.

So waren sie also durch menschliche Waffen verwundbar, die schrecklichen Xipehuz! Es gab die Hoffnung, sie zu vernichten!

Meine Furcht war verschwunden, ich ließ es brausen in meiner Brust, ließ die Freudenmusik schlagen – ich, der über die Zukunft meiner Gattung so verzweifelt gewesen war, ich, der unter dem Lauf der Gestirne, unter dem blauen Kristall der Tiefe so oft ausgerechnet hatte, daß die weite Welt in zwei Jahrhunderten ihre Grenzen unter dem Ansturm der Xipehuz würde bersten fühlen.

Und doch, als sie wiederkam, die geliebte, die gedankenschwere Nacht, fiel ein Schatten auf mein Glück, der Gram darüber, daß der Mensch und der Xipehuz nicht zusammen existieren konnten, daß die Vernichtung des einen die grausame Bedingung für das Leben des anderen sein mußte.

ZWEITES BUCH

VII

Dritter Abschnitt aus dem Buch von Bakhun

1.

Die Priester, die Alten und die Häuptlinge haben mit Staunen meinen Bericht gehört; bis in die einsamsten Gegenden sind die Läufer gegangen, um die gute Nachricht zu verbreiten. Der Große Rat hat den Kriegern befohlen, sich am sechsten Mond des Jahres 22 649 in der Ebene von Mehur-Asar zu sammeln, und die Propheten haben den heiligen Krieg gepredigt. Mehr als hunderttausend Krieger der Zahelal sind herbeigeeilt. Eine große Zahl von Kämpfern fremder Stämme, der Dzum, der Sahr, der Khald, angelockt von der Neuigkeit, sind gekommen, um sich dem großen Volk zur Verfügung zu stellen.

Kzur wurde von einer zehnfachen Reihe Bogenschützen umstellt, aber alle Pfeile gingen fehl vor der Taktik der Xipehuz, und die unklugen Krieger starben in großer Zahl.

Dann obsiegte mehrere Wochen lang großes Entsetzen unter den Menschen...

Am dritten Tag des achten Mondes kündigte ich den zahllosen Stämmen an, ich würde die Xipehuz allein bekämpfen, bewaffnet mit einem Messer mit scharfer Spitze. Ich trug mich in der Hoffnung, das Mißtrauen zu zerstören, das gegen die Wahrheit meines Berichtes zu entstehen begann.

Meine Söhne Lum, Demja und Anakher widersetzten sich meinem Vorhaben auf das heftigste und boten sich an, an meiner Stelle zu gehen. Lum sagte: »Du kannst unmöglich dorthin gehen, denn wenn du stirbst, werden alle glauben, die Xipehuz seien unverwundbar, und das Menschengeschlecht wird untergehen.«

Nachdem Demja, Anakher und viele Häuptlinge die gleichen Worte gesprochen hatten, sah ich ihre Gründe ein und zog mich zurück.

Lum bemächtigte sich nun meines Horngriffmessers und überschritt die tödliche Grenze. Die Xipehuz kamen herbei. Einer von ihnen, um vieles schneller als die anderen, wollte ihn gerade erreichen, aber Lum, listiger als der Leopard, wich zurück und ging um den Xipehuz herum, dann kam er mit einem gewaltigen Sprung zurück und schleuderte die scharfe Spitze.

Die Stämme standen unbeweglich und sahen, wie der Gegner *stürzte, schrumpfte, versteinerte.* Zehntausend Stimmen erhoben sich in den blauen Morgen, und schon kam Lum zurück über die Grenze. Sein glorreicher Name ging durch die Heere.

2. *Die erste Schlacht*

Im Jahr der Welt 22 649, am siebten Tag des achten Mondes. Die Hörner ertönten im Morgengrauen. Die schweren Hämmer schlugen die erzenen Glocken zur großen Schlacht. Hundert schwarze Büffel, zweihundert Hengste wurden von den Priestern geopfert, und meine dreißig Söhne beteten mit mir zum Einzigen.

Im Morgenrot schwamm der Planet der Sonne. Die Anführer galoppierten an die Spitze ihrer Heere. Mit dem machtvollen Vorwärtsstürmen von hunderttausend Kämpfenden erscholl der Ruf zum Angriff.

Der Stamm der Nazzum traf als erster auf den Feind, und der Kampf war fürchterlich. Ohnmächtig erst, dahingemäht von den geheimnisvollen Streichen, lernten die Krieger bald die Kunst, die Xipehuz zu schlagen und zu vernichten. Dann stürmten die anderen Stämme, die Zahelal, Dzum, Sahr, Khald, Xisoaster und Pjarvann brausend wie die Ozeane in die Ebene und den Wald und umzingelten überall den stummen Feind.

Lange Zeit war die Schlacht ein Chaos. Fortwährend kamen Boten und berichteten den Priestern, daß die Männer zu Hunderten fielen, ihr Tod aber gerächt würde.

Zur Stunde der brennenden Hitze kam mein Sohn Surdar eilenden Fußes zu mir – Lum hatte ihn geschickt – und sagte, daß für jeden vernichteten Xipehuz zwölf der unsrigen fielen. Meine Seele verdüsterte sich, mein Herz verlor alle Kraft, und meine Lippen murmelten:

»Es geschehe nach dem Willen des Einzigen Vaters!«

Ich brachte mir die Zahl der Krieger in Erinnerung, es waren hundertundvierzigtausend. Ich wußte, daß die Xipehuz etwa viertausend waren, und ich dachte mir, über ein Drittel des großen Heeres würde untergehen, die Erde aber würde dem Menschen gehören. Es konnte aber auch geschehen, daß es das Heer nicht schaffte:

»Das gibt einen Sieg!« murmelte ich traurig.

Aber während ich an diese Dinge dachte, ließ überlautes Schlachtengeschrei den Wald erzittern, in großen Massen erschienen die Krieger und flohen mit Angstgeschrei zur Grenze des Heils.

Nun sah ich die Xipehuz am Oreus hervorbrechen, nicht mehr einzeln wie am Morgen, sondern zu zwanzig zu einem Kreis geformt; ihre Feuer waren dem Inneren der Gruppen zugewandt. In dieser Stellung waren sie unverwundbar, sie bewegten sich auf unsere machtlosen Krieger zu und massakrierten sie fürchterlich.

Das war der Zusammenbruch.

Die kühnsten Kämpfer dachten nur noch an Flucht. Trotz der Trauer jedoch, die sich über meine Seele gesenkt hatte, beobachtete ich geduldig den schrecklichen Umschwung, in der Hoffnung, im äußersten Unglück doch noch ein Heilmittel zu finden, denn oft liegen Gift und Gegengift Seite an Seite.

Für dieses Vertrauen in die Überlegung belohnte mich das Schicksal mit zwei Entdeckungen. Zum ersten bemerkte ich an den Stellen, wo unsere Stämme in großer Menge und die Xipehuz in der Minderheit waren, daß sich das früher unberechenbare Töten entsprechend *verlangsamte,* daß die Hiebe des Feindes *immer weniger wirksam* wurden und sich viele der Getroffenen nach kurzer Betäubung wieder erhoben. Die stärkeren konnten schließlich dem Aufprall sogar ganz standhalten und noch fliehen nach wiederholten Angriffen. Dasselbe Phänomen wiederholte sich an verschiedenen Stellen des Schlachtfeldes, und ich wagte daraus zu schließen, daß die Xipehuz müde wurden, daß ihre Zerstörungskraft eine gewisse Grenze hatte.

Auf die zweite Beobachtung, die die erste glücklich ergänzte, brachte mich eine Truppe der Khald. Die armen Leute waren auf allen Seiten vom Feind umringt und verloren das Vertrauen in ihre kurzen Messer; da rissen sie kleine Bäume aus und machten sich Keulen, mit deren Hilfe sie versuchten, sich eine Gasse zu bahnen. Zu meiner großen Überraschung gelang ihnen der Versuch. Ich sah die Xipehuz zu Dutzenden unter den Schlägen das Gleichgewicht verlieren. Ungefähr die Hälfte der Khald konnte durch die so geschaffene Bresche entkommen; aber merkwürdigerweise töteten zum Beispiel einige

Anführer, die sich anstatt der Keulen erzener Instrumente bedienten, sich selbst, wenn sie auf den Feind losschlugen. Dazu muß noch bemerkt werden, daß die Keulenschläge den Xipehuz keinen spürbaren Schaden zufügten. Die Gefallenen erhoben sich sogleich wieder und nahmen die Verfolgung wieder auf. Nichtsdestoweniger betrachtete ich meine zweifache Entdeckung als äußerst bedeutsam für die zukünftigen Schlachten.

Währenddessen nahm die Auflösung ihren Fortgang. Die Erde ertönte von der Flucht der Besiegten. Gegen Abend blieben in den Grenzen der Xipehuz nur unsere Toten und einige hundert Kämpfer, die in die Bäume gestiegen waren. Das Los der letzteren war schrecklich: Die Xipehuz verbrannten sie lebend, indem sie im Astwerk, das sie barg, tausend Feuer zusammenlaufen ließen. Stundenlang tönten ihre grausigen Schreie unter dem hohen Firmament.

3. Bakhun wird gewählt

Am nächsten Morgen zählten die Stämme die Überlebenden. Es fand sich, daß die Schlacht ungefähr neuntausend Menschenleben gekostet hatte; eine vorsichtige Schätzung nahm bei den Xipehuz einen Verlust von sechshundert an. So hatte also der Tod jedes Feindes fünfzehn Menschenleben gekostet.

Verzweiflung drang in die Herzen, viele beschimpften ihre Anführer und sprachen davon, dem entsetzlichen Unternehmen den Rücken zu kehren. Da ging ich durch die murrende Menge zur Mitte des Lagers und warf den Kriegern laut den Kleinmut ihrer Seelen vor. Ich fragte sie, ob es besser sei, alle Menschen untergehen zu lassen oder einen Teil davon zu opfern; ich erklärte ihnen, die Gegend Zahelal sei in zehn Jahren von den Figuren besetzt, in zwanzig Jahren die Länder der Khald, Sahr, Pjarvann und der Xisoaster; nachdem ich so ihr Gewissen aufgerüttelt hatte, stellte ich ihnen vor Augen, daß bereits ein Sechstel des gefährdeten Gebietes von den Menschen zurückerobert und der Feind auf drei Seiten in den Wald

zurückgeworfen sei. Schließlich teilte ich ihnen meine Beobachtungen mit und gab ihnen zu verstehen, daß die Xipehuz nicht unermüdbar seien, daß die Holzkeulen sie umwerfen und sie zwingen konnten, ihre verwundbare Stelle aufzudecken.
Große Stille herrschte auf dem Platz, die Hoffnung kehrte in die Herzen der zahllosen Krieger zurück, die mir zuhörten. Und um ihr Vertrauen zu stärken, beschrieb ich die gleichzeitig zum Angriff und zur Verteidigung geeigneten hölzernen Vorrichtungen, die ich erdacht hatte. Von neuem entstand Begeisterung, die Völker gaben meinem Wort Beifall, und die Anführer legten mir ihr Kommando zu Füßen.

4. Die Metamorphosen der Bewaffnung

In den folgenden Tagen ließ ich eine große Anzahl Bäume fällen und entwarf leichte tragbare Schutzzäune, wie sie hier kurz beschrieben werden: Eine Einfassung von sechs Ellen Länge und zwei Ellen Breite wurde durch Querstäbe mit einer inneren Einfassung von einer Elle Breite und fünf Ellen Länge verbunden. Sechs Männer (zwei Träger, zwei mit großen, stumpfen Holzlanzen bewaffnete Krieger, zwei weitere Krieger mit Holzlanzen, aber solchen mit sehr scharfen metallenen Spitzen, und außerdem mit Pfeil und Bogen) konnten leicht darin unterkommen und geschützt gegen den plötzlichen Aufprall der Xipehuz im Wald umhergehen. Wenn die Feinde auf Schußweite herangekommen waren, sollten die Krieger mit den stumpfen Lanzen auf sie einschlagen, sie umwerfen und zwingen, ihre Deckung aufzugeben, die anderen sollten mit Lanze oder Bogen auf die Sterne zielen, wie es sich gerade ergab. Da die mittlere Größe der Xipehuz ein wenig über eineinhalb Ellen lag, achtete ich darauf, daß der äußere Zaun der Einfassung während des Marsches nicht höher war als eineinviertel Ellen über dem Boden; dazu brauchte man nur die Stützen, die ihn mit dem inneren Zaun verbanden und von Menschenhand getragen wurden, ein wenig zu neigen. Da die Xipehuz außerdem keine schrägen Hindernisse überwinden noch sich anders als aufrecht vorwärts bewegen konnten, genügte die so konstruierte Einfassung als Schutz vor ihren plötzlichen Angriffen. Natürlich würden sie versuchen, die neuen Waffen zu verbrennen, und in mehr als einem Fall würde ihnen das auch gelingen, aber da ihre Feuer außerhalb der Schußweite der Pfeile ohne jede Wirkung waren, mußten sie zum Verglühen von ihrer Deckung absehen. Außerdem konnte man sich ja, da dies nicht so schnell ging, durch schnelle Ausweichmanöver zum großen Teil entziehen.

5. Die zweite Schlacht

Das Jahr der Welt 22 649, der elfte Tag des achten Mondes. An diesem Tag wurde den Xipehuz die zweite Schlacht geliefert, die Anführer hatten mir den Oberbefehl übertragen. Ich teilte die Stämme in drei Heeresabteilungen ein. Kurz vor Sonnenaufgang warf ich vierzigtausend Krieger gegen Kzur, bewaffnet nach dem System der Schutzzäune. Dieser Angriff verlief weniger konfus als der am siebten Tage. Die Stämme drangen langsam, in kleinen, wohlgeordneten Scharen in den Wald ein, und das Treffen begann. In der ersten Stunde verlief es ganz zum Vorteil der Menschen, die Xipehuz wurden von der neuen Taktik völlig überrannt. Über hundert Figuren gingen zugrunde, kaum gerächt durch den Tod von einem Dutzend Krieger. Nach der ersten Überraschung aber machten sich die Xipehuz daran, die Schutzzäune zu verbrennen. In einigen Fällen gelang es ihnen auch. Gegen die vierte Stunde des Tages führten die Xipehuz ein weit gefährlicheres Manöver durch: Sie nutzten ihre Schnelligkeit und gingen dicht zusammengedrängt gegen die Umzäunungen vor, und es gelang ihnen, sie umzuwerfen. Auf diese Weise starb eine große Anzahl von Menschen, und ein Teil unseres Heeres ergab sich der Verzweiflung, als der Feind die Situation wieder zu seinen Gunsten wandte.

Gegen die fünfte Stunde lösten sich die Stämme der Zahelal von Khemar und Djoh und ein Teil der Xisoaster und der Sahr langsam auf. Um eine Katastrophe zu verhindern, sandte ich durch starke Zäune geschützte Boten, die Verstärkung ankündigten. Gleichzeitig stellte ich das zweite Heer zum Angriff auf. Vorher aber gab ich neue Instruktionen: Die Umzäunungen sollten sich in so dichten Gruppen halten, wie es das Umhergehen im Wald erlaubte, und sich sobald eine etwas stärkere Truppe der Xipehuz anrückte, in fest verbundenem Geviert aufstellen, ohne dabei die Offensive einzustellen.

Dies gesagt, gab ich das Signal. Bald sah ich mit Freude, daß der Sieg zu den vereinten Stämmen zurückkehrte. Gegen die Tagesmitte ließ dann eine grobe Zählung, die bei unserem Heer einen Verlust von zweitausend Männern, bei den Xipehuz von dreihundert ergab, den entschieden erreichten Fortschritt erkennen und erfüllte alle Herzen mit Zuversicht.

Dennoch stand gegen die vierzehnte Stunde das Verhältnis leicht zu unserem Nachteil – die Stämme hatten viertausend, die Xipehuz fünfhundert Krieger verloren.

Jetzt setzte ich die dritte Abteilung ein: Die Schlacht erreichte ihren Höhepunkt. Die Begeisterung der Krieger wuchs von Minute zu Minute, bis zu der Stunde, als sich die Sonne bereit machte, im Westen zu versinken.

Zu diesem Zeitpunkt nahmen die Xipehuz die Offensive im Norden von Kzur wieder auf. Mit Sorge bemerkte ich ein Zurückweichen der Dzum und der Pjarvann. Da ich außerdem vermutete, daß die Nacht dem Feind günstiger sei als den Unsrigen, ließ ich zum Ende der Schlacht blasen. Die Rückkehr der Truppen erfolgte mit Gelassenheit und Siegesbewußtsein. Einen großen Teil der Nacht verbrachten wir damit, unsere Erfolge zu feiern. Sie waren beträchtlich: Achthundert Xipehuz waren gefallen, ihr Wirkungsbereich war auf zwei Drittel von Kzur zurückgegangen. Gewiß, wir hatten siebentausend der Unsrigen im Wald zurückgelassen. Aber diese Verluste waren im Verhältnis zum Ergebnis viel niedriger als die der ersten Schlacht. Auch wagte ich nun voll Hoffnung, den Plan eines entschiedeneren Angriffs gegen die noch lebenden zweitausendsechshundert Xipehuz zu entwerfen.

6. Die Vernichtung

Das Jahr der Welt 22 649, der fünfzehnte Tag des achten Mondes.

Als sich das Rote Gestirn auf den östlichen Hügeln zeigte, standen die Stämme in Schlachtordnung vor Kzur.

Mit von Hoffnung erhobener Seele beendete ich meine Rede an die Anführer, die Hörner erschallten, die schweren Hämmer ließen das Erz ertönen, und das erste Heer marschierte gegen den Wald.

Jetzt waren die Umzäunungen stärker und ein wenig größer, sie umschlossen zwölf statt sechs Männer. Nur ungefähr ein Drittel war nach dem alten Entwurf gebaut.

So konnten sie nicht mehr so leicht angezündet und umgeworfen werden.

Die Schlacht begann glücklich: Nach drei Stunden waren vierhundert Xipehuz vernichtet und nur zweitausend der Unsrigen. Durch die guten Nachrichten ermutigt, schickte ich die zweite Abteilung. Die Wut war nun auf beiden Seiten entsetzlich, unsere Kämpfer stellten sich auf den Sieg ein, die Gegner entwickelten die Hartnäckigkeit einer stolzen Macht. Von der vierten bis achten Stunde opferten wir nicht weniger als zehntausend Menschenleben. Aber die Xipehuz bezahlten sie mit tausend der ihren, und nur tausend verblieben in den Tiefen des Waldes von Kzur.

In diesem Augenblick wußte ich, daß der Mensch die Welt besitzen würde; meine letzten Bedenken legten sich.

Zur neunten Stunde fiel dennoch ein schwerer Schatten auf unseren Sieg. Zu dieser Zeit erschienen die Xipehuz nur noch in ungeheurer Dichte in den Lichtungen, sie verbargen ihre Sterne, und es wurde beinahe unmöglich, sie umzuwerfen. Erregt von der Schlacht, stürzten sich viele der Unsrigen auf diese Massen. Und dann trennte sich mit einer schnellen Wendung ein großer Teil der Xipehuz ab, stieß die tollkühnen Männer nieder und tötete sie.

Ein Tausend starb auf diese Weise, ohne daß der Feind einen empfindlichen Verlust erlitten hätte. Als die Pjarvann das sahen, schrien sie, es sei alles zu Ende. Eine Panik brach aus, die über zehntausend in die Flucht schlug. Viele waren sogar so unklug, die Umzäunungen zu verlassen, um schneller laufen zu können. Das rächte sich. Etwa hundert Xipehuz machten sich an ihre Verfolgung und töteten mehr als zweitausend Pjarvann und Zahelal: Das Entsetzen breitete sich allmählich über alle unsere Linien aus.

Als mir die Läufer diese unheilvolle Nachricht brachten, war mir klar, daß der Tag verloren sein würde, wenn es mir nicht gelang, durch irgendein schnelles Manöver die verlorenen Stellungen zurückzugewinnen. Ich ließ den Anführern des dritten Heeres sofort den Befehl zum Angriff überbringen und gab bekannt, ich würde das Kommando selbst übernehmen. Dann schickte ich schnell den Fliehenden die Reserven entgegen. Bald standen wir den Verfolgern gegenüber. Diese waren überwältigt von der Hitze des Tötens und konnten sich nicht schnell genug wieder formieren, so daß ich sie in wenigen Augenblicken umstellt hatte. Sehr wenige entkamen; das mächtige Freudengeschrei unseres Sieges gab den Unsrigen den Mut zurück.

Von jetzt ab hatte ich keine Mühe mehr, den Angriff neu zu formieren. Unser Manöver beschränkte sich hartnäckig darauf, Teile aus den feindlichen Gruppen herauszulösen, diese Teile zu umzingeln und zu vernichten.

Bald erkannten die Xipehuz, wie ungünstig diese Taktik für sie war, und begannen uns wieder in kleinen Abteilungen zu bekämpfen. Das Massaker der beiden Mächte, von denen keine existieren konnte, ohne die andere zu vernichten, verdoppelte sich fürchterlich. Jedoch verschwand auch aus dem kleinmütigsten Herzen jeder Zweifel über den endgültigen Ausgang.

Gegen die vierzehnte Stunde blieben nicht einmal mehr fünfhundert Xipehuz gegen gut hunderttausend Menschen, und diese wenigen Gegner waren in immer engeren Grenzen eingeschlossen, ungefähr in einem Sechstel des Waldes von Kzur, was unsere Manöver außerordentlich erleichterte.

Indessen sickerte der Dämmerung rotes Licht durch die

Bäume, und da ich die Fallen der Dunkelheit fürchtete, ließ ich die Schlacht unterbrechen.

Der ungeheure Sieg erhob alle Herzen. Die Anführer sprachen davon, mir die Oberherrschaft über die Stämme anzubieten. Ich riet ihnen, niemals die Schicksale so vieler Menschen einer einzigen, armen und schwachen Kreatur anzuvertrauen; sondern den Einzigen anzubeten und als Führerin auf Erden die *Weisheit* zu wählen.

VIII

Letzter Abschnitt aus dem Buch von Bakhun

Die Erde gehört dem Menschen. In zweitägigem Kampf sind die Xipehuz ausgerottet worden. Das von den zweihundert letzten besetzte Gebiet ist dem Erdboden gleichgemacht, jeder Baum, jede Pflanze, jeder Grashalm vernichtet worden. Zuletzt habe ich zur Kenntnis künftiger Völker ihre Geschichte auf granitene Tafeln geschrieben, meine Söhne Lum, Azah und Simho haben mir dabei geholfen.

Und nun stehe ich hier allein in der fahlen Nacht am Rande von Kzur. Ein halber Kupfermond steht über dem Westen. Die Löwen brüllen zu den Sternen empor. Der Fluß schlängelt sich langsam zwischen den Wiesen dahin. Seine ewige Stimme erzählt von der Zeit, die vergeht, und von der Melancholie der vergänglichen Dinge. Ich habe meine Stirn in die Hände vergraben, und eine Klage ist aus meinem Herzen aufgestiegen. Denn nun, da die Xipehuz gefallen sind, bedauert sie mein Herz, und ich frage den Einzigen, welches Verhängnis gewollt hat, daß auf den Glanz des Lebens der finstere Schatten des Mordens falle!

Arthur Conan Doyle

Die Erde schreit

Ich erinnere mich zwar, daß mein Freund Edward Malone von der *Gazette* einmal einen gewissen Professor Challenger erwähnt hatte, mit dem er ein paar aufregende Abenteuer erlebt haben muß, doch bin ich durch meinen Beruf so in Anspruch genommen, daß ich kaum weiß, was in der Außenwelt vor sich geht. Challenger war mir als ein wildes Genie von heftiger und intoleranter Wesensart beschrieben worden. Zu meiner Überraschung bekam ich eines Tages ein Geschäftsschreiben von ihm, das folgendermaßen lautete:

Kensington, Enmore Gardens 14b
Sir,
ich bedarf der Dienste eines Fachmannes auf dem Gebiet artesischer Bohrungen. Ich möchte Ihnen nicht verhehlen, daß meine Meinung von Fachleuten generell nicht die beste ist, und meist habe ich feststellen müssen, daß ein Mann wie ich, mit gut ausgestattetem Hirn, einen besseren und weiteren Überblick hat als derjenige, der sich auf ein spezielles Wissen beruft (was häufig eine bloße Berufung ist) und daher einen beschränkteren Horizont hat. Dessenungeachtet bin ich gewillt, einen Versuch mit Ihnen zu machen. Bei Durchsicht der Experten auf dem Gebiete artesischer Bohrungen erregte eine gewisse Absonderlichkeit – fast hätte ich geschrieben: Absurdität – in Ihrem Namen meine Aufmerksamkeit, und Nachforschungen haben ergeben, daß mein junger Freund, Mr. Edward Malone, mit Ihnen bekannt ist. Aus diesem Grunde teile ich Ihnen mit, daß ich mich über eine Unterredung mit Ihnen freuen würde. Sollten Sie meinen Erwartungen entsprechen – und meine Anforderungen sind nicht bescheiden –, wäre ich möglicherweise geneigt, Sie mit einer extrem wichtigen Aufgabe zu

betrauen. Ich kann mich in diesem Augenblick nicht deutlicher ausdrücken, da die betreffende Angelegenheit der äußersten Verschwiegenheit bedarf und nur mündlich erörtert werden sollte. Ich bitte Sie daher, alle Verabredungen aufzuheben und mich am kommenden Freitag um zehn Uhr dreißig vormittags unter der oben angegebenen Adresse aufzusuchen. An der Tür befindet sich ein Fußabtreter nebst Matte, und Mrs. Challenger ist sehr eigen.

Ich verbleibe, Sir, wie anfangs
George Edward Challenger

Ich ließ diesen Brief durch meinen Sekretär beantworten, und der teilte dem Professor mit, Mr. Peerless Jones werde zur angegebenen Zeit vorsprechen. Es war ein durchaus freundlicher und höflicher Geschäftsbrief, aber er begann mit der Phrase: ›Ihr Schreiben (ohne Datum) haben wir erhalten.‹ Dies bescherte uns eine zweite Epistel des Professors, dessen Schriftzüge wie ein Stacheldrahtzaun aussahen.

Sir,
wie ich feststellen muß, nahmen Sie an der Lappalie Anstoß, daß mein Schreiben kein Datum trug. Darf ich Ihr Augenmerk auf die Tatsache lenken, daß unsere Regierung (als kleines Entgelt für unsre unerhörten Steuern) sich des Brauchs befleißigt, ein kleines rundes Zeichen auf das Kuvert zu drücken, das das Datum der postalischen Abfertigung angibt? Sollte dieser Stempel fehlen oder unleserlich sein, dann wenden Sie sich mit Ihrer Beschwerde am besten an die zuständige Postbehörde. Im übrigen darf ich Sie bitten, Ihre Aufmerksamkeit lieber auf die Angelegenheit zu richten, deretwegen ich mich an Sie gewandt habe, und künftig davon Abstand zu nehmen, die Form meiner Briefe zu kritisieren.

Mir war klar, daß ich's mit einem Irren zu tun hatte, und ich hielt es für gut, mich mit meinem Freund Malone zu beraten, ehe ich in der Sache weitere Schritte unternahm. Ich kannte ihn seit alten Zeiten, als wir beide Rugger für Richmond spielten.

Er war immer noch derselbe fröhliche Ire, und mein erstes Scharmützel mit Challenger amüsierte ihn köstlich.

»Das ist noch gar nichts, mein Junge«, sagte er. »Wenn du erst mal fünf Minuten mit ihm zusammen bist, hast du das Gefühl, als hätte man dir bei lebendigem Leibe die Haut abgezogen. Seine Widerwärtigkeit schlägt alles.«

»Und alles läßt sich das gefallen?«

»Eben nicht. Wenn du alle Prozesse sammeln würdest, die er schon am Hals gehabt hat – wegen übler Nachrede, Beamtenbeleidigung und Tätlichkeiten...«

»Tätlichkeiten?«

»Was denkst du denn? Dem macht's nichts aus, dich die Treppe runterzuwerfen, wenn ihm was nicht paßt. Er ist ein Höhlenbewohner im Sakko. Ich kann ihn mir gut mit einer Keule in der einen Hand und einem kantigen Feuerstein in der anderen vorstellen. Es gibt Menschen, die nicht in ihrem eigentlichen Jahrhundert geboren sind. Challenger aber hat sein Jahrtausend verfehlt. Der gehört ins frühe Neolithikum oder in die Gegend.«

»Und dabei ist er Professor.«

»Das ist ja der Witz. Das größte Hirn Europas, und mit einer Antriebskraft, die alle seine Träume zu Realitäten werden läßt. Sie tun alles, ihm Knüppel in den Weg zu werfen, denn seine Kollegen hassen ihn wie die Pest – aber genausogut könnten ein paar Trawler versuchen, die *Berengaria* zurückzuhalten. Er ignoriert sie einfach und fährt Volldampf voraus.«

»Na ja«, sagte ich. »Etwas ist jedenfalls klar. Ich will nichts mit ihm zu tun haben. Ich werde die Verabredung rückgängig machen.«

»Nicht die Spur. Du bist auf die Minute pünktlich da. Und zwar auf die Minute! Sonst kannst du nämlich was erleben.«

»Wieso?«

»Werd ich dir sagen. Erst mal darfst du's nicht zu genau nehmen, was ich dir vom alten Challenger erzählt habe. Jeder, der ihn näher kennenlernt, lernt ihn lieben. Im Grunde tut er keinem was, der alte Brummbär. Einmal hat er zum Beispiel ein Eingeborenenkind, das die Pocken hatte, hundert Meilen weit

auf dem Buckel zum Madeirafluß geschleppt. Er ist in jeder Hinsicht ›enorm‹. Wenn du mit ihm klarkommst, brauchst du keine Angst zu haben.«
»Ich werde mich überhaupt nicht mit ihm einlassen.«
»Dann bist du ein Narr. Hast du einmal von ›Hengist Down Mystery‹ gehört – der Tiefenbohrung an der Südküste?«
»Irgend so eine geheime Kohlenbohrung, glaube ich.«
Malone zwinkerte mit den Augen.
»So kannst du's nennen, meinetwegen. Weißt du, der Alte vertraut mir, und ich darf nichts sagen, bis er's ausdrücklich erlaubt. Aber was in den Zeitungen gestanden hat, kann ich dir ja ruhig erzählen. Ein gewisser Betterton, der mit Gummi reich geworden ist, hat Challenger vor ein paar Jahren sein gesamtes Vermögen vermacht – mit der Auflage, daß es der Wissenschaft zugute komme. Es war eine gewaltige Summe – etliche Millionen. Challenger hat in Hengist Down in Sussex Land gekauft. Es war wertloses Gelände am Nordrand des Kalklandes, und er bekam ein großes Gebiet und zäunte es ein. Mitten hindurch verlief eine tiefe Schlucht. Hier begann er mit der Ausschachtung. Er gab bekannt« – und hier zwinkerte Malone wieder –, »daß es in England Erdöl gebe und daß er's beweisen wolle. Er baute ein kleines Modelldorf für eine Kolonie gutbezahlter Arbeiter, die alle verpflichtet waren, die Klappe zu halten. Die Schlucht ist noch einmal besonders gut eingezäunt, und das Ganze wird von Bluthunden bewacht. Mehrere Journalisten haben fast ihr Leben eingebüßt – von ihren Hosen ganz zu schweigen. Es ist eine große Unternehmung, und die Firma von Sir Thomas Morden schmeißt den Laden, aber die dürfen auch kein Sterbenswörtchen sagen. Offenbar ist es nun soweit, daß sie artesische Hilfe brauchen. Du, das wäre wohl das Dümmste, was du tun könntest, einen solchen Auftrag abzulehnen – stell dir vor, wie interessant, und dann die Erfahrung und ein fetter Scheck zum Schluß. Ganz zu schweigen davon, daß du den wundervollsten Menschen kennenlernen wirst, den du je getroffen hast, und so einen wirst du wohl kaum wiederfinden.«
Malones Argumente überzeugten mich, und Freitag früh war

ich nach Enmore Gardens unterwegs. Ich hatte unbedingt pünktlich sein wollen, so daß ich zwanzig Minuten zu früh kam. Ich wartete auf der Straße, und da erkannte ich plötzlich den Rolls-Royce mit dem Silberpfeil an der Tür. Das mußte Jack Devonshire sein, der Juniorpartner der großen Morden-Firma. Ich kannte ihn seit langem als einen überaus weltgewandten Mann, deshalb überraschte es mich ein wenig, als er plötzlich aus dem Haus kam und vor der Tür beide Hände zum Himmel reckte. »Dieser verdammte Kerl«, sagte er inbrünstig. »Dieser verdammte Kerl.«

»Was ist denn mit dir los, Jack? Dir scheint's die Petersilie verhagelt zu haben.«

»Hallo, Peerless! Spielst du hier etwa auch mit?«

»Scheint Aussicht zu bestehen.«

»Na, du wirst eine läuternde Wirkung verspüren.«

»Mehr als dir lieb ist, offenbar.«

»Das kann man wohl sagen. Weißt du, was mir der Butler ausrichtet? ›Der Herr Professor bittet mich, Ihnen zu sagen, Sir, daß er im Augenblick sehr beschäftigt ist damit, ein Ei zu speisen, und wenn Sie zu passender Zeit kämen, würde er Sie wahrscheinlich empfangen.‹ Das mir – und durch einen Dienstboten. Ich darf hinzufügen, daß ich hergekommen bin, um zweiundvierzigtausend Pfund zu kassieren, die er uns schuldet.«

Ich pfiff vor mich hin.

»Ihr kriegt also euer Geld nicht?«

»Doch, was Geld betrifft, da ist er in Ordnung. Ich will dem alten Gorilla gegenüber gerecht sein. Er ist gar nicht kleinlich. Aber er zahlt, wann's ihm gefällt und wie's ihm gefällt, und da kennt er keine Hemmungen. Aber geh du mal rein und versuch dein Glück. Wirst's schon erleben.« Damit stieg er in seinen Wagen und brauste ab.

Ich warf ab und zu einen Blick auf meine Uhr und wartete auf die Stunde Null. Ich bin, wenn ich das sagen darf, ziemlich stramm und boxe nicht übel (Mittelgewicht), doch hatte ich noch keiner Begegnung mit solchem Bangen gegenübergestanden. Es war kein physisches Unbehagen, denn jeden Angriff dieses erleuchteten Irren würde ich leicht abfangen können, sondern eine Mischung von Scheu vor irgendeinem öffentlichen Skandal und der Angst, einen lukrativen Auftrag zu verlieren. Aber es ist immer alles einfacher, wenn das Denken aufhört und das Handeln beginnt. Auf die Minute genau klopfte ich an.

Ein alter holzgesichtiger Butler öffnete die Tür. Es war ein Mann, der durch seinen Gesichtsausdruck (oder besser: durch die Abwesenheit jeden Ausdrucks) erkennen ließ, daß ihn auf dieser Welt nichts mehr erschüttern konnte.

»Sind Sie angemeldet, Sir?«

»Gewiß.«

Er hatte eine Liste in der Hand und warf einen Blick darauf.

»Mr. Peerless Jones? Zehn Uhr dreißig. Alles in Ordnung. – Wir müssen gewisse Vorsichtsmaßregeln treffen, Mr. Jones, da wir oft von Journalisten belästigt werden. Der Herr Professor ist der Presse nicht wohlgesonnen, wie Sie vielleicht wissen. Wenn Sie mir bitte folgen wollen, Sir? Professor Challenger erwartet Sie.«

Alsbald stand ich ihm gegenüber. Ich glaube, Ted Malone hat ihn in seiner Erzählung ›Die vergessene Welt‹ besser beschrieben, als ich's je tun könnte, also will ich's dabei belassen. Es mag genügen, daß ich einen Schrank von Mann hinter einem Mahagonitisch vorfand; er trug einen großen schwarzen spatenförmigen Bart und hatte zwei große graue Augen, die von überheblich herabhängenden Lidern halb bedeckt waren. Sein Kopf war nach hinten geworfen, sein Bart stand struppig vor, und seine ganze Erscheinung vermittelte den Eindruck arroganter Intoleranz. ›Na, was, zum Teufel, willst *du* denn?‹ stand ihm aufs Gesicht geschrieben. Ich legte ihm meine Visitenkarte vor.

»Ach, ja«, sagte er und nahm sie in die Hand, als fasse er etwas Unsauberes an. »Natürlich. Sie sind der Experte – der sogenannte Mr. Jones – Mr. Peerless Jones. Sie dürfen Ihrem Paten dankbar sein, Mr. Jones, denn durch Ihren merkwürdig klingenden Vornamen bin ich auf Sie aufmerksam geworden.«

»Professor Challenger, ich bin einer geschäftlichen Besprechung wegen zu Ihnen gekommen und nicht, um über meinen

Namen zu diskutieren«, sagte ich mit aller verfügbaren Würde.

»Oh, Sie scheinen ja recht empfindlich zu sein, Mr. Jones. Ihre Nerven sind schwer angegriffen. Wir werden behutsam mit Ihnen umgehen müssen. Bitte, nehmen Sie doch Platz und beruhigen Sie sich, Mr. Jones. Ich habe Ihre Broschüre über die Urbarmachung der Halbinsel Sinai gelesen. Haben Sie sie selber geschrieben?«

»Natürlich. Mein Name steht ja drauf.«

»Ganz recht. Ganz recht. Was aber nicht immer Urheberschaft beweist. Ich bin aber gewillt, Ihre Erklärung zu akzeptieren. Das Buch ist nicht ohne gewisse Verdienste. Durch die wolkige Ödnis der Diktion blitzt ab und zu eine Idee auf. Hier und da sind Ansätze von Gedanken zu erkennen. Sind Sie verheiratet?«

»Nein, Sir.«

»Dann können Sie möglicherweise ein Geheimnis für sich behalten.«

»Was ich verspreche, halte ich.«

»Das sagen Sie. Mein junger Freund Malone hat eine gute Meinung von Ihnen.« Er sprach, als sei Ted zehn Jahre alt. »Er meint, ich dürfte Ihnen vertrauen. Es steht viel auf dem Spiel, denn ich befasse mich mit einem der größten Experimente – ich darf vielleicht sagen, mit *dem* größten Experiment – in der Geschichte der Welt. Wollen Sie daran teilnehmen?«

»Es wäre mir eine Ehre.«

»Eine Ehre ist es allerdings. Ich gebe zu, daß ich niemanden einweihen würde, wenn die gigantischen Ausmaße des Projekts nicht das hervorragendste technische Können erforderten. Nun, da ich Ihr unverbrüchliches Versprechen absoluter Geheimhaltung habe, Mr. Jones, kann ich zu dem entscheidenden Punkt kommen. Es geht darum, daß die Erde, auf der wir leben, selber ein lebender Organismus ist – mit Kreislauf, Atmung und eigenem Nervensystem.«

Der Mann war irre, das stand fest.

»Wie ich sehe«, fuhr er fort, »schaltet Ihr Gehirn nicht. Aber es wird die Idee allmählich absorbieren. Sie geben doch zu, daß ein Moor oder eine Heide der haarigen Flanke eines riesigen

Tieres ähnelt. Eine gewisse Analogie findet sich in der ganzen Natur. Bedenken Sie weiterhin, daß sich das Land im Laufe der Jahrhunderte hebt oder senkt, was auf ein langsames Atmen des Geschöpfes schließen läßt. Endlich weise ich Sie auf die nervösen Zuckungen und Krämpfe hin, die wir in unserer liliputanerhaften Anschauung als Erd- oder Seebeben bezeichnen.«

»Und die Vulkane?« warf ich ein.

»Ts, ts! Sie entsprechen natürlich menschlichen Furunkeln und dergleichen.«

Mir schwirrte es im Kopf, als ich versuchte, auf diese monströsen Behauptungen eine Entgegnung zu finden.

»Die Temperatur!« rief ich. »Ist's nicht erwiesen, daß sie mit zunehmender Tiefe ansteigt und daß das Innere der Erde flüssige Hitze ist?«

Er schob meinen Einwand mit einer Handbewegung beiseite.

»Es dürfte Ihnen nicht unbekannt sein, Sir, daß die Erde an den Polen abgeflacht ist. Was bedeutet, daß der Pol dem Mittelpunkt näher ist als irgendeine andere Stelle und daher der von Ihnen erwähnten Hitze am stärksten ausgesetzt. Es ist schließlich allgemein bekannt, daß an den Polen tropische Bedingungen herrschen, nicht wahr?«

»Ihre Idee ist mir gänzlich neu.«

»Natürlich. Es ist das Privileg des Original-Denkers, mit Ideen aufzuwarten, die der breiten Masse neu und meist unwillkommen sind. Was, bitte, ist dies?« Er nahm einen kleinen Gegenstand vom Tisch und hielt ihn hoch.

»Ich würde sagen: ein Seeigel.«

»Genau!« rief er mit exaltierter Überraschung, so, als hätte ein Kleinkind etwas Kluges von sich gegeben. »Es ist ein Seeigel – ein gemeiner *echinus*. Die Natur wiederholt sich in vielerlei Weise, unabhängig von der Größe. Dieser Seeigel ist ein Modell, ein Prototyp der Erde. Sie sehen, daß er rund ist, an den Polen jedoch abgeplattet. Lassen Sie uns also die Erde als gewaltigen Seeigel betrachten. Haben Sie irgendwelche Einwände?«

Mein Haupteinwand war, daß mir die ganze Vorstellung zu

absurd schien, als daß man darüber diskutieren konnte, aber das wagte ich nicht auszusprechen. Also suchte ich nach einer weniger heftigen Entgegnung.

»Ein lebendiges Geschöpf braucht Nahrung«, sagte ich. »Wie hält sich die riesige Welt am Leben?«

»Eine ausgezeichnete Bemerkung! Ganz ausgezeichnet!« sagte der Professor etwas gönnerhaft. »Sie haben ein gutes Auge für das Offensichtliche, doch fehlt Ihnen der Blick für die feineren Implizierungen. Wie also ernährt sich die Erde? Kehren wir zu unserem kleinen Freund, dem Seeigel, zurück. Das ihn umgebende Wasser fließt durch die Röhren dieses kleinen Geschöpfes und versorgt es mit Nahrung.«

»Dann meinen Sie also, das Wasser...«

»Mitnichten. Der Äther. Die Erde bewegt sich auf einer Kreisbahn durch die Weiden des Weltraums, und der Äther durchfließt sie fortlaufend bei dieser Bewegung und erhält sie am Leben. Eine ganze Herde anderer kleiner Welten-*echini* machen's genauso: Venus und Mars und so weiter, wobei jeder seine eigenen Weidegründe hat.«

Der Mann war ganz offensichtlich irre, aber man konnte ihm nicht beikommen. Er nahm mein Schweigen für Zustimmung und lächelte mich wohlwollend an.

»Wir machen Fortschritte, wie ich sehe!« sagte er. »Es geht allmählich ein Licht auf. Natürlich blendet's zu Anfang, aber wir werden uns daran gewöhnen. Bitte, schenken Sie dem Beachtung, was ich über das kleine Geschöpf in meiner Hand noch sagen will. – Nehmen wir einmal an, daß sich auf dieser äußeren harten Kruste gewisse unendlich kleine Insekten befänden und darauf herumkrabbelten. Meinen Sie, der Seeigel würde sie je bemerken?«

»Ich glaube nicht.«

»Dann können Sie sich wohl gut vorstellen, daß die Erde nicht die geringste Ahnung davon hat, wie sie von den Menschen benutzt wird. Sie spürt nichts vom fungoiden Wuchern der Vegetation und der Entstehung winziger Lebewesen, also von dem, was sich während ihrer Reisen um die Sonne auf ihr angesammelt hat, wie Entenmuscheln an alten Schiffen.

Dies also ist die Lage der Dinge, und ich habe die Absicht, sie zu ändern.«

Ich starrte ihn verblüfft an. »Was für eine Absicht haben Sie denn?«

»Ich habe die Absicht, der Erde davon Kenntnis zu geben, daß es wenigstens eine Person gibt, die um Aufmerksamkeit bittet – ja, die Aufmerksamkeit fordert. Diese Person ist ein gewisser George Edward Challenger. Und dieser Versuch dürfte bestimmt zum erstenmal unternommen werden.«

»Und wie wollen Sie das bewerkstelligen, Sir?«

»Aha. Jetzt kommen wir uns näher. Sie sind auf den entscheidenden Punkt gestoßen. Richten Sie Ihre Aufmerksamkeit bitte wieder auf dieses kleine Geschöpf, das ich in der Hand halte. Unter dieser schützenden Kruste verbirgt es alle Nerven und Sinnesorgane. Und wenn ein parasitisches Tierchen sich bemerkbar machen wollte, würde es doch wohl ein Loch durch diese Schale bohren und auf solche Weise das Sensorium stimulieren. Meinen Sie nicht?«

»Doch, gewiß.«

»Nehmen wir mal einen Floh oder einen Moskito, der die Oberfläche des menschlichen Körpers erforscht. Es ist durchaus möglich, daß wir uns seiner Gegenwart nicht bewußt sind. Senkt aber so ein Tier seinen Rüssel oder Stachel in unsere Haut, die unsere Kruste ist, werden wir unangenehm darauf hingewiesen, daß wir nicht ganz allein sind. Nun wird Ihnen wohl allmählich dämmern, was ich für Pläne habe. Licht durchbricht die Finsternis.«

»Allmächtiger! Haben Sie etwa vor, einen Stachel durch die Erdkruste zu treiben?«

Mit unaussprechlicher Selbstzufriedenheit schloß er die Augen.

»Vor sich sehen Sie«, sagte er, »den ersten Menschen, der je diese hornige Haut durchstoßen wird. Ich könnte es sogar im Präsens beziehungsweise Perfekt ausdrücken und sagen: der sie durchstoßen hat.«

»Sie haben's geschafft?«

»Ich glaube, das behaupten zu dürfen, dank der tatkräftigen

Hilfe von Morden und Co. – Jahrelang haben wir gearbeitet, bei Tag und bei Nacht, mit allem, was Sie sich nur denken können, mit Bohrern, Drillbohrern, Brechmaschinen und Sprengstoff – und nun ist unser Ziel endlich erreicht.«
»Sie wollen doch nicht etwa behaupten, daß Sie durch die Kruste hindurch sind?«
»Bedeuten Ihre Ausdrücke Verwunderung, seien Sie Ihnen verziehen. Sollten Sie jedoch Unglauben bezeichnen...«
»Nein, Sir. Nicht im mindesten.«
»Sie werden meine Feststellung ohne Frage akzeptieren. Wir sind durch die Kruste oder Rinde. Sie war genau vierzehntausendvierhundertzweiundvierzig Yards dick oder annähernd acht Meilen. Im Verlauf unserer Bohrung – das wird Sie interessieren – haben wir reiche Kohlenlager entdeckt, deren Ausbeutung die Kosten unserer Unternehmung einbringen dürfte. Unsere Hauptschwierigkeiten waren die Wassereinbrüche im unteren Kalk- und Hastings-Sand, die wir überwunden haben. Jetzt ist das letzte Stadium erreicht – und das letzte Stadium ist kein anderer als Peerless Jones. Sie, mein Herr, stellen den Moskito dar. Ihr artesischer Bohrer nimmt die Stelle des stechenden Rüssels ein. Das Hirn hat sein Werk getan. Abgang des Denkers. Auftritt von Peerless dem Mechanischen mit seinem Stab aus Stahl. Habe ich mich verständlich gemacht?«
»Sie sprechen von acht Meilen!« sagte ich erregt. »Ist Ihnen denn klar, Sir, daß die Grenze für artesische Bohrungen bei fünftausend Fuß liegt? Ich kenne zwar eine in Oberschlesien, die sechstausendzweihundert Fuß tief ist, aber das wird schon als Wunder angestaunt.«
»Sie mißverstehen mich, Mr. Peerless. Etwas stimmt hier nicht: entweder an meiner Erklärung oder an Ihrem Hirn, doch lassen wir das. Ich bin mir der Grenzen für artesische Bohrungen wohl bewußt, und es ist kaum anzunehmen, daß ich Millionen Pfund für meinen kolossalen Tunnel ausgegeben haben würde, wenn mir ein Sechs-Zoll-Bohrloch genügt hätte. Ich erwarte von Ihnen einen Drillbohrer, der so scharf wie möglich sein sollte, nicht über hundert Fuß lang, und angetrie-

ben von einem elektrischen Motor. Ein gewöhnlicher Perkussionsdrill mit einem Belastungsgewicht reicht aus.«

»Wozu ein Elektromotor?«

»Ich gebe Anordnungen, Mr. Jones, keine Erklärungen. Möglicherweise – ich sage *möglicherweise* – hängt Ihr Leben davon ab, daß dieser Bohrer aus einer gewissen Entfernung elektrisch betrieben wird. Das dürfte sich doch wohl bewerkstelligen lassen?«

»Aber gewiß.«

»Dann treffen Sie die nötigen Vorbereitungen. Das Projekt ist noch nicht so weit gediehen, daß Ihre Anwesenheit erforderlich wäre, doch sollten Sie schon jetzt mit den Vorkehrungen beginnen. Mehr habe ich nicht zu sagen.«

»Aber ich muß doch wissen, um welche Art von Boden es sich handelt. Ob es Sand oder Lehm oder Kalk ist. Danach richtet sich die Wahl des Bohrers.«

»Sagen wir Gallert«, sagte Challenger. »Ja, lassen wir's fürs erste dabei bewenden, daß Sie Ihren Bohrer in Gallert treiben. Und jetzt, Mr. Jones, erwarten mich einige dringliche Angelegenheiten, so daß ich Ihnen einen guten Morgen wünsche. Vielleicht setzen Sie einen Kontrakt auf, der auch Ihre finanziellen Forderungen enthält, und reichen ihn meinem Werkchef ein.«

Ich verbeugte mich und wollte gehen. Doch als ich die Tür erreichte, konnte ich meine Neugier nicht mehr zügeln. Der Professor schrieb bereits wütend, und die Feder fuhr kratzend über das Papier.

Ungehalten ob der Störung blickte er auf.

»Was noch, Sir? Ich hatte gehofft, Sie seien fort.«

»Ich hätte nur gerne gefragt, Sir, was solch ungewöhnliches Experiment eigentlich bezwecken soll?«

»Hinaus mit Ihnen, mein Herr!« rief er zornig. »Erheben Sie sich über die bloß merkantilen und utilitaristischen Aspekte des Handels. Schütteln Sie Ihr erbärmliches Krämerdenken ab. Die Wissenschaft sucht Erkenntnis. Wohin sie uns auch führen mögen – wir müssen sie suchen. Was sind wir? Warum sind wir? Wo sind wir? Ist es nicht das höchste menschliche Streben, auf diese Fragen endlich eine endgültige Antwort zu finden? Hinaus, Sir, hinaus!«

Sein großer schwarzer Kopf beugte sich wieder über die Papiere, und sein Gesicht verschwand zwischen Haupthaar und Bart. Die Feder kratzte wütender als zuvor. Also verließ ich diesen außergewöhnlichen Mann, und die Gedanken an das seltsame Unternehmen, bei dem ich nun mitmachen sollte, wirbelten mir wild durch den Kopf.

Als ich ins Büro kam, wartete Ted Malone auf mich. Er grinste und war begierig, das Ergebnis meiner Unterredung zu erfahren.

»Na«, rief er, »wie war's denn? Kein Verfahren wegen tätlicher Beleidigung oder Körperverletzung? Da mußt du ihn ja sehr taktvoll behandelt haben. Wie findest du den alten Knaben?«

»Er ist der aufsässigste, beleidigendste, intoleranteste, überheblichste Kerl, der mir je begegnet ist, aber...«

»Genau!« sagte Malone. »Zu diesem ›Aber‹ kommen wir alle. Natürlich ist er all das, was du sagst, und noch eine ganze Menge mehr – aber man spürt, daß ein Mann solchen Kalibers nicht mit unseren Maßstäben gemessen werden kann und daß man sich von ihm bieten lassen muß, was man sich von keinem anderen jemals bieten lassen würde. Ist's nicht so?«

»Weißt du, ich kenne ihn ja kaum, aber ich gebe zu, daß er kein bloßer polternder Größenwahnsinniger ist. Und wenn das stimmt, was er sagt, dann ist er auf jeden Fall eine Klasse für sich. Die Frage lautet nur: stimmt's?«

»Natürlich stimmt's. Challenger hält, was er verspricht. Aber wie seid ihr verblieben? Hat er dir von Hengist Down erzählt?«

»Hat er – aber ziemlich skizzenhaft.«

»Nun, eins kannst du mir glauben: Die ganze Geschichte ist kolossal – kolossal in der Konzeption und kolossal in der Ausführung. Er haßt Presseleute, aber ich bin sein Vertrauter, denn er weiß, daß ich nichts publizieren würde, was er nicht gutheißt. Deshalb kenne ich seine Pläne, zumindest einen Teil seiner Pläne. Er ist ein derart hintergründiges altes Haus, daß man nie sicher sein kann, ob man wirklich dahintergekommen ist. Jedenfalls weiß ich genug, um dir zu bestätigen, daß Hengist Down ein handgreifliches Unternehmen ist und fast vollendet. Mein Rat: halt deinen Kram bereit und warte ab. Du wirst bald etwas hören – entweder von ihm oder von mir.«

Von Malone hörte ich's, der bald darauf sehr früh zu mir ins Büro kam.

»Ich komme von Challenger«, sagte er.

»Du bist wohl für ihn, was der Pilotenfisch für den Hai ist?«

»Ich bin stolz darauf, irgendwas für ihn zu sein. Er ist wirklich und wahrhaftig ein Phänomen. Er hat's tatsächlich geschafft. Und jetzt bist du dran. – Und dann wird er wohl den Vorhang aufgehen lassen.«

»Ich glaube es zwar nicht, bis ich's gesehen habe, aber ich hab alles vorbereitet und auf einen Wagen verladen. Es kann jeden Augenblick losgehen.«

»Ausgezeichnet. Der Augenblick ist da. Ich habe dich als ungeheuer energisch und tatkräftig und pünktlich geschildert, also laß mich nicht im Stich. So, jetzt gehen wir zur Bahn, und auf dem Weg werd ich dich aufklären.«

Es war ein wundervoller Frühlingsmorgen – der 22. Mai, um genau zu sein –, als wir diese schicksalhafte Fahrt unternahmen, die mich einem Ereignis zuführte, das Geschichte machen sollte. Unterwegs übergab mir Malone einen Brief von Challenger mit den nötigen Instruktionen.

Sir,
bei Ihrer Ankunft in Hengist Down stellen Sie sich bitte Mr. Barforth, dem Chefingenieur, zur Verfügung, der im Besitze meiner Pläne ist. Malone, mein junger Freund, der Ihnen dies überbringt, steht ebenfalls mit mir in Verbindung und erspart mir persönliche Kontakte.
Bei 14 Tausend Fuß und darunter sind wir im Schacht auf Erscheinungen gestoßen, die meine Hypothesen, die Natur planetarischer Körper betreffend, voll bestätigen, doch bedarf es eines spektakuläreren Beweises, ehe ich hoffen kann, die starre und stumpfe moderne Wissenschaft aus ihrem Schlaf zu rütteln.

Es obliegt Ihnen, diesen Beweis zu erbringen, und den Wissenschaftlern, ihn zu bezeugen. Wenn Sie mit dem Lift hinabfahren, werden Sie bemerken – vorausgesetzt, daß Ihnen die selten anzutreffende Gabe der Beobachtung eigen ist –, daß Sie an den sekundären Kalkbetten vorüberkommen, den Kohlenlagern, einigen Anzeichen des Devon und Kambrium, und schließlich am Granit, durch den der größte Teil unseres Tunnels führt. Der Grund des Schachts ist jetzt mit einer geteerten Plane abgedeckt. Hiervon lassen Sie tunlichst die Finger, da jedes tollpatschige Hantieren mit der empfindlichen inneren Kutikula der Erde verfrühte Ergebnisse zur Folge haben könnte. Auf meine Instruktionen hin sind 20 Fuß über dem Grund zwei starke Balken quer im Schacht angebracht worden. Der Spalt dazwischen dient als Klammer für Ihre artesische Röhre. 50 Fuß Bohrgestänge reichen aus; 20 davon unterhalb der Balken, so daß die Spitze des Bohrers fast die Abdeckung berührt. Da Ihnen Ihr Leben lieb sein wird, gehen Sie nicht tiefer. 30 Fuß werden dann im Schacht hochragen, und wenn Sie den Bohrer loslassen, dürfen wir annehmen, daß sich nicht weniger als 40 Fuß in die Erdsubstanz graben werden. Da diese Substanz sehr weich ist, glaube ich, daß Sie keine Antriebskraft benötigen. Der Bohrer wird sich durch sein eigenes Gewicht in die Schicht bohren, die wir freigelegt haben. Diese Instruktionen müßten für jeden Menschen mit durchschnittlicher Intelligenz ausreichend sein, doch fürchte ich, daß Sie weitere wünschen werden, was durch unseren jungen Freund Malone geschehen kann.

George Edward Challenger

Es ist leicht zu verstehen, daß ich hochgradig nervös war, als wir im Bahnhof von Storrington am nördlichen Fuß der South Downs ankamen. Eine verwitterte Vauxhall-30-Landaulette erwartete uns und beförderte uns holpernd über sechs oder sieben Meilen einsamer Feldwege, die trotz ihrer Abgeschiedenheit tief zerfurcht waren und alle Spuren starken Verkehrs zeigten. An einer Stelle lag ein umgestürzter Wagen im Gras – Beweis dafür, daß nicht wir allein die Strecke schwerbefahrbar fanden. Aus einem Stechginstergebüsch ragten riesige Maschinenteile heraus, offenbar die Ventile und Kolben einer hydraulischen Pumpe.

»Challengers Werk«, sagte Malone grinsend. »Hat gemeint, sie weiche ein Zehntel Zoll von seinen Angaben ab, also nichts wie in den Straßengraben damit.«

»Hat ihm bestimmt wieder einen Prozeß eingebracht.«

»Lieber Himmel! Wir brauchten ein eigenes Gericht. Wir haben so viele, daß wir einen Richter ein ganzes Jahr lang beschäftigen würden. Mit der Regierung hat er's auch. Der alte Teufel hat vor nichts Angst. *Rex* contra George Challenger, und George Challenger contra *Rex*. Das wird ein hübscher Teufelstanz mit den beiden, von einem Gericht zum anderen. So, wir sind da. Alles in Ordnung, Jenkins, Sie können uns reinlassen.«

Ein gewaltiger Mann mit einem nicht zu knappen Blumenkohlohr äugte argwöhnisch in den Wagen. Als er meinen Freund erkannte, hellte sich seine Miene auf, und er salutierte.

»Ist gut, Mr. Malone. Ich hab gedacht, es wär die *American Associated Press.*«

»Ach, haben die auch schon Wind gekriegt?«

»Die heute, und *The Times* gestern. Summen rum wie die Fliegen. Haben Sie das gesehen?« Er wies auf einen fernen Punkt am Horizont. »Sehen Sie, wie's da glitzert? Das ist das Teleskop der *Chicago Daily News*. O ja, sie sind jetzt mächtig hinter uns her. Ich hab sie auf dem Hügel da schon wie die Krähen hocken sehen.«

»Die armen Schweine«, sagte Malone, als wir durch das Tor eines beachtlichen Stacheldrahtzaunes fuhren. »Ich bin selber Journalist. Ich weiß, was das für ein Gefühl ist.«

In diesem Augenblick hörten wir ein klägliches Blöken hinter uns. »Malone! Ted Malone!«

Es war ein fetter, kleiner Mann, der gerade auf einem Motorrad angekommen war und sich jetzt im Schwitzkasten des Torhüters befand.

»Lassen Sie mich los!« blubberte er. »Nehmen Sie Ihre Pfoten weg! He, Malone, pfeif deinen Gorilla zurück!«

»Lassen Sie ihn los, Jenkins. Er ist ein Freund von mir«, sagte Malone. »Na, altes Haus, wo kommst denn du her? Was suchst du hier? Die Fleet Street ist dein Jagdrevier – nicht die Wildnis von Sussex.«

»Du weißt ganz genau, was ich hier suche«, sagte der Fremde. »Ich hab den Auftrag, eine Story über Hengist Down zu schreiben, und die muß ich zusammenkriegen, koste es, was es wolle.«

»Tut mir leid, Roy, aber hier ist nichts zu holen. Du wirst schon draußen bleiben müssen. Wenn du mehr willst, dann geh zu Professor Challenger und hol dir seine Erlaubnis.«

»Bei dem war ich schon heut morgen«, sagte der Journalist bekümmert.

»Und was hat er gesagt?«

»Er hat gesagt, er würd mich zum Fenster rauswerfen.« Malone lachte.

»Und was hast du gesagt?«

»Ich hab gesagt: ›Mir ist die Tür lieber‹, und bin gegangen. Es war keine Zeit zum Diskutieren. Ich hab die Kurve gekratzt. Dieser bärtige assyrische Bulle in London und dieser Halunke hier, der mein unbeflecktes Zelluloid ruiniert hat – Mensch, du scheinst dich ja in einer recht merkwürdigen Gesellschaft zu befinden, Ted Malone.«

»Ich kann dir nicht helfen, Roy. Ich tät's, wenn ich könnte. In der Fleet Street heißt es, du hättest dich noch nie geschlagen gegeben, aber diesmal wird dir nichts andres übrigbleiben. Geh in die Redaktion, und wenn du ein paar Tage wartest, kriegst du sämtliche Informationen, sobald's der Alte erlaubt.«

»Keine Aussicht, reinzukommen?«

»Nicht auf dieser Welt.«

»Wenn nicht für gute Worte – dann für Geld?«

»Werd nicht komisch.«

»Wie ich höre, ist's ein Abkürzungsweg nach Neuseeland.«

»Es wird ein Abkürzungsweg zum Krankenhaus, wenn du dich hier reinschleichst. Mach's gut, Roy. Wir haben auch zu tun.«

Auf dem Weg durch das eingezäunte Gelände sagte Malone:

»Das war Roy Perkins, der Kriegsberichterstatter. Jetzt haben wir seinen Nimbus zerstört, denn er galt bisher für unbesiegbar. Mit seinem fetten, kleinen, unschuldigen Gesicht kommt er überall durch. Wir waren mal an der gleichen Zeitung.« Er wies auf eine Gruppe hübscher Bungalows mit roten Dächern. »Das sind die Unterkünfte der Leute. Besonders ausgesuchte hervorragende Arbeiter, die weit über Tarif bezahlt werden. Sie müssen Junggesellen und Abstinenzler sein und sind zur Geheimhaltung verpflichtet. Bis jetzt ist auch noch nichts durchgesickert, glaube ich. Das Feld dort ist ihr Fußballplatz, und das freistehende Haus hat Bibliothek und Aufenthaltsräume. Der Alte ist schon ein großartiger Organisator, das kann ich dir versichern. Und hier hast du Mr. Barforth, den Chefingenieur.«

Ein langer, dünner, melancholischer Mann mit tiefen Furchen im Gesicht war vor uns aufgetaucht.

»Ich nehme an, Sie sind der artesische Ingenieur«, sagte er mit düsterer Stimme. »Ich habe den Auftrag, Sie zu empfangen. Ich freue mich, daß Sie gekommen sind, denn ich sage Ihnen ganz offen, daß mir die Verantwortung für diese Sache an die Nerven geht. Wir buddeln uns da rein, und ich weiß nie, ob's ein Guß Kalkwasser oder ein Kohlenflöz oder eine Dusche Erdöl ist, was uns erwartet, oder gar das Höllenfeuer. Letzteres ist uns bis jetzt erspart geblieben, aber vielleicht stellen *Sie* die Verbindung her.«

»Ist es so heiß da unten?«

»Heiß ist's schon. Da gibt's keine Frage. Vielleicht liegt's aber auch nur am Druck und an der Enge. Die Ventilation ist natürlich übel. Wir pumpen Frischluft hinunter, aber Zwei-Stunden-Schichten sind das äußerste, was die Leute schaffen, und sie geben ihr Bestes. Der Professor war gestern unten, und er ist sehr zufrieden mit allem. Wir werden erst mal essen, und dann können Sie sich's selber ansehen.«

Nach einem eiligen und frugalen Mahl zeigte man uns mit liebevoller Emsigkeit das Maschinenhaus und die verschiedenen Schrotthaufen unbrauchbar gewordener Werkzeuge und Geräte, die auf dem Gras umherlagen. Die riesige hydraulische

Schaufel von Arrol, mit der man die ersten Ausschachtungen schnell bewältigt hatte, war auseinandergenommen. Daneben befand sich ein gewaltiger Motor, der das endlose Stahlseil mit den Förderkörben bewegte, in denen der *débris* aus dem Schacht herausgeholt wurde. Im Kraftwerk arbeiteten mehrere starke Escher-Wyss-Turbinen mit hundertvierzig Umdrehungen in der Minute und hydraulische Akkumulatoren, die einen Druck von vierzehnhundert Pfund pro Quadratzoll erzeugten, mit dem dreizöllige Röhren in den Schacht getrieben und vier Steinbohrer mit Hohlschneidern des Typs Brandt betätigt wurden. Dem Maschinenhaus benachbart war das Generatorenhaus, das Elektrizität für eine ausgedehnte Lichtanlage lieferte, und daneben befand sich eine Extraturbine von zweihundert PS, die einen Zehn-Fuß-Ventilator antrieb, mit dem Frischluft durch ein Zwölf-Zoll-Rohr zum Grund des Schachts gepreßt wurde. All diese Wunderwerke zeigte man uns voller Stolz und mit vielen technischen Erklärungen, die mich so langweilten, daß ich sie nicht wiedergeben will.

Dann aber gab es eine willkommene Unterbrechung. Ich hörte das Dröhnen von Rädern und war erfreut, meinen Leyland-Dreitonner zu sehen, der übers Gras herangerumpelt kam, beladen mit meinen Geräten und Rohren. Vorne saß mein Vormann, Peters, und neben ihm ein völlig verschmutzter Gehilfe. Die beiden machten sich sogleich daran, die Gerätschaften abzuladen und hereinzutragen. Ich überließ sie ihrer Arbeit und ging mit dem Chefingenieur und Malone zum Schacht.

Es war eine erstaunliche Anlage: noch viel größer, als ich sie mir vorgestellt hatte. Tausende von Tonnen geförderter Erde bildeten eine hufeisenförmige Halde von beträchtlicher Höhe. In der Rundung dieses aus Sand, Kalk, Lehm, Kohle und Granit bestehenden Hügels erhob sich ein Gestrüpp von eisernen Gestängen und Rädern, von denen aus die Pumpen und Förderkörbe betrieben wurden. Sie standen mit dem gemauerten Kraftwerk in Verbindung, das sich auf der offenen Seite des Hufeisens befand. Dahinter lag der gähnende Schlund des Schachts, eine gewaltige Grube, dreißig oder vierzig Fuß im

Durchmesser, gemauert und ausbetoniert. Ich warf einen Blick in diese Schlucht, die acht Meilen tief sein sollte, wie man mir versichert hatte, und mir schwindelte bei dem Gedanken an das, was man mit ihr bezweckte. Die Sonne beschien die Öffnung, und ich sah ein paar hundert Yards schmutzigweißen Kalks, mit einigen gemauerten Stellen, wo man stärkeren Halt für nötig befunden hatte. Als ich hinabschaute, sah ich ganz tief unten in der Dunkelheit ein winziges Licht, ein helles Pünktchen. Trotz seiner Kleinheit war es vor dem tintigen Untergrund deutlich zu erkennen.

»Was ist das für ein Licht?« fragte ich.

Malone beugte sich neben mir über die Brüstung.

»Da kommt ein Lift hoch«, sagte er. »Ganz schön, nicht? Der ist eine Meile oder noch weiter von uns entfernt, und das kleine Licht ist eine starke Bogenlampe. In ein paar Minuten ist er oben.«

Der Lichtfleck wurde größer und größer, bis er die Röhre mit silbrigem Leuchten erfüllte und ich meine Augen abwenden mußte, da er zu grell war. Einen Augenblick später rasselte der Lift auf die Landebühne, und vier Männer kletterten heraus und gingen zum Ausgang.

»Völlig erschöpft«, sagte Malone. »Es ist kein Spaß, in so einer Tiefe eine Zwei-Stunden-Schicht zu leisten. Na, dein Kram kommt ja schon. Ich glaube, wir gehen am besten mal runter. Da kannst du die Lage selber beurteilen.«

Er führte mich in einen Vorbau des Maschinenhauses. An der Wand hingen eine Anzahl ausgebeulter Kleidungsstücke. Ich folgte Malones Beispiel und zog mich völlig aus. Dann stieg ich in einen dieser Anzüge aus ganz leichtem Stoff und schlüpfte in Spezialschuhe mit Gummisohlen. Malone war vor mir fertig und verließ den Umkleideraum. Einen Augenblick später hörte ich draußen ein gewaltiges Getöse, so, als spielten sich zehn Hundekämpfe gleichzeitig ab, und als ich hinauslief, sah ich, wie sich mein Freund auf dem Boden wälzte und den Arbeiter gepackt hielt, der mit meinen artesischen Röhren beschäftigt gewesen war. Er versuchte, dem Mann etwas zu entreißen, von dem der andre sich unter keinen Umständen trennen wollte. Malone aber war zu kräftig für ihn, entriß ihm den Gegenstand und trampelte darauf herum, bis er völlig zertrümmert war. Jetzt entdeckte ich erst, daß es sich um eine Kamera handelte. Der verschmierte Arbeiter erhob sich zerknirscht vom Boden.

»Verfluchter Hund!« sagte er. »Das war ein neuer Apparat. Zehn Guineas hat er gekostet.«

»Kann ich nicht ändern, Roy. Ich hab gesehen, wie du eine Aufnahme gemacht hast, und da gab's nur eins.«

»Wie kommen Sie denn unter meine Leute, zum Teufel?« fragte ich entrüstet.

Der Journalist grinste. »Es gibt immer Mittel und Wege«, sagte er. »Aber geben Sie Ihrem Vormann nicht die Schuld. Der wußte gar nicht, wie ihm geschah. Ich hab mit seinem Gehilfen die Kleider getauscht, und schon war ich drin.«

»Und schon bist du draußen«, sagte Malone. »Kein langes Drumrumgerede, Roy. Wenn Challenger hier wäre, würde er die Hunde auf dich hetzen. Ich hab selber schon in der Klemme gesteckt, also werd ich gnädig sein, aber ich bin nun mal hier der Wachhund, und ich belle nicht nur, sondern beiße auch. Los jetzt! Raus mit dir!«

So wurde denn unser unternehmungslustiger Besucher von zwei grinsenden Arbeitern vom Gelände entfernt. Und nun kennt die Öffentlichkeit endlich die Entstehungsgeschichte jenes wundervollen vierspaltigen Artikels mit der Überschrift ›Irrer Traum eines Wissenschaftlers‹ und dem Untertitel ›Eine Direktroute nach Australien‹, der ein paar Tage später in *The Adviser* erschien und Challenger einem Schlaganfall nahe brachte, während der Herausgeber von *The Adviser* die ungemütlichste und gefährlichste Unterredung seines Lebens hatte. Der Artikel war eine farbenfrohe und übertriebene Schilderung von Roy Perkins' Abenteuer, ›unserem erfahrenen Kriegsberichterstatter‹, und enthielt solch giftige Passagen wie: ›Dieser zottige Rabauke von Enmore Gardens‹, ›Ein von Stacheldraht, Schlägern und Bluthunden bewachtes Gelände‹ und ›Vom Eingang zum angloaustralischen Tunnel zerrten mich zwei Raufbolde weg, von denen einer, der wildere, ein

Hans-Dampf-in-allen-Gassen war, den ich als Afterjournalisten kannte, während der andere, eine finstere Gestalt in seltsamer Tropenkleidung, einen Tiefbrunneningenieur mimte, obwohl seine Erscheinung mehr an Whitechapel erinnerte.‹ Nachdem der Kerl uns auf diese Weise heruntergemacht hatte, gab er eine ausführliche Darstellung von Schienen an der Schachtöffnung und einer Zickzackaushöhlung, durch die sich Drahtseilbahnen in die Erde gruben. Praktisch machte uns der Artikel nur dadurch zu schaffen, daß er die Zahl der Zuschauer merkbar vergrößerte, die auf den South Downs saßen und darauf warteten, daß etwas geschehen solle. Der Tag kam, da es wirklich geschah, und sie wünschten, nie hergekommen zu sein.

Mein Vormann und sein falscher Gehilfe hatten alle Gerätschaften ausgebreitet, *bellbox, crowsfoot*, V-Bohrer, Stangen, Gewicht, doch Malone meinte, das habe Zeit, und wir sollten erst einmal einfahren. Zu diesem Zweck betraten wir den Lift, der einem stählernen Käfig ähnelte, und in Begleitung des Chefingenieurs schossen wir ins Innere der Erde. Es gab eine Serie automatischer Aufzüge mit separaten Bedienungsstationen, die in Aushöhlungen untergebracht waren. Sie bewegten sich mit großer Geschwindigkeit, und man hatte eher das Gefühl, in der Eisenbahn zu sitzen und über Land zu fahren, als in einem Lift nach unten zu sausen.

Da es sich um einen Gitterkäfig handelte, der zudem hell beleuchtet war, hatten wir einen guten Blick auf die Schichten, die wir durchfuhren. Ich konnte jede genau erkennen. Der gelbliche untere Kalk, die kaffeefarbenen Hastings-Lager, die helleren Ashburnham-Lager, der dunkle kohlenhaltige Ton und dann, im Lichtschein schimmernd, abwechselnd schwarze funkelnde Kohle und Ton. Hier und da hatte man Mauerwerk eingebaut, sonst aber hielt sich der Schacht ohne Stützen, und man konnte nur die ungeheure Arbeit und das technische Können bewundern, die dies zustande gebracht hatten. Unter den Kohlelagern bemerkte ich vermengte Schichten, die wie Beton aussahen, und dann schossen wir in den Granit, wo die Quarzkristalle funkelten und glitzerten, als wären die dunklen

Wände mit Diamantstaub übersät. Tiefer ging's und immer tiefer – tiefer, als je ein Sterblicher gekommen war. Das archaische Gestein variierte in prächtigen Färbungen, und nie werde ich einen breiten Gürtel rosenfarbenen Feldspats vergessen, der in unirdischer Schönheit im Schein unserer starken Lampen aufleuchtete. Eine Station nach der anderen, ein Lift nach dem andern, die Luft wurde dicker und heißer, bis sogar unsere leichte Kleidung unerträglich schien und der Schweiß in die gummibesohlten Schuhe rann. Als ich meinte, es nicht länger ertragen zu können, hielt der letzte Lift an, und wir traten auf eine runde, in den Fels gehauene Plattform hinaus. Ich merkte, daß Malone einen neugierigen und argwöhnischen Blick auf die uns umgebenden Wände warf. Er war der furchtloseste Mensch, den ich kenne, aber eine gewisse Nervosität konnte auch er nicht verhehlen.

»Merkwürdiges Zeug«, sagte der Chefingenieur und fuhr mit der Hand über das Gestein. Er hielt sie ans Licht und zeigte, daß sie mit einem seltsam schleimigen Schaum bedeckt war. »Hier unten hat's schon gezittert und gebebt. Ich möchte bloß wissen, mit was wir's zu tun haben. Dem Professor scheint's zu gefallen, aber mir ist das alles neu.«

»Ich habe selber gesehen, wie die Wand gebebt hat«, sagte Malone. »Als ich das letztemal hier unten war, haben wir die beiden Querbalken für deinen Bohrer angebracht, und als wir die Stützen eintrieben, hat sie bei jedem Schlag zusammengezuckt. Im guten alten London habe ich die Theorie vom Alten für absurd gehalten, aber hier unten, acht Meilen unter der Oberfläche, bin ich nicht mehr so sicher.«

»Wenn Sie sehen würden, was da unter der Plane ist, wären Sie noch weniger sicher«, sagte der Ingenieur. »Das ganze Gestein hier schneidet sich wie Käse, und als wir durch waren, stießen wir auf etwas, was ich noch nie gesehen habe. ›Decken Sie was drüber! Rühren Sie's nicht an!‹ sagte der Professor. Also haben wir's abgedeckt, wie er befahl, und da liegt's.«

»Können wir nicht mal einen kurzen Blick darauf werfen?«

Ein ängstlicher Ausdruck erschien auf dem düsteren Gesicht des Ingenieurs.

»Es ist nicht ratsam, gegen die Anweisungen des Professors zu verstoßen«, sagte er. »Und außerdem ist er so gerissen, daß man nie weiß, wie er einen kontrolliert. Aber wir wollen mal ein Auge riskieren.«

Er stellte unsere Reflektorlampe so ein, daß ihr Schein auf die schwarze Plane fiel. Dann bückte er sich, ergriff ein Seil, das an einer Ecke der Abdeckung befestigt war, und legte ein halbes Dutzend Quadratyards der darunterliegenden Oberfläche bloß. Es war ein höchst ungewöhnlicher und erschreckender Anblick. Wir sahen eine merkwürdige Masse von unbestimmtem Grau, glasig und blank, die sich mit langsamem Pulsschlag hob und senkte. Es war kein direktes Pochen – man hatte eher den Eindruck eines sanften rhythmischen Kräuselns, das über die ganze Oberfläche lief. Diese Oberfläche selber war nicht gänzlich homogen, denn etwas tiefer liegend konnte man, wie durch Kathedralglas schimmernd, verwischte weißliche Flecken oder Hohlräume, die sich in Form und Größe fortwährend veränderten, erkennen. Gebannt starrten wir drei auf das Unerklärliche.

»Sieht fast aus wie ein gehäutetes Tier«, sagte Malone in scheuem Flüsterton. »Vielleicht ist der Alte mit seinem vermaledeiten Seeigel doch nicht gar so weit von der Wahrheit entfernt.«

»Großer Gott!« sagte ich. »Und ich soll eine Harpune in das Ungeheuer jagen!«

»Das ist dein Privileg, mein Guter«, sagte Malone, »und wenn mich nicht alles täuscht, werde ich das zweifelhafte Vergnügen haben, dir dabei zur Seite zu stehen.«

»Ich jedenfalls nicht«, sagte der Chefingenieur entschieden. »Mir war noch niemals etwas so klar, wie das. Wenn der Professor darauf besteht, trete ich von meinem Posten ab. Allmächtiger, sehen Sie sich das an!«

Die graue Oberfläche hob sich plötzlich, schwoll an und bewegte sich auf uns zu, wie eine Woge, wenn man von der Ufermauer herabschaut. Dann zog sie sich zurück, und das puckernde Pochen und Klopfen setzte wieder ein. Barforth ließ den Tarpaulin am Strick nieder.

»Schien fast so, als hätte sie gemerkt, daß wir hier sind«, sagte er.
»Weshalb sollte sie anschwellen und auf uns zukommen? Ich glaube eher, das Licht hat irgendeine Wirkung gehabt.«
»Und was ist nun meine Aufgabe?« fragte ich.
Mr. Barforth wies auf zwei Balken, die quer im Schacht lagen, gleich unter dem Halteplatz des Lifts. Der Abstand zwischen ihnen betrug etwa neun Zoll.
»Das war eine Idee vom Alten«, sagte er. »Ich hätt's ja besser hingekriegt, aber genausogut können Sie sich mit einem wilden Büffel streiten. Es ist einfacher und sicherer, das zu tun, was er sagt. Er meint, Sie sollen Ihren Sechs-Zoll-Bohrer nehmen und ihn irgendwie zwischen den Stützen befestigen.«
»Das dürfte nicht allzu schwierig sein«, gab ich zur Antwort. »Ich übernehme die Geschichte.«
Es war, wie sich denken läßt, die sonderbarste Aufgabe, die mir in meinem bunten Leben – ich hatte schon auf jedem Kontinent der Erde Brunnen gebohrt – anvertraut worden war. Da Professor Challenger darauf bestand, daß die ›Operation‹ aus einiger Entfernung stattfinden solle, und da ich allmählich einsah, daß diese Vorsichtsmaßnahme berechtigt sein mochte, mußte ich eine elektrische Steuerung planen, was allerdings keine Schwierigkeit bereitete, da in der ganzen Grube Leitungen verlegt waren. Mit der größten Sorgfalt brachten Peters, mein Vormann, und ich unser Gestänge herunter und stapelten es auf der Felsleiste. Dann hoben wir die Plattform des untersten Lifts an, damit wir Platz hatten. Da wir das Perkussions-System anwenden wollten, weil die Schwerkraft wohl nicht ganz ausreichen würde, hängten wir unser Hundert-Pfund-Gewicht über eine Riemenscheibe unter dem Lift und ließen unsere Rohre mit einem V-förmigen Endstück hinab. Schließlich wurde das Tau, an dem das Gewicht hing, so an der Wand des Schachts befestigt, daß es mit einem Stromstoß losgelassen werden konnte. Es war eine heikle und schwierige Aufgabe, dazu in mehr als tropischer Hitze und mit der immerwährenden Angst, das Abrutschen eines Fußes oder das Hinunterfallen eines Werkzeugs auf den Tarpaulin könnte eine

unabsehbare Katastrophe herbeiführen. Auch schüchterte uns unsere Umgebung ein. Wieder und wieder sah ich ein seltsames Beben und Zucken über die Wände laufen, und einmal, als ich sie berührte, verspürte ich sogar ein leichtes Klopfen an der Hand. Wir waren heilfroh, als wir zum letztenmal das Zeichen gaben, daß wir an die Erdoberfläche wollten. Wir teilten Mr. Barforth mit, daß der Professor jederzeit mit seinem Experiment beginnen könne.

Und wir brauchten nicht lange zu warten. Schon drei Tage danach erhielt ich meine Aufforderung. Es war eine gewöhnliche Einladungskarte mit folgendem Inhalt:

PROFESSOR G. E. CHALLENGER
F.R.S., M.D., D.Sc., etc.
(ehemals Dir. des Zoologischen Instituts und Inhaber vieler Ehrengrade und Würden, die aufzuzählen kein Platz ist)
erbittet die Anwesenheit von
MR. JONES (keine Dame)
um 11.30 vormittags, am Dienstag, dem 21. Juni, um Zeuge eines bemerkenswerten Triumphs des Geistes über die Materie
zu sein,
in
HENGIST DOWN · SUSSEX
Sonderzug Victoria, 10.05. Fahrtkosten sind selber zu tragen.
Lunch nach dem Experiment oder nicht – je nach Lage.
Bahnhof Storrington.
R.S.V.P. (sofort und mit Namen in Blockschrift):
London SW, Enmore Gardens 14b.

Malone hatte ein ähnliches Sendschreiben bekommen, das er kichernd betrachtete.

»Ist doch pure Protzerei, uns so was zu schicken«, sagte er. »Was auch kommt: Wir müssen dabeisein, wie der Henker zum Mörder sagt. Aber eins kann ich dir sagen: ganz London ist in Bewegung. Der Alte hat's mal wieder erreicht: Er ist der allgemeine Mittelpunkt, und alle Scheinwerfer sind auf sein haariges Haupt gerichtet.«

So kam denn schließlich der große Tag. Ich hielt's für besser, schon am Vorabend hinzufahren, um mich zu vergewissern, daß alles in Ordnung war. Unser Bohrer stand bereit, das Gewicht hing an Ort und Stelle, die elekrische Auslösung konnte leicht betätigt werden, und ich stellte zufrieden fest, daß es nicht an mir liegen würde, wenn dieses ausgefallene Experiment mißlingen sollte. Der elektrische Auslöser befand sich etwa fünfhundert Fuß von der Schachtöffnung entfernt, um jede persönliche Gefahr auf ein Minimum zu beschränken. Als ich an jenem schicksalhaften Morgen, einem idealen englischen Sommertag, mit beruhigtem Gewissen an die Oberfläche kam, stieg ich halbwegs den Down hinauf, um einen umfassenden Überblick zu haben.

Alle Welt schien nach Hengist Down zu kommen. Menschen strömten herbei, soweit das Auge reichte, und Autos kamen die Wege herangerumpelt und entließen ihre Passagiere am Tor der Einzäunung. In den meisten Fällen war dies das Ende ihrer Reise, denn viele Wachtposten sorgten dafür, daß trotz Versprechungen und Bestechungsgeldern nur geladene Gäste Einlaß fanden. Sie zerstreuten sich daraufhin und schlossen sich der ungeheuren Menschenmenge an, die sich am Hang des Hügels versammelte. Es sah aus wie in Epsom am Derbytag. Innerhalb des Geländes waren bestimmte Gebiete abgezäunt worden, und die verschiedenen privilegierten Herrschaften wurden zu den für sie vorgesehenen Hürden geleitet. Eine für Peers, eine für Mitglieder des House of Commons und eine für Gelehrte und berühmte Wissenschaftler, unter anderem Le Pellier von der Sorbonne und Dr. Driesinger von der Berliner Akademie. Ein besonderer Bezirk, mit Sandsäcken und Wellblechdach gesichert, stand für drei Mitglieder der königlichen Familie bereit.

Um Viertel nach elf kamen die besonders geladenen Gäste in Kremsern vom Bahnhof, und ich ging ins eingezäunte Gelände hinunter, um dem Empfang beizuwohnen. Professor Challenger stand an der Sonderloge. Er trug Gehrock, weiße Weste und Zylinder, und sein Ausdruck war eine Mischung von überwältigendem, fast schon widerwärtigem Wohlwollen und pompöser Überheblichkeit. Einer seiner Kritiker beschrieb ihn als »typisches Opfer des Jehova-Komplexes«. Er half, seine Gäste an die ihnen zugewiesenen Plätze zu führen, wobei er gelegentlich sogar einige Gewalt anwendete, und als er die *élite* der Gesellschaft um sich versammelt hatte, nahm er seinen Posten auf der Spitze einer dafür auserkorenen Erhebung ein und sah sich um wie ein Vorsitzender oder Präsident, der einen Begrüßungsapplaus erwarten darf. Da nichts dergleichen geschah, kam er sogleich zur Sache, und mit weithin hallender Stimme sagte er:

»Gentlemen. – Ich brauche bei dieser Gelegenheit keine Damen anzureden. Wenn ich sie nicht eingeladen habe, heute hier bei uns zu sein, so geschah das nicht, das darf ich Ihnen versichern, aus Mangel an Wertschätzung.« Mit plumpem Witz und falscher Bescheidenheit fuhr er fort: »Die Beziehungen waren beiderseits stets ausgezeichnet, sogar intim. Der wirkliche Grund hierfür liegt darin, daß unser Experiment mit einem kleinen Gefahrenmoment verbunden ist – das allerdings die Beunruhigung, die ich auf vielen Gesichtern sehe, nicht rechtfertigt. Es wird die Herren von der Presse interessieren, daß ich ihnen ganz besondere Plätze auf den Abraumhalden habe reservieren lassen, die eine Beobachtung des Geschehens aus allernächster Nähe ermöglichen. Sie haben ein Interesse an meiner Arbeit gezeigt, das bisweilen von Impertinenz nicht zu unterscheiden war, so daß ich mich gezwungen sah, Ihnen die Möglichkeit zu geben, Ihre Neugier zu befriedigen. Wenn nichts geschieht, was immer möglich ist, habe ich jedenfalls mein Bestes getan. Geschieht aber *doch* etwas, so befinden Sie sich in der besten Position, um das Experiment verfolgen und schriftlich fixieren zu können, falls Sie sich dieser Aufgabe dann noch gewachsen fühlen.

Bestimmt werden Sie alle verstehen, daß es einem Manne der Wissenschaft unmöglich ist, der gemeinen Masse – ich bitte Sie, diesen Terminus nicht als Respektlosigkeit werten zu wollen – seine Schlußfolgerungen oder seine Handlungen zu erklären. Ich höre einige unmanierliche Interruptionen, und ich möchte den Herrn mit der Hornbrille bitten, nicht mit seinem Schirm zu fuchteln.«

(Eine Stimme: »Die Beschreibung Ihrer Gäste, Sir, ist geradezu beleidigend!«)

»Möglicherweise hat der Begriff der ›gemeinen Masse‹ diesen Herrn aus der Ruhe gebracht. Sagen wir also, daß meine Zuhörer eine äußerst ungemeine Masse sind. Mir liegen diese Sophistereien nicht. Ich hatte sagen wollen, ehe ich durch diese unziemliche Bemerkung unterbrochen wurde, daß ich das, worum es hier geht, deutlich und ausführlich in meiner demnächst erscheinenden Abhandlung über die Erde dargelegt habe, die ich, bei aller Bescheidenheit, als eins der epochemachenden Bücher in der Geschichte der Erde bezeichnen möchte.«

(Zwischenrufe wie: »Kommen Sie zur Sache!« – »Wozu sind wir hier?« – »Soll das ein Witz sein?«)

»Ich war dabei, ins einzelne zu gehen. Sollte ich weiterhin unterbrochen werden, müßte ich mich gezwungen sehen, für Einhaltung von Anstand und Ordnung zu sorgen. An beidem scheint es zu fehlen. Die Situation ist also die, daß ich einen Schacht durch die Erdkruste getrieben habe und jetzt versuchen werde, ihr Sensorium kräftig zu stimulieren. Diese heikle Operation wird von zwei meiner Untergebenen ausgeführt: Mr. Peerless Jones, der sich selbst als Fachmann auf dem Gebiet artesischer Bohrungen bezeichnet, und Mr. Edward Malone, der mich bei dieser Gelegenheit vertritt. Die freigelegte sensitive Substanz wird punktiert, und wie sie reagiert, werden wir alsbald erfahren. Nehmen Sie bitte Platz, dann werden diese beiden Gentlemen in die Grube einfahren und letzte Hand anlegen. Dann werde ich auf diesen elektrischen Knopf drücken, und damit erreicht das Experiment seinen Höhepunkt und Abschluß.«

Challengers Ansprachen hatten gewöhnlich zur Folge, daß seine Zuhörer das Gefühl hatten, ihre schützende Epidermis sei – wie die der Erde – durchstoßen und ihre Nerven seien bloßgelegt worden. Diese Versammlung machte keine Ausnahme, und man hörte unzufriedenes und kritisierendes Gemurmel. Challenger setzte sich allein auf die Hügelkuppe; neben sich hatte er einen kleinen Tisch. Seine Mähne und sein schwarzer Bart bebten vor Erregung. Ein unheimlicher Anblick.

Wir aber hatten keine Zeit, den Auftritt zu bewundern. Ich eilte mit Malone zur Grube. Zwanzig Minuten später waren wir am Grund des Schachts und zogen die Teerplane von der freiliegenden Oberfläche.

Was wir sahen, war nicht zu fassen. Der alte Planet schien vermittels irgendwelcher kosmischen Telepathie zu wissen, daß ihm etwas Unerhörtes bevorstand. Die bloßgelegte Oberfläche kochte förmlich. Große graue Blasen stiegen auf und zerplatzten mit einem knisternden Knall. Die Luftblasen und Hohlräume unter der Haut trennten und vereinigten sich in unruhiger Hast. Die querlaufende Kräuselung war stärker und schneller als zuvor. Eine dunkel-purpurne Flüssigkeit schien durch die gewundenen Aderkanäle zu pulsen, die unter der Oberfläche lagen. In allem verspürte man den Herzschlag des Lebens. Ein schwerer Geruch machte die Luft für menschliche Lungen unerträglich.

Meine Augen waren auf dies sonderbare Schauspiel gerichtet, als Malone mich plötzlich in die Rippen stieß. »Mein Gott!« rief er. »Jones, sieh mal!«

Ein Blick nur, und schon hatte ich die elektrische Verbindung gelöst und sprang in den Lift. »Komm! Los!« rief ich. »Es geht um unser Leben!«

Was wir gesehen hatten, war alarmierend. Der ganze untere Schacht, so schien es, war von der zunehmenden Bewegung angesteckt worden, die wir auf dem Grund beobachtet hatten, und die Wände pochten und pulsten mit. Diese Bewegung wirkte sich auf die Löcher aus, in denen die Bohlen ruhten, und wenn sich der Schacht nur noch ein wenig erweiterte – es handelte sich um ein paar Zoll –, fielen die Balken hinab. Und dabei würde die Spitze meines Bohrgestänges natürlich in die Erde stechen, ganz unabhängig von der elektrischen Zündung. Ehe das geschah, mußten wir aus dem Schacht heraus sein. Wir waren acht Meilen tief in der Erde, und jeden Augenblick konnte eine Zuckung das Ende bringen. Wie wild flüchteten wir an die Oberfläche.

Wie könnten wir diese Alptraumfahrt jemals vergessen. Die Förderkörbe surrten und summten, und doch dehnten sich die Minuten zu Stunden. Auf jeder Station sprangen wir hinaus, stürzten in den nächsten Lift, brachten ihn in Fahrt und flohen weiter. Durch das stählerne Gitterdach konnten wir weit entfernt den kleinen Lichtkreis sehen, der die Schachtöffnung bezeichnete. Endlich wurde er größer, noch größer, und dann wurde er zu einer richtigen Rundung. Wir schossen höher und höher – und schließlich sprangen wir, jubelnd und dankbar, aus unserem Gefängnis und waren mit den Füßen wieder auf dem grünen Rasen. Es ging um Sekunden. Noch waren wir keine dreißig Schritt vom Schacht entfernt, als weit da unten in den Tiefen mein Eisenspieß sich ins Ganglion der alten Mutter Erde bohrte.

Der große Augenblick war da.

Und was geschah dann? Wir beide vermöchten es nicht zu sagen, denn wir wurden von den Füßen gerissen und umgefegt, wie von einem Wirbelsturm, und rollten über den Rasen wie zwei Curlingsteine auf einer Eisbahn. Im selben Augenblick wurden unsere Ohren attackiert vom entsetzlichsten Schrei, der je gehört wurde. Von all den Hunderten, die versucht haben, diesen schrecklichen Schrei zu beschreiben, ist es noch keinem gelungen. Es war ein Aufheulen, in dem sich Schmerz, Zorn, Wut, Drohung und die beleidigte Majestät der Natur in einem einzigen gräßlichen Gellen Luft machten. Eine volle Minute dauerte es, tausend schrille Sirenen zugleich, grell und durchdringend. Die Menschenmassen waren wie gelähmt. Dann verströmte der Schrei in der Sommerluft, bis das Echo an der ganzen Südküste widerhallte und sogar unsere französischen Nachbarn jenseits des Kanals erreichte. Kein Geräusch in der ganzen Geschichte der Menschheit kommt auch nur entfernt an ihn heran – an den Aufschrei der verwundeten Erde.

Malone und ich, wir waren geblendet und betäubt. Zwar waren wir uns des Schocks und des Schreis bewußt, doch erfuhren wir, was sich sonst noch zutrug, erst später von andern Augenzeugen.

Das erste, was die Erde ausspie, waren die Käfige des

Aufzugs. Die übrige Apparatur entging der Eruption, da sie längs der Wände verlief, doch die festen Böden der Käfige bekamen die volle Wucht des Luftdrucks zu spüren. Wenn man mehrere Kügelchen aus einem Blasrohr pustet, kommen sie der Reihe nach und einzeln heraus. So auch hier: alle vierzehn Liftkäfige flogen nacheinander durch die Luft und beschrieben eine prächtige Parabel. Einer landete nicht weit von Worthing Pier im Meer, ein zweiter auf einem Feld in der Nähe von Chichester. Alle, die Zeugen dieses Ereignisses waren, sind einhellig der Meinung, nie etwas so Phantastisches gesehen zu haben wie die vierzehn Käfige, die ruhig durch den blauen Himmel segelten.

Dann kam der Geysir. Es war ein ungeheurer Strahl einer üblen, sirupähnlichen Flüssigkeit von teergleicher Konsistenz, die schätzungsweise zweitausend Fuß hoch in die Lüfte schoß. Ein neugieriges Flugzeug, das sich über dem Ort des Geschehens befand, wurde gepackt und mitgerissen. Mann und Maschine waren, als man sie nach der Bruchlandung fand, von schmierigem Schleim umhüllt. Bei diesem scheußlichen Zeug, das einen penetranten und Übelkeit verursachenden Gestank verströmte, mag es sich um das Lebensblut des Planeten gehandelt haben. Professor Driesinger meint hingegen – und mit ihm die Berliner Schule –, daß sie ein Abwehrsekret darstellt, analog dem des Skunks oder Stinktiers, mit dem Mutter Erde von der Natur ausgestattet wurde, um sich vor zudringlichen Challengers und anderen Herausforderern zu schützen.

Wie dem auch sei – der Hauptübeltäter jedenfalls, der auf seinem Hügel thronte, entkam unangetastet und unbefleckt, während die unglücklichen Presseleute, die sich in der vordersten Feuerlinie befanden, derart übergossen und durchtränkt wurden, daß sie sich wochenlang nicht in anständiger Gesellschaft sehen lassen konnten. Dieser Schwall fauliger Substanz wurde nach Süden abgetrieben und senkte sich auf die Menge nieder, die so lange und so geduldig auf den Höhen der Downs gewartet und der Dinge geharrt hatte, die da kommen würden. Verluste traten nicht ein. Kein Haus verwaiste – wenn auch gar manches einen üblen Duft annahm, den es noch heute in seinen Mauern beherbergt: als Erinnerung an jenes große Ereignis.

Und dann kam das Ende der Grube. Beim Menschen schließt die Natur jede Wunde langsam von unten nach oben – bei der Erde geht's schneller, wenn es gilt, einen Riß in ihrer vitalen Substanz zu heilen. Ein anhaltendes krächzendes Krachen ertönte, als die Wände des Schachts sich zusammenschoben, es steigerte sich in schrille Höhen, bis das Mauerwerk der Öffnung sich mit einem ohrenbetäubenden Knall schloß, während ein kleines Erdbeben die Abraumhalden ergriff. Sie gerieten ins Rutschen und bildeten eine fünfzig Fuß hohe Pyramide aus *débris* und verbogenem Eisengestänge über der Stelle, wo das Loch gewesen war.

Professor Challengers Experiment war nicht nur beendet, sondern auch jedem Menschenauge für immer entzogen. Hätte die Royal Society hier nicht einen Obelisken aufgestellt, so würden unsere Nachfahren wohl vergeblich nach der Stelle suchen, wo sich dieses bemerkenswerte Ereignis abgespielt hat.

Und dann kam das große Finale. Noch lange nach diesen aufeinanderfolgenden Geschehnissen herrschte entsetztes Schweigen und angespannte Stille. Jeder versuchte, seine Gedanken zu ordnen und zu ergründen, was denn nun eigentlich geschehen war und wie es dazu hatte kommen können. Und dann, ganz plötzlich, kam ihnen die Großartigkeit des Unternehmens, die ungeheure Tragweite des ursprünglichen Gedankens und die wundersame Genialität seiner Ausführung zu Bewußtsein, und alle wandten sich Challenger zu. Von überall her erschollen Ausrufe der Bewunderung, und von seiner Erhebung konnte er auf das Meer begeisterter Gesichter hinabblicken. Taschentücher wurden geschwenkt. Er erhob sich von seinem Sitz. Aufrecht stand er da, die Augen halb geschlossen, ein Lächeln der Genugtuung auf dem Gesicht, die linke Hand in die Hüfte gestemmt, die rechte in den Gehrock geschoben. Dieses Bild wird die Zeiten überdauern, denn überall klickten die Kameras wie Grillen auf den Feldern. Die Junisonne umgab ihn mit goldenem Glanz, als er sich ernst in alle vier Himmelsrichtungen verbeugte. Challenger, der Super-

wissenschaftler. Challenger, der Erzpionier. Challenger, der erste Mensch, den Mutter Erde zur Kenntnis nehmen mußte.
Ein kurzes Nachwort. Die weltweite Auswirkung des Experiments ist bekannt. Zwar stieß der verwundete Planet nirgends einen solchen Schrei aus wie an der Stelle des Einstichs, doch zeigte er durch sein allgemeines Verhalten, daß er eine Ganzheit war. Durch jede Öffnung und jeden Vulkan machte die Erde ihrem Ärger Luft. Die Hekla brüllte, bis die Isländer eine Sintflut befürchteten. Der Vesuv spuckte wie irre. Der Ätna erbrach Unmengen von Lava. Allein in Italien ist Challenger wegen der Vernichtung von Weinbergen zu einem Schadenersatz von ungeheurer Höhe verurteilt worden. Sogar in Mexiko und im mittelamerikanischen Gürtel waren Anzeichen intensiver plutonischer Entrüstung spürbar, und das Geheul des Stromboli erfüllte das östliche Mittelmeer. Die ganze Welt zum Reden zu bringen scheint ein Urbedürfnis des Menschen zu sein. Die ganze Welt zum Schreien zu bringen – das gelang Challenger und niemandem sonst.

Paul Scheerbart

Steuermann Malwu

Der Asteroid Vesta ist immerzu ganz von dicken schweren Wolken umhüllt, so daß die Vestabewohner, die auf der Oberfläche des kugelrunden Sterns leben, niemals durchsehen können durch die vielen Wolken – und deshalb keine Ahnung davon haben, daß es außerhalb noch andere Sterne gibt: die Vestabewohner wissen deswegen auch nicht, daß sie in einem Raum leben, dessen Hauptmerkmal eine vollkommen unverständliche Endlosigkeit ist. Die gesamte Literatur der Vestabewohner beschäftigt sich nur mit dem, was über den Wolken sein könnte – es ist eine große mythologische Literatur. In einer komplizierten Bilderschrift sind diese Vestamythologien auf ganz ganz dünnen, unsäglich langen Hautstreifen aufgezeichnet, die sich die Vestabewohner um den Leib und um einzelne Gliedmaßen binden.

Von einem Leibe kann man nun bei diesen Bewohnern der Vesta nicht so ohne weiteres sprechen; die Nahrung wird durch bewegliche hornartige Kopftrichter aufgenommen – die Nahrung kommt aus den Wolken. Und das ist eine sehr leichte Nahrung, so daß ein Leib zu Verdauungszwecken nicht unbedingt nötig ist. Der Leib ist, wenn er überhaupt da ist, niemals größer als der Kopf.

Das Merkwürdigste bei diesen Sternbewohnern ist aber, daß keiner dem andern äußerlich ähnlich ist; jeder hat ganz besondere Gliedmaßen – bald längere und bald kürzere – viele sind schlauchartig und beweglich wie Gummi – andere sind sägeförmig und hart wie Stahl – mit vielen Zähnen, die immer wieder anders sind. Mit diesen sägeförmigen Gliedmaßen kann der Vestamann alle Steine, Metalle und Landteile durchsägen.

Die Art sich fortzubewegen, ist auf der Vesta auch sehr verschieden; die meisten kriechen oder springen mit ihren

Gliedmaßen; diese bewegen sich auch oft nur schlangenartig weiter.

Alle leben da auf kleineren und größeren Inseln, die unaufhörlich in einem strudelreichen Meere herumschwimmen; das Meer hat elektrische Eigenschaften und gestattet keine Bäder.

Das Leben auf diesen Inseln ist ein außerordentlich unruhiges, da die Inseln immerfort von den Strudeln des elektrisch bewegten Meeres weitergetrieben werden und oft sich sehr schnell drehen und sehr selten langsam dahingleiten.

Aus dem Meere dieses Kugelsternes ragen säulenartig sehr hohe steile Felskegel auf, in deren Spitzen immer ein elektrisches Naturlicht brennt. Leuchttürme werden diese Felskegel genannt. Sie sind so steil, daß es sehr beschwerlich ist, an ihnen emporzuklettern. Und in diesen Leuchttürmen gibt es nur an ein paar Stellen höhlenartige Vertiefungen, in denen ein Vestabewohner sich für kurze Zeit niederlassen könnte. Lange kann er da niemals bleiben, da er ja der Nahrung wegen seine Kopftrichter nach oben gerichtet halten muß, um die leichte Wolkennahrung aufzunehmen; und die steilen Wände lassen natürlich die richtige Entfaltung der Kopftrichter nur selten zu; die Windrichtung ist auf der Vesta auch immer wieder eine andere.

Im Glanzlicht ihrer glühenden Leuchtturmspitzen fahren nun die Vestaner auf ihren schwimmenden Inseln immerzu dahin – bald rasend rasch in einer graden Linie – dann wieder sich drehend im Kreise – und dann in ganz komplizierten Strudelkurven langsamer. Und nun ist das Peinlichste an diesen Inselfahrten, daß die Inseln oft sehr heftig gegeneinander rennen, so daß bei dem Zusammenstoß alles umfällt.

Selbstverständlich ist man immer darauf bedacht gewesen, die Inseln zu steuern. Aber das ist eine sehr schwierige Arbeit. Und nur die klügsten Vestaner sind imstande gewesen, durch breite Ruder, Versteifungsstangen mit Hornballons und anderen Geräten den gefährlichen Strudeln des Meerwassers zu begegnen. Jede Insel wird von einem Steuermann gelenkt, der immer mehrere Stellvertreter hat, wenn er mal verhindert ist, sein schwieriges Amt richtig zu verwalten.

Letzteres kommt öfter vor, als man denken möchte. Das Sterben im irdischen Sinne kennt der Vestaner nicht, Krankheiten auch nicht – aber ihm brechen zuweilen Gliedmaßen ab, ohne daß er Schmerz empfindet; die Gliedmaßen des Vestners sterben – er selber bleibt immer leben –, sein Kopf bleibt immer fest, wenn sich auch manches in diesem so verändert, daß er von Bekannten, die ihn längere Zeit nicht gesehen haben, ganz bestimmt nicht wiedererkannt werden könnte.

Das Peinlichste im Leben des Vestaners ist, daß er zuweilen alle seine Gliedmaßen mit einem Ruck auf einmal verlieren kann – wobei dann allerdings die Kopftrichter niemals in Mitleidenschaft gezogen werden.

So erging es auch in einer stürmischen Nacht dem scharfsichtigen Steuermann Malwu. Der sah, während er mit dem Kopf auf den Kautschukboden seiner Insel fiel, wie seine Gliedmaßen im Sturmwinde zur nächsten Düne rollten. Und da lag er nun mit seinem Kopf ganz hilflos auf dem Kautschukboden, und es blieb ihm nichts weiter übrig, als mit seinem Rüssel gellende Rettungssignale auszustoßen. Die hörten denn auch bald die Gebrüder Zeka und Peka, die zusammen in der Nähe mit ihren Sägebeinen ein Stück Insel abschnitten.

Zeka und Peka eilten herbei und brachten den Kopf ihres Steuermannes auf die große Gerüstterrasse im Mittelpunkte der Insel, wo Malwu sein Steuermannsamt feierlich seinem nächsten Stellvertreter übergab.

Danach aber begann der Malwu schrecklich zu heulen, so daß sich alle Vestaner erschrocken nach ihm umblickten – sie sahen im Scheine von zwei Leuchttürmen, wie das Gesicht des Malwu einen furchtbaren Ausdruck bekam; die Augen traten aus ihren Höhlen, der Nasenrüssel wurde spiralförmig und zitterte, die hohen drei Kopftrichter ragten ganz steif in die Höhe und zitterten auch; der ganze Kopf war ein Bild furchtbarer Angst.

Und der Kopf sagte zitternd:
»Alle meine Manuskripte sind mit meinen Gliedmaßen zum siebenten Hügel der großen Walldüne gerollt. Wenn die ins Meer fliegen – was mach ich dann? Holt sie! Holt sie!«

Und die Kopftrichter fielen ihm dabei schlapp über Stirn und Augen, und der Nasenrüssel bohrte sich in den Sand.

Danach liefen alle die Vestaner, die die Schreckensworte ihres alten Führers vernommen hatten, springend und sich wälzend und einfach rollend zum siebenten Hügel der großen Walldüne.

Doch gleichzeitig gab der Stellvertreter Malwus den Befehl, auf der andern Seite der Insel ein vor kurzem neu angewachsenes Stück Land sofort mit allen verfügbaren Kräften abzusägen.

Und so mußten viele von denen, die zur Walldüne liefen, wieder zurückgeholt werden. Malwu sah das und blickte seinen Stellvertreter entsetzt an; aber der sagte mit wackelnden Kopftrichtern:

»Ich kann nicht anders, es muß sein; wir kommen zum großen Kreisstrudel – und da schwimmen, wie du weißt, immer so viele Inselstücke umher, daß unsere Insel mindestens einigermaßen rund sein muß, wenn sie all die Zusammenstöße, die doch wieder mal nicht zu vermeiden sind, aushalten soll.«

Malwu sah das wohl ein, und er hätte mit dem Kopf genickt, wenn ihm das in seiner eigentümlichen Lage möglich gewesen wäre.

Den Inseln ging es ebenso wie ihren Bewohnern; große Berge wuchsen nicht auf den Inseln; aber ihre Küstengebiete veränderten sich ebenfalls unaufhörlich – immer wieder wuchsen neue Landteile an und andere ältere bröckelten ab.

Glücklicherweise ging das Neuwachsen der Gliedmaßen ziemlich schnell vor sich – und das Abfallen der Küstengebiete ziemlich langsam.

Niedere und überflüssige Tiersorten gab's nicht auf den Inseln, und die Vegetation bestand nur in einer schnellwuchernden und ebenso schnell vergehenden Schilfart, die auch sehr verschiedene Formengebilde zeigte und oft merkwürdige phosphoreszierende Glanzeffekte sehen ließ, die auch auf dem elektrischen Strudelmeere zuweilen sichtbar wurden – vornehmlich in der Nacht.

Der Tag unterschied sich von der Nacht durch eine größere

Helligkeit der Wolkenmassen. Diese Helligkeit konnten sich die Vestaner ganz und gar nicht erklären. In der Nacht blitzte es sehr oft in den Wolken – aber die Blitzstrahlen kamen nie zu den Meerinseln des Sterns hinunter. Den Donner, der nur selten stark zu hören war, hielten die Vestaner für die wunderbare Sprache großer ungeheurer Geister, denen alle Vestaner eine große Verehrung entgegenbrachten, da man ja diesen großen Geistern ganz allein zuschrieb, daß die wohltuende Nahrung immer wieder – und so regelmäßig! – in Regen-, Tau-, Schnee- und Nebelform herunterkam und in die Kopftrichter der Vestaner ohne Mühe hineingelangte.

Der Steuermann Malwu dachte, als er da so als bloßer Kopf hilflos mitten auf seiner Insel lag, über alle diese Verhältnisse des Sternes Vesta nach und wartete auf seine Manuskripte. Und dann brachte ihm der eine Vestaner einen Arm, der andere ein Sägebein, der dritte einen unnatürlich langen Zahn.

Und schließlich lag der größte Teil seiner Manuskripte wieder vor ihm, so daß er sie mit seinem Nasenrüssel berühren konnte.

Es war noch immer dunkle stürmische Nacht. Die Glanzlichter der Leuchttürme funkelten und warfen lange Scheinwerferstrahlen, die sich rasch bewegten. Und oben in den Wolken zuckten die Blitze. Und es donnerte geheimnisvoll dazwischen. Die stahlharten Beine des Steuermanns Malwu wurden sorgfältig verpackt, nachdem man die Manuskripte abgelöst hatte; alles, was stahlhart wurde, benutzte man in der Mitte der Insel zu Terrassenbauten. Das Stahlharte wurde auch öfters, wenn es nicht mehr anders ging, zur Küstenversteifung verwandt. Aus dem Stahlharten machten die Vestaner ein künstliches Knochengerüst für ihre ziemlich lockeren Inseln. Man bezog aber die harten Stangen nicht nur aus den abgestorbenen Gliedmaßen, auch in der Schilfvegetation bildeten sich viele harte Bestandteile, die alle sorgfältig von den Vestanern gesammelt wurden.

Malwu dachte über das furchtbar unruhige Leben auf der Vesta nach; das ewige Herumfahren erschien allen Vestanern als entsetzlichste Plage.

Die Gebrüder Peka und Zeka hatten währenddem bei ihrer Sägearbeit (sie sägten immer zusammen!) auch plötzlich ein paar Gliedmaßen verloren, und dafür waren ihnen ein paar andere dermaßen plötzlich zusammengewachsen, daß sie sich gar nicht mehr trennen konnten. Diese unfreiwillige Vereinigung erregte große Heiterkeit auf Malwus Insel. Und die beiden kamen nun mit dieser Neuigkeit zu Malwus Kopf, um ihn zu trösten.

Malwu mußte auch getröstet werden, denn alle seine Manuskripte hatten sich noch nicht wiedergefunden, und außerdem wußte man, daß ein Vestaner, wenn er plötzlich sämtliche unterm Kinn befindlichen Gliedmaßen verlor, die neuen nicht so schnell wiederbekam – in diesem Falle dauerte das Nachwachsen ziemlich lange, so daß der arme Malwu bis auf weiteres als hilfloser Kopf leben mußte.

Aber gerade dieses hilflose Daliegen des Kopfes gewährte diesem eine wohltuende Ruhe, so daß er viel besser und schneller denken konnte als sonst, und darum sagte der Malwu zu Peka und Zeka, die ihn trösteten:

»Ich bin der Meinung, daß wir endlich alle unsre Energie zusammenraffen müssen, um aus dem Leben, in dem wir uns befinden, rauszukommen. Wir müssen endlich zur Ruhe kommen. Wir müssen zusehen, daß wir uns irgendwo verankern. Das muß uns gelingen. Es wäre doch auch möglich, daß wir eine größere Anzahl von Inseln zusammenketten könnten.«

»Beides«, versetzte Peka, »ist schon so oft versucht worden und immer noch nicht gelungen.«

»Aber«, sprach nun wieder der Zeka, »wir können's doch eigentlich gar nicht oft genug versuchen. Wir müssen doch endlich zur Ruhe kommen, damit wir uns ganz der Erklärung unsrer über uns schwebenden Wolkenwelt zuwenden können. Es ist doch eigentlich unsre Pflicht, uns hauptsächlich nur um die oben befindlichen großen Geister zu kümmern, die uns alles, was wir zum Leben gebrauchen, so freundlich spenden, ohne von uns eine Gegenleistung dafür zu verlangen.«

»Er hat recht!« rief da laut mit seinem Rüssel der Malwu (Peka und Zeka hatten keine Rüssel!). »Und deshalb müßt ihr mich auf den nächsten Leuchtturm hinaufschießen, damit ich da in aller Ruhe darüber nachdenken kann, was jetzt zunächst gemeinsam mit allen Vestanern – oder mit den Vestanern unsrer Insel allein, geschehen kann und geschehen muß, damit unser Leben aus der ewigen Fahrerei und Sägerei herauskommt. Das Sägen hört sich ja ganz nett an und ist auch wohltuend für unsern Körper – indessen wichtiger ist doch unser Himmel mit unsern Wolkengeistern.«

Da wurde denn der Malwu am nächsten Tage mit einem Taupfeil mit Hilfe eines sehr großen sehnigen Bogens auf den nächsten Leuchtturm hinaufgeschossen. Der Pfeil ging tief ins Gestein und saß fest. Und der Malwu erreichte, nachdem er vom Pfeil sich losgebunden hatte, mit Hilfe seiner Kopftrichter und seiner Rüsselnase ohne Unfall die nächste Höhle, in der er ungestört darüber nachdenken konnte, was jetzt getan werden müßte. Er zog von der Höhle aus mit großer Anstrengung den Pfeil aus dem Gestein heraus und nahm ihn mitsamt dem Tau (immer mit Hilfe des Rüssels und der Kopftrichter) in seine Höhle hinein, legte das Tau zusammen – auch mit Trichtern und Rüssel – und setzte sich auf das Tau.

Da war es wieder tiefschwarze Nacht, und die Blitze zuckten oben in den Wolken, und oben donnerte es auch sehr.

Und der Steuermann empfand in seinen Kopftrichtern ein großes Durstgefühl.

Da steckte er den ziemlich langen Pfeil in eine tiefe Felsritze, die er am Eingang der Höhle gefunden hatte.

Und er kletterte mit Hilfe des einen Trichters und des Rüssels an das äußere Ende des Pfeils – und dort sperrte er seine Kopftrichter weit auf – abwechselnd – indem er immer einen Trichter zum Festhalten benutzte.

Und während er so die himmlische Nahrung in sich aufnahm und dabei in das Blitzgetümmel der dunklen Wolken hinaufstarrte und dem leisen Donner mit andächtigem Schauer lauschte, kam ihm plötzlich ein Einfall.

»Wie wär's«, rief er aus, »wenn wir alle unsre stahlharten Materialien in die Leuchttürme bohrten und fürderhin nur noch auf den Leuchttürmen wohnen würden? Dann hätten wir Ruhe und wären dem Himmel näher als bisher. Außerdem könnten wir unten in den Leuchttürmen die allerlängsten Stangen anbringen – die miteinander verbinden, so daß eine ganze Terrasse entsteht. Und höher könnten diese Stangenterrassen immer schmaler werden. So ist es möglich, daß jeder Vestaner seine Kopftrichter erfolgreich aufsperren kann – und wir können dann alle über unsern Himmel mal in Ruhe nachdenken.«

Malwu freute sich so sehr über seinen Einfall, daß er beim Zurückklettern beinahe vom Pfeil heruntergefallen wäre.

In der Höhle wurde der scharfsichtige Steuermann traurig, daß er seinen Einfall nicht gleich dem Peka und Zeka mitteilen konnte.

Malwu saß viele viele Tage und Nächte in seiner Höhle und ernährte sich immer wieder auf seinem Pfeil und dachte über die großen Geister nach, die hoch über den Wolken den ganzen Stern Vesta beherrschten und beglückten. Und er kam zu der Überzeugung, daß bösartige Geister, wie einige Vestaner glauben wollten, da oben nicht herrschen könnten.

Das wollte er allen Vestanern mit großem Eifer, sobald er wieder unten war, verkünden.

Und er las eifrig in seinen Manuskripten, die er bei seiner Abreise von seiner Insel um seinen Pfeil gewickelt und glücklich in seine Höhle gebracht hatte; man hatte sie schließlich sämtlich gefunden.

Und er sah immer wieder aus seiner Höhle hinaus – zu den schwimmenden Inseln hinunter – in das große so oft phosphoreszierend aufleuchtende Meer – und dann zu den großen Wolken, die am Tage oft ganz bunte Farben zeigten, als wäre ein Licht hinter ihnen – ein großes gewaltiges Licht...

»Aber wir wissen nicht«, sagte Malwu, »ob da hinter den Wolken wirklich ein Licht ist. Wir wissen es nicht. Doch –

kann da wohl nur Finsternis herrschen, wenn's von hier aus gesehen da oft so hell ist?«

Als er das sagte, donnerte es am hellen lichten Tage – was sehr selten geschah.

Und Malwu erschrak.

Und als Malwus Gliedmaßen wieder ganz groß waren und er wieder hinunterkam auf seine Insel – da begrüßten alle Vestaner seinen großen Einfall mit gewaltiger Begeisterung.

Und bald saßen alle Bewohner der Vesta auf ihren Leuchttürmen – auf altem stahlhartem Gebein unter dem blitzenden Wolkenhimmel – ganz nahe dem großen Donner – der großen Geistersprache.

Und sie glaubten bald alle, jetzt viel mehr von der Welt zu verstehen als bisher. Und die Länge ihrer ganz ganz dünnen Bandmanuskripte wurde täglich länger.

Ganz unten in der Tiefe rauschte und strudelte das Meer um schwimmende Inseln herum, auf denen niemand mehr wohnte . . .

H. G. Wells
Der neue Beschleuniger

Falls es einen Menschen gibt, der ein Goldstück findet, wenn er nach einer Stecknadel sucht, ist es bestimmt mein guter Freund Professor Gibberne. Ich habe schon früher von Forschern gehört, die über ihr Ziel hinausschossen, von keinem aber, dem es so weit gelungen wäre wie ihm. Und diesmal hat er ohne Übertreibung etwas entdeckt, was das ganze menschliche Leben revolutionieren kann. Dabei hatte er nur ein Anregungsmittel für Leute gesucht, die durch die Anforderungen unserer modernen Zeit erschöpft sind. Ich habe das Medikament mehrere Male versucht und beschreibe am besten die Wirkung, die es auf mich hatte. Und diese Wirkung war, gelinde ausgedrückt, sensationell.

Professor Gibberne ist mein Nachbar in Folkestone. Er bewohnt eins der Häuser in dem gemischten Stil, der den westlichen Teil der Upper Sandgate Road so interessant macht. Wenn er hier ist, sitzen wir oft in seinem Arbeitszimmer mit den tiefen Fensternischen, rauchen und plaudern. Er ist ein großer Spaßvogel und spricht gern mit mir über seine Arbeit, weil solche Unterhaltungen ihn anregen. Und dadurch habe ich auch die Entwicklung des neuen Beschleunigers von Anfang an miterlebt. Die Experimente hat er natürlich zum größten Teil nicht in Folkestone, sondern in dem modernen Laboratorium in Gower Street gemacht.

Wie alle wissenschaftlich bewanderten Leute wissen, ist das Spezialgebiet, auf dem Gibberne seinen verdienten Ruhm errungen hat, der Einfluß von Drogen auf das menschliche Nervensystem. In bezug auf Schlaf-, Beruhigungs- und Betäubungsmittel ist er führend. Auch als Chemiker ist er hervorragend. In den letzten Jahren hat er besonders mit Anregungsmitteln experimentiert und schon vor der Entdeckung des neuen

Beschleunigers große Erfolge erzielt. Die medizinische Wissenschaft verdankt ihm mindestens drei verschiedene, absolut zuverlässige und unerreichte Stärkungsmittel. In Fällen äußerster Erschöpfung hat Gibbernes ›B-Sirup‹ mehr Leben gerettet als alle Rettungsboote an unseren Küsten zusammengenommen.

»Aber all dies befriedigt mich nicht«, sagte er mir vor fast einem Jahr. »Jedes dieser Mittel hat seine Nachteile; vollkommen ist keins. Ich möchte ein Stimulans entdecken – wenn so etwas überhaupt möglich ist –, das nicht nur das Gehirn oder die Nerven oder das Herz anregt, sondern Körper und Geist und alle Lebensäußerungen verdoppelt oder verdreifacht – dahinter bin ich her!«

»Es würde jeden, der es nimmt, verbrauchen und erschöpfen«, sagte ich.

»Kein Gedanke! Man würde auch doppelt und dreifach soviel essen und so weiter. Stellen Sie sich vor, in einem Fläschchen wie diesem hier« – er hob ein Fläschchen aus grünem Glas vom Schreibtisch hoch – »wäre die Macht enthalten, zweimal so schnell zu denken, sich zweimal so schnell zu bewegen, doppelt soviel Arbeit als sonst in derselben Zeit zu verrichten.«

»Aber ist das möglich?«

»Ich glaube es. Wenn nicht, habe ich ein Jahr meines Lebens vergebens geopfert. Ich habe Versuche mit Hypophosphiten gemacht, die sehr erfolgversprechend sind ... Selbst wenn ich nur das Anderthalbfache der normalen Schnelligkeit aller Betätigungen erreichte, hätte ich viel geschafft.«

»Ganz sicher!« sagte ich.

»Wenn Sie zum Beispiel Politiker wären und in irgendeiner Klemme säßen, in der es auf äußerste Schnelligkeit des Handelns ankäme, wie?«

»Er könnte seiner Privatsekretärin etwas davon eingeben«, sagte ich.

»Und die doppelte Zeit gewinnen! Und denken Sie an sich selbst – wenn Sie zum Beispiel ein Buch schneller fertig haben möchten.«

»Meist wünschte ich«, sagte ich, »ich hätte es gar nicht erst angefangen.«

»Oder ein Arzt mit einem eiligen Fall auf Tod und Leben. Oder ein Rechtsanwalt – oder ein Student, der sich für ein Examen mit Kenntnissen vollstopfen möchte.«

»Es müßte jedem eine Guinee und mehr wert sein!« sagte ich.

»Und bei einem Duell«, sagte Gibberne, »wenn alles von der Schnelligkeit abhängt, mit der einer schießt.«

»Oder beim Fechten«, echote ich.

»Und es kann keinen Schaden anrichten«, sagte Gibberne, »abgesehen davon vielleicht, daß es einen während seiner Wirkung eine Winzigkeit schneller altern läßt. Aber in dieser Zeit hätte man auch doppelt soviel vom Leben gehabt wie andere Menschen.«

»Und Sie halten es wirklich für möglich, so etwas zu entwickeln?«

»Für so möglich wie die Entwicklung von Lokomotiven mit höherer Leistung!« sagte Gibberne. »In Wirklichkeit . . .«

Er machte eine Pause, lächelte mich bedeutsam an und klopfte auf die Schreibtischplatte mit dem grünen Fläschchen. »Ich glaube, ich habe es sogar schon.« Sein Gesicht verriet, daß er es ernst meinte. Er sprach sowieso selten von seinen Projekten, ehe er kurz vor dem Ziel stand. »Und vielleicht – ich wäre nicht überrascht – wirkt es noch schneller als zweifach.«

»Es würde eine große Sache sein!« mutmaßte ich.

»Ich glaube auch.«

Aber ich denke, er wußte selbst nicht, wie groß diese Sache in Wirklichkeit sein würde.

Wir unterhielten uns noch öfter über das Mittel, das er den neuen Beschleuniger nannte, und bei jeder Gelegenheit war er zuversichtlicher. Manchmal sprach er von unerwarteten physiologischen Wirkungen, die es haben könnte, und fühlte sich dann offenbar etwas unbehaglich. Ein andermal dachte er an den materiellen Erfolg und sprach offen darüber. »Es ist ein gutes Mittel«, sagte er, »ein ungeheures Mittel, und ich finde es nur vernünftig, wenn ich erwarte, daß die Welt auch dafür

bezahlt. Wissenschaftliche Würde in Ehren, aber ich möchte doch ein Patent darauf für - sagen wir - zehn Jahre haben.«
Ich interessierte mich sehr für das Mittel. Immer schon hatte ich viel für metaphysische Probleme und die Rätsel um Raum und Zeit übrig, und Gibberne schien wirklich nicht weniger als eine richtiggehende Beschleunigung des Lebens anzustreben. Wenn ein Mensch wiederholt ein derartiges Mittel einnahm, würde er ungeheuer tätig leben und Höchstleistungen vollbringen können, würde allerdings auch mit elf Jahren erwachsen, mit fünfundzwanzig in mittleren Jahren sein und mit dreißig den Abstieg zum Greisenalter beginnen. Doch bewirkte Gibberne mit dieser Droge für jeden Menschen, der sie einnahm, nur, was die Natur den Südländern mitgegeben hat, die mit fünfzehn Jahren Männer und mit fünfzig alt sind und dabei schneller denken und handeln als wir. Die Wunder vieler Drogen haben mich stets beeindruckt; sie können einen Menschen verrückt oder ruhig, unglaublich stark und flink oder zu einem hilflosen Klotz machen, seine Leidenschaften anspornen oder erlöschen lassen, und nun sollte zu dem bekannten Rüstzeug der Ärzte ein neues Wunder treten! Gibberne indes konzentrierte sich viel zu sehr auf die chemisch-technische Seite der Sache, als daß er sich um meine Gesichtspunkte gekümmert hätte.

Anfang August erklärte Gibberne, daß der neue Beschleuniger fertig sei. Ich traf ihn, als ich zum Friseur unterwegs war – er wollte gerade zu mir kommen und mir die Nachricht von seinem Erfolg bringen. Seine Augen strahlten, und sein Gesicht war rot; außerdem fiel mir sein flott beschwingter Gang auf.

»Es ist geschafft!« rief er und sprach sehr schnell. »Es ist sogar besser geworden, als ich annahm! Kommen Sie mit, und sehen Sie selbst!«

»Tatsächlich?«

»Tatsächlich!« rief er. »Unglaublich! Kommen und sehen Sie!«

»Es beschleunigt doppelt?«

»Mehr, viel mehr! Es erschreckt mich! Probieren Sie es! Es ist das erstaunlichste Medikament der Welt!« Er packte meinen

Arm und ging so schnell, daß ich richtig laufen mußte, mit mir den Hügel hinauf. Es war einer jener warmen, klaren Tage, die in Folkestone häufig sind. Ein leichter Wind wehte, doch ich kam trotzdem in Schweiß.

»Ich gehe doch nicht zu schnell?« rief Gibberne und verlangsamte sein Dahinstürmen zu einem schnellen Marsch.

»Sie haben etwas von dem Zeug genommen«, keuchte ich.

»Nein«, sagte er. »Höchstens einen Tropfen von dem Wasser, mit dem ich den Becher ausgewaschen habe. Etwas habe ich allerdings gestern abend genommen, aber das wirkt jetzt nicht mehr.«

»Und es beschleunigt aufs Doppelte?«

»Es beschleunigt tausendfach, vieltausendfach!« rief Gibberne mit einer dramatischen Geste und riß seine Tür auf.

Ich folgte ihm ins Haus.

»Es wirft ein völlig neues Licht auf die Physiologie der Nerven«, sagte er. »Wir werden das Zeug jetzt versuchen.«

»Jetzt versuchen?« fragte ich, während wir durch den Korridor gingen.

»Sicher«, sagte Gibberne, trat in sein Arbeitszimmer und drehte sich zu mir um. »In der kleinen grünen Flasche da steht es. Wenn Sie keine Angst haben . . . ?«

Ich bin von Natur aus vorsichtig und nur dann abenteuerlustig, wenn ein solches Benehmen mit keinerlei Risiken verbunden ist. Ich hatte jetzt Angst. Aber auf der anderen Seite hat man seinen Stolz.

»Gut«, sagte ich zögernd. »Sie sagen, Sie hätten es versucht?«

»Ich habe es versucht«, sagte er, »und sehe nicht aus, als ob es mir geschadet hätte, nicht wahr?«

Ich setzte mich. »Geben Sie es her«, sagte ich. »Wenn es zum Schlimmsten kommt, habe ich wenigstens einmal Haareschneiden gespart, das ich für die verhaßteste Pflicht eines zivilisierten Mannes halte. Wie nimmt man es ein?«

»Mit Wasser«, sagte Gibberne und schwenkte eine Karaffe.

Er stand vor seinem Schreibtisch und musterte mich; plötzlich hatte er die Art des Harley-Street-Spezialisten angenommen. »Sie wissen, daß es ein sonderbares Mittel ist?« sagte er.

Ich machte nur eine Handbewegung.

»Zuerst muß ich Sie warnen: halten Sie die Augen geschlossen, während Sie es trinken, und öffnen Sie sie erst nach etwa einer Minute ganz langsam. Andernfalls könnte Ihnen durch eine Art Schock der Netzhaut schwindlig werden.«

»Augen schließen«, sagte ich. »Gut!«

»Und dann bleiben Sie zuerst still sitzen. Keine Bewegungen – Sie könnten sich sonst schaden. Vergessen Sie nicht, daß Sie alles einige tausend Male schneller machen als vorher. Sie könnten sich entsetzlich stoßen, ohne es zu wissen. Sie selbst werden sich ja genauso fühlen wie jetzt. Nur alles andere in der Welt scheint sich Tausende von Malen langsamer zu bewegen als vorher. Das macht die Sache so verteufelt sonderbar!«

»Und Sie meinen...«, sagte ich.

»Sie werden sehen«, sagte er und nahm ein Maßglas vom Tisch. »Gläser, Wasser – alles hier. Wir dürfen beim ersten Versuch nicht zuviel nehmen.«

Aus der kleinen Flasche gluckerte etwas von ihrem kostbaren Inhalt. »Vergessen Sie nicht, was ich Ihnen erklärt habe«, sagte er und mischte das Medikament mit Wasser wie ein Kellner, der Whisky mischt. »Sitzen Sie mit fest geschlossenen Augen und ohne jede Bewegung am besten zwei Minuten lang. Dann werden Sie mich sprechen hören. Behalten Sie Ihr Glas in der Hand, und legen Sie die Hand auf das Knie. Und nun...«

Er hob sein Glas.

»Auf den neuen Beschleuniger!« sagte ich.

»Auf den neuen Beschleuniger!« versetzte er, und wir tranken, während ich die Augen schloß.

Kennen Sie das Gefühl des Nicht-mehr-Existierens in der Narkose? So war mir eine unbestimmte Zeit lang zumute. Dann hörte ich Gibberne mich auffordern, wach zu werden; ich rührte mich und öffnete die Augen. Er stand, wie er gestanden hatte, mit dem Glas in der Hand. Nur war es jetzt leer.

»Wie fühlen Sie sich?« fragte er.

»Wie immer. Höchstens etwas innerlich lockerer, heiterer.«

»Geräusche?«

»Alles ist still. Bis auf eine Art leisen Klappens. Was ist das?«

»Zergliederte Geräusche«, sagte er, »glaube ich, bin jedoch nicht ganz sicher.« Er blickte zum Fenster. »Haben Sie jemals einen Vorhang so hängen sehen?«

Ich folgte seinem Blick – eine Ecke des Vorhangs stand, wie gefroren sozusagen, hoch.

»Nein«, sagte ich. »Es ist sonderbar!«

»Und hier!« sagte er, indem er die Hand öffnete, die das Glas hielt. Natürlich fuhr ich zusammen, weil ich erwartete, daß das Glas auf dem Fußboden zerspringen würde. Aber es schien sich nicht zu rühren – bewegungslos hing es in der Luft. »Ein Gegenstand von diesem Gewicht«, sagte Gibberne, »fällt in der ersten Sekunde ungefähr fünf Meter. Auch das Glas fällt jetzt fünf Meter in der Sekunde. Aber bisher ist es nur etwa den hundertsten Teil einer Sekunde gefallen – das gibt Ihnen eine Ahnung von der Geschwindigkeit meines Beschleunigers.« Er fuhr mit der Hand ein paarmal um das langsam fallende Glas herum, ergriff es schließlich und stellte es auf den Tisch.

»Nun?!« fragte er lachend.

»Sie haben recht«, sagte ich und stand behutsam auf. Ich fühlte mich leicht und wohl und sicher. Alles in mir raste. Mein Herz schlug zum Beispiel tausendmal in der Sekunde, ohne daß es mir das geringste Unbehagen schuf. Ich blickte aus dem Fenster. Ein unbeweglicher Radfahrer mit einer unbeweglichen Staubwolke hinter sich versuchte offenbar einen Wagen zu überholen, dessen Pferde der Stellung nach galoppierten, ohne sich zu rühren. Ich starrte verwirrt auf diesen unglaublichen Anblick. »Gibberne«, rief ich, »wie lange wird das verfluchte Zeug wirken?«

»Das weiß der Himmel!« erwiderte er. »Gestern abend bin ich ins Bett gegangen und habe es gewissermaßen weggeschlafen. Ich war ziemlich erschrocken – das kann ich Ihnen sagen! Es muß ein paar Minuten gewirkt haben, die mir wie Stunden vorgekommen sind. Nach einer Weile schien es schnell nachzulassen.«

Ich war stolz, als ich feststellte, daß ich nicht erschrocken war. »Wollen wir nicht ausgehen?« fragte ich.

»Warum nicht?!

»Ob die Leute sich über uns wundern?«

»Nein. Du lieber Himmel – wir bewegen uns tausendmal schneller, als es durch den schnellsten Zauberkünstler-Trick je erreicht worden ist! Kommen Sie! Wollen wir durchs Fenster oder durch die Tür gehen?« Wir gingen durchs Fenster.

Von allen sonderbaren Erlebnissen, die ich je gehabt oder von denen ich gehört oder gelesen habe, war dieser Ausflug mit Gibberne durch die Parks von Folkestone das sonderbarste und verrückteste. Alles schien stillzustehen, die Räder der Wagen und Fahrräder. Und die Menschen, Menschen wie wir selbst und jetzt doch ganz anders, mitten in einer Geste oder einer Haltung, die auf Bewegung schließen ließ, wie gefroren. Ein junger Mann und ein Mädchen lächelten sich wie für immer an; ein Mann hatte an seinen Hut gegriffen, um zu grüßen, und grüßte offenbar nie. Wir starrten sie an, lachten über sie, bis sie uns langweilig wurden.

»Himmel!« rief Gibberne plötzlich. »Sehen Sie!«

Auf seiner Zeigefingerspitze saß eine Biene und schlug mit den Flügeln so langsam, wie eine müde Schnecke läuft.

Im Park kam mir alles noch verrückter vor. Die Kapelle spielte, und alles, was wir davon hörten, war ein tiefes, keuchendes Rattern. Die Menschen waren wie Puppen in den seltsamsten Stellungen erstarrt. Ich ging an einem springenden Pudel vorbei und beobachtete, wie er unendlich langsam auf die Erde sank. Ein gutangezogener Mann drehte sich um und blinzelte zwei eleganten Damen zu, die ihm begegneten. Dieses unbewegte Blinzeln sah so lächerlich und entsetzlich aus, daß ich sagte: »Hoffentlich vergesse ich das nicht – dann werde ich nie wieder blinzeln!«

»Oder lächeln!« sagte Gibberne mit einem Blick auf die entblößten Zähne einer der Damen.

»Mir ist verteufelt heiß«, sagte ich. »Wollen wir nicht langsamer gehen?«

»Kommen Sie nur!« sagte Gibberne.

Wir gingen durch die Rollstühle auf dem Wege. Viele der still darin sitzenden Leute wirkten fast natürlich. Ein Herr mit rotem Gesicht schien mitten in dem Bemühen erfroren zu sein, seine vom Wind geblähte Zeitung ordentlich zusammenzulegen. Es muß ein starker Wind gewesen sein, von dem wir jedoch nicht das geringste spürten. Wir gingen ein Stück abseits und beobachteten die Menschen von dort aus. Es war ein unbeschreibliches Gefühl, die Menge wie eine Sammlung von höchst realistischen Wachsfiguren zu betrachten. Natürlich war es albern, aber ich hatte dabei das Empfinden triumphierender Überlegenheit. Alles, was ich seit dem Einnehmen der Droge gedacht, gesagt und getan, hatte sich im Verhältnis zur übrigen Welt und Menschheit in der Zeit eines Augenzwinkerns abgespielt. »Der neue Beschleuniger...«, begann ich, aber Gibberne unterbrach mich. »Da ist dieses alte Weib!« sagte er.

»Was für ein altes Weib?«

»Wohnt neben mir«, sagte Gibberne. »Hat einen Schoßhund, der dauernd kläfft. Himmel! Die Versuchung ist stark!«

Manchmal ist Gibberne sehr jungenhaft und impulsiv. Bevor ich ihn zurückhalten konnte, sprang er vor, schnappte sich das unglückselige Tier und rannte damit zur Klippe am Rand des Parks. Der kleine Hund bellte und wand sich nicht und gab nicht das kleinste Lebenszeichen von sich. Er beharrte in seiner bisherigen Haltung schläfriger Ruhe. Es war, wie wenn Gibberne mit einem Hund aus Holz davonrannte. »Gibberne!« rief ich. »Setzen Sie ihn hin! Wenn Sie weiterrennen, geraten Ihre Sachen in Brand! Ihre Hosen sehen schon wie versengt aus!«

Er schlug mit der Hand auf die Oberschenkel und blieb zögernd stehen. Ich holte ihn ein und rief: »Die Hitze ist zu groß! Weil Sie so rennen. Die Reibung der Luft!«

»Was?« fragte er und blickte auf den Hund.

»Reibung der Luft!« schrie ich. »Sie bewegen sich zu schnell und werden dadurch zu heiß. Wie Meteoriten. Und dann, Gibberne – meine ganze Haut prickelt, und ich fange an zu schwitzen. Können Sie auch sehen, daß die Menschen sich langsam bewegen? Ich glaube, die Wirkung läßt nach!«

Er starrte mich an. Dann die Kapelle, deren keuchendes Rattern tatsächlich schneller geworden war. Dann warf er den scheinbar immer noch leblosen Hund mit einem gewaltigen Ruck weg und packte meinen Ellbogen. »Wahrhaftig! Ich glaube auch! Eine Art heißen Prickelns. Und der Mann da zieht wahrnehmbar sein Taschentuch aus der Tasche. Wir müssen sofort hier verschwinden!«

Aber wir konnten nicht schnell genug verschwinden, vielleicht zu unserem Glück. Denn wenn wir gerannt wären, hätten wir uns, glaube ich, selbst in Brand gesetzt. Daran hatte keiner von uns vorher gedacht. Aber noch ehe wir anfangen konnten zu rennen, hörte die Wirkung der Droge auf, im Bruchteil einer Sekunde oder einer Minute. Ich hörte Gibberne in großer Aufregung »Setzen Sie sich hin!« sagen und ließ mich auf den Rasen am Parkrand fallen. Der ganze Stillstand ringsumher geriet in Bewegung; aus dem unartikulierten Geräusch der Kapelle wurde eine Melodie; die Spaziergänger setzten ihren Weg fort; Papier und Fahnen flatterten; der Blinzler blinzelte zu Ende und ging selbstzufrieden weiter; und alle sitzenden Leute bewegten sich und sprachen.

Die ganze Welt war wieder lebendig geworden, bewegte sich so schnell wie wir, oder vielmehr wir bewegten uns nicht mehr schneller als die übrige Welt. In meinem Kopf drehte sich ein, zwei Sekunden lang alles, und flüchtig hatte ich ein Gefühl von Übelkeit – das war alles. Der kleine Hund, den Gibberne weggeworfen hatte, fiel durch den aufgespannten Sonnenschirm einer Dame.

Das war unsere Rettung. Außer einem dicken, alten Herrn im Rollstuhl, der bei unserem Anblick zusammenfuhr und uns nachher mehrere Male argwöhnisch musterte, fiel unser plötzliches Erscheinen keinem Menschen auf. Aller Aufmerksamkeit war dadurch in Anspruch genommen, daß ein überfütterter Schoßhund, der eben noch östlich des Musik-Pavillons ruhig geschlafen hatte, plötzlich westlich davon mit ungeheurer Geschwindigkeit durch den Sonnenschirm fiel und dazu noch leicht angesengt zu sein schien. Leute sprangen auf und traten anderen Leuten auf die Füße; Stühle wurden umgeworfen; der Parkwächter kam gerannt. Wie die Geschichte ausging, weiß ich nicht – wir hatten es zu eilig, zu verschwinden und besonders dem alten Herrn im Rollstuhl aus den Augen zu kommen. Sobald wir uns einigermaßen abgekühlt und von der ersten Verwirrung erholt hatten, standen wir auf, gingen um die Menge herum und schlugen den Weg zu Gibbernes Haus ein. Das plötzliche Wiedererscheinen normaler Bewegung und vertrauter Geräusche, auch die verständliche Sorge um uns selbst (unsere Sachen waren immer noch unangenehm heiß und Gibbernes weiße Hosen braun versengt) hinderten mich an den genauen Beobachtungen, die ich gern gemacht hätte. Ich machte überhaupt keine Beobachtungen von wissenschaftlichem Wert. Wir stellten nur fest, daß das Fensterbrett, auf das wir beim Verlassen des Hauses getreten hatten, leicht verbrannt und daß die Eindrücke unserer Füße auf dem Kiesweg ungewöhnlich tief waren.

So verlief meine erste Erfahrung mit dem neuen Beschleuniger. Im Zeitraum von einer Sekunde etwa waren wir weit umhergelaufen, hatten alles mögliche gesprochen und getan und eine halbe Stunde gelebt und erlebt, während die Kapelle höchstens zwei Takte gespielt hatte. Für uns hatte die Welt stillgestanden und sich mit Muße von uns betrachten lassen. Wenn man alles berücksichtigte, besonders die Unbesonnenheit, mit der wir aus dem Haus gestürzt waren, hätte dieses Erlebnis viel unangenehmer verlaufen können. Es zeigte, daß Gibberne bis zur brauchbaren Verwendung seiner Entdeckung ohne Zweifel noch viel lernen mußte, aber ihre praktische Durchführbarkeit war zweifelsfrei bewiesen worden.

Seit jenem Abenteuer hat er ununterbrochen daran gearbeitet, die Wirkung des Mittels unter Kontrolle zu bringen, und ich habe mehrere Male verschieden starke Dosen ohne jedes schlechte Resultat genommen, muß jedoch bekennen, daß ich mich noch nicht wieder ins Freie gewagt habe, wenn ich unter seinem Einfluß stand. Zum Beispiel ist diese Geschichte hintereinander und ohne Unterbrechung – außer einem bißchen Naschen von Schokolade – unter der Wirkung des neuen Beschleunigers innerhalb von knapp sechs Minuten geschrieben worden. Der Vorteil, sich durch die Droge inmitten mancher Ablenkungen eine ununterbrochene Arbeitszeit sichern zu können, ist so groß, daß er gar nicht übertrieben werden kann. Gibberne arbeitet jetzt an den Dosierungsmöglichkeiten für verschiedene Wirkungen unter Berücksichtigung der verschiedenen Konstitutionstypen. Außerdem hofft er, einen Verzögerer zu entwickeln, mit dem die bisher unbändige Kraft des Beschleunigers gemildert werden kann. Dieser Verzögerer würde natürlich die entgegengesetzte Wirkung des Beschleunigers haben – wenn man ihn allein anwendet, würde er wenige Sekunden über viele Stunden normaler Zeit hinziehen und dadurch eine apathische Untätigkeit bewirken, ein Fehlen jeden Antriebs auch in einer betriebsamen, aufregenden Umgebung. Beide Mittel zusammen müssen eine Revolution des zivilisierten Lebens bewirken. Sie geben uns die Möglichkeit, uns vom Zwange der Zeit zu befreien. Während der Beschleuniger uns in die Lage versetzt, uns mit ungeheurem Schwung auf Augenblicke oder Gelegenheiten zu konzentrieren, die schnellstes Denken und äußerste Energie verlangen, ermöglicht der Verzögerer es, die schwersten Zeiten in passiver Ruhe zu überstehen. Vielleicht bin ich in bezug auf den Verzögerer – der ja erst noch entdeckt werden muß – ein bißchen zu optimistisch, aber am Wert des Beschleunigers gibt es keinerlei Zweifel mehr. Daß er in zuverlässiger, kontrollierbarer, wirkungsvoller Form auf den Markt kommt, ist nur noch eine Sache weniger Monate. Er wird bei allen Apothekern und Drogisten in kleinen, grünen Fläschchen zu kaufen sein, zu einem hohen, doch keineswegs übertriebenen Preis. ›Gibbernes Nervenbeschleuniger‹ soll er heißen, und Gibberne hofft, ihn in drei Stärken liefern zu können: in zweihundert-, neunhundert- und zweitausendfacher Beschleunigung. Die verschiedenen Stärken sollen durch gelbe, rosa und weiße Etiketts gekennzeichnet werden.

Ohne Zweifel ermöglicht der Gebrauch eine große Anzahl der ausgefallensten Dinge. Am bemerkenswertesten ist die Möglichkeit, ungestraft Verbrechen zu begehen, indem man die durch den Beschleuniger bewirkte scheinbare Zeitlücke als Alibi benutzt. Wie alle anderen starken Präparate ist auch dieses der Möglichkeit des Mißbrauchs unterworfen. Wir haben diese Frage gründlich erörtert und sind zu dem Schluß gekommen, daß sie Sache der Gesetzgebung ist und nicht in unser Fach schlägt.

Wir werden den Beschleuniger herstellen und verkaufen, und was er für Folgen hat, werden wir sehen.

Maurice Renard

Der Mann
mit dem flüchtigen Körper

René Martin-Guelliot gewidmet

Niedergeschrieben von
Dr. Sambreuil,
Arzt aus Pontargis

Heute, am 14. März 1912, läuft die mir von Bouvancourt auferlegte Frist ab. Ich darf also über die außergewöhnliche Begebenheit berichten, bei der er als eine Art Wundertäter wirkte. Die Geschichte ist so schön wie eine Legende. Man sieht sozusagen, wie ein elektrischer Funke Aladins Lampe wieder zum Brennen bringt.

Der Freund, um den wir heute noch trauern, erlebte dieses Abenteuer in Pontargis, einige Monate nachdem er dort Wohnsitz genommen hatte und einige Jahre vor seinem tragischen Tod. Wie man wußte, hatte sich der Physiker in diese Unterpräfektur der Picardie zurückgezogen, um ungestörter arbeiten zu können, und dort beendete er dann auch seine bemerkenswertesten Arbeiten mit X-Strahlen.

Eines Nachts also, im Winter 1901/1902, eilte Bouvancourt – er trug sonderbarerweise weder Mantel noch Kopfbedeckung – mit festen, widerhallenden Schritten durch die Straßen von Pontargis und sah aus wie einer, dem es in seiner Haut recht wohl ist.

Er hatte am Fenster gewartet, bis die Straßen leer geworden waren, und dann zum ersten Mal seit sieben Tagen das Haus verlassen. Denn eine ganze Woche lang hatte ihn nun der Forscherdrang in seinem Laboratorium festgehalten, hatte er um eine unmittelbar bevorstehende Entdeckung gerungen. Sieben Tage und sieben Nächte lang – eine schicksalhafte Zeitspanne – hatte er die Wahrheit verfolgt, als wäre sie eine listenreiche und schnellfüßige Göttin. Um neun Uhr abends hatte sie sich ergeben. Sogleich wurde ihr vor Stolz bebender Besieger seiner Muskeln und Nerven wieder gewahr, und es packte ihn eine unbändige Lust, kräftig auszuschreiten in frischer Luft, ohne Probleme zu wälzen . . .

Trotz dieses unbezwingbaren Wunsches aber hatte Bouvancourt am Fenster gewartet, bis die Straßen leer sein würden. Dann hatte er Mariette, sein Dienstmädchen, geweckt und sie gebeten, ihm die Tür zu öffnen, und erst nachdem er sie von der Notwendigkeit überzeugt hatte, hinter dem Türfenster auf seine Rückkehr zu warten, damit sie den Riegel zurückschieben könne, sobald sie seine Stimme höre, hatte er zum ersten Mal seit sieben Tagen das Haus verlassen.

Und Mariette begriff nicht, weshalb ihr Herr ohne Hut, ohne Mantel weggegangen war, noch weshalb er sie geweckt hatte, damit sie ihm die Tür bei seinem Fortgang und bei seiner Rückkehr auf seinen Anruf hin öffne, konnte er doch so leicht den Riegel selbst zurückschieben oder die Türglocke und vor allem den Hausschlüssel benützen.

Auch machte sich Mariette wegen der *Morand-Bande* Sorgen, einer Verbrechersippe, die im Bezirk ihre Schreckensherrschaft ausübte. Ohne zu bedenken, wie gefährlich ein einsamer Spaziergang zu später Stunde war, fand das Dienstmädchen, nur ein rücksichtsloser Egoist könne eine arme Frau nachts ganz allein in einer kleinen Wohnung am Boulevard Poincaré zurücklassen, während die Einwohner von Pontargis vor der Morand-Bande zitterten. Aber Bouvancourt hörte solche Einwände nicht gern; Mariette wußte dies; nichts hatte ihre Gefühle verraten.

Und der Professor schritt eilig durch die unheimliche Einöde der düsteren Stadt. Alles, was man in diesem provinziellen Dunkel unterscheiden konnte, war von einer betrüblichen Häßlichkeit geprägt. Die Avenuen und Esplanaden wetteiferten in ihrer Verkommenheit mit den Sackgassen und Mauerwinkeln. Die wenigen Gaslaternen mit ihren garstigen, gelben, kaum Helligkeit spendenden Flammen schienen die Finsternis zu beschmutzen; bei der Kälte fühlte man sich erbärmlich; selbst die Stille erschien jämmerlich, denn sie bedeutete nichts weiter als das Schweigen von fünfunddreißigtausend Stadtbewohnern... Bouvancourt kümmerte sich keinen Deut darum. Weder der Ort noch die Jahreszeit konnten seinem Glück was anhaben. Mit hocherhobenem Kopf und laut hallenden Schritten ging er siegessicher dahin; ein unablässiges Lächeln erhellte sein Gesicht und ging dann und wann in ein Lachen über. Er kam sich vor wie Archimedes, als er in Syrakus herumlief und dem Volk zurief: »Ich hab's!« Er schritt im Triumph einher, als wäre er unter der hellen Sonne von Sizilien, in einer Stadt voller Paläste.

So geriet Bouvancourt mit abwesendem Blick und Geist in den Faubourg Saint-Charles – wo plötzlich jemand vor ihm stand.

Bouvancourt erwachte brüsk aus seinem Traum. Er hatte das Gefühl, er sei durch Zauberei an den Ort versetzt worden, den er jetzt erblickte: eine dunkle Straßenkreuzung, in die vier schlammige, von fensterlosen Mauern gesäumte Wege einmündeten. Weit weg, allein, stand eine Laterne, die etwas Dämmerlicht verbreitete und die soeben aufgetauchte unheimliche Silhouette kenntlich machte.

Hier sei mir eine Zwischenbemerkung erlaubt. Die nachfolgend beschriebene Szene dauerte vielleicht etwa eine Viertelsminute. So geschwind könnte sie der Erzähler, ohne unvollständig zu sein, nicht wiedergeben. Er fungiert also, wenn man so will, als Kinematograph, den man im Zeitlupentempo laufen läßt, um den Film zu analysieren und das Geschehen zu zergliedern.

Unser guter Bouvancourt blieb also unvermittelt vor dem menschlichen Hindernis stehen. Sein Bewußtsein wurde zum Schauplatz eines bemerkenswert plötzlichen Szenenwechsels. Bevor der Strolch den Mund öffnete, fielen ihm alle Verbrechen der Morand-Bande ein. Und doch hatte er – für den die Wissenschaft die einzige Wirklichkeit bedeutete – diese Berichte weiß Gott nur zerstreut überflogen! Nun aber, in diesem Augenblick, erinnerte er sich wahrhaftig an jede einzelne Gewalttat mit allen einzelnen Umständen. Die Namen, selbst die Namen der Opfer, fielen ihm so selbstverständlich ein wie radiologische Begriffe, und in Gedanken erblickte er eine grauenvolle Leichensammlung, die einem umherziehenden Wachsfigurenkabinett alle Ehre gemacht hätte: erwürgte alte Frauen, mißhandelte kleine Mädchen, verkohlte Rentner, verstümmelte Geldeintreiber, deren persönliche Verhältnisse er kannte! Darunter die Witwe Canut mit ihrem verzerrten, blau angelaufenen Gesicht und die kleine Angèle Braquard, die ihren Hals mit den klaffenden Wunden ausstreckte, der sechzigjährige Adolphe Piat, eine verkohlte Masse...

Aber der Bandit flüsterte mit schmieriger, widerlicher Stimme dicht vor Bouvancourts Gesicht:

»Könntens mir nicht informieren, wieviel Uhr es ist, Chef?«

Im gleichen Moment vernahm der Physiker das gedämpfte Geräusch abgetragener Schuhe, das sich von hinten näherte. Sein ganzes Selbst gebot ihm, sich mit dem Rücken an die nächstbeste Mauer zu lehnen. Er hatte keine Zeit dazu. Vor seinen Augen glitt etwas von oben nach unten vorbei – etwas Dunkles, das er sofort erkannte: Es waren die verschränkten Hände des Feindes hinter ihm, der sich in dieser Weise anschickte, auf seine Person den rituellen Anschlag des *Père François* zu verüben.

Bouvancourt, dessen Kenntnisse sich nicht auf die Physik beschränkten, erahnte sein Schicksal eine Sekunde im voraus und sah sich schon unter dem Würgegriff dieser unsichtbaren teuflischen Bestie festgehalten, während der andere bequem seine verschiedenen Taschen durchsuchen würde...

Das lebendige Lasso schlug mit Wucht gegen den Adamsapfel des braven Bürgers, und dieser gab eine Art Ausruf – halb Schrei, halb Röcheln – von sich, alles in allem einen eher unpassenden und übrigens ganz unbegründeten Laut, denn er hatte fast nichts gespürt, und allein der Instinkt hatte ihn soeben zu einem brüsken Zurückweichen veranlaßt. Die angreifenden Hände waren verschwunden; sein Ohr verriet

Bouvancourt, daß der die Nachhut bildende Angreifer im Begriff war, der Länge nach schwer hinzuschlagen, und daß er zwar kurz, aber umso kräftiger fluchte.

»Mach schon, Julot!« rief der *Père François* mit dumpfem Brüllen, das eher erschreckt als kriegerisch tönte.

»Natürlich, natürlich!« erinnerte sich der Gelehrte, »ich dachte gar nicht mehr daran!«

Und Julot sah Bouvancourt wieder lächeln.

Daraufhin stockte der Angriff für zwei Sekunden, aber nicht länger. Der *Père François* stand mühsam wieder auf, und Julot fragte sich, ob er wohl richtig gesehen hatte, was geschehen war, ob er wohl richtig gesehen hatte, daß *die verschränkten Hände seines Komplizen durch den Hals des »Spießers« hindurchgeglitten und dahinter verschwunden waren, diesen Hals entzweigeschnitten, aber so wie zuvor belassen hatten, auf diesem kräftigen, nicht wankenden Körper, unter diesem lächelnden Gesicht!*

Er zögerte, Julot... Ach was! Diese Enthauptung, diese durchschneidenden Arme waren eine Täuschung der schlechten Beleuchtung gewesen, ein Licht- und Schattenspiel... Er fluchte zotig, was ihm als Kriegsschrei diente, und bückte sich, um wie ein Sturmbock auf Bouvancourt loszugehen und sich mit dem Sinciput auf dessen Epigastrium zu stürzen.

So geschah es, auf die Gefahr hin, daß der Physiker rückwärts auf den *Père François* geworfen würde, der eben seine schmerzliche Erhebung beendete, an eigenartigen Hypothesen herumsinnierte und dabei die Operation überwachte.

Aber der schwere Junge war noch nicht am Ende seines Stürzens und Staunens. Kaum hatte er Julots Absicht erfaßt, bekam er auch schon dessen Ladung in die Magengrube – nicht ohne flüchtig gesehen zu haben, wie sein Kamerad *den phänomenalen Gegner völlig durchbohrt hatte und aus seinem Rücken herausgeflogen war, so wie ein Clown aus einem Papierreif hervorschießt!*

Bouvancourt drehte sich um und brach in Lachen aus.

Seine beiden ineinander verkeilten Angreifer verrenkten ihre schmerzenden Glieder, jeder im Bemühen, als erster aufzustehen. Julot hatte Erfolg. Er suchte das Weite. Der andere folgte ihm auf den Fersen; die linke Hand preßte er auf den Bauch, und mit der rechten schlug er immer wieder das Kreuz. Alle beide fluchten jedoch um die Wette.

»Muß ich aber zerstreut sein!« murmelte Bouvancourt, »ich hatte vollständig vergessen... Oh, ich Strohkopf! Wie konnte ich nur *deswegen* erst nachts ausgehen, *deswegen* keinen Hut anziehen, *deswegen* keinen Mantel, und dennoch nicht *daran* denken! Meine Müdigkeit muß wirklich größer sein, als es den Anschein macht... Gehen wir schlafen. Zuerst aber: Wo bin ich?«

Sein Gang hatte ihn an den Rand der Stadt geführt. Eine der Mauern grenzte den Friedhof ab, was das abergläubische Entsetzen des *Père François* begreiflich machte.

Der Nachtwandler trat mit längst nicht mehr so siegessicherem Gehaben den Heimweg an.

Er kehrte in seine Wohnung zurück. Aber ich weiß nicht genug, um alles, was er dann tat, im einzelnen beschreiben zu können. Ich weiß es nur *grosso modo* und möchte diese nebensächlichen Aussagen lieber an der Stelle anfügen, an der ich sie aus seinem Mund gehört habe – am Schluß dieser Geschichte.

Auf jeden Fall klingelte ich am nächsten Morgen gegen acht Uhr, da ich dort vorbeigehen mußte, an der Wohnungstür des Physikers, im ersten Stock des Hauses Nr. 25 am Boulevard Poincaré.

Wie gewöhnlich betrat ich die Wohnung ohne Umstände.

Bouvancourt schien über meinen Besuch verstimmt (und ich möchte betonen, daß er an jenem Tag nichts über den nächtlichen Angriff verlauten ließ). Ich traf ihn in seinem Schlafzimmer. Er mußte früh aufgestanden sein, es sei denn, daß er gar nicht schlafen gegangen war, denn das Bett war schon gemacht oder nicht benützt worden. Sein Blick verriet Besorgnis. Vor der Standuhr stehend, schaute er nach der Zeit mit einer Ängstlichkeit, die er nicht verbergen konnte. Ein gewisses Etwas... an Nachlässigkeit, ja sogar Ungepflegtheit machte sich in seiner ganzen Erscheinung bemerkbar.

Ich streckte die Hand aus...

»Nein, heute nicht«, entschuldigte er sich mit verlegenem Lachen, »ich kann Ihnen die Hand nicht geben, Sambreuil... Die Gicht, wissen Sie... Oh, meine Finger sind von einer Empfindlichkeit! Sie können sich nicht vorstellen, was man mitmacht! – Und außerdem geht mir heute morgen offen gesagt alles auf die Nerven... Entschuldigen Sie mich, aber würde es Ihnen etwas ausmachen, heute nachmittag wiederzukommen? – Sie wollten mir nichts Dringendes mitteilen? Nein? – Nun dann, auf bald, nicht wahr? – Sie haben keine Ahnung... Auf Wiedersehen, lieber Freund, und ich bitte untertänigst um Verzeihung... Auf Wiedersehen...«

Durch diesen Empfang geriet ich in den Zustand einer von Angst überschatteten Verwunderung. Ich hatte bemerkt, daß Bouvancourt sich vorsichtig von mir ferngehalten und den Rücken dem Licht zugekehrt hatte, wie ein Aussätziger. Sonst pflegte er mich bis zum Treppenabsatz zu begleiten; dieses Mal ließ ich ihn in seinem Zimmer zurück, allein mit der Standuhr. Nach meinem Rückzug stieß er mit dem Fuß die Tür zu.

Ich war voller Furcht und Sorgen.

Schlag vier Uhr, sobald meine ärztliche Sprechstunde vorüber war, eilte ich an den Boulevard Poincaré.

Alles hatte wieder den freundlichen alltäglichen Anstrich. Bouvancourt erwartete mich zu einem Spaziergang am Kanal – diesem Kanal, der für ihn so unheilvoll sein sollte. Er trug, ich erinnere mich noch, seinen nußbraunen Mantel und seinen kastanienbraunen Filzhut. Bei der Begrüßung brach mir der Professor fast die Fingerknöchel entzwei, aber welcher Händedruck hätte mich mehr beglücken können?

Wir verließen das Haus. Ich wartete auf eine Erklärung... Ich suchte sie durch Anspielungen zu veranlassen... Aber der Freund blieb schweigsam. Sein Verhalten zeigte übrigens keinerlei Heiterkeit. Ich vermutete irgendeine Enttäuschung, ich nahm an, daß ihm seine letzten Arbeiten mißlungen waren, und drang nicht weiter in ihn.

Eine Woche später saßen Madame Sambreuil und ich am

Mittagstisch, als Bouvancourt ins Eßzimmer hereinstürzte. Seine Aufregung versetzte uns in Schrecken.
Ich goß ihm nacheinander zwei Gläser Ratafia* ein, die ihn wieder zur Besinnung brachten. Nach einer Reihe von Seufzern und Ausrufen, wie »Meine Güte! Mein Gott! – Mein Gott! Ist es möglich? – Ich! Ich! Mein lieber Doktor! – Oh, Madame, wenn Sie wüßten!« usw., brach der vortreffliche Mann in Tränen aus und begann uns das zu berichten, was bisher zu lesen war, ergänzt von dem, was noch zu lesen ist.

Einige Stunden zuvor – ich glaube, es war um neun Uhr morgens – hatte Bouvancourt den Tag sehr schlechtgelaunt begonnen wegen eines Bahnangestellten, der eine Kiste mit Apparaturen gebracht hatte und so ungeschickt mit ihm zusammengestoßen war, daß er ihm an der Schulter eine Quetschung zugefügt hatte. Trotzdem hatte er sich auf der Stelle daran gemacht, die in der Kiste befindlichen wertvollen Glasgegenstände auszupacken und sie auf den Tablaren des Laboratoriums auszubreiten.

Die Arbeit war nahezu beendigt, als ein sehr gutaussehender Jüngling hereinkam, ohne sich anmelden zu lassen, die drei Türen des Raumes zweimal abschloß, die drei Schlüssel in seine Tasche steckte und näherkam.

Bouvancourt kniete neben der Kiste im Verpackungsstroh und schaute ihn verblüfft an.

»Monsieur«, sagte der Unbekannte, »ich möchte mich wenigstens vorstellen.« Seine Stimme sang, war weich, liebenswürdig, weltgewandt: »Ich bin Morand... Sie wissen... die Morand-Bande.«

Bouvancourt sprang auf, nicht nur bestürzt darüber, diesem Schuft ausgeliefert zu sein, sondern auch verblüfft, weil er wie ein Pennäler aus gutem Hause aussah und weil er in diesem anmutigen Banditen den Boten wiedererkannte, der ihn soeben angerempelt und nun seine Verkleidung abgelegt hatte.

»Haben Sie keine Angst!« rief der Eindringling in angenehmem Tonfall und mit perlendem Lachen aus, das so feminin, so

---

* Feiner Fruchtlikör.

kindisch klang, daß Bouvancourt einen Schabernack, einen Schwindel vermutete. »Sie brauchen sich nicht zu fürchten. Ich werde Ihnen nichts antun ...«

»Wie? Sie sollen Morand sein? Sie derjenige, der den Kassenboten des Crédit Foncier erschlagen ließ? Sie der Urheber des sechsfachen Mordes von Vautremont? Sie der Hochstapler von ...«

Der Antinoos erwiderte in scharfem Ton und mit hart gewordenen Gesichtszügen:

»Ja, Monsieur Bouvancourt, das bin ich. *Ich habe gar keinen Grund, dies meinem künftigen Komplizen zu verheimlichen.* Denn ich bin auch der Urheber des Raubes von eineinhalb Millionen Francs beim Comptoir d'Escompte de Pontargis.«

»Wie? Was sagen Sie? – Ich wußte gar nicht ... Wann wurde denn dieser Raub ...«

»Dieser Raub *wird* morgen nacht begangen, mein lieber Monsieur Bouvancourt. Und *Sie* werden mir helfen, ihn auszuführen.«

»Ich!«

»Sie werden mir helfen«, versetzte der Bengel mit Heimtücke und Grausamkeit in der Stimme. »Sie werden mir helfen, sage ich Ihnen. So wahr ich Morand heiße. – Setzen Sie sich, damit wir plaudern können.«

Der Herr des Hauses setzte sich auf die Bitte seines Gastes. Der Blick eines Tigers, der ihn in Schach hielt, ließ ihn an die jugendlichen Bestien des römischen Imperiums, an Nero, Caracalla, Tiberius denken, und jetzt sah er ein, daß er den schrecklichen Bandenführer vor sich hatte.

Dieser fuhr fort:

»Zwei meiner Angestellten haben mir etwas Unglaubliches berichtet. Am Dienstag, gegen Mitternacht, wurde ihnen in der Nähe des Friedhofs eine absonderliche Demütigung zugefügt. Die plötzlich in Krummsäbel verwandelten Arme des einen köpften einen gewissen Spaziergänger, ohne ihm den geringsten Schaden zuzufügen. Der andere gar glitt durch diese übernatürliche Person hindurch, die gerade soviel davon spürte, daß sie über diesen Teufelsstreich laut lachen konnte.

» Bei diesem verspäteten Spaziergänger, Monsieur, konnte es sich nur um den Zauberer Bouvancourt handeln. Ich kenne das Adreßbuch von Pontargis, es enthält nur einmal den Namen eines Hexenmeisters: den Ihren. Und da es noch nicht sehr lange her ist, seit ich das Abitur der Naturwissenschaften bestanden habe, war mir klar, daß Sie mit Hilfe der Radiographie soeben entdeckt hatten, wie Sie sich so durchlässig, so unangreifbar machen können wie ein Mann aus Gas ... oder aus Wasser ...«

»Dem ist nicht ganz so«, bemerkte Bouvancourt mit einem feinen Lächeln, »der Vergleich ...«

»Absolut unwichtig!« erklärte der perverse Adonis, »mich interessiert nicht die Ursache, sondern die Wirkung ... Immerhin, die Ursache ... X-Strahlen, nicht wahr?«

»Ja«, verriet Bouvancourt, der sich vom Thema seines Lieblingssteckenpferdes mitreißen ließ. »Ach, nichts einfacher als das, im Grunde genommen. Es handelte sich darum, den festen – lichtdurchlässigen oder lichtundurchlässigen – Körpern das Durchdringungsvermögen des unsichtbaren Lichts zu verleihen, das heißt, diese festen Körper so zu verändern, daß sie die andern, nicht behandelten festen Körper zu durchdringen vermögen und infolgedessen von diesen durchdrungen werden können, was auf dasselbe herauskommt.

Zu diesem Zweck mußte es gelingen, die festen Körper, wenn ich so sagen darf, mit unsichtbarem Licht zu durchtränken, damit sie tiefgreifend, bis in ihre geheimsten Moleküle, modifiziert würden und so die Eigenschaft der *fluida expansibilia* erlangten, das heißt die Eigenschaft, die Masse zu durchdringen, ohne sie zu verdrängen (während zum Beispiel Schwimmer das Wasser, wir die Luft zerteilen) – durch eine Art *direkter Osmose*, so wie zwei sich kreuzende Regimenter Mann für Mann ineinander übergehen, ohne sich auszudehnen. Das bedeutete, daß die Porosität der Materie ausgenutzt werden mußte, die nie so dicht ist, daß man sie nicht als eine Truppe von Atomen bezeichnen könnte.

Nun, neulich, am Dienstag, war ich mit diesem ... Fluidum *aufgeladen*, so wie ein Kondensator mit Elektrizität aufgeladen

ist... Aber um genau zu sein, dieses... Fluidum besteht nicht nur aus unsichtbarem Licht; denn die behandelten Körper müssen auch in Stoffe eindringen, durch welche die X-Strahlen überhaupt nicht oder nur mit Mühe hindurchgehen. Deshalb...«
»Schon gut«, versetzte Morand, »so ungefähr hatte ich es mir tatsächlich vorgestellt. Kurz – und mit andern Worten ausgedrückt – Sie haben die Macht, einen Menschen in seinen Kleidern so zu verändern, daß er nicht mehr berührbar ist. Dank dem fraglichen Verfahren wird dieser Mensch der Kugeln und Dolche spotten, und da er alle verschlossenen Türen – Bank- oder Gefängnistüren – passieren kann, ist es für ihn ein Kinderspiel, den Arm so sanft wie ein X-Strahlenbündel in einen einbruchsicheren Geldschrank zu tauchen!«
»Oh, aber...«, rief Bouvancourt aus, nachdem er über den Zweck des Begehrens endlich unterrichtet war, »oh, aber... eigentlich... ja... nur...«
»Nur, es hält nicht für immer, nicht wahr? Das wollten Sie doch sagen?... Ich weiß es. Um mich zu vergewissern, bin ich vorhin als Bahnhofdienstmann zu Ihnen gekommen und mit Ihnen zusammengeprallt.«
»Ich habe Sie wiedererkannt. Aber was konnte es Ihnen denn schon ausmachen, ob ich wieder berührbar war oder nicht?«
»Dies:« antwortete der Räuber, »wenn Sie es heute morgen nicht wieder geworden wären, hätte ich dieses Gespräch verschoben; und wenn Sie im flüchtigen Zustand verblieben wären, wäre ich nie mehr gekommen.«
»Weshalb denn?«
»Weil es meinen Absichten dient, wenn Sie nicht unverletzlich sind, Meister, denn es ist für mich sehr wichtig, daß Sie mir aufs Wort gehorchen, sich nicht durch die Türen, deren Schlüssel ich eingesteckt habe, aus dem Staub machen und daß Sie dieses Ding da ernst nehmen.«
Als er dies sagte, richtete der fürchterliche Abiturient den Lauf eines Revolvers auf den Gelehrten – eine melodramatische, abgedroschene Geste, die auf den Leser recht wenig Eindruck macht, aber für den Bedrohten immer neu (und wie neu!) ist.

Bouvancourt fing an zu überlegen. Sein brummender Kopf kam ihm vor wie ein Bienenkorb mit einem wirbelnden Gedankenschwarm. Seit einigen Augenblicken fragte er sich, ob die zwielichtige Person Morands nicht eher eine dreißigjährige Frau als ein achtzehnjähriger Stutzer sei. Sein Gehaben war nämlich so selbstsicher! Er sprach so überzeugend und verriet dabei eine so große Redegewandtheit! – Und dann diese Anmut und Schönheit! – Aber gleichzeitig rief sich Bouvancourt die Verbrechen dieser männlichen oder weiblichen Raubkatze in Erinnerung. Schaudernd sah er die Opfer der Morand-Bande wieder vor sich, die ein Wehklagen voller Todesqual erhoben ... Und all dies ging unter in der bestürzten Ratlosigkeit, mit der die Entschlußkraft des Physikers angesichts der verbrecherischen Tat rang, zu der man ihn zwingen wollte. Dabei schwirrten tausend Einfälle wie ein Bienenschwarm so unbändig durch sein Gehirn, daß er selbst nicht mehr klarsah darin.

Die Kreatur, die auf ihn zielte, richtete den Lauf ihrer Waffe nach oben. Die Bewegung war geprägt von professioneller Lässigkeit und weibischer Raffinesse, erinnerte an Cartouche und Mlle de Maupin zugleich.

Morand fuhr nach kurzem Schweigen fort: »Ich weiß also, Monsieur Bouvancourt, daß die Nichtgreifbarkeit nur einige Zeit anhält. Das ist ärgerlich, denn sonst wäre sie mit Straflosigkeit gleichzusetzen. Keine Verhaftungen mehr zu befürchten, Entweichungen aus dem Gefängnis wären kinderleicht, das Fallbeil der Guillotine schließlich...« Morand hielt inne und ergänzte grinsend: »Man käme nie zu *Fall*... Tant pis! – Aber sagen Sie: Wieviel Tage behält man diese Eigenschaft?«

»Sechzehn Stunden und zwölf Minuten«, erwiderte Bouvancourt und zitterte vor dem Ansinnen, das ihn erwartete.

»Nicht länger? Na ja, schließlich ist das mehr als ich brauche, um das Ding mit dem Comptoir d'Escompte zu drehen. Um Mitternacht ist die Sache gemacht.

Bouvancourt zuckte zusammen.

»Aber, aber, im Keller befindet sich immer ein Wächter, und...«

»Fangen wir gleich an«, befahl Morand.

Bouvancourt rief empört aus: »Und wenn *ich* nicht will!«
»Ich kann Sie dazu zwingen! Ich werde Sie, so oft ich will, dazu zwingen! Vorläufig genügt mir das hier.«
Der Revolver berührte die ehrwürdige Stirn des Physikers. Bouvancourt schloß die Augen...
Als er sie wieder öffnete, spiegelte sich darin ein neuer Mensch.
Morand, der diesen plötzlichen Umschwung erwartet hatte, steckte das Instrument seiner Überredungskunst wieder ein.
»Meinetwegen!« entschied Bouvancourt in einem Ton, der vielleicht resigniert, eher aber entschlossen wirkte, »fünfzehn Minuten, gewähren Sie mir fünfzehn Minuten für Ihre Metamorphose! – Natürlich möchten Sie«, meinte er leichthin, »daß dann Ihr *ganzer* Körper nicht mehr greifbar ist?«
»Bei Gott, das ist doch selbstverständlich! Von Kopf bis Fuß.«
»Von Kopf bis Fuß; sehr wohl. Ich habe Ihnen diese Frage gestellt, weil es meine Pflicht ist. Wenn Sie zum Photographen gehen, nicht wahr, will man von Ihnen wissen....«
»In Ganzaufnahme, lieber Meister. Ich will in Ganzaufnahme nicht berührbar sein. Nein, wo denken Sie auch hin: Was würde es mir nützen, in einen verschlossenen Raum eindringen zu können, wenn zum Beispiel meine Fersen draußen bleiben müßten und mich zurückhielten? Ich bitte Sie, Herr Sozius!«
»Schon gut, das ist Ihre Sache. Wirklich. – Kommen Sie hier durch!«
Bouvancourt ging auf einen Türvorhang zu. Bevor er ihn über einer geheimnisvollen Schwelle zur Seite schob, blieb er stehen und sagte:
»Schwören Sie mir, daß Sie Morand sind?«
Die Frage gab dem Mörder zu erkennen, welche Macht sein schändlicher Ruf ausübte und wie sehr er recht gehabt hatte, seinen Namen zu nennen. Der Stolz trieb ihm das Blut in die Wangen.
»Und wie!« war seine hochfahrende Antwort.
»So treten Sie ein«, entschied Bouvancourt.

Er führte ihn in einen kleinen gefangenen Raum. Die Wände und die Decke, das Linoleum des Fußbodens, die Innenseite des Türvorhangs, kurz alle Flächen dieses Raumes schimmerten in Silberfarbe. Das Fenster war mit einem ähnlichen, milchscheibenartig durchscheinenden Anstrich versehen. Es war, als befände man sich im Innern eines silbernen Würfels.

In der Mitte ragte eine Art Spiralfeder empor, die aber in ihrer Starrheit keine war. Der Apparat hatte eine Höhe von zwei Metern. Seine großen Spiralen bestanden aus einem Metallrohr, dessen dreißig Windungen einen zylinderförmigen Käfig bildeten. Aus jedem Rohrende hing ein versilbertes, wie ein Lockenwickler gedrehtes Kabel; das obere führte zum unteren, und ihre beiden zusammengedrehten Enden liefen in einen elektrischen Stecker aus. An der Wand neben dem Eingang war die Steckdose zu sehen.

Und das war alles, was sich in dem silbernen Raum befand.

»Da ist er«, sagte Bouvancourt, »der Apparat.«

Er klopfte leicht an die Spirale, die einen eindrucksvollen Glockenton von sich gab, wie ein Totengeläute aus einer andern Welt.

Morand wollte wissen, was die Silberfarbe zu bedeuten habe. Sie gefiel ihm nicht. Das blasse Metall, das den Prunk eines Leichenbegängnisses heraufbeschwor, beeindruckte ihn.

»Sie werden da drinnen stehen müssen«, sagte der Magier und kippte das hohe Schneckenhaus um, »und Sie dürfen nicht überrascht sein, wenn es zu leuchten anfängt. – Ich brauche eine Viertelstunde.«

Morand erkundigte sich erneut wegen des Anstrichs.

»Das«, antwortete der Gelehrte, »das ist eine Lösung gegen die Strahlen, die ich *Y-Licht* getauft habe. Es ist eine schützende Schicht...«

»Wollen Sie damit sagen, daß die so abgeschirmten Gegenstände für die mit Y-Licht gesättigten Gegenstände nicht mehr durchlässig sind?«

»Nicht doch. Ich will sagen, daß die mit *Antilux*-Gummi – mit dieser Silberlösung – beschichteten Gegenstände sich der

Wirkung des Y-Lichts entziehen und daß sie nicht in den flüchtigen Zustand übergehen, weil die Gummilösung die Strahlen des Y-Lichts zurückwirft. Diese Gegenstände bleiben so wie sie sind, anstatt die Eigenschaft absoluter Durchlässigkeit anzunehmen. Dank der *Antilux*-Schicht, die Sie hier sehen, bleibt die Auswirkung meiner Bestrahlungen auf das Innere dieses Raumes beschränkt, und die Glasscheiben dieses Fensters werden nicht in durchlässiges Material umgewandelt, weil das sehr lästig wäre; bedenken Sie doch: die Kälte, der Regen, der Wind käme herein, wie wenn keine Fensterscheiben da wären!«

»Ach so? Ja, das stimmt... Aber wenn man nicht greifbar ist, spürt man dann den Wind durch sich hindurchblasen?«

»Natürlich. – Los, rasch, beeilen wir uns...«

»Und den Messerstich und die Pistolenkugel und den Hundebiß, spürt man die auch?«

»Gezwungenermaßen; das Empfindungsvermögen... Aber wir sollten uns beeilen. Mein Dienstmädchen war nicht da, als Sie kamen, ich möchte lieber, daß Sie vor Ihrer Rückkehr weggehen.«

»Und die Zäune, die man durchquert?« fuhr Morand fort, ohne das Drängen von Bouvancourt zu beachten, »und die Böschungen, in denen man sich gegebenenfalls verbergen muß? – Ach! und der Mangel an Luft? In einer Böschung kann man nicht atmen. Man muß also schleunigst hindurch... Hm, hm!«

»Nanu, was soll das?« sagte Bouvancourt, »hören Sie mal, gilt es für heute oder für morgen?«

Mit ausgestreckten Armen hielt er den schweren Spiralenkäfig.

»Ach! Das heißt... eigentlich...«

Da der Gauner sich unschlüssig zeigte, stellte Bouvancourt den Apparat wieder hin und sagte unvermittelt:

»Im Grund genommen haben Sie recht, nichts zu überstürzen. Unser Vertrag scheint mir unvollkommen. Ich begreife wohl, daß Sie mich abmurksen, wenn ich den Gehorsam verweigere; ich ahne auch, daß, sollten Sie hier in eine Falle gehen, ich bestimmt hingerichtet werde von Ihren... Untergebenen. Aber was geben Sie mir für meine Dienste, für meinen Gehorsam? Was geben Sie mir von den eineinhalb Millionen Francs des Comptoir d'Escompte?«

»Sieh mal einer an!« spöttelte der Dieb... »Sind zehntausend genug?«

Bouvancourt streckte ihm die Hand hin.

»Donnerwetter, es herrscht Vertrauen!« gab Morand zurück, »wir werden noch darüber reden. Sie haben mein Wort. An die Arbeit!«

»Eigentlich...«

»An die Arbeit, sag ich Ihnen!«

Morand stand im Schneckenhaus.

»Ach, da fällt mir etwas ein: Geben Sie mir meine Schlüssel zurück«, bat der Physiker.

»Weshalb? Ist das dringend? Ich gebe sie Ihnen nachher gleich zurück.«

»O nein! Würden Sie sie behalten, so wären sie nachher verwandelt, durchlässig wie Sie, und dann könnte ich sie während sechzehn Stunden und zwölf Minuten nicht mehr benützen... – Mein Gott!« rief er auf einmal mit unnatürlicher Plötzlichkeit und Lautstärke aus, »ich vergaß ja die Hauptsache: mich! Oh, was bin ich doch für ein kopfloser Mensch! Sehen Sie, ich muß meine Person vor dem Y-Licht schützen, andernfalls...«

Er öffnete einen Wandschrank, in dem einige versilberte Gewänder hingen. Er ergriff eines davon und begann sich damit zu bekleiden. Es war eine weite Mönchskutte, die an ihm herunterhing und ihn völlig, wie für immer, verhüllte. Ein Büßer, eine Gestalt aus Sühneprozessionen und Inquisitionsgerichten stand anstelle des Professors da. In der Kapuze war eine Brille eingelassen, deren runde Gläser wie die Fensterscheiben versilbert waren; Bouvancourts Augen sahen, ohne gesehen zu werden, versteckt hinter der leblosen Tönung der Gläser, die wie leere Augenhöhlen wirkten. Einzig die Hände waren noch unbedeckt; sie wurden mit Handschuhen versilbert. Das zu lange Kleid warf Silberfalten auf dem Silberboden. Die reue-

und prunkvolle Erscheinung wurde zur Statue, zu einer allegorischen Darstellung von unschätzbarem Wert, Sinnbild des *De profundis*.

Während der Einkleidung hatte der Physiker unablässig Scherze gemacht über den abstoßenden Anblick, den er bieten werde, sobald er fertig kostümiert sei. Sein Redestrom versiegte auch jetzt nicht, nahm aber unter dem Tuch den gedämpften, hohlen Klang einer Grabesstimme an.

»Rasch, die Schlüssel!« sagte er.

Seine statuenhafte Hand schob sich in die Lücke zwischen zwei Spiralwindungen.

»Da sind sie«, kam es von Morand, der leicht erbleicht war, »ob ich sie Ihnen jetzt oder später gebe, ist unwichtig. Im Gegenteil«, fügte er mit erzwungenem Lachen hinzu, »das beweist, daß Sie mich nicht auf dem elektrischen Stuhl hinrichten werden, sonst hätten Sie sie *nachher* an sich genommen!«

»Eben«, stimmte Bouvancourt zu, »ich sehe, daß wir uns verstehen. Seien Sie ruhig; ich gebe Ihnen mein Ehrenwort, daß ich Sie verflüchtigen werde, nichts weiter.«

Er hob das begräbnisfarbene Büssergewand hoch und schob die Schlüssel in seine alte Jacke. Morand rüttelte an dem schwachen Türmchen, das ihn gefangenhielt, aus Angst, es könnte plötzlich am Fußboden festgenagelt sein. Die Maschine geriet ins Schwanken und Schaukeln, verströmte die himmlischen Klänge eines Kampanile ...

»Sie sollten während der Bestrahlung nichts berühren«, empfahl die Büßergestalt, »mein Solenoid würde Ihnen schwere *Erfrierungen* zufügen. Stehen Sie gerade, genau in der Mitte. Sind Sie soweit? Eine Viertelstunde!«

Er hob das am Boden liegende Kabel auf, schloß den Stecker an die Steckdose an ...

Im selben Moment war es, als ob sich das Sonnenlicht vervielfältigt hätte; im selben Moment erstrahlte die Spirale in blendendem Glanz, der sich vom Tageslicht abhob, wie sich das Tageslicht vom Mondschein abhebt. Es war ein zauberhaftes, unablässiges, aufsteigendes, kreisendes Leuchten. Ein gewundenes Rohr aus weißem Feuer schlang seine gleißenden Ringe um Morand. Dieses Licht verbrämte die Umrisse der weißglühenden Röhre; es durchlief die Windungen mit Blitzesschnelle von unten nach oben, so daß sich die Maschine mit wahnwitziger Geschwindigkeit in die Höhe zu schrauben schien. Morand schloß die Augen. Er funkelte. So jung und so schön, so böse, so blaß und so lichtvoll war er das lebendige Abbild von Luzifer, ein Sandkorn vor dem Fall.

Kein einziges Funkenknistern. Das Wunder vollzog sich in bescheidener Einfachheit. Die Feuernatter wand sich in tiefster Ruhe unermüdlich, unbeweglich nach oben. Es wurde kalt; sie erglühte dabei.

Mit halbgeöffneten und blinzelnden Augen ergriff Morand als erster das Wort:

»Wirklich nicht warm da drin! Aber ich spüre nichts anderes... Muß das auf diese Weise geschehen? Stellt er sich nicht nach und nach ein, der flüchtige Zustand?«

»Nein«, antwortete die Stimme aus dem Jenseits, »nach einer Viertelstunde, wenn der Sättigungspunkt erreicht ist, sind Sie plötzlich soweit. Die Nichtgreifbarkeit ist nicht in Grade eingeteilt.«

»Aber«, wandte das mit Sonnenlicht überflutete Wesen ein und verlieh dabei seiner Stimme ihre volle jugendliche Frische, »ich verstehe nicht ganz...«

Der Büßer erhob mit priesterlicher Gebärde die Arme: »Es ist besser, wenn Sie still sind.«

Man gehorchte.

Bouvancourt hielt seine Uhr in der Hand; indem er die Hände gegeneinanderpreßte, schützte er sie vor den Strahlen.

»Nur noch zwölf Minuten... Elf... Zehn...«

Das Kühlaggregat senkte die Temperatur immer mehr. Der Physiker wußte, daß sich die Fensterscheiben allmählich mit Eisblumen überzogen.

Der Patient schlotterte vor Kälte. Bouvancourt lehnte sich links, fast hinter ihm, an die Wand; seine Zähne klapperten wie Kastagnetten unter der Kapuze, und es überliefen ihn Schauer, die seine zusammengepreßten Hände hin und her schüttelten. Mit eifriger Stimme und zitternden Kiefern erklärte er, daß es innerhalb der Rohrschlange viel wärmer sei – was eine Lüge war.

»... Acht... Sieben... Sechs...«

Wurde die Stille hie und da vom Rattern vorbeifahrender Wagen oder Straßenbahnen unterbrochen, so kehrte sie danach unverzüglich zurück. Dann gaben die vertrauten Wohngeräusche in gedämpftem Ton ein biederes Hauskonzertchen: Geschäftig lief im Erdgeschoß eine Nähmaschine; aus dem Kellerfenster hörte man das Geklirr von Flaschen; im oberen Stockwerk waren es unregelmäßige Schritte...

Und inzwischen nahm das Wunder in dem glühend-eiskalten Kämmerchen mit den gleichsam schmelzenden Mauern seinen Lauf, und die Leuchtschlange wand sich immer noch in magischen Wirbeln um den anmutigen Verbrecher.

»... Drei... Zwei... Eine!«

Plötzlich, und ohne daß noch etwas zu hören war, versank der Verdammte – tausendmal schneller als Mephisto in der Oper – im Fußboden. Kaum in Bewegung geraten, war er auch schon verschwunden. Kein Loch, keine Falltür, und doch befand sich niemand mehr innerhalb der Spirale, die sich vergeblich und beharrlich weiterdrehte.

Dem völlig erschöpft in einer Ecke lehnenden Büßer zog sich das Herz in schmerzhaftem Krampf zusammen. Alle Geräusche des Alltags waren verstummt, mit Ausnahme der Schritte im zweiten Stock, die wie zuvor auf und ab gingen.

Bouvancourt schleppte sich der Wand entlang und schaltete den Strom aus. Die Spirale verlosch. Man hätte glauben können, der Abend sei angebrochen. Aber eine Uhr schlug zehn, und das Tageslicht schien weiß durch die dick mit Rauhreif bedeckten Fensterscheiben.

Der Gelehrte streifte sein makabres Dominogewand ab und tauchte in der Einsamkeit wieder auf. War er es wirklich? War er ein Mensch? Wer hätte beim Anblick dieser automatischen Bewegungen, dieser kreideweißen Hände, dieser Totenmaske behaupten wollen, er sei einer? Aber er troff vor eiskaltem Schweiß; also war er ein Mensch. Er sagte: »Das Urteil ist vollstreckt«, und begann zu weinen; es war also Bouvancourt.

Er weinte in dem silbernen Gemach; dann eilte er zu mir, denn er wollte mit seinem Geheimnis nicht allein sein.

Nachdem er seine Geschichte beendet hatte, schauten ihn meine Frau und ich verständnislos an, und wir hörten ihn verzweifelt stöhnen:
»Ich habe jemanden getötet. *Ich* habe getötet! bewußt! – Ich habe absichtlich ein Kind getötet... vielleicht eine Frau! Ich bin ein Mörder! Ach, Sambreuil, wie scheußlich, nicht wahr?«
»Oh... eigentlich... verstehe ich nicht ganz, was geschehen ist...«
Bouvancourt starrte mich mit hartem, fast verächtlichem Blick an:
»Ich habe Ihr Wissen und Ihren Scharfsinn höher eingeschätzt.«
Ich erwiderte:
»Hm! gewiß, ich begreife sehr wohl, daß Morand durch den Fußboden hindurchgestürzt ist. Aber weshalb? Wo Sie doch einige Tage zuvor... Aha! ach so: Sie haben ihn betrogen! Das Verfahren entsprach nicht dem...«
»Schweigen Sie! Ich habe niemanden betrogen. Ich habe ihn in den flüchtigen Zustand versetzt, wie es abgemacht war. Nur tat ich es im doppelten Sinne des Wortes.

Sehen Sie, Sambreuil, *ich* hatte mich an jenem Dienstag gehütet, mich *in extenso* zu behandeln, während der Bestrahlung trug ich mit *Antilux* beschichtetes Schuhwerk. Deshalb behielten meine Füße ihre angeborene Eigenschaft, das heißt ihr Unvermögen, eine andere feste Materie zu durchdringen oder sich von ihr durchdringen zu lassen... Stellen Sie sich doch vor, daß es mir nicht mehr möglich war, mich an einen Baumstamm zu lehnen, sobald ich mit Y-Licht durchtränkt war, sonst wäre ich durch ihn hindurchgefallen! Hätte ich versucht, meinen Mantel und meinen Hut anzuziehen, so wären beide durch meinen Körper hindurchgepurzelt, gerade so, als wäre er eine Rauchschwade! Glauben Sie etwa, daß ich sie mit den Fingern hätte anfassen können? Mitnichten! Meine verflüchtigten Hände waren unfähig, irgend etwas zu ergreifen, auf irgend etwas einzuwirken. Eben deshalb hatte ich mein Dienstmädchen gebeten, mir die Tür zu öffnen und auf meine Rückkehr zu warten, als ich ausging. Unmöglich, einen Türknauf zu drehen, einen Glockenstrang zu ziehen! Ich taugte lediglich zum Gehen und um Fußtritte zu geben... Kurz und gut, ich konnte keine materielle Handlung mehr vollziehen, außer mit den Füssen. Sie werden begreifen, daß ich in einem solchen Zustand anstandshalber das Haus nur nachts verlassen konnte... Und als ich heimgekehrt war – wenn Sie wüßten! Unmöglich, mich niederzulegen, wie sehr ich auch Lust dazu hatte! Denn – es war fürchterlich – mein Körper hätte das Bett, den Fußboden, alles durchdrungen, bis meine glückseligen Füße ihn schließlich aufgehalten hätten! Aber wie denn, in dieser Haltung, wie mich freimachen, ohne Kraft, ja ohne das allergeringste Berührungsvermögen? Oh, was für eine seltsame, stehend und müßig verbrachte Nacht, widerstandslos gegenüber Stößen, jeder Berührung nachgebend, wie ein richtiges Gespenst! Ich drohte vor Müdigkeit umzusinken, und ich durfte mich nicht hinsetzen... Nach meinen – ungenauen – Berechnungen hätte der flüchtige Zustand zehn Stunden anhalten müssen. Können Sie meine Todesangst während der zusätzlichen sechs Stunden, da ich mich in diesem Zustand befand, ermessen? In jenem Augenblick kamen Sie mich besuchen, Sambreuil. Ich konnte Ihnen die Hand nicht geben. Ich hatte mich weder ankleiden noch richtig rasieren können. Das Wasser floß durch mich hindurch! Allerdings muß ich anfügen, daß nichts vermocht hatte, mich zu beschmutzen, seit ich nicht mehr greifbar war, da sich der Staub nur noch auf meinen Schuhen niederließ... Oh, meine Schuhe! Oh, meine Füße! Welcher Reichtum in dieser Lage! – Denn nicht greifbar, verflucht nochmal, heißt nicht unwägbar! Die Schwerkraft wirkte immer noch auf die Masse meines Körpers ein und wollte ihn gnadenlos zu Fall bringen...«

»Ja, dann«, sagte ich bestürzt, »wurde Morand...«

Bouvancourt goß sein drittes Glas Ratafia hinunter: »Morand hingegen... Oh, Madame, wenn ich daran denke! – Morand wurde auf seinen Wunsch und dank meiner Bemühungen voll und ganz behandelt. Morand hatte am unteren Ende seiner Gestalt nicht mehr zwei recht plumpe Gliedmaßen, die Gegenstände aus richtigem, festem Fleisch waren. Er hatte nur noch Füße, die in bezug auf Berührung entkörpert waren – haltlose Dinger. Entsprechend einem mit X-Strahlen oder vielmehr mit Y-Licht durchtränkten Gegenstand war sein Körper plötzlich durchdringbar und durchdringend geworden... Und da die Schwerkraft...«

»Und dann, und dann?«

»Dann verlor er den Boden unter den Füßen und stürzte auf den Erdmittelpunkt zu, er tauchte unter und versank mitten hinein in den finsteren Abgrund... Er durchquerte zuerst den Fußboden, dann die Nähmaschine einer Hausfrau, die beim Anblick dieser verschwommenen Wundergestalt in Ohnmacht fiel, dann – *ohne sie auch nur auszublasen* – die Kerze eines Küfers, der in meinem Keller Flaschen reinigte... Daraufhin durchflog er die Gesteinsschichten..., ohne sich irgendwo anklammern zu können, als ätherischer Mensch, der in eine feste Umgebung hineinfällt, der Umwelt ebenso hilflos ausgeliefert wie ein gewöhnlicher Mensch, der in die Atmosphäre stürzt...«

»Was ist denn aus ihm geworden?« fragte meine Frau aufgeregt.

»Wenn ein Kernfeuer existiert, so ist sein Schicksal besiegelt! brachte Bouvancourt hervor, »andernfalls besteht kein Zweifel, daß er im Verlauf dieses Sturzes, dieser Beerdigung, die einem Untertauchen gleicht, erstickt ist... Es hat keine Atemluft dort unten!«

»In diesem Fall«, entgegnete ich, »befindet sich also seine Leiche genau im Zentrum der Erdkugel.«

»Ich glaube nicht. Ich bin sogar sicher, daß er jetzt, wo ich spreche, nicht dort ist; oder wenn er dort ist, dann nur vorübergehend. Verstehen Sie, man muß die erworbene Schwungkraft berücksichtigen. Morand stürzte in mehr oder weniger freiem Fall mit gleichmäßig zunehmender Geschwindigkeit auf den Erdmittelpunkt zu; er erreichte ihn also im gleichen Tempo wie ein Unglücklicher, der aus einer Höhe von

6371 Kilometern auf den Boden aufprallen würde. Ein Anlauf dieses Ausmaßes läßt erst nach einer gewissen Zeit nach, und als der arme Teufel den Anziehungspunkt überwunden hatte, setzte er seine Fahrt geradeaus fort, über die Erdmitte hinaus auf die Antipoden zu. Aber dann geriet seine erworbene Schwungkraft mit der Schwerkraft in Konflikt, der Anlauf genügte nicht, um den entgegengesetzten Punkt auf der Erdoberfläche zu erreichen, und nachdem er sich der Erdoberfläche zweifelsohne bis auf einige Meilen genähert hatte, begann Morand, dessen Fahrt sich allmählich verlangsamt hatte, wieder gegen den Erdmittelpunkt zu fallen, den er erneut hinter sich ließ, um wieder Richtung auf Pontargis zu nehmen... Das kann sehr lange dauern! Um dies besser zu begreifen, stellen Sie sich vor, daß jemand in einen diametral verlaufenden Schacht, in einen quer durch den Planeten gebohrten Kamin geworfen wird... Nach Hunderten von sich allmählich verlangsamenden Schleuderbewegungen würde Morands Leiche schließlich im Erdmittelpunkt stillstehen, wenn die Sache innerhalb von sechzehn Stunden und zwölf Minuten vorüber wäre. Aber sechzehn Stunden und zwölf Minuten werden nicht ausreichen, und da er das Berührungsvermögen im Handumdrehen zurückerlangt, wird er bei einem seiner fürchterlichen Stürze gewaltsam aufgehalten, festgehalten, bleibt stecken, wird durchdrungen, überwältigt, Zelle um Zelle wird zermalmt, und der plötzlich in ein Gemisch aus Felsgestein, Lehm und Fleisch verwandelte Unglückselige muß ewig in der Erdmasse festsitzen...«

Meine Frau, die Phantasie hat, scheute sich nicht, dies an den Tag zu legen:

»Warten Sie!« rief sie aus, »sofern es bei den Antipoden einen Ozean gibt, ist Morand ertrunken!«

Um Bouvancourts Mundwinkel lief ein weinerliches Zucken:

»Madame, er wäre vorher gestorben, er wäre erstickt. Übrigens diskutieren wir grundlos, da ja erwiesen ist, daß ein Kernfeuer vorhanden ist. Es besteht nicht der geringste Zweifel, daß Morand eingeäschert wurde. Denn es ist mir zwar gelungen, einen Gespenstermann, nicht aber einen Salamandermann hervorzubringen. Ich habe den Widerstand der festen, flüssigen und der gasförmigen Körper besiegt, nicht aber deren übrige Schutzmittel, nicht ihre erstickende Umarmung. Ich habe das Wasser besiegt, von dem man naß wird, und nicht das Wasser, in dem man ertrinkt, und nicht das Feuer, in dem man verbrennt. – Es ist ein grauenvoller Tod!«

»Es ist eine Hinrichtung!« berichtigte ich. »Gottseidank! Bouvancourt sei Dank für die Auflösung der Morand-Bande!«

»Das wird der einzige Zweck meiner Erfindung bleiben. Sehen Sie, alles in allem genommen würde sie mehr Unheil anrichten als Heil bringen. Schädlich, wie sie ist, mag sie verschwinden. Ich werde noch diesen Abend meine Berechnungen und meine Notizen verbrennen und die Spirale zertrümmern. Nichts darf zurückbleiben ... Morand wird nicht mehr reden ... Und Sie, meine lieben Freunde, Sie bitte ich um Ihr Ehrenwort, diese Geschichte nicht vor Ablauf von zehn Jahren weiterzuerzählen.«

Wir mußten uns damit abfinden. Ich gab ihm widerwillig das Versprechen für diese zehnjährige Schonzeit, ohne zu begreifen, weshalb die Erfindung dann nicht mehr rekonstruierbar wäre. Sollte sich unter meinen Lesern zufällig ein Berthelot, unter meinen Leserinnen eine Curie befinden, so ist ihnen vielleicht das, was ich nicht verstanden habe, klar. Aber vielleicht nehmen sie es mir auch übel, daß ich einen Schwur abgelegt habe, mit dem der Wissenschaft eine bedeutende Bereicherung vorenthalten wird ... Ich habe es getan, weil man gewissen Bittstellern in gewissen kritischen Lagen nichts abschlagen kann. Die übermäßige Erregung des sonst so ruhigen und besonnenen Bouvancourt machte mir Angst. Er wurde nicht müde zu wiederholen, welche Höllenangst er während seinem Gespräch mit dem schönen Halunken ausgestanden habe, der eine so einschmeichelnde Stimme besaß, wie er zwischen Gerechtigkeitssinn und Erbarmen hin- und hergerissen worden sei, welche Qual ihm die Wahl zwischen Pflicht und Gefühl bereitet, was für eine Abneigung er gegen die unvermeidliche Tragikomödie empfunden habe und wie er jede

Minute habe befürchten müssen, daß dieser Halbgelehrte mit seinen oberflächlichen physikalischen Kenntnissen der Wahrheit auf die Spur kommen könnte.

»Er urteilte so naiv«, bemerkte Bouvancourt, »und so gefährlich! Aufs Geratewohl. Fünfzigmal glaubte ich alles verloren. Zum Glück war er vom Endzweck fasziniert, vom Ziel hypnotisiert. Ein großer Fehler! – Die Hand durch die Tür eines Geldschranks stecken und diesen ausplündern! Aber ich bitte Sie, hätte er das Gold und das Silber anfassen können? Und selbst wenn er diese Louisdors- und Talerhaufen in die Hand genommen hätte, hätten sie dann die Wand des Geldschranks passiert, sie, die sich ja sowenig wie diese Wand in flüchtigem Zustand befanden? Nie! Nie! – Die Sache mit den Füßen aber war wirklich das ABC der Deduktion ... Oh, Sambreuil, wie schämte ich mich ... wie schämte ich mich, diesen armen Kindskopf zu täuschen! Und welche Seelenpein, diesen armen Jungen, den ich in die Falle meiner Heuchelei lockte, zu belügen! – O nein, ich bin nicht zum Henker geboren!«

Ich legte ihm die Hand auf die Schulter und sagte zu ihm, indem ich ihm fest in die Augen blickte:

»Mein Freund, meinen Sie nicht, daß *Sie* dieses Mal falsch urteilen? Sie haben die Erde von einem Monstrum befreit; Sie sind eine Art Herkules oder Theseus, Sie gleichen Dem, der Luzifer in die ewigen Flammen stürzen ließ, so wie Sie es mit dem neuen Satan gemacht haben. Bouvancourt, mir scheint, Sie müßten eine großartige, göttliche Befriedigung empfinden ...«

»Ja«, seufzte der Physiker, »ich werde von Befriedigung *gemartert.*«

Und da ich darauf bestand, daß das Vorkommnis märchenhafter Natur sei, bewies er mir, daß ich mich im Irrtum befand.

»Sich vorzustellen, daß man in die Erde tauchen kann«, sagte er, »ist ebenso natürlich, wie zu denken, es gebe vielleicht Geschöpfe, die nicht fähig sind, die Luft zu durchdringen und sich in gasförmigen Stoffen zu bewegen. Der Gedanke ist nicht unwissenschaftlich, bei weitem nicht.« Er fuhr fort: »Nach unseren bisherigen Beobachtungen schwimmt ein fester Körper auf dem andern, und schon seit Jahrhunderten treibt die Menschheit auf der Erdoberfläche dahin. Folgt daraus, daß ich die Möglichkeit des Gegenteils abstreiten muß? Keinesfalls! – Bis zum Augenblick, da ein Mensch einen Korkzapfen in den Fluß tauchte, konnten alle Korkzapfen glauben, das Wasser sei für sie ebenso undurchlässig wie die Erde für den Menschen. Nun, was jener Mensch dem Zapfen angetan hat, das habe ich Morand angetan.«

Nachdem er diesen Namen gemurmelt hatte, verlor Bouvancourt den Faden. Er überließ sich seinen Gedankengängen, die zu unterbrechen ich mich wohl hütete, denn nach und nach spiegelte sich in seinem Gesicht Wissen, Stärke und Sanftmut, ein Ausdruck, wie ich ihn beim Allmächtigen zu sehen hoffe, sollte ich ihm eines Tages begegnen.

Egon Friedell

Ist die Erde bewohnt?

In ihrer genaueren Formulierung lautete diese Frage, die vor zwei Lichtjahren auf dem innersten Planeten des Sternenpaars Cygni (»die Schwäne«), eines der uns zunächst gelegenen Sonnensysteme, gestellt wurde: »Sind die Trabanten des Fixsterns Sol bewohnt oder wenigstens bewohnbar?«

Sie wurde von den Gelehrten einstimmig verneint. Sie erklärten:

»1. Nur Planeten von Doppelsonnen sind bewohnbar, weil nur sie durch die einander aufhebenden Anziehungskräfte der beiden Gegensonnen in Gleichgewicht und Ruhe erhalten werden. Sol ist jedoch ein Einzelstern und seine Planeten daher Drehsterne. Die hiedurch bewirkte grauenvolle Bewegung läßt jeden Gedanken an dortiges Leben als Wahnwitz erscheinen.

2. In der Atmosphäre der Soltrabanten wurden beträchtliche Mengen des Sauerstoffs festgestellt, jenes bösartigen Giftgases, von dem schon geringe Spuren genügen, um alle Lebenskeime zu vernichten.

3. Der Sauerstoff verbindet sich auf den Satelliten unseres Nachbarsternchens mit einem zweiten Stoff, über den noch nichts Genaueres bekannt ist, zu einem Gas von einer für Cygnoten ganz unvorstellbaren Dichte, das große Teile der Planetenoberfläche mit einer tiefen Kruste überzieht. Daß es gänzlich unmöglich ist, in oder auf diesem Medium zu leben, bedarf wohl keiner weiteren Erörterung.

4. Es steht völlig außer Zweifel, daß auf keinem Soltrabanten die Durchschnittswärme 500 Grad übersteigt, ja auf manchen sinkt sie bis zu 100 Grad! In einer Temperatur, die so weit davon entfernt ist, Violettglut erzeugen zu können, vermag Leben nicht zu entstehen, geschweige denn sich zu höheren Formen zu entwickeln.

5. Sol ist einer der lichtschwächsten Fixsterne. Die gesamte Lichtmenge, die er während eines Solarjahres produziert, würde gerade noch genügen, um die Bewohner des nächsten seiner Planeten eine Cygnalsekunde lang zu ernähren! Selbst wenn man also einen Augenblick lang die absurde Hypothese annehmen wollte, daß auf einem sauerstoffverpesteten, in blitzschneller Rotation befindlichen Ball ›Lebewesen‹ existieren können, so könnten diese eben nur einen Augenblick lang leben, denn im nächsten wären sie bereits an Lichthunger elend zugrundegegangen.

6. Sämtliche Solplaneten sind ungeheuer schwer. Selbst der leichteste von ihnen, der dreiundzwanzigste, wiegt noch immer etwa vierzigtausendmal so viel wie beide Cygni zusammen. Infolgedessen müssen diese Monstra eine Gravitationskraft besitzen, die die Existenz luftartiger Geschöpfe völlig ausschließt. Da Leben nur in Gasform möglich ist, so erledigt sich schon durch diese Tatsache die ganze Frage nach der Bewohnbarkeit dieser Weltkörper.

7. Da Sol eine immerhin mehrtausendfach höhere Temperatur und eine viel geringere Dichte als seine Planeten besitzt, so wäre die Möglichkeit, daß er selbst bewohnt ist, theoretisch denkbar. Aber auch sie muß verneint werden, denn die Spektralanalyse hat festgestellt, daß er einen hohen Prozentsatz an Eisen enthält. Von diesem furchtbaren Gas würde ein Milligramm ausreichen, um Myriaden von Cygnoten durch die Kraft seines Magnetismus auf der Stelle zu töten. Die ehernen Naturgesetze, die die Wissenschaft entschleiert hat, gelten eben auch für die Lebenserscheinungen und umspannen unerbittlich den ganzen Kosmos, weshalb man müßige Spekulationen über die Bewohnbarkeit unserer benachbarten Liliputsonne und ihrer toten Drehsterne den Romanschriftstellern überlassen sollte.«

Nur ein verrückter Privatdozent der Philosophie erklärte: »Selbstverständlich sind alle Solplaneten bewohnt, wie überhaupt alle Weltkörper. Ein toter Stern: das wäre ein Widerspruch an sich selbst. Jeder Weltkörper stellt eine Stufe der Vollkommenheit dar, einen der möglichen Grade der Vergeistigung. Jeder ist ein Gedanke Gottes: also lebt er und ist er belebt, wenn auch seine Bewohner vielleicht nicht immer so aussehen wie ein Professor der cygnotischen Astronomie«; worauf ihm wegen Verhöhnung der Fakultät die Befugnis zur öffentlichen Gedankenübertragung entzogen wurde.

E. M. Forster
Die Maschine stoppt

Teil I
Das Luftschiff

Stellen Sie sich also, wenn Sie es können, einen winzigen Raum vor, der sechseckig ist, wie eine Bienenwabe. Er wird weder durch Fenster noch durch Lampen erhellt und ist dennoch von ständigem, weichem Glanz erfüllt. Ventilations-Öffnungen gibt es hier nicht, die Luft ist trotzdem frisch. Musikinstrumente gibt es hier ebensowenig, und doch, in dem Augenblick, in dem diese meine Meditation anhebt, schwingt der ganze Raum von wohlklingendem Schall. Ein Sessel steht in der Mitte, daneben steht ein Lesepult – und das ist auch schon das ganze Mobiliar. Und in dem Sessel sitzt ein umhüllter Fleischkloß – eine Frau, knapp einssechzig groß, mit einem Gesicht so bleich wie ein Schwulstpilz. Sie ist diejenige, der dieser Raum hier gehört.

Eine elektrische Glocke schlug an.

Die Frau berührte einen Schalter, und die Musik verstummte.

»Ich schätze, ich muß nachsehn, wer das ist«, dachte sie und setzte ihren Stuhl in Bewegung. Der wurde, wie die Musik, maschinell betrieben, und er transportierte sie auf die andere Seite des Raumes, wo die Glocke noch immer aufdringlich schellte.

»Wer ist da?« rief sie. Ihre Stimme klang gereizt, zumal sie seit dem Beginn der Musik schon mehrmals unterbrochen worden war. Sie kannte immerhin mehrere tausend Leute; in gewissen Richtungen hat das menschliche Miteinander enorme Fortschritte gemacht.

Doch als sie in den Hörer hineinlauschte, legte sich ihr weißes Antlitz in Lachfältchen, und sie sagte:
»Sehr schön. Also, dann laß uns halt reden. Ich werde mich eben isolieren. Ich glaube auch nicht, daß in den nächsten fünf Minuten irgend etwas Wichtiges passieren wird – ich kann dir nämlich volle fünf Minuten geben, Kuno. Aber dann muß ich meinen Vortrag über ›Die Musik der australischen Periode‹ halten.«
Sie tastete nach dem IsolationsSchalter, so daß niemand anderes mit ihr sprechen konnte. Dann bediente sie den Beleuchtungsapparat, und der kleine Raum fiel in Dunkelheit.
»Beeil dich!« rief sie; ihre Gereiztheit schlug schon wieder durch. »Beeil dich, Kuno; ich sitze hier im Dunkeln und verschwende meine Zeit.«
Doch dauerte es noch volle fünfzehn Sekunden, bis die runde Platte, die sie in Händen hielt, aufzuglühen begann. Schwachblaues Licht durchschoß sie jetzt, dunkelte zu violett hinüber, und kurz darauf konnte sie das Bild ihres Sohnes erkennen, der auf der anderen Seite der Erde lebte, so wie er auch das ihre sehen konnte.
»Kuno, mein Gott, was bist du langsam!«
Er lächelte bedeutend.
»Ich glaube wirklich, dir macht das Herumbummeln Spaß.«
»Ich habe schon mehrere Male versucht, dich zu erreichen, Mutter, aber du warst beschäftigt oder zumindest isoliert. Ich habe was Besonderes zu sagen.«
»Was denn, mein lieber Junge? Beeil dich. Konntest du das denn nicht mit der Rohrpost schicken?«
»Nein. Ich sage solch eine Sache lieber selber. Ich möchte –«
»Ja?«
»Ich möchte, daß du herüberkommst und wir uns hier treffen.«
Waschti musterte sein Gesicht in der bläulichen Schirmplatte.
»Aber wieso! Ich seh dich doch!« rief sie aus. »was willst du denn noch?«
»Ich will dich sehen, aber nicht immer nur durch die

Maschine«, sagte Kuno, »ich will nicht immer nur durch diese öde Maschine mit dir sprechen, verstehst du?!«
»Oh, pschscht!« machte seine Mutter. Sie war vage schokkiert. »Du *sollst* doch nicht über die Maschine schimpfen.«
»Warum denn nicht?«
»Das gehört sich nicht.«
»Du redest, als hätte ein Gott die Maschine erschaffen«, heulte er. »Ich trau dir zu, du betest zu ihr, wenn du unglücklich bist, stimmt's? Sie wurde aber von Menschen gemacht, vergiß das nicht. Von großen Leuten, aber immerhin von Menschen. Die Maschine ist viel, aber sie ist nicht alles. Ich sehe in meiner Platte hier etwas wie dich, aber ich sehe dich nicht wirklich. Ich höre durch mein Telephon hier etwas wie dich, aber ich höre nicht wirklich dich. Darum möchte ich, daß du kommst. Komm und mach bei mir Station, besuch mich, damit wir uns von Angesicht zu Angesicht haben können, und laß uns über die Hoffnungen reden, die in meinem Kopf herumgeistern.«
Sie erwiderte, sie würde wohl kaum die Zeit für einen Besuch aufbringen können.
»Das LuftSchiff braucht keine zwei Tage für die ganze Strecke von dir zu mir.«
»Ich mag LuftSchiffe nicht.«
»Warum?«
»Ich mag diese schreckliche braune Erde nicht sehen, das Meer nicht und nicht die Sterne, wenn es dunkel ist. In LuftSchiffen bekomm ich einfach keine Ideen.«
»Ich bekomme sie nur da.«
»Was kann denn die Luft einem schon groß an Ideen geben?«
Er hielt einen Moment inne.
»Kennst du denn nicht die vier großen Sterne, die ein Rechteck bilden, drei Sterne eng zusammen in der Mitte dieses Rechtecks und von denen abwärts noch drei Sterne?«
»Nein, kenn ich nicht. Ich mag keine Sterne. Oder haben die dir etwa eine Idee gegeben? Interessant. Erzähl!«
»Ich hatte die Idee, daß sie wie ein Mensch wären.«
»Versteh ich nicht.«

»Die vier großen Sterne sind die Schultern und die Knie. Die drei Sterne in der Mitte sind wie die Gürtel, die die Leute früher trugen, und die drei Sterne darunter gleichen einem Schwert.«
»Einem was?«
»Man trug früher sogenannte Schwerter bei sich, um Tiere und andere Menschen zu töten.«
»Kommt mir nicht gerade wie eine sehr gute Idee vor, aber originell scheint sie auf jeden Fall zu sein. Wann kam sie dir?«
»Im LuftSchiff –« Er unterbrach sich, und sie meinte, er sähe traurig aus. Sicher konnte sie sich dessen allerdings nicht sein, denn die Maschine übertrug keine Ausdrucks*nuancen*. Sie vermittelte lediglich einen allgemeinen Eindruck von den Menschen – einen Eindruck immerhin, dachte Waschti, der gut genug war für jede Art praktischer Unternehmung. Die unwägbare Frische – von einer diskreditierten Philosophie zur eigentlichen Essenz der Kommunikation erklärt – wurde von der Maschine zu Recht ignoriert, genau wie jener undefinierbare Schimmer der Trauben von den Produzenten künstlichen Obstes ignoriert wurde. Etwas, das »gut genug« war, war schon vor langer Zeit von unserer Species anerkannt worden.

»Die Wahrheit ist die«, fuhr er fort, »daß ich diese Sterne gerne wiedersehen möchte. Seltsame Sterne sind das. Ich möchte sie sehen, aber nicht vom LuftSchiff aus, sondern vom Boden der Erde aus, genau wie unsere Vorfahren vor Tausenden von Jahren. Ich möchte die Erdoberfläche besuchen.«

Wieder traf sie ein Schock.

»Mutter, du *mußt* kommen, und wenn es nur deshalb ist, damit du mir erklärst, warum ein Besuch oben auf der Erde schädlich sein sollte.«

»Nicht schädlich«, erwiderte sie und beobachtete sich selbst. »Aber auch nicht gerade von Vorteil. Die Oberfläche der Erde besteht aus nichts als Staub und Schlamm, nichts könnte dort mehr leben, und du müßtest einen Atemfilter mitnehmen, wenn die Kälte der Außenluft dich nicht umbringen sollte. Man stirbt da draußen an der Außenluft um Nullkommanichts.«

»Das weiß ich; ich würde natürlich auf alles aufpassen.«

»Und außerdem – –«

»Was denn?«

Sie dachte nach und setzte ihre Worte mit Bedacht. Ihr Sohn hatte ein leicht verletzbares Temperament, und sie wollte ihn abbringen von diesem Expeditionsplan.

»Es widerspricht einfach völlig dem Geist der Zeit«, beharrte sie.

»Du meinst damit – – dem Geist der Maschine?«

»In gewisser Weise schon. Ja. Aber – –«

Sein Bild in der Platte verschwand.

»Kuno!«

Er hatte sich isoliert.

Einen kurzen, flüchtigen Moment lang fühlte Waschti sich einsam.

Dann sorgte sie wieder für Licht, und der Anblick ihres Raumes, von Glanz überflutet und übersät mit all den elektrischen Schaltknöpfen, belebte sie wieder. Überall befanden sich hier Knöpfe und Schalter – – Knöpfe, um nach dem Essen zu rufen, Musik zu ordern, Kleidung heranzuschaffen. Da gab es den HeißbadeKnopf, mit dessen Hilfe sich auf Knopfdruck ein Becken aus (imitiertem) rosa Marmor aus dem Boden hob, das bis zum Rand gefüllt war mit einer warmen, deodorisierten Flüssigkeit. Da war der KaltbadeKnopf. Da gab es den Knopf, der für Literatur sorgte. Und dann waren da selbstverständlich die Knöpfe, mit deren Hilfe sie mit ihren Freunden kommunizierte. Der Raum, obschon er sonst nichts weiter enthielt, war mit allem in Berührung, das ihr in ihrem Leben auch nur im entferntesten etwas bedeuten konnte.

Waschtis nächste Bewegung galt wieder dem IsolationsSchalter. Sie stellte ihn ab, und alles, was sich innerhalb der letzten drei Minuten angesammelt hatte, prasselte nun auf einen Schlag auf sie ein. Der Raum war plötzlich erfüllt mit Glockengeläut und mit Sprachrohren. Wie war das neue Essen? Konnte sie es empfehlen? Hatte sie in letzter Zeit irgendwelche Ideen produziert? Konnte man ihr seine eigenen Ideen anvertrauen? Würde sie die Verpflichtungen eingehen, die öffentlichen KinderGärten schon frühzeitig zu besuchen? – etwa heute in einem Monat?

Auf die meisten dieser Fragen antwortete sie mit Gereiztheit – ein zunehmendes Symptom ihres fortschreitenden Alters. Sie sagte, das neue Essen sei schauderhaft. Daß sie die öffentlichen KinderHorte aus Termingründen vermutlich nicht würde aufsuchen können. Daß sie keinerlei eigene Ideen selber produziert, sondern sich gerade eine hatte erzählen lassen – daß vier Sterne und drei in der Mitte wie ein Mensch seien: sie zweifelte, ob viel daran war. Dann schaltete sie ihre Korrespondenten ab, denn es war höchste Zeit geworden für ihre Vorlesung über australische Musik.

Das schwerfällige System öffentlicher Zusammenkünfte war schon seit langem aufgegeben worden; weder Waschti noch ihre Zuhörer mußten sich aus ihren Räumen hinausbewegen. Bequem im Sessel sitzend sprach sie, während jene ihrerseits bequem in Sesseln sie hörten, ordentlich gut, und sie sahen, ordentlich gut. Sie begann mit einem humorvollen Bericht über Musik in der prämongolischen Epoche und fuhr dann fort mit der Beschreibung des Lieder-Booms, der der chinesischen Unterwerfung folgte. Fern und archaisch, wie die Methoden von I-San-Sô und der Brisbane-Schule auch sein mochten, so spürte sie dennoch (sagte sie), daß ihre Methoden sich für den Musiker von heute immer auszahlen würden: sie hatten ihre Frische; sie hatten, vor allem, ihre Ideen.

Ihr Vortrag, der zehn Minuten dauerte, wurde gut aufgenommen, und danach hörten sie und ein großer Teil ihrer Zuhörer sich noch einen Vortrag über das Meer an; das Meer konnte Ideen liefern; der Sprecher hatte ein Atemschutzgerät aufgesetzt und ihm erst kürzlich einen Besuch abgestattet. Dann aß sie, sprach mit vielen ihrer Freunde, nahm ein Bad, unterhielt sich wieder und ordnete dann ihr Bett.

Das Bett entsprach keineswegs ihren Vorstellungen. Es war zu groß, und sie schlief nun einmal lieber in kleineren Betten. Zu klagen war nutzlos, denn überall auf der ganzen Welt hatten die Betten haargenau die gleichen Abmessungen, und die Beanspruchung anderer Maße hätte weitgehende Veränderungen in der Maschine bedingt. Waschti isolierte sich also – es war notwendig, zumal weder Tag noch Nacht hier unter der Erde existierten – und rief sich alles in ihr Gedächtnis zurück, das geschehen war, seit sie das letzte Mal im Bett gewesen war. Ideen? Kaum der Rede wert. Ereignisse? War Kunos Einladung ein Ereignis?

An ihrer Seite, auf einem kleinen Lesetisch, lag ein Überlebender aus dem Müllzeitalter – ein Buch. Es war das *Buch der Maschine*. Darin standen Instruktionen für alle denkbaren Eventualfälle. Wenn ihr heiß oder kalt oder schwermütig zumute war oder ihr irgendein Wort gerade nicht einfallen wollte, dann wandte sie sich an das *Buch,* und darin stand dann, welcher Knopf zu drücken war. Herausgeber war das Zentral-Komitee. Und einer sich durchsetzenden Mode folgend war es aufwendig gebunden worden.

Aufrecht im Bett sitzend, nahm sie es ehrfurchtsvoll in die Hand. Sie sah sich lauernd um, gerade so, als könnte jemand da sein, der sie beobachtete. Dann – halb verschämt, halb entzückt – murmelte sie: »Oh, Maschine! Oh, Maschine!« und hob das Buch an ihre Lippen. Dreimal küßte sie es, dreimal senkte sie den Kopf, dreimal empfand sie den Rausch der Ergebung. Nach durchgeführtem Ritual schlug sie Seite 1367 auf, aus der die Abflugzeiten der LuftSchiffe von der Insel in der südlichen Hemisphäre zu ersehen waren, unter deren Oberfläche sie lebte, zu der Insel in der Nordhemisphäre, unter der ihr Sohn lebte.

Sie dachte: »Ich habe die Zeit doch überhaupt nicht.«

Sie verdunkelte den Raum und schlief; sie erwachte und machte den Raum hell; sie aß und tauschte Ideen mit ihren Freunden aus, hörte Musik und nahm an Vorlesungen teil; sie verdunkelte den Raum und schlief. Über ihr und unter ihr und überall um sie her das ewige Summen der Maschine; sie selbst bemerkte das Summen nicht, denn sie hatte es in den Ohren gehabt, seit sie geboren worden war. Die Erde, die sie trug, summte, indem sie durch die Stille jagte, und wandte sie einmal der unsichtbaren Sonne und dann wieder den unsichtbaren Sternen zu. Sie erwachte und machte den Raum wieder hell.

»Kuno!«

»Ich spreche nicht mehr mit dir«, antwortete er, »bis du endlich kommst.«

»Warst du an der Oberfläche, seit wir das letzte Mal miteinander gesprochen haben?«

Sein Bild verschwamm und verschwand.

Wieder konsultierte sie das Buch. Sie wurde nervös und legte sich heftig zitternd in ihren Sessel zurück. Man stelle sie sich vor ohne Zähne oder Haare. Sofort lenkte sie den Sessel zur Wand hinüber und drückte einen unvertrauten Knopf. Langsam schwang die Wand auf. Dahinter erblickte sie einen Tunnel, der leicht gekrümmt war, so daß sein Ende nicht zu sehen war. Sollte sie zu ihrem Sohn gehen? – Hier jedenfalls war der Ausgangspunkt ihrer Reise.

Natürlich wußte sie alles über das KommunikationsSystem. Es gab daran nichts Mysteriöses. Sie würde sich einen Wagen rufen, und der würde mit ihr durch den Tunnel fliegen, bis er den Fahrstuhl erreichen würde, der die Verbindung zur Luft-Schiff-Station herstellte: Das System war schon seit vielen, vielen Jahren in Betrieb, viel länger als die Maschine. Und natürlich hatte sie die Zivilisation studiert, die ihrer eigenen direkt vorausgegangen war – jene Zivilisation nämlich, die die Funktionen des Systems falsch verstanden und es dazu benutzt hatte, die Leute zu den Dingen statt die Dinge zu den Leuten hinzubringen. Diese lachhaften alten Zeiten, in denen die Menschen hinausgingen, um andere Luft zu atmen, statt die Luft in ihren Räumen zu ändern! Und doch – sie hatte Angst vor dem Tunnel: Sie hatte ihn nicht mehr gesehen, seit ihr letztes Kind geboren worden war. Er war gekrümmt – aber nicht so, wie sie es in Erinnerung gehabt hatte; er war genial – aber nicht ganz so genial, wie ein Lektor es in einer Vorlesung dargestellt hatte. Waschti wurde übermannt von der Angst vor unmittelbarer Erfahrung. Sie schrak zurück in den Raum, und die Wand schloß sich wieder.

»Kuno«, sagte sie, »ich kann nicht zu dir kommen. Ich fühle mich nicht wohl.«

Sogleich fiel ein riesiger Apparat auf sie aus der Decke herab, ein Thermometer wurde automatisch zwischen ihre Lippen geführt, ein Stethoskop automatisch auf ihre Brust gesenkt. Sie lag machtlos da. Kalte Auflagen legten sich wohltuend auf ihre Stirn. Kuno hatte ihrem Arzt telegrafiert.

So irrten die menschlichen Leidenschaften auf und ab durch die Maschine. Waschti trank die Medizin, die der Arzt ihr in den Mund schoß, und die Maschinerie zog sich wieder in die Decke zurück. Sie hörte Kunos Stimme, die fragte, wie es ihr ginge.

»Besser«. Dann, gereizter: »Aber warum kommst du dann nicht besser zu mir?«

»Weil ich hier nicht wegkann.«

»Warum denn nicht?«

»Weil in jeder Sekunde hier etwas Furchtbares passieren kann.«

»Warst du nun schon auf der Erdoberfläche?«

»Noch nicht.«

»Was meinst du damit?«

»Ich kann dir das nicht durch die Maschine sagen.«

Sie kam wieder zu Kräften.

Aber sie mußte an Kuno denken und daran, wie er als Baby gewesen war, an seine Geburt, wie er dann in die öffentlichen KinderHorte kam, ihren einzigen Besuch dort, seine Besuche bei ihr – Besuche, die aufhörten, als die Maschine ihm einen Raum auf der anderen Seite der Erde zuwies. »Eltern, Pflichten der«, sagte das Buch der Maschine, »hören auf im Moment der Geburt. Ind. P. 422327483.« Stimmt schon, ja, aber mit Kuno hatte es seine besondere Bewandtnis – eigentlich hatte es mit all ihren Kindern immer seine besondere Bewandtnis gehabt –, und, schließlich und endlich: Sie mußte die Reise einfach durchstehen, wenn er es wünschte. Und dann dieses »... etwas Furchtbares passieren kann.« Was hatte das zu bedeuten? Vielleicht eine Torheit des halberwachsenen jungen Mannes, zweifellos, aber sie mußte dennoch zu ihm. Wieder drückte sie den unvertrauten Knopf, wieder schwang die Wand auf, und wieder sah sie den Tunnel, der sich außer Sichtweite krümmte. Das Buch umklammernd, erhob sie sich, ging schwankend auf die Plattform zu und gab den Befehl für einen Wagen. Ihr

Raum schloß sich hinter ihr: Die Reise zur Nordhemisphäre hatte begonnen.

Natürlich war all das denkbar unkompliziert. Der Wagen kam, und in seinem Inneren fand sie Sessel, die genauso waren wie die ihren daheim. Als sie das Signal gab, hielt er an, und sie wankte zum Aufzug hinüber. Ein weiterer Passagier befand sich im Lift, der erste MitMensch, den sie seit Monaten leibhaftig zu Gesicht bekam. Wenige reisten in diesen Tagen, denn dank des wissenschaftlichen Fortschritts war ja die Erde überall gleich. Dem schnellen Verkehr, von dem sich die voraufgegangene Zivilisation so viel versprochen hatte, war durch dessen Selbstzerstörung ein Ende gesetzt worden. Was sollte es nützen, nach Peking zu gehen, wenn es in Shrewsbury nicht anders aussah? Die Menschen bewegten ihre Körper nur selten heutzutage; alle Rastlosigkeit war in den Seelen konzentriert.

Der LuftSchiff-Service war ein Relikt aus dem vorigen Zeitalter. Er war aufrechterhalten worden, weil es leichter war, ihn aufrecht zu erhalten als ihn einzustellen oder zu reduzieren, aber er ging nun weit über die Bedürfnisse der Bevölkerung hinaus. Schiff auf Schiff erhob sich aus den Vomitorien von Rye oder Münster (ich benutze noch die alten Namen), entschwebte in den überfüllten Himmel und machte wieder fest an den Landekais des Südens – leer. So hübsch angepaßt war das System, so unabhängig von der Meteorologie, daß der Himmel, egal ob blau oder wolkig, einem riesigen Kaleidoskop ähnelte, in dem ein und dasselbe Muster periodisch immer wiederkehrte. Das Schiff, mit dem Waschti jetzt fliegen würde, startete mal zu Sonnenuntergang, mal zu Sonnenaufgang. Immer aber, wenn es sich über Reims befand, würde es dem Schiff begegnen, das den Dienst zwischen Helsingfors und Brasilien versah, und jedes dritte Mal, wenn es die Alpen überquerte, würde die Flotte von Palermo hinter ihm seinen Kurs kreuzen. Nacht und Tag, Wind und Sturm, Flut und Erdbeben – nichts behinderte den Menschen mehr. Er hatte Leviathan in Zaum genommen. All die alte Literatur mit ihren Lobpreisungen der Natur und ihren Ängsten vor der Natur klang falsch wie das Geplapper eines Kindes.

Und doch – als Waschti jetzt, befleckt vom Ausgesetztsein der Außenluft, die gewaltige Breitseite des Schiffes sah, da kehrte die Angst vor direkter Erfahrung wieder zurück. Es war nicht ganz so wie das LuftSchiff in den Cinematophoten. Denn hier roch es – nicht stark und nicht unangenehm –, doch es roch, und mit geschlossenen Augen nahm sie wahr, daß sie gar nicht mehr weit entfernt von einer völlig neuen Sache war. Dann mußte sie vom Aufzug herübergehen, hatte sich den Blicken anderer Passagiere auszuliefern. Der Mann vor ihr ließ sein Buch fallen – keine sonderlich große Angelegenheit, aber es beunruhigte sie alle. Daheim in den Räumen, wenn man das Buch einmal fallen ließ, hob es der Boden automatisch wieder auf, aber die Gangway zum LuftSchiff war dafür nicht vorbereitet, und so blieb das Hl. Werk eben bewegungslos liegen. Sie blieben stehen – denn das Ereignis war nicht vorauszusehen gewesen –, und der Mann, statt daß er sein Eigentum aufhob, fühlte die Muskeln seines Arms, um zu sehen, wie es kam, daß sie ihn im Stich gelassen hatten. Dann sagte irgend jemand in direkter Äußerung: »Wir kommen noch zu spät« – und so marschierte man gesammelt an Bord, und Waschti trat dabei auf die Buchseiten.

Drinnen wuchs ihre Ängstlichkeit. Die Einrichtung war altmodisch und grobschlächtig. Es gab da sogar eine weibliche Bedienstete, der sie ihre Wünsche während der LuftReise aufzutragen hatte. Selbstverständlich zirkulierte eine bewegliche Plattform durch die gesamte Länge des Schiffes, aber man erwartete ganz einfach von ihr, daß sie diese verließ, um zu Fuß ihre Kabine zu erreichen. Einige der Kabinen waren besser als andere, und sie erhielt keine von den besten. Sie glaubte, die Bedienstete sei ihr gegenüber unfair gewesen, und Wutanfälle schüttelten sie. Die gläsernen Schleusentore hatten sich geschlossen, ein Zurück gab es nun nicht mehr. Sie sah, am Ende des Vestibüls, den Aufzug, in dem sie heraufgekommen war, leise auf- und abfahren. Er war leer. Unter jenen Korridoren aus glänzenden Kacheln befanden sich die Räume, einer neben dem anderen, die weit in die Erde hineinreichten, und in jedem einzelnen dieser Räume saß ein menschliches Wesen, das aß oder schlief oder Ideen produzierte. Und tief vergraben in diesem Bienenstock befand sich irgendwo auch ihr Raum. Waschti hatte Angst. »Oh, Maschine! Oh, Maschine!« murmelte sie, liebkoste ihr Buch und empfand Trost.

Dann schienen die Seiten des Vestibüls zusammenzuschmelzen, genau wie die Gänge in unseren Träumen, der Aufzug verschwand, das Buch, das fallengelassen worden war, glitt nach links weg und verschwand ebenso, polierte Kacheln huschten vorüber wie ein Wasserstrom, dann ein leichtes Knarren, und das LuftSchiff, freigegeben von seinem Tunnel, segelte über die Wasser eines tropischen Ozeans hinweg.

Es war Nacht. Einen Moment lang erspähte sie die Küste Sumatras, die begrenzt wurde von den Phosphoreszenzen der Wellen, gekrönt von Leuchttürmen, die noch immer ihre unbeachteten Strahlen aussandten. Auch sie verschwanden, und nur die Sterne gab es dann noch, die sie beunruhigten. Sie standen auch nicht einfach reglos da, sondern schwankten über ihrem Kopf hin und her, drängten erst durch eine Dachluke und dann durch eine andere, als krängte das Universum und nicht das LuftSchiff. Und wie so oft in klaren Nächten erschienen sie einmal räumlich, dann wieder wie auf einer Fläche geordnet; jetzt einer neben dem anderen ins unendliche Firmament gehäuft, dann wieder die Unendlichkeit verbergend, wie ein Dach, das den Blick des Menschen auf ewig verstellt. Wie auch immer – sie schienen ihr unerträglich. »Reisen wir etwa im Dunkeln?« rief ein erboster Passagier, und die Bedienstete, die nicht aufgepaßt hatte, erzeugte sogleich Licht und zog die Blenden aus flexiblem Metall herunter. Zu der Zeit, als diese LuftSchiffe gebaut worden waren, geisterte der Wunsch, Dinge direkt zu betrachten, noch immer durch die Welt. Daher auch die ungewöhnliche Zahl von Dachluken und Bullaugen und das verhältnismäßige Unbehagen derer, die zivilisiert und verfeinerter waren. Sogar in Waschtis Kabine leuchtete ein Stern durch einen Riß in der Blende, und nach einigen Stunden unruhigen Schlafs wurde sie aufgeschreckt von ungewohntem Glühen, das von der Morgendämmerung kam.

Schnell, wie das Schiff vorausgeeilt war, war die Erde gar noch schneller ostwärts weggerollt und hatte Waschti und ihre Mitreisenden zur Sonne hingezogen. Die Wissenschaft vermochte zwar die Nacht zu verlängern, allerdings nur wenig, aber jene so hohen Hoffnungen auf die Neutralisierbarkeit der irdischen Tagesdrehung waren verschwunden, gemeinsam mit anderen Hoffnungen, die möglicherweise sogar noch größer waren. »Mit der Sonne schrittzuhalten«, beziehungsweise sie gar zu überholen, das war das Ziel der vorangegangenen Zivilisation gewesen. Rennflugzeuge waren extra zu diesem Zweck gebaut worden, die enorme Geschwindigkeiten entwikkeln konnten und von den größten Geistern der Epoche gesteuert wurden. Rund um den Globus wurden sie geflogen, rundherum, immer rundherum, westwärts, natürlich, weiter nach Westen, rundherum, rundherum, immerzu, mitten durch den Applaus der Menschheit hindurch. Aber vergeblich. Stattdessen bewegte der Erdball sich immer noch schneller nach Osten, grauenhafte Unfälle geschahen, und das Maschinen Komitee, das in jenen Tagen gerade im Begriff war, zu Glanz und Ansehen aufzusteigen, erklärte diese Bestrebungen fortan für illegal, unmechanisch und zu ahnden mit *Heimatlosigkeit*.

Zur Heimatlosigkeit später mehr.

Ohne Zweifel, das Komitee hatte recht. Dennoch erregte der Versuch, »die Sonne zu schlagen«, das letzte gemeinsame Interesse, das unsere Rasse an den Himmelskörpern beziehungsweise überhaupt noch an etwas hatte. Es war das letzte Mal gewesen, daß die Menschen im Gedanken an eine Macht außerhalb dieser Welt miteinander verbunden waren. Die Sonne hatte erobert, ja, aber dennoch war das auch das Ende ihrer geistigen Herrschaft. Dämmerung, Mittag, Zwielicht, der Tierkreis, nichts davon berührte noch der Menschen Leben oder Herzen, und die Wissenschaft zog sich unter die Erde zurück, um sich auf Probleme zu konzentrieren, von denen sie sicher sein durfte, sie lösen zu können.

Darum war Waschti, als das rosenfingrige Licht in ihre Kabine drang, angewidert und versuchte verzweifelt, die Blende lichtdicht zu verschließen. Die Blende aber schnellte dabei nun völlig empor, und durch das Bullauge erspähte sie kleine rosige Wölkchen, die sich vor blauem Hintergrund bewegten, und als die Sonne höherkletterte, drang ihr Glanz direkt ein, überflutete von oben bis unten die Wand, wie ein goldenes Meer. Er stieg und fiel mit den Bewegungen des LuftSchiffes, genau wie die Wellen steigen und fallen, aber er nahm zu, genau wie eine Flut zunimmt, anschwillt. Wenn sie nicht vorsichtig sein würde, könnte er ihr Gesicht treffen. Ein Anfall von Angst schüttelte sie, und sie klingelte nach der Bediensteten. Die Bedienstete war gleichermaßen verängstigt, konnte aber nichts unternehmen; es war nicht ihre Aufgabe, die Blende zu reparieren. Sie konnte nur den Rat geben, die Dame möge die Kabine wechseln, womit sie dann auch prompt einverstanden war.

Die Menschen waren fast gleich, überall auf der Welt, die Bedienstete des LuftSchiffes aber, was möglicherweise auf ihre ungewöhnlichen Aufgaben zurückzuführen war, hob sich etwas von der Allgemeinheit ab. Häufig hatte sie sich an Passagiere in direkter Rede zu wenden, was ihr im Laufe der Zeit eine gewisse Rauhheit, gleichzeitig aber auch Originalität im Verhalten verliehen hatte. Als Waschti beispielsweise mit einem Aufschrei vor den Sonnenstrahlen zurückschrak, benahm sie sich wie ein Barbar – sie streckte die Hand aus, um sie zu stützen.

»Unterstehen Sie sich!« rief die Passagierin, »Sie scheinen sich zu vergessen!«

Die Frau war verwirrt und entschuldigte sich dafür, daß sie sie nicht hatte fallen lassen. Man berührte sich niemals. Das Ritual war, dank der Maschine, glücklicherweise längst nicht mehr gebräuchlich.

»Wo sind wir jetzt?« fragte Waschti mit überheblichem Unterton.

»Wir sind über Asien«, sagte die Bedienstete und bemühte sich, höflich zu sein.

»Asien?«

»Sie müssen meine nachlässige Sprache entschuldigen. Ich habe es mir hier oben so angewöhnt, die Orte, die ich überfliege, noch mit ihren unmechanischen Namen zu nennen.«

»Oh, Asien. Ich erinnere mich. Da kamen doch die Mongolen her.«

»Direkt unter uns, völlig der freien Luft ausgesetzt, stand eine Stadt, die sie Simla nannten.«

»Haben Sie je von der Mongolen- und der Brisbane-Schule gehört?«

»Nein.«

»Brisbane stand genauso im Freien.«

»Die Berge da rechts – ich möchte sie Ihnen zeigen.«

Sie schob eine Metallblende zurück. Die Zentralkette des Himalaya wurde sichtbar. »Früher hat man sie das Dach der Welt genannt, diese Berge da.«

»Was für ein blödsinniger Name!«

»Sie dürfen nicht vergessen, daß sie damals, vor der Morgendämmerung der Zivilisation, eine undurchdringliche Mauer zu sein schienen, die bis zu den Sternen reichte. Und man nahm an, daß niemand außer den Göttern über ihren Gipfeln existieren konnte. Was sind wir doch weitergekommen, dank der Maschine!«

»Was sind wir doch weitergekommen, dank der Maschine!« sagte Waschti.

»Was sind wir doch weitergekommen, dank der Maschine!« echote der Passagier, der am Abend zuvor sein Buch hatte fallenlassen, und der nun im Gang stand.

»Und das weiße Zeugs da in den Spalten? – Was ist das denn?«

»Ich hab vergessen – – ich weiß nicht...«

»Bitte, verdecken Sie das Fenster. Diese Berge da geben mir einfach keine Ideen.«

Der nördliche Teil des Himalaya lag noch in tiefem Schatten; dort, wo die Kette zur indischen Seite hin abfiel, hatte die Sonne sich soeben die Oberhand verschafft. Die Wälder waren während der LiteraturEpoche abgeholzt worden, um Zeitungspapier daraus zu machen, die Schneefelder aber erwachten jetzt zu ihrem morgendlichen Glanz, und noch immer verhüllten

Wolken die Brüste des Kangchendzönga. In der Ebene waren die Ruinen von Städten zu erkennen, immer kleiner werdende Flußläufe krochen an ihren Mauern vorüber, und an ihren Ufern waren hin und wieder die Merkmale der Vomitorien zu erkennen – die Kennzeichen der heutigen Städte. Über der gesamten Ansicht eilten LuftSchiffe hin und her, kurvten und kreuzten mit unglaublichem Aplomb und erhoben sich wie gleichgültig, sobald sie nur den Wunsch zu hegen schienen, den Turbulenzen der unteren Atmosphäre zu entkommen und das Dach der Welt zu überfliegen.

»Wirklich, wir sind weitergekommen, dank der Maschine«, wiederholte die Bedienstete beflissen und verbarg den Himalaya wieder hinter einer Blende aus Metall.

Der Tag schleppte sich schwerfällig voran. Jeder der Passagiere saß in seiner Kabine, mied jeden anderen mit fast physischem Widerwillen und hegte die Sehnsucht, bald wieder unter der Oberfläche zu sein. Sie waren insgesamt acht oder zehn, zumeist junge Männer, die aus den öffentlichen Horten kamen und jetzt den Räumen zugeteilt worden waren, in denen überall in der ganzen Welt verstreut irgend jemand gestorben war. Der Mann, der das Buch hatte fallen lassen, war auf der Heimreise. Man hatte ihn nach Sumatra geschickt, damit er dort die Rasse propagieren sollte. Waschti reiste als einzige aus rein privaten Gründen.

Um Mittag wagte sie einen zweiten Blick zur Erde. Das LuftSchiff kreuzte gerade eine andere Bergkette, aber zu sehen war wegen der Wolken nur wenig. Schwarze Felsmassen ragten unter ihnen auf und verschwanden undeutlich im Grau. Ihre Umrisse waren phantastisch; ein Felsblock ähnelte gar einem hingestreckten Mann.

»Keine Ideen hier«, murmelte Waschti und versteckte den Kaukasus hinter einer Metallblende.

Am Abend wagte sie es noch einmal. Sie überflogen gerade ein goldenes Meer, in dem viele kleine Inseln und eine Halbinsel zu erkennen waren.

Sie wiederholte ihr »Keine Ideen hier« und versteckte auch Griechenland hinter einer Metallblende.

Teil II

Das FlickGerät

Durch ein Vestibül, mit einem Aufzug, in einer Röhrenbahn, über eine Plattform, durch eine Gleittür – in umgekehrter Reihenfolge absolvierte Waschti alle Schritte ihrer Abreise und kam so in dem Raum ihres Sohnes an, der natürlich dem ihren aufs i-Tüpfelchen glich. Sie hätte gut erklären können, ihre Reise sei im Grunde total überflüssig gewesen. Die Knöpfe, die Regler, das Lesepult mit dem Buch, die Temperatur, die Atmosphäre, die Beleuchtung – alles war haargenau das gleiche. Und ob Kuno nun, Fleisch von ihrem Fleisch, letzten Endes dicht bei ihr war oder nicht – was machte das schon aus, welcher Vorteil sollte darin schon liegen? Sie war zu gut erzogen, um ihm die Hand zu reichen.

Sie vermied seinen Blick und sprach wie folgt:
»Da bin ich also. Ich habe die schrecklichste Reise hinter mir und die Entwicklung meiner Seele dadurch erheblich verzögert. Das ist es einfach nicht wert, Kuno, das ist es nicht wert. Meine Zeit ist zu kostbar. Fast hätte mich das Sonnenlicht berührt, und ich mußte mich mit den rohesten Exemplaren Mensch auseinandersetzen. Ich habe nur ein paar Minuten. Sag also, was du sagen willst, und dann muß ich gehen.«

»Ich bin von Heimatlosigkeit bedroht«, sagte Kuno.

Jetzt schaute sie ihn doch an.

»Ich bin mit Heimatlosigkeit bedroht worden, und das konnte ich dir doch nicht über die Maschine sagen.«

Heimatlosigkeit bedeutete Tod. Das Opfer wird der Luft ausgesetzt. Die tötet ihn.

»Ich war draußen, seit ich das letzte Mal mit dir sprach. Das Entsetzliche ist geschehen, und sie haben mich entdeckt.«

»Aber warum« darfst du denn nicht nach draußen?« rief sie. »Es ist doch absolut legal, völlig mechanisch, die Oberfläche der Erde zu besuchen. Vor kurzem war ich zu einer Vorlesung an der See; dagegen ist absolut nichts einzuwenden; man ordert sich einen Atemfilter und bekommt seine AusgangsGenehmigung. Es ist zwar nicht das, was geistig orientierte Menschen unbedingt tun würden, und ich hatte dich auch gebeten, die Finger davon zu lassen, aber im Grunde gibt es keinerlei rechtlichen Einwand dagegen.«

»Ich habe keine AusgangsGenehmigung gehabt.«
»Wie bist du dann hinausgekommen?«
»Auf eigene Faust.«
Der Satz sagte ihr nichts, und er mußte ihn für sie wiederholen.

»Auf eigene Faust?« flüsterte sie. »Aber das ist doch unrecht.«

»Warum denn?«
Diese Frage schockierte sie erst recht über alle Maßen.
»Du fängst schon an, die Maschine richtig anzubeten«, sagte er kalt. »Du glaubst, daß es unreligiös von mir ist, daß ich einen Weg auf eigene Faust gefunden habe. Das ist genau, was das Komitee auch gesagt hat, als es mich zur Heimatlosigkeit verurteilt hat.«

Jetzt wurde sie wütend. »Ich bete überhaupt nichts an!« schrie sie. »Ich bin außerordentlich fortgeschritten. Ich halte dich auch nicht für unreligiös, weil es nämlich gar nichts mehr gibt, was noch etwas mit Religion zu tun haben könnte. Alles, was es an Furcht und Aberglauben früher mal gegeben hat, ist von der Maschine ein für allemal ausgemerzt worden. Ich meinte lediglich, daß für dich etwas auf eigene Faust zu unternehmen im Grun--, ach was. Und außerdem ... außerdem gibt es überhaupt auch keinen neuen Weg nach draußen.«

»Das wird zumindest allgemein so angenommen, ja.«
»Außer durch die Vomitorien, für die du eine Ausgangs-Genehmigung brauchst, ist es völlig unmöglich, hinauszukommen. Das steht ja schließlich auch so im Buch.«

»Jaja, aber das Buch irrt nun mal. Schließlich bin ich selber zu Fuß nach draußen gekommen.«

Denn Kuno verfügte über ein beachtenswertes Maß an körperlicher Kraft.

In diesen Zeiten allerdings galt es als denkbar unwürdig, muskulös zu sein. Jeder Säugling wurde schon gleich nach seiner Geburt untersucht, und jeder, bei dem auf ungebührliche Kräfte geschlossen werden mußte, wurde zerstört. Philanthropen mögen da protestieren, aber man hätte einem Athleten keinen Gefallen getan, ihn am Leben zu lassen; er würde dieses Lebens, zu dem die Maschine ihn bestimmt hätte, niemals glücklich werden können; er würde sich sehnen nach Bäumen, auf die er klettern könnte, nach Flüssen, um in ihnen zu schwimmen, nach Wiesen und nach Bergen, mit denen er sich körperlich messen könnte. Der Mensch muß schließlich seinem Environment angepaßt werden, oder etwa nicht? Im Morgengrauen der Welt mußten die Schwachen unter uns auf dem Berge Taigeta ausgesetzt werden; in ihrem Zwielicht werden die Starken unter uns die Euthanasie erleiden, auf daß die Maschine den Fortschritt bewahre, auf daß die Maschine den Fortschritt bewahre, auf daß die Maschine den Fortschritt auf ewig bewahre.

»Du weißt, daß wir das Gefühl für den Raum verloren haben. Wir sagen zwar: ›Der Raum ist aufgehoben‹, aber was wir in Wirklichkeit aufgehoben haben, ist nicht der Raum, sondern nur das Gefühl für ihn. Wir haben einen Teil unseres Selbst aufgehoben. Ich beschloß, diesen Teil zu bergen, und ich fing an, auf der Plattform hier vor meinem Raum hin und her zu gehen. Hin und her, bis ich müde wurde und plötzlich wieder das Gefühl für ›nah‹ und für ›fern‹ in mir hatte. ›Nah‹ ist etwas, wohin ich schnell und *zu Fuß* gehen kann, also nichts, wohin ich nur dann schnell komme, wenn ich eine Bahn oder ein LuftSchiff nehme. ›Fern‹ ist etwas, was ich zu Fuß nicht schnell erreichen kann; das Vomitorium ist ›fern‹, obwohl ich, wenn ich mir eine Bahn ordere, in achtunddreißig Sekunden dort sein kann. Der Mensch ist das Maß. Das war meine erste Lektion. Die Füße des Menschen geben ihm ein Maß für die Entfernung, seine Hände sind sein Maß für Eigentum, sein Körper ist das Maß für alles, was liebenswert und begehrenswert und stark ist. Dann ging ich weiter; das war, als ich dich zum ersten Mal angerufen hatte und du nicht gekommen bist.

Diese Stadt hier ist, wie du weißt, tief unter der Erdoberfläche errichtet worden, und nur die Vomitorien ragen daraus hervor. Ich habe also die Plattform hier vor meinem Raum betreten, dann den Lift zur nächsten Plattform genommen und die wiederum betreten, und so immer weiter, bis ich auf die höchste kam, über der dann gleich die Erde beginnt. Alle Plattformen waren völlig identisch, und das einzige, was ich davon hatte, war, daß sich mein Gefühl für den Raum und für meine Muskeln entwickelte. Ich glaube, ich sollte mich eigentlich damit zufriedengeben – es ist schließlich nicht gerade wenig –, aber als ich weiterging und darüber nachdachte, kam mir der Gedanke, daß unsere Städte zu einer Zeit gebaut worden sein mußten, als die Menschen noch immer die Außenluft atmeten, und daß es Ventilationsschächte für die Arbeiter geben mußte. Ich konnte an nichts anderes mehr als immer nur an diese Ventilationsschächte denken. Sind sie nach und nach zerstört worden durch all diese EssensRöhren und MedizinRöhren und MusikRöhren, die die Maschine schließlich entwickelt hat? Oder waren noch Spuren von ihnen da? Eins war sicher: *Wenn* ich irgend etwas davon noch finden sollte, konnte das nur noch in den Bahnschächten der obersten Ebene der Fall sein. Überall sonst war der gesamte Raum voll ausgenutzt worden.

Ich erzähle meine Geschichte nur so leicht und locker, aber bitte denk nicht, daß ich nicht auch ein Feigling war oder daß mich deine Reaktion nicht deprimiert hätte. Es ist nicht die vorschriftsmäßige Sache, es ist nicht mechanisch, es gehört sich eben einfach nicht, durch die Bahnschächte zu laufen. Ich hatte nicht etwa die Befürchtung, vielleicht auf eine Hochspannungs-Schiene zu treten und getötet zu werden. Vielmehr hatte ich Angst vor etwas weit Ungreifbarerem – daß ich nämlich etwas tat, das von der Maschine nicht vorgesehen worden war. Dann sagte ich mir: ›Der Mensch ist das Maß‹, und ich zog los, und nach vielen Versuchen hatte ich eine Öffnung gefunden.

Natürlich, die Tunnels waren beleuchtet. Alles ist hell, künstlich hell; Dunkelheit ist die Ausnahme hier. Als ich dann zwischen den Wandkacheln eine schwarze Lücke entdeckte, wußte ich, daß das so eine Ausnahme war, und brach natürlich in Jubel aus. Ich steckte meinen Arm hinein – zuerst ging auch nicht viel mehr hinein – und wühlte ekstatisch damit herum. Ich lockerte eine weitere Kachel und steckte dann schon meinen Kopf hinein und rief in die Dunkelheit hinaus: ›Ich komme, ich schaff es doch!‹, und meine Stimme hallte durch endlose Gänge. Mir kam es vor, als hörte ich die Geister der toten Arbeiter, die Abend für Abend zurückgekehrt waren ans Sternenlicht und zu ihren Frauen, und alle die Generationen, die draußen an der Luft gelebt hatten, riefen mir zu: ›Du schaffst es noch, du kommst!‹«

Er machte eine Pause, und, so absurd ihr dies hier alles vorkam, so sehr rührten sie seine letzten Worte doch. Denn Kuno hatte gerade kürzlich erst darum ersucht, Vater werden zu dürfen, aber das Komitee hatte ihm die Genehmigung verweigert mit dem Argument, er sei nicht der Typ, den die Maschine reproduziert wissen möchte.

»Dann kam eine Bahn vorbei. Ich spürte sie, wie sie an mir vorbeifuhr, aber ich steckte blitzschnell meinen Kopf und meine Arme in das Loch. Für einen Tag hatte ich auch genug getan, kletterte also zurück zur Plattform, ging hinunter zum Aufzug und orderte mir mein Bett. Ach ja, was für Träume! Und dann rief ich dich wieder an, und du sagtest wieder Nein.«

Sie schüttelte den Kopf und sagte:

»Nicht. Sag doch solche entsetzlichen Dinge nicht. Du machst mich ganz traurig. Du wirfst die Zivilisation einfach so fort.«

»Aber ich habe das Gefühl für den Raum wiederbekommen, und das läßt einen Menschen doch nicht einfach die Hände in den Schoß legen. Ich beschloß, in das Loch zu klettern und in den Schacht zu steigen. Und so übte ich meine Arme. Tag für Tag machte ich die lächerlichsten Bewegungen, bis mir mein Fleisch wehtat, und ich konnte mich an meine Arme hängen und das Kopfkissen mehrere Minuten lang ausgestreckt halten. Dann orderte ich ein Atemschutzgerät und zog los.

Zuerst war alles ganz einfach. Der Mörtel war irgendwie verrottet, also stieß ich einfach noch mehr Kacheln ein und stieg ihnen mit einiger Mühe in die Dunkelheit nach, und die Geister der Toten trösteten mich immer mehr. Ich weiß nicht einmal, wie ich das eigentlich meine. Ich sag halt nur, was ich da fühlte. Ich fühlte zum ersten Mal, daß gegen die Korruption ein Protest gesetzt war und daß, so wie die Toten mir Trost spendeten, ich den Ungeborenen Trost gab. Ich spürte, daß die Menschheit existierte und daß sie unverhohlen existierte. Ich weiß nicht, wie ich dir das erklären soll. Sie war nackt, die Menschheit schien mir nackt, und weder kommen all diese Röhren und Knöpfe und Maschinerien gemeinsam mit uns in die Welt, noch kommen sie nach uns oder bedeuten uns etwa viel, während wir da sind. Wäre ich stark gewesen, hätte ich jedes einzelne meiner Kleidungsstücke einfach zerrissen und wäre nackt und bloß hinausgegangen in die Außenwelt. Aber das ist nicht meine Sache und vielleicht auch nicht die meiner Generation. Ich kletterte mit Atemgerät, hygienischen Kleidern und Diättabletten! Besser also so als überhaupt nicht.

Dann kam da eine Leiter aus irgend einem uralten Metall. Das Licht der Gleise fiel auf ihre untersten Sprossen, und ich sah, daß sie direkt aus dem Schotter am Fuß des Schachtes nach oben führte. Vielleicht waren unsere Vorfahren in ihrem Bau täglich ein Dutzend Mal hinauf und hinunter geklettert. Beim Hinaufsteigen schnitten ihre stumpfen Enden durch meine Handschuhe, so daß meine Hände bluteten. Etwas half mir noch das Licht, aber dann kam Dunkelheit und, was noch schlimmer war, eine Stille, die mir wie ein Skalpell in die Ohren schnitt. Die Maschine summt! Wußtest du das? Ihr Summen geht uns völlig in Fleisch und Blut über und leitet möglicherweise sogar unser Denken. Wer weiß! Ich betrat jedenfalls ein Terrain, das jenseits ihrer Machtzuständigkeit lag. Dann dachte ich: ›Diese Stille bedeutet, daß ich etwas Unrechtes tue.‹ Aber in dieser Stille hörte ich Stimmen, und wieder gaben sie mir Kraft.« Er lachte auf. »Ich konnte sie verdammt gut brauchen. Im nächsten Augenblick stieß ich mir an irgendwas den Kopf.«

Sie seufzte.

»Ich war zu einem dieser pneumatischen Pfropfen gekommen, die uns vor der Außenluft schützen. Du hast sie vielleicht in deinem LuftSchiff bemerkt. Stockdunkel, meine Füße auf den Sprossen einer unsichtbaren Leiter, meine Hände aufgerissen; ich kann gar nicht sagen, wie ich da durchgekommen bin, aber immer noch gaben mir diese Stimmen Trost, und ich tastete nach Möglichkeiten, mich festhalten zu können. Ich schätze, der Pfropfen war ungefähr zwei Meter fünfzig von mir entfernt. Ich streckte meine Hand aus, soweit ich konnte. Er war ganz glatt. Ich konnte fast sein Zentrum fühlen. Nicht ganz das Zentrum, meine Arme waren zu kurz dafür. Dann sagte die Stimme: ›Spring! Es lohnt sich. Vielleicht ist in der Mitte ein Griff, an dem du dich festhalten kannst, damit du auf eigene Faust zu uns durchkommst. Und wenn kein Griff da ist und du fällst und in Stücke brichst, dann lohnt sich das immer noch: Auch dann kommst du auf eigene Faust zu uns durch.‹ Also sprang ich. Da war ein Griff, und – –«

Er unterbrach sich. Tränen traten seiner Mutter in die Augen. Sie wußte, daß er dem Untergang geweiht war. Wenn er heute nicht starb, dann würde er eben morgen sterben. Es war kein Platz für solch eine Figur in dieser Welt. Und in ihr Mitleid mischte sich Abscheu. Sie schämte sich, solch einem Sohn das Leben geschenkt zu haben, sie, ausgerechnet, die immer so geachtet gewesen und so voller Ideen war. War er wirklich früher einmal der kleine Junge gewesen, den sie den Gebrauch der Griffe und Knöpfe gelehrt und dem sie die erste Lektion aus dem Buch erteilt hatte? Schon das Haar, das seine Lippen verunzierte, zeigte doch, daß er sich in einen wilden Charakter verwandeln mußte. Gegenüber Atavismus kann die *Maschine* sich keine Gnade leisten.

»Da war also ein Griff, und ich erwischte ihn. Benommen hing ich in der Dunkelheit und hörte das Summen dieser Anlagen wie das letzte Geflüster in einem sterbenden Traum. All die Dinge, die mir etwas bedeutet hatten, und all die Leute, mit denen ich durch Röhren gesprochen hatte, erschienen unendlich klein. Mittlerweile drehte sich der Griff. Mein Eigengewicht mußte etwas in Bewegung gesetzt haben, und ich drehte mich langsam mit, und dann – –

Ich kann es nicht beschreiben. Mein Gesicht war ganz und gar dem Sonnenlicht ausgesetzt. Blut floß mir aus der Nase und den Ohren, und ich hörte einen entsetzlichen Lärm. Der

Pfropfen, an dem ich hing, war einfach aus der Erde hinausgeblasen worden, und die Luft, die wir hier unten produzieren, entwich knallend in die Luftschicht darüber. Sie platzte einfach auf wie ein Geisir. Ich kroch zurück – denn die obere Luft schmerzt –, und trotzdem nahm ich vom Rand aus gierige Schlucke davon. Mein Atemschutzgerät war weiß der Himmel wohin entflogen, meine Kleidung war zerrissen. Ich lag einfach da, meine Lippen ganz nah an dem Loch, und ich schluckte, bis das Bluten aufhörte. Man kann sich etwas Verrückteres nicht vorstellen. Dieses Loch im Gras – ich sage gleich noch was dazu –, dieser Friede, diese Nonchalance sozusagen, das Empfinden von Raum und, direkt meine Wange streifend, dieser knallende Sturzbach unserer künstlichen Luft! Bald erwischte ich mein Atemschutzgerät, das in der Luftströmung über mir auf und ab hüpfte, und noch weiter oben, über mir, die vielen LuftSchiffe. Aber es schaut ja niemals irgend jemand aus den LuftSchiffen heraus, und aufnehmen hätten sie mich sowieso nicht können. Da war ich also – gestrandet. Die Sonne drang noch etwas tiefer in den Schacht ein, so daß ich die oberste Sprosse der Leiter sehen konnte, aber es war völlig hoffnungslos, daß ich versuchte, sie zu erreichen. Entweder würde mich der Austrittsdruck hochschleudern, oder ich würde unweigerlich abstürzen und sterben. Ich konnte nichts weiter tun, als im Gras zu liegen, zu schlucken und schlucken und mich von Zeit zu Zeit immer mal wieder umzusehen.

Ich wußte, daß ich in Wessex war, denn bevor ich aufbrach, hatte ich einen Kurs darüber belegt. Wessex liegt über dem Raum, in dem wir jetzt reden. Früher war das mal ein wichtiger Staat. Seine Könige regierten über die ganze Südküste vom Andredswald bis nach Cornwall, während nach Norden hin der Wansdeich sie schützte, der über erhöhtem Grund errichtet worden war. Der Lektor war nur am Aufstieg von Wessex interessiert, darum weiß ich nicht, wie lange es eine internationale Macht geblieben ist. Aber viel helfen hätte mir das auch nicht gerade können. Um die Wahrheit zu sagen, in meiner Situation dort oben konnte ich nicht anders – ich mußte schallend lachen. Da war ich nun, Seite an Seite mit einem pneumatischen Pfropfen und einem Atemschutzgerät, das über meinem Kopf herumhüpfte, gefangen, wir alle drei, in einem grasgrünen Loch, das von Farnkraut umwuchert war.«

Dann wurde er wieder ernst.

»Mein Glück, daß es ein richtiges Loch war. Denn die Luft drängte zurück und hinein und begann es zu füllen wie Wasser eine Schale. Ich konnte weiterkriechen. Dann plötzlich stand ich. Ich inhalierte eine Mixtur, in der die Luft, die wehtat, immer dann durchschlug, wenn ich versuchte, an den Seiten entlang zu klettern. Das war aber nicht das Schlimmste. Meine Pillen hatte ich nicht verloren und war noch immer fast beunruhigend aufgedreht, und was die Maschine anging, so hatte ich die tatsächlich total vergessen. Mein einziges Ziel war, ganz nach oben zu kommen, dahin, wo der Farn stand, um nachzusehen, was für Dinge da oben herumlagen.

Ich schaffte die Steigung in Nullkommanichts. Die neue Luft war trotzdem noch immer zu bitter für mich, und ich rollte prompt wieder zurück, hatte oben allerdings schon etwas Graues gesehen. Die Sonne wurde schwächer, und ich entsann mich, daß sie im Skorpion stand – ich hab auch darüber mal einen Kurs belegt. Wenn nämlich die Sonne im Skorpion steht und man selber in Wessex ist, muß man verdammt schnell sein, um etwas von der hellen Sonne mitzukriegen. (Das ist die erste nützliche Information, die ich je aus einem Kursus gewonnen habe, und ich schätze, es war auch die letzte). Darum versuchte ich jetzt wie ein Wahnsinniger die neue Luft einzuatmen und mich aus meinem Luft-Teich so weit wie möglich hinauszuwagen. Das Loch füllte sich einfach zu langsam. Manchmal hatte ich den Eindruck, die Quelle würde schwächer sprudeln. Mein Atemgerät schien jetzt auch in geringerer Höhe zu tanzen; der Lärm nahm ab.«

Er brach ab.

»Ich glaube kaum, daß dich das irgendwie sonderlich interessiert. Und der Rest wird dich wohl sogar noch viel weniger interessieren. Er enthält nicht eine einzige Idee, und ich wünschte, ich hätte dir mit dem Herkommen nicht so viele Umstände gemacht. Wir sind zu verschieden, Mutter.«

Sie bat ihn fortzufahren.

»Naja, es wurde Abend, bevor ich die Anhöhe hinaufkletterte. Die Sonne war zu dieser Zeit schon fast völlig vom Himmel verschwunden, und darum war die Sicht auch nicht besonders. Wer gerade das Dach der Welt überquert hat wie du, möchte mit Sicherheit nichts hören von solch jämmerlichen, kleinen Hügelchen wie die, die ich da sah. Aber für mich waren sie etwas Lebendiges, und der Rasen, der sie bedeckte, war wie eine Haut, unter der sich ihre Muskeln wölbten, und ich spürte, daß diese Berge in der Vergangenheit mit unkalkulierbarer Kraft die Menschen herausgefordert haben und die Menschen sie geliebt haben müssen. Jetzt schliefen sie – vielleicht für immer. In ihren Träumen vereinigen sie sich mit der Menschheit. Glücklich der Mann, glücklich die Frau, die die Berge von Wessex zu erwecken wüßten. Denn, wenn sie auch schlafen – sterben werden sie nie.«

Seine Stimme steigerte sich leidenschaftlich.

»Vermögt ihr denn nicht zu schauen, vermögt ihr Lektoren nicht zu schauen, daß wir es sind, die sterben, und daß das einzige, was hier unten wirklich lebt, die Maschine ist? Wir erschufen die Maschine, damit sie uns dienen sollte, aber wir können sie uns nicht mehr zur Dienerin machen. Sie hat uns unserer Sinne für Raum und Berührung beraubt, sie hat jede menschliche Beziehung getrübt und die Liebe reduziert auf einen Geschlechtsakt, sie hat unsere Körper und unsere Willenskraft gelähmt, und jetzt zwingt sie uns, sie anzubeten. Die Maschine entwickelt sich – nur nicht in unserem Sinne. Die Maschine macht Fortschritte – nur nicht auf unsere Ziele zu. Wir existieren doch nur noch als ihre Blutkorpuskeln, die durch ihre Arterien pulsen, und wenn sie ohne uns leben könnte, würde sie uns ganz einfach krepieren lassen. Oh, nein, ich habe kein Rezept – oder, genauer gesagt, nur eins: den Menschen immer und immer wieder zu sagen, daß ich die Berge von Wessex gesehen habe, wie Aelfrid sie einst sah, als er die Dänen schlug.« –

»Dann ging die Sonne unter. Ich vergaß noch zu sagen, daß zwischen meinem Hügel und den anderen Hügeln ein Dunst-

gürtel lag und daß der eine Farbe hatte wie Perlen.«
Er unterbrach sich zum zweiten Mal.
»Weiter«, sagte seine Mutter müde.
Er schüttelte den Kopf.
»Mach weiter. Nichts von dem, was du da sagst, kann mich noch erschüttern. Ich bin jetzt abgehärtet.«
»Ich wollte dir den Rest erzählen. Aber ich, ich kann es nicht: Ich weiß, daß ich es nicht schaffe. Leb wohl.«
Waschti stand unentschlossen da. All ihre Nerven klangen noch nach von seinen Blasphemien. Doch andererseits – neugierig war sie auch.
»Das ist unfair«, klagte sie. »Du hast mich quer über die Welt hinweg zu dir gerufen, damit ich mir deine Geschichte anhöre, und dann will ich sie aber auch hören. Erzähl mir – aber so knapp wie nur möglich; das ist nämlich eine immense Zeitverschwendung – erzähl mir, wie du in die Zivilisation zurückgekehrt bist.«
»Ach – das!« sagte er und begann aufs neue. »Du willst etwas über die Zivilisation hören. Nichts leichter als das. War ich schon da, wo mir das Atemgerät runtergefallen war?«
»Nein – aber so langsam aber sicher versteh ich das alles. Du hast dir dein Atemschutzgerät geschnappt und hast es geschafft, auf der Erdoberfläche bis zum nächsten Vomitorium zu marschieren, wo dann dein Verhalten dem ZentralKomitee gemeldet wurde, stimmt's?«
»Mitnichten, mitnichten.«
Er griff sich mit der Hand an die Stirn, als wollte er irgendeinen überwältigenden Eindruck zerstreuen. Wie er dann seinen Bericht wieder aufnahm, wurde er auch wieder umgänglicher.
»Mein Atemgerät fiel also herunter, als die Sonne untergegangen war. Ich habe doch erwähnt, daß der Luftbrunnen jetzt schwächer zu werden schien, nicht?«
»Ja.«
»Naja, nach Sonnenuntergang ließ er das Atemschutzgerät herunterfallen. Wie gesagt, ich hatte die Maschine total vergessen, und ich strengte mich zu dieser Zeit auch nicht sonderlich

an, mich darauf zu konzentrieren, denn ich war ja nun mit anderen Dingen vollauf beschäftigt. Ich hatte meinen Teich mit Luft, in den ich verschwinden konnte, wenn es mir draußen allzu scharf wurde, und der möglicherweise noch Tage reichen würde, vorausgesetzt, es kam kein Wind auf, der ihn zerfleddern würde. Es war fast schon zu spät, als mir klar wurde, was die Versiegelung des Ausgangs bedeuten mußte. Verstehst du – – die Lücke im Tunnel war inzwischen repariert worden; das *FlickGerät;* das *FlickGerät* war hinter mir her!

Etwas anderes warnte mich noch, aber ich übersah es einfach. Der Nachthimmel war klarer, als der Himmel am Tage es gewesen war, und der Mond, der ungefähr einen halben Tageshimmel hinter der Sonne herschob, schien hin und wieder unheimlich stark in das kleine Tal hinein. Ich war an meinem neuen Stammplatz – direkt auf der Grenze zwischen den beiden Atmosphären –, als ich glaubte, etwas Dunkles sich am Boden des kleinen Tales entlang bewegen und im Schacht verschwinden zu sehen. In meiner Dummheit eilte ich hinunter. Ich beugte mich vor und lauschte und glaubte, ich würde ein schwaches Kratzgeräusch in der Tiefe hören.

Da – aber es war zu spät – packte mich Alarmstimmung. Ich entschloß mich, das Atemgerät zu nehmen und schnurstracks hinaus aus dem Tal zu marschieren. Aber das Atemgerät war verschwunden! Ich wußte noch ganz genau, wo es hingefallen war – zwischen den Pfropfen und die Öffnung –, und konnte sogar noch den Abdruck fühlen, den es im Rasen hinterlassen hatte. Es war weg. Und ich wußte mit einem Schlag, daß irgend etwas Schlimmes vorging, und ich hätte besser in die andere Luft hineinflüchten, und, wenn ich schon zum Tode verurteilt gewesen wäre, zu der Wolke rennen sollen, die so perlenfarben war. Ich blieb. Aus dem Schacht war – – es ist zu fürchterlich. Ein Wurm, ein langer, weißer Wurm war aus dem Schacht gekrochen und glitt durch das monderhellte Gras.

Ich schrie. Und ich tat wirklich alles, was ich genau nicht hätte tun dürfen, ich trat auf diese Kreatur, statt vor ihr zu fliehen, und sofort schlang sie sich um meinen Knöchel. Dann kämpften wir. Der Wurm ließ mich bis zum Rand des ganzen

Tales rennen, blieb aber, als ich rannte, immer an meinem Bein hängen. ›Hilfe!‹ schrie ich. (Dieser Teil ist entsetzlich. Er gehört zu dem Teil, den du nie erfahren wirst). ›Hilfe!‹ brüllte ich. (Warum vermögen wir nicht in Stille zu leiden?). ›Hilfe!‹ kreischte ich. Dann waren meine Füße zusammengebunden, ich stürzte, ich wurde fortgezogen von den lebenden Hügeln und dem liebgewonnenen Farn, bis hinter den großen Metallpfropfen (diesen Teil kann ich dir ruhig erzählen), und ich dachte, es könnte mich retten, wenn ich noch einmal versuchen würde, seinen Griff zu erreichen. Auch er war umschlungen, er auch. Oh, das ganze kleine Teil war jetzt voll von diesen Dingern. Sie durchsuchten es in allen Himmelsrichtungen, sie entblößten es, und immer neue weiße Schnauzen schmulten aus dem Loch hervor, bereit, einzugreifen. Sie brachten alles an, was bewegt werden konnte – Reisig, bündelweise Farnkraut, alles, und hinab tauchten wir, ineinander verschlungen auf dem Weg zur Hölle. Das Letzte, was ich noch wahrnahm, bevor der Pfropfen sich hinter uns schloß, waren bestimmte Sterne, und ich hatte das Gefühl, daß ein anderer Mensch von meiner Art bestimmt mitten im Himmel leben mochte. Denn ich kämpfte, ich kämpfte, bis absolut Schluß war, und nur, weil ich mir den Kopf an der Leiter stieß, gab ich auf. In diesem Raum hier wachte ich auf. Die Würmer waren verschwunden, ich war wieder umgeben von künstlicher Luft, künstlichem Licht, künstlichem Frieden, und meine Freunde riefen mich über Sprechröhren an und erkundigten sich, ob ich in letzter Zeit irgendwelche neuen Ideen gehabt hätte.«

Hier endete seine Geschichte. Darüber noch zu diskutieren war ganz ausgeschlossen, also wandte sich Waschti zum Gehen.

»Es wird in der Heimatlosigkeit enden«, sagte sie leise.

»Ich wünschte wirklich, es wäre so«, gab Kuno zurück.

»Die Maschine war unendlich gnädig.«

»Ich ziehe die Gnade *Gottes* vor.«

»Meinst du mit diesem abergläubischen Satz etwa, daß du in der Außenluft leben könntest?«

»Ja.«

»Hast du jemals die Knochen der Männer um die Vomitorien

herum liegen sehen, die damals nach der *Großen Rebellion* ausgestoßen worden waren?«

»Ja.«

»Sie wurden verlassen, wo sie zu unser aller Erbauung krepierten. Ein paar krochen noch weg, aber die sind dann auch draufgegangen, und daran gibt es nichts, aber auch gar nichts zu zweifeln! Und so wird es auch mit den Heimatlosen von heute gehen. Die Oberfläche der Erde erhält kein Leben mehr.«

»Ach, tatsächlich?!«

»Farn und ein bißchen Gras mag ja überleben, alle höheren Formen aber sind hin. Hat irgendein LuftSchiff sie jemals entdeckt?«

»Nein.«

»Hat sich schon jemals ein Lektor mit ihnen beschäftigt?«

»Nein.«

»Warum dann also so halsstarrig?«

»Weil ich sie gesehen habe«, brach es aus ihm heraus.

»Gesehen? *Was?!*«

»Ich habe sie in der Dämmerung gesehen – weil sie mir zu Hilfe kam, als ich schrie –, weil sie ganz genauso von den Würmern umschlungen war, und weil sie mehr Glück hatte als ich und von einem von ihnen getötet wurde – er biß ihre Kehle durch.«

Er war verrückt. Waschti ging, und in der Sorgenzeit, die noch folgen sollte, sah sie sein Gesicht nie wieder.

TEIL III

Die Heimatlosen

Die Jahre, die auf Kunos Eskapade dann folgten, waren gekennzeichnet von zwei wichtigen Entwicklungen, die in der Maschine stattfanden. Oberflächlich betrachtet waren sie revolutionär, in Wirklichkeit aber war das Bewußtsein der Menschen vorher längst präpariert worden, und sie beinhalteten lediglich Tendenzen, die latent längst vorhanden waren.

Die erste war die Abschaffung der Atemschutzgeräte.

Fortgeschrittene Denker wie Waschti hatten es ohnehin seit eh und je für borniert gehalten, die Oberfläche der Erde zu besuchen. LuftSchiffe mochten ja noch eine gewisse Daseinsberechtigung haben, aber worin sollte der tiefere Sinn liegen, aus purer Neugier hinaufzugehen und da draußen eine Meile oder zwei in einem Erdmobil abzukriechen? Diese Einrichtung war vulgär und vielleicht irgendwo sogar unsittlich: sie brachte nichts an Ideen ein und wies keinerlei Verbindungen auf zu denjenigen Einrichtungen, auf die es schließlich und endlich ankam. Also wurden die Atemgeräte abgeschafft, und die Erdmobile folgten logischerweise gleich hinterdrein, und bis auf die Ausnahme einiger weniger Lektoren, die sauertöpfisch darauf hinwiesen, daß man ihnen damit den Weg zu dem eigentlichen Inhalt ihrer Vorlesungen verstellt hätte, wurde die Entwicklung ohne Murren akzeptiert. Diejenigen, die trotzdem noch genauer wissen wollten, wie die Erde tatsächlich beschaffen war, brauchten schließlich nur irgendeinem Grammophon zu lauschen oder in den Cinematophoten zu sehen. Und sogar die erwähnten Lektoren beruhigten sich alsbald wieder, als sie daraufkamen, daß eine Vorlesung über das Meer nicht weniger fesselnd war, wenn sie aus Vorlesungen kompiliert wurde, die bereits zum gleichen Thema gehalten worden waren. »Vorsicht vor Ideen aus erster Hand!« rief einer der fortgeschrittensten unter ihnen, »Ideen aus erster Hand gibt es in Wirklichkeit gar nicht. Sie sind lediglich die konkreten Impressionen dessen, was der Liebe und der Angst entspringt. Und wer wollte schon auf solch einer wackligen Basis eine Philosophie errichten? Laßt eure Ideen getrost aus zweiter Hand kommen, wenn möglich sogar aus zehnter Hand. Erst dann sind sie weit genug entfernt von diesem Störelement – der direkten Beobachtung. Lernt bloß nichts über mein Fachgebiet – die Französische Revolution. Lernt lieber, was ich glaube, daß Enicharmon glaubte, daß Urizen glaubte, daß Gutch dachte, daß Ho-Yung meinte, daß Chi Po-Hsing glaubte, daß Lafcadio Hearn dachte, daß Carlyle glaubte, was Mirabeau über die Französische Revolution gesagt haben soll. Durch das Medium dieser acht großen Geister wird das Blut, das in Paris vergossen wurde, und werden die Fenster, die in Versailles zerschlagen wurden, zu einer Idee verklärt, die ihr erstklassig in euerm Alltag anwenden könnt. Aber versichert euch vorher immer der Tatsache, daß die Zwischenmedien bis hin zum Endpunkt auch schön zahlreich und verschieden sind, denn schließlich ist es in der Geschichte immer so, daß eine Autorität deshalb existiert, damit sie einer anderen entgegenwirken kann. Urizen muß dem Skeptizismus von Ho-Yung und Enicharmon entgegenwirken, ich selbst muß das Ungestüm von Gutch wieder ausgleichen. Ihr, die ihr mir zuhört, seid in einer weit besseren Position, über die Französische Revolution zu urteilen, als ich es noch bin. Eure Nachkommen werden wiederum in einer noch günstigeren Position sein als ihr, denn sie werden lernen, was ihr denkt. Ich denke, und automatisch wird in die Kette ein weiteres Glied eingefügt. Und es wird die Zeit kommen« – er hob die Stimme –, »da wird es eine Generation geben, die über die Fakten hinausgelangt sein wird, über Impressionen hinaus, eine Generation, die *endlich* völlig farblos sein wird, eine Generation eben, die

seraphisch und befreit
vom Makel der Persönlichkeit

sein und die Französische Revolution nicht mehr so sehen wird, wie sie einmal war, auch nicht, wie sie wünschten, daß sie gewesen wäre, nein, sondern so, wie sie verlaufen wäre, hätte sie zu der Zeit der *Maschine* stattgefunden.«

Dröhnender Applaus schwoll dieser Rede entgegen – was nichts anderes zum Ausdruck brachte als ein Gefühl, das in den Herzen dieser Menschen latent vorhanden war – ein Gefühl, daß irdische Fakten zu ignorieren seien und daß die Abschaffung von Atemschutzgeräten ein absolut positiver Gewinn war. Es wurde sogar die Forderung laut, die LuftSchiffe ebenfalls abzuschaffen. Das aber wurde nicht getan, denn irgendwie hatten es die LuftSchiffe vermocht, sich in das Systemdenken der *Maschine* zu integrieren. Aber Jahr für Jahr wurden sie weniger benutzt, und noch weniger pflegten Menschen mit Köpfchen über sie zu sprechen.

Der zweite bedeutende Entwicklungsschritt war die Wiedereinführung der Religion.

Auch das war in der gefeierten Vorlesung zur Sprache gekommen. Niemand hatte den ehrfürchtigen Unterton im Abschluß der Zusammenfassung überhören können, und er erweckte in jedem Teilnehmer ein begeistertes Echo. Die, die die lange Zeit vorher stets im stillen in Anbetung verbracht hatten, meldeten sich nun selber zu Wort. Sie beschrieben das eigenartige Gefühl inneren Friedens, das sie immer dann überkam, wenn sie das Buch der Maschine in die Hand nahmen, den tiefen Genuß, wenn sie bestimmte Ziffern daraus wiederholten, Ziffern freilich, die uneingeweihten Ohren kaum etwas bedeuten würden; die Ekstase, einen Knopf zu drücken, der zwar unwichtig, eine elektrische Glocke zu läuten, die zwar überflüssig war.

»Die Maschine«, riefen sie alle aus, »speist uns und kleidet uns und gibt uns Wohnung; durch sie sprechen wir miteinander, durch sie sehen wir den anderen, in ihr finden wir unsere eigentliche Identität. Die Maschine ist die Freundin von Ideen und die Feindin jeglichen Aberglaubens: Die Maschine ist allmächtig, ewig; geheiliget sei die *Maschine*.« Und schon kurz darauf erschien diese Ansprache gedruckt auf der ersten Seite des Buches, und in späteren Auflagen schwoll das Ritual zu einem komplizierten System von Lobpreis und Anbetung auf. Zwar wurde das Wort »Religion« geflissentlich vermieden, und theoretisch war die Maschine auch immer noch die Schöpfung des Menschen und damit sein Werkzeug. In der Praxis allerdings beteten sie alle, bis auf ein paar Rückschrittler, als göttlich an. Und sie wurde auch nicht etwa als geschlossene Einheit verehrt. Ein Gläubiger mochte vor allem beeindruckt sein von den blauen, optischen Flächen, durch die er andere Gläubige zu sehen vermochte; andere wieder von dem FlickGerät, das der sündige Kuno mit Würmern verglichen hatte; wieder andere von den Aufzügen, noch andere vielleicht von dem Buch. Und ein jeder würde sich im Gebet an dieses oder jenes wenden und darum bitten, es möge sich für ihn an die Maschine in ihrer Ganzheit wenden. Verfolgung – auch die gab es da. Sie brach nicht einfach aus heiterem Himmel aus, und zwar aus Gründen, die sehr bald angesprochen werden. Aber latent war sie vorhanden, und jeder, der nicht ein als »unkonfessionellen Mechanismus« bekanntes Minimum akzeptierte, lebte in ständiger Angst und Gefahr vor der Heimatlosigkeit, die – wir wissen es bereits – den sicheren Tod bedeutet.

Diese beiden großen Entwicklungen dem ZentralKomitee zuzuschreiben hieße, die Zivilisation in äußerst schmalen Bahnen zu sehen. Das ZentralKomitee gab die Entwicklungen zwar bekannt, das ist richtig, es war aber ebensowenig deren Ursache, wie die Könige in der imperialistischen Periode die eigentlichen Verursacher der Kriege waren. Eher gab es irgendeinem unbesiegbaren Druck nach, einem Druck, der – niemand wußte da Genaues – von irgendwoher kam, der aber, wenn er zufriedengestellt war, sogleich einen neuen, ebenso unbezwingbaren Druck nach sich zog. Und es ist sehr bequem, solch einem Zustand der Verhältnisse schlicht und einfach den Namen des Fortschritts aufzuprägen. Niemand konnte zugeben, die Maschine hatte durchgedreht. Jahrein, jahraus wurde ihr mit wachsender Effektivität und mit abnehmender Intelligenz gedient. Je besser ein Mensch über seine eigenen sie betreffenden Pflichten im Bilde war, desto weniger verstand er die Pflichten seines Nachbarn, und auf der ganzen Welt gab es mithin keinen einzigen Menschen, der das Monstrum als Ganzes verstanden hätte. Solch meisterliche Geister waren nicht mehr da. Sie hatten zwar komplette Anweisungen hinterlassen, das stimmt schon, und jeder einzelne ihrer Nachfolger hatte sich auf einen Teil dieser Anweisungen konzentriert. Die Menschheit aber hatte sich, in ihrem Streben nach Komfort, übernommen. Sie hatte die Reichtümer der Natur all zu rücksichtslos ausgebeutet. Still und selbstgefällig versank sie in Dekadenz, und der Fortschritt bedeutete nun den Fortschritt der Maschine selbst.

Was Waschti betraf, so verlief ihr Leben in friedlichen Bahnen – bis zum letztendlichen Desaster. Sie verdunkelte ihren Raum und schlief; sie erwachte und machte den Raum hell. Sie hielt Vorlesungen und hörte Vorlesungen. Sie tauschte mit ihren unzähligen Freunden Ideen aus und glaubte, geistig immer reifer zu werden. Dann und wann wurde einem Freund Euthanasie zugestanden, und er oder sie verließ seinen oder ihren Raum, um dem Befehl zur Heimatlosigkeit Folge zu leisten, die weit jenseits des menschlichen Vorstellungsvermögens liegt. Waschti kümmerte sich so gut wie gar nicht darum. Nach einer erfolglosen Vorlesung ersuchte sie hin und wieder für sich selber um Euthanasie. Aber die Sterbensrate durfte die Geburtenrate nicht übersteigen, und so hatte die Maschine sie ihr bislang stets verweigert.

Die Probleme begannen in aller Stille und schon lange, bevor sie ihrer gewahr wurde.

Eines Tages war sie erstaunt, von ihrem Sohn eine Nachricht zu erhalten. Sie kommunizierten nie miteinander, denn sie hatten nichts mehr, was sie noch miteinander hätte verbinden können, und nur indirekt war ihr zu Ohren gekommen, daß er noch am Leben und, weil er sich damals so schädigend verhalten hatte, von der nördlichen Hemisphäre in die südliche transferiert worden war – bemerkenswerterweise in einen Raum, der von dem ihren gar nicht weit entfernt lag.

»Ob er wohl will, daß ich ihn besuche?« dachte sie nach. »Niemals wieder, niemals. Und ich hab auch gar nicht die Zeit dazu.«

Nein, der Irrsinn war ganz anderer Art.

Er weigerte sich, sein Gesicht auf der bläulichen Schirmplatte sichtbar zu machen, und sprach aus der Dunkelheit heraus mit feierlichem Ernst:

»Die Maschine stoppt.«

»Was hast du gesagt?«

»Die Maschine stoppt, ich weiß es, ich kenne die Symptome.«

Sie brach in schallendes Gelächter aus. Er hörte sie und war wütend, und sie hatten sich nichts mehr zu sagen.

»Kannst du dir irgend etwas noch Absurderes vorstellen?« kreischte sie einen Freund an. »Ein Mann, der mal mein Sohn gewesen ist, behauptet doch tatsächlich, daß die Maschine stoppt. Es wäre über alle Maßen unfromm, wenn es nicht so verrückt wäre.«

»Die Maschine stoppt?« erwiderte ihr Freund. »Was bedeutet das? Ich kann mit dem Satz nichts anfangen.«
»Nein, ich auch nicht.«
»Er bezieht sich doch wohl nicht, nehme ich an, auf den Ärger, den es kürzlich mit der Musik gegeben hat?«
»Oh, nein, natürlich nicht. Komm, laß uns über Musik reden.«
»Hast du dich an die Behörde gwandt?«
»Ja, und sie sagen, sie bedarf einer Reparatur, und haben mich an das FlickGerät-Komitee verwiesen. Ich habe mich beschwert wegen dieser merkwürdigen keuchenden Seufzergeräusche, die die Symphonien der Brisbane-Schule dauernd gestört haben. Es klingt, als hätte irgend jemand Schmerzen. Das FlickGerät-Komitee sagt, daß der Schaden in Kürze behoben sein wird.«

Dunkel besorgt, führte sie ihr Leben fort. Zum einen irritierte sie der Defekt in der Musikübertragung. Zum anderen aber vermochte sie nicht, Kunos Worte zu vergessen. Wenn er gewußt hätte, daß die Musik reparaturbedürftig wäre – aber er konnte es nicht wissen, weil er Musik nicht ausstehen konnte –, wenn er gewußt hätte, daß sie kaputt wäre, dann wäre »Die Maschine stoppt« haargenau die giftsprühende Bemerkung gewesen, die er auch dazu gewählt hätte. Natürlich hatte er sie nur so ins Blaue hinein gemacht, natürlich, was sonst, aber die Koinzidenz war ihr heftig zuwider, und sie sprach nicht ohne gewisse Verdrießlichkeit mit dem FlickGerät-Komitee.

Sie antworteten ihr, genau wie vorher, daß der Defekt alsbald behoben werden würde.

»Alsbald?! Jetzt, sofort!« gab sie scharf zurück. »Warum sollte ich mir sonst den Kopf wegen unvollkommener Musik zerbrechen? Fehler werden doch sonst auch immer sofort behoben. Wenn ihr das nicht sofort in Ordnung bringt, beschwere ich mich beim ZentralKomitee.«

»Das ZentralKomitee nimmt keinerlei persönliche Beschwerden an«, erwiderte das FlickGerät-Komitee.

»Wem kann ich dann meine Beschwerde vortragen?«
»Uns.«

»Gut, dann beschwere ich mich hiermit.«
»Deine Beschwerde wird weitergegeben, wenn sie an der Reihe ist.«
»Haben sich denn schon andere beschwert?«
Diese Frage war unmechanisch, und das FlickGerät-Komitee verweigerte die Antwort.
»Es ist doch zu dumm!« rief sie einer Freundin zu. »Es gibt wirklich keine unglücklichere Frau als mich. Jetzt kann ich nie sicher sein, was für Musik ich zu hören kriege. Und es wird schlimmer und schlimmer, jedesmal, wenn ich sie ordere.«
»Ich hab da auch so meine Sorgen«, erwiderte die Freundin. »Manchmal, da werden meine Ideen unterbrochen von so einem leicht knarrenden Geräusch.«
»Was heißt das?«
»Ich weiß nicht, ob es aus meinem Kopf kommt oder aus der Wand.«
»Dann beschwere dich doch, so oder so.«
»Ich habe mich ja längst beschwert, und wenn sie an der Reihe ist, wird die Beschwerde an das ZentralKomitee weitergeleitet.«
Die Zeit verging, und man nahm die Defekte nicht mehr übel. Die Defekte waren zwar nicht repariert worden, aber das menschliche Netzwerk war bis zu diesem Tage schließlich schon so unterwürfig geworden, daß es bereitwilligst alles akzeptierte, was der Maschine an Grillen entsprang. Der Seufzer über die Krise der Brisbane-Symphoniker irritierte Waschti nicht länger mehr; sie nahm ihn einfach als Teil der Komposition. Das knarrende Geräusch, ob in ihrem Kopf oder in der Wand, ärgerte ihre Freundin auch nicht mehr. Und ebenso ging es mit dem schimmligen Kunstobst, dem Badewasser, das schlecht zu riechen begann, mit den unsauberen Reimen, die die LyrikMaschine seit einiger Zeit von sich gab. Über alles das war anfangs noch bitter geklagt worden, es wurde dann hingenommen und am Ende gar vergessen. Unbeanstandet gediehen die schlechten Dinge immer besser.
Eine noch ganz andere Sache war es mit dem Ausfall des *SchlafGeräts*. Dessen Stillstand war weit ernsterer Natur. Eines

Tages nämlich und auf der ganzen Welt dazu – in Sumatra ebenso wie in Wessex, in den unzähligen Städten von Kurland ganz genauso wie in Brasilien – verweigerten die Betten ihren Dienst: Geordert von ihren müden Eigentümern, kamen sie einfach nicht. Das mag sich womöglich drollig anhören, aber von diesem Tag an datieren wir den Zusammenbruch der Menschheit. Das für den Ausfall verantwortliche Komitee wurde von Beschwerden nur so überflutet und versicherte die Beschwerdeführer allesamt, daß ihre Klagen an das ZentralKomitee weitergeleitet werden würden. Doch die Unzufriedenheit nahm nun immer weiter zu, denn so anpassungsfähig war die Menschheit denn doch noch nicht geworden, als daß sie hätte auf ihren Schlaf verzichten können.

»Irgend jemand spielt an der Maschine herum – –«, hieß es noch am Anfang.

»Irgend jemand versucht sich zum König zu machen, um das persönliche Element wieder einzuführen.«

»Bestraft denjenigen mit Heimatlosigkeit.«

»Rettet Sie! Rächt die Maschine! Rächt die Maschine!«

»Krieg! Tötet den Mann!«

Da aber trat das FlickGerät-Komitee in Aktion und glättete die Wogen der Panik mit wohlgesetzten Worten. Es gestand ein, daß das FlickGerät selber der Reparatur bedurfte.

Die Wirkung dieser aufrichtigen Beichte war bewundernswert.

»Natürlich«, sagte ein berühmter Lektor – der mit der Französischen Revolution, der jeden neuen Niedergang mit Verherrlichung bedachte – »natürlich werden wir unsere Beschwerden nicht mehr betonen. Das FlickGerät hat uns in der Vergangenheit immer so gut behandelt, daß wir mit ihm sympathisieren und geduldig darauf warten sollten, bis es genesen ist. Wenn es wiederhergestellt sein wird, wird es auch seine Aufgaben wieder erfüllen. Inzwischen laßt es uns auch ohne Betten, ohne Pillen und ohne unsere anderen kleinen Wünsche gutgehen. Das, und da bin ich absolut sicher, wäre auch ganz im Sinne der Maschine.«

Über Tausende von Meilen hinweg applaudierte ihm seine

Hörerschaft. Noch verband die Maschine die Menschen miteinander. Unter den Meeren, unter den Fundamenten der Bergmassive entlang liefen die Drähte und Kabel, durch die sie hörten und sahen; die enormen Augen und Ohren, die ihr Erbe waren, und das Gesumm vieler Betriebe hüllten ihre Gedanken in ein einziges Kleid der Unterwerfung. Nur die Alten und die Kranken blieben weiterhin undankbar, denn das Gerücht ging um, daß auch die Euthanasie nicht in Ordnung und darum der Schmerz unter den Menschen wieder aufgetaucht wäre.

Es wurde schwierig, zu lesen. Ein Nebel drang in die Atmosphäre ein und trübte ihre Leuchtkraft. Manchmal konnte Waschti in ihrem Raum nicht von einem Ende bis zum anderen mehr sehen. Auch die Luft war verunreinigt. Laut waren die Klagen, impotent die Heilmittel, heroisch noch der Ton des Lektors, der ausrief: »Mut! Nur Mut! Was macht das alles, solange die Maschine noch geht? Für sie sind Dunkelheit und Helligkeit ein und dasselbe.« Und obwohl nach einiger Zeit eine gewisse Besserung überall festzustellen war, kehrte der altgewohnte Glanz nicht mehr zurück, und die Menschheit erholte sich nie wieder von ihrem Eintritt ins Zwielicht.

Hysterisch redete man von »Maßnahmen«, von »provisorischer Diktatur«, und die Einwohner von Sumatra wurden damit beauftragt, sich vertraut zu machen mit der Arbeitsweise des ZentralKraftwerks, und besagtes Kraftwerk stand in Frankreich. Aber weitestgehend regierte doch die Panik, und die Menschen konzentrierten ihre Kräfte auf die Anbetung ihres Buches, dieses so greifbaren Beweises für die Omnipotenz der Maschine.

Es gab verschiedene Stufen des Terrors – hin und wieder vernahm man Gerüchte der Hoffnung – das FlickGerät war fast geflickt – die Feinde der Maschine waren überwältigt – neue »NervenZentren« entstanden, die ihre Arbeit noch perfekter machen würden als ihre Vorläufer. Doch dann kam der Tag, wie ein Donnerschlag, ohne die kleinste Vorwarnung, ohne irgendeinen vorher erkennbaren Hinweis auf seine Schwäche, als das gesamte Kommunikationssystem überall auf der ganzen

Welt zusammenbrach und die Welt, so wie sie verstanden worden war, aufhörte zu existieren.

Waschti hielt zu dieser Zeit gerade eine Vorlesung, und ihre früheren Bemerkungen waren noch von Applaus unterstrichen worden. Als sie aber weitersprach, wurde die Hörerschaft immer leiser, und als sie geendigt hatte, war gar nichts mehr zu hören. Darüber in gewisser Weise durchaus ungehalten, wandte sie sich an eine Freundin, eine SympathieSpezialistin. Kein Laut: Zweifellos schlief die Freundin gerade. Und so ging es auch mit der nächsten Freundin, die sie zu erreichen versuchte, dann mit dem nächsten Freund, bis sie sich Kunos kryptischer Bemerkung entsann: »Die Maschine stoppt.«

Noch immer wollte der Satz ihr nicht viel bedeuten. Wenn die Ewigkeit stehenbleiben sollte, dann würde sie selbstverständlich gleich wieder in Gang gesetzt.

Zum Beispiel waren da aber immer noch etwas Licht und Luft – einige Stunden zuvor hatte die Atmosphäre sich merklich wieder verbessert. Und dann war da immer noch das Buch, und solange das Buch noch da war, war auch Sicherheit da.

Dann brach sie zusammen, denn zu dem Stillstand aller Aktivitäten kam nun noch ein völlig unerwarteter Terror – die Stille.

Sie hatte die Stille nie kennengelernt, und jetzt mußte ihr Eintreten sie fast umbringen – sie tötet normalerweise viele Tausende von Menschen auf der Stelle. Schon seit ihrer Geburt war sie immer umgeben gewesen von jenem gleichmäßigen Summen. Sie war für die Ohren, was die künstliche Luft für die Lungen war, und marternde Schmerzen durchbrannten ihren Schädel. Und sie wußte kaum, was sie tat, als sie vorwärtstaumelte und den unvertrauten Knopf drückte, den, der die Tür ihrer Zelle entsperrte.

Nun funktionierte die Tür ohne Einfluß von draußen mit Hilfe eines simplen Scharniergelenks. Es war nicht mit dem ZentralKraftwerk verbunden, das weit weg in Frankreich in den letzten Zügen lag. Sie öffnete sich und erweckte unmäßige Hoffnungen in Waschti, denn sie glaubte, daß die Maschine mittlerweile geflickt worden war. Sie öffnete sich, und sie erblickte den dunklen Tunnel, der sich weit entfernt der Freiheit zubog. Ein Blick, und sie schrak zurück. Denn der Tunnel war voller Menschen – sie war eine der letzten in dieser Stadt, die aufgeschreckt worden waren.

Schon immer hatten andere Menschen sie abgestoßen, und diese hier entsprangen den Alpträumen ihrer horrendesten Traumphantasien. Menschen krochen auf allen vieren umher, Menschen schrien, wimmerten, schnappten keuchend nach Luft, berührten sich gegenseitig, verschwanden im Dunkel und wurden in unablässiger Folge von der Plattform gestoßen – auf das Starkstromgleis hinunter. Einige umkämpften die Elektro-Glocken und versuchten Züge zu ordern, die nicht zu ordern waren. Andere wieder schrien nach Euthanasie oder Atemschutzgeräten oder stießen Blasphemien gegen die Maschine aus. Andere noch standen einfach vor den Türen ihrer Zellen, unschlüssig, hinaus- oder hineinzugehen, und hinter all dem Lärm gärte die Stille – jene Stille, die die Stimme der Erde und der Generationen ist, die einmal waren.

Nein – es war bei weitem schlimmer als die Einsamkeit. Sie schloß wieder die Tür, setzte sich und erwartete das Ende. Die Zersetzung nahm ihren Lauf, begleitet von entsetzlichem Krachen und Rumpeln. Die Ventile, die das MedizinGerät sonst in der Halterung festhielten, mußten irgendwie geschwächt sein, denn es war geborsten und hing furchterregend von der Decke herab. Der Boden hob sich an und senkte sich wieder und schleuderte sie von ihrem Stuhl. Aus einer Rohrleitung sickerte es ihr schlangenhaft entgegen. Und dann brach das letzte Entsetzen herein – das Licht begann zu verebben, und sie begriff, daß der lange Tag der Zivilisation zu Ende ging.

Sie wirbelte herum, betete, wenigstens davon verschont zu bleiben, küßte das Buch, drückte Knopf auf Knopf. Der Lärm draußen nahm immer weiter zu und drang sogar durch die Mauern. Allmählich trübte sich der Glanz ihrer Zelle, die Spiegelungen auf den metallenen Schaltern verschwanden. Jetzt vermochte sie nicht mehr das Lesepult zu erkennen, jetzt nicht das Buch, obwohl sie es doch in ihrer eigenen Hand hielt. Das

Licht folgte den Klängen auf der Flucht, die Luft folgte dem Licht, und in die Höhle trat wieder die Leere des Ursprungs, die so lange ausgeschlossen gewesen war. Waschti wirbelte noch immer weiter, wie die Anbeter einer früheren Religion, sie schrie, flehte, schlug mit blutenden Händen auf die Knöpfe ein.

Und so öffnete sie ihr Gefängnis und entkam – entkam zumindest im Geiste: so scheint es mir zumindest, so kurz vor dem Abschluß meiner Meditation. Daß sie auch in ihrem Körper entkam – das will mir ganz und gar nicht ein. Zufällig traf sie nämlich den Schalter, der die Türverriegelung freigibt, und der Strom dumpfiger Luft auf ihrer Haut, das laute und pochende Wispern in ihren Ohren, das sagte ihr, daß sie wieder im Tunnel stand, das Gesicht der gewaltigen Plattform zugewandt, auf der sie zuvor die Männer gesehen hatte, wie sie sich bekämpften. Jetzt kämpfte hier niemand. Nur das Wispern war noch da und die kleinen wimmernden Seufzer. Dort draußen im Dunkel wurde hundertfach gestorben.

Sie brach in Tränen aus.

Und Tränen antworteten ihr.

Sie weinten für die Menschheit, sie und sie, nicht um sich selbst. Sie konnten nicht ertragen, daß alles dies das Ende sein sollte. Bevor die Stille vollkommen wurde, wurden ihre Herzen geöffnet, und sie erkannten, was auf dieser Erde wichtig war. Der Mensch, die Blume allen Fleisches, die edelste aller sichtbaren Schöpfungen, der Mensch, der sich einst Gott nach seinem Bilde schuf und seine Kraft in den Sternenbildern spiegelte, dieser schöne, nackte Mensch mußte jetzt sterben, stranguliert in den Kleidern, die er sich selbst gewebt hatte. Jahrhundert auf Jahrhundert hatte er sich abgeplackt, und das hier war nun sein Lohn. Zwar schien anfangs sein Kleid ihm himmlisch, übersät mit den Farben der Natur, gewebt mit den Fäden der Selbstverleugnung. Und himmlisch blieb es auch, solange es nur ein Kleid war und nicht mehr, solange der Mensch, wann immer er Lust dazu hatte, es abstreifen und von der Essenz leben konnte, die seine Seele ist, wie von der anderen Essenz, die ebenso göttlich war und die sein Körper ist. Die Sünde wider den Leib – das war es, was sie hauptsächlich in die Tränen trieb; die Jahrhunderte des Unrechts gegen die Muskeln und gegen die Nerven und die fünf Portale, durch welche einzig wir begreifen können – vertuscht mit leeren Sprüchespelzen von Evolution und Evolution, bis daß der ganze Körper nur noch ein weißer weicher Breipams war, die Heimstatt der Ideen nicht minder farblos, letzte schlammige Zuckungen eines Geistes, der einst Hand an die Sterne gelegt – –

»Wo bist du?« schluchzte sie.

In der Dunkelheit sagte seine Stimme: »Hier.«

»Gibt es noch irgendeine Hoffnung, Kuno?«

»Für uns nicht mehr.«

»Wo bist du?«

Über die Leiber der Toten hinweg kroch sie zu ihm hinüber. Sein Blut sprudelte ihr über die Hände.

»Schneller«, keuchte er, »ich sterbe – aber wir fühlen uns und sprechen, und ohne die Maschine.«

Er küßte sie.

»Wir sind wieder zu uns selber gelangt. Wir sterben zwar, aber wir haben das Leben wiedergewonnen, wie es in Wessex einst war, als Aelfrid die Dänen schlug. Jetzt wissen wir, was sie da draußen wissen, sie alle, die in der Wolke wohnen, die die Farbe von Perlen hat.«

»Aber Kuno, ist das wahr? Gibt es immer noch Menschen auf der Erdoberfläche? Ist dann dieser – dieser Tunnel hier, diese vergiftete Dunkelheit . . . wirklich noch nicht das Ende?«

Er antwortete:

»Ich habe sie gesehn, mit ihnen gesprochen, sie geliebt. Sie verstecken sich im Dunst und im Farn, bis unsere Zivilisation zu existieren aufhört. Heute sind sie noch die Heimatlosen – morgen – –«

»Ach – morgen . . . irgendein Verrückter wird die Maschine wieder anstellen . . . morgen . . .«

»Nie«, sagte Kuno, »niemals. Die Menschheit hat ihre Lektion gelernt.«

Noch während er sprach, barst die ganze Stadt wie eine einzige Honigwabe. Ein LuftSchiff war durch eines der Vomitorien geschwebt und hatte an einem zerstörten Kai festmachen wollen. Es stürzte ab, explodierte noch im Fall, riß mit seinen stählernen Schwingen Stollen auf Stollen ein. Einen winzigen Augenblick lang erblickten sie die Nationen der Toten und, noch bevor sie selbst zu ihnen stießen, Fetzen des unbefleckten Himmels.

Hermann Harry Schmitz
Umzug

In der Salvatorstraße 72 wohnte auf der ersten Etage der Rentner Bertram Pullcke mit Frau und Dackel, auf der zweiten Etage die Witwe Murmel mit den Töchtern Betty, Meta, Paula und Hulda und einem Grammophon. Die dritte Etage bevölkerte der Nähmaschinenagent Kaspar Bötel mit zwölf Kindern. Seine Frau betrieb eine Leinwandmangel, massierte und sagte aus der Hand und dem Kaffeesatz wahr. Als möblierter Herr vegetierte bei Bötels Herr Rupprecht Buschhüter, der Berufsathlet war. Der Hauswirt Jakobus Kraus wohnte im Unterhaus. Er war Witwer und stocktaub und liebte den Kümmel. Er kümmerte sich wenig um sein Haus und seine Mieter. Nur am Ersten war er unerbittlich prompt zur Stelle. Wehe denen, die die Miete nicht abgezählt bereithielten!

In einem solchen Mietshause, bei so verschiedenartigen Elementen sind Stänkereien unvermeidlich und eine tägliche Erscheinung. Aus der gemeinsamen, abwechselnden Benutzung der Bleiche, der Waschküche und des Trockenspeichers erwachsen zum Beispiel trotz der festgelegten Hausordnung die schlimmsten Differenzen zwischen den Mietern. Ein ungewöhnlicher Haß entwickelte sich, der sich in raffinierten Schikanen Luft macht. Pullckes bildeten sich ein, da sie von ihren Renten lebten, im Hause die erste Flöte spielen zu können und sich nicht im geringsten um die Hausordnung zu kümmern zu brauchen.

Jede Partei hatte ihre bestimmten Tage für die Wäsche. Pullckes kam es nun gar nicht darauf an, auch an anderen Tagen als den ihnen gebührenden die Waschküche, Bleiche und so weiter für sich in Anspruch zu nehmen. Das führte zu erbitterten Kämpfen. Schon aufgehängte Wäschestücke der Gegenpartei wurden brutal von den Latten gerissen, in Ballen schonungslos in die schmutzigen Speicherecken geworfen, um der eigenen Wäsche Platz zu machen. Man schlug sich gegenseitig nasse Kissenüberzüge um die Ohren. Lag die Wäsche von Murmels an einem Pullckes nicht genehmen Tag auf der Bleiche, so ließen Pullckes ihren Dackel in den Garten. In lustiger Dackelart tollte er auf der Bleiche, zauste die Dessous der Töchter Murmel und stempelte mit schmutzigen Pfoten die weißen Bettücher. Murmels warfen mit Briketts und leeren Flaschen nach dem unartigen Hund. Oder wenn sie ihn zu packen bekamen, stülpten sie einen Waschkorb über ihn, klemmten ihm den Schwanz ein, wickelten Papier um den Schwanz, steckten es an und ließen ihn laufen. Das furchtbare Gejunkse dieses Hundelieblings ließ Pullckes an die Fenster eilen. »Tierquälerei, gemeines Pack!« schrie das Rentnerpaar und lief zur Polizei. Oft bekamen Pullckes recht, da der Kommissar mit Herrn Pullcke Skat spielte.

Bötels auf der dritten Etage waren im ganzen Hause verhaßt, der zwölf Kinder wegen, die den ganzen Tag im Hause herumrumorten und dumme Streiche machten. Das ordinäre Gekeif der Frau Bötel, das Quietschen der Mangelmaschine, das fortgesetzte Gebumse, wenn der Athlet Buschhüter mit seinen schweren Eisengewichten und Hanteln übte, ließ das Mißfallen der übrigen Hausbewohner gegen diese ruhestörende, schreckliche Familie in das Ungemessene wachsen. Dann waren diese Leute von einer neapolitanischen Unsauberkeit. Nie wurde geputzt, und wenn Bötels wuschen, ließen sie die Kübel und Bütten mit der schmutzigen, gärenden Brühe, nachdem sie ihre verdächtige Wäsche in der Farbe von Mumientüchern durch Eintunken notdürftig gereinigt hatten, vergnüglich und selbstverständlich für die nachfolgende Partei stehen.

Der Kriegszustand im Hause Salvatorstraße 72 währte nun bereits fünf Monate und verschlimmerte sich von Tag zu Tag. Denn alle Beschwerden beim Hauswirt Kraus hatten nicht den geringsten Erfolg. Kraus war taub und fast immer bezecht. Er grunzte die erregten Mieter an und goß sich einen Kümmel hinter die Binde.

Rentner Pullcke war dem Irrsin nahe. Tagsüber die Lausbübereien von Bötels Gören, die seinem Dackel Kordel zu fressen gaben, die ihm morgens tote Mäuse in den Brötchensack steckten und noch tausend andere Teufeleien antaten, dann bis spät in die Nacht hinein der kreischende Gesang der vier Schwestern Murmel, die sich ausbildeten und, wenn sie ausgeschrien waren, das Grammophon spielen ließen. Er war sich eines Tages klar, daß er bei diesem Leben bald mit einem plötzlichen Herzschlag oder mit einem Wahnsinnsanfall sein Rentnerdasein beschließen würde.

Raus aus dieser Hölle, das war die einzige Rettung! Pullcke kündigte die Wohnung auf den ersten April durch einen Einschreibebrief. Am gleichen Tag bekamen Murmels eine Depesche vom Lotteriekollekteur Ehrlich, daß sie in der Bunzlauer Dombaulotterie fünftausend Mark gewonnen hätten.

Hauswirt Kraus nahm Pullckes Kündigung mit stoischer Kümmelruhe entgegen, er hatte die erste Etage soeben zu einem guten Preis an Frau Murmel vermietet, die durch den Gewinn größenwahnsinnig geworden war und bei Gott nicht mehr auf der poveren zweiten Etage wohnen wollte. Frau Murmel machte die Bedingung, daß ›der Bagasch‹ von der dritten Etage gekündigt würde. Aber das tat der Hauswirt Kraus um so lieber, als er bereits die letzten Monate die Miete bei Bötels hatte pfänden lassen müssen. Auf ein Inserat, das er mit Hilfe des Milchmanns und des Briefträgers mit schwerer Mühe verfaßte und das also lautete: ›Zweite und dritte Etage in ruhigem Hause zu vermieten, Salvatorstraße 72, Hauswirt Kraus‹, meldeten sich für die zweite Etage ein Oberlehrer namens Küllekopp mit Familie und für die dritte Etage die Hebamme Treske mit ihrem Mann, der Klavierstimmer war.

Großer Umzug! Großer Auszug! Großer Einzug! Die Möbeltransportgesellschaft ›Rapid‹ übernahm den Transport für alle in Frage kommenden Parteien.

Am 1. April um sechs Uhr in der Frühe wurden die Anwohner der Salvatorstraße und des ganzen Viertels plötzlich aus dem Morgenschlafe herausgerissen. Ein schweres Stampfen ließ die Scheiben erklirren und lose Gegenstände, selbst größere Möbelstücke kleine Hupser machen. Babys flogen, hoppla, aus den Wiegen. Es war wie ein Erdbeben.

Die Transportgesellschaft ›Rapid‹ war die einzige Firma dieser Branche in Europa, die Motormenschen nach dem Patent des weltberühmten Professors C. W. U. A. Irishstew beschäftigte. Diese Motormenschen wurden wie Maschinen von einem fremden Willen in Bewegung gesetzt; sie wurden eingeschaltet wie diese. Sie bildeten eine Stufe zwischen Mensch und Maschine. In ihrer Konstruktion dominierte das Viereck, es bildete die Basis, kehrte motivgleich wieder in ihrem Aufbau und gab ihnen mit seiner Verstrebung streng technischen Charakter. So waren ihre Köpfe, ihre Augen und ihr Mund durchgängig viereckig. Der Oberkörper war ein gewaltiges Rechteck. Die Hände, welche Graubrote in der geschlossenen Faust zu verbergen vermochten, waren enorme Quadrate, desgleichen die Füße, die wie Bleiplatten wirkten und sie wie eine Gußeisensäule aufrecht stehen ließen, Stehaufmännchen ähnlich, mit denen der Knabe spielt. Diese Motormenschen der Gesellschaft ›Rapid‹ waren naturgemäß wortkarg. Drei Worte bildeten ihren Wortschatz: ›Einen Hupp‹ und ›Schabau‹!

Zwanzig Männer von der Möbeltransportgesellschaft ›Rapid‹, gefolgt von zwei gewaltigen Möbelwagen, an kolossale Mammute aus dem Jung-Tertiär erinnernd, zogen mit schweren Schritten in die Salvatorstraße. Das kraftvolle Aufklatschen der vierzig viereckigen Füße der Möbeltransporteure sprengte das Pflaster, so daß die Straße wie ein zerrissenes Geröllfeld erschien.

Vor dem Hause 72 wurde ruckweise haltgemacht. Die Männer bewegten sich mit einer Regelmäßigkeit, die schon fast mathematische Exaktheit war, wie von einer einheitlichen motorischen Kraft getrieben.

Erst mußte ihr Räderwerk geschmiert werden! Rauh und metallisch klang einstimmig der Ruf in den Morgen: »Schabau!!« Eine große Flasche Fusel ging rund bei den zwanzig Männern.

Der Agent der Transportgesellschaft gab, als er die Umzüge

bei den verschiedenen Parteien aufnahm, die felsenfeste Zusicherung, daß alles aufs beste erledigt werde, daß der Auftraggeber sich um nichts zu kümmern brauche und am Abend des Umzuges seine neue Wohnung fix und fertig eingerichtet finden werde, das Abendessen auf dem Tisch, als Aufmerksamkeit seiner Firma. Auch sei es nicht notwendig, die Schränke und Kommoden oder Schösser zu räumen oder zerbrechliche Sachen einzupacken, es könne ruhig alles in den Schränken bleiben. Dafür garantiere seine Gesellschaft. Er könne Referenzen vorlegen. Er hatte sie aber im Bureau vergessen, und man glaubte seinen treuen Augen. Die neuen Mieter und auch Frau Murmel und ihre Töchter verließen sich auf die Versprechungen des Agenten und hielten sich den ganzen Tag von dem Umzug fern. Nur Rentner Pullcke und Frau blieben in ihrer alten Wohnung zurück. Wenn sie auch volles Vertrauen in die renommierte Gesellschaft ›Rapid‹ hatten, so wollten sie doch wenigstens bei dem Umzug dabei sein. Bötels hatten sich in der Nacht heimlich gedrückt, ohne die rückständige Miete und die Reparaturkosten für eingeschlagene Fenster, abgerissene Tapeten, eingetretene Türen und andere Zerstörungen in der Wohnung, auf welche sie eingeklagt waren, zu bezahlen. Den Athlet Buschhüter ließen sie in seinem Verschlag ruhig in die Wirrnisse des Umzugstages hineinschlafen.

Folgendes war also zu bewerkstelligen: Erste Etage: Pullckes zogen aus. Zweite Etage: Murmels zogen auf die erste Etage. Die Wohnung Bötels auf der dritten Etage war zu leeren. Küllekopps und Treskes, die neuen Mieter, zogen in die frei gewordenen Etagen, die zweite und die dritte.

Das war der klare und logische Feldzugsplan, auf den die Möbeltransporteure eingestellt waren. Auf vier Kolonnen mit je fünf Mann war die Gesamtarbeit verteilt. Kolonne eins hatte Pullckes Möbel aus der ersten Etage auf die Straße zu schaffen, Kolonne zwei den Umzug des Murmelschen Hausrats von der zweiten Etage in die erste Etage zu bewirken. Kolonne drei war geschaltet, den Möbelwagen auf die zweite Etage zu transportieren, Kolonne vier den Möbelwagen von Treskes zu leeren und deren Sachen in die dritte Etage zu schaffen.

Das Auspacken der beiden Möbelwagen durch Kolonne drei und vier geschah ohne Hast, mit einer gewissen Brutalität gefühlloser Mechanik. Manches abgebrochene Stuhlbein oder Tischbein, eingedrückte Schränke, zersprungene Spiegel, verkratzte Polituren und sonstige Schäden waren das Resultat dieses Systems.

Das Nußbaumbüfett, das Prachtmöbel der Pullckeschen Einrichtung, verließ als erstes Stück die Wohnung. Man hatte gutgläubig alles Porzellan und Kristall im Büfett gelassen, im Vertrauen auf den Agenten mit den treuen Augen. Das Büfett mußte schräg transportiert werden, weil es sich auf der Treppe sperrte. Der zerbrechliche Inhalt rutschte mit dumpfem Geklirr, dem Gesetz der Schwere folgend, bei diesen fortgesetzten schiefen Lagen des Büfetts hin und her. Öfters machte es innen klingpäng.

Das Ehepaar Pullcke stand am Fuß der Treppe zur Begrüßung seines Büfetts nach dem schwierigen Abstieg. Frau Pullcke hielt in der rechten Hand mit krampfig ausgespannten Fingern ein Fischglas mit zwei Goldfischen, einigen Ameiseneiern und einer Blechente und im linken Arm eine Gipsstatue des Trompeters von Säckingen, dem sie soeben beim Heruntergehen am Treppenpfeiler die Trompete aus dem Mund gestoßen hatte. Eine Träne lief ihr über die Wange. Das war ein schlechtes Vorzeichen; sie hatte einst diese Figur als Brautgeschenk von ihrem Bertram bekommen. Herr Pullcke hielt den Dackel im Arm. Das waren geliebte Gegenstände, die sie fremden Leuten nie anvertraut haben würden und unbedingt selbst tragen mußten.

Der Transport des Büfetts ging gut bis zum letzten Treppenabsatz, nur an zwei Stellen war das Treppengeländer eingedrückt worden. So, jetzt um die Ecke zur letzten Treppe! »Einen Hupp!« riefen die Transportmänner, und schon entglitt das Büfett ihren schwitzigen Quadratklammerfäusten und hupste, sich überschlagend, mit dem Lärm eines Hauseinsturzes und einer Janitscharenmusik allein die Treppe hinunter und bedeckte wie eine Lawine das unglückliche Ehepaar Pullcke. Krachen von Brustkörben, Klirren von Gips und Gläsernem.

Nur die beiderseits in Zugstiefeln steckenden vier Füße schauten unbeschädigt unter dem Büfett hervor. Der Dackel war drei Meter länger geworden. Pullckes waren platt wie Spekulatiusfiguren und mausetot. Die Männer stellten das Büfett auf und rollten das platte Ehepaar wie Mäntel zusammen und legten es in ein Schoß des Büfetts. Sie trugen das Prunkstück der Verunglückten auf die Straße und stellten es zwischen die ausgepackten Möbel der Neueinziehenden, dann begaben sie sich wieder mit motorisch eingestellter Bewegung auf die erste Etage, um den Auszug Pullckes fortzusetzen. Kolonne zwei brachte ihrer Schaltung entsprechend die Möbel aus Murmels Wohnung und stellte sie in der ersten Etage auf. Ein langes, mit Rosen geblümtes Sofa stand wildfremd neben einem grünen Plüschsessel von Pullckes selig. Küllekopps und Treskes Möbelwagen waren endlich ausgepackt. Die Möbel standen in wirrem Durcheinander auf der Straße und versperrten den Fahrdamm. Zweihundertachtundvierzig Wagen, siebenhundert Autos, zwei Droschken, siebenhundertachtundneunzig Radfahrer und eine tausendköpfige Menge stauten sich vor dem Hindernis.

Fremde Leute besahen sich wohl die Möbel und nahmen Leichttransportierbares mit. Straßenkinder schaukelten sich in den unter den Möbelwagen angebrachten Hängekasten, kletterten auf den Möbeln herum und zogen die Schösser aus den Kommoden. Hunde benutzten die Ecken des Klaviers von Küllekopps.

Kolonne drei und vier begannen die Möbel der beiden neuen Mieter ins Haus zu tragen, die von Küllekopps auf die zweite Etage, die von Treskes auf die von Bötels verlassene dritte Etage. Kolonne vier fand hier nur etliches unbrauchbares Gerümpel. Athlet Buschhüter, den die Männer aus seinem Bett aufscheuchten, machte keine Anstalten, die Wohnung zu verlassen, wurde vielmehr renitent und griff zu einem Gewicht von tausend Kilogramm, um damit zu werfen. Mit der unerschütterlichen Konsequenz ihrer maschinellen festen Struktur packten die Männer der Kolonne vier mit der Kraft einer Zwanzigtausend-HP-Klemme den Athleten und transportierten ihn wie ein Klavier die Treppe hinunter. Vorher schlugen sie ihm mit einem schweren Hammer auf den Kopf.

Der Auszug und Einzug und Umzug war in vollem Gange. Diese allgemeine Möbelbewegung hatte etwas Irres. Ohne Unterschied schleppte Kolonne eins in dem immer mehr sich steigernden Paroxysmus ihrer mechanischen Funktion sowohl Pullckes wie auch die bereits in die erste Etage geschafften Möbel von Frau Murmel auf die Straße. Kolonne drei und vier trugen planlos aus dem Möbeldurcheinander auf der Straße, an dem alle Parteien beteiligt waren, mit dem starren, unerschütterlichen Trieb der Maschine irgendwelche Stücke in die von Küllekopps und Treskes gemieteten Etagen. In der zweiten Etage räumte wiederum mit einer ausgeprägten Gewissenhaftigkeit Kolonne zwei, die Murmels umzog, gleichzeitig wildfremde Möbel mit aus, die von der Straße für Küllekopps heraufgetragen worden waren.

Wie von einer in Bewegung gekommenen, unaufhaltsam wirkenden Kraft schienen diese zwanzig Männer von der Transportgesellschaft ›Rapid‹ ergriffen. Ein *Perpetuum mobile* schien sich in ihrem Mechanismus entwickelt zu haben. In hoffnungslosem Kreislauf trugen zehn der Männer die Möbel auf die Straße, um von den andern zehn Männern wieder in die verschiedenen Etagen planlos und ohne Ordnung hingestellt zu werden. Immer sah man das geblümte Murmelsche Sofa und das Pullckesche Büfett wiederkehren.

Es war zwei Uhr nachts geworden, bis die neuen Mieter und Familie Murmel das Haus Salvatorstraße 72 erreichten. Es war fast unmöglich, durch die ungeheure Menschenmenge und die Ansammlung der Fahrzeuge, die noch immer die Straße füllten, durchzudringen. Sie waren stutzig geworden, es packte sie eine stille Vorahnung von nichts Gutem. Würde man wohl mit Sicherheit in der behaglich eingerichteten neuen Wohnung das zugesagte Abendbrot und die garantierte Behaglichkeit finden? Es sah nicht danach aus. In wachsender Angst schauten die Mieter diesem seltsamen, nutzlosen Treiben der zwanzig Männer zu. Was ging hier vor? War es ein Spuk? Stöhnende Fragen, entsetzte Zurufe prallten ungehört an der ehernen Indolenz der

Möbeltransporteure ab. Unerbittlich wie das Schicksal setzten sie ihr Tun fort. Soeben war wieder Murmels Sofa in der Haustür erschienen, die Rosen des Überzuges hatten im Mondlicht eine fahle Farbe. Mit gellem Geschrei fielen Mutter Murmel und ihre Töchter über ihr Sofa her und liebkosten es wie einen lieben Freund. Es stellte für sie in dieser verlassenen Lage die Quintessenz trauten Heimes dar. Oberlehrer Küllekopp versuchte in einer langen, mehrere Stunden dauernden Rede in gutem Deutsch, die er zur besseren Übersicht in verschiedene Abschnitte mit *a, b, c, d, e, f, g* und weiteren Buchstaben, mit römischen Zahlen und arabischen Ziffern bezeichnet, einteilte, den zwanzig ungehemmten Männern das Unlogische ihres Tuns klarzumachen. Aber vor dieser unheimlichen Unerschütterlichkeit wurde er heiser, resignierte er schließlich völlig ermattet. Er kletterte mit seiner Familie auf sein Klavier, wobei er mit den Füßen auf die Tastatur geriet und zwei Mollakkorde anschlug. Herr Treske war in seiner Sitzbadewanne eingeschlafen. Seine Frau ging ihrem Beruf nach.

Als am Morgen die Mieter erwachten und geneigt waren, zu glauben, daß alles ein böser Traum gewesen sei, sich die Augen rieben, mußten sie zu ihrem Entsetzen gewahren, daß das Verhängnis weiter seinen schrecklichen Lauf nahm. Eine Starre kam über die Unglücklichen, eine Lähmung, die alle Energie, jedes Denken unterband. Wie eine unabänderliche kosmische Manifestation erschien ihnen diese Katastrophe, gegen die jedes Aufbäumen zwecklos und jeder Versuch einer Hemmung ein irrsinniges Beginnen war. Wie gescheuchte Fledermäuse verbargen sie sich zusammengekauert in einem der Möbelwagen.

Tage, Wochen vergingen, und immer noch trugen mit unerschütterlicher Ewigkeitsgebärde die zwanzig Motormänner der Transportgesellschaft ›Rapid‹ die Möbel rein und raus. Der Hauswirt Kraus, der ahnungslos über das, was in seinem Hause vorging, seine Tage in dumpfem Kümmelrausch verbrachte und erst am ersten Mai zur Einkassierung der Mieten aus seiner Parterrehöhle hervorkroch, verfiel sofort angesichts der erdrückenden Tatsache des schrecklichen, beharrlichen Tuns der zwanzig Männer in die gleiche Starre wie seine Mieter draußen. Er kroch mühsam auf die Straße und zu den Unglücklichen in den Möbelwagen. Die gleiche Resignation befiel ihn wie diese Leidensgenossen.

Auch sein Mobiliar entging der Transportwut der Männer nicht. Seine Möbel gerieten ebenfalls in den schauerlichen Kreislauf.

Der Sommer verging, der Herbst kam, und in einer Nacht fiel der Schnee und zeigte den Winter an. Schwarz wuchsen die beiden Möbelwagen in der beschneiten Straße auf. Die Möbel waren mit Schnee bedeckt. Unerschütterlich, wie unter einem höllischen Fluche, wanderten die Möbel treppauf, treppab, rein und raus, raus und rein.

In einer Nacht, als das Thermometer zwanzig Grad Kälte zeigte, erfroren die armen Mieter und der Hauswirt Kraus in dem ungeheizten Möbelwagen.

Am nächsten Tag kam eine Botschaft durch einen Roten Radler an die zwanzig Transportmänner, daß die Möbeltransportarbeiter in den Streik getreten seien. Sofort stockte die Tätigkeit der zwanzig, jeder ließ das Möbelstück, das er gerade transportierte, fallen, und im Zuge marschierten sie zusammen, je fünf in einer Reihe, mit klatschenden, das Pflaster aufwühlenden Schritten zum Streikbureau.

Die Möbel stehen jetzt noch auf der Salvatorstraße.

André Maurois

Zwei Fragmente einer Universalgeschichte 1992

Fragmente aus einer Allgemeinen Geschichte, herausgegeben von der Universität von Timbuktu im Jahre 1992

....
....

KAPITEL XVIII

Erster interplanetarischer Krieg

Frieden von Peking	1951
Windkrise	Mai 1962
Die Ereignisse vom Mont Ventoux	April 1963
Der Zwischenfall von Singapur	Mai 1963
Genfer Konferenz	Juni 1963
Die Erfindung von Ben Tabrit	November 1963
Erstes Experiment	2. Februar 1964
Erster Angriff des Mondes	6. Februar 1964

Die Erde 1962. – Im Jahre 1962 waren endgültig die letzten Spuren beseitigt, die der Krieg von 1947 auf der Erde hinterlassen hatte. New York, London, Paris, Berlin und sogar Peking waren wieder aufgebaut. Die Geburtenziffer hatte sich dahin entwickelt, daß die Erde bei der allgemeinen Zählung von 1961 fast den Bevölkerungsstand von vor dem Kriege erreichte, obwohl die Verluste in der ganzen Welt sich 1947 insgesamt auf über dreißig Millionen Männer und Frauen belaufen hatten. Die Industrie- und Währungskrise flaute ab. Die Menschen interessierten sich wieder für Kunst und für Spiele. In allen Häusern gab es ein Funkkino. 1962 versammelte das Luftballon-Match Tokio - Oxford in Moskau über drei Millionen Zuschauer aus allen Teilen der Welt und gab Anlaß zu den so erhebenden und glanzvollen Weltbegrüßungsfeiern.

Die Meinungsdiktatoren. – Zu Recht wird gesagt, der schnelle Wiederaufbau und die rasche Vernarbung der moralischen und materiellen Wunden des Krieges seien zum großen Teil das Werk jener fünf Männer gewesen, denen die Erde dann den Titel »Meinungsdiktatoren« verlieh.

Bereits 1930 begannen die Politikwissenschaftler einzusehen, daß jede Demokratie – eine Regierung der öffentlichen Meinung – in Wirklichkeit in den Händen derjenigen liegt, die die öffentliche Meinung machen, also der Zeitungsbesitzer.

In allen Ländern bemühten sich Großindustrielle und Männer der Hochfinanz, wichtige Zeitungen zu erwerben, was ihnen nach und nach auch gelang. Sie gingen geschickt vor und respektierten die äußeren Formen der Demokratie. Die Völker wählten weiterhin Abgeordnete, diese stellten weiterhin Minister und Präsidenten auf; Präsidenten, Minister und Abgeordnete konnten sich allerdings nur halten, wenn sie die Direktiven der Gebieter der öffentlichen Meinung akzeptierten. Sie wußten das und verhielten sich entsprechend.

Diese heimliche Tyrannei hätte gefährlich werden können, wären die neuen Herren der Welt skrupellos gewesen. Die Erde hatte jedoch Glück. 1940 wurde von Graf Alain de Rouvray für seine Gruppe *Les Journaux Français Réunis* die letzte unabhängige französische Zeitung erworben. Die Rouvrays waren Hüttenbesitzer in Lothringen mit strenger und provinzieller Tradition. Alain de Rouvray galt als überaus arbeitsamer Mann und als eine Art Heiliger. Im Louvre ist sein Porträt von Jacques-Emile Blanche zu sehen, als er zwanzig Jahre alt war. Das magere Gesicht ist das eines leidenschaftlichen Asketen und erinnert in manchen Zügen an Maurice Barrès.

Die *British Newspapers Ltd.* in England waren seit 1942 das Eigentum von Lord Frank Douglas, einem jungen Mann, der bei gesundem Menschenverstand den Anschein von Lässigkeit wahrte und ganz und gar von Etonscher Ehrbarkeit durchdrungen war. Sein wallendes blondes Haar und seine klaren Augen verliehen Lord Frank eher das Aussehen eines Dichters als eines Mannes der Tat. Der Besitzer der amerikanischen Zeitungen war der alte Joseph C. Smack, eine seltsame Persönlichkeit: Er war beinahe blind und lebte umgeben von einer Armee von Stenographen auf dem Lande. Smack war berühmt für die offene Brutalität seiner Rundfunkreden, aber er wurde überall auf der Erde respektiert. Der Besitzer der deutschen Zeitungen, Dr. Macht, und der Japaner Baron Tokungawa vervollständigten sehr rühmlich das Weltdirektorium.

Ab 1943 hatten es sich diese fünf Männer zur Gewohnheit gemacht, sich jede Woche über ein gemeinsames Funktelefon zu versammeln. Die Erfindung war noch ziemlich neu, der jetzt so allgemein verbreitete Apparat kostete damals einige Millionen Dollar. Das Publikum erfuhr mit Staunen, daß die Meinungsdiktatoren, obwohl mehrere tausend Kilometer voneinander entfernt, Sitzungen abhalten und die absolute Geheimhaltung ihrer Beratungen sicherstellen konnten, indem sie eine Wellenlänge von der Hertzschen Weltpolizei streng überwachen ließen.

Es ist unbekannt, wer den Titel »Meinungsdiktator« als erster verwendete. Die hervorragende Dissertation von James Bookish (*Die Meinungsdiktatoren,* Oxford 1979) belegt anhand von Zeitungs- und Korrespondenzauszügen, daß der Ausdruck seit 1944 auf dem ganzen Planeten allgemein in Gebrauch war. In offiziellen Papieren erscheint er erst 1945 (Deputiertenkammer, Rede von Fabre-Luce, 4. Januar 1945).

Der Krieg von 1947 und die Meinungsdiktatoren. – Alle kürzlich veröffentlichten Texte, insbesondere das Tagebuch von Rouvray[1] und die Aufzeichnungen von Lord Frank Douglas[2], beweisen, daß die fünf Diktatoren 1947 alles versucht haben, um den Krieg zu verhindern. Im Tagebuch von Rouvray ist am 20. Juni 1947 zu lesen: »Mit Empörung stellen wir fest, daß wir trotz unserer scheinbaren Macht ohnmächtig sind gegen die Eigenliebe der Völker.« Bei Douglas: »Ein Weltkrieg um die Mandschurei! Das Ganze ist zu töricht, um in Worte gefaßt zu werden... aber die Masse ist töricht, auch wenn der einzelne Mensch göttlich ist.«

Am Tag vor der Kriegserklärung veröffentlichen alle Zeitungen der Welt einen von Smack verfaßten Appell an den gesunden Menschenverstand, aber die öffentliche Meinung war in Aufruhr und sprach sich in diesem Falle ungeachtet der Presse und gegen sie aus. In mehreren Hauptstädten wurden die Pressehäuser geplündert. Von irgendwelchen Druckereien waren plötzlich heimlich Kampfblätter hergestellt worden, die enorme Auflagen erreichten. Da der Krieg nun einmal erklärt worden war, mußte in allen Ländern alles für das nationale Wohl geopfert werden.

Nach der Unterzeichnung des Friedens von Peking 1951 bildete sich das Direktorium von neuem. In Deutschland trat Dr. Kraft die Nachfolge von Dr. Macht an. Die vier anderen waren noch am Leben. Das Protokoll der ersten Zusammenkunft über Telephotophon liegt in den Weltarchiven von Genf. Diese Zusammenkunft hatte ausschließlich den Zweck, die Kriegsgründe zu analysieren und die Mittel zur Vermeidung einer Wiederholung zu diskutieren. Die fünf Männer verpflichteten sich noch einmal, eine diesbezügliche Erziehung der öffentlichen Meinung zu versuchen, die Veröffentlichung jedes Artikels zu verweigern, der Haß oder selbst Mißtrauen zwischen den Völkern aufkommen lassen konnte, und im Falle von immer möglichen internationalen Zwischenfällen eine Unter-

---

[1] Rouvray, *Tagebuch*, hrsg. v. Jean Prévost, Paris 1968, 3 Bände.
[2] Manly, *Leben und Briefe von Lord Frank Douglas*, London 1972, 22 Bände.

suchung von Reportern einer unbeteiligten Nation durchführen zu lassen, die als einzige von den Zeitungen der *World Newspaper Association* veröffentlicht würde. Als Rouvray aus der Sitzung kam, sagte er zu seinem Sekretär Brun: »Ich bin ihrer guten Absichten ebenso sicher wie der meinen. Wenn wir den Krieg diesmal nicht verhindern können, kann man nur noch an der Menschheit verzweifeln.« (Brun, *Memoiren*, II, S. 343).

Die Windkrise, Mai 1962. – Einen Monat nach dem Match Tokio – Oxford, dem Anlaß zu jenem so schönen Völkerverständigungstreffen, erfand Professor Ben Tabrit von der Universität Marrakesch den Windakkumulator. Dieser Apparat ist mittlerweile bei allen Völkern der Erde hinlänglich bekannt, er muß nicht näher beschrieben werden. Das Prinzip war einfach: Ein sehr praktischer Akkumulator, basierend auf der Spaltung von Wasser und der Benutzung von flüssigem Wasserstoff, ermöglichte es, die Kraft der Winde zu speichern und so eine ungleich weniger kostspielige Energie zu erhalten als durch Petroleum oder Kohle.

Einige Monate vergingen, bis die Leute des Geschäftslebens die weitreichenden Folgen dieser Erfindung erkannten. Es war jedoch klar, daß die Industriezweige, die sich um Kohlezentren oder Wasserfälle gebildet hatten, in Länder mit starkem und anhaltendem Wind auswandern und bestimmte bis dahin verlassene Gebiete plötzlich von unglaublichem Wert sein würden. Bald war zu beobachten, daß an der Internationalen Börse in Bagdad von der Genossenschaft »Winde der Wüste Gobi«, der Britischen Monsunkompanie und der Französischen Gesellschaft für Passatwinde Wertpapiere ausgegeben wurden: Im Dezember 1962 erreichte der Kampf um günstige Bauplätze für Akkumulatorfabriken zu Lande und zu Wasser seinen Höhepunkt.

Die Ereignisse von 1963. – Das Jahr 1963 war von mehreren besorgniserregenden Ereignissen gekennzeichnet. Die bekanntesten sind die Besetzung des Mont Ventoux und der Zwischenfall um die schwimmende Fabrik von Singapur.

Der Mont Ventoux liegt in der Lyoneser Ebene und verdankt seinen Namen dem heftigen Wind, der fast ständig um seinen Gipfel weht. Zu Beginn des 20. Jahrhunderts hatte ein französischer Gelehrter ausgerechnet, daß Mühlen, die auf dem Gipfel des Mont Ventoux gebaut würden, eine den Niagarafällen gleichwertige Energie erzeugen könnten. Ein Platz von solchem Wert mußte das rege Interesse der Geschäftswelt wecken. Dazu muß man in Harwoods Buch *Die Ereignisse vom Mont Ventoux* (Boston 1988) – inzwischen ein Klassiker – den Bericht über die unglaublichen Schwierigkeiten lesen, die zwischen Frankreich und Italien entstanden. Um die schwimmende Fabrik von Singapur gab es einen noch schwereren Zwischenfall: Ein Industriepirat des russisch-chinesischen Reiches kappte ein Schlepptau, die Kreuzer der Vereinigten Dominions, die die Insel schützten, eröffneten das Feuer und versenkten den Angreifer. Sogleich wurde eine außerordentliche Versammlung des Völkerbundes einberufen. Die Zeitungen der *W. N. A.* versuchten, die Gemüter zu beruhigen, aber unglücklicherweise arbeiteten mächtigere Kräfte im entgegengesetzten Sinne.

Die Arbeitermassen begannen zu begreifen, daß diese wissenschaftliche Revolution die schwerwiegendsten Folgen für sie haben würde. Die Bergwerkarbeiter wußten, daß ihr Beruf in fünf, allerhöchstens zehn Jahren jeden Wert verloren haben würde. Die Gewerkschaften übten Druck auf die Regierungen der einzelnen Nationen aus, sich Windgebiete zu sichern. Die Genfer Konferenz vom Juni 1963 wurde von heftigen Stürmen erschüttert, und ohne das diplomatische Geschick des Fürsten von Monaco, der den Vorsitz führte, wäre diese zur Sicherung des Friedens geschaffene Institution Ort und Anlaß einer ganzen Serie von Kriegserklärungen geworden. Dank der friedlichen Einflußnahme des Fürsten Rainbert verließen die Abgeordneten die Schweiz, ohne daß eine nicht wiedergutzumachende Entscheidung gefallen wäre. Alle Experten der internationalen Psychologie gaben jedoch ihren Regierungen zu bedenken, daß ein Weltkrieg wieder einmal unvermeidlich scheine.

Smack ermächtigte seine Zeitungen, in riesigen Lettern zu drucken:

RUSSIAN-CHINESE EMPIRE
REJECTS FRANCO-GERMAN OFFER

Das Eingreifen von Lord Frank Douglas. – Auf seiner Rückkehr aus Genf landete Lord Frank Douglas in Paris, um mit Rouvray zusammenzutreffen. Den genauen Wortlaut dieser Unterredung, die einen so ungeheuren Einfluß auf die Geschichte – nicht nur der Erde, sondern des ganzen Sonnensystems – ausüben sollte, kennen wir nicht. Das inhaltlich Wesentliche wurde von Brun (Brun, *Memoiren*, III, S. 159f.) festgehalten, aber sein Text gibt sie nicht wörtlich genau wieder. Der Autor selbst erklärt, er habe sie mehrere Stunden nach der Unterhaltung aus dem Gedächtnis rekonstruiert. Um einen Eindruck von ihrem Tonfall zu bekommen, empfiehlt es sich, neben dem offenbar genauen, aber ein wenig farblosen Rechenschaftsbericht des jungen Sekretärs die Aufzeichnungen von Lord Frank zu lesen: Die eigensinnige, zynische und kraftvolle Denkart des Autors ist wirklich bemerkenswert.

Die beiden Männer tauschten zuerst ihre Eindrücke über die Situation aus. Sie beurteilten sie übereinstimmend als äußerst bedenklich. Rouvray war entmutigt. Vor dem Krieg von 1947 hatte er ein ungewöhnlich großes Vertrauen in das Instrument gehabt, das er geschaffen hatte, aber die Katastrophe, die er vorausgesehen und nicht hatte verhindern können, hatte ihn skeptisch und traurig werden lassen. Wir zitieren wörtlich Brun:

»»Es gibt etwas auf der Welt‹, sagte M. de Rouvray, ›was die Menschen mehr fürchten als die Massaker, mehr als den Tod, und das ist die Langeweile... Die internationale Herrschaft von Verständigung und Vernunft, die wir errichtet haben, langweilt sie... Unsere Zeitungen sind ehrlich, sie sind anständig – aber sie sind nicht mehr aufregend. Smack selbst gibt zu, daß seine Titelseite trübsinnig ist... Wir haben versucht, etwas mit der Kunst zu retten, und das nicht ohne Erfolg. Mit aufsehenerregenden Verbrechen und Sport haben wir auch nochmal zwanzig Jahre gewonnen, aber sehen Sie sich die Statistiken an: Die Polizei ist so perfekt, daß die Verbrechen immer seltener werden. Die Erde ist sämtlicher Dinge überdrüssig, selbst das Boxen zieht nicht mehr. Die letzten beiden Luftballon-Matches haben kaum eine Million Zuschauer zusammengebracht... Wir haben die Massen erzogen, wir haben ihnen beigebracht, die Ordnung zu respektieren und den Gegner zu loben, wenn er Erfolg hat. Und wieder einmal ist das Resultat, daß sie sich langweilen... Und so war das immer... Das römische Reich war eine vollendete Völkergemeinschaft und hat mehrere Jahrhunderte lang den Frieden auf der Welt gesichert, aber auch in diesem Reich haben sich die Völker gelangweilt; es blieb ihnen nichts, was sie hätten hassen können... Ja, das ist traurig, aber wahr, Douglas, nur der Haß kann die Menschen einigen... Da sagt man zu uns: Früher bestand Frankreich aus Provinzen, und diese Provinzen haben sich ja dann zusammengeschlossen, um ein großes Reich zu bilden, warum sollte es mit den Nationen nicht auch so sein? Und ich antworte: Weil die französischen Provinzen sich *gegen* Nachbarländer vereinigt haben, aber gegen welchen Gegner können sich alle Völker auf der Erde verbünden? – Antworten Sie mir nicht mit Platitüden, lieber Freund. Sagen Sie mir nicht: gegen Armut, gegen Krankheit... Nein, die Phantasie ist krank, die Phantasie muß gepflegt werden. Wir brauchen einen sichtbaren Feind... Tja! Es gibt ihn nicht.‹

›Well‹, sagte Lord Frank, ›da sind wir ja fast am selben Punkt angelangt, Rouvray... gerade bin ich mit dem Flugzeug über Ihr Burgund geflogen und habe mich ebenfalls an die Kämpfe der französischen Könige und der Herzöge von Burgund erinnert, und ich habe mir gesagt, wie Sie: Die Vereinigung ist zustande gekommen, aber *gegen* jemanden... Gegen wen könnte man die Erde vereinigen? – Der einzige Unterschied zwischen uns ist, daß ich – vielleicht – eine Antwort habe.‹

›Es gibt keine Antwort‹, sagte M. de Rouvray müde, ›gegen wen denn!‹

›Gegen den Mond‹, sagte der Engländer leise.

M. de Rouvray zuckte mit den Schultern.

›Sie haben Mut, Douglas, aber mir ist wirklich nicht nach Scherzen zumute. In einigen Wochen, vielleicht schon in einigen Tagen wird mit Sicherheit eine Flotte riesiger Flugzeuge, befehligt von einem unbarmherzigen Generalstab in Bagdad oder Kanton, über dieser so ruhigen Stadt kreisen ... Unsere schönen Häuser werden einstürzen, Zement und Menschenleiber werden greulich zerfetzt ... Und wir vermögen nichts ... 1947 kommt wieder.‹

›Rouvray, *my dear fellow*, ich scherze nicht ... ich spreche ganz im Ernst ... Hören Sie mir zu ... Sie kennen unsere Leser: Sie wissen, wie leicht es ist, sie zu beeinflussen ... Haben wir nicht erlebt, wie gut sie schon von etwas geheilt werden konnten, nur weil die Mittel geschickt genug eingesetzt waren?

Haben wir nicht erlebt, wie verrückt sie nach Büchern waren, von denen sie nicht ein einziges Wort verstanden haben, oder nach einem Gemälde, das sie vor den Kopf gestoßen hat, aus dem einfachen Grunde, weil die geschickte Werbung von Verlagen oder Händlern sie dazu gebracht hat, alles zu akzeptieren? Warum sollten sie gegen eine von uns geführte Werbekampagne unempfindlicher sein, die wir ja schließlich Meister sind in dieser Kunst und vor allem das hervorragendste Instrument zur Verfügung haben?‹

›Ich sehe überhaupt nicht, worauf Sie hinauswollen‹, sagte M. de Rouvray. ›Was für eine Kampagne wollen Sie denn einleiten?‹

›*Look here*, Rouvray ... Sie haben wie ich die Erfahrung von 1947 gemacht, und Sie haben wie ich die Kriegsberichte von 1914 gelesen. In all diesen Fällen, in allen Ländern, sind dieselben Phänomene zu beobachten ... Der Haß gegen einen Feind wird angefacht und durch Berichte von Verbrechen und Attentaten aufrechterhalten, die in beiden Lagern fast dieselben sind. Der kritische Geist verschwindet gänzlich, der gesunde Menschenverstand wird zum Laster und die Leichtgläubigkeit zur Pflicht. Die unwahrscheinlichste Erfindung wird von der aufgehetzten öffentlichen Meinung sofort akzeptiert... Ein erregtes Volk kann dazu gebracht werden, alles über den Feind zu glauben... Stimmen Sie mir zu?‹

›Ich stimme Ihnen vollkommen zu‹, sagte M. de Rouvray. ›Aber ich sehe da kein Mittel gegen unser Übel. Ganz im Gegenteil, das ist doch der Grund.‹

›Passen Sie auf‹, sagte der Engländer. ›Nehmen Sie einmal an, wir könnten diesen Zorn, diese Bereitschaft, jeden Unsinn zu glauben, bei allen Völkern auf der Erde gegen einen Feind richten, der nicht existiert oder zumindest keinen Kontakt mit uns aufnehmen kann. Glauben Sie nicht, daß es uns dann gelänge, den Völkern – diesmal gefahrlos – eine Kriegspsychose einzuimpfen, die sie einigen würde? Glauben Sie nicht, daß wir es dann erreichen könnten, eine Einigung auf diesem Planeten herzustellen?‹

›Ohne Zweifel‹, sagte der Chef etwas aufgebracht.... ›Aber ich wiederhole meine Frage: gegen wen?‹

›Ich sehe in Ihrer Frage keine Schwierigkeit... Gegen irgendwen, da ja das Wesentliche an diesem Gegner ist, daß er gar nicht existiert... Gegen die Mondbewohner, die Marsbewohner... gegen die der Venus... das ist mir egal...

Sehen Sie, Rouvray: Nehmen Sie an, wir erzählen morgen unseren Lesern auf der ganzen Welt, daß durch eine gewaltige Strahleneinwirkung unbekannter Herkunft ein Dorf auf mysteriöse Weise zerstört worden ist. Würde man es nicht glauben?‹

›Man wird es glauben... wenn aber eine Untersuchung...‹

›Aber mein Lieber, wer soll denn eine Untersuchung durchführen, und wo soll er sie veröffentlichen, wenn wir alle Informationsblätter und daneben alle öffentlichen Stellen in der Hand haben... Natürlich werden wir nicht so naiv sein, unser Sensationsereignis an einen Ort zu verlegen, der leicht zu erreichen ist. Wir werden wohl kaum eine Straße in New York oder ein Viertel in Paris aussuchen, aber wenn wir ein kleines Dorf in Turkestan oder in Alaska nehmen... Wer wird das nachprüfen?‹

›Niemand, Sie haben recht. Man wird es glauben. Und dann?‹

›Am nächsten Morgen derselbe Zerstörungsakt in China... Am übernächsten in Australien... immer dicker gedruckte Titel... DER GEHEIMNISVOLLE GEGNER... WER GREIFT DIE ERDE AN? Allgemeines Entsetzen... Und schon landen die Windgebiete auf der zweiten Seite. Können Sie mir folgen?‹

›Es fängt an, mich zu interessieren.‹

›Das geht acht Tage lang so, dann bringen wir Interviews mit Wissenschaftlern... Ich kenne in England ein paar Leute, die mir diesen Dienst nicht verweigern werden, wenn sie eingesehen haben, daß es das einzige Mittel ist, die Erde zu retten. Sie haben welche in Frankreich, Kraft hat welche in Deutschland... Alle diese Wissenschaftler werden zu dem Schluß kommen, daß die Strahlen, so wie sie einfallen, von einem gemeinsamen Punkt ausgehen – vom Mond... oder vom Mars, wenn Ihnen das lieber ist...‹

›Nein‹, sagte M. de Rouvray, ›ich ziehe den Mond vor.‹

›Ach?...‹ sagte Douglas überrascht. ›Ich hätte nach gründlicherer Überlegung den Mars vorgezogen... Es wurde so oft berichtet, der Mond sei unbewohnt.‹

›Eben‹, sagte M. de Rouvray, ›... ich bin sicher, daß er es ist; das ist eine Garantie.‹

›Gut‹, sagte Lord Frank. ›Dann gehen die ‚undefinierbaren Angriffe' eben vom Mond aus... Dann beginnt unsere Kampagne gegen die Mondbewohner: Und wenn nicht jedes Kind auf Erden in drei Monaten überzeugt ist, daß jeder Mondbewohner ein Monster ist und daß es die erste Pflicht eines jeden Erdenbewohners ist, den Mond zu hassen und zu zerstören, dann, Rouvray, schicke ich alle meine *leader-writers* nach Hause... aber ich bin da ganz ruhig. Die verstehen ihr Geschäft.‹

Während dieser ganzen Unterredung«, so fährt Brun fort, »habe ich das Gesicht des Chefs beobachtet. Anfangs schien er ziemlich gereizt zu sein. Es gefiel ihm nicht, daß der Engländer so unbefangen war, daß er sich mit Paradoxen amüsierte – und das angesichts der Bedrohung durch eine so schreckliche Tragödie. Dann sah er allmählich interessiert und schließlich sogar glücklich aus. Als Douglas zu Ende war, erhob er sich und schüttelte ihm die Hände.

›Ich bin dabei‹, sagte er zu ihm, ›es ist absurd, es ist verrückt, aber es ist vielleicht unsere einzige Chance, eine Zivilisation zu retten.‹

Er gab mir Anweisung, über Telephotophon den Rat der Fünf einzuberufen und die Hertzsche Polizei zu benachrichtigen.« (Brun, *Memoiren*, III, S. 160–164)

Die Anti-Mond-Kampagne. – Trotz der Fortschritte der angewandten Psychologie ist es heute immer noch kaum möglich, über die Anti-Mond-Kampagne der *W. N. A.* im Jahre 1963 zu lesen, ohne die Methodensicherheit und den Erfindungsreichtum zu bewundern. Sie verlief ungefähr so, wie sie Douglas und Rouvray im Lauf der von uns mitgeteilten Unterhaltung besprochen hatten. Sie wurde in drei Etappen durchgeführt:

a) Es wurden Angst und der Glaube an geheimnisvolle und bedrohliche Phänomene provoziert.

b) Die Phänomene wurden einer willentlich wirkenden Kraft zugeschrieben, nach der sodann geforscht wurde.

c) Bestimmung des Gegners und eigentliche Anti-Mond-Kampagne. (s. André Dubois, *Die Anti-Mond-Kampagne*, Paris 1982)

Die Wirkung war beachtlich. Einen Monat nach Beginn der Kampagne war bei allen Völkern der Erde die antilunare Agitation ausgelöst. Alle Zeitungen der *W. N. A.* konnten, ohne irgendeinem Protest zu rufen, dieselbe Titelzeile übernehmen: Jetzt geht es um die Erdbewohner! Die Sache mit den Windgebieten hatte sich wie durch ein Wunder erledigt. Sie war das Werk von aufeinander eifersüchtigen Finanzleuten gewesen, die versucht hatten, ihre Länder in das Kielwasser ihrer Interessen zu ziehen. Nun waren sie erschrocken über die weltweite patriotische Bewegung, die ihre Auseinandersetzungen in Verbrechen verwandelte, und hatten auf einmal entdeckt, daß nichts einfacher war, als die Weltgesellschaft der Winde zu gründen, die die Passat- und Monsungesellschaft in sich aufnehmen und die Verwaltung des Mont

Ventoux einer internationalen Kommission übertragen würde. Die Generalstäbe, im Juli noch damit beschäftigt, Pläne gegeneinander zu schmieden, dachten nur noch an Zusammenarbeit und Möglichkeiten der gemeinsamen Verteidigung. In Berlin wurde eine chinesische Militärkommission bejubelt, Unter den Linden folgte ihr eine Menschenmenge und sang den neuen Choral: »Wir hassen den Mond!« In Japan machten einige Einwohner Harakiri, um gegen die ungerächt beleidigte Ehre der Erde zu protestieren. In London hatte die Kriegsraserei eine seltsame Form angenommen: In den Music-halls, auf den Straßen und in den Häusern sangen Männer, Frauen und Kinder ein- und denselben Refrain: *O stop tickling me, Man in the Moon, stop tickling, stop, ah! Stop!* In den Vereinigten Staaten wurde trotz der wütenden Opposition zweier prolunarer Senatoren jedem Wissenschaftler, der ein Mittel finden würde, eine Botschaft auf die Mondoberfläche zu senden oder wenigstens ein Instrument zu finden, das Repressalien ermöglichte, vom Kongreß eine Summe von hundert Millionen Dollar versprochen.

Das Verhalten Ben Tabrits. – Einer der bemerkenswertesten Artikel, die die *W. N. A.* zu Beginn dieser Kampagne veröffentlichte, war der von Ben Tabrit, dem Dekan der naturwissenschaftlichen Fakultät von Marrakesch und Erfinder des Windakkumulators.

Die Mehrzahl der Wissenschaftler, die an der Anti-Mond-Kampagne mitgearbeitet hatten, waren persönliche Freunde der fünf Direktoren; sie hatten wie sie die verzweifelte Lage des Planeten erkannt und waren, wenn auch mit Bedauern, damit einverstanden, sich zu Komplizen der heilsamen Mystifikation zu machen. Nicht so Ben Tabrit. Er war ein düsterer Mann, der ein zurückgezogenes Leben führte. Sein Laboratorium verließ er nur selten. Griff er einmal in eine Debatte ein, so erweckte er Erstaunen durch die Kraft und Originalität seiner Ideen.

In diesem besonderen Falle hatte er seinen Artikel als Antwort auf eine Schrift Professor Baxleys aus Cambridge geschrieben. Baxley hatte behauptet, man müsse versuchen, die Mondbewohner zu überzeugen, bevor man sie bekämpfe. Ben Tabrit behandelte das Thema in seiner Antwort folgendermaßen: »Kann es auf der Mondoberfläche lebende Wesen geben? Nein, wenn wir darunter Körper verstehen, die aus ähnlichen Zellen zusammengesetzt sind wie die unseren, Körper, die atmen, Stoffe assimilieren und ausscheiden wie die unseren. Aber weshalb das Leben auf einen einzigen Formentypus beschränken? Es ist ja möglich, daß stabile Strahlengruppierungen Wesen bilden, Willenszentren, die wir uns nicht vorstellen können und die wir uns auch nie werden vorstellen können, die aber aus irgendeinem ebenso unbekannten wie unbegreiflichen Grund gerade beschlossen haben, uns zu vernichten.

Wenn es Mondbewohner gibt (und die seit einigen Wochen auf der Erde beobachteten Phänomene scheinen es zu beweisen, daß es welche gibt), können es nur Monstren sein, also Wesen, die so sehr verschieden sind von dem, was wir sind und was wir uns vorstellen können, daß die Idee, mit ihnen in Verbindung zu treten und ihnen eine Friedensbotschaft zu übermitteln, einfach absurd ist. Zwischen Lebensformen, die sich seit Milliarden von Jahren so verschieden entwickelt haben, gibt es keine Gemeinsamkeit, an die sich ein gemeinsames Vokabular anknüpfen ließe. Wenn die Mondbewohner existierten, würden wir vermutlich vor ihnen stehen wie früher die Jäger vor dem Tiger. Niemand hätte versucht, einen Tiger zu überzeugen, man tötete ihn oder man wurde getötet. Die Menschen haben die Tiger nicht zivilisiert, sie haben ihre Art ausgerottet.

Nun wäre es ungleich viel leichter gewesen, eine gemeinsame Sprache zwischen Mensch und Tiger zu finden als eine gemeinsame Denkweise zwischen Mensch und Mondbewohner. Der Tiger war ein Säugetier. Viele seiner Funktionen ähnelten den unseren. Wir kannten die meisten seiner physiologischen Reaktionen. Über die Mondbewohner wissen wir nichts. Sie erklären wollen oder uns ihnen erklären wollen hieße sich die Lösung einer Gleichung anmaßen, die nur Unbekannte hat. Sinnvoll ist es aber, zu versuchen, sie zu bekämpfen; das heißt, man kann versuchen, genügend starke Strahlen auf die Mondoberfläche zu senden, die keinerlei Verbindung in ihrer Nähe bestehen lassen.«

Der Streit zwischen Rouvray und Douglas. – Lord Frank Douglas hatte den Artikel von Ben Tabrit mit großer Belustigung gelesen. Es bereitete ihm Vergnügen, daß eine Idee, die ihm selbst einst so verrückt vorgekommen war, die größten Köpfe des Planeten beschäftigte. Rouvray dagegen machte seit einiger Zeit einen seltsam beunruhigten Eindruck. Er hatte mehrere Male mit Douglas und Smack telephotophoniert und sie gefragt, ob es nicht an der Zeit sei, die Kampagne einzustellen (Brun, *Memoiren*, III, S. 210). Die erzielte Wirkung war erreicht. Die Weltgesellschaft der Winde war gegründet. Wozu noch weitermachen?

»Aus drei Gründen«, antwortete Douglas, »weil es ein sehr schönes Spiel ist; weil am Ende unsere ganze Kampagne unwahrscheinlich aussähe, wenn die Phänomene plötzlich aufhören würden; vor allem aber, weil die Geschichte mit den Winden nur das typische Ergebnis eines Geisteszustandes war – der Langeweile der Völker, wie Sie sehr richtig bemerkt haben. Wir haben ihnen das Mondspielzeug gegeben, um sie zu beschäftigen. Wir sollten uns hüten, es ihnen wieder wegzunehmen... Was befürchten Sie?«

»Sie werden mich für naiv halten«, sagte Rouvray, »aber ich fürchte, die Mondbewohner könnten existieren.«

Im Gerät war das Gesicht von Lord Frank zu sehen. Ein glückliches, kindliches Lachen leuchtete darin auf.

»Das ist der schönste Erfolg der angewandten Psychologie«, sagte er, »Sie haben sich selbst überzeugt.«

»Lachen Sie nicht«, sagte Rouvray, »ich bin wirklich beunruhigt... Ja... beunruhigt... Was wollen Sie machen? Ich habe gerade die Wissenschaftsgeschichte der Kriege von 1914 und 1947 wiedergelesen. Haben Sie sich jemals Gedanken gemacht über die fast unglaublichen Fortschritte, die die Menschen unter dem Druck von Notwendigkeit und Haß während dieser beiden Zeitabschnitte gemacht haben? Sehen Sie sich einmal an, was die Luftfahrt vor 1914 und was sie 1918 war. Sehen Sie sich an, wie weit unsere Kenntnisse der Atomenergie 1947 reichten und wie weit 1951 ... Und wenn heute ...«

»Aber mein lieber Rouvray«, sagte Lord Frank, »selbst wenn Ben Tabrit oder irgendein anderer durch ich weiß nicht welches Wunder Geräte erfinden würde, mit denen man den Mond erforschen oder bestimmte Teile seiner Oberfläche erreichen könnte, welche Bedeutung sollte das haben, nachdem da oben ja niemand ist?«

»Wer weiß? Sie haben den Artikel von Ben Tabrit gelesen ... Es gibt nichts, was dem entspräche, was wir bisher unter ›Lebewesen‹ verstanden haben, aber gibt es nicht doch vielleicht Energiekonglomerate, wie er annimmt, die auf ihre Art und Weise Individuen sind und reagieren, verstehen, kämpfen können?« (Brun, S. 212 f.)

In dem Buch *Smacks Leben* (Leipzig 1975) von Delius ist ein Austausch von Funksprüchen zwischen Rouvray und Smack wiedergegeben, der um diese Zeit stattgefunden hat. Aus der Antwort von Smack ist zu ersehen, daß die Argumente von Rouvrey keinerlei Eindruck auf ihn gemacht haben. Wir geben den Text im Wortlaut wieder, da er für Smacks Ausdrucksweise so charakteristisch ist:

»*Must go ahead and let B. T. go to the devil. Hope you are well and happy. Ditto Madame. Smack.*«

Bei der folgenden Versammlung des Rates der Fünf legte Rouvray noch einmal seine Gedanken dar, Douglas widersprach ihm jedoch und trug mit Leichtigkeit den Sieg davon. Die allgemeine Meinung ging dahin, daß sich die aufgewühlten Leidenschaften der Menschen ein Ventil auf der Erde suchen würden, wenn sie plötzlich des Vergnügens beraubt wären, die Mondbewohner zu hassen.

Ben Tabrits Erfindung. – Im Herbst 1963 folgte ein Attentat auf das andere. Die Zeitungen brachten immer genauere Einzelheiten. Es häuften sich Umzüge, Meetings und Kundgebungen für die Einheit der Welt. Die ehemals verfeindetsten Länder schickten sich Delegationen. An allen Schulen auf der

Erde wurde der Weltpatriotismus gelehrt. Die Zeichner des *Punch* und des *Simplicissimus* erfanden ein Mondwesen, das populär wurde und von Timbuktu bis Benares mit Schimpfwörtern begleitet auf die Mauern gekritzelt wurde.

Im November 1963 bat Ben Tabrit, der einige Monate lang in seinem Laboratorium still vor sich hin gearbeitet hatte, die *W. N. A.*, sie solle veröffentlichen, daß er endlich gefunden hätte, was er suchte, nämlich:

a) eine geeignete Strahlung, die jede Atomverbindung vernichtete;

b) ein genügend starkes Strahlungsgerät, das einen Strahl bis auf die Mondoberfläche senden konnte.

Als der Brief dem Rat vorgelesen wurde, schlug Rouvray niedergeschmettert vor, Ben Tabrit nach Paris kommen zu lassen und ihn über die wirkliche Situation aufzuklären. Dr. Kraft und Douglas wandten sich heftig dagegen: »Wir alle kennen Ben Tabrit. Er ist ein Wissenschaftsfanatiker. Wenn er von uns erfährt, daß sich einige seiner Kollegen dazu hergegeben haben, unzutreffende Berichte zu bestätigen, sei es auch zum Wohle der Menschheit, ist er fähig, öffentlich Skandal zu schlagen. Und wenn er das tut, ist die ganze Autorität der *W. N. A.* in wenigen Minuten dahin. Diese Autorität ist aber der einzige Schutzwall zwischen Blutbad und Frieden.«

Was für eine Gefahr lag darin, wenn man Ben Tabrit seine Arbeiten weiterverfolgen ließ? Er würde ja seine Strahlen auf eine unempfindliche Materie richten. Im Gegenteil, die Regierungen mußten aufgefordert werden, ihm für die Konstruktion seines Gerätes die nötigen Subventionen zur Verfügung zu stellen. Das war dann wieder ein großartiges Fressen für die öffentliche Neugier.

Alles, was Rouvray erreichen konnte, war, daß von nun an die Attentate der Mondbewohner in den Zeitungen der *W. N. A.* in größeren Abständen erschienen. Es wurde vorläufig ein ungefähr monatlicher Rhythmus vereinbart (der Wahrscheinlichkeit halber natürlich ein unregelmäßiger), und nach einigen Versuchen des Verfahrens von Ben Tabrit sollte die Kampagne endgültig eingestellt werden. Man könnte dann erklären, daß die Mondbewohner, durch den Strahl des marokkanischen Wissenschaftlers ganz offensichtlich in Schrecken versetzt, ihre verbrecherischen Angriffe eingestellt hätten. Die Erdbewohner könnten sich über ihren Sieg freuen, und die Einheit der Welt wäre bei dieser Stimmung zweifellos für eine gewisse Zeit aufrechtzuerhalten.

Am nächsten Tag stand in Smacks Zeitungen auf der Titelseite:

MOROCCAN SCIENTIST TO FIGHT THE MOON

Die Katastrophe vom Februar 1964. – Es war ganz einfach gewesen, von den Staaten die Gelder für die Konstruktion der Geräte von Ben Tabrit zu bekommen, und Ende Januar hatte der berühmte Wissenschaftler in Marrakesch alles Nötige beisammen. Der erste Versuch fand am 2. Februar statt. Der Erfolg war unmittelbar klar: Mit riesigen Teleskopen konnte man die Wirkung der Strahlen auf der Mondoberfläche beobachten. In einer Sekunde waren Trichter von schwindelerregender Tiefe entstanden. Man startete drei Angriffe auf drei auseinanderliegende Punkte und auf möglichst kleine Flächen.

Am folgenden Tag veröffentlichten alle Zeitungen der *W. N. A.* triumphierende Artikel über das vermutete Ausmaß der Verwüstungen nebst photographischen Vergrößerungen: *Der Mond vor dem ersten Angriff, Der Mond nach dem Auftreffen der Strahlen.*

Wer hätte damals gedacht, daß wir so bald Gelegenheit haben würden, Verwüstungen dieses Ausmaßes auf unserer eigenen Erde zu studieren?

Der 3., 4. und 5. Februar verliefen sehr ruhig. Am 6. Februar um fünf Uhr morgens (Brun, IV, S. 17) rief Kraft Rouvray ans Telephotophon. Rouvray ging im Halbschlaf zum Gerät, das Bild war unscharf.

»Lieber Kollege«, sagte Kraft, »ich habe eine schreckliche

Neuigkeit für Sie... Heute nacht ist Darmstadt vollkommen zerstört worden...«

»Ich verstehe Sie sehr schlecht«, sagte Rouvray.

»Ich spreche vom Flugzeug aus... Darmstadt ist heute Nacht zerstört worden, ein unerklärliches Phänomen. Ich fliege soeben über die Trümmer. Die Scheinwerfer zeigen an der Stelle, wo die Stadt war, nur noch einen glänzenden verbrannten Felsen. Es ist eine derartige Hitze, daß man nicht unter fünfhundert Meter gehen kann... Es steht leider außer Zweifel: Wir haben es mit Gegenmaßnahmen vom Mond zu tun.«

»Das ist ja schrecklich«, sagte Rouvray... »Erinnern Sie sich an meine Befürchtungen? Und die Mondbewohner... Wir müssen sofort...«

»Seien Sie vorsichtig, Rouvray«, sagte Dr. Kraft. »Ich habe so früh am Morgen nicht dafür sorgen können, daß die Linie überwacht wird. Tun Sie mir den Gefallen und rufen Sie eine geheime Sitzung des Rates zusammen.«

»Paßt Ihnen 8 Uhr 18, Wellenlänge 452?« fragte Rouvray.

»Einverstanden«, sagte der Doktor. (Brun, IV, S. 19 f.)

Der Kriegsrat vom 6. Februar. – Der Rat versammelte sich, und Dr. Kraft berichtete seinen Kollegen über die Katastrophe. Das Stadtzentrum war total zerstört. In den Vororten waren einige Häuser verbrannt, andere schienen erhalten geblieben zu sein. Es war unmöglich zu erfahren, ob die Trümmer noch Überlebende bargen, aber das war kaum zu hoffen. Die Hitze, die die Flugzeuge am Landen hinderte, hatte sicher auch die Verwundeten getötet.

Man hatte von Dorfbewohnern in der Umgebung von Darmstadt einige Auskünfte erhalten. Der Angriff der Mondbewohner hatte um 0 Uhr 15 stattgefunden. Durch die plötzliche Hitze wurden viele Leute in der Umgebung der angegriffenen Zone aufgeweckt. Niemand hatte Lichterscheinungen beobachtet. Der von den Mondbewohnern benutzte Strahl war offensichtlich dunkel. Bei Tage ähnelte der Ort, wo die Stadt gelegen hatte, vom Himmel aus einem riesigen Vulkankrater.

Douglas ergriff das Wort und übernahm die Verantwortung

für die Katastrophe. Er hätte geglaubt, einen harmlosen, ja spassigen Gedanken zu äußern. Der Vorfall beweise, daß der Gedanke eines interplanetarischen Krieges nicht gefahrlos für die Ziele der Innenpolitik auf der Erde benutzt werden könne. Rouvray schien ein wenig verlegen; er erwiderte, sie alle seien verantwortlich; das ganze Direktorium hätte sich auf das gefährliche Spiel eingelassen und die Absichten seien gut gewesen. Es handle sich jetzt nicht mehr um die Übernahme von Verantwortung, sondern um Gegenmaßnahmen.

Dr. Kraft wies darauf hin, daß es zwar für den Rat selbst nützlich sein könne, einen gemeinsamen Fehler zuzugeben; dieser müsse aber vor der Öffentlichkeit eine feste Haltung einnehmen; die Situation habe sich in dieser Hinsicht jedenfalls nicht geändert. Die Attentate seien keine Erfindung mehr, sie seien Realität geworden. Das verändere ihre physische Bedeutung, nicht aber ihre metaphysische. Was den Propagandawert beträfe, der sei eher noch gestiegen, und man müsse aus diesen Ereignissen jeden denkbaren Nutzen für das Wohl der Erde ziehen.

Dann sprach Smack. Er sagte, sämtliche Artikel der Abendausgabe müßten sich mit den Kriegskrediten beschäftigen. Da Ben Tabrit als einziger eine wirksame Waffe für diesen Kampf besitze, müsse man erreichen, daß er sein Verfahren enthülle, und man müsse ihm unbeschränkten Kredit zur Verfügung stellen, um mit dem Mond ein Ende zu machen.

»Ich erlaube mir«, sagte Rouvray, »ganz anderer Meinung zu sein als Herr Smack. Es erscheint mir gänzlich unangebracht, hier über die Erfüllung einer Prophezeiung zu triumphieren, an die ich selber kaum glaubte, als ich sie machte. Nichtsdestoweniger müssen uns die traurigen Ergebnisse als Warnung dienen. Für mich ist erwiesen, daß die Gewalt der Gegenschläge in dem Maße zunehmen wird, in dem wir Ben Tabrit Mittel zur Verfügung stellen und die Gewalt des Angriffs verstärken. Warum nicht ganz einfach versuchen, die Mondbewohner in Ruhe zu lassen? Sie haben sich vor unserer unklugen Herausforderung nie mit uns beschäftigt. Ist nicht anzunehmen, daß sie ihrerseits sehr froh sind, wieder ihre Ruhe zu haben und außer Gefahr zu sein, wenn wir sie wie früher ignorieren? Es ist kaum denkbar, daß sie uns gegenüber sehr lebhafte Haßgefühle empfinden, sie kennen uns ja gar nicht ...«

»Eine merkwürdige Schlußfolgerung, mein lieber Rouvray«, sagte Douglas, »man haßt doch nur wirklich, was man nicht kennt ... Und hat das Wort ›Haß‹ auf dem Mond überhaupt einen Sinn?«

»Wenn wir schon«, fuhr Rouvray fort, »mit aller Gewalt der öffentlichen Meinung Genüge leisten und Kredite in interplanetarische Unternehmungen stecken wollen, warum die Kredite dann nicht dazu verwenden, mit diesen Wesen Kommunikation aufzunehmen? Wir haben uns doch völlig gutgläubig auf dieses Abenteuer eingelassen. Wir alle haben geglaubt, eine unempfindliche Welt anzugreifen. Ist es denn wirklich unmöglich, den Mondbewohnern das begreiflich zu machen?«

»Vollkommen unmöglich«, sagte Douglas. »Erinnern Sie sich an den Artikel von Ben Tabrit: Wir haben mit diesen Wesen weder Gedanken noch Vokabular noch Sinnesorgane gemeinsam. Wie wollen Sie Kommunikation aufnehmen?«[1]

Alle, auch Rouvray, mußten zugeben, daß er recht hatte und nichts mehr übrigblieb als »Krieg zu machen«. Wieder einmal war das schreckliche Wort ausgesprochen worden. Dennoch wurde beschlossen, den Mondbewohnern eine Frist von mehreren Tagen einzuräumen und sie nie wieder anzugreifen, wenn sie von sich aus die Erde in Frieden ließen. (Brun, IV, S. 33)

Der Tod Rouvrays. – Über die Ereignisse der nächsten beiden Tage ist wenig bekannt. Aus dem phonophotographischen Sitzungsprotokoll des Rates geht hervor, daß davon die Rede war, Ben Tabrit an den gemeinsamen Apparat zu rufen. Smack, der den marokkanischen Wissenschaftler gut kannte – er war ein

---

[1] Dieser in unseren Schulbüchern als Beispiel für eine falsche Beurteilung so oft zitierte Satz von Douglas ist weniger absurd, als gemeinhin behauptet wird. Man muß sich in Erinnerung rufen, daß es 1964 keine wenn auch noch so vage Idee von der Theorie der sensoriellen Äquivalente gab und daß sich Douglas die Sprachübertragung, die heutzutage die interplanetarische Kommunikation so leicht macht, nicht vorstellen konnte. Siehe dazu: *Die sensoriellen Äquivalente,* Veröffentlichungen der Planetarischen Gesellschaft, Venus 1990.

ehemaliger Mitarbeiter von ihm –, wandte sich dagegen und schlug vor, ein Mitglied des Rates solle sich persönlich nach Marrakesch begeben. Natürlich wurde Rouvray ernannt, denn er war es ja gewesen, der für die zeitweilige Einstellung der Angriffe plädiert hatte.

Am Nachmittag des 6. Februar kam die Nachricht, das Flugzeug von M. de Rouvray sei in Marrakesch nicht angekommen. Gegen 5 Uhr wurde die Zentrale der *W. N. A.* benachrichtigt, daß man in der Nähe der Balearen die schwimmenden Überreste der Maschine entdeckt habe. Rouvray war ertrunken. Viele Historiker nehmen an, daß der alte Franzose Selbstmord verübt hatte. (Siehe insbesondere: Jean Prévost, *Das Leben Rouvrays,* Paris 1970.) Das Gegenteil dieser Annahme ist offenbar kaum zu beweisen. Rouvray reiste immer alleine, in kleinen einsitzigen Flugzeugen, die er auch selber lenkte. Sicher ist, daß er am Morgen höchst ungewöhnliche Zeichen von Erregung zeigte. Die Hypothese eines Unfalls ist zudem wenig wahrscheinlich, denn das Flugzeug war ein gyroskopisches Modell von 1962, und seine Stabilität glich jeden Manövrierfehler aus.

Dennoch wird die Selbstmordtheorie weder von Brun noch von Douglas akzeptiert, die beide vor Rouvrays Abreise mit ihm gesprochen hatten. Er war von der Bedeutung seiner Mission so überzeugt gewesen und hatte so große Hoffnung geäußert, durch das sofortige Einstellen der Angriffe die Erde zu retten, daß man sich nur schwer vorstellen kann, warum er sich gerade in dem Augenblick getötet haben soll, als er an die Erfüllung dessen ging, was er für seine Pflicht hielt.

Brun (IV, S. 210–250) bringt lange Ausführungen zu der Hypothese, Rouvray sei von fanatischen Mondgegnern ermordet worden. Sicher war die Zerstörung der Kontrolleinrichtungen einer Maschine aus der Entfernung seit 1964 ziemlich einfach, der unparteiische Historiker muß jedoch zugeben, daß im Falle Rouvrays kein Beweis für ein derartiges Verbrechen vorliegt. Gewiß, der antilunare Fanatismus hatte damals in vielen Köpfen einen hohen Grad erreicht, und man ist unwillkürlich betroffen über den Haß, mit dem einige Schriftsteller dem Gedächtnis Rouvrays später das Epitheton »prolunar« beifügten, aber im Augenblick seines Todes war seine Rolle in der Ratssitzung vom 6. Februar gar nicht bekannt. Die Sitzung war geheim: wer hätte also das Verbrechen beschließen, planen und ausführen sollen?

Selbstmord, Unfall oder Mord: Der Tod Rouvrays war ein Unglück von weltweiten Folgen. Nicht weniger mysteriös ist das Verhalten von Ben Tabrit. Hat er, wie er behauptet, den Funkspruch mit dem Befehl, jeden weiteren Angriff aufzuschieben, nicht erhalten, oder konnte er dem Wunsch nicht widerstehen, seine Geräte noch einmal auszuprobieren? Die Frage ist sehr umstritten. (Siehe hierzu Hertz, *Die Verantwortung für den Interplanetarischen Krieg,* Jerusalem, 12 Bände.) Jedenfalls gibt es keinen Zweifel über die Tatsachen selbst. In der Nacht vom 6. zum 7. Februar konstatierten die Beobachter auf der Erde, daß auf dem Mond vom Strahl Ben Tabrits ein neuer Trichter geschaffen worden war. Die Antwort ließ nicht auf sich warten: Am 7. Februar wurden von den Mondbewohnern innerhalb drei Minuten die Städte Elbeuf (Frankreich), Bristol (Rhode-Island) und Uppsala (Schweden) verbrannt. Es begann die Ära der planetarischen Kriege.

....
....

KAPITEL CXVIII

Das Leben der Menschen

1954 Beunruhigende Vorfälle auf der Erde
1959 Uranus-Veröffentlichung über das Leben der Menschen
1982 Erste Veröffentlichung auf der Erde

Als gegen Ende 1970 zwischen der Erde und den meisten großen Planeten freundschaftliche Beziehungen geknüpft worden waren, hatten die Wissenschaftler auf der Erde den Wunsch, ihre Hypothesen und Lehrsätze mit denen ihrer Kollegen von anderen Welten zu vergleichen, ein oft schwieriger Vergleich, da, wie man weiß, die bedeutenden Physiker von Venus, Jupiter und Mars weder für Licht noch für Töne empfindlich sind und in einer Welt von Strahlen leben, die für uns noch unbekannt waren. Aber die Theorie der sensoriellen Äquivalente machte rapide Fortschritte, und heute, 1992, kann man sagen, daß wir in der Lage sind, alle Sprachen des Sonnensystems – außer der des Saturns allerdings – in die Erdsprache zu übertragen.

Eine der interessantesten Entdeckungen der neuen Philologie waren die Werke, die die Gelehrten anderer Planeten über uns Erdbewohner geschrieben hatten. Die Menschen waren weit davon entfernt, sich vorzustellen, daß sie von Naturforschern der Venus, des Mars und sogar des Uranus seit Millionen von Jahren mit noch viel besseren Instrumenten als ihren eigenen beobachtet wurden. Die Wissenschaft auf der Erde war gegen die der Nachbargestirne sehr im Rückstand, und da unsere Organe für die Strahlen, die die Forscher benutzten, unempfindlich waren, konnten wir nicht ahnen, daß wir uns manchmal in den geheimsten Augenblicken unseres Lebens im Feld eines außerirdischen Ultramikroskops befanden.

Jetzt kann jeder Gelehrte diese Arbeiten in der Bibliothek der Planetarischen Gesellschaft einsehen, und es ist eine Lektüre, zu der man jungen Menschen, die sich den Wissenschaften widmen wollen, nur raten kann; erst einmal wegen des sehr hohen Eigenwertes, dann aber auch um der Bescheidenheit willen, die sie unweigerlich weckt. Wenn man auf die unfaßbaren Interpretationsfehler stößt, die so intelligenten und für die Forschung so hervorragend ausgestatteten Wesen unterlaufen sind, kann man nicht umhin, sich an einige Behauptungen von uns Menschen zu erinnern und sich zu fragen, ob wir nicht Tiere und Pflanzen so gesehen haben, wie uns die Marsmenschen sahen.

Ein Fall vor allem schien uns des sorgfältigen Studiums wert, nämlich der des Gelehrten A. E. 17 vom Uranus. Er veröffentlichte 1959 das Buch *Leben der Menschen*[1]. Dieses Buch galt bis zum Kriege als Standardwerk, sowohl auf dem Uranus als auch bei den Bewohnern von Mars und Venus, die eine Übersetzung angefertigt haben. Es ist uns leicht zugänglich, da die Uranier die einzigen unter unseren Mitplanetariern sind, die wie wir einen Gesichtssinn haben, weshalb ihr Vokabular dem unseren sehr ähnlich ist. Darüber hinaus haben sie Experimente angestellt, die die Erde sechs Monate lang außer Fassung gebracht haben. Was auf der Erde darüber berichtet wurde, können wir in Zeitungen und Memoiren dieser Zeit nachlesen.

Hier möchten wir zum einen kurz darstellen, was 1954 auf unserem Planeten stattgefunden hat, und zum anderen vorführen, wie der berühmte Gelehrte A. E. 17 seine Experimente anlegte und interpretierte.

Der mysteriöse Frühling. – Im März 1954 machten etliche Forscher in der nördlichen Hemisphäre darauf aufmerksam, daß die Atmosphäre sich in einem seltsamen Zustand befinde. Trotz schönem und klarem Wetter brachen in schmalen Gebietsstreifen plötzlich heftige Gewitter aus. Schiffskapitäne und Flugzeugpiloten schrieben an das Zentralbüro für Meteorologie, die Magnetnadel auf ihrem Kompaß hätte ohne erkennbaren Grund plötzlich einige Sekunden lang ausgeschlagen. An mehreren Stellen sah man bei klarem Himmel so etwas wie den Schatten einer riesigen Wolke über die Erde ziehen, wobei die Wolke unsichtbar blieb. Die Zeitungen veröffentlichten Interviews mit Meteorologen. Diese erklärten, sie hätten das Phänomen vorausgesehen; es sei auf Sonnenflecken zurückzuführen und würde mit den Gezeiten der Tag- und Nachtgleiche wieder verschwinden. Die Tag- und Nachtgleiche kam – und mit ihr noch viel seltsamere Phänomene.

Die »Vorfälle des Hyde-Park-Hügels«. – Am dritten Sonntag

---

[1] 1957 ist das Datum der Originalausgabe auf dem Uranus; erste Ausgabe auf der Erde 1982.

im April 1954 drängten sich in der Allee, die zum Marble Arch führt, Zuhörer, Männer und Frauen, um die Redner im Freien. Da sahen sie plötzlich, wie der Schatten eines unsichtbaren Gegenstandes über sie hinzog, der auf ganz unerklärliche Weise zwischen Erde und Sonne lag. Einige Sekunden später wurde vom Gitter bis drei- oder vierhundert Yards ins Parkinnere hinein plötzlich Erdreich hochgerissen, Bäume wurden entwurzelt, Spaziergänger umgeworfen und begraben, und diejenigen, die sich am Rand der verwüsteten Fläche befanden, sahen mit Entsetzen, daß ein mindestens hundert Yards tiefer Krater entstanden war. Die aufgeworfene Erde bildete einen Hügel derselben Höhe.

»Das alles«, sagte am nächsten Tag ein Schutzmann vor dem Coroner, »ging so vor sich, als ob ein Riese im Park einen Spatenstich gemacht hätte. Ja, es sah wirklich aus wie ein Spatenstich. Der äußere Rand des Loches war eben und glatt, während im Gegensatz dazu der Rand auf der Hügelseite aus aufgeworfener Erde bestand, aus der Köpfe und halbabgeschnittene Körper herausragten.«

Mehr als dreihundert Spaziergänger wurden lebendig begraben. Wer nur von einer sehr dünnen Erdschicht zugedeckt worden war, befreite sich unter großen Anstrengungen. Einige hatten plötzlich den Verstand verloren, sie stürzten den steilen Hang des frisch aufgeworfenen Hügels hinunter und stießen dabei schreckliche Schreie aus. Auf dem Gipfel des kleinen Berges tauchte ein Redner der Heilsarmee, Hauptmann R. W. Ward, auf und begann mit erstaunlicher Geistesgegenwart zu schreien, während er den Sand aus seinen Haaren und seinen Kleidern schüttelte:

»Ich habe es euch gesagt, meine Brüder! Weil ihr den falschen Göttern geopfert habt, hat sich der Herr gegen sein Volk erzürnt, und nun hat sich seine Hand auf uns gelegt...«

Der unerklärliche Vorfall erinnerte in der Tat so stark an die göttlichen Strafen, wie sie die Bibel beschreibt, daß sich einige Skeptiker unter den Anwesenden sogleich bekehrten und von da an das Leben von Gläubigen führten.

Man konnte bei diesem Ereignis den Mut des Londoner

Polizeikorps schätzenlernen. Drei seiner Leute waren unter den Opfern. Ein Dutzend anderer war sofort herbeigelaufen und hatte sich mutig an das Abtragen der Erdhaufen gemacht. Unverzüglich wurden die Horse Guards und die Feuerwehr gerufen. Der oberste Polizeichef, Clarkwell, übernahm das Kommando der Rettungsequipen, und in weniger als vier Stunden hatte der Hyde Park sein normales Aussehen wieder angenommen. Bedauerlicherweise wurden zweihundert Opfer gezählt.

Die Wissenschaftler gaben zu dem Vorfall die verschiedensten Erklärungen ab. Die Annahme eines Erdbebens – die einzig vernünftige, wenn man nicht das Übernatürliche bemühen wollte – schien kaum wahrscheinlich. Die Seismographen hatten keine einzige Welle registriert. Das Publikum war hinlänglich zufrieden, als es von den Fachleuten erfuhr, es habe sich um ein Erdbeben gehandelt, allerdings um eines ganz einzigartiger Natur, das sie »montiformes Vertikalerdbeben« nannten.

Das Haus in der Avenue Victor-Hugo. – Dem Vorfall im Hyde Park folgten etliche derselben Art. Sie erregten weit weniger Aufsehen, da es keine Toten gab; aber es wurde an verschiedenen Stellen beobachtet, wie sich mit derselben Schnelligkeit die merkwürdigen Hügel formten und neben ihnen der Graben mit den glatten Seitenwänden. An einigen Stellen stehen diese Hügel heute noch; ich nenne vor allem den in der Ebene von Ayen, im Périgord, den von Rosznow in der Walachei und den in Itapura in Brasilien.

Der geheimnisvolle Spaten, der sich da offenbar auf freiem Gelände betätigte, machte sich nun aber an die Häuser der Menschen. Am 24. April gegen Mittag wurden in Paris in dem Viertel, das ungefähr zwischen dem Arc de Triomphe, der Avenue de la Grande-Armée, der Avenue Marceau und der Avenue Henri-Martin liegt, die Passanten durch ein seltsames Geräusch in Erstaunen gesetzt, das die einen mit dem einer pfeifenden Klinge, die anderen mit dem eines sehr feinen und sehr kräftigen Dampfstrahls verglichen.

Die Passanten vor dem Haus Nr. 66 in der Avenue Victor-Hugo sahen einen langen schrägen Riß durch das Haus gehen. Es wurde von zwei oder drei Stößen erschüttert, und plötzlich schien die ganze Mansarde mit den Zimmern der Dienstboten zu zerbröckeln wie unter einem mächtigen Druck. An den Fenstern und auf den Balkonen erschienen entsetzt die Bewohner. Obwohl aber das Haus buchstäblich in zwei Teile zerschnitten worden war, stürzte es zum Glück nicht ein. Die Rettungsmannschaften stießen ungefähr in der Mitte der Treppe auf den Riß, den das unsichtbare Werkzeug verursacht hatte. Es sah genau so aus, als ob eine Messerklinge in gerader Linie durch die hölzernen Stufen, den Teppich und das Eisengeländer gegangen wäre. Alles wurde dabei mit einem glatten Zug entzweigeschnitten, Möbel, Teppiche, Tische, Bücher. Wie durch ein Wunder war niemand verletzt worden. Nur die Zimmer der Dienstboten wurden zerstört, da aber Essenszeit war, waren sie leer gewesen. Im dritten Stock hatte ein junges Mädchen geschlafen; sie sah, wie ihr Bett in der Mitte durchgeschnitten wurde; der Hieb ging neben ihr nieder. Sie hatte keinen Schmerz verspürt, aber eine leichte Erschütterung wie von einem schwachen elektrischen Schlag.

Auch hier gab es vielerlei Erklärungen. Es fiel wieder das Wort »Erdbeben«. Einige Zeitungen beschuldigten den Architekten und den Hausbesitzer, das Haus sei mit mittelmäßigem Material gebaut worden. Ein kommunistischer Abgeordneter interpellierte in der Deputiertenkammer.

Die Transporte. – Wie auf das Hyde-Park-Unglück folgten auf das in der Avenue Victor-Hugo andere, sehr ähnliche, über die wir hier nicht berichten wollen, hinter denen aber, so scheint es uns heute, mit Beobachtungsgabe ausgestattete Menschen einen verborgenen Willen und die Verfolgung eines bestimmten Zieles hätten erkennen müssen. In vielen Ländern wurden von unsichtbarer Hand große und kleine Häuser gespalten. Mehrere Bauernhäuser, eines in Massachusetts, eines in Dänemark und eines in Spanien, wurden vom Boden abgehoben und fielen mit ihren Bewohnern zermalmt auf den Erdboden zurück. In New

York wurde das French Building in zwei Teile zerschnitten. Etwa fünfzig Männer und Frauen fanden bei diesen Unglücksfällen den Tod. Da sie aber in ganz verschiedenen Ländern stattfanden, jeder einzelne Fall nur wenige Opfer forderte und im übrigen niemand eine annehmbare Erklärung anzubieten hatte, sprach man so wenig wie möglich darüber.

Nicht so war es mit der darauf folgenden Serie von Vorfällen, die den ganzen Planeten in den Monaten Mai und Juni 1954 in einen Zustand außerordentlicher Nervosität versetzte. Das erste Opfer war eine junge Negerin aus Hartford, Connecticut.

Sie verließ eines Morgens das Haus ihrer Herrschaft. Da sah ein Briefträger, einziger Zeuge des Vorfalls, wie sie plötzlich vom Boden abhob und entsetzliche Schreie ausstieß. Sie erreichte eine Höhe von hundert Metern, fiel dann wieder herab und wurde am Boden zerschmettert. Der Briefträger erklärte, er habe keinerlei Maschine in der Luft gesehen.

Der zweite, der »transportiert« wurde, war ein Zollbeamter aus Calais. Wieder konnte man sehen, wie er senkrecht abhob, dann verschwand er mit großer Geschwindigkeit in Richtung auf die englische Küste. Einige Minuten später fand man ihn tot auf den Klippen von Dover, jedoch ohne sichtbare Verletzungen. Es war, als wäre er sanft auf dem Boden aufgesetzt worden; er war blau wie ein Erhängter.

Dann gab es eine Zeitlang die sogenannten »geglückten Transporte«. Als erster erreichte ein alter Bettler lebend das Ziel seiner Reise. Er wurde von der unsichtbaren Hand ergriffen, als er gerade auf dem Platz vor Notre-Dame um Almosen bat, und zehn Minuten später wurde er mitten im Piccadilly Circus zu den Füßen eines erstaunten Polizisten wieder abgesetzt. Es war ihm nichts geschehen, er hatte das Gefühl, in einer geschlossenen Kabine gereist zu sein, in die weder Licht noch Wind eindringen konnten. Zeugen hatten bemerkt, daß er, als er vom Boden abhob, unsichtbar geworden war.

Die »Transporte« dauerten mehrere Wochen an. Seitdem man wußte, daß sie gefahrlos waren, fand man sie ziemlich lustig. Die unsichtbare Hand schien völlig willkürlich auszuwählen. Einmal war es ein kleines Mädchen aus Denver in Colorado, das sich in einer russischen Ebene wiederfand, an einem anderen Tag ein Zahnarzt aus Saragossa, der in Stockholm wiedergefunden wurde. Am meisten wurde über den Transport des hochehrwürdigen Präsidenten des französischen Senats, M. Paul Reynaud, geredet, der im Jardin du Luxembourg aufgehoben und am Ufer des Ontario-Sees wieder abgesetzt wurde. Er nutzte die Gelegenheit, um eine Reise durch Kanada zu machen, und wurde bei seiner Rückkehr auf dem Bahnhof vom Bois de Boulogne mit Triumph empfangen. Sehr wahrscheinlich sicherte diese unfreiwillige Reklame zum guten Teil seine Wahl zum Präsidenten der Republik im Jahre 1956.

Dazu muß noch bemerkt werden, daß alle »transportierten« Personen nach ihrer Reise mit einer rötlichen Flüssigkeit übergossen waren, die ihre Kleider befleckte. Der Grund dafür konnte nicht gefunden werden. Das war die einzige Unannehmlichkeit der im übrigen harmlosen Abenteuer. Nach ungefähr zwei Monaten nahmen sie wieder ein Ende und wurden von einer neuen, noch seltsameren Serie abgelöst, die mit der berühmten Episode der »zwei Familien« begann.

Die zwei Familien. – Die eine der beiden berühmten Familien war die eines jungen Paares in Frankreich, das außerhalb von Paris ein kleines Haus in Neuilly bewohnte. Der Mann, Jacques Martin, ein sportlicher und kultivierter Akademiker, war Lehrer am Lycée Pasteur und Verfasser einer bemerkenswerten Dissertation über das Leben Paul Morands. Sie hatten vier Kinder. Am 3. Juli gegen Mitternacht war Mme Martin gerade eingeschlafen, als sie das bereits erwähnte Zischen wie von einem Dampfstrahl hörte. Sie verspürte eine leichte Erschütterung und hatte das Gefühl, als würde sie mit großer Geschwindigkeit vom Erdboden abgehoben. Als sie die Augen öffnete, sah sie mit Schrecken den bleichen Schimmer des Mondes ins Zimmer fallen, eine ganze Wand war verschwunden, und sie lag am Rand ihres entzweigeschnittenen Bettes; an ihrer linken Seite, wo einige Sekunden vorher noch ihr Mann gelegen hatte, gähnte ein bodenloser Abgrund, über dem die Sterne funkelten. Entsetzt warf sie sich auf die noch stehende Seite des Bettes und stellte mit Erstaunen – und Beruhigung – fest, daß es nicht schwankte, obwohl es nur noch auf zwei Füßen stand. Mme Martin merkte, daß sie nicht mehr in die Höhe stieg, sich aber nun mit hoher Geschwindigkeit horizontal fortbewegte. Dann spürte sie einen inneren Stoß wie in einem zu schnellen Aufzug und ahnte, daß sie sich wieder abwärts bewegte. Sie nahm an, sie würde am Boden zertrümmert werden, und hatte bereits in Erwartung des Aufpralls die Augen geschlossen. Sie kam aber weich und sanft auf, und als sie um sich blickte, konnte sie nichts mehr sehen. Im Zimmer war es dunkel. Sie fuhr in ihrem Bericht fort:

»Ich streckte den Arm aus. Alles stand fest. Der Abgrund schien sich wieder geschlossen zu haben. Ich rief meinen Mann. Ich dachte, ich hätte einen Alptraum gehabt, ich war noch ganz durcheinander und wollte es ihm erzählen. Ich tastete umher und stieß an einen Männerarm. Dann hörte ich eine unbekannte und laute Stimme, die auf englisch sagte:

›Oh! Liebling, wie hast du mich erschreckt...‹

Ich fuhr zurück und wollte Licht machen, aber ich konnte die Lampe nicht finden.

›Was hast du?‹ sagte der Unbekannte.

Er machte nun seinerseits Licht. Wir stießen beide gleichzeitig einen Schrei aus. Ich hatte einen jungen blonden Engländer vor mir mit einer kleinen kurzen Nase, ein bißchen kurzsichtig und in einem blauen Pyjama, er war noch ganz verschlafen. In der Mitte des Bettes war eine Ritze. Die Leintücher, die Matratze, das Kopfteil waren entzweigeschnitten. Zwischen den beiden Teilen des Bettes war ein Niveauunterschied von fünf bis zehn Zentimetern.

Er faßte sich allmählich wieder. Das Verhalten meines unvorhergesehenen Bettgenossen unter diesen schwierigen Umständen flößte mir großen Respekt vor dem englischen Volk ein. Nach einem sehr kurzen Moment von wirklich verständlicher Bestürzung verhielt er sich ebenso korrekt und natürlich, als hätten wir uns in einem Salon befunden. Ich konnte seine Sprache sprechen und sagte ihm meinen Namen. Er sagte mir den seinen, John Graham. Wir befanden uns in Richmond. Ich sah mich um und stellte fest, daß mir die eine Hälfte meines Zimmers gefolgt war. Ich sah mein Fenster, meine kirschroten Vorhänge, das große Photo von meinem Mann auf der Kommode, das Tischchen mit den Büchern neben meinem Bett, ja sogar meine Uhr ganz oben auf dem Bücherstoß war da. Die andere Hälfte, seine, war mir neu. Auf einem Tisch neben dem Bett stand das Bild einer sehr hübschen Frau, Kinderphotos, Zeitungen und eine Schachtel Zigaretten. John Graham schaute mich lange an, betrachtete aufmerksam die Einrichtung, die mich umgab, und fragte schließlich mit großem Ernst:

›Was machen Sie hier?‹

Ich erklärte ihm, daß ich es nicht wüßte, zeigte auf das große Bild und sagte:

This is my husband.

Er streckte auch eine Hand aus und sagte:

This is my wife.

Sie war hinreißend, und mir kam der beunruhigende Gedanke, daß sie in diesem Augenblick vielleicht in Jacques Armen lag.

›Glauben Sie‹, sagte ich zu ihm, ›daß die Hälfte Ihres Hauses zur selben Zeit nach Frankreich transportiert worden ist wie unsere Hälfte hierher?‹

›Warum?‹ fragte er.

Ich war verwirrt. Warum? Ich wußte es auch nicht... weil es in dieser Geschichte so etwas wie eine natürliche Symmetrie gab.

›Das ist eine merkwürdige Geschichte‹, sagte er und schüttelte den Kopf, ›wie ist das nur möglich?‹

›Es ist überhaupt nicht möglich, aber es ist so.‹

In diesem Augenblick hörten wir ein Stöhnen, es kam offenbar aus dem oberen Stockwerk, und wir hatten beide denselben Gedanken:

›Die Kinder!‹

John Graham sprang aus dem Bett, lief barfuß zur Tür, der

Tür *seiner* Hälfte, und machte sie auf. Ich hörte, wie jemand schrie, hörte Husten und dann die starke Stimme des Engländers, der tröstende Worte sprach und zwischendurch fluchte. Ich stand eilends auf und betrachtete mich im Spiegel. Mein Gesicht hatte sich nicht verändert. Ich brachte mein Haar ein wenig in Ordnung. Dann stellte ich fest, daß mein Nachthemd ausgeschnitten war, und sah mich nach meinem Kimono um, aber ich erinnerte mich, daß ich ihn in der Zimmerhälfte aufgehängt hatte, die nicht mit mir gekommen war. Als ich vor dem Spiegel stand, hörte ich hinter mir eine verzweifelte Stimme.

Die Schreie im Kinderzimmer wurden lauter, sie vermischten sich mit Weinen und Rufen.

›Helfen Sie mir‹, sagte er flehentlich.

›Natürlich ... aber haben Sie einen Morgenrock von Ihrer Frau und Hausschuhe?‹

›Ja, sicher ...‹

Er gab mir seinen eigenen Morgenrock und zeigte mir den Weg ins Kinderzimmer. Es waren reizende Kinder, aber die Arzneimittel, die man ihnen gab, waren fürchterlich. Ich verfluchte alle englischen Medikamente und beruhigte sie langsam. Vor allem der Jüngste, ein schönes, blondes, entzückendes Kind, schien Schmerzen zu haben. Ich beruhigte ihn so gut es ging und nahm seine Hand in die meine. Er faßte Zuneigung zu mir.

So verbrachten wir zwei Stunden in dem Zimmer, alle beide in einem Zustand tödlicher Beunruhigung. Er dachte an seine Frau und ich an meinen Mann.

Ich fragte ihn, ob man nicht die Polizei anrufen könne. Er versuchte es, stellte aber fest, daß seine Telephonschnur durchgeschnitten war; auch seine Funkantenne war durchgeschnitten. Das Haus mußte ein komisches Bild abgeben. Gleich bei Morgengrauen ging John Graham hinaus. Die Kinder waren eingeschlafen. Einige Minuten später kam er zurück, holte mich und sagte, ich solle mit ihm hinunterkommen, die Fassade sei es wert, betrachtet zu werden. Sie war es wirklich. Der unbekannte Urheber des Wunders hatte offensichtlich zwei gleich große Häuser mit derselben Aufteilung gesucht, und es war ihm auch gelungen, aber die Stilarten waren so verschieden, daß sie zusammen unmöglich wirkten. Unser Haus in Neuilly war ein einfaches Backsteinhaus mit hohen, steingerahmten Fenstern. Das englische Haus war ein kleines schwarz-weißes Landhaus mit großen *bow-windows*. Die beiden so verschiedenen Hälften ergaben zusammen ein sehr komisches Ganzes. Man hätte an einen Harlekin von Picasso denken können.

Ich drängte Mr. Graham, sich anzuziehen und wegzugehen, um nach Frankreich zu telegrafieren und zu erfahren, was aus seiner Frau geworden sei. Er sagte, das Telegraphenamt würde erst um acht Uhr öffnen. Er war ein sehr phlegmatischer Mensch und schien überhaupt nicht zu begreifen, daß man unter derartigen Umständen die Regeln außer acht lassen und den Telegraphenbeamten wecken konnte. Aber ich konnte ihn noch so energisch schütteln, ich erreichte nichts anderes als:

It only opens at eight.

Schließlich kam gegen halb acht, als er gerade weggehen wollte, ein Polizist auf einem Pferd. Der sah erstaunt das Haus an. Er brachte ein Telegramm vom Polizeipräfekten von Paris, der anfragte, ob ich da sei, und mitteilte, Mrs. John Graham sei gesund und sicher in Neuilly.«

Es ist nicht nötig, den Bericht *in extenso* fortzusetzen. Es möge dem Leser genügen, daß Mrs. John Graham die Kinder von Mme Martin ebenso sorgfältig gepflegt hat, wie diese die kleinen Engländer, daß die beiden Paare hocherfreut erklärten, mit ihren Schicksalsgenossen Glück gehabt zu haben, und daß die beiden Familien bis zu ihrem Tode immer eng verbunden blieben. Mme Martin lebte vor zehn Jahren noch, in Chambourcy, Seine-et-Oise, im Haus ihrer Familie.

Die im Gesamtplan des vorliegenden Bandes diesem Kapitel eingeräumte Länge erlaubt es nicht, all die anderen Begebnisse zu schildern, die die Menschen in diesem August 1954 in Erstaunen versetzten.

Die Serie der »durchschnittenen Häuser« war noch länger als die der »Transporte«. Über hundert Paare wurden auf diese Weise ausgetauscht, die Erlebnisse dabei wurden die Lieblingsthemen von Romanschriftstellern und Filmleuten. Sie enthielten ein erotisches und phantastisches Element, das das Publikum begeisterte. Außerdem war höchst unterhaltsam – wie es auch tatsächlich vorkam –, eine Königin im Bett eines Polizisten und eine russische Tänzerin in dem des Präsidenten der Vereinigten Staaten aufwachen zu sehen. Dann endete die Serie plötzlich wieder, um einer anderen Platz zu machen. Es schien, daß die geheimnisvollen Wesen, die sich damit vergnügten, das Leben der Menschen durcheinanderzubringen, launisch und ihrer Spiele schnell müde waren.

Der Käfig. – Anfang September griff die Hand, deren Macht nun die ganze Erde kannte, nach einigen der bedeutendsten Köpfe auf der Erde. Ein Dutzend Männer, fast alle große Physiker oder Chemiker, wurden in ein und demselben Augenblick in den zivilisierten Ländern ausgewählt und in eine Lichtung des Waldes von Fontainebleau transportiert.

Eine Gruppe junger Leute, die früh am Morgen dorthingekommen waren, um die Felsen zu besteigen, entdeckten die alten Männer, die ziemlich verloren zwischen den Bäumen und Steinen umherirrten. Sie bemerkten, daß sie in Schwierigkeiten waren, und wollten ihnen zu Hilfe kommen, waren aber überrascht, sich plötzlich von einem durchsichtigen, aber unüberwindlichen Widerstand zurückgehalten zu sehen. Sie versuchten, das Hindernis zu umgehen, merkten aber, nachdem sie im Kreis darum herumgelaufen waren, daß die Lichtung mit einem unsichtbaren Wall umgeben war. Einige junge Leute erkannten einen Gelehrten, einen ihrer Lehrer, und riefen ihm zu – er schien sie aber nicht zu hören. Die Laute drangen nicht durch die Barriere. Die berühmten Männer waren in einem Käfig eingesperrt wie wilde Tiere.

Sie schienen sich ziemlich bald damit abzufinden. Sie streckten sich in der Sonne aus, zogen Zettel aus der Tasche, kritzelten Formeln hin und diskutierten lebhaft. Einer der jungen Zuschauer benachrichtigte die Behörden. Gegen Mittag kamen immer mehr Neugierige. Die Gelehrten wurden nun offenbar unruhig, sie schleppten sich etwas mühsam bis zum Rand des Kreises – denn sie waren alle schon sehr alt –, und als sie merkten, daß niemand sie hörte, gaben sie durch Zeichen zu verstehen, man solle ihnen etwas zu essen bringen.

Es waren einige Offiziere da. Einer bot sich an, die Unglücklichen vom Flugzeug aus zu versorgen, eine Idee, die alle für ausgezeichnet hielten. Zwei Stunden später hörte man das Brummen eines Motors, der Pilot steuerte geschickt auf den Kreis zu und ließ Lebensmittelpakete genau in seine Mitte fallen. Leider prallten diese zwanzig Meter über dem Boden zurück und blieben in der Luft hängen. Der Käfig hatte auch ein Dach aus unsichtbaren Strahlen.

Gegen Abend waren die Alten ganz verzweifelt und deuteten durch Zeichen an, daß sie vor Hunger stürben und Angst vor der nächtlichen Kälte hätten. Die hilflosen Zuschauer konnten nichts für sie tun. Würde man zusehen müssen, wie eine so erlauchte Versammlung von großen Denkern zugrunde ging?

Früh am Morgen schien sich vorerst an der Situation nichts geändert zu haben. Bei näherem Hinsehen konnte man aber bemerken, daß in der Mitte des Käfigs eine neue Vorrichtung aufgetaucht war. Die unsichtbare Hand hatte etwas inszeniert. Die Pakete, die der Offizier abgeworfen hatte, hingen ungefähr fünf Meter über dem Boden am Ende eines Seiles, nicht weit von diesem Seil war ein zweites, das bis zum Boden reichte. Für jeden jungen Menschen wäre es ein leichtes gewesen, sich hinüberzuschwingen und die Pakete zu holen, die die Rettung bedeuteten. Leider gab es wenig Hoffnung, daß einer der verehrungswürdigen Gelehrten diese schwierige Gymnastik bewältigen konnte. Sie schlichen um die Seile herum und prüften ihre Festigkeit, aber keiner wagte es.

So verfloß der restliche Tag. Die Nacht kam. Nach und nach zerstreuten sich die Neugierigen. Gegen Mitternacht kam ein Student auf die Idee, nachzuprüfen, ob die Strahlenbarriere noch immer da war. Zu seiner Verwunderung war nichts zu spüren, er ging weiter und stieß einen triumphierenden Schrei aus. Die grausamen Mächte, die sich zwei Tage lang über die Menschen lustig gemacht hatten, waren ihren Opfern gnädig gewesen. Die Gelehrten wurden mit Proviant versorgt und gewärmt. Keiner kam um.

Das sind im wesentlichen die Ereignisse auf der Erde, die man sich damals nicht erklären konnte und die, wie wir heute wissen, auf Uranusexperimente zurückgingen. Wir bringen jetzt einige Auszüge aus dem Buch des berühmten A. E. 17, jene, die wir für die bedeutsamsten halten.

Der Leser wird Verständnis dafür haben, daß wir für die auf dem Uranus gebräuchlichen Wörter vergleichbare auf der Erde suchen mußten, die sie nicht genau wiedergeben. Das Uranus-Jahr ist viel länger als das unsere. Wo es möglich war, haben wir in Erdzeit übertragen. Des weiteren verwenden die Uranier ein Wort für uns, das etwa »ungeflügelte Zweifüßler« lautet, das aber unnötig kompliziert ist und fast überall durch »Menschen« oder »Erdbewohner« ersetzt wurde. Ebenso haben wir den bizarren Ausdruck, mit dem sie unsere Städte bezeichnen, mit »Menschenhaufen« übersetzt, was unserem Dafürhalten nach so ziemlich dieselben Assoziationen weckt. Endlich muß der Leser sich immer vor Augen halten, daß die Uranier zwar wie wir mit einem Gesichtssinn ausgestattet sind, jedoch keine Laute kennen. Die Uranier kommunizieren mit einem besonderen Organ, das aus einer Reihe farbiger Lämpchen besteht, die abwechselnd an- und ausgehen. Da sie dieses Organ an den Menschen nicht feststellen und sich daher nicht vorstellen konnten, was ein Wort ist, hielten sie uns natürlich zum Austausch von Ideen für unfähig.

Wir können hier nur einige kurze Kapitel aus dem Buch von A. E. 17 vorlegen, aber wir raten den Studierenden dringend, das Buch ganz zu lesen. Es liegt eine ausgezeichnete Studienausgabe mit Anmerkungen und Anhang von Professor Fischer in Peking vor.

Das Leben der Menschen

Von A. E. 17

Untersucht man mit einem gewöhnlichen Teleskop die Oberfläche der kleinen Planeten, insbesondere der Erde, so kann man darauf große Flecken beobachten, die wesentlich bunter sind als Seen oder Meere. Betrachtet man diese Flecken eine Zeitlang eingehend genug, so kann man sehen, daß sie im Verlauf von einigen Erd-Jahrhunderten größer werden, eine maximale Ausdehnung erreichen und dann wieder abnehmen und manchmal auch ganz verschwinden. Viele Forscher haben angenommen, es handle sich dabei um eine Krankheit der Erdkruste. Nichts gleicht in der Tat mehr der Entwicklung und dem Zerfall eines Tumors in einem Organismus. Mit der Erfindung des Ultratelemikroskops ist man jedoch daraufgekommen, daß wir es mit einem Konglomerat lebender Substanzen zu tun haben. Die ersten Geräte waren noch unvollkommen und erlaubten nur die Wahrnehmung eines unbestimmten Gewimmels, einer Art zitternden Gelees, und sehr begabte Forscher wie A-33 behaupteten, diese Kolonien auf der Erde bestünden aus aneinanderhängenden Tieren, die gemeinsam lebten. Mit den modernen Geräten sieht man sofort, daß dem nicht so ist. Es lassen sich leicht einzelne Individuen unterscheiden, und man kann sogar ihre Bewegungen verfolgen. Die Flecken von A-33 sind in Wirklichkeit riesige Nester, die man fast den Städten der Uranier vergleichen könnte und die wir »Menschenhaufen« nennen wollen.

Die winzigen Lebewesen, die diese Städte bevölkern, die »Menschen«, sind ungeflügelte Zweifüßler, Säugetiere mit spärlicher Behaarung und im allgemeinen mit einer künstlichen Haut versehen. Man hat lange geglaubt, daß sie diese zusätzliche Haut selbst ausscheiden. Meine Studien ermöglichen es mir jedoch zu behaupten, daß dem nicht so ist, sondern ein mächtiger Instinkt sie dazu treibt, gewisse tierische oder pflanzliche Fasern zu sammeln, die sie zusammenfügen, um sich daraus einen Schutz gegen die Kälte zu machen.

Ich sage: Ein Instinkt, und ich lege in diesem Werk von Anfang an Wert darauf, mit aller Klarheit meine Meinung zu dieser Frage zum Ausdruck zu bringen, die nie hätte gestellt werden sollen und die, vor allem seit einigen Jahren, mit einem unglaublichen Leichtsinn behandelt wird. Unter unseren jüngeren Naturforschern ist die seltsame Mode aufgekommen, diesen irdischen Schimmelpilzen eine Intelligenz derselben Natur zuzuschreiben, wie sie die Uranier besitzen. Überlassen wir es anderen, zu betonen, wie schockierend eine solche Lehrmeinung vom religiösen Standpunkt aus ist. In diesem Buch möchte ich nur aufzeigen, wie absurd sie vom wissenschaftlichen Standpunkt aus ist. Wenn man zum erstenmal einen dieser Geleetropfen unter dem Mikroskop betrachtet und plötzlich tausend belebte und interessante Szenen ablaufen sieht: lange Straßen, in denen die Menschen hin- und hergehen, manchmal stehenbleiben, als würden sie sich unterhalten; kleine einzelne Nester, in denen ein Pärchen seine Jungen bewacht; marschierende Armeen; Baumeister bei der Arbeit – ist es zweifellos ein so schönes Schauspiel, daß die Begeisterung verzeihlich ist. Um jedoch mit Gewinn die psychischen Möglichkeiten dieser Tiere zu studieren, genügt es nicht, von Umständen auszugehen, die der Zufall dem Forscher verschafft. Man muß geeignetere herstellen können und sie möglichst vielfältig variieren. Mit einem Wort, es ist erforderlich, zu experimentieren und die Wissenschaft auf der soliden Grundlage von Fakten aufzubauen.

Das haben wir mit der langen Serie von Experimenten versucht, über die wir hier berichten. Bevor ich damit beginne, bitte ich den Leser, die enormen Schwierigkeiten zu bedenken und zu erwägen, die ein solches Vorhaben mit sich bringt. Zweifellos sind Experimente auf weite Entfernungen relativ einfach geworden, seitdem wir über die W-Strahlen verfügen, die Körper ergreifen, lenken und sogar durch interstellare Räume transportieren können. Aber wenn es sich um so kleine und zerbrechliche Wesen handelt wie Menschen, sind W-Strahlen ziemlich grob und roh. Bei den ersten Versuchen haben wir nur allzu oft die Tiere, die wir erforschen wollten, getötet. Es waren Sender von außerordentlicher Sensibilität nötig, um den angesteuerten Punkt genau zu treffen und die empfindliche Materie mit der nötigen Sorgfalt zu behandeln. Vor allem, als wir dann anfingen, die Menschen auf der Erdoberfläche von einem Punkt zu einem anderen zu transportieren, haben wir es leider versäumt, auf die komplizierte Atmung dieser Tiere zu achten. Wir haben sie zu schnell durch den dünnen Luftmantel getragen, der die Erde umgibt, und sie sind erstickt. Wir mußten eine geeignete Strahlenkammer bauen, in der die Geschwindigkeit bei der Ortsveränderung ihre Wirkung verlor. Desgleichen haben wir bei der ersten Teilung und Umstellung der Nester die Konstruktionsweise, die die Erdbewohner anwenden, nicht genügend berücksichtigt. Durch Erfahrung haben wir dann gelernt, die Nester nach der Teilung durch bestimmte massive Strahlenströme abzustützen.

Der Leser findet hier eine Übersichtskarte über den Teil der Erdoberfläche, auf dem wir hauptsächlich unsere Experimente durchgeführt haben:

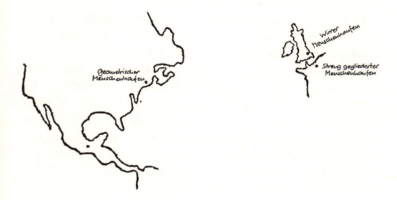

Wir möchten ihm vor allem nahelegen, die beiden großen Menschenhaufen zu beachten, in denen wir unsere ersten Versuche durchgeführt haben. Wir haben sie *wirrer Menschenhaufen* und *streng gegliederter Menschenhaufen* genannt, Bezeichnungen, die auch die Astrosoziologen übernommen haben.

Wir haben diese Bezeichnungen aufgrund der so verschiedenen Struktur dieser Menschenhaufen gewählt. Der eine fällt dem Forscher sofort durch sein sternförmiges, beinahe geometrisches Straßennetz ins Auge, während der andere ein kompliziertes netzförmiges Gewebe von ziemlich gewundenen Wegen darstellt. Zwischen dem *wirren Menschenhaufen* und dem *streng gegliederten Menschenhaufen* liegt ein glänzender Streifen, vermutlich ein Meer. Der größte Menschenhaufen der Welt ist der *geometrische Menschenhaufen*. Er ist noch regelmäßiger als der *streng gegliederte Menschenhaufen*, aber sehr weit von den beiden vorgenannten entfernt und durch eine sehr große glänzende Fläche von ihnen getrennt.

Die ersten Versuche. – An welchem Punkt der Erde sollten wir nun mit unserer Arbeit beginnen? Wie mußten wir in die Existenz dieser Lebewesen eingreifen, um typische Reaktionen zu erhalten? Ich gestehe, daß ich bei der ersten Operation auf der Erde, ausgerüstet mit Geräten von genügender Reichweite, große innere Bewegung empfand.

Vier meiner jungen Schüler umgaben mich. Auch sie waren sehr bewegt, und einer nach dem anderen betrachteten wir durch das Ultramikroskop die lieblichen und winzigen Landschaften. Wir richteten das Gerät auf den wirren Menschenhaufen und suchten einen Ort, der frei genug war, um die Folgen unserer Aktion gut beobachten zu können. Winzige Bäume glänzten in der Frühlingssonne, und wir sahen massenhaft kleine unbewegliche Insekten. Sie bildeten unregelmäßige Kreise, in deren Mitte ein einzelnes Insekt stand. Wir versuchten eine Weile, uns dieses Spiel zu erklären, und als uns nichts dazu einfiel, beschlossen wir, die Strahlen einzusetzen. Die Wirkung war verheerend. In der Erde bildete sich ein erstes Loch. Einige Insekten wurden unter dem Schutt begraben. Auf einmal entwickelte sich eine erstaunliche Tätigkeit. Man hätte wirklich meinen können, die Tiere agierten mit Intelligenz. Die einen retteten ihre begrabenen Gefährten, die anderen holten

Hilfe. Wir erprobten an anderen Stellen auf der Erde unsere Strahlen, suchten uns aber dazu möglichst unbewohnte aus, um unsere Objekte nicht schon zu Beginn unserer Studien zu gefährden. Wir lernten so, die Kraft unserer Strahlen zu reduzieren und mit mehr Geschicklichkeit vorzugehen. Danach waren wir uns unserer Forschungsmethoden sicher und beschlossen, die erste Experimentserie zu starten.

Ich hatte vor, einzelne Wesen aus einem Menschenhaufen zu holen, sie mit einem Pinsel zu markieren, sie dann zu einem anderen Punkt zu transportieren und festzustellen, ob das transportierte Individuum den Weg zu seinem ursprünglichen Menschenhaufen zurück finden würde. Am Anfang stießen wir, wie gesagt, auf große Schwierigkeiten, zum ersten, weil das Tier während des Transportes starb, und dann, weil wir es versäumt hatten, die künstliche Haut zu berücksichtigen, die sich diese Tiere herstellen. Da sie diese sehr schnell abstreifen können, verloren wir sie aus den Augen, sobald wir sie in einem Menschenhaufen auf der Erde niedergesetzt hatten. Bei den folgenden Transporten versuchten wir, sie direkt auf dem Körper zu markieren, und zogen die Zusatzhaut ab, aber sobald das Tier im Menschenhaufen angekommen war, machte es sich wieder eine neue Haut.

Nach etwas mehr Erfahrung kamen meine Schüler schließlich so weit, daß sie einem Tier mit dem Ultramikroskop folgen konnten, ohne es aus den Augen zu verlieren. Sie stellten fest, daß der Mensch in neunundneunzig von hundert Fällen an seinen Ausgangspunkt zurückkehrte. Ich versuchte, zwei Männchen aus dem wirren Menschenhaufen zu einem äußerst weit entfernten Menschenhaufen zu transportieren, nämlich zu dem, den wir den geometrischen Menschenhaufen nennen. Nach zehn Erdentagen zeigte mir mein Schüler E. X. 33 – den ich sehr schätze –, wie sie in den wirren Menschenhaufen zurückkehrten, nachdem er sie Tag und Nacht mit unvergleichlicher Hingabe verfolgt hatte. Sie waren zurückgekommen, obwohl sie den Ort, zu dem ich sie transportiert hatte, nicht kannten, da es Wesen mit ans Haus gebundener Lebensart waren – wir hatten sie vorher lange beobachtet –, die das Land, in dem wir sie absetzten, offenbar zum erstenmal sahen. Wie hatten sie ihren Weg wiedergefunden? Sie hatten die Strecke mit solcher Schnelligkeit hinter sich gebracht, daß sie sie nicht hatten beobachten können. Was leitet sie? Sicher nicht das Gedächtnis, sondern eine besondere Fähigkeit, die lediglich auf Grund des erstaunlichen Ergebnisses festgestellt werden kann, für die aber keine Erklärung möglich ist; so unvereinbar ist sie mit unserer eigenen Psychologie.

Die Transporte ließen ein anderes Problem auftauchen. Würde das Individuum, wenn es zurückkam, von den anderen wiedererkannt werden? Es scheint so. Gewöhnlich war große Aufregung im Nest zu beobachten, wenn der Vermißte zurückkam. Die anderen legten ihre Arme um ihn, und manchmal legten sie sogar ihre Lippen auf die seinen. In einigen Fällen indessen sah das geäußerte Gefühl eher wie Zorn oder Unzufriedenheit aus.

Die ersten Experimente bewiesen, daß ein Instinkt den Menschen ermöglicht, ihre Menschenhaufen wiederzuerkennen. Die zweite Frage, die wir uns stellten, war, ob diese Wesen ähnliche Gefühle haben wie die Uranier und ob es auf der Erde zum Beispiel Liebe gibt, eheliche oder mütterliche. Eine solche Annahme, die den Erdbewohnern verfeinerte Gefühle zugesteht, wie sie der Uranier erst nach Millionen von Jahren der Zivilisation erlangt hat, kam mir absurd vor. Es ist jedoch die Aufgabe des Wissenschaftlers, unvoreingenommen an sein Objekt heranzugehen und sämtliche Experimente ohne vorherige Festlegung des Resultats durchzuführen.

In der Nacht ruht das irdische Männchen gewöhnlich neben seinem Weibchen. Ich bat nun meine Schüler, mir die Nester auseinanderzuschneiden und das Männchen vom Weibchen zu trennen, ohne sie zu verletzen, dann eine Hälfte A mit einer Hälfte B wieder zusammenzufügen und herauszufinden, ob die kleinen Tierchen diese Veränderung bemerken würden. Damit das Experiment unter normalen Umständen durchgeführt werden konnte, mußten die ausgewählten Nester unbedingt sehr ähnlich sein. Ich empfahl daher, zwei Nester mit derselben

Anzahl an Jungen und mit gleich großen Zellen zu suchen. E. X. 33 zeigte mir triumphierend im wirren Menschenhaufen und im streng gegliederten Menschenhaufen fast gleiche Nester, von denen jedes ein Paar und vier Junge enthielt. Das Durchschneiden der Häuser und ihr Transport wurden von E. X. 33 mit bewundernswürdiger Geschicklichkeit durchgeführt. Die Resultate waren beweiskräftig. In beiden Fällen zeigten die von uns künstlich gebildeten Paare im Moment des Erwachens eine ganz leichte Überraschung, die durch die Ortsveränderung und den damit verbundenen Schock hinreichend erklärt werden kann. Sie blieben dann in beiden Fällen an Ort und Stelle, sie flohen nicht und verhielten sich anscheinend normal. Eine fast unglaubliche Tatsache: Vom ersten Augenblick an pflegten die beiden Weibchen die fremde Brut, ohne Schrecken oder Ekel zu zeigen. Sie waren offenbar nicht in der Lage zu merken, daß es nicht ihre eigenen Jungen waren.

Das Experiment wurde viele Male wiederholt. In dreiundneunzig von hundert Fällen kümmerten sich beide Paare um das Nest und die Jungen. Das menschliche Weibchen machte den Eindruck, an seinen Funktionen hartnäckig festzuhalten, ohne zu wissen, welchen Wesen gegenüber es seine Pflicht erfüllte. Ob es seine Kinder waren oder nicht, es agierte mit demselben Eifer. Man könnte nun annehmen, daß dieser Verwechslung eine starke Ähnlichkeit zwischen den beiden Nestern zugrunde liegt, aber wir haben im Laufe der Zeit Nester von ganz verschiedenem Aussehen genommen, etwa die Hälfte eines armseligen Nestes mit der Hälfte eines reich ausgestatteten Nestes ganz anderer Art zusammengefügt. Die Resultate waren fast die gleichen: Der Mensch macht keinen Unterschied zwischen seiner eigenen Zelle und der eines anderen.

Nachdem wir somit bewiesen hatten, daß der Erdbewohner in bezug auf seine Gefühle ein Tier sehr niedriger Stufe unter den Lebewesen ist, suchten wir nach einem geeigneten Experiment, um seine intellektuellen Fähigkeiten zu messen. Am einfachsten erschien es uns, einige Wesen zu isolieren, sie in einen Strahlenkäfig zu setzen und ihnen Nahrungsmittel vorzusetzen, die sie nur um den Preis immer komplizierterer Aktionen erreichen konnten. Für dieses Experiment habe ich sorgsam Erdbewohner ausgewählt, bei denen mein Kollege X-38 angeblich Spuren wissenschaftlicher Intelligenz entdeckt hatte. (Einzelheiten über dieses Experiment sind in Anhang A zu finden.) Es ergab einwandfrei, daß die Zeit, in der der Mensch lebt, in Vergangenheit und Zukunft gemessen extrem begrenzt ist, daß er sofort vergißt und unfähig ist, sich die einfachsten Methoden auszudenken, um sein Leben zu erhalten, sobald ihm Probleme gestellt werden, die sich von denen, die er ererbter Gewohnheit nach löst, nur geringfügig unterscheiden.

Nach langen Experimenten mit Einzelwesen auf der Erde waren meine Schüler und ich mit deren Verhaltensweisen vertraut genug, um ihr gewöhnliches Leben beobachten zu können, ohne selbst einzugreifen. Nichts ist interessanter, als einige Erdenjahre lang die Geschichte eines Menschenhaufens zu verfolgen, so wie ich es tat.

Der Ursprung der menschlichen Gesellschaften ist unbekannt. Warum und auf welche Weise haben diese Lebewesen auf ihre Freiheit verzichtet, um Sklaven der Menschenhaufen zu werden? Wir wissen es nicht. Es läßt sich feststellen, daß sie in diesen Gruppierungen einen Schutz gefunden haben, um gegen andere Tiere und Naturgewalten zu kämpfen, aber das ist ein Schutz, den sie teuer bezahlen. Keine andere Gattung kennt so wenig wie sie Vergnügungen und Lebensfreude. In den großen Menschenhaufen, insbesondere im geometrischen Menschenhaufen, beginnt die Aktivität in der Morgendämmerung und dauert an bis in die tiefe Nacht. Es wäre noch zu verstehen, wenn diese Aktivität notwendig wäre; aber der Mensch ist ein so beschränktes Tier, so beherrscht von seinen Instinkten, daß er weit über seine Bedürfnisse produziert und arbeitet. Zehnmal habe ich gesehen, daß sich in den Reservemagazinen in den Menschenhaufen Gegenstände in so großer Zahl anhäuften, daß sie die Menschen zu behindern schienen. Dennoch fuhr in recht geringer Entfernung davon eine andere Gruppe fort, dieselben Gegenstände herzustellen.

Auch die Einteilung der Menschheit in streng getrennte Klassen ist schwer verständlich. Es steht fest, daß die einen Tiere die Erde bearbeiten und fast die ganze Nahrung produzieren, andere die Zusatzhäute herstellen oder die Nester bauen. Wieder andere scheinen nichts zu tun, als sich mit hoher Geschwindigkeit auf der Oberfläche des Planeten umherzubewegen, zu essen und sich zu paaren. Warum finden es die ersten beiden Klassen in Ordnung, die dritte zu ernähren und zu kleiden? Es bleibt mir unverständlich. E. X. 33 hat eine bemerkenswerte Arbeit verfaßt, um den Beweis zu erbringen, daß diese Duldsamkeit sexuelle Gründe hat: Er brachte vor, daß abends, wenn sich die Wesen der oberen Klasse versammeln, Arbeiter zur Eröffnung dieser Feste kommen, um halbnackte Weibchen anzuschauen. Nach ihm ist das Schauspiel des leichten Lebens ein ästhetisches Vergnügen zur Belohnung der untergebenen Klassen. Die Theorie erscheint mir sinnvoll, aber nicht gesichert genug, um unbedingt der Wahrheit entsprechen zu müssen.

Ich für meinen Teil würde die Erklärung eher in der erstaunlichen Dummheit des Menschen suchen. Es ist einfach aberwitzig, die Handlungen des Menschen nach uranischer Denkweise erklären zu wollen. Es ist wirklich ein großer Irrtum. Der Mensch wird nicht von unabhängiger Intelligenz gelenkt. Er gehorcht einem fatalen unbewußten Reizschema, er kann nicht entscheiden, was er tun muß, er gleitet gewissermaßen unwiderstehlich eine Bahn entlang, deren Ziel bereits festliegt. Ich habe mir den Spaß gemacht, das Leben einzelner Menschen zu verfolgen, für die die Funktionen der Liebe das Wesentliche im Leben zu sein schienen. Mit der Eroberung einer ersten Frau nahmen sie alle Belastungen von Nest und Brut auf sich; mit dieser ersten Bürde aber nicht zufrieden, suchte sich mein Männchen eine zweite Gefährtin, für die er ein neues Nest baute. Die gleichzeitigen Liebesverhältnisse trieben das unglückliche Wesen in tausend Kämpfe, wie ich beobachten konnte. Es machte sich aber nicht viel daraus. Es schien aus den sich häufenden Unglücksfällen nichts zu lernen und blieb bei seinen miserablen kleinen Abenteuern, ohne offenbar beim dritten Mal klüger zu sein als beim ersten.

Einer der sichersten Beweise für die Unfähigkeit, Vergangenes festzuhalten und die Zukunft ins Auge zu fassen, waren die schrecklichen Kämpfe zwischen einzelnen Mitgliedern ein und derselben Rasse, die ich verfolgte. Auf dem Uranus wäre es ein absurder Gedanke, daß eine Gruppe Uranier eine andere angreift, sie mit Gegenständen bewirft, um sie zu verletzen, oder sie mit Giftgasen ersticken will.

Doch auf der Erde kommt das vor. Während jahrelanger Beobachtung habe ich bald an einem Ort dieses Planeten, bald an einem anderen dichte Menschenmassen gesehen, die sich angriffen. Sie bekämpften sich unter freiem Himmel oder verbargen sich in Erdfurchen und versuchten, die benachbarten Erdfurchen zu zerstören, indem sie große Mengen von Metall auf sie niederregnen ließen. Wohlgemerkt, sie wurden gleichzeitig selber ebenso beregnet. Ein fürchterliches und lächerliches Schauspiel. Man konnte Schreckensszenen beobachten, die diese Lebewesen wenigstens einige Generationen lang vermeiden würden, wenn sie auch nur das geringste Gedächtnis besäßen. Aber während eines Lebens, das ja doch sehr kurz ist, stürzen sich die Menschen in ihrer Raserei zwei- oder dreimal in dieselben mörderischen Abenteuer.

Ein anderes auffälliges Beispiel für den blinden Gehorsam des Menschen gegenüber seinem Instinkt ist, wie er unermüdlich Menschenhaufen an Stellen des Planeten baut, wo sie der Zerstörung preisgegeben sind. So habe ich aufmerksam eine dichtbevölkerte Insel beobachtet, auf der in acht Jahren sämtliche Nester dreimal durch Stöße der Erdkruste zerstört wurden. Für jeden vernünftigen Beobachter wäre klar, daß die Tiere, die dort wohnen, auswandern müssen. Sie tun aber nichts dergleichen, sondern holen wie nach einem Ritual wieder Holz- und Eisenstücke, um eifrig einen neuen Menschenhaufen zu bauen, der im Jahr darauf wieder zerstört werden wird.

Meine Gegner behaupten nun aber, daß diese Aktivität, so absurd ihr Gegenstand auch immer sei, dennoch auf einem

Ordnungsprinzip beruhe und die Existenz einer lenkenden Kraft, einer Vernunft beweise. Wieder ein Irrtum! Das Menschengewimmel ähnelt, wenn es gerade durch ein Erdbeben durcheinandergebracht worden ist, der Bewegung von Gasmolekülen, wie ich gezeigt habe. Diese beschreiben, wenn man sie einzeln betrachtet, gebrochene und komplexe Bahnen, rufen aber durch ihre große Anzahl einfache Gesamtwirkungen hervor. Wenn wir also einen Menschenhaufen zerstören, stoßen Tausende von Insekten zusammen und hindern sich in ihren Bewegungen. Sie verhalten sich auf die unmethodischste Art, und dennoch ist nach einer gewissen Zeit der Menschenhaufen wieder aufgebaut.

So also ist dieser einzigartige Intellekt beschaffen, in dem neuerdings eine Entsprechung zur uranischen Vernunft gesehen wird! Aber diese Mode wird wohl vorübergehen, die Tatsachen werden bleiben und uns auf die »alten Sprüche« über die uranische Seele und ihre besondere Bestimmung zurückführen. Ich für meinen Teil schätze mich glücklich, wenn ich mit einigen klugen und bescheidenen Experimenten dazu beigetragen habe, derart schädliche Lehrmeinungen zu widerlegen und bestimmten Tieren den ihnen gebührenden Platz unter den Lebewesen zuzuweisen. Wenn sie auch seltsam und des Studiums würdig sind: Läßt uns ihre Naivität und unzusammenhängende Handlungsweise nicht den Abgrund ermessen, den der Schöpfer zwischen die uranische Seele und den tierischen Instinkt gesetzt hat?

Der Tod von A. E. 17. – Glücklicherweise ist A. E. 17 früh genug gestorben, um nicht mehr den ersten interplanetarischen Krieg, die Aufnahme von Beziehungen zwischen Uranus und Erde und den Untergang seines gesamten Werkes erleben zu müssen. Bis zuletzt hatte er großen Ruhm genossen. Er war ein einfacher und guter Uranier, der nur durch Widerspruch irritiert werden konnte. Für uns eine interessante Tatsache: Auf der Unterseite des für ihn auf dem Uranus errichteten Grabmals befindet sich ein Basrelief. Es ist nach einer Telephotographie gearbeitet und stellt eine wimmelnde Masse von Männern und Frauen in einer Umgebung dar, die an die Fifth Avenue erinnert.

Francis Scott Fitzgerald

Der seltsame Fall des Benjamin Button

I

In den alten Zeiten um 1860 gehörte es sich noch, daß man zu Hause geboren wurde. Heutzutage, sagt man mir, haben die Obergötter der Medizin verordnet, daß die ersten Schreie der Kleinen in der anästhetischen Luft eines Krankenhauses ausgestoßen werden – möglichst in die eines chiquen Krankenhauses. Mr. und Mrs. Button waren also der Mode um fünfzig Jahre voraus, als sie eines Tages im Sommer 1860 beschlossen, daß ihr erstes Kind in einem Krankenhaus geboren werden sollte. Ob dieser Anachronismus irgendeine Bedeutung für die erstaunliche Geschichte hat, die ich hier niederschreiben will, wird man niemals wissen.

Ich erzähle Ihnen, was geschah, und lasse Sie selbst urteilen.

Die Roger Buttons hatten eine beneidenswerte Stellung im Vorkriegs-Baltimore, sowohl gesellschaftlich wie finanziell. Sie waren mit der Familie Soundso verwandt und mit der Familie Dieunddie, und dies erlaubte ihnen, wie jeder Südstaatler wußte, die Zugehörigkeit zu der riesigen Oberschicht, aus der die Südstaaten überwiegend bestanden. Es war ihre erste Erfahrung mit der reizenden alten Sitte des Kinderkriegens – und Mr. Button war natürlich nervös. Er hoffte, daß es ein Junge sein würde, so daß man ihn zum Yale College nach Connecticut schicken konnte, jener Anstalt, in der Mr. Button vier Jahre lang unter dem irgendwie naheliegenden Spitznamen »Knöpfchen« bekannt gewesen war.

An dem Septembermorgen, der dem ungeheuren Ereignis geweiht war, stand er unruhig um sechs Uhr auf, kleidete sich an, zupfte seine tadellose Halsbinde zurecht und eilte durch die

Straßen von Baltimore zum Krankenhaus, um zu ermitteln, ob die Dunkelheit der Nacht ein neues Leben aus ihrem Busen entlassen hatte.

Als er etwa hundert Meter vor dem Privatkrankenhaus Maryland für Damen und Herren entfernt war, sah er den Familienarzt Dr. Keene, der die Eingangstreppe herabstieg, wobei er sich die Hände rieb – mit jener Waschbewegung, die die ungeschriebene Berufsmoral von den Ärzten fordert.

Mr. Roger Button, Präsident von Roger Button & Co, Eisenwarengroßhandel, rannte auf den Doktor Keene los; er rannte mit weit weniger würdiger Haltung, als man es von einem Gentleman aus den Südstaaten jener malerisch-altväterlichen Epoche erwartet hätte. »Doktor Keene!« rief er. »Oh, Dr. Keene!«

Der Doktor hörte, blickte sich um und blieb wartend stehen, wobei ein sonderbarer Ausdruck sich auf seinem rauhen Medizinergesicht niederließ, während Mr. Button sich näherte.

»Was ist passiert?« rief Mr. Button, als er keuchend bei ihm anlangte. »Was war es? Wie geht's ihr? Ein Junge? Wer ist es? Was –«

»Reden Sie vernünftig!« sagte Doktor Keene mit scharfem Ton. Er schien etwas gereizt.

»Ist das Kind geboren?« fragte Mr. Button bittend.

Doktor Keene runzelte die Stirn. »Naja, schon, vermutlich – in gewisser Weise.« Wieder warf er einen sonderbaren Blick auf Mr. Button.

»Geht's meiner Frau gut?«

»Ja.«

»Ist es ein Junge oder Mädchen?«

»Hören Sie!« schrie Doktor Keene mit der vollen Heftigkeit seines Zorns. »Wollen Sie bitte selbst nachsehen. Skandal!« Er schnellte das letzte Wort hervor, fast wie *eine* Silbe, dann wandte er sich ab und sagte leiser: »Glauben Sie, daß ein solcher Fall meinem beruflichen Ansehen hilft? Noch sowas, und ich bin ruiniert. Sowas ruiniert jeden!«

»Was ist denn los?« fragte Button verstört. »Drillinge?«

»Nein, keine Drillinge!« antwortete der Doktor schneidend.

»Mehr noch, Sie können das selbst nachprüfen. Nehmen Sie einen anderen Arzt. Ich habe Sie auf die Welt gebracht, junger Mann, und ich war vierzig Jahre Ihr Familienarzt, aber jetzt reicht's mir! Ich möchte weder Sie noch sonst einen Ihrer Verwandten jemals wiedersehn! Adieu!«

Er drehte sich abrupt, stieg ohne ein weiteres Wort in seinen Zweispänner, der am Straßenrand wartete, und fuhr mit strenger Miene ab.

Da stand Mr. Button auf dem Trottoir, verblüfft und zitternd von Kopf bis Fuß. Was für ein schreckliches Unglück war da passiert? Plötzlich war ihm jedes Verlangen abhanden gekommen, das Privatkrankenhaus Maryland für Damen und Herren aufzusuchen – und nur mit großer Überwindung zwang er sich, einen Augenblick später, die Treppen hinaufzusteigen und durchs Portal zu gehen.

Eine Schwester saß hinter einem Schreibtisch in der trüben Düsternis der Eingangshalle. Mr. Button überwand seine Verlegenheit und trat zu ihr.

»Guten Morgen«, sagte sie leichthin und schaute ihn freundlich an.

»Guten Morgen. Ich – ich bin Mr. Button.«

Da breitete sich ein Ausdruck von äußerstem Schrecken auf dem Gesicht des Mädchens aus. Sie sprang auf, und es schien, als wollte sie fliegend aus der Halle entweichen; nur mit sichtlicher Mühe konnte sie an sich halten.

»Ich möchte mein Kind sehen«, sagte Mr. Button.

Die Schwester stieß einen kleinen Schrei aus. »Oh – ja, natürlich«, rief sie hysterisch. »Die Treppe hoch, gleich oben. Immer rauf!«

Sie zeigte die Richtung, und Mr. Button, in kalten Schweiß getaucht, wandte sich um und begann schwächlich zum ersten Stock aufzusteigen. Auf dem oberen Flur sprach er die nächste Schwester an, die sich ihm näherte; sie hielt eine Schüssel in der Hand. »Ich bin Mr. Button«, brachte er heraus. »Ich möchte mein Kind...«

Pläng! Die Schüssel fiel mit blechernem Geräusch zu Boden und rollte zur Treppe hin. Pläng! Pläng! Sie begann einen systematischen Abstieg, als sei auch sie von dem allgemeinen Schrecken erfaßt, den dieser Herr hervorrief.

»Ich will mein Kind sehen!« Mr. Button kreischte fast. Er war dem Zusammenbruch nahe.

Pläng! Die Schüssel hatte den unteren Stock erreicht. Die Schwester beherrschte sich wieder und warf Mr. Button einen Blick zu – einen Blick voll herzhafter Verachtung.

»Na schön, Mr. Button«, sagte sie mit gedämpfter Stimme. »Schon gut. Wenn *Sie* wüßten, was hier *deswegen* los war heut morgen! Es ist einfach unerhört! Dieses Krankenhaus wird nie mehr das geringste Ansehen haben, nachdem –«

»Schnell!« schrie er heiser. »Ich ertrag's nicht mehr!«

»Na, dann kommen Sie mal mit, Mr. Button.«

Er schleppte sich hinter ihr her. Am Ende eines langen Flurs kamen sie in ein Zimmer, aus dem vielfältiges Schreien drang – es war, wie man es später nannte, das »Brüllzimmer«. Sie traten ein. An den Wänden stand ein halbes Dutzend weißlackierter Kinderbetten, jedes mit einem Schild, das am Kopfende befestigt war.

»Und?« keuchte Mr. Button. »Wo ist meins?«

»Da«, sagte die Schwester.

Mr. Buttons Blicke folgten ihrem Zeigefinger, und was er sah, war dies. In ein bauschiges, weißes Bettuch gewickelt, und so gut wie möglich in eines der Kinderbetten gewürgt, kauerte ein alter Mann von anscheinend etwa siebzig Jahren. Sein dünnes Haar war fast weiß, und von seinem Kinn hing ein langer, rauchfarbener Bart; er wurde von dem Luftzug, der durch das Fenster kam, auf bizarre Weise vor und zurück geweht. Er blickte mit trüben, verblichenen Augen, in denen ein wirrer, fragender Ausdruck stand, zu Mr. Button auf.

»Bin ich verrückt?« donnerte Mr. Button, dessen Schrecken sich in Zorn verwandelte. »Ist das einer von diesen gräßlichen Krankenhaus-Witzen?«

»Uns kommt's nicht wie ein Witz vor«, antwortete die Schwester streng. »Und ich weiß auch nicht, ob Sie verrückt sind oder nicht – jedenfalls ist das bestimmt Ihr Kind.«

Der kalte Schweiß verdoppelte sich auf Mr. Buttons Stirn. Er schloß die Augen, öffnete sie wieder, schaute nochmal hin. Kein Zweifel – er sah einen Mann von siebzig Jahren an – ein Baby von siebzig, ein Baby, dessen Beine über dem Rand des Kinderbettchens hingen, in dem es lagerte.

Der alte Mann blickte einen Moment lang gelassen von einem zum anderen; plötzlich redete er mit spröder und uralter Stimme: »Sind Sie mein Vater?« fragte er.

Mr. Button und die Schwester fuhren heftig zusammen.

»Weil – wenn Sie es sind«, fuhr der Alte quengelig fort, »dann hätte ich gern, daß Sie mich hier wegbringen – oder wenigstens sagen, daß die mir hier einen bequemeren Schaukelstuhl reinstellen.«

»Um Himmels Willen, wo kommen Sie her? Wer sind Sie?« stieß Mr. Button hervor; er war in Panik.

»Ich kann Ihnen nicht genau sagen, wer ich bin«, antwortete ihm die nörgelnde Stimme, »weil ich erst vor ein paar Stunden geboren bin – aber mein Familienname ist Button, das ist mal sicher.«

»Du lügst! Sie sind ein Betrüger!«

Der alte Mann wandte sich mit müder Bewegung der Schwester zu. »Nette Art, ein Neugeborenes zu begrüßen«, klagte er mit schwacher Stimme. »Sagen Sie ihm, daß er sich irrt. Sagen Sie's ihm!«

»Sie irren sich, Mr. Button«, sagte die Schwester streng. »Das ist Ihr Kind; sehen Sie zu, wie Sie damit zurechtkommen. Wir wünschen, daß Sie es baldmöglichst mit sich nach Hause nehmen – irgendwann heute.«

»Nach Hause?« wiederholte Mr. Button ungläubig.

»Ja. Hier können wir ihn nicht brauchen, wirklich, es geht nicht.«

»Da bin ich aber froh«, klagte der alte Mann. »Ein netter Aufbewahrungsort ist das für einen ruhigen jungen Mann. Bei dem ganzen Geschrei und Geheul hab ich noch kein bißchen Schlaf bekommen. Ich wollte was zu essen« – seine Stimme bekam den schrillen Klang des Beschwerdeführers – »und die brachten mir eine Flasche Milch!«

Mr. Button sank auf einen Sessel in der Nähe seines Sohnes

und verbarg sein Gesicht in seinen Händen. »Lieber Gott!« raunte er im Übermaß des Schreckens. »Was werden die Leute sagen! Was mach ich bloß!«

»Sie müssen ihn mit nach Hause nehmen«, forderte die Schwester – »und zwar sofort!«

Ein groteskes Bild erschien mit grauenvoller Deutlichkeit vor den Augen des gequälten Mannes – das Bild seiner selbst, wie er durch die belebten Straßen der Stadt wanderte, an seiner Seite steifbeinig diese abstoßende Erscheinung. »Ich kann nicht! ich kann nicht!« stöhnte er.

Leute würden stehen bleiben und ihn anreden; was würde er dann sagen? Er würde ihn vorstellen müssen, diesen Siebzigjährigen: »Das ist mein Sohn; er ist heute früh geboren.« Dann würde der alte Mann sein Laken wieder festzurren, und sie würden weiter trotten, an den geschäftigen Läden vorbei, am Sklavenmarkt – einen dunklen Augenblick lang wünschte sich Mr. Button, sein Sohn wäre schwarz – an den Luxushäusern des Wohnviertels, am Altersheim vorbei...

»Los! Nehmen Sie sich zusammen!« sagte die Schwester befehlerisch.

»Jetzt hören Sie mal«, erklärte plötzlich der alte Mann, »wenn Sie glauben, daß ich in diesem Laken nach Hause gehe, sind Sie schief gewickelt.«

»Babies haben immer Laken.«

Mit einem boshaften Krächzen hielt der Alte ein kleines, weißes verschlungenes Kleidungsstück hoch. »Hier!« sagte er mit schwankender Stimme: »Das haben sie mir gegeben!«

»Babies tragen immer Windeln!« sagte die Schwester.

»Also, dieses Baby«, sagte der alte Mann, »wird jetzt bald gar nichts mehr anhaben. Dieses Laken kratzt. Sie hätten mir wenigstens ein Leintuch geben können!«

»Lassen Sie's an! Laß es an!« sagte Mr. Button eilig. Er wandte sich an die Schwester. »Was mach ich nur?«

»Gehen Sie und kaufen Sie Ihrem Sohn was anzuziehen.«

Die Stimme von Mr. Buttons Sohn folgte ihm bis hinunter zum Eingang: »Und einen Stock, Vater, ich will einen Stock!«

Mr. Button warf heftig die Portaltür zu...

II

»Guten Morgen«, sagte Mr. Button nervös zum Verkäufer des Chesapeake-Bekleidungshauses. »Ich möchte etwas Bekleidung für mein Kind kaufen.«

»Wie alt ist Ihr Kind, Sir?«

»Etwa sechs Stunden«, antwortete Mr. Button, ohne richtig nachzudenken.

»Die Kleinkinder-Abteilung ist dort hinten.«

»Naja, ich glaube nicht – das brauche ich eigentlich nicht. Es – er ist ein ungewöhnlich großes Kind. Außergewöhnlich – äh – groß.«

»Da gibt's auch die größten Baby-Größen.«

»Wo ist denn die Abteilung für Knaben?« fragte Mr. Button; es war ein Ausweg der Verzweiflung. Der Verkäufer konnte sicher seine geheime Schande riechen, dachte er.

»Hier bei uns.«

»Ja, also –« Er zögerte. Der Gedanke, er könnte seinen Sohn in Männerkleidung stecken, widerstrebte ihm. Wenn er zum Beispiel einen sehr großen Knabenanzug finden würde, dann könnte er diesen gräßlichen Bart abschneiden, das weiße Haar braun färben und dadurch das Schlimmste einigermaßen kaschieren, um seine eigene Selbstachtung zu bewahren – ganz abgesehen von seiner Stellung in der Gesellschaft von Baltimore.

Aber bei einer hektischen Durchsicht in der Knabenabteilung fanden sich keine Anzüge, die dem neugeborenen Button passen könnten. Er beschwerte sich über den Laden – natürlich; in solchen Fällen beschwert man sich immer über den Laden.

»Wie alt, sagten Sie noch, ist Ihr Sohn?« fragte der Verkäufer neugierig.

»Er ist sechzehn.«

»Oh, Entschuldigung, ich dachte, Sie hätten sechs Stunden gesagt. Die Abteilung für junge Männer ist auf der anderen Seite des Gangs.«

Mr. Button wandte sich deprimiert ab. Aber dann blieb er stehen, und sein Gesicht hellte sich auf; er zeigte auf eine

Kleiderpuppe in der Auslage. »Da!« rief er, »den Anzug nehme ich, da draußen auf der Puppe.«

Der Verkäufer war verblüfft. »Aber das ist kein Anzug für ein Kind!« wandte er ein. »Vielleicht höchstens etwas Extravagantes. Sie könnten das selber tragen!«

»Packen Sie's ein!« wiederholte sein Kunde nervös. »Genau das will ich haben.«

Der erstaunte Verkäufer gehorchte.

Mr. Button kehrte ins Krankenhaus zurück und ins Kinderzimmer; er schmiß seinem Sohn das Päckchen hin. »Da sind Ihre Kleider«, raunte er.

Der alte Mann schnürte das Päckchen auf und beäugte den Inhalt mit Verwunderung.

»Sehen mir ein bißchen komisch aus«, klagte er. »Man soll keinen Narren aus mir machen –«

»Du hast einen Narren aus *mir* gemacht!« erwiderte Mr. Button wütend. »Mach du kein Theater von wegen komisch aussehen! Zieh sie an – oder ich – oder ich verhau dich!« Er schluckte unbehaglich bei diesem vorletzten Wort; trotzdem fand er, daß es genau das Richtige war.

»Na schön, Vater« – mit einer grotesken Schaustellung von kindlichem Respekt – »du hast länger gelebt, du wirst es wissen. Wie du willst.«

Wie vorher ließ der Ton des Wortes »Vater« Mr. Button heftig zusammenfahren.

»Mach schnell.«

»Ich mach ja schnell, Vater.«

Als sein Sohn angezogen war, betrachtete Mr. Button ihn voller Niedergeschlagenheit. Das Kostüm bestand aus gepunkteten Socken, rosa Hosen und einer Bluse mit breitem, weißem Kragen und einem Gürtel. Darüber wehte der lange, weißliche Bart, der fast bis zur Taille hing. Die Wirkung war nicht gut.

»Moment.«

Mr. Button nahm eine große Windelschere und entfernte mit drei schnellen Schnitten einen großen Teil des Bartes. Aber auch nach dieser Verbesserung blieb die Angelegenheit sehr unvollkommen. Was da von dem zerzausten Pinselhaar übrig war, die wässrigen Augen, die Alterszähne, das alles schien sonderbar mit dem fröhlichen Kostüm zu kontrastieren. Aber Mr. Button blieb nun dabei; er streckte die Hand aus. »Komm mit!« sagte er streng. –

Sein Sohn ergriff vertrauensvoll die Hand. »Wie soll ich denn heißen, Papa!« sagte er zittrig, als sie das Kinderzimmer verließen. »Erst mal nur ›Baby‹, bis dir ein besserer Name einfällt?«

Mr. Button brummelte. »Weiß nicht«, antwortete er rüde. »Ich glaube, wir nennen dich Methusalem.«

III

Auch nachdem man dem neuen Mitglied der Familie Button das Haar kurzgeschnitten und dann zu einem unnatürlich spärlichen Schwarz gefärbt hatte und nachdem man sein Gesicht glänzend scharf rasiert und das ganze in Knabenkleidung gehüllt hatte, welche ein schreckensbleicher Schneider nach Maß genäht hatte, konnte Mr. Button noch immer nicht an der Tatsache vorübergehen, daß sein Sohn nicht gerade das war, was man sich unter einem Stammhalter vorstellte. Trotz seiner Altersgebeugtheit war Benjamin Button – denn so nannten sie ihn dann, statt des zwar angemessenen aber unfreundlichen Methusalem – einen Meter siebzig groß. Seine Kleidung verbarg dies nicht, und auch die gestutzten und gefärbten Augenbrauen verdeckten nicht die Tatsache, daß die Augen unter ihnen wässrig, blaß und müde waren. So hatte auch die Kinderschwester, die man schon vorher engagiert hatte, nachdem sie einen Blick drauf geworfen hatte, das Haus äußerst ungehalten verlassen.

Mr. Button jedoch beharrte auf seiner Einstellung. Benjamin war ein Baby, und ein Baby sollte er bleiben. Zu Anfang ordnete er an, daß Benjamin, wenn er keine warme Milch wolle, überhaupt nichts zu essen haben konnte, aber schließlich ließ er sich erweichen, seinem Sohn Brot und Butter, und sogar Haferbrei zu gestatten. Eines Tages brachte er eine Rassel mit, überreichte sie Benjamin und forderte mit großer Deutlichkeit, daß er »damit spielen« sollte, worauf der alte Mann, mit einem müden Gesichtsausdruck, nach ihr griff und sich den ganzen Tag über, in Abständen, mit melodischem Rasseln hören ließ.

Es kann jedoch kein Zweifel sein, daß die Rassel ihn langweilte und daß er, wenn er allein war, andere und angenehmere Vergnügungen fand. So stellte Mr. Button eines Tages fest, daß er in der Vorwoche mehr Zigarren geraucht hatte als je zuvor – eine Entdeckung, die ein paar Tage später eine Erklärung fand, als die Schwester beim unerwarteten Eintreten ins Kinderzimmer das Zimmer voll von blauem Dunst fand und Benjamin mit schuldbewußtem Gesichtsausdruck einen dunklen Havanna-Stumpen zu verstecken suchte. Hier war natürlich eine strenge Züchtigung angebracht, aber Mr. Button merkte, daß er unfähig war, sie zu verabfolgen. Es blieb bei einer Verwarnung an seinen Sohn: das würde »sein Wachstum bremsen«.

Dennoch blieb seine Einstellung dieselbe. Er brachte Bleisoldaten nach Hause mit, er brachte Spielzeugeisenbahnen, er brachte hübsche, große Wolltiere, und er trieb schließlich die Illusion so weit – wenigstens für sich selbst –, daß er den Verkäufer des Spielwarengeschäftes dringlich ausfragte, ob »von der rosa Ente die Farbe abginge, wenn das Baby sie in den Mund steckte«. Aber trotz aller Bemühungen seines Vaters verweigerte Benjamin jedes Interesse. Er schlich sich heimlich die Hintertreppe herunter und kehrte mit einem Band der ›Encyclopaedia Britannica‹ ins Kinderzimmer zurück, in der er sich den Nachmittag lang versenkte, während seine Stoffkühe und seine Arche Noah vernachlässigt auf dem Boden herumlagen. Gegen solche Hartnäckigkeit konnten Mr. Buttons Mühen wenig ausrichten.

Das Aufsehen, das in Baltimore entstand, war anfangs enorm. Wie dieses Unglück den Buttons und ihren Verwandten weiterhin gesellschaftlich hätte schaden können, ist nicht festzustellen, denn der Ausbruch des Bürgerkriegs lenkte die Aufmerksamkeit in der Stadt auf anderes. Ein paar Leute, deren Höflichkeit durch nichts zu erschüttern war, zermarterten sich das Hirn nach Komplimenten, die man den Eltern machen könnte; sie kamen schließlich auf den ingeniösen Einfall festzustellen, daß Baby ähnele dem Großvater, eine Tatsache, die entsprechend dem üblichen Verfall aller Siebzigjährigen unbestreitbar war. Mr. und Mrs. Button waren nicht erfreut, und Benjamins Großvater war beleidigt und tobte.

Nachdem er einmal aus dem Krankenhaus war, nahm Benjamin das Leben, wie es kam. Man hatte ein paar kleine Jungen eingeladen, ihn zu besuchen, und er verbrachte einen steifen Nachmittag bei dem Versuch, ein Interesse für Kreisel und Murmeln zu entwickeln – ganz zufällig gelang es ihm auch, mit einem Stein und einer Schleuder ein Küchenfenster kaputtzuschießen, eine Leistung, die seinem Vater ein geheimes Vergnügen machte.

Benjamin nahm sich daraufhin vor, jeden Tag irgend etwas kaputtzumachen, aber er machte das nur, weil es von ihm erwartet wurde und er von Natur aus gefällig war.

Als die anfängliche Feindschaft seines Großvaters schwand, gewannen die beiden Herren ein Riesenvergnügen aneinander. Stundenlang konnten sie – obgleich so weit auseinander an Alter und Erfahrung – zusammensitzen und monoton und unermüdlich über die alltäglichen Ereignisse debattieren. Benjamin fühlte sich bei seinem Großvater wohler als bei seinen Eltern – sie schienen immer irgendwie ehrerbietig ihm gegenüber zu sein, trotz der diktatorischen Herrschaft, die sie über ihn ausübten, und sie redeten ihn öfters mit »Herr« an.

Er war über sein augenscheinlich vorgerücktes Alter seines Geistes und Körpers genauso verwundert wie alle anderen. Er versuchte, etwas darüber in der medizinischen Zeitschrift zu finden, aber er fand, daß bis dahin kein solcher Fall verzeichnet worden war. Auf Drängen seines Vaters gab er sich ehrlich Mühe, mit anderen Jungen zu spielen, und er beteiligte sich öfter an den leichteren Sportarten – Football rüttelte ihn zu sehr durch, und er fürchtete, daß seine uralten Knochen, wenn sie mal brachen, nicht mehr zusammenheilen könnten.

Er war fünf, als man ihn zur Vorschule schickte; man weihte ihn dort in die Kunst ein, grünes Papier auf oranges Papier zu kleistern, farbige Täschchen zu weben und diese ewigen Halsketten aus Pappe herzustellen. Er neigte dazu, mitten in dieser Arbeit einzunicken, eine Angewohnheit, die seine junge Lehrerin reizte, aber auch erschreckte. Zu seiner Erleichterung beklagte sie sich bei seinen Eltern, und sie nahmen ihn aus der Schule. Ihren Freunden gegenüber meinten die Buttons, daß er zu jung sei.

Als er zwölf Jahre alt war, hatten sich seine Eltern allmählich an ihn gewöhnt. Ja – so stark ist die Macht der Gewohnheit – sie hatten jedoch nicht mehr das Gefühl, daß er anders als andere Kinder war, außer wenn irgendeine Absonderlichkeit sie daran erinnerte. Aber ein paar Wochen nach seinem zwölften Geburtstag machte Benjamin eines Tages, als er in den Spiegel schaute, eine erstaunliche Entdeckung – oder schien ihm nur so? Täuschte ihn sein Auge, oder war sein Haar in den zwölf Jahren seines Lebens – unter der Farbe, die das verdeckte – eisengrau geworden, wo es weiß gewesen war? War das Netzwerk der Runzeln auf seinem Gesicht weniger auffallend? War seine Haut gesünder und fester, vielleicht mit einem Hauch von winterlicher Rotbäckigkeit? Er konnte es nicht sicher sagen. Er wußte, daß er nicht mehr gebückt ging und seine Körperverfassung sich seit den ersten Lebenstagen verbessert hatte.

»Ist es möglich –?« dachte er bei sich selbst, oder, vielmehr: Er wagte es kaum zu denken.

Er ging zu seinem Vater. »Ich bin groß geworden«, erklärte er mit Entschlossenheit. »Ich will lange Hosen anziehen.«

Sein Vater zögerte. »Also«, sagte er endlich, »ich weiß nicht. Lange Hosen trägt man ab vierzehn. Und du bist erst zwölf.«

»Aber du mußt zugeben«, entgegnete Benjamin, »daß ich groß für mein Alter bin.«

Sein Vater betrachtete ihn mit verschwommenen Gedanken »Da bin ich nicht so sicher«, sagte er. »Als ich zwölf war, war ich so groß wie du.«

Das stimmte nicht – aber das alles gehörte zu Roger Buttons stiller Abmachung mit sich selbst: seinem Glauben, daß sein Sohn normal sei.

Schließlich schloß man einen Kompromiß. Benjamin sollte weiterhin sein Haar färben. Er sollte sich mehr Mühe geben, mit Jungen seines Alters zu spielen. Er sollte seine Brille und seinen Stock nicht auf der Straße tragen. Als Gegenleistung für diese Konzessionen gestattete man ihm seinen ersten Anzug mit langen Hosen...

IV

Über das Leben von Benjamin Button zwischen seinem zwölften und zwanzigsten Lebensjahr möchte ich nicht viel sagen. Es sei nur festgehalten, daß es Jahre ganz normalen Antiwachstums waren. Als Benjamin achtzehn war, war er so aufrecht wie ein Mann von fünfzig; er hatte mehr Haare, und die waren dunkelgrau; sein Schritt war fest, seine Stimme hatte ihre brüchige Zittrigkeit verloren und wurde ein tiefer, gesunder Bariton. Nun schickte sein Vater ihn nach Connecticut, um seine Eintrittsprüfung für das Yale College abzulegen. Benjamin bestand seine Prüfung und wurde Student im ersten Semester.

Am dritten Tag nach seiner Immatrikulation erhielt er eine Aufforderung von Mr. Hart, dem Registrator des Colleges, in seinem Büro zu erscheinen und seine Vorlesungen zu belegen. Benjamin betrachtete sich im Spiegel und stellte fest, daß sein Haar wieder mal einer neuen Braunfärbung bedurfte, aber ein besorgter Blick in seine Schreibtischschublade ergab, daß kein Färbemittel da war. Da fiel es ihm ein: er hatte es am Tage zuvor leer gemacht und die Flasche weggeworfen.

Er war in einer Zwickmühle. In fünf Minuten mußte er bei dem Registrator sein. Offenbar gab's keinen Ausweg – er mußte gehen wie er war. Und er ging.

»Guten Morgen«, sagte der Registrator höflich. »Sie wollten eine Auskunft über Ihren Sohn?«

»Naja, also eigentlich: ich heiße Button –« begann Benjamin, aber Mr. Hart unterbrach ihn.

»Sehr erfreut, Sie kennenzulernen, Mr. Button. Ihr Sohn muß jeden Augenblick hier sein.«

»Das bin ich!« platzte Benjamin heraus. »Ich bin der Student!«

»Was?«

»Student im ersten Semester!«

»Sie scherzen gewiß.«

»Überhaupt nicht.«

Der Registrator runzelte die Stirn und schaute auf die Karte, die er vor sich hatte. »Also, hier steht, daß Mr. Button achtzehn Jahre alt ist.«

»So alt bin ich«, bestätigte Benjamin und verfärbte sich leicht.

Der Registrator warf ihm einen müden Blick zu. »Aber ich bitte Sie, Mr. Button, Sie erwarten doch nicht, daß ich das glaube!«

Benjamin lächelte müde. »Ich bin achtzehn«, wiederholte er.

Der Registrator wies ihn mit böser Miene zur Tür. »Raus hier«, sagte er. »Raus aus dem College, und raus aus der Stadt. Sie sind ein gefährlicher Irrer.«

»Ich bin achtzehn.«

Mr. Hart öffnete die Tür. »So ein Einfall!« rief er. »Ein Mann Ihres Alters will hier das Erstsemester spielen! Achtzehn Jahre sind Sie? Ich gebe Ihnen achtzehn Minuten, und dann sind Sie aus der Stadt!«

Benjamin Button schritt würdevoll aus dem Zimmer, und ein halbes Dutzend Studenten, die im Flur warteten, folgten ihm mit neugierigen Blicken. Als er ein Stück gegangen war, drehte er sich um, schaute den aufgebrachten Registrator an, der noch immer in der Tür stand, und wiederholte mit fester Stimme: »Ich bin achtzehn Jahre alt.«

Während von den Studenten ein Kichern zu hören war, entfernte sich Benjamin.

Er sollte jedoch nicht so leicht davonkommen. Auf seinem trübseligen Weg zur Eisenbahnstation bemerkte er, daß zunächst ein Grüppchen, dann ein ganzer Schwarm und schließlich eine dichte Horde junger Studenten ihm folgte. Es war bekannt geworden, daß ein Irrer die Eintrittsprüfung für Yale bestanden hatte und dann versuchte, als Jüngling von achtzehn durchzugehen. Fieberhafte Erregung kam im College auf. Männer rannten ohne Hut aus den Vorlesungen, das Footballteam unterbrach das Training und schloß sich der Meute an, Professorenfrauen mit Hütchen und verrutschten Korsetten rannten laut keifend hinter dem Zug her, aus welchem fortwährend neue Bemerkungen zu hören waren, die es auf die empfindlichen Stellen von Benjamin Button abgesehen hatten.

»Er muß der ewige Jude sein.«
»In seinem Alter sollte er in die Vorschule gehen.«
»Schaut euch das Wunderkind an!«
»Er dachte, das sei das Altersheim!«
»Geh doch nach Harvard!«

Benjamin beschleunigte seine Schritte, dann rannte er. Er würde es ihnen zeigen! Ja, er würde nach Harvard gehen, und dann würden sie ihre unpassenden Sticheleien noch bereuen!

Als er glücklich im Zug nach Baltimore saß, streckte er den Kopf aus dem Fenster. »Das bereut ihr noch!« schrie er.

»Haha!« lachten die Studenten. »Ha-ha-ha!« Es war der größte Fehler, den man im Yale College je gemacht hat...

V

1880 war Benjamin Button zwanzig Jahre alt, und er demonstrierte das, indem er an seinem Geburtstag für seinen Vater in der Firma Roger Button Eisenwarengroßhandel zu arbeiten begann. Im gleichen Jahr begann er auch, in die Gesellschaft zu gehen, das heißt, er absolvierte auf seines Vaters nachdrücklichen Wunsch mehrere Tanzkurse. Roger Button war jetzt fünfzig, und er und sein Sohn vertrugen sich immer besser, ja seitdem Benjamin sein Haar nicht mehr färbte (das noch immer ergraut war), sahen sie ungefähr gleichaltrig aus; man hätte sie für Brüder halten können.

Eines Abends im August bestiegen sie, angetan mit ihren Gesellschaftsanzügen, ihren Zweispänner und fuhren zu einem Ball in Shevlins Landhaus, das eben außerhalb Baltimores liegt. Es war ein herrlicher Abend. Ein voller Mond übergoß die Straße mit matter Platinfarbe, die spätblühenden Kornblumen atmeten einen duftenden Hauch in die bewegungslose Luft; es war wie dunkles halblautes Lachen. Das offene Land, meilenweit ein einziger Teppich von hellem Weizen, schimmerte, als sei es Tag. Es war beinahe unmöglich, nicht von der reinen Schönheit des Himmels hingerissen zu sein – beinah.

»Das Textiliengeschäft hat eine große Zukunft«, sagte Roger Button. Er war kein geistvoller Mann – sein Sinn für Ästhetik war kümmerlich.

»Alte Burschen wie ich lernen keine neuen Tricks«, bemerkte er tiefgründig. »Aber ihr Jungen mit eurer Energie und Lebenskraft, ihr habt die große Zukunft vor euch.«

Am fernen Ende der Straße kamen die Lichter von Shevlins Landhaus in Sicht, und man hörte einen seufzenden Laut, immer näher, immer näher – es hätte das leise Klagen von Geigen sein können oder das Rascheln des silbrigen Weizens unter dem Mond.

Sie hielten hinter einem hübschen Wagen, dessen Fahrgäste gerade ausstiegen und hineingingen. Eine Dame stieg aus, dann ein älterer Herr und dann noch eine junge Dame – schön wie die Sünde. Benjamin fuhr zusammen; etwas wie eine chemische Verwandlung schien die Elemente seines Körpers geradezu aufzulösen und neu zusammenzusetzen. Eine Starre ergriff ihn, Blut stieg in seine Wangen, in seine Stirn und in regelmäßigen Wellen in die Ohren. Es war seine erste Liebe.

Das Mädchen war schlank und zart, mit einem Haar, das aschfarben unter dem Mond erschien und honigfarben unter den zischenden Gaslampen der Veranda. Über ihre Schultern hatte sie eine spanische Mantilla geworfen – sie war von zartestem Gelb, mit schwarzer Stickerei; ihre Füße waren glitzernde Knöpfe unter dem Saum ihres knisternden Kleides.

Roger Button beugte sich seitwärts zu seinem Sohn. »Das ist die junge Hildegarde Moncrief«, sagte er, »die Tochter des Generals Moncrief.«

Benjamin nickte kühl. »Hübsche Kleine«, sagte er gleichgültig. Aber als der Negerjunge den Wagen weggebracht hatte, sagte er noch was: »Papa, würdest du mich mit ihr bekannt machen.«

Sie näherten sich einer Gruppe, in deren Mittelpunkt Miss Moncrief stand. Nach der alten Tradition, in der sie erzogen war, machte sie einen Knicks vor Benjamin. Ja, sie würde ihm einen Tanz gestatten. Er dankte ihr und wanderte – wankte fort.

Die Zwischenzeit, bis er an die Reihe kommen sollte, zog sich unendlich hin. Er stand nahe an der Wand, schweigsam, undurchdringlich und beobachtete mit tödlichen Blicken die jungen Heißsporne von Baltimore, die um Hildegarde Moncrief herumfüßelten, mit Mienen der leidenschaftlichsten Bewunderung. Wie widerwärtig sie Benjamin erschienen; wie unerträglich rosig! Ihre welligen, braunen Schnurrbärte erzeugten in ihm fast ein Gefühl der Übelkeit.

Als aber die Zeit für ihn gekommen war, und er mit ihr auf einem anderen Tanzboden zu den Klängen des neuesten Pariser Walzers schwebte, da schmolz all seine Eifersucht und Angst dahin wie eine Schneedecke. Blind vor Seligkeit fühlte er, daß das Leben erst anfing.

»Sie und Ihr Bruder kamen gleichzeitig mit uns an, nicht wahr?« fragte Hildegarde, und schaute mit Augen zu ihm auf, die waren wie hellblaues Emaille.

Benjamin zögerte. Wenn sie ihn für den Bruder seines Vaters hielt, wäre es gut, sie aufzuklären? Er dachte an sein Erlebnis in Yale und entschied sich dagegen. Es wäre unhöflich, einer Dame zu widersprechen; es wäre ein Verbrechen, wenn er diese erlesene Chance durch die groteske Geschichte seiner Herkunft verderben würde. Vielleicht später. So nickte er, lächelte, lauschte und war glücklich.

»Ich mag Männer von Ihrem Alter«, sagte Hildegarde zu ihm. »Die jungen Leute sind so idiotisch. Die berichten mir, wieviel Sekt sie im College trinken und wieviel Geld sie beim Kartenspiel verlieren. Männer von Ihrem Alter wissen mit Frauen umzugehen.«

Benjamin fühlte, wie nahe er an einem Heiratsantrag war – mühsam drängte er den Impuls zurück.

»Sie sind gerade im romantischen Alter«, fuhr sie fort. »Fünfzig. Fünfundzwanzig ist zu weltläufig, dreißig, das heißt gewöhnlich: blaß vor Überarbeitung; vierzig ist das Alter der Geschichten, die eine Zigarrenlänge dauern; sechzig – oh sechzig ist zu nah an siebzig. Aber fünfzig, das ist die Reife. Fünfzig liebe ich.«

Fünfzig erschien Benjamin als das glänzende Alter. Er wünschte sich leidenschaftlich fünfzig zu sein.

»Ich habe immer gesagt«, sprach Hildegarde weiter, »lieber heirate ich einen Fünfzigjährigen, der für mich sorgt, als einen Dreißigjährigen, für den *ich* sorgen muß.

Für Benjamin war der Rest des Abends in honigfarbene Nebel gehüllt. Hildegarde gestattete ihm noch zwei Tänze, und sie entdeckten, daß sie in allen Tagesfragen wunderbar übereinstimmten. Sie wollte mit ihm am folgenden Sonntag ausfahren, und dann würden sie sich weiter über diese Fragen unterhalten.

Als sie kurz vor Anbruch der Dämmerung im Zweispänner nach Hause fuhren – die ersten Bienen summten, und der verblassende Mond schimmerte durch die kühle Tauluft – nahm Benjamin nur undeutlich wahr, daß sein Vater über Eisenwarengroßhandel diskutierte.

»... und was glaubst du wohl verdient unsere größte Aufmerksamkeit als nächstes, nach den Hämmern und Nägeln?« sprach der ältere Button.

»Liebe«, antwortete Benjamin geistesabwesend.

»Riegel!« rief Roger Button aus. »Na, über Riegel hab ich doch eben geredet.«

Benjamin betrachtete ihn mit geblendeten Augen, als das Licht plötzlich den Osthimmel aufriß und ein Strahlenkranz durch alle Ritzen der Bäume drang.

VI

Als sechs Monate danach die Verlobung von Miss Hildegarde Moncrief mit Mr. Benjamin Button bekannt wurde (ich sage ›bekannt wurde‹, denn General Moncrief erklärte, lieber wolle er sich in seinen Degen stürzen als das öffentlich erklären), erreichte die Erregung in der Gesellschaft von Baltimore einen fiebrigen Höhepunkt. Man erinnerte sich fast der vergessenen

Geschichte von Benjamins Geburt und fütterte damit, mit abenteuerlichen und unglaublichen Variationen, die Strudel der Gerüchtemühle. Man sagte, Benjamin sei in Wirklichkeit Roger Buttons Vater, er sei sein Bruder, der vierzig Jahre im Gefängnis gesessen habe, er sei der verkleidete John Wilkes Booth – und schließlich: er habe zwei spitze Hörner, die aus seinem Kopf sprössen.

Die Sonntagsbeilagen der New Yorker Zeitungen trugen noch dicker auf, sie brachten faszinierende Skizzen von Benjamin Buttons Kopf auf einem Fischleib, einer Schlange und schließlich auf dem Unterteil von massivem Messing. Für die Journalisten war er das Männliche Mysterium von Maryland. Die wahre Geschichte jedoch, wie es meistens ist, fand eine sehr geringe Verbreitung.

Aber jedermann war einig mit General Moncrief, daß es ein Verbrechen sei, wenn ein reizendes Mädchen, das jeden Adonis von Baltimore hätte heiraten können, sich in die Arme eines Mannes von gewiß fünfzig Jahren warf. Vergebens ließ Roger Button in Baltimores Zeitung *Blaze* den Geburtsschein seines Sohnes in großen Lettern abdrucken. Keiner glaubte es. Man brauchte Benjamin nur anzusehen, dann wußte man Bescheid.

Bei den am meisten betroffenen beiden Menschen gab es jedoch kein Schwanken. Es waren so viele falsche Geschichten über ihren Verlobten im Umlauf, daß Hildegarde sich sogar hartnäckig weigerte, die wahre Geschichte zu glauben. Vergeblich machte General Moncrief sie auf die hohe Sterblichkeit von fünfzigjährigen Männern aufmerksam – oder doch jedenfalls von Männern, die nach fünfzig aussahen; vergeblich sprach er zu ihr über die Unsicherheit des Geschäftes mit Eisenwaren. Hildegarde hatte sich entschlossen, einen reifen Mann zu heiraten – und sie heiratete auch...

VII

In einem Punkt jedenfalls irrten sich Hildegarde Moncriefs Freunde. Das Geschäft im Eisenwarengroßhandel florierte erstaunlich. In den fünfzehn Jahren zwischen Benjamin Buttons Hochzeit im Jahr 1880 und dem Jahr 1895, als sein Vater sich zur Ruhe setzte, wurde das Vermögen der Familie verdoppelt – und das war größtenteils dem jüngeren Partner der Firma zu verdanken.

Unnötig zu sagen, daß Baltimore das Paar schließlich an seinen Busen drückte. Sogar der alte General Moncrief versöhnte sich mit seinem Schwiegersohn, als dieser ihm das Geld gab, um seine ›Geschichte des Bürgerkriegs‹ in zwanzig Bänden herauszubringen, die von neun prominenten Verlegern abgelehnt worden war.

Für Benjamin selbst hatten die fünfzehn Jahre viele Veränderungen mit sich gebracht. Ihm schien es, als ströme das Blut mit neuer Lebenskraft durch seine Adern. Es wurde ein Vergnügen, frühmorgens aufzustehen, mit lebhaftem Schritt durch die geschäftige, sonnige Straße zu gehen und unermüdlich am Versand von Hämmern und Nagelpackungen zu arbeiten. Im Jahr 1890 gelang ihm sein berühmter geschäftlicher Coup: Er erhob die Forderung, daß alle Nägel, welche beim Vernageln von Kisten benutzt werden, in denen Nägel versandt werden, Eigentum des Empfängers seien, eine Forderung, welche vom Obersten Richter Fossile bestätigt wurde und Roger Button & Co, Eisenwaren-Großhandel, eine Ersparnis von jährlich *sechshundert Nägeln* brachte.

Überdies stellte Benjamin fest, daß er immer stärker von den Lustbarkeiten des Lebens angezogen wurde. Es war bezeichnend für seine wachsende Vergnügungssucht, daß er als erster Mensch in Baltimore ein Auto besaß und fuhr. Wenn sie ihm auf der Straße begegneten, blickten seine Zeitgenossen neiderfüllt auf diesen Inbegriff der Gesundheit und Lebenskraft.

»Er scheint jedes Jahr jünger zu werden«, bemerkten sie dann.

Und wenn der alte Roger Button, der jetzt fünfundsechzig war, anfangs seinen Sohn nicht so recht willkommen heißen wollte, so veränderte er schließlich seine Einstellung so sehr, daß er ihn geradezu bewunderte.

Hier kommen wir nun zu einem unerfreulichen Thema, das man am besten so schnell wie möglich erledigt. Es gab nur eines, was Benjamin Button beunruhigte: Seine Frau hatte für ihn keine Anziehungskraft mehr.

Damals war Hildegarde eine Frau von fünfunddreißig Jahren, mit einem Sohn, Roscoe, der vierzehn Jahre alt war. Aber als die Jahre vergingen, verwandelte sich die Honigfarbe ihres Haares in ein wenig aufregendes Braun, das blaue Emaille ihrer Augen bekam etwas von billigem Küchenporzellan – außerdem, und vor allem, war sie zu festgefahren in ihren Lebensgewohnheiten, zu still, zu selbstzufrieden, ihre Gefühle zu blutleer, ihr Geschmack zu nüchtern. Als Braut war sie es gewesen, die Benjamin zu allen Bällen und Festessen geschleppt hatte – jetzt hatten sich die Verhältnisse umgedreht. Sie ging mit ihm in Gesellschaft, aber ohne Begeisterung, schon ganz von lustloser Trägheit ergriffen, die eines Tages unser Lebensgefährte wird und es bis zum Ende bleibt.

Benjamins Unzufriedenheit wurde immer größer. Beim Ausbruch des Spanisch-Amerikanischen Krieges 1898 war ihm sein Zuhause so uninteressant geworden, daß er beschloß, zur Armee zu gehen. Durch seine geschäftlichen Beziehungen verschaffte er sich den Hauptmannsrang, und er erwies sich seiner Tätigkeit so gut gewachsen, daß man ihn zum Major machte und schließlich sogar zum Oberstleutnant – gerade rechtzeitig, um noch an dem berühmten Sturmangriff auf den San Juan Hill teilzunehmen. Er wurde leicht verwundet und bekam einen Orden.

Das tätige und erregende Leben in der Armee hatte Benjamin so zugesagt, daß er bedauerte, es aufzugeben, aber sein Geschäft beanspruchte seine Aufmerksamkeit, also nahm er seinen Abschied und kam nach Hause. Er wurde am Bahnhof von einer Blaskapelle empfangen und nach Hause eskortiert.

VIII

Hildegarde stand zur Begrüßung auf der vorderen Veranda und winkte mit einer großen Seidenflagge; schon als er sie küßte, fühlte er mit betrübtem Herzen, daß diese drei Jahre ihren Tribut gefordert hatten. Sie war jetzt eine Frau von vierzig

Jahren, mit einem leichten Anflug von grauem Haar. Der Anblick bedrückte ihn.

Oben in seinem Zimmer betrachtete er sein Bild in dem vertrauten Spiegel – er trat näher und prüfte sein Gesicht mit Besorgnis; darauf verglich er es mit einer Fotografie in Uniform, die gerade vor dem Krieg von ihm gemacht worden war.

»Lieber Gott!« sagte er laut. Die Entwicklung ging weiter. Es gab keinen Zweifel – er sah jetzt aus wie ein dreißigjähriger Mann. Früher hatte er einmal gehofft, daß das groteske Phänomen, das seine Geburt überschattet hatte, seine Wirkung verlieren würde, wenn er einmal körperlich das Alter erreichte, das er den Jahren nach hatte. Er erschauerte. Sein Schicksal erschien ihm grauenhaft, unfaßbar.

Als er die Treppe herunterkam, erwartete ihn Hildegarde. Sie wirkte verärgert, und er dachte, ob sie am Ende herausgefunden hatte, daß da was nicht in Ordnung war. Bemüht, die Spannung zwischen ihnen zu mindern, brachte er die Angelegenheit beim Essen zur Sprache – auf feine Art, wie er meinte.

»Tja«, bemerkte er so nebenbei, »alle sagen, ich sähe jünger aus denn je.«

Hildegarde betrachtete ihn verachtungsvoll. Sie rümpfte die Nase. »Findest du, man sollte sich damit brüsten?«

»Ich brüste mich nicht«, stellte er unbehaglich fest.

Sie zog wieder die Nase kraus. »Was für eine Idee«, sagte sie – und gleich darauf: »Ich hätte gedacht, daß du genug Stolz in dir hast, um damit aufzuhören!«

»Wie kann ich das?« fragte er.

»Ich werde mich nicht mit dir streiten«, erwiderte sie. »Aber es gibt eine rechte Art zu handeln und eine unechte. Wenn du dir vorgenommen hast, anders als alle anderen zu sein, so kann ich dich wohl nicht hindern; aber ich finde, es ist wirklich nicht sehr rücksichtsvoll.«

»Aber Hildegarde, ich kann es nicht ändern!«

»Sicher kannst du. Du bist bloß stur. Du denkst, du willst nicht wie die anderen sein. So warst du immer, und so wirst du bleiben. Aber überlege bloß mal, wie es wäre, wenn alle anderen auch diesen Standpunkt hätten; was wäre das für eine Welt!«

Da dies ein unangemessenes Argument war, auf das eine Antwort nicht möglich war, gab Benjamin keine Antwort, und von da an begann die Kluft zwischen ihnen breiter zu werden. Er fragte sich, wie es sein konnte, daß sie jemals eine solche Faszination auf ihn ausgeübt hatte.

Die Kluft wurde noch breiter, als er – je weiter das neue Jahrhundert fortschritt – seinen wachsenden Vergnügungshunger bemerkte. Keine Party, von welcher Art auch immer, in dieser Stadt Baltimore, wo er nicht war; er tanzte mit den hübschesten jungen Frauen, er plauderte mit den beliebtesten jungen Debütantinnen und fand ihre Gesellschaft bezaubernd, während seine Frau, eine Matrone, eine böse Fee, zwischen den Müttern und Tanten saß und ihn mit strengen, verwunderten und vorwurfsvollen Blicken verfolgte.

»Schaut nur!« sagten dann die Leute. »Was für ein Jammer! Ein so junger Bursche an eine Fünfundvierzigjährige gekettet! Er muß zwanzig Jahre jünger sein als seine Frau.« Sie hatten vergessen – wie die Leute eben immer vergessen –, daß damals, im Jahr 1880, ihre Mamas und Papas ebenfalls Bemerkungen über dieses ungleiche Paar gemacht hatten.

Benjamins wachsende Unzufriedenheit zu Hause wurde durch seine zahlreichen neuen Interessen ausgeglichen. Er fing an, Golf zu spielen, und wurde damit sehr erfolgreich. Er begeisterte sich für das Tanzen: 1906 war er ein Experte für den »Boston«, 1908 betrachtete man ihn als den größten Könner im »Maxixe«, während sein »Castle Walk« im Jahr 1909 von allen jungen Männern der Stadt beneidet wurde.

Sein gesellschaftlicher Eifer beeinträchtigte natürlich bis zu einem gewissen Grad seine Arbeit im Geschäft; aber schließlich hatte er fünfundzwanzig Jahre lang hart im Eisenwaren-Großhandel gearbeitet und war der Meinung, er werde ihn bald seinem Sohn Roscoe überlassen können, der kürzlich in Harvard zu Ende studiert hatte.

Er und sein Sohn wurden übrigens häufig miteinander verwechselt. Benjamin gefiel das – er vergaß bald die geheime Angst, die ihn nach seiner Rückkehr aus dem Spanisch-Amerikanischen Krieg überfallen hatte; allmählich machte ihm sein

Aussehen ganz einfach Spaß. Nur *ein* Wermutstropfen war in diesem köstlichen Becher: Er haßte es, mit seiner Frau unter Leute zu gehen. Hildegarde war jetzt beinahe fünfzig; wenn er sie ansah, kam er sich absurd vor.

IX

An einem Septembertag im Jahr 1910 – ein paar Jahre nachdem die Firma Roger Button & Co., Eisenwaren-Großhandel von dem jungen Roscoe Button übernommen worden war – ließ sich ein junger Mann von augenscheinlich zwanzig Jahren als Student im Harvard College in Cambridge einschreiben. Er machte nicht den Fehler, mitzuteilen, daß er die Fünfzig nur noch von hinten sah, und er erwähnte auch nicht, daß sein Sohn sein Studium an dieser selben Institution vor zehn Jahren beendet hatte.

Er wurde zugelassen und erreichte fast augenblicklich eine hervorragende Stellung unter seinen Kommilitonen – nicht zuletzt, weil er etwas älter als die anderen Studenten zu sein schien, deren Durchschnitt bei etwa achtzehn lag.

Aber zur Hauptsache beruhte sein Erfolg darauf, daß er so glänzend Football gegen Yale spielte, so rasant und mit einem so kalten, mitleidlosen Zorn, daß ihm sieben *touchdowns* und vierzehn *field goals* für Harvard gelangen und er es fertigbrachte, daß eine gesamte Elf von Yale einzeln vom Feld getragen wurde – alle bewußtlos. Er war der am meisten gefeierte Mann im College.

Merkwürdig war, daß er in seinem dritten, also dem Junior-Jahr kaum mehr den Anforderungen für das Team genügte. Die Trainer sagten, er habe Gewicht verloren, und den Aufmerksameren unter ihnen schien es auch, daß er nicht mehr so groß war wie vorher. Es gelangen ihm keine *touchdowns* – ja eigentlich wurde er nur noch deshalb in der Mannschaft behalten, weil man hoffte, sein enormer Nimbus würde das Team von Yale in Schrecken und Unordnung stürzen.

Im Jahr vor seinem Studienabschluß kam er überhaupt nicht mehr in die Mannschaft. Er war so zart und schlank geworden, daß manche Studentinnen ihn für einen Studienanfänger hielten – ein Vorgang, der eine schreckliche Demütigung für ihn war. Er wurde als eine Art Wunderkind bekannt – ein höheres Semester, das bestimmt nicht älter als sechzehn war. Oft fühlte er sich durch die Abgebrühtheit seiner Kommilitonen schokkiert. Das Studium erschien ihm jetzt schwieriger – er fand, daß man zu weit mit dem Pensum war. Er hatte seine Kommilitonen von St. Midas sprechen hören, der berühmten Studienvorschule, wo so viele von ihnen sich für das College präpariert hatten, und er beschloß, nach der Abschlußprüfung in St. Midas einzutreten, wo das behütete Leben zwischen Jungen von seiner Körpergröße ihm mehr zusagen würde.

Nach seinem Examen im Jahr 1914 kehrte er nach Baltimore zurück, in der Tasche sein Harvard-Diplom. Hildegarde lebte nun in Italien, also zog Benjamin zu seinem Sohn Roscoe, um bei ihm zu leben. Obgleich er dort schon allgemein willkommen geheißen wurde, hatte Roscoe jedoch offensichtlich keine herzlichen Gefühle für ihn, ja man konnte bei seinem Sohn eine Einstellung entdecken, daß ihm Benjamin, der jünglingshaft verträumt das Haus durchstreifte, irgendwie im Weg war. Roscoe war jetzt verheiratet, er hatte eine angesehene Position in Baltimore, und er wünschte nicht, daß sich im Zusammenhang mit seiner Familie ein Skandal entwickelte.

Benjamin war jetzt nicht mehr der Liebling der Debütantinnen und der jüngeren College-Studenten, er sah sich oft alleingelassen, abgesehen von der Gesellschaft von drei oder vier Fünfzehnjährigen aus der Nachbarschaft. Da fiel ihm wieder ein, daß er ja zu der St. Midas Schule hatte gehen wollen.

»Hör mal«, sagte er eines Tages zu Roscoe, »ich habe dir schon so oft gesagt, daß ich in diese College-Vorschule gehen will.«

»Gut, dann geh doch«, antwortete Roscoe kurz. Die Angelegenheit war ihm widerwärtig, und er wollte eine Diskussion vermeiden.

»Allein kann ich nicht«, sagte Benjamin hilflos. »Du mußt mich anmelden und dann hinbringen.«

»Ich habe keine Zeit«, sagte Roscoe brüsk. Seine Augen verengten sich, er betrachtete seinen Vater voll Unruhe. »Übrigens«, fügte er hinzu, »du solltest nicht weitermachen mit dieser – Wirtschaft. Reiß dich mal zusammen! Du solltest – du solltest« – er brach ab und sein Gesicht wurde rötlich, da er nach Worten suchte – »du solltest jetzt mal anders rum, in die andere Richtung. Die Sache ist zu weit gegangen, das ist jetzt kein Witz mehr. Es ist nicht mehr komisch. Du – du benimmst dich jetzt anständig!«

Benjamin schaute ihn an, er weinte fast.

»Und noch was«, fuhr Roscoe fort. »Wenn im Haus Besucher sind, möchte ich, daß du mich ›Onkel‹ nennst – nicht ›Roscoe‹, sondern ›Onkel‹ – verstehst du? Es nimmt sich verrückt aus, wenn ein fünfzehnjähriger Junge mich beim Vornamen nennt! Oder besser: sage immer ›Onkel‹ zu mir, damit du dich dran gewöhnst.«

Roscoe warf einen harten Blick auf seinen Vater und wandte sich ab.

X

Als diese Audienz beendet war, stieg Benjamin trübselig die Treppe hinauf und betrachtete sich im Spiegel. Er hatte sich drei Monate nicht mehr rasiert, und doch konnte er in seinem Gesicht nur einen zarten weißen Flaum feststellen, mit dem man sich nicht zu befassen brauchte. Am Anfang, als er gerade von Harvard zurückgekehrt, war Roscoe ihm mit dem Vorschlag gekommen, daß er eine Brille tragen und sich einen falschen Bart an die Wangen kleben sollte, und für einen Augenblick schien ihm, als wiederhole sich hier das Possenspiel seiner früheren Jahre. Aber der Bart juckte und beschämte ihn. Er weinte, und widerstrebend ließ Roscoe davon ab.

Benjamin schlug ein Geschichtenbuch für Knaben auf: »Die Boy-Scouts in der Bimini-Bucht«, und er fing an zu lesen. Aber fortwährend ertappte er sich bei Kriegsgedanken. Einen Monat zuvor hatte Amerika sich der Sache der Alliierten angeschlossen, und Benjamin wollte sich melden; aber leider war das

Mindestalter sechzehn Jahre, und so alt sah er nicht aus. Sein wahres Alter, siebenundfünfzig, würde ihn von vornherein disqualifiziert haben.

Es klopfte an der Tür; der Butler erschien mit einem Brief, der auf der linken Ecke einen dicken offiziellen Absender trug und der an Mr. Benjamin Button gerichtet war. Benjamin riß das Kuvert begierig auf und las den Inhalt mit Vergnügen. In dem Brief wurde mitgeteilt, daß viele Reserveoffiziere, die im Spanisch-Amerikanischen Krieg gedient hatten, mit einem höheren Rang wieder einberufen wurden; er enthielt sein Patent als Brigadegeneral der Armee der Vereinigten Staaten sowie den Befehl, sich unverzüglich zu melden.

Benjamin sprang auf, bebend vor Begeisterung. Genau das hatte er sich gewünscht. Er nahm seine Mütze und zehn Minuten später war er in ein großes Schneidereigeschäft in der Charles Street eingetreten; er forderte mit seiner mutierenden Stimme, daß man ihm eine Uniform anmessen sollte.

»Willst Soldat spielen, Jungchen?« fragte ein Angestellter lässig.

Benjamin wurde rot. »Hören Sie! Was ich will, geht Sie nichts an«, entgegnete er ärgerlich. »Ich heiße Button und lebe am Mt. Vernon Place, also wissen Sie, daß ich Kredit habe.«

»Na schön«, gab der Verkäufer zögernd zu, »wenn nicht du, dann bestimmt dein Papa.«

Es wurde von Benjamin Maß genommen, und nach einer Woche war die Uniform fertig. Er hatte Schwierigkeiten, die richtigen Generals-Abzeichen zu bekommen, denn der Verkäufer blieb beharrlich dabei, daß ein hübsches CVJM-Abzeichen genauso hübsch aussähe und beim Spielen mehr Spaß machte.

Zu Roscoe sagte er nichts und verließ das Haus eines Nachts, um mit dem Zug nach Camp Mosby, South Carolina, zu fahren, wo er das Kommando einer Infanterie-Brigade übernehmen sollte. An einem schwülen Apriltag näherte er sich dem Eingang des Camps, bezahlte ein Taxi, das ihn vom Bahnhof hergebracht hatte, und wandte sich dem Wachtposten zu.

»Holen Sie mir jemanden, der mein Gepäck reinschafft«, sagte er forsch.

Der Posten betrachtete ihn abschätzig. »Hör mal, Jungchen«, sagte er, »wo willst du denn mit dem Generals-Lametta hin?«

Benjamin, der Veteran aus dem Spanisch-Amerikanischen Krieg, fuhr mit feurigen Augen, aber leider auch mit falsettartig überschnappender Stimme auf ihn los.

»Nehmen Sie gefälligst Haltung an!« versuchte er zu brüllen; er holte Atem – da plötzlich sah er den Posten die Hacken zusammenschlagen und das Gewehr präsentieren. Benjamin suchte ein befriedigtes Lächeln zu verbergen, aber als er um sich blickte, wich das Lächeln von ihm. Nicht er war es gewesen, der den Gehorsam eingeflößt hatte, sondern ein imposanter Artillerie-Oberst, der sich zu Pferde näherte.

»Herr Oberst!« rief Benjamin schrill.

Der Oberst kam näher, zog die Zügel an und zwinkerte ein wenig. »Wessen kleiner Junge bist du denn?« erkundigte er sich.

»Ich werde Ihnen bald zeigen, wessen kleiner Junge ich bin, verdammt nochmal!« antwortete Benjamin wutentbrannt. »Runter von dem Pferd!«

Der Oberst brüllte vor Lachen.

»Du willst es wohl haben, was – General?«

»Hier!« schrie Benjamin verzweifelt. »Lesen Sie das!« Und er hielt mit heftiger Gebärde dem Oberst sein Patent hin.

Der Oberst las es, wobei ihm die Augen aus den Höhlen traten.

»Wo hast du das her?« fragte er, und steckte sich das Dokument in die Tasche.

»Ich habe es von der Regierung – wie Sie sehr bald erfahren werden!«

»Du kommst mal mit mir mit«, sagte der Oberst mit sonderbarem Augenausdruck. »Wir gehen jetzt mal ins Hauptquartier und reden mal drüber. Komm mit.«

Der Oberst drehte sich um und ging, das Pferd am Zügel, in Richtung Hauptquartier. Benjamin blieb nichts anderes übrig, als ihm – in möglichst würdiger Haltung – zu folgen. In seinem Inneren gelobte er eine strenge Vergeltung.

Aber die Vergeltung kam nicht zustande. Stattdessen kam

zwei Tage später sein Sohn Roscoe aus Baltimore, erhitzt und erbost über die plötzliche Reise, und nahm den weinenden General, ohne Uniform, nach Hause.

XI

1920 wurde Roscoes erstes Kind geboren. Während der Festlichkeiten zu dieser Gelegenheit hielt es niemand für angebracht zu erwähnen, daß der schmuddelige kleine Junge von anscheinend zehn Jahren, der da im Haus mit Bleisoldaten und einem kleinen Zirkus herumspielte, der Großvater des neugeborenen Babys war.

Es hatte niemand eine Abneigung gegen den kleinen Jungen, dessen frisches fröhliches Gesicht mit einer Andeutung von Trauer überschattet war, aber für Roscoe Button war seine Existenz eine Quelle der Qual. In der Sprache seiner Generation war die ganze Sache für Roscoe einfach nicht »zweckmäßig«. Für ihn war es so, daß sein Vater, indem er einfach nicht wie sechzig aussehen wollte, sich nicht wie ein »richtiger Kerl von einem Mann« benommen hatte – das war Roscoes Lieblingsausdruck –, sondern sonderbar und abartig. Wenn er über diese Sache auch nur eine halbe Stunde nachdachte, war er schon am Rande des Wahnsinns. Roscoe war der Meinung, daß man, wenn man sich fit hielt, jung bleiben konnte; wenn man es aber zu weit trieb, dann war es einfach – einfach – nicht zweckmäßig. Und dabei blieb es für Roscoe.

Fünf Jahre später war Roscoes kleiner Junge alt genug, um mit dem kleinen Benjamin unter Aufsicht der gleichen Kinderschwester seine Kinderspiele spielen zu können. Roscoe brachte die beiden am gleichen Tag in den Kindergarten, und Benjamin entdeckte, daß das Spielen mit kleinen farbigen Papierstreifen, die Herstellung von Papiermatten und Ketten mit seltsamen und schönen Mustern das fesselndste Spiel von der Welt war. Einmal war er unartig und mußte in der Ecke stehen – dann weinte er; aber meistens waren es frohe Stunden in dem lustigen Raum, wo die Sonne durch die Fenster schien und Miss Baileys

Hand ab und zu einen Augenblick auf seinem zerzausten Haar lag.

Nach einem Jahr kam Roscoes Sohn in die erste Volksschulklasse, aber Benjamin blieb im Kindergarten. Er war sehr glücklich. Nur manchmal, wenn andere kleine Burschen drüber redeten, was sie einmal machen wollten, wenn sie erwachsen waren, fiel ein Schatten über sein kleines Gesicht, als wisse er auf eine blasse, kindliche Weise, daß er an diesen Dingen keinen Teil mehr haben würde.

Die Tage glitten in zufriedenem Gleichmaß vorbei. Er besuchte den Kindergarten noch ein drittes Jahr, aber nun war er zu klein, um zu begreifen, wofür die hell leuchtenden Papierstreifen da waren. Er weinte, weil andere Jungen größer waren als er und er Angst vor ihnen hatte. Die Kindergärtnerin sprach mit ihm, aber sosehr er es auch versuchte, er konnte nicht verstehen.

Man nahm ihn aus dem Kindergarten. Die Kinderschwester Nana in ihrem gestärkten Baumwollkleid wurde das Zentrum seiner kleinen Welt. An schönen Tagen gingen sie im Park spazieren; Nana zeigte auf ein großes graues Ungeheuer und sagte »Elefant«, und Benjamin sprach es ihr nach; und wenn er am Abend fürs Zubettgehen ausgezogen wurde, sagte er immer wieder mit lauter Stimme: »Elifant, Elifant, Elifant«. Manchmal ließ ihn die Nana ins Bett springen, und das war lustig, weil, wenn man genau richtig aufkam, dann schnellte es einen wieder hoch auf die Füße, und wenn man ein anhaltendes »Aah« von sich gab, während man sprang, dann ergab sich ein sehr gefälliger rhythmischer Toneffekt.

Sehr gerne nahm er einen großen Spazierstock vom Hutbord, lief herum, schlug auf Stühle und Tische und schrie: »Feste feste feste!« Wenn Besuch da war, dann drückten ihn alte Damen an sich, was ihn interessierte, und junge Damen versuchten ihn zu küssen, was er milde gelangweilt über sich ergehen ließ. Wenn der lange Tag um fünf Uhr vorüber war, dann kletterte er mit Nana die Treppe hinauf und bekam Haferbrei und andere nette manschige Nahrung eingelöffelt.

In seinem kindlichen Schlaf gab es keine Erinnerungen, die

ihn bedrückten; keine Spur eines Bildes von seiner glänzenden College-Zeit, von den glanzvollen Jahren, als er viele Mädchenherzen hatte heftiger schlagen lassen, erreichte ihn mehr. Es gab nur noch die sicheren weißen Wände seines Kinderbettchens und die Nana und einen Mann, der ihn manchmal besuchte, und einen riesengroßen orangenen Ball, auf den Nana vor seinem Zubettgehen im Abendzwielicht zeigte und den sie »Sonne« nannte. Wenn die Sonne unterging, waren seine Augen schläfrig – es gab keine Träume, keine Träume, die ihn verfolgten.

Die Vergangenheit – die kühne Attacke an der Spitze seiner Männer den San-Juan-Hügel hinauf; die ersten Ehejahre, als er in der belebten Stadt bis zur späten Dämmerung des Sommers arbeitete – für Hildegarde, die er liebte; die Tage davor, als er bis spät in die Nacht in dem düsteren alten Haus der Buttons in der Monroe-Street mit seinem Großvater saß und rauchte – all das war in ihm verblaßt, wie undeutliche Träume, als hätte es das nie gegeben.

Er hatte keine Erinnerung. Er erinnerte sich nicht deutlich, ob die Milch bei der letzten Fütterung warm oder kühl gewesen war oder wie die Tage vorübergingen – nur das Bettchen war da, und Nanas vertraute Gegenwart. Und dann erinnerte er sich gar nicht mehr. Wenn er hungrig war, schrie er – das war alles. Er atmete durch Tage und Nächte, und über ihm war ein sanftes Murmeln und Brummeln, das er kaum hörte, und kaum unterscheidbare Gerüche und Licht und Dunkelheit.

Dann war alles dunkel, und das weiße Bettchen und die matten Gesichter, die sich über ihm bewegten, und das warme süße Aroma der Milch verloren sich gänzlich aus seinem Geist.

NACHWEIS

LUKIAN (120 n. Chr., Samosata/Euphrat - 180 n. Chr., Ägypten)
Die Mondreise ist ein Ausschnitt aus *Eine wahre Geschichte* (›Alethes Historia‹, um 170 n. Chr.), aus dem Griechischen von Christoph Martin Wieland.

VOLTAIRE (21. 11. 1694, Paris - 30. 5. 1778, Paris)
Mikromegas (›Micromégas‹, 1752), aus dem Französischen von Ilse Lehmann. In: *Sämtliche Romane und Erzählungen*, Leipzig 1948 und 1950. Abdruck mit freundlicher Genehmigung der Dieterichschen Verlagsbuchhandlung, Leipzig, DDR.

E(rnst) T(heodor) A(madeus) HOFFMANN (24. 1. 1776, Königsberg - 25. 6. 1822, Berlin)
Der Sandmann erschien 1816 im ersten Teil der *Nachtstücke*.

Washington IRVING (3. 4. 1783, New York - 28. 11. 1859 Sunnyside/N. Y.)
Die Unterwerfung durch den Mond (›The Conquest by the Moon‹, 1809), aus dem Amerikanischen von Helga und Alexander Schmitz.

Nathaniel HAWTHORNE (4. 7. 1804, Salem/Mass. - 19. 5. 1864, Plymouth/New Hampshire)
Das Muttermal (›The Birthmark‹, 1843), aus dem Amerikanischen von Hannelore Neves. In: *N. H.: Erzählungen*, München 1977. Abdruck mit freundlicher Genehmigung des Winkler Verlags, München.

Edgar Allan POE (19. 1. 1809, Boston - 7. 10. 1849, Baltimore)
Die tausendundzweite Erzählung der Schehrezad (›The Thousand-and-Second Tale of Scheherazade‹, 1845), aus dem Amerikanischen von Hans Wollschläger. In: *Werke I*, Olten 1966. Abdruck mit freundlicher Genehmigung des Walter Verlages, Olten, und der literarischen Agentur Niedieck Linder AG, Zürich.

Jules VERNE (8. 2. 1828, Nantes - 24. 3. 1905, Amiens)
Im XXIX. Jahrhundert - Ein Tag aus dem Leben eines amerikanischen Journalisten (›Au XXIXe siècle - La journée d'un journaliste

américain en 2889‹, 1889), aus dem Französischen von Erich Fivian. Zusammen mit fünf anderen seltsamen Erzählungen im Band *Der ewige Adam*, Diogenes Verlag, detebe 64/18, 1977.

Ambrose BIERCE (24. 6. 1942, Meigs County b. Chester/Ohio – 1914?, Mexico)
Moxons Meister (›Moxon's Master‹, 1893), aus dem Amerikanischen von Helga und Alexander Schmitz.

Kurd LASSWITZ (20. 4. 1848, Breslau – 17. 10. 1910, Gotha)
Auf der Seifenblase, 1890.

J(oseph) H(enri) ROSNY Aîné (17. 2. 1856, Brüssel – 15. 2. 1940, Paris)
Die Xipehuz (›Les Xipéhuz‹, 1888), aus dem Französischen von Angela von Hagen. Abdruck mit freundlicher Genehmigung der literarischen Agentur Renault-Lenclud, Paris.

Arthur Conan DOYLE (22. 5. 1859, Edinburgh – 7. 7. 1930, Crowborough/Sussex)
Die Erde schreit (›When the World Screamed‹, 1928), aus dem Englischen von Rudolf Rocholl. Copyright © by André Milos, Genf. Abdruck mit freundlicher Genehmigung der literarischen Agentur Jonathan Clowes Ltd, London, und der C. Bertelsmann GmbH, München, für die Rechte an der deutschen Übersetzung.

Paul SCHEERBART (8. 1. 1863, Danzig – 15. 10. 1915, Berlin)
Steuermann Malwu erschien 1910 in der Zeitschrift *Der Demokrat*.

H(erbert) G(eorge) WELLS (21. 9. 1866, Bromley/Kent – 13. 8. 1946, London)
Der neue Beschleuniger (›The New Accelerator‹, 1901), aus dem Englischen von Werner Kortwich. In: *Der Apfel vom Baum der Erkenntnis*, Copyright © 1930 by Paul Zsolnay Verlag GmbH, Wien und Hamburg.

Maurice RENARD (1875, Chalons-sur-Marne – 1939, Paris)
Der Mann mit dem flüchtigen Körper (›L'homme au corps subtil‹, 1913), aus dem Französischen von Lislott Pfaff. In: *Invitation à la Peur*, Copyright © 1970 by Editions Pierre Belfond, Paris.

Egon FRIEDELL (21. 1. 1878, Wien – 16. 3. 1938, Wien)
Ist die Erde bewohnt?, Abdruck mit freundlicher Genehmigung von Annemarie Kotab.

E(dward) M(organ) FORSTER (1. 1. 1879, London – 8. 6. 1970, Coventry)
Die Maschine stoppt (›The Machine Stops‹, 1928), aus dem Englischen von Helga und Alexander Schmitz. Copyright © 1947 by E. M. Forster. Abdruck mit freundlicher Genehmigung seiner literarischen Nachlaßverwalter, der Society of Authors.

Hermann Harry SCHMITZ (12. 7. 1880, Düsseldorf – 8. 8. 1913, Münster)
Umzug, 1914. In: *Buch der Katastrophen*, Diogenes Verlag, 1966, 1972 und seit 1978 als detebe 179.

André MAUROIS (26. 7. 1885, Elbeuf/Normandie – 9. 10. 1967, Neuilly-sur-Seine)
Zwei Fragmente einer Universalgeschichte 1992 (›Deux fragments d'une histoire universelle 1992‹, 1928), aus dem Französischen von Angela von Hagen. Abdruck mit freundlicher Genehmigung von Marie-Ange Masson-Mosca, Paris.

Francis Scott FITZGERALD (24. 9. 1896, St. Paul/Minnesota – 21. 12. 1940, Hollywood)
Der seltsame Fall des Benjamin Button (›The Curious Case of Benjamin Button‹, 1922), aus dem Amerikanischen von W. E. Richartz. Copyright © 1922 by F. P. Collier & Son Co., Copyright erneuert 1949 by Frances Scott Fitzgerald Lanahan. Abdruck mit freundlicher Genehmigung der literarischen Agentur Dr. Ruth Liepman, Zürich.